SARAH LARK

Himmelsstürmerinnen

Wir greifen nach den Sternen

AF125327

Die Titel der Autorin:

Die Weiße-Wolke-Saga:
Im Land der weißen Wolke
Das Lied der Maori
Der Ruf des Kiwis
Eine Hoffnung am Ende der Welt

Die Kauri-Trilogie:
Das Gold der Maori
Im Schatten des Kauribaums
Die Tränen der Maori-Göttin

Die Insel-Saga:
Die Insel der tausend Quellen
Die Insel der roten Mangroven

Die Feuerblüten-Saga:
Die Zeit der Feuerblüten
Der Klang des Muschelhorns
Die Legende des Feuerberges

sowie folgende Einzelbände:
Eine Hoffnung am Ende der Welt (auch als Einzelband lesbar)
Unter fernen Himmeln
Das Jahr der Delfine
Das Geheimnis des Winterhauses
Wo der Tag beginnt
Schicksalssterne

Die Tierärztin-Saga:
Die Tierärztin – Große Träume
Die Tierärztin – Voller Hoffnung
Die Tierärztin – Mutige Wege

Die Himmelsstürmerinnen-Dilogie:
Himmelsstürmerinnen – Wir greifen nach den Sternen
Himmelsstürmerinnen – Wir leben unsere Träume

Die Jugendbücher:
Lea und die Pferde-Reihe
Schutzhof Schwalbennest-Reihe
Dream – Frei und ungezähmt
Hope – Der Ruf der Pferde

Alle Bücher sind in sich abgeschlossen.

Sarah Lark

Himmels stürmerinnen

WIR GREIFEN NACH DEN STERNEN

Roman

Lübbe

Die Bastei Lübbe AG verfolgt eine nachhaltige Buchproduktion. Wir verwenden Papiere aus nachhaltiger Forstwirtschaft und verzichten darauf, Bücher einzeln in Folie zu verpacken. Wir stellen unsere Bücher in Deutschland und Europa (EU) her und arbeiten mit den Druckereien kontinuierlich an einer positiven Ökobilanz.

NACHHALTIG PRODUZIERT

Vollständige Taschenbuchausgabe
der bei Bastei Lübbe erschienenen Hardcoverausgabe

Dieses Werk wurde vermittelt durch
die Literarische Agentur Thomas Schlück GmbH, 30161 Hannover.

Copyright © 2024 by
Bastei Lübbe AG, Schanzenstraße 6 – 20, 51063 Köln
Bei Fragen zur Produktsicherheit wenden Sie sich bitte an:
Produktsicherheit@bastei-luebbe.de

Vervielfältigungen dieses Werkes für das Text- und Data-Mining
bleiben vorbehalten.

Textredaktion: Heike Brillmann-Ede
Umschlaggestaltung: Kirstin Osenau
Einband-/Umschlagmotiv: © Radek Sturgolewski/Shutterstock; Ana Gram/
Shutterstock; grafxart/Shutterstock; Tanya Antusenok/Shutterstock; Lisavo/
Shutterstock; Triff/Shutterstock
Satz: Dörlemann Satz, Lemförde
Gesetzt aus der Adobe Caslon
Druck und Verarbeitung: GGP Media GmbH, Pößneck

Printed in Germany
ISBN 978-3-404-19394-3

4 5 3

Sie finden uns im Internet unter luebbe.de
Bitte beachten Sie auch: lesejury.de

Kinderwünsche

Schottland, 1873-1880

Ailis sah zum ersten Mal zu den Sternen auf, als ihr Kindermädchen die Zeit vergaß. Larna, ihre junge Nanny, war ursprünglich Stubenmädchen auf dem Landsitz Thorgale House gewesen. Ailis' Mutter hatte sie kurzerhand befördert, als ihre Tochter den Windeln weitgehend entwachsen war. Die anfänglich zuständige Säuglingspflegerin wurde entlassen, nachdem sich nicht, wie erhofft, gleich ein weiteres Kind eingestellt hatte.

Für Ailis bedeutete der Wechsel die Abkehr von einem strengen Tagesplan, bestehend aus Füttern, Wickeln, Ausfahrten im Park und eine kurze tägliche Vorstellung bei den Eltern. Die erst fünfzehnjährige Larna war begeistert von ihrem kleinen Pflegling und ging mit Ailis um wie mit einer geliebten Puppe. Sie trug das Kind herum, kitzelte es und spielte mit ihm. Sie sang ihm vor, und als Ailis etwas größer wurde, erzählte sie ihr Geschichten. Sie entwirrte Ailis' feine braune Locken vorsichtig mit weichen Bürsten, verglich ihre braun-grün gesprenkelten Augen mit Amseleiern und sagte ihr, wie süß sie ihr Stupsnäschen fand.

Inzwischen war Larna siebzehn und Ailis vier Jahre alt, und ihr liebevolles Verhältnis hatte sich nicht verändert. In den letzten Monaten war jedoch Aidan in Larnas Leben getreten, ein junger Gärtner. Larna und Ailis trafen sich mit ihm im Park des Anwesens, wo er Holzpferdchen für Ailis schnitzte und Larna küsste.

Auch den Nachmittag dieses klaren, warmen Sommertages hatten sie gemeinsam im Park verbracht. Aidan hatte ein paar Beete zu bepflanzen, und Larna und Ailis »halfen« ihm. Das kleine Mädchen hantierte begeistert mit einer kleinen Harke und einer Gießkanne und war rechtschaffen müde, als es sich schließlich alle drei auf dem Rasen gemütlich machten. Larna hatte Ailis' Abendessen mit nach draußen gebracht, und die Kleine knabberte an einem Sandwich, bevor sie erschöpft auf ihrer Decke einschlief.

Larna und Aidan nutzten die Gunst der Stunde und streckten sich auf einer zweiten aus – dann vergaßen sie die Zeit.

Ailis war etwas verwundert, als sie die Augen öffnete und sie sich nicht in ihrem Kinderzimmer wiederfand, sondern immer noch im Park, wo der bislang blaue Himmel sich eben rötlich verfärbte und die Sonne Anstalten machte, sich hinter einem Hügel zu verstecken. Das kleine Mädchen sah dabei fasziniert zu und stellte fest, dass mit ihr auch das Licht wich. Das Blau des Himmels wurde dunkel bis schwarz – und plötzlich erschienen darin goldene Lichter. Einzeln oder in Formationen beleuchteten sie die unendliche Weite, die sich über Ailis auftat. Die Kleine konnte vor Verzückung kaum atmen. Sie war bislang niemals nach dem Dunkelwerden draußen gewesen – ein Schauspiel wie dieses hatte sich ihr nie geboten.

»Larna!« Aufgeregt rief sie den Namen ihrer Kinderfrau. Larna schlief auf der Decke neben ihr in Aidans Armen, regte sich jedoch sofort, als sie Ailis' Stimme hörte. Um daraufhin in helle Aufregung zu verfallen.

»Aidan, Aidan, um Himmels willen, wir haben verschlafen! Ailis sollte längst im Bett sein – und vorher hätte ich sie der Lady noch vorstellen müssen … möglichst gebadet und umgezogen … Wir müssen uns beeilen. Wenn das bloß noch niemand gemerkt hat!«

Larna sprang auf, raffte die Reste von Ailis' Picknick zusammen und nahm das kleine Mädchen auf den Arm – obwohl Ailis natürlich auch selbst hätte laufen können.

»Sie dürfen uns nicht zusammen sehen!«, rief Aidan und schien zu schwanken, ob er gleich flüchten oder erst Larna helfen sollte, die Sachen ins Haus zu bringen.

Ailis ignorierte die Aufregung. Nach wie vor fand sie die Lichter am Himmel weitaus interessanter als Larnas und Aidans überstürzten Aufbruch.

»Was ist das?«, fragte sie Larna und deutete zum Himmel.

Die junge Frau blickte flüchtig hoch. »Sterne, Liebes. Das sind die Sterne …«

Es waren die letzten Worte, die Ailis von ihrer geliebten Nanny hören sollte. Das Mädchen erinnerte sich nicht mehr genau an die weiteren Vorgänge in dieser Nacht, nur dass Aidan und Larna prompt einem Trupp Hausdiener in die Arme liefen, die den Park mit Laternen absuchten.

Lady Alison Hard hatte hysterisch reagiert, als Larna nicht mit ihrem Kind erschienen war. Wider besseren Wissens – wo hätten die junge Nanny und ihr Schützling denn sein können, wenn nicht im Park oder irgendwo sonst auf dem Anwesen? – hatte sie eine Suchaktion organisiert und durchforstete selbst schreiend und weinend das Haus. Als Larna nun mit Aidan auftauchte, rechnete sie schnell zwei und zwei zusammen. Sie machte der jungen Frau wilde Vorwürfe, woraufhin Ailis erschrocken weinte, kurzerhand einer Küchenhilfe in die Arme gedrückt und schließlich von Lady Alison persönlich zu Bett gebracht wurde. Das verwirrte kleine Mädchen schluchzte heftig und schrie nach Larna. Schließlich weinte es sich in den Schlaf.

Larna und Aidan wurden noch in derselben Nacht des Hauses verwiesen, ohne Zeugnis, ohne Lohn. Das Regiment im Kinderzimmer übernahm Nanny Peterson, eine strenge, nicht mehr ganz junge Person, deren Uniform stets perfekt saß und deren Häubchen immer frisch gestärkt schien. Das vertrug sich natürlich nicht mit ausgelassenen Spielen und Picknicks im Park. Ailis' Tageslauf wurde erneut bis ins Kleinste festgelegt, und die dicken Samtvorhänge vor dem Erkerfenster wurden stets geschlossen, lange bevor die Sterne am Himmel erschienen. Ailis meinte manchmal, die Lichter nur geträumt zu haben, doch dann bemerkte sie, dass

Nanny Peterson einen festen Schlaf hatte. Die Kinderfrau wurde nicht wach, wenn die Kleine aus ihrem Kinderbett kletterte und unter den Vorhängen hindurch in den Erker kroch. Die großen Fenster dort ließen den Blick in den Himmel frei, und Ailis konnte sich an dem nächtlichen Schauspiel der leuchtenden Sterne nicht sattsehen. Sie erschienen allerdings nicht jeden Tag. Manchmal war der Himmel einfach nur dunkel, oder man sah allenfalls das größte Nachtlicht, bei dem es sich wohl um den Mond handeln musste. Er spielte manchmal in den Geschichten eine Rolle, die ihr Nanny Peterson pflichtschuldig eine halbe Stunde am Tag vorlas, und er sollte sogar ein Gesicht haben, das sich der Kleinen allerdings nicht erschloss. Er war auch nicht immer rund, sondern oft halbrund oder sichelförmig. Ailis hätte gern gewusst, woher das kam. Und woher die Sterne kamen ... Sie war beinahe froh, als Nanny Peterson sie eines Tages im Erker erwischte. Natürlich schimpfte sie, aber Ailis konnte wenigstens versuchen, Fragen zu stellen.

»Versteckt sich der Mond?«, erkundigte sie sich schüchtern, während die Nanny sie wieder zu Bett brachte.

»Natürlich!«, gab die Nanny zurück. »Unartige Kinder will er nicht sehen!«

Ailis biss sich auf die Lippen. Sie gab besser nicht zu, dass sie den Mond schon oft in voller Schönheit betrachtet hatte.

»Und die Sterne?«, fragte sie. »Woher kommen die Sterne?«

Die Nanny deckte sie mit routinierten Bewegungen zu. »Jeder Stern ist die Seele eines braven, kleinen Mädchens, das Gott zu sich in den Himmel geholt hat. Deshalb müssen Kinder immer artig sein, ein leuchtendes Vorbild ...«

»Aber erst müssen die Kinder sterben?« Ailis erschien die Aussicht, künftig womöglich selbst zur Beleuchtung des Himmels beitragen zu können, wenig verführerisch.

»Schlaf jetzt!«, sagte die Nanny ausweichend. »So Gott will, ist morgen für jeden von uns ein neuer Tag.«

Ailis schwieg – und fühlte sich etwas schuldig, weil sie ihrer Kinderfrau nicht glaubte. Schon jetzt hatte sie Regeln im Ablauf von Tag und Nacht, der Wanderung von Mond und Sternen über den Himmel und das Auf- und Untergehen der Sonne erkannt. Und ganz sicher hatte das nichts mit ihrem eigenen Verhalten zu tun.

Nanny Peterson mochte sich selbst für den Mittelpunkt von Himmel und Erde halten. Ailis Hard tat das nicht.

Haily
Old Lane Manor, Herbst 1873

»Haily will Baby haben!«

Gewöhnlich konnte die vierjährige Haily Hard bereits in ganzen Sätzen sprechen, doch wenn ihr ein Anliegen besonders wichtig war, fiel sie in die Babysprache zurück. Anna Coxwold, die Mutter des betroffenen Säuglings und beschäftigt in der Küche der Hards auf Old Lane Manor, hielt das für ein gezieltes Unterfangen, die Aufmerksamkeit ihrer Umgebung auf sich zu lenken. Vor allem Lady Mairead Hard war stets gleich zur Stelle, wenn Haily in frühkindliche Verhaltensweisen zurückfiel – und sie konnte ihre Wünsche dann nicht schnell genug erfüllen.

Anna war jedoch fest entschlossen, dem einen Riegel vorzuschieben. »Sie können die kleine Emily ansehen, Miss Haily, und gern mal streicheln, aber sie bleibt trotzdem mein Baby!«, erklärte sie dem niedlichen, blondhaarigen, kleinen Mädchen, das sofort einen Flunsch zog und Anstalten machte, in Tränen auszubrechen. Anna hatte ihre winzige Emily, der man kaum ansah, dass sie schon einige Monate alt war, heute zum ersten Mal mit ins Herrenhaus gebracht. Natürlich widerstrebend, doch sie hatte keine älteren Kinder und auch keine Verwandten, die auf die Kleine aufpassen konnten, während sie arbeitete. Und arbeiten musste sie, Lady Mairead hatte schon kurze Zeit nach der Geburt Emilys ungeduldig nach ihr gefragt. Anna war für Kuchen und Süßspeisen zuständig, und Haily verlangte nach ihren Lieblingskeksen.

Nun bestand im Prinzip kein Grund, weshalb Emily nicht in der Küche in ihrem Körbchen schlafen sollte, während ihre Mutter kochte und buk. Die Atmosphäre dort war harmonisch, und das sonstige Personal fühlte sich nicht gestört, wenn das Baby gelegentlich schrie. Bis in die Räume der Herrschaft drang das sowieso nicht durch. Jeder hatte damit gerechnet, dass die kleine Haily in Begleitung ihrer Nanny in der Küche auftauchen würde, um Anna in die Töpfe zu schauen. Sie tat das oft und staubte jedes Mal ein paar Kekse oder Bonbons ab. Dass sie nun aber Anstalten machte, Annas Baby zu adoptieren, war nicht zu erwarten gewesen.

»Möchtest du nicht lieber einen Muffin probieren, Haily?«, versuchte Nanny Tamlin, die kleine Miss abzulenken. Dabei sah sie Anna entschuldigend an. Das Kindermädchen wagte nicht, einfach ein Machtwort zu sprechen. Hailys Mutter, Lady Mairead, erwartete weniger, dass die Nanny ihre Tochter erzog, als dass sie das Kind unterhielt und seine Wünsche erfüllte.

»Haily will Baby! Baby mitnehmen. Baby im Puppenbett schlafen.« Fasziniert beugte sich Haily über das Körbchen, in dem Emily schlief, und machte Anstalten, nach ihr zu greifen.

»Baby auf Arm nehmen!«, verlangte sie.

»Kann sie das nicht einfach mal machen?«, bat die verzagte Nanny. »Wir können doch aufpassen, dass sie das Kind nicht fallen lässt ...«

»Tamlin, darum geht's gar nicht!«, sagte Anna streng. »Natürlich könnte sie Emily für einen Augenblick halten, aber sie muss lernen, dass dies ein Kind ist und keine Puppe. Und dass sie nicht alles bekommen kann, was sie will.«

Die Nanny war da zweifellos ihrer Meinung, hatte allerdings ein gewisses Interesse daran, ihre Stellung zu behalten.

»Ich sag das jetzt der Mami!« Haily schien einzusehen, dass sie mit der Babysprache-Masche nicht weiterkam, und wechselte die Strategie. Gefolgt von der lamentierenden Nanny machte sie sich auf den Weg in die Wohnräume der Herrschaft.

Anna und die anderen Köchinnen sahen ihnen kopfschüttelnd nach.

»Mal sehen, wie die Gnädige das regelt«, bemerkte Laurie, eines der Küchenmädchen, das für sein oft loses Mundwerk bekannt war. »Sie wird dem Kind doch wohl nicht heute das Wort Nein beibringen!«

Anna seufzte. Sie ahnte nichts Gutes. Lady Mairead war völlig vernarrt in ihre kleine Tochter. Haily war ihr jüngstes und wahrscheinlich letztes Kind. Sie hatte vor ihr drei Jungen auf die Welt gebracht und damit ihre Pflicht gegenüber dem Clan der Hards mehr als erfüllt. Im Gegensatz zu vielen anderen schottischen Adelshäusern galt bei den Hards die männliche Erbfolge. Hatte der Träger des Titels »Marquess of Thorgale« keine Söhne, so folgten ihm seine Brüder oder Cousins beziehungsweise deren männliche Nachkommen. Zurzeit trug Charles Hard auf Thorgale House den Titel, der bislang jedoch nur eine Tochter hatte – Ailis, die im gleichen Alter war wie ihre Cousine Haily. Lady Alison tat sich schwer mit dem Kinderkriegen, es konnte gut sein, dass einer der Söhne von Lady Mairead und Sir William den Titel eines Tages erben würde. Auch Williams und Charles' älterer Bruder Connor hatte bereits einen Sohn – den sechsjährigen George.

Lady Mairead hatte es sich also leisten können, sich von Herzen eine Tochter zu wünschen, und nun verwöhnte sie Haily nach Strich und Faden. Sir William stand ihr dabei nicht im Wege, die Erziehung seiner Tochter interessierte ihn nicht.

Es dauerte nun nicht allzu lange, bis die Hausherrin in der Küche erschien. Ohne Haily und die Nanny wollte sie das Problem mit Anna anscheinend allein klären. Dazu schaute sie sich die kleine Emily zunächst näher an und äußerte sich entzückt über das reizende Baby.

»Haily hat sich gleich in sie verliebt!«, kam sie dann zum Thema. »Sie hätte sie am liebsten in ihrem Kinderzimmer, wie eine kleine Schwester.« Sie lächelte.

Anna, recht jung, aber durchaus selbstsicher, erwiderte das Lächeln nicht. »Wohl eher wie eine Puppe«, sagte sie steif.

Lady Mairead lachte nervös. »Ach Unsinn, Anna! Ein Baby

ist doch kein Spielzeug! Aber wenn Sie zustimmen würden, dass Emily jeden Tag etwas Zeit mit Haily verbringt, wäre das sicher schön für beide Kinder! Nanny Tamlin könnte sich um sie kümmern und Ihnen damit viel Arbeit abnehmen …«

Das war zweifellos richtig. Anna würde sich ihren Aufgaben in der Küche ungestört widmen können.

»Ich stille mein Kind«, bemerkte sie nichtsdestotrotz, was die Lady leicht erröten ließ. Wie üblich in ihren Kreisen war dafür eine Amme engagiert worden.

»Sie können Emily ja jederzeit besuchen«, lockte sie.

Anna blickte skeptisch. Das Kleid, das sie in der Küche trug, war nicht dazu geeignet, in der Räumen der Herrschaft gezeigt zu werden. Die Hausmädchen trugen adrette Uniformen. Anna in ihrer fleckigen Schürze würde unangenehm auffallen.

»Oder die Nanny bringt Ihnen die Kleine hier herunter«, bot die Lady an, die offenbar gerade den gleichen Gedanken hatte.

»Ich muss das mit meinem Mann besprechen«, sagte Anna ausweichend.

Lady Mairead strahlte. »Tun Sie das! Ich wollte mich übrigens auch noch mit ihm unterhalten. Die Stelle des ersten Hausdieners ist bekanntlich vakant, und wir überlegen, sie nicht auszuschreiben, sondern mit einem unserer bewährten Dienstboten zu besetzen …«

»Sie will uns das Kind abkaufen!«, empörte sich Anna am Abend. Zusammen mit ihrem Mann bewohnte sie eine Kate in dem kleinen Dorf, das zu Old Lane Manor gehörte. Ihr Zuhause war nicht groß, doch Anna hatte es wohnlich eingerichtet. Im Kamin brannte ein Feuer, und Emily schlief friedlich in dem Korb, den Anna selbst geflochten hatte.

»Na, nun übertreib nicht gleich!« Ben Coxwold, bei den Hards als Hausdiener tätig, bürstete seine Uniform sorgfältig aus, bevor er sie für den nächsten Tag in den Schrank hängte. »Es wäre doch nur für die Stunden, die du im Großen Haus arbeitest. Am Abend brächtest du sie zurück nach Hause.«

»Vorerst«, meinte Anna. »Und was ist, wenn sie Emily am Ende ganz haben wollen? Oder wenn es Emily dort viel besser gefällt als bei uns und sie nicht mehr zurückkehren will?«

Ben winkte ab. »Bis jetzt scheint es ihr ziemlich egal zu sein, wo sie tagsüber schläft, während sie nachts hauptsächlich schreit. Nanny Tamlin würde sich bedanken, und die kleine Miss Haily benötigt auch ihren Schlaf.«

Anna hätte ein bisschen mehr Schlaf ebenfalls gut gebrauchen können, im Moment hielt Emily ihre Eltern die halbe Nacht wach. Wenn die von Haily so heiß ersehnte lebende Puppe allerdings nicht mehr süß lächelte, sondern auch tagsüber mal schrie wie am Spieß, weil ihr etwas nicht passte, würde Hailys Begeisterung schnell nachlassen.

»Und falls sie Emily wirklich später unterstützen würden«, sprach Ben weiter, »was wäre so schlimm daran? Du weißt, wie mäßig der Unterricht in der Dorfschule ist. Der Pfarrer bringt den Kindern doch kaum Lesen und Schreiben bei. Miss Haily wird dagegen eine Hauslehrerin bekommen – und gemeinsam mit einer Spielgefährtin wird sie bereitwilliger lernen. Für Emily wäre das eine Chance, auch wenn sie jünger ist als Haily!«

»Eine Chance? Dass die Lady sie zu einem genauso verwöhnten Fratz erzieht wie ihre eigene Tochter?«, fragte Anna höhnisch und löste ihr tagsüber unter der Haube aufgestecktes, prächtiges dunkles Haar. »Eines Tages würde sie uns keines Blickes mehr würdigen.«

Ben schüttelte den Kopf. »Es wird unsere Aufgabe sein, das zu verhindern«, erklärte er.

Am nächsten Morgen bettete Anna ihre Tochter widerstrebend in das mit feinstem Linnen bezogene Bettchen, das bisher Hailys lebensgroße Babypuppe beherbergt hatte. Sie wollte der Nanny

Windeln dalassen, doch Tamlin verwies auf die Stapel weicher, mit dem Wappen der Hards bestickter Windeln und Hailys Babykleidchen, die noch in den Schränken lagen.

»Miss Haily wird das Baby fein anziehen wollen«, meinte sie schüchtern.

Anna zog sich zähneknirschend zurück.

Donella war auf der Flucht. Eigentlich war sie das fast immer. Wenn sein Hauslehrer nicht aufpasste, ließ ihr Bruder George ihr keine ruhige Minute. »Mädchen ärgern« war sein absolutes Lieblingsspiel, gefolgt von »Dienstboten ärgern« und »Tiere quälen«. Die Katzen und Hunde des Anwesens gingen ihm inzwischen gleichermaßen aus dem Weg wie seine jüngere Schwester. Dabei war es Donella heute besonders wichtig, ihm nicht in die Hände zu geraten. Die Familie würde gleich nach Thorgale House aufbrechen, um den Geburtstag des Marquess' zu feiern. Der Clan Chief beging ihn gern in großer Runde mit Familie und umgeben von zahlreichen Honoratioren des Herzogtums – und Donella war entsprechend festlich angezogen. Die Zofe ihrer Mutter hatte ihr in ein weißes Spitzenkleid geholfen, das mit blauen Bändern verziert war. Ihr glattes rotblondes Haar hatte sie in einer kunstvollen Flechtfrisur gebändigt, wofür Donella stundenlang hatte stillsitzen müssen, und es am Schluss mit einem bunten Blumenkranz versehen. Seit George dessen gewahr geworden war, versuchte er, seiner Schwester den Kopfschmuck zu entreißen. Zweifellos würde er das zarte Gespinst in Sekundenschnelle in seine Bestandteile zerlegen und später behaupten, Donella hätte das selbst getan. Ihre Eltern glaubten ihm fast immer – und das nicht nur, weil ihre Tochter tatsächlich dazu neigte, Dinge auseinanderzunehmen und wieder zusammenzusetzen. Die Elfjährige interessierte sich lebhaft dafür, wie eine Kaffeemühle oder eine Spieluhr funktionierte, und zugegebenermaßen klappte es nicht immer, die Einzelteile erneut richtig zu platzieren. Sie machte jedoch niemals mutwillig etwas kaputt, und sie gestand stets sofort ein, wenn sie etwas angestellt hatte. George dagegen war hinterlistig und schob eigene Fehler gern anderen in die Schuhe. Jeder im Haushalt wusste das – nur ihre Eltern sahen stets darüber hinweg. George war schließlich »der Erbe« – der älteste Knabe in der Nachfolgegeneration. Wenn der Marquess of Thorgale nicht doch noch einen Sohn bekam, würden nach seinem Tod erst Connor, der Vater von George und Donella, und dann sein Sohn den Titel erben. Allein, Marquess Charles erfreute sich bislang bester Gesundheit, und so konnte es durchaus sein, dass seine Ehe noch mit einem männlichen Erben gesegnet werden würde. Die Wahrscheinlichkeit nahm aber mit jedem weiteren Lebensjahr ab, und George trug die Nase jetzt schon entsprechend hoch.

Donella flitzte die Treppen hinauf, zu den Wohnräumen ihrer Großeltern. Cliff Tower, das Herrenhaus über dem Meer, gehörte der Familie ihrer Mutter. Die Balincourts hatten jedoch keine männlichen Erben, sodass es nach ihrem Tod in den Besitz von Lady Winifred übergehen würde. Das war in den meisten schottischen Adelsfamilien so. Die Hards bildeten eine Ausnahme – und da es für Connor Hard, Donellas Vater, kein Erbe geben würde, hatte sich das Paar nach der Hochzeit gleich in der trutzigen Burg an der Küste angesiedelt. Platz gab es genug. Cliff Tower war ein sogenannter Wohnturm – eine mittelalterliche Kombination aus Wehranlage und Wohnhaus. Besonders von den Fenstern in den oberen Geschossen boten sich atemberaubende Blicke aufs Meer, allerdings waren die Fenster eher klein. Die Wohnung der Großeltern mit ihren Erkern und Balkonen war prächtiger und heller als die der Hards, Donella hielt sich gern hier auf, und sie wusste, dass sie immer willkommen war. Da sich im Salon der Balincourts niemand aufhielt, begab sie sich direkt in Großvaters Arbeitszimmer, von dem aus er immer noch einen Großteil der Geschicke seiner Ländereien leitete. Sie liebte den Raum, in dem es nach Großvaters Pfeife roch und nach alten ledergebundenen

Büchern. Frederick Balincourt besaß eine umfangreiche Bibliothek und hatte nichts dagegen, wenn Donella in seinen Büchern schmökerte. Die Elfjährige konnte gut lesen – sie hatte die Grundbegriffe bei Georges Hauslehrer gelernt –, doch da der sich über die ständigen Streitigkeiten unter den Geschwistern beschwert hatte, war vor einem Jahr Mademoiselle Durant eingestellt worden, die Donella Französisch, Klavierspielen und Zeichnen beibringen sollte. Freude hatte das Mädchen nur an Letzterem, leider im Gegensatz zu Mademoiselle, die für Zeichenkunst kein Talent hatte und ihrem Schützling nur einige Grundbegriffe vermitteln konnte.

Donella erwartete, den Großvater hinter seinem Schreibtisch anzutreffen, doch er stand an einem Kartentisch in der Mitte des Raumes und begutachtete den Inhalt einer Sendung, die ihn gestern erreicht hatte. Eben wollte er die Schachtel wieder schließen, als er sie bemerkte, und wandte sich zu ihr um.

»Donna! Wie hübsch du heute aussiehst!« Er lächelte sie an und nannte sie bei der Kurzform ihres Namens, die sie selbst bevorzugte. Frederick Balincourt war ein hochgewachsener, noch recht schlanker Mann, dessen Kotelettenbart sein flächiges Gesicht aussehen ließ wie das Bild eines Seemanns in Donellas Kinderbüchern. Er hatte gütige grün-braune Augen, und in seinem schon weißen Haar gab es noch ein paar braune Strähnen. Es hieß, seine Enkelin sehe ihm ähnlich.

»Komm, schau dir mein Geschenk für Onkel Charles an! Ich hoffe, es wird ihm gefallen. Ist doch mal was anderes fürs Herrenzimmer als immer nur Pferde und Landschaften.«

Er hob den Deckel der Schachtel noch einmal an und gab Donella den Blick auf einen wunderschön ausgeführten Kupferstich frei. Das Motiv gab dem Mädchen allerdings Rätsel auf. Das Bild zeigte eine Art bunt bemalte Kugel, die nach oben hin spitz zulief und an deren unterem Ende so etwas wie ein Korb befestigt war. Das Verrückteste war jedoch, dass das Ding in der Luft schwebte! Über einem Feuer, wie es aussah, jedenfalls stieg Rauch oder Dampf von unten auf.

»Was ist das?«, fragte Donella fasziniert. »Das sieht aus, als ob es ... fliegt!«

Ihr Großvater lächelte. »Das ist eine Montgolfière, der erste Heißluftballon der Welt! Die Brüder Montgolfier starteten ihn 1783 im Garten des Schlosses von Versailles. In den Korb hatten sie drei Tiere gesetzt, um zu sehen, ob lebendige Wesen die Luftfahrt überleben können.«

»Und«, fragte Donella, »ist er abgestürzt?« Wäre das nicht der Fall gewesen, hätte die Luft inzwischen doch voll sein müssen mit solchen Ballons! Ach, wenn man fliegen könnte! Donella sah sofort ihren eigenen kleinen Ballon vor sich, in dem sie Georges ständigen Attacken entgehen konnte, indem sie einfach über ihm entschwebte.

Ihr Großvater schüttelte den Kopf. »Oh nein, im Gegenteil. Das Prinzip wurde sogar noch weiterentwickelt. Die Montgolfière flog zunächst mit heißer Luft, später füllte man den Ballon mit Gas. Jedenfalls brachte sie ihre Passagiere in kurzer Zeit viele Meilen weit.«

Donella sah ihn verwundert an. »Und warum fahren wir dann immer noch mit der Kutsche nach Thorgale House?«

Frederick Balincourt lachte. »Ich glaube, die Dinger lassen sich nur bedingt steuern. Und es ist wohl auch ein ziemlicher Aufwand, sie in die Luft zu bringen.«

»Wieso fliegen sie überhaupt?« Donella beugte sich erneut hingerissen über das Bild. »Und wie hoch fliegen sie? Wie weit genau? Kann man da nicht was machen, mit der Steuerung? Woraus stellt man sie überhaupt her? Aus Stoff?«

Ihr Großvater winkte ab. »Ich weiß es nicht, Donna. Ich bin weder Techniker noch Abenteurer. Mir haben unsere Pferde immer genügt, wenn ich von hier nach dort kommen wollte. Aber es gibt sicher Bücher über die Montgolfière. Ich werde mich umsehen, wenn ich das nächste Mal in Edinburgh bin. Den Kupferstich habe ich nur gekauft, weil er mir originell erschien. Und nun müssen wir ihn schnell wieder einpacken. Deine Großmutter wird mich gleich rufen, es wird Zeit zur Abfahrt. Und du wirst sicher auch schon vermisst.«

Donella half ihm, das kostbare Geschenk wieder in Seidenpapier zu hüllen. Dann begleitete sie ihre Großeltern die große, geschwungene Treppe aus Eichenholz hinab. In der Auffahrt warteten bereits zwei Kutschen. Die Fahrt zum Stammsitz der Hards würde etwa eine und eine halbe Stunde dauern. Donella antwortete nur einsilbig auf die Versuche ihrer Mutter, die Fahrtzeit durch ein Gespräch aufzulockern. In Gedanken sah sich ihre Tochter in einer der Gondeln der Montgolfière. Es musste so viel schneller und kurzweiliger sein, fliegen zu können!

Es war ein strahlender Frühlingstag, und der Park von Thorgale House war für Charles Hards Geburtstagsfeier festlich geschmückt worden. In den Bäumen hingen Papierballons in allen Farben, und Donella fragte sich, warum sie nicht wegflogen. Nun ja, zumindest würde Ailis sich bestimmt darüber freuen, dass ihre Familie wohl daran dachte, das Fest bis in die Nachtstunden auszudehnen. Mit etwas Glück konnten sie die Sterne sehen – und diesmal hatte Donna ihrer Cousine und Freundin Ailis sogar Neues zu berichten. Wenn man über Frankreich fliegen konnte, warum dann nicht auch bis zu ihren heiß geliebten Sternen?

Ailis erwartete sie bereits sehnlichst. Bislang waren erst die Hards aus Old Lane Manor eingetroffen, doch mit Haily und ihrem unscheinbaren Schatten Emily hatte Ailis wenig gemeinsam. Dabei mochte Emily gar nicht so dumm sein. Ließ Haily sie einmal zu Wort kommen, sagte sie mitunter ganz vernünftige Dinge. Das kam jedoch nur selten vor, meist redete Haily, wie auch jetzt wieder, da sie über ihr neues Kleid und ihr neues Pony schwadronierte und darüber, dass ihre Eltern ihr erlaubten, bereits Tanzstunden zu nehmen. Davon hätten Ailis und Donna mit ihren elf Jahren nur träumen können – wenn es denn zu ihren bevorzugten Träumen gehört hätte, sich in ein Korsett zwängen zu müssen wie ihre Mütter und zu erlauben, dass Jungen wie George die Arme um sie legten. Ob Emily von irgendetwas träumte, wussten die Cousinen nicht. Das Mädchen war knapp vier Jahre jünger als sie, wirkte jedoch durchaus verständig mit seinem schmalen Gesicht, den sanften braunen Augen und dem dunklen Haar, das es zu einem dicken Zopf geflochten trug, während sich Hailys lange

Locken offen über den Rücken ihres rosafarbenen Spitzenkleides ergossen. Emily trug ein schlichtes weißes Kleid, das Ailis vom letzten Sommer zu erkennen glaubte. Damals hatte Haily es getragen, und es hatte weit mehr Rüschen und Bänder aufgewiesen als jetzt. Zudem trug Emily eine weiße Schürze. Sie war mit Spitze besetzt und sah sehr hübsch aus. Dennoch erkannte Ailis die Bedeutung sofort: Die Schürze machte den Unterschied aus zwischen Herrin und Dienerin, auch wenn Lady Mairead das Mädchen gern als Hailys »Spielgefährtin« bezeichnete. Ailis und Donella hätten immer noch nicht zu sagen gewusst, welchen Rang Emily im Hause der Hards tatsächlich bekleidete. Haily kommandierte sie jedenfalls herum wie eine Dienstbotin, gleichzeitig schien sie die Jüngere zu lieben wie eine Schwester. Mitunter fühlte sich Donella an sich selbst und George erinnert, doch im Gegensatz zu ihr konnte Emily sich Hailys kleinen Gemeinheiten nicht entziehen.

Im Eingang zum weitläufigen Park von Thorgale House begrüßte Charles Hard seine Gäste, während seine Tochter Ailis sowie seine Neffen und Nichten vor den Ankömmlingen einen formvollendeten Knicks oder Diener zeigten. Die junge Emily stand derweil abseits und wartete geduldig. Auch David, Hailys Bruder, machte alles brav mit und hoffte dabei sehnsüchtig auf ein baldiges Eintreffen seines Cousins George, der im gleichen Alter war. Die beiden ältesten Söhne der Hards auf Old Lane Manor, Paul und Edward, waren im Internat und insofern entschuldigt.

»Da sind sie ja!«, rief David in Richtung der Mädchen, als die Kutsche von Georges und Donellas Eltern vorfuhr. Die Kinder warteten ungeduldig ab, bis die Begrüßungsformalitäten erledigt waren und Cousin und Cousine endlich zu ihnen stießen.

»Los, gehen wir in den Park!«, forderte George seinen Vetter David sofort auf. Es dauerte keine drei Minuten, bis die beiden verschwunden waren.

Donella umarmte Ailis herzlich und Haily eher flüchtig. Wie immer wusste sie nicht genau, wie sie es mit Emily halten sollte.

»Ich dachte, wir machen ein Picknick im Park«, schlug Ailis vor. Sie hatte nur noch dunkle Erinnerungen an das Picknick mit Larna, ihrer ersten Kinderfrau, doch allein das Wort klang verlockend. Die Gäste ihres Vaters verteilten sich derweil in der Nähe des Haupthauses, wo diverse Pavillons aufgebaut waren und Dienstboten Getränke und Snacks bereithielten. Wenn die Kinder sich zurückzogen, würde sie sicher niemand vermissen.

»Hast du denn einen Picknickkorb? Und eine Decke, auf der wir alles ausbreiten können, wie die Großen?«, erkundigte sich Haily, die Einzige, die über einschlägige Erfahrungen verfügte. Ihre Mutter engagierte sich in Damenzirkeln und Kirchengruppen und pflegte ihre hübsche Tochter mitzunehmen, wenn dort Picknicks und Feste stattfanden. »Und Wein?« Es klang, als verriete sie ihren Cousinen, dass Lady Mairead sie bei diesen Ausflügen mittrinken ließ. Die anderen kommentierten das nicht, Haily war für ihre Aufschneiderei bekannt.

»Wir haben alles, was man braucht«, meinte Ailis. »Unsere Köchin hat den Korb gepackt und sicher an alles gedacht.«

Die Köchin musste die Tochter ihrer Herrschaft sehr gern haben, wenn sie sich bei all der Arbeit rund um das Geburtstagsfest die Zeit dafür genommen hatte. Tatsächlich profitierte das Mädchen beim Personal immer noch von den ersten Jahren mit Larna, die mit ihrem Zögling in der Küche ein und aus gegangen war. Damals hatten sich alle Frauen in die Kleine verliebt und sie ein bisschen bemitleidet, als dann Nanny Peterson das Zepter in die Hand nahm und Ailis eigentlich gar nichts mehr durfte.

»Deine Miss hat frei?«, fragte Donella ihre Cousine, nachdem sie einen schweren Korb aus den Händen eines wohlwollend lächelnden Küchenmädchens in Empfang genommen hatten. Ailis hatte keine französische, sondern eine englische Gouvernante, die sie ähnlich streng erzog wie vorher Nanny Peterson. Heute schien sie jedoch nicht zugegen zu sein.

»Die ganze Woche!«, freute sich Ailis. »Ein Todesfall in der

Familie, Miss Tarton musste nach Liverpool … Es … äh … tut mir natürlich sehr leid«, setzte sie dann pflichtschuldig hinzu.

Haily seufzte theatralisch. »Hast du ein Glück! Unsere Mademoiselle ist nie krank, oder, Emily?«

Emily rieb sich die Stirn. »Sie war im letzten Monat zweimal unpässlich«, berichtigte sie. »Da war es ziemlich langweilig …«

Ailis und Donella tauschten einen kurzen Blick. Sie hatten Hailys junge Erzieherin bereits kennengelernt und erstaunt festgestellt, dass sich deren Funktion eher auf die Unterhaltung ihrer Zöglinge als auf deren strenge Erziehung bezog. Natürlich sprach sie Französisch mit ihnen, ansonsten beschränkte sich ihr Unterricht auf einfache Lernspiele, Musik und Spaziergänge. Wenn Haily jetzt so tat, als beneide sie Ailis darum, dass ihre Miss nicht zugegen sein konnte, diente das nur dazu, sich weiter interessant zu machen.

»Kommt, wir gehen zum See!«, forderte Ailis die anderen auf. Donella half ihr beim Tragen des Picknickkorbs, Emily nahm die Decken in die Hand, auf denen sie Platz nehmen würden. Der Park von Thorgale House war weitläufig. Ein Landschaftspark, der gepflegte Blumenbeete und Hecken umfasste sowie fast naturbelassene Wiesen, Hügel und Wäldchen, dazu einen Weiher mit schilfbewachsenen Ufern.

»Im Schilf brüten Graugänse«, erklärte Ailis, während sie sich auf der nahen Wiese ausbreiteten. »Vielleicht sehen wir welche. Die Küken sind sehr süß, wenn sie hinter ihrer Mutter herwatscheln.«

»Brüten da nicht irgendwelche Vögel?«, fragte George. Er und David steuerten den See von der anderen Seite aus an, nachdem sie schon versucht hatten, den Bach zu stauen, der ihn speiste. Als sie sich einen Weg durch das Schilf bahnten, um ans Wasser zu kommen, flogen verschiedene Wasservögel auf. »Du, vielleicht finden wir Eier!«

An den Klippen des Anwesens von Georges und Donellas Eltern brüteten viele Vögel, und George besaß bereits eine große Sammlung verschiedenfarbiger Eier, die er zum Teil mittels abenteuerlicher Klettertouren aus den Nestern geraubt hatte. David beneidete ihn darum und war daher einer Expedition nicht abgeneigt.

»Du musst da gucken, wo Vögel auffliegen«, wies George ihn an. »Aber dahin, wo sie starten, nicht dahin, wo sie dich hinlocken wollen. Das ist ein Trick, weißt du? Sie wollen lieber, dass ein Feind sie verfolgt, als dass er ihre Eier frisst.«

Die Mädchen hätten die Vögel hören können, die von den Jungen aufgescheucht wurden. Schließlich machten sie einen ziemlichen Radau, zischten und gaben trompetenartige Laute von sich. Ailis und die anderen waren jedoch zu sehr damit beschäftigt, das bunte Picknickgeschirr aus dem Korb zu nehmen und hübsch auf den Decken zu arrangieren. Donella förderte Schüsseln mit Hähnchenschenkeln und Päckchen mit Sandwiches zutage. Haily entkorkte eine Flasche Apfelsaft und füllte damit die Weingläser.

Inzwischen berichtete Donella von der Montgolfière und ihrem Traum vom Fliegen. »Man käme bestimmt schneller vorwärts. Und es wäre aufregend, alles von oben zu sehen. Wenn ich nur wüsste, wie das geht mit dem Ballon ...«

»Wenn Luft heiß wird, sucht sie sich einen Weg nach oben oder nach draußen«, wusste Emily zu aller Verwunderung. »Meine Mum sagt immer, wir müssten die Tür zulassen und auch die Fenster in unserem Haus, wenn der Kamin an ist. Sonst kühlt es sich ganz schnell ab.«

»Hm«, überlegte Donella, »das erklärt, warum Lampions nicht wegfliegen. Da ist ja oben ein Loch drin. Wenn man sie aber umdreht und die Kerze darunter stellt ...« Sie blickte in die Runde. »Das probieren wir nachher mal aus!«

Während Ailis darauf hinwies, dass man so einen Papierlampion auch schnell in Brand setzen konnte, und Haily herumsponn, dass man Vögel dressieren müsste wie Pferde, damit sie einen Wagen durch die Lüfte zögen, fanden die Jungen ein Nest der Graugänse. Die Elterntiere flatterten nervös in der Nähe herum, und eines von ihnen schien ernsthaft angreifen zu wollen. David erschrak, doch George griff kurzerhand nach einem der vier Eier und schleuderte es in Richtung Gans. Das Ei zerschellte an ihrem Gefieder, was hysterisches Geschrei des Tieres provozierte. David griff daraufhin ebenfalls in das Gelege.

»Das eine geht schon kaputt!«, erklärte er. In diesem Ei regte sich etwas, das Küken machte wohl Anstalten zu schlüpfen.

»Mist!«, rief George. »Dann kann ich es nicht mehr ausblasen und in meine Sammlung tun.« Verärgert warf er ein weiteres Ei nach der schreienden Gans – und entdeckte durch den Schilfvorhang die Mädchen, die im Gras neben dem Weiher saßen und geziert an ihren Sandwiches knabberten. Er grinste. »Guck mal, die Damen machen ein Picknick! Fehlt da nicht noch ein bisschen Rührei?« Er nahm das kaputte Ei auf und reichte David das letzte. »Komm, wir müssen näher ran!«

Die Jungen bewegten sich möglichst leise durch das Schilfdickicht.

»Ich deine Schwester, du meine Schwester!«, wies George den Cousin an, als sie so nah waren, dass sie das Kichern der Mädchen hören konnten. »Los!« Er stand auf, johlte: »Einmal pochierte Eier!« – und traf Haily an der Schulter. Die Mädchen schrien auf – erst vor Schreck, dann kreischte Haily vor Ekel, als nicht nur Eigelb und Eiweiß von ihrem rosafarbenen Kleid tropften, sondern ein totes Küken.

»Jetzt du!«, rief George, aber David wirkte fast so erschrocken wie die Mädchen. Trotzdem stand er auf, bereit zu werfen, als er Emily erblickte, die ihn vorwurfsvoll anstarrte.

»Master David!«, rief sie entsetzt.

»Das sag ich Mami!«, schrie Haily, die ihn ebenfalls erkannte. Für David, eigentlich ein gehorsamer Junge, wurde das zu viel. Er ließ sein Ei ins Gras kullern. Die Schale brach, die Wucht reichte aber nicht aus, um das Ei zu zerschmettern.

»Tut … tut mir leid …«, murmelte David und ergriff die Flucht. George blieb nichts anderes übrig, als ihm zu folgen. Die Jungen liefen auf das Haus zu, David in Panik, George schon auf der Suche nach einer Ausrede. Wenn sie sich jetzt brav der Festgesellschaft anschlossen, würde man den Mädchen die Geschichte von dem Angriff womöglich nicht glauben.

Ailis und Donella bemühten sich um die schluchzende Haily. Ailis schaffte das tote Küken weg, und Donella versuchte, Hailys Kleid mit einer Serviette zu säubern.

Emily näherte sich dem Ei, das David hatte fallen lassen, und sah, dass sich unter der gesprungenen Schale etwas bewegte. Vorsichtig entfernte sie die Fragmente und legte ein Fenster frei. Ein winziger Schnabel schob sich heraus … Emily wusste nicht, ob sie dem Tierchen helfen oder ihm die Arbeit des Schlüpfens allein überlassen sollte. Schließlich setzte sie sich ins Gras, bettete das Ei in ihre Schürze und wartete ab, bis sich das Küken nach und nach ins Freie schob. Runde schwarze Augen sahen sie an. Das kleine Ding war feucht und schien erschöpft zu sein. Es ruderte mit den Flügeln und den Beinen, ließ Emily dabei jedoch nicht aus den Augen.

»Emily!« Als die anderen Mädchen nach ihr riefen, war der Winzling in ihrem Schoß schon etwas getrocknet und hatte fast angefangen, niedlich auszusehen.

Die Cousinen hatten das Picknick zusammengepackt und waren aufbruchbereit. Der Spaß war ihnen gründlich vergangen, und Haily schluchzte immer noch. Ailis war entschlossen, die Jungs zu verpetzen. George mochte zwar der designierte Erbe sein, doch er war verwöhnt und rabiat. Was er sich heute geleistet hatte, war einfach zu viel. Ailis' Vater war ein passionierter Jäger und pflegte einige der Wildgänse zu schießen, bevor sie im Herbst fortzogen. Ihr Gelege zu zerstören kam insofern einem Jagdfrevel gleich.

»Er wird sich etwas ausdenken«, meinte Donella pessimistisch, als Ailis ihr erzählte, was sie vorhatte. »George kommt immer davon …« Donna zuckte die Achseln. »Wo ist eigentlich Emily?«

Ailis entdeckte das Mädchen am Rand des Schilfdickichts.

»Guckt mal, was ich hier habe«, sagte es leise, ein glückliches Lächeln im Gesicht.

Haily hörte umgehend auf zu weinen und wollte das Küken gleich anfassen. Die Mädchen hockten sich zu Emily ins Gras und bewunderten das Vogelkind, das sich ungelenk vorwärtszubewegen versuchte. Sobald eine der Cousinen das Küken hochheben wollte, strebte es sofort zurück auf Emilys Schoß.

»Es ist mein Baby!«, rief Emily verzückt. »Ich behalte es.«

Haily runzelte die Stirn. »Du musst Mami fragen, ob wir es behalten dürfen«, erklärte sie. »Es kann uns ja beiden gehören, es …«

»Es ist meins«, beharrte Emily. »Und ich werde meine eigene Mum fragen.«

Haily sah sie mit einem hässlichen Grinsen an. »Wenn ich es haben will, krieg ich es!«, erklärte sie. »Ich hab schließlich sogar dich gekriegt!«

Die anderen Mädchen hielten den Atem an. Das Küken watschelte schon wesentlich geschickter und vor allem fest entschlossen zu Emily zurück. Emily streichelte es und ließ es in der Tasche ihrer Schürze verschwinden.

»Ich konnte damals noch nicht laufen«, sagte sie. »Aber das hier, das wird fliegen können!«

Für das Leben lernen

Thorgale House
St Leonards School in St Andrews
Boston, Massachusetts
1880-1886

»Wir waren doch hier!«, behauptete George mit gespieltem Erstaunen, als die Mädchen auf der Festwiese auftauchten und für einen kleinen Eklat sorgten, indem Haily sich tränenüberströmt in die Arme ihrer Mutter stürzte, während Ailis mit lauter Stimme und durchaus sachlich die Vorgänge am Weiher schilderte. Das Küken, das Emily zum Beweis aus ihrer Schürzentasche zog, versetzte die anwesenden Damen zum größten Teil in Verzückung.

»Wahrscheinlich haben die Mädchen das Ei selbst kaputt gemacht«, sprach George weiter. »Am ehesten Donella, die muss ja immer alles auseinandernehmen ...«

»Und dann hat sie die Reste des toten Kükens und die Eierschalen auf das Kleid ihrer Freundin geschmiert?«, erkundigte sich eine feste, ruhige Frauenstimme.

»Vielleicht hat sie's weggeschmissen, weil's so eklig war.« George war nie um eine Erklärung verlegen.

»Stimmt das, Donella?« Lady Winifred sah ihre Tochter streng an. Donella erwiderte den Blick, verwirrt und wie gelähmt. Obwohl sie es vorausgesehen hatte, konnte sie die Reaktion ihrer Mutter auf Georges dreiste Lüge kaum glauben.

»Nein, das stimmt nicht«, beharrte Ailis. »Es war so, wie ich es erzählt habe. Nun sag doch auch mal was, Haily!«

Haily hob nur kurz den Kopf vom Schoß ihrer Mutter. Stattdessen jammerte sie: »Emily will mir das Küken nicht geben.«

»Haily wurde also wieder einmal geärgert und ausgegrenzt«, erklärte Lady Mairead theatralisch. »Und jetzt wollt ihr Mädchen die Jungen dafür verantwortlich machen. Du hättest so was doch niemals getan, nicht wahr, David?«

David wirkte durchaus schuldbewusst, hatte jedoch nicht den Mut, alles zuzugeben. Ailis schaute sich nach weiteren Zeugen um, doch Donella war mit lautem Aufschluchzen weggerannt. Auch Emily war verschwunden, wahrscheinlich, um zu verhindern, Haily das Küken geben zu müssen. Ailis war klar, dass sie auf verlorenem Posten kämpfte.

»Ich bleibe bei meiner Darstellung!«, sagte sie dennoch fest, allerdings schien ihr niemand mehr zuzuhören.

»Wir sprechen uns noch!«, bemerkte Lady Alison abschließend. Ailis wusste nicht, ob ihre Mutter ihr wirklich nicht glaubte, in Schutz nehmen würde sie die Mädchen allerdings nicht, dafür schien ihr das alles nicht wichtig genug zu sein. Nur die Dame, die Georges Darstellung hinterfragt hatte, warf ihr einen fast mitfühlenden Blick zu.

Ailis musterte sie verstohlen. Die Fremde wirkte streng, aber sympathisch. Sie hatte ein flächiges Gesicht von vornehmer Blässe, das beherrscht wurde von großen, wachen braunen Augen. Ihr dunkles Haar war fest aufgesteckt und ihr fliederfarbenes Kostüm mit dem passenden Hütchen gut gearbeitet. Es wirkte für den Anlass jedoch fast ein bisschen zu schlicht. Ailis hatte die Dame nie zuvor gesehen, aber sie musste etwas mit ihrer Mutter zu besprechen haben, denn die beiden saßen jetzt an einem der zierlichen Teetischchen, die auf dem Rasen aufgestellt waren, und Lady Alison schenkte gerade Tee ein.

Ailis seufzte, hob dann den Picknickkorb auf und machte sich auf den Weg in die Küche, um das kaum berührte Essen zurückzubringen. Dort fand sie auch Emily, umringt von ein paar entzückten Küchenmädchen, die zusahen, wie das Mädchen geduldig versuchte, sein Küken mit einem Teelöffel zu füttern. Die Köchin zerdrückte etwas Brot mit Milch, das Emily dem Tierchen in winzigen Mengen in den Schnabel schob. Die Mischung schien dem Vogelkind zu munden. Ailis fragte sich, ob sie Emily darauf ansprechen sollte, dass sie ihr nicht beigesprungen war, entschied jedoch, sie in Ruhe zu lassen. Wenn man ihr, der Tochter des Clan Chiefs, schon nicht glaubte, dann ganz gewiss nicht Emily, dem Dienstbotenkind.

Stattdessen machte sie sich auf die Suche nach Donella und fand ihre Cousine im Garten, versteckt unter einem Busch und verzweifelt schluchzend.

»Ich hab's dir gesagt!«, weinte Donna, als Ailis sich zu ihr kauerte und tröstend einen Arm um sie legte. »George redet sich immer heraus, und meine Eltern glauben ihm. Wenn er den Titel wirklich einmal erben sollte, musst du dich auf etwas gefasst machen. Er wird dich garantiert hier rausschmeißen.«

»So weit ist es ja noch nicht«, meinte Ailis. »Ich kriege bestimmt noch einen Bruder, sagt Mama. Und Nanny Peterson hat mich jeden Tag dafür beten lassen. Ich frage mich allerdings, warum sie nicht stattdessen ein paar Räder für Störche auf die Dächer setzen. Ich hab bei uns noch nie einen gesehen, obwohl die doch angeblich die Babys bringen sollen.«

Donna unterdrückte ein Kichern. »Ich weiß nicht, ob das nicht eine ziemlich dumme Geschichte ist.«

Donella war die Neugierigste unter den Cousinen. Sie trieb sich gern in Stall und Garten herum, schon um George aus dem Weg zu gehen. Außerdem züchtete ihr Großvater Wolfshunde, die Donella faszinierten. Sie hatte zwar nur vage Ideen dazu, wie die Welpen in die Hündin oder die Küken in die Eier kamen, aber Storchenvögel waren daran bestimmt nicht beteiligt.

»Ist ja auch egal«, erklärte Ailis, die sich längst etwas ausgedacht hatte, um ihre Freundin zu trösten. »Hast du Lust, das mit den Lampions zu versuchen? Vielleicht kriegen wir ja einen zum Fliegen?«

Donna vergaß umgehend ihren missratenen Bruder. »Dafür brauchen wir Kerzen!«, erklärte sie. »Und die Montgolfière stand auf so einer Art Podest. Unten dran hing eine Art Korb.«

Die Mädchen machten sich auf den Weg zur Einfahrt und

stibitzten einen der ballonförmigen Lampions aus den Bäumen. Dann verzogen sie sich mit dem Lampion und der sich darin schon befindlichen Kerze. Als sie ein Versteck zwischen den Büschen erreichten, holte Ailis die Kerze vorsichtig heraus. Sie stellte sie auf den Boden, und Donna hielt den Ballon darüber.

»Noch etwas tiefer!«, forderte Ailis. »Ich denke, du musst spüren, dass der Lampion warm wird.«

Aufgeregt warteten die Mädchen ein paar Minuten, dann ließ Donna den Lampion los.

»Er fliegt!« Tatsächlich erhob sich das improvisierte Luftschiff für ein paar Zentimeter, wurde von einem leichten Wind erfasst und schwebte wieder zu Boden.

»Das war ein bisschen kurz«, meinte Ailis enttäuscht, dann leuchteten ihre Augen. »Aber das Prinzip hat funktioniert!«

»Der Lampion ist wahrscheinlich zu schnell ausgekühlt«, überlegte Donna. »Vielleicht muss die brennende Kerze länger drunter bleiben …« Sie beugte sich über den Lampion und suchte nach dem Kerzenhalter, der sich in seinem Inneren befand. Geschickt montierte sie ihn ab und verwandte das Band, mit dem der Lampion am Baum befestigt gewesen war, um eine Art Netz über die kleine Öffnung zu spannen. Sie setzte den Halter mit der Kerze hinein, immer darauf achtend, weder das Papier noch das Band in Brand zu setzen.

Kurz darauf beobachteten die Mädchen atemlos, wie sich der Lampion weiter und weiter in den Himmel erhob. Der Wind frischte auf und trieb ihn Richtung Festwiese.

Donna blickte ihm noch bewundernd nach, während Ailis Böses ahnte.

»Wir hätten das Ganze besser am See ausprobieren sollen«, murmelte sie.

Allein Frederick Balincourt zollte der »Erfindung« seiner Enkelin einen gewissen Respekt – nachdem der Festpavillon gelöscht worden war, auf dem der brennende Lampion niedergegangen war. Das leichte Gewebe des offenen Zeltes hatte sich sofort entzündet und war innerhalb von Sekunden in Flammen aufgegangen. Zum Glück war dabei niemand zu Schaden gekommen, sogar die Platten mit den Sandwiches, die sich darin befunden hatten, waren weitgehend unversehrt geblieben. Zwei beherzte Diener hatten die Zeltleinwand sofort zu Boden gerissen und die Flammen ausgetreten. Allerdings zeigte sich die Festgesellschaft zu Tode erschrocken, und als die beiden Schuldigen gefunden waren, hagelte es Vorwürfe. Donellas Erklärung, sie hätten doch nur eine Montgolfière nachbauen wollen, wollten ihre Eltern gar nicht erst hören. Gemeinsam mit Ailis wurde sie an einen Katzentisch verbannt, wo sie den restlichen Abend unter Aufsicht verbringen mussten. Über eine angemessene Strafe versprachen Donnas Eltern noch nachzudenken. Kleinlaut verzogen sich die Cousinen auf die ihnen zugewiesenen Plätze und lauschten in Ermangelung anderer Beschäftigungen den Unterhaltungen der Gäste, soweit sie ihnen folgen konnten.

Donellas Mutter machte ihrer Verzweiflung so laut Luft, dass die beiden Delinquentinnen jedes Wort verstanden.

»Was sollen wir nur machen?«, fragte Lady Winifred völlig aufgelöst und erwartete eigentlich keine Antwort von ihren Schwägerinnen, mit denen sie bei einem Glas Punsch zusammensaß. Nach der Aufregung brauchten alle eine Stärkung. »Donella versteht sich nicht mit ihrem Bruder, sie treibt sich lieber in den Ställen herum, statt sich mit Handarbeiten zu beschäftigen, und wenn sie liest, dann sind es die verrücktesten Bücher über Erfindungen und Expeditionen in die seltsamsten Länder. Und du unterstützt sie da auch noch!«

Letzteres galt Frederick Balincourt, der versucht hatte, Donellas Versuch mit dem fliegenden Ballon wenigstens zu erklären. Angesichts der Tirade seiner Tochter zog er allerdings lieber den Kopf ein. Wenn Lady Winifred in dieser Stimmung war, ließ sie sich ohnehin nicht beruhigen.

Dafür mischte sich jetzt die Dame ein, die vorhin Zweifel an Georges Geschichte mit den Gänseeiern geäußert hatte.

»Verehrte Lady Winifred, vielleicht sollte man den wachen Geist Ihrer Tochter einfach in geordnetere Bahnen lenken …«

Ailis und Donella spitzten die Ohren, als die Fremde sich nun als Louisa Innes Lumsden vorstellte, Rektorin einer Mädchenschule in St Andrews.

»St Leonards steht für anspruchsvolle Mädchenbildung, wir vermitteln ähnliche Lerninhalte wie die bekannten Institute für männliche Jugendliche. Das heißt, wir bereiten die Schülerinnen nicht in erster Linie auf ein Leben als Vorsteherin eines Haushalts vor, sondern ermöglichen ihnen auch den Zugang zu einem Universitätsstudium, wenn sie das möchten.«

Hailys Mutter betrachtete sie argwöhnisch. »Sind Sie so was wie diese Sufragetten?«, fragte sie streng. »Kämpferische Frauen, die den Mädchen ihre Weiblichkeit nehmen wollen?«

Miss Lumsden lachte. »Nichts liegt mir ferner, Mylady! Ich finde nur, dass man ihnen ihren Verstand nicht nehmen sollte – die Weisheit ist bekanntlich weiblich. Wenn viele Frauen ihre Erfüllung darin finden, einen Haushalt zu leiten, ihre Kinder zu erziehen und für die Zufriedenheit ihres Gatten zu sorgen, dann ist dagegen überhaupt nichts einzuwenden. Sie sollten darüber nur selbst entscheiden können, und sie sollten lernen können, wenn sie von so offensichtlichem Wissensdurst getrieben werden, wie Ihre entzückende Tochter und Ihre Nichte. In St Leonards unterrichten wir nicht nur die klassischen Fächer der Mädchenbildung wie Französisch, Musik und Kunstgeschichte, sondern auch Naturwissenschaften und Sport. Die Mädchen erhalten eine vielfältige Ausbildung, zugeschnitten auf ihre individuellen Interessen und Fähigkeiten.«

»Charles und ich überlegen, Ailis in die Obhut von Miss Lumsdens Schule zu geben«, erklärte nun Lady Alison zur allseitigen Überraschung. »Ich durfte bereits letzte Woche ihre Bekanntschaft machen, im Rahmen einer Teegesellschaft bei Lady Bentworth.«

Wie aus der weiteren Unterhaltung hervorging, weilten Miss Lumsden und ihre Mutter zurzeit in der Nähe von Thorgale House, bei ihrem Cousin, dessen Mutter in seinem Haushalt lebte. Mrs. Lumsden hatte den Wunsch geäußert, ihre Schwester zu besuchen, und ihre Tochter hatte sie begleitet.

»Ich bin hauptsächlich deshalb nach Schottland zurückgekommen, um mich um meine Mutter zu kümmern«, erzählte die Rektorin. »Vorher habe ich in Brüssel und London studiert und auch schon unterrichtet. Und ja, ich war auch in der Frauenbewegung aktiv – was mich aber nicht gleich zu einer militanten Suffragette macht.« Sie lächelte vor allem Lady Mairead zu. »Ich denke, im Grunde teilen hier alle meine Ansicht, dass die Frau dem Mann vielleicht körperlich, doch sicher nicht geistig unterlegen ist. Frauen haben dieser Welt mehr zu bieten als umhäkelte Taschentücher und Bratenrezepte. Schauen Sie sich die kleine Donella an: Wenn man sie nicht dafür bestraft, dass sie sich Gedanken über Gott und die Welt macht, sondern ihre Fähigkeiten in vernünftigen Bahnen fördert, dann brennt sie keine Zelte mehr ab, sondern ... wer weiß, vielleicht fliegt sie einmal zum Mond!«

Alle lachten über den offensichtlichen Scherz und begannen, Miss Lumsden charmant zu finden. Etwas exzentrisch vielleicht, aber das musste man wohl hinnehmen bei einer Frau, die lieber studiert hatte, als zu heiraten.

»Aber setzen Sie den Mädchen mit alldem nicht Flausen in den Kopf?«, fragte Lady Winifred. »Bringen Sie sie damit nicht auf ... unangemessene Ideen?«

Miss Lumsden zuckte mit den Schultern. »Ich habe Ihre Tochter nicht dahingehend beeinflusst, dass sie – wie Sie vorher bedauerten – lieber in den Ställen herumstreicht, als Handarbeiten zu machen, und lieber Bücher über Erfinder und Abenteurer liest als über Feen und Elfen. So etwas kommt von ganz allein. Und wenn Sie mit ›unangemessenen Ideen‹ vielleicht meinen, die Mädchen würden sich später einer Heirat verweigern, nur weil sie etwas über

Physik und Chemie gelernt haben – ich kann Ihnen versichern, dass die überwiegende Mehrheit meiner Schülerinnen trotzdem eine Ehe eingeht. Und oft eine erfüllendere und glücklichere als die ihrer weniger gebildeten Schwestern, denn sie können sich mit ihren Gatten über mehr austauschen als über Feen und Elfen.«

Erneut lachten die Frauen.

»Mich haben Sie überzeugt«, meinte Lady Alison. »Wenn mein Gatte zustimmt und Ailis das auch möchte, werden wir sie in St Leonards anmelden. Zumal ihre Situation hier … Nun, sie wird den Titel nicht erben, und ich will ja den Teufel nicht an die Wand malen, doch sollte mein Gatte versterben, bevor sie verheiratet ist, könnte ihre Mitgift von Wohl und Wehe eines männlichen Verwandten abhängen …«

Ihre Worte gingen im empörten Widerspruch ihrer Schwägerinnen unter, immerhin die Mütter besagter Verwandter. Ihre Söhne, so erklärten sie, würden sich Ailis gegenüber selbstverständlich großzügig und fair verhalten, doch sowohl Lady Alisons als auch Miss Lumsdens Blicke streiften George …

»Ich denke, es ist für jedes Mädchen gut, im Zweifelsfall eine Alternative zu einer Heirat zu haben, wenn es aus irgendwelchen Gründen nicht dazu kommt«, sagte Miss Lumsden. »Ich freue mich jedenfalls auf Ailis – und ebenso würde ich mich auf Donella freuen. Denken Sie einfach darüber nach!«

Die Erste der Damen, die eine weitere Frage an Miss Lumsden stellte, war Lady Mairead. Ihr hatte es nicht gefallen, dass bislang nur von Ailis und Donella die Rede gewesen war. Wurde Haily da womöglich unterschätzt?

»Und wie ist es mit Haily?«, erkundigte sie sich ein wenig indigniert. »Sie war bei diesem Streich mit dem Lampion nicht beteiligt, sie ist ein wohlerzogenes Kind. Aber sie verfügt nicht minder über einen wachen Geist!«

Miss Lumsden nickte. »Daran zweifle ich nicht!«, erklärte sie.

»Unsere Schule eignet sich bestimmt ebenso für Ihre Töchter …
die jüngere ist ja ebenfalls ganz entzückend. Wir nehmen die
Mädchen allerdings erst ab elf.«

Lady Mairead winkte ab. »Emily ist nicht meine Tochter, sie
ist ein Dienstbotenkind. Wir halten sie uns als Spielgefährtin für
Haily – unser Anwesen liegt etwas abseits, und wir haben sonst
nur Söhne. Haily sollte nicht vereinsamen.«

»Insofern wäre ein Internat sicher eine gute Alternative«,
meinte Miss Lumsden. »Ich werde Ihnen allen gerne Informationen über unsere Schule zukommen lassen. Und natürlich sind
Sie auch zu einer Besichtigung herzlich eingeladen. Falls es noch
Fragen gibt – ich bin ein paar weitere Tage hier. Meine Mutter will
das Treffen mit ihrer Schwester voll auskosten.« Damit wandte
sich die Rektorin ab, denn es wurde gerade zum Dinner gebeten,
und sie musste sich nach ihrem Tischherrn umsehen.

Donella und Ailis schauten einander an.

»Zusammen ins Internat?«, fragte Donna aufgeregt. »Oh, das
wäre wunderbar!«

Ihr Großvater zwinkerte ihr zu, als er jetzt die Herrenrunde,
in der er gesessen hatte, verließ. Er schien die Unterhaltung der
Ladys zumindest in Teilen mitbekommen haben, vielleicht hatte
auch Sir Charles von seiner Absicht erzählt, Ailis nach St Leonards zu schicken.

»Wird schon!«, wisperte er Donella zu. »Ich setz mich für dich
ein. Allein deshalb, damit wir nicht auch noch in hundert Jahren
mit der Kutsche fahren statt zu fliegen!«

Es war wieder Lady Mairead, die Miss Lumsden kontaktierte, solange sie noch in der Gegend war. Sie lud die Rektorin nach Old Lane Manor ein und verriet ihr bei Tee, was sie bekümmerte.

»Wir haben Haily den Vorschlag gemacht, gemeinsam mit ihren Cousinen nach St Leonards zu gehen«, berichtete sie, »aber sie weigert sich. Ohne ihre Gespielin will sie nicht fort. Sie besteht darauf, Emily mitzunehmen.«

»Das spricht natürlich sehr für Ihre Tochter, dass sie darauf besteht, auch ihrer Freundin eine höhere Bildung zukommen zu lassen, obwohl Emilys Eltern sich diese wahrscheinlich nicht leisten können«, meinte Miss Lumsden. »Emily scheint mir jedoch noch zu jung für unsere Schule, wir nehmen die Mädchen erst ab elf. Wie alt ist Emily?«

»Im Sommer wird sie sieben«, gab die Lady zu, um gleich ein etwas galliges Gesicht zu machen, als Miss Lumsden anmerkte, dass die Kleine dafür schon sehr aufgeweckt wirkte.

»Das ist entschieden zu jung«, meinte die Rektorin trotzdem mit hörbarem Bedauern. »Gleichwohl bin ich sicher, dass Haily andere Freundinnen finden wird.«

Lady Mairead rieb sich die Stirn. »Sie verstehen nicht ... Haily wird ohne Emily nicht gehen. Sie besteht darauf, das Mädchen mitzunehmen.«

Miss Lumsden runzelte die Stirn. »Vielleicht sollten Sie da ein bisschen streng sein«, bemerkte sie. »Ein elfjähriges Kind sollte nicht selbst darüber entscheiden dürfen, ob es ein Internat besucht oder nicht. Und erst recht sollte es keine Bedingungen stellen. Was sagt denn Emily dazu? Und ihre Eltern?«

Lady Mairead hob die Schultern. Offensichtlich hatte sie noch nicht gefragt. »Für Emily wäre der Schulbesuch ein Privileg«, sagte sie schließlich. »Wenn das allerdings nicht geht ... Haily will sie mitnehmen, aber sie wird nicht darauf bestehen, dass Emily ebenfalls als Schülerin aufgenommen wird. Wie sieht es denn mit Dienstboten aus, Miss Lumsden? Eine Zofe zum Beispiel sollte den Mädchen doch erlaubt sein.« Lady Mairead sprach immer noch im Brustton der Überzeugung. Niemand durfte es wagen, Haily einen Wunsch zu verwehren. Sie würde zweifelsfrei eine Lösung finden.

Die Rektorin wurde jetzt jedoch deutlich. »Lady Hard, meine Schule will die Selbstständigkeit der Zöglinge fördern«, sagte sie mit Nachdruck. »Es ist nicht im Sinne unserer Philosophie, dass ihnen von Domestiken jeder Wunsch von den Augen abgelesen wird. Und erst recht werden wir ihnen nicht erlauben, über fast gleichaltrige Mädchen zu bestimmen als ... als wären es Leibeigene! Sie formulieren den Wunsch Ihrer Tochter, das Mädchen mitzubringen, als wäre Emily ein Haustier. So geht das nicht! Wenn überhaupt, dann kann die Kleine Ihre Tochter nur als Mitschülerin begleiten – als gleichberechtigte Kameradin –, nicht aber als Gespielin und erst recht nicht als Zofe!«

»Sie könnten es also möglich machen?«, fragte Lady Mairead. »Trotz ihres Alters?«

Miss Lumsden seufzte. Sie hätte jetzt entschlossen ablehnen müssen, aber tatsächlich hatte das kleine Mädchen im Schlepptau von Haily Hard schon bei der Geburtstagsfeier ihre Aufmerksamkeit erweckt. Emilys Einsatz für das Gänseküken hatte sie angerührt, und es tat ihr leid, dass im Hause Hard ein Kind praktisch unter der Knute eines anderen Kindes gehalten wurde. Sie hätte Emily gern geholfen, ihren eigenen Weg zu gehen.

»Ich könnte mich dazu bereitfinden, mit Emily sowie ihren Eltern zu sprechen«, gab sie schließlich nach. »Sofern Emily sich Ihrer Tochter anschließen möchte und wenn ihre Eltern nichts dagegen haben, ein doch noch sehr junges Mädchen ins Internat zu schicken, dann könnte ich – bei ausreichender geistiger Reife – eine Aufnahme in Erwägung ziehen …«

Lady Mairead lächelte zufrieden. »Na, also!«, rief sie. »Ich werde Anna und Ben Coxwold sofort Bescheid geben. Sie werden sich zweifellos über einen freien Nachmittag freuen. Passt es Ihnen morgen?«

Emilys Eltern empfingen die Rektorin an dem blank geschrubbten Holztisch in ihrer Kate. Das kleine Haus hatte ursprünglich nur aus einem Raum bestanden, doch als Emily zunächst einen Bruder und dann noch eine Schwester bekommen hatte, war mit Erlaubnis der Herrschaft ein Anbau entstanden, in dem die Kinder schliefen. Miss Lumsden bemerkte erfreut, dass die Räume heimelig gestaltet waren. Auf den Betten lagen bunte Quilts, sicher von der Hausherrin selbst genäht. Das Geschirr, mit dem Anna den Tisch deckte, war billige Keramik, doch nicht angeschlagen, sondern pfleglich behandelt. Anna trug ein blaues Kleid, sicher ihr Sonntagskleid, und Ben seine Dienstbotenuniform. Sie bewirteten ihren ungewohnt hohen Gast mit Tee und den gleichen Scones, die bei Lady Mairead auf den Tisch gekommen waren. Miss Lumsden erinnerte sich, dass Emilys Mutter bei den Hards als Konditorin und Dessertköchin tätig war.

Anna und Ben schickten die Kinder nach draußen, nachdem diese Miss Lumsden artig begrüßt hatten.

»Spielt mit Gooby!«, wies Anna die drei an. Miss Lumsden hatte das Gänseküken schon registriert, als ihr Emily die Hand gab. Es hockte in der Schürzentasche des Mädchens und lugte neugierig in die Welt. »Und du passt auf die Kleinen auf, Emily.« Es war deutlich, dass ihre Tochter das Gespräch zwischen den Eltern und der Rektorin nicht mithören sollte.

Anna und Ben warteten, bis Miss Lumsden einen ersten Schluck Tee genommen hatte, bevor sie die Sache mit der Schule zur Sprache brachten.

»Mein Mann und ich sind uns da nicht ganz einig«, gestand Anna. »Ben meint ...«

»Es ist so, dass uns die ganze Sache von Anfang an etwas unheimlich war«, begann Ben offen. »Wobei ich es zunächst befürwortete, Emily ein paar Stunden am Tag mit der kleinen Lady verbringen zu lassen, während Anna sie ungern abgab ...«

»Ben meinte, die vornehme Erziehung könnte ihr später helfen, eine bessere Stellung zu bekommen, während ich befürchtete, sie würde verwöhnt und uns entfremdet, wenn sie ständig mit der Herrschaft zusammen ist«, erklärte Anna.

»Und was traf zu?«, fragte Miss Lumsden lächelnd.

»Ich denke, mein Mann wird recht behalten. Emily ist ein sehr wohlerzogenes, liebes Mädchen – und wir staunen oft selbst, wie gut sie lesen kann und was sie alles weiß! Und verwöhnt wurde sie auch nicht ... sie ist ... nun ja, durch das Zusammensein mit der kleinen Miss wurde sie sehr ... anpassungsfähig.«

Miss Lumsden nickte. Anna drückte sich vorsichtig aus, bestätigte jedoch ihre Vermutung. Emily war keineswegs Hailys gleichberechtigte Spielgefährtin, sondern eher eine Gesellschafterin, die sie je nach Laune verwöhnen oder herumstoßen konnte.

»Was spricht dann dagegen, sie mit Haily auf unsere Schule zu schicken?«, erkundigte sie sich und wiederholte gegenüber den Coxwolds, was sie auch schon den Hards und anderen interessierten Eltern geschildert hatte. St Leonards wollte die Schülerinnen individuell fördern und ihnen eine umfassende Bildung ermöglichen.

»Nun, zunächst, dass Emily nicht gehen möchte«, verriet Ben. »Wir haben schon lange den Eindruck, dass sie morgens eher ungern mit ins Große Haus kommt. Sie betrachtet es als ihre Pflicht, aber ich fürchte, sie ist nicht wirklich gern mit Haily zusammen.«

Das überraschte Miss Lumsden nicht. Dennoch zuckte sie mit den Schultern. »Wie ich Hailys Mutter gegenüber gestern schon anmerkte, sollten Kinder in diesem Alter nicht selbst darüber entscheiden, ob sie ein Internat besuchen wollen oder nicht. Viele trennen sich schwer von ihrem Zuhause, aber die Vorteile der Schulbildung wiegen das auf.« Sie erwartete, dass die Coxwolds jetzt anführen würden, dass Emily wesentlich jünger sei als Haily, doch an der Reife ihrer Tochter schienen die Eltern nicht zu zweifeln. Miss Lumsden rief sich in Erinnerung, dass sie es hier mit privilegierten Dienstboten zu tun hatte – als Köchin und Erster Hausdiener verdienten sie genug, um ihre Kinder zu ernähren. Manche Nachbarn der Coxwolds waren gezwungen, ihre Töchter bereits in Emilys Alter in Dienst zu geben.

»Wir fragen uns, ob die Schulbildung für Emily wirklich Vorteile bietet«, meinte Ben. »Sehen Sie, Miss Haily wird ja nicht ihr Leben lang eine Spielgefährtin brauchen. Irgendwann wird Emily des Großen Hauses verwiesen werden, und was nützt es ihr dann, wenn sie Französisch kann? Und Sie sagen selbst, dass sie in Ihrer Schule nicht als Miss Hailys Anhängsel betrachtet werden soll, sondern unterrichtet wird wie eines dieser reichen Kinder. Vielleicht wäre es besser, sie bliebe hier, bei ihren eigenen Leuten, und lernte ein Handwerk … sie könnte als Küchenmädchen beginnen und bei den Köchinnen lernen … oder Hausmädchen werden und dann zur Zofe oder Hausdame aufsteigen …«

Miss Lumsden fand das Argument nicht von der Hand zu weisen. Anna jedoch widersprach ihrem Mann.

»Emily ist sehr klug«, bemerkte sie. »Ich bin sicher, sie könnte die Schule erfolgreich beenden und dann … etwas Besseres werden. Vielleicht Lehrerin oder Gesellschafterin bei einer älteren Dame … Jedenfalls etwas, bei dem sie sich die Hände nicht schmutzig macht und wo sie nicht fortwährend buckeln muss!« Die letzten Worte stieß sie fast verbittert hervor.

Anna Coxwold hatte nie verwunden, dass Lady Mairead damals so selbstverständlich über ihr Kind verfügt hatte – und sie verstand sehr gut, dass Emily schon längst genug von Haily hatte.

Miss Lumsden nickte. »Ich denke, ich sollte mit Emily sprechen. In diesem Fall ist es vielleicht wirklich ratsam, das Mädchen mitentscheiden zu lassen. Zumindest würde es mich sehr interessieren, was sie dazu meint. Kann ich mich einfach ihren Kindern zugesellen? Emily würde dann sicher offener reden, als wenn wir sie hereinholen und förmlich befragen.«

Anna nickte und gab Miss Lumsden einen Teller Scones für die Kinder mit. Das sollte die Kleinen ausreichend beschäftigen, und die Rektorin könnte ungestört mit Emily reden.

Emily und ihre Geschwister spielten vor dem Haus mit dem Gänseküken und einem Hundewelpen. Beide Tiere überboten sich an Geschwindigkeit, wenn es galt, den Kindern nachzulaufen, wobei das Küken natürlich den Kürzeren zog. Es beschwerte sich mit lautem Schreien und Schnattern, wenn es Gefahr lief, von Emily abgehängt zu werden.

»Es ist groß geworden!«, bemerkte Miss Lumsden. »Erstaunlich, in den paar Tagen.«

»Ich füttere es alle paar Stunden«, erklärte Emily. »Immer wenn es schreit – und Haily mich lässt.«

»Haily bestimmt darüber, was du machst?«, fragte Miss Lumsden mit vorgeschobener Verwunderung. »Ich dachte, ihr spielt und lernt gern miteinander.«

Emily nickte pflichtschuldig. »Natürlich«, behauptete sie. »Nur … Haily schlägt eben meistens was vor, und unsere Mademoiselle macht das dann mit uns. Da kann ich nicht einfach weglaufen.«

»Die Mademoiselle ist eure Hauslehrerin?«, erkundigte sich Miss Lumsden. »Was lernt ihr denn bei ihr?«

Emily nickte. »Sie bringt uns Lesen und Schreiben bei und Rechnen. Aber das macht Haily nicht so gern, deshalb zeichnen wir viel oder spielen Klavier. Ach ja, wir sprechen Französisch, und wir singen.«

Miss Lumsden sah das aufgeweckte Mädchen ermunternd an.

»Und nun, Emily, steht eine Entscheidung an. Darüber, ob ihr vielleicht auf eine richtige Schule gehen sollt, um dort sehr viel mehr zu lernen. Du weißt, dass ich die St Leonards School in St Andrews leite. Hättest du Lust, mit Haily dort hinzugehen? Magst du es zu lernen?«

Emily biss sich auf die Lippen. Sie wusste eindeutig nicht, was sie antworten sollte. Einerseits war sie äußerst wissensdurstig. Andererseits behagte es ihr nicht, von nun an nicht nur ein paar Stunden, sondern Tag und Nacht unter Hailys Fuchtel zu stehen.

»Mein Papa meint, außer Lesen und Schreiben müsste man eigentlich nicht viel lernen«, sagte sie schließlich ausweichend. »Und das kann ich schon ganz gut.«

»Rechnen würde ich noch hinzufügen«, bemerkte Miss Lumsden ernst. »Auch das sollte jeder können. Aber was dich angeht … Gibt es denn nichts, was du darüber hinaus wissen willst?«

Emily überlegte und streichelte dabei automatisch ihr Küken. Der kleine Hund hatte sich ihren Geschwistern zugesellt und ließ sich mit ihnen die Scones schmecken, »Doch«, sagte sie dann, »aber das kommt in der Schule nicht vor. Also nicht bei Mademoiselle. Und auch nicht bei Davids Hauslehrer …«

Miss Lumsden registrierte, dass die Kleine wohl auch die Schulstunden des älteren Sohnes belauschte.

»Vielleicht interessiert es David nicht so«, meinte Miss Lumsden. Womöglich durfte sich hier ja auch der ältere Sohn aussuchen, in welchen Fächern er unterrichtet wurde. »Sag es mir doch einfach.«

Emily runzelte die Stirn. »Ich … ich mag Tiere«, sagte sie schließlich. »Und ich möchte gern wissen, warum Menschen und Tiere … so … äh … sind.«

»Wie sind?«, fragte die Rektorin. »Sprichst du von ihrem Körperbau? Das berührte dann das Fach Anatomie. Oder meinst du ihr Verhalten? Das gehörte in den Bereich der Biologie. Beides unterrichten wir.«

Emily schüttelte den Kopf. »Nein. Es ist mehr … also Hunde sind immer nett …« Der Welpe war eben zu ihr gekommen, woraufhin sie das Gänschen in die Schürzentasche verfrachtete und nun das schwarz-weiße Wollknäuel liebkoste. »Aber Menschen … die sind mal nett, mal böse.«

»Das kommt auf den Standpunkt an«, gab Miss Lumsden zu bedenken und lächelte. »Vielleicht fragst du mal ein paar Katzen?«

Emily kicherte – ein weiterer Beweis, dass die Kleine von wachem Verstand war.

»Nein, Spaß beiseite.« Die Rektorin wurde wieder ernst. »Was du da beschreibst, Emily, berührt eine noch ganz junge Wissenschaft. Sie heißt Psychologie und ist die Lehre von der Seele. Bis in unsere Klassenzimmer ist sie tatsächlich noch nicht gedrungen, allerdings kannst du das Fach an einigen Universitäten studieren. Wenn du etwas älter bist, solltest du zum Beispiel Charles Darwin lesen. Das ist ein berühmter Wissenschaftler, der bereits zu Gemeinsamkeiten und Unterschieden zwischen Mensch und Tier geforscht hat. In unserer Schule können wir dir vielleicht noch keine Antworten auf all deine Fragen liefern. Wir können dir jedoch beibringen, wie man nach Antworten sucht und sie letztlich findet. Das ist eigentlich wichtiger, meinst du nicht auch?«

»Ich muss eh das tun, was Haily will«, meinte Emily und seufzte tief. »Meine Mum sagt immer, ich soll nicht undankbar sein …«

Miss Lumsden hob die Schultern. »In diesem Fall musst du das nicht. Wenn du wirklich nicht mit nach St Leonards gehen willst, brauche ich Lady Mairead nur zu sagen, dass du noch nicht alt und verständig genug bist …«

Emily sah sie empört an. »Wollen Sie sagen, dass ich dümmer bin als Haily?«

Die erfahrene Pädagogin lächelte in sich hinein. »Na ja …«

»Das sagen Sie nicht!« Emily straffte sich. »Da komme ich lieber mit auf Ihre Schule! Ich müsste aber vielleicht meine Gans mitbringen …«

Die St Leonards School lag bei dem kleinen Ort St Andrews im Süden Schottlands inmitten von sattgrünen, grasbewachsenen Hügeln. Das Internat verfügte über einen weitläufigen Park, einen Pferdestall und eine Remise für die schuleigenen Wagen und Kutschen. Stallmeister Harris, ein gutmütiger, bärenhafter Mann, hielt sich im Umfeld der Ställe auch etwas Federvieh, und er war gern bereit, ein Stück vom Hühnerauslauf mit Maschendraht abzutrennen, um Emilys junge Gans unterzubringen.

»Ich fürchte nur, dass sie dir bald wegfliegt«, sagte er freundlich, während er Emily half, einen Wasserbottich aufzustellen, damit das Tier baden konnte, und einen Unterstand für Gooby zu bauen. Der Name des Gänschens war Ailis eingefallen und setzte sich zusammen aus Goose (Gans) und Baby. »Der Zaun ist ja nicht sehr hoch«, fügte er hinzu.

Emily schüttelte den Kopf und öffnete das Tor des neuen Auslaufs. Die kleine Gans folgte ihr auf dem Fuße, als sie ihr voraus eintrat. »Sie kann nicht fliegen«, meinte sie dann mit einem Anflug von Bedauern. »Ich weiß nicht, was bei ihr nicht stimmt, aber sie fliegt nicht.«

Der Stallmeister betrachtete das Tier mit gerunzelter Stirn. »Kann's sein, dass sie noch zu jung ist?« Es war inzwischen Herbst und das Gänsekind fünf Monate alt. Seine richtigen Eltern sollten sich bald aufmachen, in den Süden zu fliegen, und eigentlich hätte das Gänschen sie begleiten sollen. »Irgendwie krank sieht sie mir nicht aus«, überlegte Harris. »Kann sie denn schwimmen?«

Emily bejahte. Sie hatte den Stallmeister gleich gemocht, er wirkte längst nicht so streng und respekteinflößend wie Miss

Lumsden und die Hausmutter, die sie und die Hard-Cousinen bei ihrer Ankunft kurz begrüßt, Emily und die Gans dann aber gleich zu den Ställen geschickt hatte. Vor allem schien er sich ehrlich für Gooby zu interessieren. Endlich jemand, mit dem sie ihre Sorge um das flugunwillige Tierchen teilen konnte.

»Schwimmen habe ich ihr beigebracht«, gab sie Auskunft. »Im Weiher im Park der Hards. Ich bin reingewatet, und sie ist mitgekommen. Und dann haben erst die Lady und dann meine Mom geschimpft, weil ich ganz nass war.«

Der Stallmeister lachte. »Dann wirst du ihr wohl auch das Fliegen beibringen müssen«, meinte er. »Sie scheint dich als ihre Mutter zu betrachten.«

Emily lächelte glücklich. »Ja, sie läuft mir überallhin nach. Nur mir. Keinem anderen! Das hat sie schon immer getan, gleich, nachdem sie aus dem Ei kam.« Eifrig berichtete sie ihrem neuen Freund davon, wie sie zu Gooby gekommen war. Hausangestellten gegenüber war sie nicht halb so schüchtern wie gegenüber der Herrschaft – zu der sie in gewisser Weise auch Haily und deren Cousinen zählte. Der Stallmeister lauschte interessiert, er fand das kleine Mädchen und sein ungewöhnliches Haustier wohltuend natürlich und aufgeschlossen. Die sonstigen Zöglinge des Internats, mit denen er Kontakt hatte – einige Mädchen hatten ihre Ponys mitgebracht, und es oblag natürlich ihm, sich um die Tiere zu kümmern –, waren eher kurz angebunden mit dem Personal, wenn nicht sogar arrogant.

»Also muss ich irgendwie fliegen lernen«, überlegte Emily laut. »Ich werde Donella fragen, die redet dauernd von irgendwelchen Ballons. Vielleicht fällt ihr ja etwas ein. Aber jetzt muss ich weg, Haily will, dass ich für sie auspacke.«

Harris schüttelte den Kopf. »Aber du bist doch als Schülerin hier, nicht als Dienstmädchen …« Letzteres hätte ihn gewundert. Zwar wurden Hausmädchen durchaus schon in Emilys Alter in Dienst genommen, doch die trugen keine so guten Kleider wie die kleine Gänsemutter, und die Rektorin hätte sich kaum persönlich dafür eingesetzt, dass sie ein Tier mitbringen durfte.

»Doch, sicher«, sagte Emily ernst. »Aber Hailys Eltern zahlen das Schulgeld für mich. Da muss ich mich schon ein bisschen erkenntlich zeigen, sagt meine Mom.«

Kurz darauf wusste Stallmeister Harris, dass Emily, schon seit sie ein Baby war, als Hailys Gespielin im Haushalt der Hards lebte. Nur die Nächte hatte sie in der Kate ihrer Eltern verbracht.

Der Stallmeister verspürte ein vages Bedauern für das Kind. »Deine Familie wird dich jetzt sicher vermissen. Du erscheinst mir zudem jünger zu sein als die meisten Mädchen, die hier anfangen … Für elf Jahre bist du ziemlich klein.«

Emily lächelte. »Ich bin auch erst sieben«, gab sie zu. »Aber ich bin klug!«

Vermisst wurde Emily zunächst von Gooby, die sich in ihrem Auslauf eingesperrt fand und somit außerstande war, dem Mädchen wie sonst zu folgen. Die junge Gans schrie und schnatterte Emily nach, warf sich gegen den Zaun und schlug mit den Flügeln, aber zu Harris' Verwunderung machte sie tatsächlich keine Anstalten, ihrer Pflegemutter fliegend zu folgen. Emily trennte sich ebenfalls schwer, jedoch entschlossen. Sie erwarb sich damit den weiteren Respekt des Stallmeisters. Nicht jedes Kind hätte sich und sein Lieblingstier so konsequent den Notwendigkeiten des Lebens unterworfen.

Emily wandte sich dem riesigen grauen Schulgebäude zu, einem mittelalterlichen Bau, bestehend aus mehreren Häusern mit hohen Fenstern, Türmen, Erkern und Spitzbögen. Es war wesentlich größer als die Anwesen der Hards, selbst Thorgale House hätte bestimmt zweimal hineingepasst. Emily erinnerte sich noch vage, in welchem der Gebäude Ailis, Donella und Haily verschwunden waren, nachdem die Hausmutter Emily und ihre Gans weggeschickt hatte. Sie trat ein und erkannte die rundliche Frau in ihrem ordentlichen dunklen Nachmittagskleid und der sauberen Schürze gleich wieder. Sie stand immer noch im Eingangsbereich und nahm Schülerinnen in Empfang. Tränen flossen, wenn Kinder und Eltern sich hier in der geräumigen Eingangshalle trennen mussten. Emily war ganz froh, dass sie Hailys Abschied von ihrer Mutter verpasst hatte – Lady Mairead hatte es sich nicht nehmen lassen, ihre Tochter selbst ins Internat zu begleiten. Ailis' und Donellas Eltern hatten sich schon zu Hause von ihnen verabschiedet.

Die Hausmutter drehte sich zu Emily und fragte nach ihrem Namen. »Ach ja, Emily, du teilst dein Zimmer mit den Hard-Mädchen. Zweiter Stock, das Kopernikus-Zimmer. Das dritte im Korridor links. Herzlich willkommen, Kleine. Ich hoffe, du wirst dich bei uns wohlfühlen!«

Haily fühlte sich ganz offensichtlich *nicht* wohl und trug ihre Unzufriedenheit unübersehbar zur Schau. Sie hatte geweint, und nun saß sie auf einem der unteren Betten – die Zimmer waren mit Etagenbetten ausgestattet – und lamentierte über die winzigen Schränke, die unmöglichen Betten und die primitive Waschgelegenheit.

Ailis schien sie damit schon zur Weißglut getrieben zu haben, sie wusch ihrer Cousine deshalb gründlich den Kopf. »Himmel, Haily, was soll das Getue? Du solltest genau zwei Schuluniformen, Sportzeug und ein paar Schürzen mitbringen – dafur reichen die Schränke mehr als aus. Und du hast die Hausmutter gehört. Es gibt auch große, moderne Bäder, die müssen wir uns aber mit den anderen teilen. Der Krug und das Waschbecken hier dienen allein zum schnellen Frischmachen. Und nun entscheide dich endlich, ob du oben oder unten schlafen willst!«

Ailis und Donella hatten klar ein Auge auf die oberen Betten geworfen und schienen die beengte Unterkunft eher lustig zu finden. Überhaupt waren die beiden strahlender Laune. Sie waren von klein auf enge Freundinnen und begeistert darüber, dass sie nun zusammenwohnen sollten. Die zwei hatten ihre Habseligkeiten auch schon auf die Schränke und Schreibtische verteilt. Nur Hailys und Emilys Koffer waren noch unausgepackt.

Während Emily zunächst ihren weitaus kleineren Koffer öffnete, bestürmten die anderen sie mit Fragen nach Gooby.

»Vielleicht können wir sie ja noch vor dem Abendessen besuchen«, schlug Donella vor, als sie sah, wie sehr sich Emily um das Gänschen sorgte. »Sie wird sich bestimmt schnell eingewöhnen, wenn sie erst merkt, dass du immer wiederkommst.«

Haily hatte natürlich weit mehr an Kleidung mitgebracht, als die Schule vorgegeben hatte, weshalb die anderen Platz in ihren eigenen Schränken schaffen mussten, um alles unterzubringen. Zur allseitigen Freude hatte Lady Mairead allerdings nicht nur befürchtet, ihre Tochter könne in St Leonards erfrieren, sondern auch dafür gesorgt, dass sie nicht des Hungers sterben müsse. Emily beförderte Kekse und Teekuchen hervor, die Donella gleich als Allgemeingut reklamierte. Emily biss in eine Waffel, die ihre Mutter gestern noch gebacken hatte, und empfand erstes Heimweh.

Schließlich machten sich die vier auf den Weg zum Speiseraum, in dem sich alle Schülerinnen an langen Tischen versammelten, denen jeweils zwei Lehrerinnen vorstanden. Vor dem Essen wurde gebetet, und an diesem Ankunftsabend hielt die Rektorin eine Rede, in der sie die Mädchen willkommen hieß.

»Die Philosophie dieser Schule lautet: Kein Mädchen sollte weniger lernen als seine Brüder!«, erklärte sie entschlossen. »Und wenn eure Brüder einmal stolz erklären, sie hätten in Eton studiert, dann sollt ihr ihnen ebenso selbstsicher ein ›Ich war in St Leonards‹ entgegenhalten können. Und glaubt mir: Es gibt nicht den geringsten Grund dafür, dass ihr später, wenn ihr vielleicht gemeinsam mit ihnen die Universität besucht, nicht die weitaus besseren Noten schreibt! Ich erwarte das von euch – und meine

Lehrerinnen und ich werden unser Bestes tun, um euch dafür zu ertüchtigen!«

Donella nickte eifrig, Haily blieb desinteressiert. Emily hätte ihrem kleinen Bruder jede Karriere gegönnt, wusste jedoch, dass er nie über die Dorfschule hinauskommen würde – und Ailis war immer noch Einzelkind.

Hailys Tränen zum Trotz waren es eher Emily und ihre junge Gans, die während der ersten Wochen im Internat unter Trennungsschmerz litten. Die meisten Schülerinnen hatten ihre Eltern auch zu Hause eher selten gesehen. Um sie gekümmert hatten sich Kindermädchen und Hauslehrerinnen; gerade zu Letzteren hatten nur wenige ein enges Verhältnis gehabt. Emily dagegen vermisste ihre Eltern und ihre kleinen Geschwister. Ihre Mutter hatte beim Schlafengehen mit den Kindern gebetet und sich deren Sorgen angehört – und wenn es ganz schlimm wurde und sie aus einem Albtraum aufschreckten, konnten sie auch mal zu Mama und Papa ins Bett kriechen. Außerdem hatte Gooby in einem Korb neben Emily genächtigt, und es gefiel weder Emily noch ihrer jungen Gans, dass sie jetzt in den Auslauf neben dem sonstigen Geflügel verdammt war. Emily hatte ein anhaltend schlechtes Gewissen, aber die meisten Lehrerinnen erlaubten ihr nicht, die Gans mit in den Unterricht zu bringen, und die Hausmutter war auch nicht begeistert von ihrer Anwesenheit, obwohl Emily gewissenhaft sauber machte, wenn Gooby etwas fallen ließ. Auf dem Zimmer beklagte sich Haily über den Geruch nach Tier – allerdings machte Donella sie schnell mit dem Prinzip von »Eine Hand wäscht die andere« bekannt: Donna und Ailis schwiegen darüber, dass Emily einen Großteil von Hailys Hausaufgaben erledigte, dafür verriet Haily nicht, wenn Gooby mal wieder an Emily geschmiegt einschlief und das Mädchen zu müde war, die Gans zurück in den Stall zu bringen.

Die Gewöhnung an den Tageslauf im Internat fiel Haily von

allen am schwersten. Sie hasste den kurzen Frühsport, zu dem die Mädchen angehalten wurden, das Essen schmeckte ihr nicht, und der Unterricht war zu anspruchsvoll. Donella und Ailis liebten die Herausforderungen, und Emily sog den Unterrichtsstoff sowieso auf wie ein Schwamm. Haily dagegen lebte erst auf, als ihr die künstlerischen Fächer vorgestellt wurden. St Leonards wollte seine Schülerinnen intellektuell fordern, dabei jedoch nicht kulturell verarmen lassen. Die Schule organisierte Ausflüge in Kunstausstellungen oder Konzerte, und wer wollte, konnte Musikunterricht nehmen. Den Höhepunkt der Jahresabschlussfeier und der Weihnachtsfeier bildete jedes Jahr ein Singspiel, das die Schülerinnen von Anfang bis Ende eigenhändig auf die Beine stellten – vom Text bis zum Bühnenbild, das die Mädchen entwarfen und anfertigten, wobei handwerklich interessierte Schülerinnen durchaus zu Hammer und Nagel greifen durften.

Haily erbat sich Klavier- und Gesangsunterricht und bestand nicht darauf, dass Emily mitmachte. Außerdem schloss sie sich der Theatergruppe an, wobei sie sich zunächst darüber aufregte, dass man dort anscheinend nicht auf sie gewartet hatte, um die nächste Hauptrolle zu besetzen. Schon innerhalb ihres ersten Schuljahres entwickelte sie Strategien, sich in den Vordergrund zu spielen, was ihre Lehrerinnen einerseits amüsierte, andererseits zur Sorge Anlass gab.

»Haily Hard hat mir eben anvertraut, sie wolle zur Oper«, bemerkte Miss Lumsden im zweiten Halbjahr gegenüber der Musiklehrerin Miss Porter. Es klang eher fragend, allzu häufig wurde der Rektorin ein solcher Berufswunsch nicht unterbreitet. Gleichwohl suchte Miss Lumsden immer wieder das Gespräch mit den Schülerinnen, um auszuloten, wo deren Interessen und Begabungen lagen.

Miss Porter seufzte. »Seit dem Gastspiel des Opernensembles aus Edinburgh in St Andrews erzählt sie das jedem. Nun, sie hat wirklich eine schöne Stimme, ob ihr Talent allerdings für die ganz großen Bühnen reicht, kann ich nicht beurteilen. Dafür hat sie jedoch ganz klar das Zeug zur Diva. Sie schmeichelt, manipuliert und fällt anderen gnadenlos in den Rücken, wenn sie etwas will.« Die Musiklehrerin verzog das Gesicht. »Alternativ könne sie sich eine Theaterkarriere vorstellen, wobei Haily offensichtlich mehr an Tingeltangel zu denken scheint als an Shakespeare. Sie meint, sie sei hübsch und sie könne singen, das solle reichen …«

»Dann passen Sie auf, dass sie uns nicht entwischt, wenn der nächste Zirkus in der Stadt ist.« Miss Lumsden lachte, fügte aber sogleich an: »Und halten Sie das Mädchen zur Zurückhaltung an – nicht dass es Ärger gibt mit den Eltern. Denn selbst wenn Haily die größte Stimme der Welt hätte – sie ist eine Hard. Niemals ließe die Familie sie an die Oper gehen! Wahrscheinlich denkt der Clan jetzt schon darüber nach, sie aus machtpolitischen Gründen mit irgendeinem Cousin zu verheiraten. Schließlich hat Ailis, soweit ich informiert bin, noch immer keinen Bruder. Die Frage der männlichen Erbfolge steht weiterhin offen.«

Haily Hard meldete sich eifrig, als Miss Alliston, die Biologielehrerin im dritten Schuljahr, eintrat, deren Blick sofort auf das in Einzelteile zerlegte Mikroskop fiel. Das Mikroskop war der ganze Stolz der jungen Lehrerin und erst im letzten Jahr angeschafft worden. Miss Alliston liebte seinen Einsatz im Unterricht, führte es die Mädchen doch direkt an die Forschungsmethoden moderner Wissenschaft heran.

»Miss Alliston! Miss Alliston! Donella und Ailis haben das Mikroskop auseinandergenommen. Sie wollten ein … ein Tele… irgend so was daraus machen, und jetzt ist es kaputt.«

»Ein Teleskop, du dumme Petze!«, fauchte Donna. »Und es ist keineswegs kaputt. Ich hatte bloß nicht genug Zeit, es wieder zusammenzusetzen.«

Miss Alliston zwang sich zur Ruhe und registrierte gleichzeitig, dass hier tatsächlich keine Vandalen am Werk gewesen waren. Die Einzelteile des Geräts waren sorgfältig auf einem Leintuch angeordnet, bereit, wieder an ihren Platz verbracht zu werden. Donella und Ailis Hard gehörten obendrein zu ihren Lieblingsschülerinnen. Sie liebte ihren wachen Verstand und insbesondere Donnas Ideenreichtum. Überhaupt waren die Hard-Cousinen und ihr stiller Anhang Emily zweifellos die interessantesten Mädchen in ihrem Jahrgang, jetzt aber musste sie erst einmal durchgreifen.

»Stimmt das, Ailis?«, fragte sie. »Ihr habt euch ungefragt an diesem teuren Gerät zu schaffen gemacht?«

Ailis stand auf und nickte schuldbewusst. »Es … es war meine Idee. Weil doch jetzt dieser Komet am Nachthimmel zu sehen sein soll, der so selten vorbeikommt … Und da dachte ich, ein Teleskop …«

»Nein, ich habe vorgeschlagen, eins für sie zu bauen«, meldete sich nun Donella. »Leider war ich nicht sehr erfolgreich. Ich wollte das Mikroskop wieder zusammenbauen, bevor Sie kamen, aber Ailis und ich hatten Tafeldienst, da hab ich es nicht mehr geschafft.«

Miss Alliston seufzte. »Dann fragen wir uns doch mal, warum es nicht funktioniert hat. Haily, was ist denn der Unterschied zwischen einem Mikroskop und einem Teleskop?«

Haily biss sich auf die Lippen. »Mit … äh … einem Mikroskop kann man Dinge ansehen, die ganz klein sind.«

»Genau. Und mit einem Teleskop?«

Ein anderes Mädchen meldete sich. »Das ist eine Art Fernrohr!«

»Richtig. Man kann damit Dinge sehen, die vielleicht sehr groß sind, aber weit entfernt. Wie Sterne, Monde und Sonnen. Beides sind also optische Instrumente, und beide arbeiten mit einem Objektiv.« Miss Alliston nahm eines der Einzelteile des Mikroskops zur Hand und hob es hoch. »Und außerdem mit Okular, das als Lupe dient. Man muss allerdings wissen, dass Objektiv und Okular auf verschiedene Weise eingesetzt werden. Das reine Ausprobieren hat unsere Donella anscheinend nicht zum Erfolg geführt.

Ailis meldete sich. »Es hat mit der Brennweite zu tun …«

Die junge Lehrerin lächelte ihr zu. »Genau. Und als Strafe dafür, dass ihr euch an meinem Mikroskop vergriffen habt, erwarte ich bis übermorgen einen Aufsatz darüber, wo genau die Unterschiede liegen. Außerdem bleibt ihr nach der Stunde länger, und wir bauen das Mikroskop gemeinsam wieder zusammen. Es ist wirklich nicht kaputt, Haily, du hast dir da ganz unnötig Sorgen gemacht. Am besten bleibst du ebenfalls länger und überzeugst dich selbst davon. Du kannst unsere Arbeit dokumentieren und mir morgen einen kurzen Bericht über den Aufbau eines Mikroskops vorlegen.«

Haily verzog das Gesicht.

Emily hob pflichtschuldig die Hand. »Darf ich auch länger bleiben?«, fragte sie. Es klang weniger wissensdurstig als resigniert.

Die Lehrerin schüttelte den Kopf. »Nein, du hast damit ja nichts zu tun. Du kannst dich nach dem Unterricht gleich um dein Gänschen kümmern. Oder besser um deine Gans, inzwischen ist sie ja längst erwachsen. Fliegt sie immer noch nicht?«

Emily verneinte. »Mr. Harris sagt, erst müsste ich fliegen lernen, und ihr dann zeigen, wie es geht …«

Miss Alliston lachte. »Das lass lieber, Emily, schließlich ist das schon bei Daedalus schiefgegangen. Kennt ihr die Geschichte?«

»Der hat ja Wachs statt Leim verwendet und die Sonne hat es schmelzen lassen, deshalb wurde nichts aus dem Fliegen«, bemerkte Donna abfällig. »Da müsste man schon etwas anderes …«

»Physikalisch gesehen liegt es am Mangel an Muskelkraft, dass Menschen nicht fliegen können, und an unserem Körperbau und der Knochendichte«, wusste Ailis. Anscheinend hatten sich auch Emilys Zimmergenossinnen mit dem Problem ihrer Gans beschäftigt. »Vögel sind dagegen stromlinienförmig gebaut und haben ein leichtes Skelett mit hohlen Knochen …«

Miss Alliston nickte. »Auch das wäre ein interessantes Thema für eine Arbeit. Aber nun wollen wir mit unserem sonstigen Stoff weitermachen. Emily, wo waren wir gestern stehen geblieben?«

Miss Alliston fand, dass sie die Angelegenheit pädagogisch brillant gelöst hatte und war fast ein wenig stolz auf sich, als sie sich in einer Freistunde nach dem Mittagessen einen Spaziergang durch den Park der Schule gönnte. Wieder kreisten ihre Gedanken um die Hard-Mädchen und speziell um Emily, die Haily Hard wie ein Schatten folgte, obwohl sie eigentlich mehr mit den beiden anderen Cousinen gemein hatte. Sowohl Ailis als auch Donella interessierten sich für die Naturwissenschaften, und die Mathematiklehrerin erzählte wahre Wunderdinge über Ailis' Begabung auf diesem Gebiet. Ihre Beobachtungen deckten sich mit Miss Allistons eigenen – Ailis war die Theoretikerin, sie rechnete und analysierte, bevor sie etwas in Angriff nahm, während Donella eher dazu neigte, etwas auszuprobieren, sie war mutiger und bewies mehr erfinderischen Geist. Dazu war sie handwerklich geschickt, zweifellos hätte sie das Mikroskop auch ohne die Hilfe ihrer Lehrerin wieder zusammensetzen können. Hailys Interessen lagen auf gänzlich anderen Gebieten. Miss Alliston mochte das Mädchen nicht so sehr, es war entschieden zu intrigant für ihren Geschmack, doch sie wusste, dass Haily im Musik- und Kunstunterricht brillierte. Sie konnte singen und schauspielern, entwarf Bühnenbilder für die Singspiele, in denen sie auftrat, und sie wusste, sich in Szene zu setzen. Haily konnte Menschen um den Finger wickeln, wenn sie es wollte – sogar die Schulleiterin hatte sie für sich gewonnen, seitdem sie sich dem Lacrosse-Spiel zugewandt hatte, Miss Lumsdens Leidenschaft. Die Rektorin hatte es in Schottland eingeführt und suchte ständig nach neuen Talenten für die Schulmannschaft. Haily, die nach jahrelangem Tanzunterricht wendig und beweglich war, konnte sich auf dem Spielfeld leicht auszeichnen. Miss Alliston glaubte persönlich nicht, dass hier echte Leidenschaft am Werk war, doch am Wohlwollen der Rektorin war dem Mädchen zweifellos gelegen.

Die junge Lehrerin war auf dem Weg zurück Richtung Schulgebäude und passierte dabei eine Rasenfläche, auf der ein paar Spielgeräte für die jüngeren Schülerinnen aufgebaut waren. Schaukel, Wippe und Klettergerüst waren um diese Zeit gewöhnlich verwaist, da die erste Klasse Sportunterricht hatte, während sich schon die Zweitklässlerinnen in der Regel als zu erwachsen für den Kinderspielplatz wähnten. Heute hörte Miss Alliston jedoch Mädchenstimmen – zu ihrer Überraschung die von Donella Hard und Emily Coxwold. Miss Alliston verbarg sich hinter etwas Buschwerk und sah nun auch Emilys Gans, die dem Treiben der Mädchen mit interessiertem Ausdruck folgte. Die Lehrerin registrierte belustigt, dass es wieder um das leidige Thema Fliegen ging. Emily saß auf der Schaukel, trieb sie schwungvoll an und ermutigte ihre Gans, ihr dabei in die Luft zu folgen.

»Also noch höher komme ich nicht!«, rief sie Donna zu. »Und es nützt ja auch nichts, Gooby rennt nur hin und her.«

Das stimmte. Die Gans folgte ihrer Pflegemutter aufgeregt von rechts nach links, machte jedoch keine Anstalten, sich zu ihr in die Lüfte zu schwingen.

»Tja«, Donella überlegte, »du kommst ja auch nicht wirklich hoch und vor allem nicht vorwärts – das merkt sie, sie ist nicht dumm!«

Miss Alliston lächelte. Das hätte man auch anders interpretieren können. Sie selbst hätte es nicht unbedingt als Intelligenzleistung der Gans gesehen, unter der Schaukel hektisch hin und her zu laufen.

»Du müsstest dich in der Luft fortbewegen«, schloss jetzt Donella. »Der Sinn des Fliegens ist ja, schnell irgendwo hinzukommen. Vielleicht könnten wir ein Seil zwischen zwei Bäume spannen … Einer von denen müsste auf einem Hügel stehen, ich meine höher als der andere Baum. Zuvor ziehen wir das Seil durch einen Ring und befestigen eine Haltestange daran. Dann könntest du herunterschweben wie bei einer Seilbahn.« Donella rieb sich die Stirn. »Wir bräuchten aber wohl ein Stahlseil«, überlegte sie weiter. »Hanf könnte der Reibung nicht standhalten …«

Emily wirkte ohnehin nicht so, als hätte sie besondere Lust, an einer Behelfsseilbahn hügelwärts hinunterzuschweben.

»Oder wir hängen Seile in die Bäume, und du schwingst dich daran durch die Luft, wie die Affen das machen …«, überlegte Donna weiter.

Emily schüttelte den Kopf. »Ich glaube, da hätte ich Angst. Haily meint, ich solle Gooby einfach vom Turm werfen. Dann würde sie schon fliegen …« Aber auch dieser Idee schien sie selbst nicht viel abgewinnen zu können.

Donna verzog erst recht das Gesicht. »Oder sie würde sich das Genick brechen. Wir haben so was doch schon versucht. Weißt du nicht mehr, wie wir sie in einen Baum gesetzt und dann gelockt haben, damit sie runterfliegt?«

»Du hast sie sogar ein bisschen geschubst!«, korrigierte Emily mit leichtem Vorwurf.

»Aber wirklich nur ein bisschen!« Donna verdrehte die Augen. »Und es ist ja auch nichts passiert. Sie hat die Flügel ausgebreitet, ein bisschen geflattert und kam sicher unten an. Leider war das bloß kein Fliegen …«

Emily entfuhr ein zerknirschter Seufzer. »Geben wir es auf, zumindest für heute. Es gibt noch Schulaufgaben …«

»Außer der Sache mit dem Teleskop ist da doch nur noch der Englischaufsatz. Den schreiben wir mit links, und die Teleskopsache gehen wir morgen an. Ailis sucht schon Bücher dazu raus. Wir können gut noch mit Gooby zum Teich gehen.«

Donella wusste, dass die häufigen Besuche der Teichanlage im Schulpark ebenfalls zu Emilys Strategie gehörten, Gooby dazu zu bringen, sich etwas mehr wie eine Gans zu verhalten. Es gab dort zwei Brutpaare von Wildgänsen, und Emily hoffte, Gooby würde Kontakt mit ihnen aufnehmen, sich in einen netten jungen Ganter verlieben und ihm fliegend nach Afrika folgen. Bislang floh sie allerdings stets zurück zu Emily, wenn sie ihrer Artgenossen ansichtig wurde, und auch die schienen nicht besonders aufgeschlossen gegenüber neuen Bekanntschaften zu sein.

Emily schüttelte den Kopf. »Ich muss noch zwei Aufsätze schreiben«, erklärte sie. »Meinen und Hailys. Und die hat mir noch nicht einmal gesagt, welches denn nun ihr Lieblingsstück von diesem Mr. Shakespeare ist … Welches Stück nimmst du denn?«

Die Mädchen sollten eine kurze Inhaltsangabe ihres Lieblingsschauspiels anfertigen und erklären, warum sie es bevorzugten.

»Den *Sommernachtstraum*«, erklärte Donella. »Ich find's so hübsch, wenn die Elfen fliegen … Na, und bei Haily kommt doch nur *Macbeth* infrage. Schreib einfach: ›Ich mag es, weil ich mich sowohl mit der Lady als auch mit den Hexen seelisch verwandt fühle.‹«

Miss Alliston wäre beinahe laut herausgeplatzt. Sie brachte ja ein gewisses Verständnis dafür auf, dass Haily sich in naturwissenschaftlichen Fächern helfen ließ. Wenn sie Emily allerdings auch ihre englischen Aufsätze schreiben ließ, war das pure Faulheit. In allen sprachlichen Fächern war Haily ebenso gut wie ihre Cousinen. Die junge Lehrerin wusste, dass dies kein besonders schöner Charakterzug war, doch empfand sie eine diebische Freude bei dem Gedanken, die kleine Intrigantin gleich bei ihrer Englischlehrerin zu verpetzen …

Die Schuljahre vergingen schnell in St Leonards – wobei sich für Ailis in ihrem vierten Jahr ihr größter Wunsch erfüllte: Miss Lumsden schaffte ein Teleskop für die Schule an und stellte eine Physiklehrerin ein, die auch ein wenig Astronomie studiert hatte.

Bislang war Ailis eher an ihrer Begeisterung für die Sterne verzweifelt – besonders, seit ihre Mutter sich der sogenannten Wissenschaft der Astrologie zugewandt hatte und nun regelmäßig Sterndeuterinnen und Sterndeuter in Thorgale House empfing, um sich die Zukunft vorhersagen zu lassen. Natürlich ging es dabei hauptsächlich um das alte Thema: Würde es ihr noch gelingen, ihrem Mann einen Sohn zu schenken?

Ailis rollte mit den Augen, wenn die Astrologen dazu aufwendige Berechnungen erstellten, die obendrein meist falsch waren und sich vor allem aus Fakten ergaben, die längst widerlegt waren. Ailis hatte inzwischen alle Bücher gelesen, welche die Schulbibliothek zum Sternenhimmel aufbot, und mit Miss Lumsdens Erlaubnis durfte sie sich auch in der Bibliothek der Universität von St Andrews umschauen. Von Horoskopen war da nie die Rede, sondern von Sonnen und Monden, Fixsternen und Sternenkonstellationen, Nebeln, Kometen und Novas. Natürlich versuchte sie, ihrer Mutter das Ganze zu erklären, doch Lady Alison mochte davon nichts hören. Die meisten ihrer Astrologen sagten ihr die baldige Geburt eines Jungen voraus – und an nichts wollte sie so gern glauben wie an ein solches Wunder.

Während Ailis sich intensiv mit den Erscheinungen des Himmels auseinandersetzte und sich zunehmend daran erfreute, genoss Donna zumindest für einen Augenblick reine Schadenfreude. Ihre

Mutter hatte ihr geschrieben, dass George gerade aus Eton geflogen war. Nach nur einem Jahr in dem Eliteinternat für Jungen … Offensichtlich war der Lehrstoff zu viel für den jungen Mann. Ihre Eltern würden sich nun nach einem College mit weniger hohen Ansprüchen umsehen müssen. Darüber hinaus verfolgte Donella atemlos alle Meldungen, die zu Flugversuchen von Abenteurern in aller Welt in den Zeitungen standen. Und natürlich verschlang sie den Roman *Fünf Wochen im Ballon* von Jules Verne wie auch alle seine sonstigen Werke.

Emily war inzwischen dazu übergegangen, die physikalischen Grundlagen des Vogelflugs weiter zu erforschen und begann, Gooby und andere Gänse akribisch zu vermessen, um vielleicht doch noch herauszubekommen, ob Goobys mangelnder Drang in die Lüfte etwas mit körperlichen Problemen zu tun hatte. Gooby hielt dabei geduldig still, doch Mr. Harris' Gänse waren keinesfalls gewillt, sich um der Wissenschaft willen ärgern zu lassen. Der freundliche Stallmeister brachte ihr daraufhin seine nächste Martinsgans, ohne sie vorher zu rupfen, woraufhin Emily Tränen vergoss, während Ailis und Donna das Tier interessiert sezierten. Natürlich unter Anleitung der eifrigen Miss Alliston, die Emily übermäßige Emotionalität vorwarf. Eine Wissenschaftlerin müsste sich hier besser kontrollieren. Emily überlegte daraufhin, ob die Biologie wirklich ihr Forschungsgebiet war, oder ob sie sich vielleicht doch der Psychologie, dieser noch jungen Wissenschaft, zuwenden sollte. Die Rektorin ermöglichte auch Emily den Zugang zur Universitätsbibliothek, und bei ihren Recherchen erfuhr sie, dass es sich in der Psychologie um die Erforschung menschlichen Erlebens und Verhaltens handelte.

»Da geht es nur um Menschen?«, fragte sie zunächst enttäuscht, um sich dann daran zu versuchen, die Konzepte von Rationalismus und Empirismus ebenso auf Gänse und Hunde anzuwenden.

Haily begeisterte sich nach wie vor für Musik und Schauspiel. Sie war der unangefochtene Star der Theatergruppe, niemand machte ihr mehr eine Hauptrolle streitig. Tatsächlich war sie auf der Bühne inzwischen auch ein Blickfang. Früher als die meisten Mädchen entwickelte sie weibliche Rundungen, ihre Stimme gewann noch mehr an Ausdruck, und wenn sie tanzte, konnten die Zuschauer kein Auge von ihr wenden.

»Das ist nun aber kein klassischer Tanz mehr!«, bemerkte Miss Lumsden streng, als Haily bei der Abschlussfeier nach ihrem vierten Schuljahr mit Bewegungen zur Musik brillierte, die mit ihrem bisherigen Verständnis von Ballett nicht mehr allzu viel gemeinsam hatten. Die Rektorin wusste nicht, ob sie sich von der ungeschminkten Körperlichkeit der Darbietung angesprochen oder abgestoßen fühlte.

Die Tanz- und Musiklehrerin, Miss Perigord, wand sich. »Nein, das ist mehr ... äh ... Ausdruckstanz. Das ... äh ... Delsarte-System ...«, verriet sie schließlich. »Entwickelt von François Delsarte. Es geht um eine Kombination von Sprache, Musik und Bewegung als ... als Ausdruck von Empfindung und Körpergefühl.«

Die Rektorin runzelte die Stirn. »Davon habe ich noch nie gehört«, gab sie zu.

»Es ist aber ... durchaus en vogue ...«, verteidigte sich Miss Perigord. »Delsarte hat Kurse gegeben, die selbst berühmte Sänger und Akteure ansprachen. Ich ... ich kann Ihnen ein Buch leihen, wenn Sie wollen.« Sie zog einen schmalen Band *The Delsarte System of Expression* von Genevieve Stebbins aus ihrem Beutel – wahrscheinlich hatte sie bereits mit Kritik vonseiten der Rektorin gerechnet.

Miss Lumsden nahm das Buch entgegen. »Es wäre allerdings sehr freundlich, wenn Sie mich über Änderungen in Ihrem Lehrplan im Vorfeld informieren würden«, merkte sie an. »Ich bin Neuem gegenüber durchaus aufgeschlossen, aber ob Hailys Eltern das auch so sehen?«

Hailys Eltern waren vor allem darüber begeistert, dass der junge George Hard seine Cousine zum ersten Mal mit einem gewissen

Interesse betrachtete. Was auch Ailis' Vater zu bemerken schien, den das weniger freute.

Schließlich brach das letzte Jahr der Schulausbildung der Mädchen an, und Ailis und Donna sprachen schon von einem Studium nach Ende der zweifellos mit Auszeichnungen bestandenen Prüfungen.

»Aber wir werden zunächst debütieren müssen.« Donella seufzte. »Meinen Eltern scheint es jedenfalls wichtig zu sein, dass ich wenigstens ein Mal vor der Königin knickse und dann mindestens einen Winter, wenn nicht gar ein ganzes Jahr lang auf einem Ball nach dem anderen tanze.«

»Sieh es so: Du wirst von einem Arm in den anderen fliegen!«, witzelte Ailis. »Der Hochadel unter sich. Vielleicht möchtest du am Ende doch lieber heiraten.«

Donna verdrehte die Augen. »Wer wollte mich wohl heiraten?«, fragte sie. Sie war der festen Überzeugung, nicht wirklich schön zu sein. Vielleicht ganz hübsch – es war nicht so, dass sie selbst mit ihrem Aussehen unzufrieden war oder sich gar dafür schämte. Verglichen mit Ailis' klassischer Schönheit – ihrem ebenmäßigen, aristokratischen Gesicht, den braungrünen Augen und dem inzwischen glatten mahagonifarbenen Haar – konnte sie nicht konkurrieren, was sie schon vor Jahren neidlos festgestellt hatte. Donna war kleiner als ihre Cousinen und weder so schlank wie Ailis noch mit so ausgeprägten weiblichen Formen gesegnet wie Haily. Sie war eher sportlich und beweglich als anmutig. Ihr dunkelblondes Haar spielte ins Rötliche und widerstand jedem Versuch, es ordentlich aufzustecken – wobei das allerdings auch daran lag, dass Donna wenig Geduld dazu aufbrachte. Sie hatte wache braune Augen und einen dunkleren Teint als ihre Cousinen. Meistens war sie gut gelaunt und ausgeglichen und weder so launisch wie Haily noch so grüblerisch, wie Ailis mitunter sein konnte. Tatsächlich war sie die Einzige der vier, die auch über ihre Zimmergemeinschaft hinaus Freundschaften pflegte. Ailis wurde höchstens in

Donnas Schlepptau zu Mitternachtspartys oder Picknicks eingeladen. Doch deshalb würde sich bestimmt kein Märchenprinz in sie verlieben.

»Jedenfalls würde ich lieber gleich studieren«, beendete sie die ohnehin nicht allzu ernste Diskussion. »Nicht, dass mir beim Fliegen noch einer zuvorkommt!«

Ailis lachte und zog eine saubere Schulschürze über ihr Kleid in den Farben von St Leonards. »Hast du eine Idee, warum Miss Lumsden mich sehen will?«, fragte sie. Die Mädchen waren eigentlich in ihr Zimmer gekommen, um mit den Schulaufgaben zu beginnen, doch eben war die Hausmutter mit der Nachricht vorbeigekommen, Ailis Hard möchte sich möglichst umgehend bei Miss Lumsden vorstellen.

Donna schüttelte den Kopf. »Ich hab jedenfalls nichts angestellt«, bemerkte sie, »falls du als Zeugin gebraucht wirst.« Sie verzog das Gesicht. Die Zeiten, in denen sie ungefragt Dinge auseinandergenommen hatte, um hinter ihre Funktion zu kommen, waren vorbei. Die junge Frau hatte erstklassige Noten in Physik, und die Funktionsweise von mechanischen Apparaten erschloss sich ihr meist schon auf den ersten Blick.

»Ich auch nicht«, erklärte Ailis. »Also schauen wir mal, was anliegt. Vielleicht haben ja irgendwelche Erstklässler versucht, das Teleskop in ein Mikroskop umzufunktionieren.«

Die Cousinen trennten sich lachend, und wenige Minuten später stand Ailis vor dem Büro der Rektorin. Unbefangen klopfte sie an. Sie fürchtete sich nicht vor der Vorsteherin ihrer Schule, sondern bewunderte und mochte Miss Lumsden.

Die Rektorin rief sie sofort herein. Sie saß hinter ihrem voluminösen Schreibtisch und blickte Ailis fast etwas besorgt entgegen.

»Ailis!«, sagte sie freundlich. »Ist etwas passiert? Ich meine, ist es ein trauriges Ereignis?«

Ailis runzelte die Stirn. »Was meinen Sie, Miss Lumsden? Was sollte denn passiert sein? Ich habe nur gehört, dass Sie mich sprechen wollten.«

»Oh …« Die Rektorin bot ihr mit einer Handbewegung einen Stuhl an. »Setz dich doch, Ailis. Und entschuldige, wenn ich dich beunruhigt habe. Ich nahm nur an, dich hätte vielleicht auch eine Depesche erreicht – mit ein paar mehr Einzelheiten, als ich sie erfahren habe. Deine Eltern bitten mich, dich nach Hause zu schicken. Möglichst umgehend. Da nahm ich natürlich an …«

»Nein, nein, mir hat niemand geschrieben. Und es steht auch nichts Besonderes an.« Ailis zuckte überrascht mit den Schultern. »Was … was steht denn in der Depesche?«

»Nun, ein Grund wird nicht genannt. Deutlich wird aber, dass deine Eltern deine sofortige Rückkehr nach Thorgale House wünschen.« Die Rektorin nickte Ailis aufmunternd zu. »Ich antworte ihnen noch heute. Du kannst morgen Vormittag den Zug um halb zehn nehmen, Harris fährt dich zum Bahnhof. Und ich hoffe natürlich, dich sehr bald wiederzusehen.«

»So bald es geht«, versprach Ailis. »Ich möchte die Beobachtung des Sternenhimmels mit Miss Pearse am Freitagabend auf keinen Fall versäumen.« Heute war ein Montag. Ailis rechnete fest damit, spätestens am nächsten Nachmittag zurück zu sein.

Die Bahnfahrt von St Andrews zog sich nicht allzu lange hin, doch vom heimatlichen Bahnhof bis nach Thorgale House war noch ein beträchtlicher Weg über teilweise nicht allzu gut ausgebaute Straßen zu überwinden. Ailis hatte gehofft, dass Miss Lumsdens Antwort an ihre Eltern sie früh genug erreichen würde, um ihr eine Kutsche zu schicken. Nun war sie froh, als sie schon vom Bahnsteig aus ein Gespann von Thorgale House erkannte. Rover, der alte Kutscher ihres Vaters, hatte es sich auf dem Bock gemütlich gemacht und erwartete wohl, womöglich stundenlang ausharren zu müssen, bis Ailis eintraf. Genug Zeit dafür hatte er. Rover war zu alt, um noch voll zu arbeiten, aber er machte sich als Faktotum im Hause nützlich oder übernahm eine leichte Fuhre so wie heute. Beide freuten sich, einander zu sehen.

»Na, Missy, da müssen Sie ja vor Tau und Tag aufgestanden sein, um so früh herzukommen!«, begrüßte er sie vertraut. Er kannte die junge Frau, seit sie ein Baby gewesen war, und sah zwar ein, sie zu siezen, ein »Lady Ailis« kam ihm aber nicht über die Lippen.

Ailis lächelte. »Mit den Hühnern, Rover!«, bestätigte sie. »Und gut geschlafen habe ich sowieso nicht, vor lauter Spannung. Ist alles in Ordnung im Haus?«

Der alte Kutscher nickte knapp und nahm ihr die Tasche ab. »Jo, alle gesund.«

»Ich meine … weil man mich so plötzlich herbeordert hat«, bohrte Ailis nach.

»Nu, Lady Alison wird sich freuen, Sie zu sehen«, nuschelte er und bewies damit, dass er die Kunst der Dienerschaft beherrschte, jede Frage höflich zu beantworten, ohne dabei irgendetwas über das Privatleben der Herrschaft zu verraten.

Ailis gab es auf und nahm in der Kutsche Platz. »Dann wollen wir die Familie mal nicht warten lassen.«

Gleich darauf durchquerten sie den kleinen Ort Thorgale und rumpelten dann zwischen Wäldern, Feldern und Wiesen Richtung Thorgale House. Es war Herbst, und die Bauern waren dabei, die Felder zu pflügen und einzusäen. Einige grüßten, als die Kutsche der Herrschaft vorbeifuhr, und Ailis winkte freundlich zurück. Sie mochte ihre friedliche Heimat, die einfachen Leute auf dem Land – und die nächtliche Dunkelheit, in der sich die Sterne weit besser beobachten ließen als in St Andrews, wo in vielen Haushalten nachts Öllampen oder Kerzen brannten, weil die Leute noch redeten oder lasen.

Schließlich erreichten sie ihr Elternhaus, das in einem ähnlichen Stil erbaut war wie St Leonards – beide Gebäude stammten aus dem Mittelalter, Thorgale House wies aber verspieltere Bauelemente auf als der imposante Zweckbau des Internats. Ab und an musste Ailis daran denken, dass ihr Zuhause ursprünglich den Namen »Thorgale Castle« trug, was weit hochherrschaftlicher klang als »Thorgale House«. Als Kind hatte sie hier mit Donella Prinzessin gespielt …

Die Kutsche hielt in der Auffahrt, und Mrs. Townsend, die Hausdame, öffnete die Eingangstür. Ihr folgten ein Diener und ein Hausmädchen, um Ailis' Gepäck in Empfang zu nehmen. Mrs. Townsend schaute fast tadelnd auf die einzige Tasche, die sie mitgebracht hatte.

»Willkommen, Lady Ailis!«, grüßte die Hausdame förmlich. »Ihr Vater hatte eigentlich später mit Ihnen gerechnet, aber ich wusste schon, dass Sie den ersten Zug nehmen werden.« Mrs. Townsend schätzte Ailis' Ernsthaftigkeit, ihre Zuverlässigkeit und ihr ausgeglichenes Wesen. Ihre Mutter war sprunghafter und ihr Vater oft schlecht gelaunt.

»Ich denke, Sir Charles wird Sie gleich empfangen, ich kann Tee in seine Räume bringen lassen, Sie müssen ja hungrig sein. Oder möchten Sie sich zunächst ein wenig frisch machen? Ihr Zimmer ist bereit …« Die Hausdame verbeugte sich leicht.

»Oh danke, Mrs. Townsend, aber ich gedenke nicht, lange zu bleiben«, meinte Ailis. »Wenn möglich möchte ich noch mit dem Nachtzug zurückfahren, spätestens aber morgen früh. Ich versäume sonst zu viel in der Schule …« Ailis wollte auf keinen Fall eine schlechtere Note riskieren, weil sie die für den nächsten Tag angesetzte Klausur verpasste.

»Wie Sie wünschen, Lady Ailis«, sagte die Hausdame. »Dann lasse ich Sie gleich dem Marquess melden. Aber legen Sie doch zunächst ab und wärmen sich ein bisschen auf. Es ist so schrecklich kalt hier in Schottland!« Mrs. Townsend war Engländerin und konnte nicht aufhören, über das angeblich so viel schlechtere Wetter in Schottland zu schimpfen.

Ailis übergab dem Hausmädchen Hut und Mantel, richtete ihr Haar ein wenig und wartete dann vor dem riesigen Kamin mit seinem prasselnden Feuer in der großen, spärlich doch mit schweren Möbeln eingerichteten Eingangshalle, bis die Hausdame zurückkehrte.

»Ihr Vater erwartet Sie im Herrenzimmer«, erklärte sie, woraufhin Ailis dem Hausdiener in den zweiten Stock folgte. Nicht, dass sie nicht gewusst hätte, wo ihr Vater residierte, aber Mrs. Townsend hielt auf Tradition, und in den Korridoren des alten Hauses war es auch oft so dunkel, dass ein mit einem Licht vorausgehender Diener eher als angenehm empfunden wurde. Auf der Empore vor dem Zimmer ihres Vaters stieß der Diener fast mit ihrer Mutter zusammen. Er entschuldigte sich sogleich und trat sofort beiseite. Lady Alison schien eilig unterwegs zu sein, verharrte jedoch augenblicklich, als sie ihre Tochter erblickte.

»Ailis!« Mutter und Tochter tauschten die übliche, etwas förmliche Umarmung. Als Ailis sich löste, sah sie, dass die Augen ihrer

Mutter rot umrandet waren, als hätte sie erst vor Kurzem heftige Tränen vergossen oder sehr oft in der letzten Zeit geweint.

Lady Alison sprach leise weiter, bevor Ailis etwas fragen konnte. »Ailis, ich will … ich muss … also ich will, dass du weißt, dass dein Vater und ich darüber gesprochen haben. Ich trage ihm nichts nach, er trägt mir nichts nach … es ist einfach … die einzige Lösung … Ich hoffe, du … du siehst das ein …«

Der Hausdiener hatte inzwischen geklopft und hielt Ailis die Tür zum Herrenzimmer auf. Lady Alison ließ ihre Tochter daraufhin fast fluchtartig allein.

Ailis trat ein und sah ihren Vater hinter seinem Schreibtisch sitzen, einem monströsen, mit Leder überzogenen Möbel. Sie fragte sich, warum er sie nicht in seinem Sessel vor dem Kamin empfing, aber vielleicht hatte das ja mit dem Tee zu tun, den die rührige Mrs. Townsend hatte servieren und kurzerhand auf dem Schreibtisch platzieren lassen. Ailis sah zwei Teegedecke und zwei Etageren mit Kuchen und Sandwiches. Beim Anblick der Eiersandwiches lief ihr das Wasser im Munde zusammen – sie hatte seit dem frühen Morgen nichts mehr gegessen.

»Es ist schön, dass du gleich gekommen bist!« Ihr Vater hatte sich erhoben und begrüßte sie mit zwei ungelenken Küssen auf die Wangen. »Aber so kennen wir dich ja. Du bist schon immer pflichtbewusst gewesen …«

Während er ganz offensichtlich nach Worten suchte, übernahm es Ailis, den Tee einzuschenken, wie es sich für die Tochter des Hauses gehörte. Da ihr Vater seinen Tee süß liebte, gab sie noch drei Löffel Zucker dazu. In ihre eigene Tasse füllte sie Zucker und Sahne. Dann setzte sie sich hin, nahm sich eines der köstlichen Eiersandwiches und biss hungrig hinein, während ihr Vater sich anscheinend sammeln musste.

»Also, Ailis, ich habe dich rufen lassen, weil … es geht um die Sache mit der Erbfolge. Wie es aussieht, wird deine Mutter niemals fähig sein, mir einen Sohn zu schenken«, begann er schließlich.

»Das tut mir aufrichtig leid«, bemühte sich Ailis, ihr Mitgefühl auszudrücken, obgleich sie schon seit Längerem nicht mehr daran geglaubt hatte, dass Lady Alison noch einmal schwanger werden würde.

»Nun, Ailis, aufgrund dieser Situation haben deine Mutter und ich beschlossen, unsere Ehe zu lösen. Ich werde noch einmal heiraten … ich …«

Ailis blieb das Sandwich im Hals stecken. »Was?«, stieß sie hervor.

Ihr Vater spielte mit seinem Teelöffel. Er hatte bisher weder das Getränk noch das Teegebäck angerührt.

»Wir haben es versucht, aber es geht einfach nicht. Deine Mutter kann für die männliche Nachfolge nicht sorgen. Und da es sicher auch nicht in deinem Sinne wäre, wenn der Titel an deinen Cousin George überginge, braucht es eine Lösung.«

Ailis errötete leicht, weil ihr Vater ungewohnt offen mit ihr sprach. St Leonards erzog seine Schülerinnen zwar nicht so prüde wie andere Mädcheninternate, und an den Storch glaubten die Zöglinge nach ein paar Jahren Biologieunterricht sowieso nicht mehr. Trotzdem war ihr die Situation peinlich. Sie fragte sich allerdings, warum sich ihr Vater für die Meinung seiner Tochter zu seiner Nachfolgeregelung interessierte.

»Kannst du dich denn überhaupt scheiden lassen?«, fragte sie schließlich, als sie die Nachricht halbwegs verdaut hatte. »Ich meine … wir sind katholisch … Ich dachte, bei Katholiken gebe es gar keine Scheidung«, fügte Ailis hinzu, als ihr Vater nicht gleich antwortete.

Nun war es an ihrem Vater, rot zu werden. »Nein, äh … nun … äh … eine Scheidung ist natürlich ganz unmöglich. Aber ich habe einen Antrag in Rom gestellt. Und … nun ja … die Kurie hat zugestimmt, meine Ehe zu annullieren.«

Ailis sah ihn mit großen Augen an. »Aber, Vater, die Ehe wurde doch vollzogen … Ihr habt mich!«

Charles Hard rieb sich die Stirn. »Ja, das ist … das ist natürlich das Problem …«

Ailis sah ihn fragend an.

»Dich … dich könnte ich dann nicht mehr anerkennen.« Endlich war sie raus, die eigentliche Nachricht, die auszusprechen dem Marquess of Thorgale derart schwergefallen war.

Ailis erfasste Wut – und Entsetzen. Sie musste heftig schlucken, als ihr die Tragweite dessen, was ihre Eltern beschlossen hatten, bewusst wurde. Natürlich war die Absicht des Vaters, ihre Mutter durch irgendeine fremde Frau zu ersetzen, schon schockierend genug. Aber nun … ihr Name, ihr Titel, ihre gesamte Existenz standen auf dem Spiel. Der Vater wollte ihr alles nehmen. Es … es fühlte sich an, als wollte er sie … auslöschen.

Ihr Herz klopfte bis zum Hals, trotzdem setzte sie die folgenden Worte mit der ihr eigenen Ernsthaftigkeit: »Mal sehen, ob ich das richtig verstehe«, sagte sie langsam. »Du willst meine Mutter zwingen, einen Ehebruch zu gestehen, dem ich entsprungen bin, während du sie – angeblich – in zwanzig Jahren Ehe nicht angerührt hast. Ich werde dadurch zum Bastard und Mutter zur Hure. Du und die Herren in Rom stoßen uns aus der Gesellschaft aus, damit du mit einer anderen Frau noch einmal die Chance hast, einen Erben zu zeugen.« Ailis sah ihren Vater mit blitzenden Augen an. »Das ist infam!«

Charles Hard lief endgültig rot an, jetzt jedoch vor Ärger. »Ich bitte dich um Mäßigung, Ailis, du musst das nicht so drastisch ausdrücken. Ich bin in einer Notsituation. Deine Mutter sieht das genauso. Natürlich wird gut für sie gesorgt werden, sie denkt daran, nach Frankreich zu ziehen, da wird niemand etwas wissen. Und du … Nun ja, ich habe eine Möglichkeit gefunden, dich zu verheiraten.«

»Waaas?« Ailis fragte sich allmählich, ob sie vielleicht in einem

Albtraum gelandet war – oder ob das hier alles einer plötzlichen Fieberfantasie entsprang.

Ihr Vater hob beruhigend die Hand. »Keine Angst, Ailis, es wird eine ehrenwerte Verbindung, dein zukünftiger Mann ist von Adel. Ein Hay …«

Der Clan der Hays gehörte zu den angesehensten und größten in ganz Schottland. Es stand allerdings nicht zu erwarten, dass Charles Hard seine Tochter einem Anwärter auf den Titel des Chiefs versprochen hatte.

»Cuthbert Hay, genauer gesagt, ein Großneffe des amtierenden Titelträgers …«

Ailis hatte noch nie von ihm gehört. Misstrauen und Skepsis spiegelten sich in ihren Augen und im Ton ihrer Stimme. »Und … und warum sollte dieser Mann ausgerechnet deine Bastardtochter heiraten? Und wann soll das alles über die Bühne gehen?«

»Nun, so eine Annullierung einer Ehe, das geht nicht von heute auf morgen«, erläuterte ihr Vater, offensichtlich ungerührt von der Gefühlslage seiner Tochter. Im Gegenteil, er schien sich wieder etwas sicherer zu fühlen. »Ein paar Monate wird sich das alles hinziehen, und so lange ändert sich ja nichts. Wenn wir die Hochzeit also sagen wir in sechs Wochen ansetzen …«

»In sechs Wochen?« Entsetzt empfing Ailis den nächsten Schlag. Gewöhnlich wurde die Verlobung einer Adligen etwa ein Jahr vor der Eheschließung verkündet. »Dann werden doch alle glauben, ich … wir müssten heiraten …« Sie wand sich jetzt schon vor Scham, wenn sie an die mitleidigen Blicke der Hochzeitsgäste dachte, die zweifellos eher ihrem Mann als ihr selbst gelten würden.

»Das ist ziemlich egal«, bemerkte Charles Hard. »Weil … also ihr werdet sowieso auswandern …«

Ailis sah ihren Vater verständnislos an. »Auswandern?«, fragte sie tonlos.

»Ja.« Charles sprach jetzt schnell weiter. »Cuthbert macht zur Bedingung, dass deine Mitgift für eine Passage in die Vereinigten

Staaten und für ein gewisses Startkapital reicht, mit dem er dort seine Studien der Fotografie fortführen kann. Es gibt ein Labor in Boston, in dem er mitarbeiten und lernen möchte. Seine Familie ist nicht gewillt, ihm das zu ermöglichen. Deshalb werdet ihr nach Boston gehen. Und hier, denke ich, wird man euch rasch vergessen. Drüben wirst du nur noch eine Hay sein, dein Mädchenname wird niemanden interessieren.«

Ailis kämpfte mit einem heftigen Schwindel. Ihr Vater hatte tatsächlich vor, sie auszulöschen – und der Clan der Hays würde diesem Cuthbert auch keine Träne nachweinen. Ihre Finger verkrampften sich im Stoff ihres Reisekostüms. Sie würde jetzt nicht weinen …

»Und wenn ich Cousin George heiraten würde?« In Ailis verkrampfte sich alles bei diesem Gedanken. Sie hasste George. Doch die Verheiratung der Tochter eines Marquess' mit dem designierten Erben des Titels war eine gängige Methode, das Problem zu lösen.

Charles Hard biss sich auf die Lippen. »Das war natürlich meine erste Überlegung«, sagte er leise. »Allerdings … George will dich nicht. Du bist ihm zu gelehrt, zu dünn und zudem mit seiner Schwester befreundet. Er sagt, er will sich seine Frau selbst aussuchen – und wie du weißt, hat er vorerst alle Trümpfe in der Hand.«

Ailis wurde schwarz vor Augen. So also sah das Bild aus, das man in der Familie von ihr hatte. Sie war hässlich, selbstherrlich und sie hatte die falschen Freundinnen. Vor ein paar Stunden noch war sie zufrieden mit Gott und der Welt in den Zug gestiegen – eine Einserschülerin, von ihren Lehrerinnen und Mitschülerinnen geachtet, und was sie im Spiegel sah, hatte ihr auch gefallen. Das Gespräch mit ihrem Vater hatte das alles zunichte gemacht. Sie war zu einem lästigen Anhängsel geworden, das man schnellstens loswerden wollte.

Lediglich der Gedanke an eine starke Frau wie Miss Lumsden konnte sie jetzt noch aufrichten.

»Wenn du mir das Geld gäbest, mit dem du … Mr. Hay zu bezahlen gedenkst, könnte ich mir vielleicht etwas aufbauen«, brachte sie mühsam heraus. »Ich könnte studieren und später vielleicht unterrichten, wie Miss Lumsden.«

Charles Hard schlug mit der Hand auf den Tisch. »Ausgeschlossen!«, erklärte er kühl. »Du würdest doch immer in den Schoß der Familie zurückkehren wollen, wenn etwas schiefgeht. Deine Miss Lumsden ist ja auch nach Schottland zurückgekommen. Und wer weiß, ob du uns nicht sogar Schande machen würdest. Nein, Ailis. Du wirst heiraten. Punkt! Lerne Cuthbert kennen, vielleicht verliebt ihr euch sogar ineinander. Etwas anderes kommt jedenfalls nicht infrage, finde dich damit ab.«

Ailis wusste nicht, wie sie in ihr Zimmer gekommen war, wo sie endlich anfing, haltlos zu weinen.

Es war Lady Alison, der es am nächsten Tag oblag, ihre Tochter in die Einzelheiten der Pläne einzuweihen, die ihre Familie für sie geschmiedet hatte.

»Dein Vater will nur dein Bestes!«, behauptete sie, woraufhin Ailis erneut in Tränen ausbrach. »Und ich natürlich auch. Wir haben lange darüber nachgedacht, wie wir zu dieser ... dieser Lösung greifen können, ohne dass es Nachteile für dich hätte ...«

»Dann finanziert mir ein Studium!«, rief Ailis. »Von mir aus in England oder sonst wo. Danach komme ich schon für mich selber auf. Und wie ich heiße, ist mir auch egal!«

Lady Alison schüttelte den Kopf. »Dein Vater hat recht, das geht auf keinen Fall. Diese ganze Geschichte ... wir wollen die Aufregung so klein wie möglich halten. William und Connor werden genug Zeter und Mordio schreien, wenn das mit der Annullierung die Runde macht. Die sehen doch schon ihre eigenen Söhne auf dem Thron des Marquess. Wir haben sehr viel Glück, dass die Kirche ...«

»Wir?«, unterbrach sie Ailis. »Du machst wirklich freudig mit bei diesem perfiden Plan? Du lässt dich wegschicken, verleumden, austauschen ...«

Die Augen ihrer Mutter wurden feucht. »Es ... es liegt nun mal an mir. Dein Vater kann ... Kinder zeugen, aber ich hatte eine Fehlgeburt nach der anderen. Und nun werde ich zu alt ...«

Ailis blitzte sie an. »Und wie alt ist die Neue? Frisches Blut und trotzdem aus altem Adel? War sie leicht zu finden?«

»Es ist Muriel Armstrong-Baird«, sagte ihre Mutter leise. »Und sie wird ... zwanzig. Allerdings ist sie bereits Witwe. Sie wurde vor zwei Jahren mit Thomas Baird verheiratet, aber er starb bei einem Reitunfall. Und sie hat bereits einen Sohn.«

Ailis verspürte leichtes Mitleid bei dem Gedanken an den kleinen Jungen, der ebenso wenig erben würde wie sie selbst. Thomas war der zweite oder dritte in der Erbfolge des Baird-Clans gewesen, und sicher hätte sein Sohn in der Familie große Wertschätzung erfahren. Doch nun würde er bei einem Stiefvater aufwachsen, der nur darauf wartete, dass seine Mutter einen männlichen Erben zur Welt brachte. Für Charles Hard zählte das bereits vorhandene Kind seiner künftigen Gemahlin nicht – oder allenfalls als Beweis dafür, dass sie fähig war, Söhne zur Welt zu bringen.

»Sie ist nur vier Jahre älter als ich«, bemerkte Ailis.

»Eben. Sie hat noch sehr viel Zeit. Aber bleiben wir bei deiner Zukunft.« Lady Alison hatte ihre Fassung zurückgewonnen, die nächsten Schritte fest im Blick. »Du wirst Cuthbert am nächsten Sonntag kennenlernen. Du wirst sehen, er ist ein netter, junger Mann.«

»Und wenn er der Kronprinz selbst wäre!«, rief Ailis. »Ich wollte die Schule beenden, bevor ich heirate! Warum habt ihr mich nach St Leonards geschickt, wenn ich jetzt doch nur eine dumme Hausfrau werden soll, irgendwo in einem gottverlassenen Kaff in Amerika!«

»Ich glaube, Boston ist eine recht große Stadt.« Lady Alison blieb ruhig. Kein Wunder, sie hatte ausreichend Zeit gehabt, sich mit der Situation abzufinden. »Außerdem wirst du nicht dümmer durch die Eheschließung. Das mit der Schule tut mir leid. Niemand konnte das ahnen.«

Das stimmt, dachte Ailis. Eine solche Entwicklung wäre ihr im Traum nicht eingefallen, und ihrer Mutter wahrscheinlich auch nicht.

Die Zeit bis zum Sonntag verbrachte Ailis hauptsächlich mit der Schneiderin ihrer Mutter, die ihr nicht nur das Hochzeitskleid, sondern auch schon eine geeignete Garderobe für Boston anfertigen sollte. Das Klima an der Ostküste, so erfuhr sie, unterschied sich nicht sehr von dem in Mitteleuropa – die Sommer konnten heiß werden, im Winter fiel Schnee. Spezielle Kleidung wurde also nicht gebraucht, doch in den letzten Jahren hatte Ailis fast nur ihre Schuluniform getragen, und ihre sonstige Garderobe befand Lady Alison als zu mädchenhaft. Mit der Hochzeit, so wurde es Ailis schlagartig bewusst, würde sie erwachsen sein, wozu gehörte, sich anders zu kleiden und benehmen zu müssen. Das alles war ihr so unheimlich wie all diese schneeweiße Seide und der Tüll, der sich im Ankleidezimmer bauschte. Lady Alison und Mrs. Barrister, die Schneiderin, diskutierten ausführlich jede Schleife an ihrem Hochzeitskleid. Ailis' Einwand, sie kenne ja noch nicht einmal den Bräutigam, und ob es nicht doch etwas früh sei, ihr ein Kleid anzumessen, wischten beide lachend beiseite.

Der Bräutigam erschien am Sonntag pünktlich zum Tee und erwies sich tatsächlich als wohlerzogen und sogar recht gut aussehend. Cuthbert Hay, sechs Jahre älter als Ailis, war der hellhäutige rothaarige Menschentyp, den man in Schottland und auch in Irland häufig antraf. Sein Haar war kraus, vielleicht ein Grund, weshalb er es sehr kurz trug, es hätte sonst womöglich vom Kopf abgestanden. Anstelle eines Bartes bevorzugte er Koteletten, die ihm vorzüglich standen und seinem Gesicht Kontur gaben. Er hatte hellbraune Augen, auch die Brauen krausten sich etwas, und die Farbe seiner vollen, vielleicht etwas weichen Lippen spielte ins Orange. Cuthbert Hay begrüßte seine Gastgeber mit einem geringfügig schiefen Lächeln, das man wohlwollend verschmitzt, vielleicht aber auch listig nennen konnte. Er trug einen dem Anlass angemessenen Dreiteiler, der ihn vorteilhaft kleidete. Er war schlank, aber nicht dünn. Ailis fiel auf, dass er nicht sehr groß war, auf hohen Absätzen würde sie ihn überragen. Jedenfalls brauchte sie nicht zu ihm aufzublicken, um ihm in die Augen zu sehen.

»Miss Hard! Es ist mir eine große Freude, Sie kennenzulernen!«, erklärte er, nachdem er Ailis' Eltern formvollendet begrüßt hatte. Ailis hatte ihm förmlich die Hand reichen wollen, doch er zog sie sanft an seine Lippen und deutete einen Handkuss an. Seine Hände waren weich. Sie fühlten sich nicht unangenehm an.

»Mr. … Mr. Hay …« Mehr brachte Ailis vorerst nicht heraus. Ihre Stimme klang heiser.

Lady Alison forderte den Gast auf, sich zu setzen, und wies Ailis an, den Tee einzuschenken. Sie verschüttete dabei ein wenig, ganz gelang es ihr einfach nicht, das Zittern ihrer Hände zu unterdrücken.

Während des Teetrinkens hatte sie Zeit, sich wenigstens ein bisschen zu beruhigen. Cuthbert sprach mit ihren Eltern – erst über gemeinsame Bekannte und Familienmitglieder, dann über seine Leidenschaft, die Daguerreotypie.

»Sie wird zumindest die Porträtmalerei ablösen«, behauptete er. »Und das Verfahren wird ständig weiterentwickelt. Die Kollodium-Nassplatte zum Beispiel – und die Gelatineverfahren … ich denke, ich werde mich für eines dieser neueren Enwicklungsverfahren entscheiden … Whipple and Black wenden sie bereits an.«

»Das sind die … Daguerreotypisten in Boston?«, fragte Ailis.

Cuthbert nickte eifrig. »Mit Sicherheit das beste Studio der Welt!«, prahlte er. »Ich bin sehr stolz darauf, dass ich mit ihnen arbeiten darf!«

Ailis fragte sich, ob er vielleicht einen Teil ihrer Mitgift in das Geschäft der Fotografen einzubringen gedachte. Es erschien ihr sonderbar, dass derart berühmte Fotografen ihre Mitarbeiter im fernen Schottland suchten. Grundsätzlich fand sie die junge Kunst der Fotografie jedoch interessant, auch im Hinblick auf ihre wissenschaftliche Anwendung. Um etwas zu dokumentieren, brauchte man es nicht mehr zu zeichnen. Und wenn man die Kamera vielleicht mit einem Teleskop verbinden könnte …

Lady Alison wurde das Gerede über Fotografie indes zu langweilig. Sie schloss das Thema ab, indem sie anregte, Cuthbert könne ja vielleicht mal eine Daguerreotypie von ihrer Tochter anfertigen, das wäre doch eine schöne Erinnerung, wenn die jungen Leute nun planten auszuwandern.

Cuthbert stimmte zu, während Ailis die Frage auf der Zunge lag, als wen man dem künftigen Erben dann die fremde Frau auf dem Bild vorstellen wollte – aber wahrscheinlich würde die Daguerreotypie ohnehin mit ihrer Mutter ins Exil wandern. Aus der Familie der Hards wäre Ailis ja schließlich per Heirat getilgt.

»Vielleicht möchtest du Mr. Hay ja ein wenig den Park zeigen, Ailis?«, fragte ihre Mutter, als sie die Teetafel aufhob. »Ein kleiner Spaziergang …«

Ailis hätte sich Schöneres vorstellen können. Es war ein nasskalter Herbsttag. Um sich vor der Kälte zu schützen, hätte sie eine Wachsjacke gebraucht, doch das galt sicher nicht als angemessen für ein besseres Kennenlernen ihres Zukünftigen. Ein Hausmädchen reichte ihr stattdessen einen Tuchumhang, den sie über ihr wollenes Nachmittagskleid zog, und außerdem einen Regenschirm. Cuthbert nahm das Wetter zum Anlass, sie unterzuhaken und den Schirm über sie zu halten. Es regnete nur leicht, trotzdem trug das alles nicht gerade dazu bei, Ailis' Laune zu heben.

»Ein sehr schöner Park«, erklärte Cuthbert schon nach wenigen Schritten. »Und … nun?«

Ailis hoffte, dass er nicht vorhatte, sie zu küssen. »Nun? Nun lernen wir einander kennen«, beschied sie ihm gallig. »Möchten Sie anfangen, Mr. Hay? Oder soll ich Mr. Cuthbert sagen?«

»Womit soll ich anfangen?«, fragte er irritiert.

Ailis seufzte. »Vielleicht erzählen Sie erst einmal etwas von sich. Aus Ihrem Leben sozusagen …« Sie war entschlossen gewesen, höflich zu sein, dann rutschte ihr jedoch die Frage heraus, die ihr auf den Nägeln brannte. »Warum kann Ihre Familie Ihre Ausbildung in den Vereinigten Staaten nicht finanzieren? Im Allgemeinen gelten die Hays doch nicht als arm.« Ailis hoffte, ihn damit nicht gleich zu verärgern – und tatsächlich nahm es Cuthbert mit einem Lächeln.

»Nein«, sagte er gelassen, »tatsächlich verfügt mein Vater ebenfalls über so einen Kasten.« Er zeigte Richtung Thorgale House, das den Park majestätisch überragte. »Der Sitz meiner Familie ist nicht ganz so groß und nicht ganz so prächtig, aber doch ordentlich, wobei ich nichts davon erben werde.«

»Es hört sich nicht so an, als wären Sie traurig darüber«, meinte Ailis.

Cuthbert lachte. »Nein, ehrlich gesagt weine ich dem Haus und der Jagd und dem Dorf, dessen Pächter das alles finanzieren, keine Träne nach. Ich bin das schwarze Schaf in der Familie, ich passe nirgends richtig hinein … Das fing schon in der Schule an, in Gordonstown, falls es Ihnen ein Begriff ist. Ein Traditionsinternat. Die Ehemaligen kommen aus dem Schwärmen nicht mehr heraus, wenn sie davon erzählen. Nur ich konnte den kalten Duschen und den halbnackt bei Wind und Wetter zu absolvierenden Morgenläufen nichts abgewinnen.« Er schüttelte sich allein bei dem Gedanken daran, und Ailis überlegte, dass dieser Spaziergang seinen Neigungen wohl ebenfalls nicht entsprach.

»Und was haben Sie da sonst noch gemacht? In Gordonstown?«, fragte sie, in der Hoffnung, er könnte wissenschaftliche Interessen mit ihr teilen.

»Zwei Sprachen gelernt, die heute keiner mehr spricht, Bücher gelesen, die Laudanum ersetzen, den Umgang mit Hammer und Nagel und ein wenig Rechnen: Die Wahrscheinlichkeit, sich mit dem Hammer die Finger platt zu schlagen, steigt mit dem Sinken der Umgebungstemperatur. Ich war ständig steif gefroren …« Er lächelte sein verschmitztes Lächeln, und Ailis musste zugeben, dass er begann, sie zu amüsieren. »Das alles diente natürlich der Abhärtung und bedeutet für meine künftige Frau, dass sie mich selten bei Erkältungen wird pflegen müssen.«

»Erfreulich«, bemerkte Ailis, der jede Neigung zur Krankenpflege abging. »Und dann?«

»Na ja, ich habe überlebt. Und war weiterhin der jüngere Sohn, den man irgendwie beschäftigen musste, damit er der Familie nicht auf der Tasche lag. Beliebt ist da natürlich eine militärische Laufbahn …« Er verdrehte die Augen. »Aber es liegt mir nicht, auf irgendjemanden zu schießen, selbst die Jagd ist mir zuwider. Weshalb soll ich mich bei Kälte und Nässe durch den Wald quälen, um höchstpersönlich einen Hirsch zu erlegen? Das Rind für mein Steak schlachte ich doch auch nicht selbst!«

Ailis lachte. »Vegetarier sind Sie also nicht«, konstatierte sie.

Der junge Hay schüttelte den Kopf. »Nein, ich bin gutem Essen durchaus zugeneigt und verstehe mich auf den geschickten Umgang mit Messer und Gabel – ohne deshalb gleich einen Säbel führen zu müssen oder mittels eines Bajonetts auf mein Gegenüber einzustechen. Kurz und gut, mir behagt weder das Soldatenleben noch das Töten. Der diplomatische Dienst hätte mir vielleicht eher gelegen, aber dafür fehlt es meiner Familie an Beziehungen. Außerdem bin ich nicht sehr geduldig. Und ein Studium? Sagte ich schon, dass ich kein Blut sehen kann? Medizin kam nicht infrage … Also Jura, doch ich habe mich gleich in den ersten Vorlesungen zu Tode gelangweilt … Das Studentenleben habe ich dagegen durchaus genossen.« Cuthbert verzog ulkig das Gesicht. »Doch irgendwann wurde es meinem alten Herrn zu teuer, mich zu finanzieren. Dabei habe ich durchaus Geld verdient. Wenn irgendein Kommilitone auf die Idee kam, vor dem Fenster seiner Angebeteten zu singen … ich habe eine schöne Stimme und lernte schnell die Laute zu schlagen. Für so ein Konzert haben die anderen ganz ordentlich gezahlt.«

Ailis musste schon wieder lachen. Wie es aussah, war ihr Zukünftiger ein charismatischer Luftikus, der das Leben nicht allzu ernst nahm.

»Außerdem hatte ich festgestellt, dass ich sehr schnell Karikaturen oder Porträts meiner Kommilitonen oder ihrer Freundinnen zeichnen konnte. Ein Studium der Kunst erschien mir deshalb sinnvoller als die Juristerei, auch wenn meine Familie es nicht gerade enthusiastisch förderte. Meine Lehrer meinten allerdings, es fehle mir doch an Talent … Tja, und dann heiratete mein Bruder. Ein Fotograf erschien, um eine Daguerreotypie anzufertigen, und mir wurde klar, dass hier meine Zukunft liegt. Mein Vater sah das leider nicht so – im Gegensatz zu Ihrem, der mich, nun ja, großzügig zu fördern gedenkt.« Cuthbert sah sie treuherzig an. »Natürlich nur mit Ihrer Zustimmung.«

Ailis entwickelte langsam das Gefühl, diesen unterhaltsamen Charmeur unter Umständen mögen zu können. Sie lächelte ihm zu. »Jetzt bin ich an der Reihe. Also, was möchten Sie über mich wissen?«

Cuthbert überlegte kurz. »Ailis«, sagte er dann. »Wirst du Ja sagen?«

Als Ailis die Tür ihres Zimmers endlich wieder hinter sich schließen konnte, warf sie sich aufs Bett und versuchte, die Kälte und Leere in sich zu bekämpfen. Immer wieder hielt sie sich vor Augen, dass Cuthbert im Grunde sympathisch war, dass er lebhaft erzählen konnte und sie zum Lachen gebracht hatte. Er war nicht abstoßend wie ihr Cousin George und sicher nicht dumm, wenn auch etwas unstet. Das alles konnte sie jedoch nicht darüber hinwegtrösten, dass er sich nicht im Geringsten für sie interessierte. Weder für ihre Geschichte noch für ihre Leidenschaften … und nicht einmal auf ihren Anblick hatte er erkennbar reagiert. Wie es aussah, hatte sie sich bis heute stets etwas vorgemacht. Weder war sie schön noch interessant – wahrscheinlich hatten ihre Eltern recht. Sie war keine Persönlichkeit wie Miss Lumsden, auf sich allein gestellt würde sie nicht zurechtkommen. Sie konnte die Sterne bewundern, aber sie nicht erreichen.

Ailis hätte die Schule gern noch ein paar Wochen besucht. Auf Thorgale House gab es für sie schließlich nichts zu tun, außer immer neue Kleider anzuprobieren. Eigentlich hatte sie zwei Tage mit ihrer Mutter in Edinburgh verbringen sollen, um einzukaufen, doch sie waren übereingekommen, dass es klüger wäre, den größten Teil ihres Hausstandes erst in Boston zu erstehen, statt alles in Kisten nach Übersee zu transportieren. Ailis würde also nur eine Truhe mit Aussteuer mitnehmen, hauptsächlich Bett- und Tischwäsche und etwas Silber, das seit Ewigkeiten im Besitz der Familie ihrer Mutter war. Im Grunde hätte sie also bis zur Hochzeit nach St. Leonards zurückkehren können – und vielleicht hätte Miss Lumsden es dann ja sogar möglich gemacht, sie die Abschlussprüfungen vorzeitig ablegen zu lassen. Ihre Eltern wollten davon jedoch nichts hören. Lediglich um ihre Sachen zu holen und sich zu verabschieden, durfte sie noch einmal nach St Andrews reisen. Eine Woche nach ihrem Fortgang traf sie erneut dort ein und wurde sofort in Miss Lumsdens Büro gebeten. Ailis hoffte, die Rektorin nicht selbst über die neuesten Entwicklungen in Kenntnis setzen zu müssen.

Miss Lumsden wusste jedoch bereits Bescheid, Ailis' Eltern mussten sie informiert haben. Als Ailis eintrat, tat sie etwas völlig Unerwartetes und schloss ihre Lieblingsschülerin spontan in die Arme.

»Ailis, Liebes, es tut mir so leid! Denn es … es kann doch nicht wirklich dein Wunsch sein, uns zu verlassen?«, sagte sie, der Schmerz in ihrer Stimme war unüberhörbar.

»Hat er das geschrieben? Mein Vater, meine ich? Hat er geschrieben, ich wollte …« Erneut erfasste Ailis das verzweifelte Gefühl, verraten worden zu sein.

»Dein Vater hat mir mitgeteilt, dass du daran denkst zu heiraten«, erklärte die Rektorin. »Aber das kann ich nicht glauben. Gerade du! Und noch vor einer Woche war davon keine Rede … Ich meine, es geht mich natürlich nichts an, aber …«

Ailis hatte sich lange beherrscht, doch nun lehnte sie den Kopf an die Schulter ihrer Lehrerin und brach in Tränen aus. Geduldig und zunehmend erzürnt lauschte Miss Lumsden ihrem Bericht.

»Du wirst dich nicht weigern?«, fragte sie schließlich leise.

Ailis schüttelte den Kopf. »Wie denn? Ich könnte Nein sagen vor dem Altar, aber wie würde es weitergehen? Ich bin sechzehn, und ich habe kein Geld, keine Ausbildung … mir bleibt nicht einmal mein Name, wenn die Ehe meiner Eltern annulliert wird. Ich bin ein Nichts, Miss Lumsden, ich habe mir immer nur etwas vorgemacht … *Sie* haben uns etwas vorgemacht!« Ihre Stimme wurde vorwurfsvoll. »*Sie* haben uns glauben lassen, wir könnten etwas erreichen, studieren, etwas verändern, obwohl wir Frauen sind. Aber so ist es nicht! Ich jedenfalls habe keine Wahl. Meine Zukunft wird von Cuthbert Hay bestimmt, einem Mann, der mich nicht einmal kennenlernen will …«

Schluchzend breitete sie auch noch die Geschichte ihres ersten Treffens vor der Rektorin aus, die Ailis schließlich zu dem Stuhl vor ihrem Schreibtisch führte, um selbst dahinter Platz zu nehmen.

»Das alles, Ailis, ist sehr … unerfreulich«, sagte sie schließlich. »Allerdings ist es kein Grund, dich aufzugeben. Dein künftiger Mann erscheint mir nicht allzu konservativ zu sein.«

»Mir erscheint er wie ein Glücksritter und Bruder Leichtfuß!«, urteilte Ailis streng.

»Das ist vielleicht besser als ein Gutsherr oder erfolgreicher Kaufmann, Arzt oder Jurist«, meinte die Rektorin. »Die Wahrscheinlichkeit, dass er dich im Haus einsperrt und auf deine Hausfrauenpflichten reduziert, ist geringer. Und die Vereinigten Staaten sind ein junges Land. Wissenschaft und Forschung sind im Auftrieb. Dich verschlägt es zudem nach Boston! In eine Universitätsstadt! Hast du schon einmal von Harvard gehört? Da lehren die besten Köpfe der Welt! Es ist zu schade, dass du unsere Schule nicht abschließen kannst, aber ich werde dir ein hervorragendes Abgangszeugnis ausstellen. Vielleicht finden sich ja Möglichkeiten, dich in Bibliotheken einzuschreiben oder Kurse zu besuchen, die dich weiterbringen. Vielleicht wirst du es schwerer haben als deine Freundinnen, aber vielleicht ist Boston auch deine Chance. Du bist auf keinen Fall ein Nichts, Ailis Hard!«

Ailis war ein wenig getröstet, als sie die Rektorin verließ und nun vor der Aufgabe stand, ihre Mitschülerinnen und vor allem ihre Cousinen von ihrer künftigen Heirat in Kenntnis zu setzen. Donella und Haily wussten bislang von nichts – die Hards auf Thorgale House hatten vor, zumindest die Geschichte mit der Annullierung ihrer Ehe so lange wie möglich geheim zu halten. Ailis war es allerdings egal, ob ihre Cousinen es weitererzählten. Vor allem gegenüber Donella wollte sie auf keinen Fall schweigen! Die Mädchen nahmen denn auch regen Anteil an ihrem Schicksal. Sogar Haily, die sich aus der Schulausbildung am wenigsten machte, war entsetzt über Ailis' Eltern.

»Ich würde mich nicht so einfach verheiraten lassen!«, sagte sie entschlossen. »Meinen Zukünftigen suche ich mir selber aus – und ganz bestimmt wird es kein Langweiler aus dem schottischen Landadel.«

»Als Langweiler würde ich Cuthbert Hay eher nicht bezeichnen«, meinte Ailis und begriff, was Miss Lumsden damit gemeint hatte, dass sie mit ihm vielleicht nicht die schlechteste Partie machte. »Und Boston … es soll eine aufregende Stadt sein …«

Donella löste sich aus ihrer Schockstarre und nahm Ailis in die Arme. »Ich schreibe dir!«, versprach sie. »Wir verlieren uns auf keinen Fall aus den Augen! Egal, was aus uns allen wird!«

Emily beteiligte sich nicht an der Diskussion. Sie konnte sich nicht darüber empören, dass nun auch Ailis verstehen musste, dass sie nicht allein sich selbst gehörte.

Der Clan Chief der Hards richtete seiner Tochter eine durchaus standesgemäße Hochzeit aus, an der auch wichtige Mitglieder des Hay-Clans teilnahmen. Natürlich reichte die Zeit nicht, um halb Schottland zu versammeln, wie es sonst bei vergleichbaren Eheschließungen der Fall war, aber es war Weihnachten und die Stimmung gestaltete sich trotz allem feierlich. Beim Empfang nach der Trauung berichtete Ailis ihren Cousinen von dem großartigen Abgangszeugnis, das sie aus St. Leonards erhalten hatte.

»Unter normalen Umständen ein Grund zum Feiern«, sagte sie bitter. »Ein richtiger Abschluss mit solchen Noten wäre ein Anlass für solch ein Fest …« Sie machte eine Handbewegung, die das Festgeschehen umfasste.

Donna umarmte sie und küsste sie auf die Wange. »Vielleicht bringt dir ja auch diese Hochzeit letztlich das große Glück!«, meinte sie aufmunternd. »Das ist jedenfalls mein größter Weihnachtswunsch, und wenn du willst, schicke ich ihn mit einem Heißluftlampion in den Himmel!«

Ailis lachte unter Tränen, doch besondere Hoffnung auf ein glückliches Leben mit Cuthbert machte sie sich nicht. Immerhin zeigte sich ihr Bräutigam allen gegenüber höflich und entgegenkommend. Er erwies sich zudem als hervorragender Tänzer und machte selbst auf Donella und Haily einen guten Eindruck. Beide fungierten als Ailis' Brautjungfern, und Cuthbert schien mit Haily sogar ein bisschen zu flirten.

»Er mag blonde Frauen wohl lieber«, bemerkte die aufmerksame Beobachterin Emily gegenüber Donella. »Ailis schaut er nicht so an wie sie.«

Dennoch erfüllte Cuthbert gleich in der Hochzeitsnacht seine Pflichten als Ehemann. Ailis hatte sich davor gefürchtet. Dazu verurteilt zu werden, mit einem Fremden zu leben, war schlimm genug. Sich vor ihm auszuziehen und ihm zu erlauben, ihre intimsten Körperstellen zu berühren, ging jedoch weit darüber hinaus. Cuthbert schien ihre Bedenken nachvollziehen zu können. Er bestand nicht darauf, sie völlig nackt zu sehen, sondern schob ihr Spitzennachthemd nur hoch, um sich ihr nähern zu können. Auch er selbst trug ein Nachtgewand, sodass sie nicht gezwungen war, seinen Unterleib zu betrachten. Außerdem ging er langsam vor, streichelte und erregte Ailis, so weit das möglich war, bevor er in sie eindrang. Es tat weh, war jedoch nicht so ekelhaft und würdelos, wie sie befürchtet hatte.

»Mit der Zeit wird es besser«, tröstete er und sah weg, als Ailis aufstand, um sich das Blut abzuwaschen, das sie zwischen den Beinen spürte. »Ich werde dich auf jeden Fall zuvorkommend behandeln.«

Die Abreise nach London und die Weiterfahrt über den Atlantik erfolgte schon kurz nach der Hochzeit, und auch auf der langen Reise erwies sich Cuthbert als Gentleman. Die kleine Unterkunft, die sie sich mit einem anderen Ehepaar teilten, wies zwei Etagenbetten auf – und Cuthbert hatte die Freundlichkeit, seine junge Frau während der ganzen Reise unbehelligt zu lassen. Sie hätte sich vor ihren Mitbewohnern zu Tode geschämt. Mr. und Mrs. Rand hatten dagegen keine Hemmungen. Er besuchte sie fast in jeder Nacht, und Ailis versuchte mühsam, über die Geräusche, die die beiden machten, hinwegzuhören. Cuthbert entzog sich dem auf andere Weise, indem er die Abende ausdehnte und immer längere Stunden in den Herrenzimmern des Schiffes verbrachte. Er erwies sich als guter Poker- und Blackjackspieler, hielt sich mit den Einsätzen allerdings zurück. Von seinen kleinen Gewinnen lud er Ailis zu Champagner an Deck ein – bald beneideten die anderen

Frauen an Bord sie um ihren charmanten, liebenswürdigen Ehemann.

Ailis genoss die Abende auf See vor allem aufgrund des Sternenhimmels. Im vollkommen Dunkel über dem offenen Meer erstrahlten die Himmelskörper erheblich intensiver als auf dem Festland. Sie wünschte sich ein Teleskop, um noch tiefer in diese Wunderwelt eintauchen zu können – und gestattete sich fast, sich auf Boston zu freuen. Inzwischen hatte sie in Erfahrung gebracht, dass Harvard über ein Observatorium verfügte und die Astronomiefakultät über einen hervorragenden Ruf. Ein Professor Edward Pickering leitete das Institut. Er hatte schon zahlreiche Entdeckungen gemacht und darüber veröffentlicht. Miss Lumsdens Abschiedsgeschenk an Ailis hatte aus ein paar Zeitschriften bestanden, die Artikel von ihm enthielten.

»Ich werde sie sicher nicht verstehen«, hatte Ailis befangen gemeint, doch Miss Lumsden hatte abgewunken. »Du wirst lernen, sie zu verstehen. Stell dein Licht nicht unter den Scheffel!«

Also verbrachte Ailis die Tage in einem Liegestuhl mit Blick aufs Wasser, las die wissenschaftlichen Artikel und schlug ihr unbekannte Wörter in dem mehrbändigen Lexikon nach, das sie in der Schiffsbücherei entdeckt hatte. Nicht alle Begriffe fand sie und nicht immer erschlossen sich ihr sämtliche Zusammenhänge, aber sie fühlte sich einfach besser, wenn sie etwas zu tun hatte, statt stundenlang mit den anderen Passagieren zu plaudern oder an Deck zu flanieren. Lediglich am Abend öffnete sie sich gegenüber Mitreisenden, nachdem sie bemerkt hatte, dass sich auch andere Passagiere für den Sternenhimmel interessierten, mitunter aber die abenteuerlichsten Deutungen dazu von sich gaben, welches Sternbild sie vor sich hatten. So versammelte Ailis jeden Abend eine Gruppe begeisterter Sterngucker um sich und dozierte mit zunehmender Freude über Sternbilder, Sonnen und Monde. Auch Cuthbert gesellte sich dazu und schien stolz zu sein auf seine Frau. Zumindest genoss er die Bewunderung, die natürlich auf ihn abfärbte.

Nach gut zwei Wochen erreichte das moderne Dampfschiff New York, und sie durchliefen die Einwanderungsformalitäten auf Ellis Island. Nicht jeder wurde ins Land gelassen, doch Cuthbert konnte ein Einladungsschreiben von Whipple and Black vorweisen und ein genügend hohes Guthaben, das schon auf eine amerikanische Bank überwiesen worden war, um nicht nur ein paar Wochen, sondern mindestens ein paar Monate in Amerika zu überleben. Zudem waren beide jung und gesund. Ihrer Immigration stand nichts im Wege, und sie wurden schnell nach Manhattan weitergeschickt.

Cuthbert ließ Ailis dort in einem Café am Hafen zurück, um sich zu orientieren, wie er sagte. Ailis war damit nicht einverstanden, sie wäre lieber zuerst in ein Hotel gezogen und dann am nächsten Tag nach Boston weitergereist, um sich gleich eine Wohnung zu suchen. Ihr Mann schien jedoch davon überzeugt zu sein, dass seine neuen Arbeitgeber schon etwas für ihn arrangiert hätten. Also gab er Ailis einen flüchtigen Kuss auf die Wange und machte sich auf in die City, wo hoffentlich neue Nachrichten auf ihn warteten …

Ailis verbrachte die Zeit in zunehmender Unruhe. Das Café war ordentlich, die Betreiberin und die Bedienung machten einen guten und ehrlichen Eindruck. Es war alles andere als eine Hafenkneipe, trotzdem fiel eine einsame junge Frau, die stundenlang in ihrem Kaffee rührte, auf. Als die Dämmerung hereinbrach, erntete sie misstrauische Blicke.

»Wir schließen jetzt bald, Miss«, sagte die Bedienung. »Sind Sie … sind Sie allein mit all dem Gepäck?«

Cuthbert hatte Ailis' Aussteuertruhe einlagern lassen, die beiden großen Koffer standen bei ihr im Café.

»Mein Mann wollte mich abholen«, erklärte Ailis, woraufhin sie eher mitfühlende Blicke trafen. »Wir sind gerade erst angekommen, er wollte sich nach einer Unterkunft umsehen oder nach einer Möglichkeit zur Weiterreise. Wir wollen nach Boston. Bitte, ich ... ich weiß nicht, wo ich sonst auf ihn warten soll.«

»Hier jedenfalls nur bis um sieben«, sagte die Betreiberin des Cafés. »Sonst wird es für Amy und mich zu gefährlich, nach Hause zu gehen. Nach dem Dunkelwerden schleicht manches Gesindel herum ... für eine Frau allein ist es hier nicht sicher.«

Aus Ailis' Besorgnis erwuchs Verzweiflung, gleichwohl schien sie die beiden Frauen davon überzeugt zu haben, dass sie kein leichtes Mädchen vor sich hatten. Amy, die Bedienung, schrieb ihr sogar die Adresse einer ehrbaren Pension auf.

»Haben Sie denn wenigstens etwas Geld?«, fragte sie, was Ailis bejahte. Sie besaß das Geld für die Einrichtung ihres Hausstandes – ihre Mutter hatte es ihr gegeben statt Cuthbert, und obwohl sie keinen Grund dafür hätte nennen können, hatte sie das bisher vor ihrem Mann geheim gehalten.

»Dann besorgen wir Ihnen jetzt einen Gepäckträger für die Koffer, und Sie gehen zu Mrs. Westwood.« Mrs. Westwood war die Betreiberin der Pension.

»Für Ihren Mann können wir ja einen Zettel an die Tür hängen«, schlug Amy vor. »Der findet Sie dann schon. Und wenn nicht, muss er sich eben bis zum Morgen irgendwie durchschlagen und kann dann hier nach Ihnen fragen. Er durfte Sie hier nicht allein sitzen lassen. Wenn er sich jetzt ein bisschen um Sie sorgen muss, geschieht es ihm recht.«

Ailis konnte der jungen Frau eigentlich nur zustimmen, doch als sie sich gerade auf den Weg machen wollte, kam Cuthbert zurück, rechtschaffen empört darüber, dass man von Boston aus nichts für ihn vorbereitet hatte.

»Dabei wussten die, mit welchem Schiff wir ankommen!«, ärgerte er sich. »Sie hätten die Weiterreise doch wohl organisieren können.«

»Die hatten vielleicht anderes zu tun, als dir einen roten Teppich auszurollen!«, bemerkte Ailis verärgert. »Cuthbert, du bist deren Angestellter, kein sehnsüchtig erwartetes Familienmitglied! Darum, wie du nach Boston kommst, musst du dich selbst kümmern. Hast du denn noch nie einen Fahrplan gelesen oder ein Hotel gebucht, bei all deinen Abenteuern?« Sie ahnte, dass er das nie gemusst hatte. Wahrscheinlich hatte er in Edinburgh bei einer Studentenverbindung gehaust, während seiner kurzen Künstlerlaufbahn vielleicht bei Freunden oder Familienmitgliedern genächtigt – und sich ansonsten treiben lassen. Irgendjemand hatte ihn zweifellos immer in die nächste Stadt mitgenommen ... Der Clan der Hays war weitverzweigt. Es war nicht üblich, ein Clanmitglied abzuweisen, das kurzfristig eine Bleibe suchte.

»Jetzt gehen wir erst mal in diese Pension«, bestimmte Ailis. »Das ist nicht weit. Und da du ja nun da bist, sparen wir uns den Kofferträger.«

Die Pension war klein und die Wirtin überaus freundlich, was sie allerdings nicht hinderte, nach dem Trauschein des jungen Paares zu fragen, bevor sie ihnen ein Doppelzimmer vermietete. Cuthbert konnte das Dokument zunächst nicht finden, und Ailis hoffte schon auf ein ruhiges Zimmer für sich allein. Nach der Reise hätte sie sich gern ausgiebig gewaschen und gründlich ausgeruht, ohne von den Schlafgeräuschen eines anderen Menschen gestört zu werden. Letztlich förderte ihr Mann das Papier jedoch zutage, und sie bezogen ein sauberes Zimmer zu zweit. Nach der langen Enthaltsamkeit forderte Cuthbert auch prompt seine Rechte ein, und aufgebracht und enttäuscht wie er war, nahm er seine Frau härter als sonst. Ailis lag still und ertrug es – und konnte danach lange nicht einschlafen, obwohl sie unendlich müde war. Was mochte der nächste Tag bringen? Die Zugfahrt nach Boston war leicht zu organisieren, sie hatte sich schon bei ihrer Wirtin erkundigt. Aber wie mochte Cuthbert darauf reagieren, wenn seine Arbeitgeber ihn nicht mit einem hochherrschaftlichen Wohnsitz erwarteten? Ailis wurde klar, wie wenig sie über ihn wusste. Kam er mit Enttäuschungen zurecht oder wurde er schnell ärgerlich und ausfallend? Was war, wenn er des Fotografierens ebenso schnell überdrüssig wurde wie vorher der Kunst und der Juristerei? Sie wollte sich nicht sorgen, doch inzwischen rechnete sie stets mit dem Schlimmsten. Erst spät in der Nacht fiel sie in einen unruhigen Schlaf.

Am Morgen erwartete die Wirtin sie mit einem guten Frühstück. Cuthbert ließ seinen Charme spielen und plauderte mit ihr, während Ailis zum Aufbruch drängte. Die Zugfahrt würde mehrere Stunden dauern, und sie wollte nicht zu spät in ihrer neuen Heimat ankommen.

Tatsächlich erreichten sie Boston am späten Nachmittag. Sie hatten nur ihre Koffer bei sich, die Truhe gedachte Cuthbert von New York aus liefern zu lassen, sobald sie eine eigene Adresse hatten. Er hoffte immer noch darauf, dass seine Arbeitgeber ihm eine Wohnung stellen würden, und reagierte ablehnend auf Ailis' Vorschlag, sich für die erste Nacht ein Hotel zu suchen, um am nächsten Morgen mit der Suche zu beginnen.

»Schauen wir doch einfach mal bei Whipple and Black vorbei!«, rief er, als sie das Bahnhofsgebäude verließen. »Die haben sicher noch geöffnet. Mal sehen, was sie sagen.«

»Hast du denn die Adresse?«, fragte Ailis etwas unwillig. Ihr Koffer war schwer, und ihr Mann schien wenig begeistert von der Aussicht, beide Gepäckstücke zu tragen.

»Klar!«, meinte er. »Ecke Washington und Temple Street. Das kann so weit nicht sein!«

Ailis fragte sich, woher er das wissen wollte, doch blieb ihr nichts anderes übrig, als ihm Richtung Innenstadt zu folgen.

Dabei hob sich ihre Laune. Boston gehörte zu den ältesten Städten der USA. Verglichen mit London oder Edinburgh war es jedoch wesentlich moderner, was sich nicht zuletzt in seiner Architektur spiegelte. Die Gebäude bestanden meist aus rotem Backstein, doch mitunter bewiesen die Bewohner auch Mut zur Farbe, strichen ihre Häuser rot oder gelb und schmückten die Balkone mit bunten Blumen. Ailis hatte gelesen, dass die Stadt ursprünglich von puritanischen Auswanderern gegründet worden war, die nicht gerade für ihre Freude an verspielter Baukunst bekannt gewesen waren. Seit Boston sich einen Ruf als Metropole der Wissenschaft erworben hatte und sich mit Studenten und Forschern aus aller Welt füllte, wandelte sich das Stadtbild. Es gab eine vielfältige Auswahl an Geschäften mit großen Schaufenstern und beeindruckenden Auslagen – wobei jeder zweite Laden Bücher feilzubieten schien! Etliche Grünanlagen lockerten das Stadtbild auf und luden dazu ein, unter alten Bäumen zu flanieren.

Das Fotostudio befand sich mitten in der City, und damit keineswegs nah am Bahnhof. Dennoch genoss Ailis nach der langen Zugfahrt den Weg zu Fuß, die Stadt gefiel ihr ausnehmend gut. Cuthbert musste mehrmals nach dem genauen Standort seines Arbeitgebers fragen, wobei alle Passanten freundlich Auskunft gaben, was Ailis weiter für ihre neue Heimat einnahm. Schließlich erreichten sie Whipple and Black, und Ailis beeindruckte das große Reklameschild, das auf ihr Studio hinwies. Die Firma residierte in einem großen Haus, das auf den ersten Blick nicht viel anders wirkte als andere Ladenlokale. In den Schaufenstern waren Daguerreotypien ausgestellt – Porträts, aber auch Aufnahmen von Gebäuden und Straßen. Beim Betreten des Ateliers bannte jedoch sofort ein Bild ihren Blick, das über dem Empfangstresen einen Ehrenplatz hatte.

»Das ist … der Mond!«Ailis konnte es kaum fassen, doch die Fotografie zeigte tatsächlich die Mondsichel in starker Vergrößerung vor einem Meer von Sternen. Sie trat näher. Am liebsten hätte sie das Bild berührt.

»Einen Stern hätten wir auch noch anzubieten!«, sagte eine Stimme. Aus einem Nebenraum, der wohl das eigentliche Studio war, da hier viele Requisiten für die Aufnahme von Porträts bereitlagen, trat ein großer, schmal gewachsener Mann, dessen Gesicht und Haartracht an Abraham Lincoln erinnerte. Er hatte braunes Haar, scharf blickende dunkle Augen und ein angenehmes Lächeln. Nun wies er auf ein kleineres Bild an einer anderen Wand. »Die Vega – ein Meilenstein in der Astrofotografie, ohne mich selber loben zu wollen.«

»Sie haben das gemacht?«, fragte Ailis hingerissen.

Der Mann nickte. »John Adams Whipple«, stellte er sich vor. Dabei fiel sein Blick auf Cuthbert. »Womit kann ich Ihnen helfen?«

Cuthbert schob sich nach vorn. »Ich bin Cuthbert Hay«, sagte er stolz. »Wir hatten korrespondiert …«

Whipple überlegte. Der Name schien ihm nichts zu sagen.

»Aus Schottland!«, setzte Cuthbert ungeduldig hinzu.

Whipple runzelte die Stirn, dann lächelte er, als ihm plötzlich ein Licht aufging.

»Richtig, der junge Mann aus Schottland, der bei uns mitarbeiten möchte! Bitte entschuldigen Sie, aber ich glaube, Sie haben mit Mr. Black korrespondiert, und ich kann mir nicht die Namen aller Praktikanten merken, die hier einmal hereinschauen. Wir freuen uns trotzdem, dass Sie hier sind. Aber jetzt müssen Sie mich erst entschuldigen. Wir hoffen auf eine äußerst klare Nacht – und Professor Pickering erwartet uns im Observatorium.«

»Sie arbeiten mit dem Observatorium zusammen?«, fragte Ailis. »Oh Cuthbert, das wusste ich ja gar nicht! Ich dachte, du würdest hier nur Leute fotografieren, ich …«

»Ailis, könntest du jetzt vielleicht den Mund halten?«, fragte Cuthbert gereizt, woraufhin ihn sowohl Ailis als auch Mr. Whipple irritiert ansahen. »Entschuldigen Sie, Mr. Whipple. Meine Gattin … die Astrologie ist sozusagen ihr Steckenpferd.«

Whipple lachte. »Sie schreiben Horoskope?«, erkundigte er sich.

Ailis lief augenblicklich rot an. »Nein, nein, natürlich nicht!«, wehrte sie ab. »Mein Mann meint ›Astronomie‹, ich interessiere mich für Sterne, Nebel ... den Mond ... alles, was der Himmel zu bieten hat. Ich wollte das gern studieren, aber ...«

»Mr. Whipple«, fiel ihr Cuthbert ins Wort. »Wir haben noch keine Wohnung. Ist es so gedacht, dass wir uns selbst darum kümmern müssen? Und wann soll ich mit der Arbeit anfangen? Ich hätte mich Ihnen am liebsten sofort zur Verfügung gestellt. Ich verfüge bereits über einiges an Erfahrung, meine Bilder ... Also wenn Sie gleich Unterstützung brauchen ...«

Mr. Whipple runzelte erneut die Stirn. »Und was wollten Sie in der Zwischenzeit mit Ihrer entzückenden Gattin anfangen?«, fragte er. »Nein, nein, lassen Sie es ruhig angehen. Wir planen ohnehin, Sie zunächst bei der Entwicklung unserer Aufnahmen einzusetzen. Sie haben sicher noch nicht mit Glas-Daguerreotypien gearbeitet.«

Cuthbert musste zugeben, dass dies Neuland für ihn war, doch nun war vor allem Ailis' Interesse geweckt.

»Arbeitet man da mit Glasplatten? Ich meine in der Astrofotografie?«, fragte sie. »Bei der klassischen Daguerreotypie werden doch Kupferplatten verwendet, nicht wahr?« Sie war selbst verwundert, wie viel von Cuthberts endlosen Vorträgen über seine Kunst bei ihr hängen geblieben war.

»Versilberten Kupferplatten«, fügte sie hinzu und konnte den Blick nicht von dem Bild der Vega wenden.

Whipple nickte und wandte sich Cuthbert zu. »Ihre junge Frau ist ebenso klug wie schön!«, schmeichelte er seinem neuen Mitarbeiter. »Man kann Sie da nur beglückwünschen.«

Er wartete, bis Cuthbert einen zufriedenen Ausdruck zeigte, bevor er Ailis erneut ansprach. »Mrs. Hay, ich bin zwar ein bisschen in Eile, aber nun, da Sie gerade da sind ... Dürfte ich ... also ich würde gerne eine Fotografie von Ihnen anfertigen. Gleich hier, vor dem Bild der Vega ... Ihr Ausdruck ...«

Ailis errötete. »Ich glaube nicht, dass wir uns ein Porträt von einem Meister wie Ihnen leisten können«, meinte sie. In Schottland hatte Cuthbert bereits eine Aufnahme von ihr gemacht, und sie hatte ihr nicht sehr gefallen – obwohl sie sich darin durchaus wiedererkannte. Sie hatte unsicher und gehetzt gewirkt, es war fast erschreckend, wie das Foto Stimmungen und Ängste erkennen ließ. Ihrer Mutter hatte das Bild trotzdem gefallen, sie war sehr erfreut über das Abschiedsgeschenk.

Whipple winkte ab. »Mrs. Hay, ich betrachte mich als Künstler. Und wenn ich Sie bitte, mir Modell zu stehen, so bin eher ich Ihnen etwas schuldig als umgekehrt.«

Befangen wandte sich Ailis wieder dem Abbild der Vega zu und empfand dabei erneut Staunen und Glücksgefühle.

»Ja, genauso!«, ermutigte sie der Fotograf. »Vielleicht könnten Sie noch den Hut abnehmen ... Ich hole derweil die Ausrüstung. Kommen Sie mit, Hay, helfen Sie mir tragen.«

Cuthbert verzog ein wenig den Mund. John Adams Whipple wechselte für seinen Geschmack zu schnell von Mr. Hay zu einem schlichten Hay – als spräche er zu einem Hilfsarbeiter.

Ailis nahm den Hut ab und hatte das Gefühl, dabei ihr Haar in Unordnung zu bringen. Ein paar Strähnen lösten sich aus der eigentlich strengen Frisur. Sie sah sich nach einem Spiegel um, doch Mr. Whipple schüttelte den Kopf.

»Nein, bleiben Sie genau so! Es sieht aus, als herrschte ein leichter Wind, das bringt Leben in die Aufnahme ... sie wird wunderschön!«

Cuthbert schien es angebracht zu finden, seinem künftigen Chef und vielleicht auch seiner Frau ein wenig zu schmeicheln.

»Sie können das Werk ja dann ›Venus‹ nennen – eine Frau in Anbetung der Göttin der Schönheit«, bemerkte er.

Ailis schaute ihn an, und ihr zuvor bewundernder Blick wich

Ärger. »Das ist die Vega!«, wies sie ihn böse zurecht. »Ein Stern im Bild der Lyra. Die Venus ist dagegen ein Planet in unserem Sonnensystem. Hast du denn nie zugehört, wenn ich dir etwas erzählt habe?« Beim abendlichen Spaziergang auf dem Deck des Schiffes hatte sie ihm so oft die Sterne erklärt. »Oder bei meinen Vorträgen?«

Whipple musste lachen. »*Vega* bedeutet ›schnappender Adler‹«, erklärte er. »Und hätte ich jetzt gerade ein Bild von Ihrer reizenden Gattin gemacht, dann hätte das direkt dazu gepasst. Aber bitte, Mrs. Hay, posieren Sie noch einmal für mich, bevor Sie Ihren Gatten zerfleischen ... die Namen klingen ja wirklich ähnlich.«

Bei der erneuten Betrachtung der Vega fiel es Ailis leicht, ihren Ärger herunterzuschlucken. Die Möglichkeiten der Astrofotografie beseelten sie. Natürlich hatte sie die Vega schon durch das Teleskop der Schule gesehen, doch das waren immer nur Sekunden gewesen, bis die nächste Schülerin an der Reihe war, und natürlich war immer nur ein Stern im Blick gewesen. Mit der Astrofotografie konnte man dagegen mehrere Sterne und Sternbilder aufnehmen, man konnte die Bilder nebeneinanderlegen und vergleichen ... Sie konnte sich kaum von der Abbildung trennen, als Mr. Whipple seine Aufnahme von ihr gemacht hatte.

»Ich bin gespannt darauf, das Bild zu sehen«, meinte sie schließlich.

Der Fotograf lächelte. »Sie werden es nicht nur ansehen können, ich werde Ihnen auch einen Abzug herstellen, den Sie behalten können. Wie gesagt, Hay«, wandte er sich abschließend an Cuthbert: »Wir arbeiten inzwischen mit Glasplatten, Kollodium-Nassplatten, Tannin-Verfahren. Das heißt, von einem Negativ können mehrere Positive erstellt werden. Die Platten sind sechs Monate haltbar. Es ist eine kleine Sensation ... Aber jetzt muss ich Sie beide leider wirklich weiterschicken. Der Professor wartet.«

Ailis und Cuthbert verließen das Atelier und wanderten zunächst ziellos durch die Stadt. Sie wechselten dabei kein Wort. Ailis war zum ersten Mal wirklich erzürnt über ihren Mann. Natürlich wusste sie, dass weder ihr Äußeres noch ihre Wissensgebiete ihn sonderlich begeisterten, auf ein wenig mehr Aufmerksamkeit hatte sie trotzdem gehofft. Nun musste sie einsehen, dass sein Interesse nur gespielt gewesen war, wahrscheinlich, um die anderen Passagiere zu beeindrucken, die ihrerseits ehrliche Begeisterung für Ailis' Ausführungen gezeigt hatten.

Schließlich fanden sie ein preiswertes Hotel zwischen Bahnhof und Fotostudio, und mehr oder weniger wiederholte sich die vorhergehende Nacht. Cuthbert war verärgert und Ailis erst recht, dennoch verlangte er von ihr, den ehelichen Pflichten nachzukommen. Sie hob schweigend ihr Nachthemd – und fand den Akt zum ersten Mal wirklich abstoßend.

Am Morgen erstanden sie mehrere Tageszeitungen und suchten im Inseratenteil nach Mietwohnungen, nicht zu weit entfernt von Cuthberts Arbeitsplatz, allerdings auch nicht zu teuer. Letzteres erwies sich als schwierig, denn Whipple and Black residierten in einem eher wohlhabenden Viertel … Am Ende kamen zwei Wohnungen in der Nähe der Universität infrage. Ailis' Herz schlug höher bei dem Gedanken, in Gehweite der großen Bibliotheken und vielleicht des Observatoriums zu leben. Auch die Gegend gefiel ihr sehr gut, als sie bei den Vermietern vorstellig wurden.

Cuthbert versprühte Charme und nahm die Vermieterin der ersten Wohnung sofort für sich ein. Er hätte den Vertrag auch gleich unterschrieben, wenn Ailis nicht darauf bestanden hätte, die zweite Wohnung ebenfalls anzusehen, die sich dann als besser gelegen, größer und preiswerter erwies. Immerhin ließ Cuthbert sich davon überzeugen, und sie einigten sich auf einen möglichst umgehenden Einzug.

Der restliche Tag verging mit dem Kauf von Möbeln und diversem Hausrat. Cuthbert langweilte sich sichtlich – langwierige

Überlegungen und Preisvergleiche waren nicht das Seine. Ailis schlug ihm schließlich vor, zu Whipple and Black zu gehen. Sie selbst würde die restlichen Einkäufe erledigen und auch die Lieferung ihrer Truhe aus New York in Auftrag geben. Als ihr Mann daraufhin erleichtert abzog, atmete sie auf.

Der zweite Abend des Ehepaars Hay in Boston gestaltete sich endlich harmonisch. Cuthbert schien mit dem, was er an diesem Tag erreicht hatte, zufrieden zu sein. Nach Geschäftsschluss kehrte er zurück in die Wohnung, bei deren Ausgestaltung Ailis schon hervorragende Fortschritte gemacht hatte, zumal die meisten Möbel bereits geliefert worden waren. Gekocht hatte seine junge Frau allerdings nicht. Nicht nur, dass sie gar keine Zeit gehabt hatte, dafür einzukaufen – der Herd in der Küche der Wohnung, ein gusseisernes Ungeheuer, flößte ihr zudem Respekt ein. Ailis hatte beim Kochen oft zugesehen, selbst aber nie einen Herd befeuert. Zum Glück erwies sich die Gattin des Vermieters als freundlich und versprach, sie am nächsten Tag in die Verwendung des Monstrums einzuweisen.

Cuthbert nahm das gelassen. Er begleitete Ailis zurück in die Pension, wo sie das Zimmer kündigten, und führte sie dann in ein wirklich gutes Restaurant, wo er zu ihrer Überraschung Hummer bestellte. Meeresfrüchte aller Art waren hier deutlich preiswerter als in der Alten Welt, und Cuthbert bestand darauf, mit Champagner anzustoßen. Er schien selbst zu merken, dass er Ailis gegenüber einiges wiedergutzumachen hatte, und versuchte das, indem er sie verwöhnte. Ailis vergab ihm – was hätte sie auch anderes tun sollen? – und lauschte interessiert seinem Bericht von der Studioarbeit. Im Allgemeinen, so verriet er, würde er nicht so früh nach Hause kommen wie an diesem ersten Tag. Während der hellen Stunden pflegten die Fotografen Daguerreotypien und Kalotypien aufzunehmen – bei Letzteren kam die Negativ-Technik zum Einsatz, der sich die Fotografen vermehrt zuwandten. Am Abend wurden sie dann bis in die Nacht hinein entwickelt, und John

Adams Whipple hatte keinen Zweifel daran gelassen, dass diese langwierige und durch die vielen Chemikalien nicht ungefährliche Arbeit die Aufgabe des neuen Praktikanten sein würde. Cuthbert war davon wenig begeistert, hatte jedoch schon am ersten Tag so viel von den berühmten Fotografen gelernt, dass er bereit war, das Ganze zumindest vorerst ohne Murren anzugehen.

»Allein diese Idee, die Aufnahmen lebendig zu gestalten! Sie fotografieren von der Seite, spielen mit dem Licht, lassen die Modelle verschiedene Posen einnehmen … Viele Kunden wollen das gar nicht so gern, aber darin liegt die Zukunft! Deine Bilder werden übrigens gerade entwickelt. Morgen können wir sie sehen!«

Cuthbert schwärmte, und Ailis begann, sich ebenfalls glücklich zu fühlen. Die neue Stadt war schön, die Menschen freundlich – und die Geschäftsleute rührig und flexibel. Sie glaubte nicht, dass es ihr in Schottland an nur einem Tag gelungen wäre, eine Wohnung so weit einzurichten, wie sie es heute geschafft hatte. Alles war vorrätig gewesen und wurde sofort geliefert. Zwischen verschiedenen Läden bestand Konkurrenz, und man war bemüht, die Kunden zufriedenzustellen. Auf dem Rückweg in ihre Wohnung erlaubte sie Cuthbert, den Arm um sie zu legen, und als er dann mit ihr schlief, war es nicht mehr nur schmerzhaft und lästig, sondern stellte auch ein bisschen Nähe her. Der Mann an ihrer Seite würde ihr die Sterne nicht vom Himmel holen, aber sie vielleicht für sie fotografieren. Ailis sah mit neuer Hoffnung und Zuversicht in die Zukunft.

Das alles machte ihr Mut, sich am nächsten Tag dem Abenteuer »Küche und Kochen« zu stellen. Die Gattin des Vermieters kam herüber wie angekündigt und schien etwas enttäuscht, nicht gleich mit einem Tee oder Kaffee begrüßt zu werden. So ganz hatte sie wohl nicht geglaubt, dass ihre neue Mieterin noch nie einen Herd angefeuert hatte. Nun erklärte sie Ailis, wie man Holz, Späne und Zeitungs- oder anderes Papier richtig stapelte und anzündete, um je nach Wunsch ein loderndes Feuer oder eine anhaltende Glut zu erzeugen.

»Am besten lassen Sie den Herd nie ganz ausgehen«, riet sie und wies Ailis auch darauf hin, dass zum Heizen Kohle und Briketts geeignet waren. Schließlich tranken sie gemeinsam Tee, und Ailis erzählte von dem aufregenden Beruf ihres Mannes – und von den Bildern des Mondes und der Vega.

»Ja, das stand damals in der Zeitung«, erinnerte sich Mrs. Herbert. »Ist aber schon länger her, da war Mr. Bond noch Leiter des Observatoriums. Sie haben einen Preis damit gewonnen, bei einer Ausstellung in London …«

»Interessieren Sie sich für Astronomie?«, fragte Ailis, erstaunt darüber, wie viel die Bostoner Hausfrau wusste.

Mrs. Herbert lachte. »Kindchen, die Universität und wir sind doch praktisch Nachbarn! Und wir vermieten oft an Studenten. Wenn Sie Ihre Nachbarn kennenlernen, werden Sie feststellen, dass die meisten Wohnungen von zwei bis drei jungen Männern belegt sind, die sich die Miete teilen. Ich putze auch schon mal in der Bibliothek …«

Wenn die Bibliothek ihr keinen Leseausweis ausstellte, konnte sie sich dort vielleicht als Putzfrau bewerben und sich so einschleichen, überlegte Ailis. Abgesehen von ihrem Zimmer im Internat, das die Mädchen selbst hatten sauber halten müssen, hatte sie allerdings noch nie geputzt. An diesem Abend versuchte sie es erst einmal mit dem Kochen. Sie hatte den Herd den ganzen Tag lang eifrig befeuert, bis sie es in der Wohnung vor Hitze kaum aushielt. Den Spiegeleiern, mit denen sie ihren ersten Versuch startete, schien es auch zu viel zu sein. Sie verbrutzelten, bevor Ailis sie noch wenden konnte. Immerhin schaffte sie es, Kartoffeln in einem großen Topf zu kochen. Sie wusste bloß nicht, was sie dazu auf den Tisch bringen sollte. Irgendwann fiel ihr ein, dass man Würste an Jagdtagen auf Thorgale House mitunter am offenen Feuer geröstet hatte. Sie versuchte es mit den Würstchen, die sie eigentlich für das folgende Frühstück eingeplant hatte. Sie hielt sie mit einer Gabel in die im Ofen lodernden Flammen, wobei sie sich fast verbrannte, schaffte es aber tatsächlich, sie zu garen. An manchen Stellen waren sie zwar etwas angekokelt, doch das waren die Würstchen bei der Jagd auch gewesen. Sie hoffte, dass Cuthbert sich nicht beschweren würde, doch leider war er nicht allzu guter Laune, als er erst gegen elf Uhr abends zurück in die Wohnung kam. Die Kartoffeln und Würstchen waren inzwischen natürlich kalt, was ihn auch nicht gerade aufmunterte.

»Das ist eine elende Plackerei mit diesen Glasplatten! Nicht so gefährlich wie das Quecksilber und Zyankali bei den Daguerreotypien, aber eine Heidenarbeit, bis da alles ausgewaschen und fixiert ist.« Cuthbert warf einen ungläubigen Blick auf die Kartoffeln und Würstchen.

»Ist es schwer zu lernen?«, fragte Ailis.

Cuthbert verzog das Gesicht. »Es erscheint mir einfacher als Kochen. Himmel, Ailis, das soll ein Abendessen sein?«

»Es ist mein erster Versuch«, gestand Ailis. »Aber ehrlich gesagt würde ich lieber Glasplatten entwickeln. Hast du das Bild gesehen, das Whipple von mir gemacht hat?«

Cuthbert nickte und zog dann mit großer Geste ein bereits gerahmtes Bild aus der Tasche. »Mit den besten Empfehlungen des Fotografen«, erklärte er und klang dabei, als müsste er widerwillig einsehen, dass dieses Foto sehr viel besser gelungen war als die Daguerreotypie, die er selbst von Ailis angefertigt hatte.

Fast ungläubig betrachtete Ailis das Porträt der Frau vor dem Sternenhimmel. Sie wusste nicht, ob sie sich selbst darin wiedererkannt hätte, wäre ihr das Bild im Rahmen einer Ausstellung begegnet. Die junge Frau war viel zu schön, ihr Ausdruck zu entrückt, er spiegelte Sehnsucht und Seligkeit, Begehrlichkeit und Anbetung. Wer das Werk betrachtete, würde fast unweigerlich den Atem anhalten.

»Das ... das ist großartig«, sagte sie leise. »Aber das ... das bin gar nicht ich ...«

Cuthbert widersprach ihr nicht. »Das ist Whipple! Das ist ganz große Kunst! Er sieht die Schokoladenseite seiner Modelle und bildet sie ab. Aber ich glaube, ich kriege langsam raus, wie er es macht. Wenn ich nicht dauernd nur entwickeln müsste ...«

Ailis reagierte nicht. Sie konnte den Blick nicht von ihrem Porträt wenden und vermeinte, die Stimme ihrer Lehrerin zu hören. »Doch, Ailis«, sagte Miss Lumsden, »genau das bist du!«

Am nächsten Tag, als Cuthbert gegangen war, machte sich Ailis auf zur Universität – und zum Observatorium! Die Ansammlung niedriger Häuser und runder Gebäude auf dem Gelände, über das früher Professor Bond und jetzt Edward Pickering herrschte, war nicht sehr beeindruckend. Ailis wusste allerdings, dass hier das bislang größte und modernste Teleskop der Welt stand, mit dessen Hilfe auch die Aufnahmen von Mr. Whipple entstanden waren. Sie beneidete die Studenten glühend, die hier ein und aus gingen, und am liebsten wäre sie ihnen gefolgt. Das wagte sie jedoch nicht. Sicher würde jemand am Empfang sitzen und sie nach ihrem Begehr fragen. Sie überlegte kurz, es einfach zu versuchen und sich möglichst selbstbewusst nach dem Weg zur Bibliothek zu erkundigen. Aber vielleicht befand die sich ja gar nicht im Hauptgebäude, und Ailis würde gleich als Eindringling erkannt werden … Ob die jungen Männer, die sich in ihrem Wohnhaus eine Wohnung teilten, vielleicht Astronomie studierten? Die Harvard University bot allerdings so viele verschiedene Studiengänge an, dass das ein eher unwahrscheinlicher Zufall sein müsste.

Schließlich kaufte sie Gemüse und Fleisch und versuchte es noch einmal mit ihrem Herd, den sie diesmal nicht gar so großzügig mit Brennstoff gefüttert hatte. Am Ende gelang ihr eine Art Eintopf, während sie von Glasplatten träumte, auf denen nach der entsprechenden Behandlung wie durch ein Wunder das Abbild der Sterne erschien.

Cuthbert wurde auch in den nächsten Monaten nicht viel glücklicher mit seiner Arbeit bei Whipple and Black. Nach wie vor verbrachte er halbe Nächte beim Entwickeln der Platten – Ailis vermutete, dass er einfach langsam war und sich keine Mühe gab. Das Fotografieren selbst machte ihm große Freude, doch seine Meister waren nicht immer zufrieden mit seiner Arbeit. Cuthbert hatte den Grundsatz verinnerlicht, Leben in die Welt seiner Aufnahmen zu bringen, und er überredete die zahlenden Kunden zum Spiel mit der Kamera. Vor allem junge Frauen nahmen dabei fast aufreizende Posen ein, und danach hagelte es Beschwerden der Eltern.

»Letitia sollte das Bild ihrem Verlobten schicken. Aber das können wir doch keinem anständigen jungen Mann zumuten! Was würde Gerald von ihr denken …«

Whipple hörte sich das Lamento einer empörten Brautmutter an und versprach, ein neues Bild anfertigen zu lassen, dann nahm er sich Cuthbert vor.

»Hay, das ist eine Familie, die ihre Geschichte bis zur *Mayflower* zurückverfolgen kann! Sozusagen alter Bostoner Adel. Und sie bilden das Mädchen ab wie eine … na, ich will nicht gleich sagen Straßenhure, aber doch in einer Pose, die etwas Unschickliches hat.«

»Sie sagten, ich solle das Wesen des Modells erfassen«, verteidigte sich Cuthbert. »Und dieses Mädchen hatte diesen Blick, dieses gewisse Etwas …«

»Sie ist siebzehn!«, fuhr Whipple ihn an. »Sie hat zweifellos auch noch etwas Unschuldiges, Sanftes, Unerwecktes … Jeder Mensch hat viele Facetten, Hay. Und wenn Sie für ein Porträt bezahlt werden, dann bilden Sie möglichst die Eigenarten ab, die schmeichelhaft für den Kunden sind. Egal, welche dunklen Seiten Sie vielleicht in ihm sehen.«

Cuthbert wütete noch, als er Stunden später nach Hause kam. Er hatte wieder Platten entwickeln müssen und diesmal tatsächlich Aufnahmen des Sternenspektrums. Der Fotograf war ein Henry Draper, der eng mit dem Observatorium und dem Atelier Whipple and Black zusammenarbeitete. Er interessierte sich vor allem für das Lichtspektrum von Sternen und versuchte sich durch lange Belichtungszeiten auch an Spektrogrammen von Kometen oder Sternennebeln. Ailis hatte in den Zeitschriften, die Miss Lumsden ihr geschenkt hatte, von seiner Arbeit gelesen, doch ihr war nicht klar gewesen, wie nah sie dem genialen Forscher in Boston kommen würde.

»Das ist aufregend!«, rief sie, und ihre Augen glänzten. »Denkst du … denkst du, ich könnte die Platten einmal sehen?«

»Von mir aus kannst du mitkommen.« Cuthbert war nicht ganz fertig geworden, doch am nächsten Tag erwartete man bereits die entwickelten Platten. Also musste er nach einem sowieso schon späten Abendessen noch mal zurück ins Atelier. »Wenn du so verrückt danach bist. Dann entwickle die Dinger doch selbst!«

Das war ein klarer Verstoß gegen die Regeln seines Arbeitgebers: Niemand hatte die Erlaubnis, Fremden den Zutritt zu den Entwicklungsräumen – dem Herzen des Ateliers – zu gestatten. Hier wurden schließlich immer neue Techniken ausprobiert, die für die Konkurrenz strikt tabu waren. Ailis nahm an, dass Cuthbert seinem Chef eins auswischen wollte, obwohl der natürlich nie dahinterkommen würde, dass sie ihrem Mann bei der Arbeit geholfen hatte. Außerdem war es ihr egal, die Versuchung war so viel größer! Voller Spannung folgte sie Cuthbert durch die dunklen Straßen ins Allerheiligste des fotografischen Ateliers Whipple and Black.

Mit wachem Blick studierte sie die Etiketten auf all den Flaschen und Wannen mit Chemikalien, um sich dann geradezu ehrfürchtig den belichteten Platten zuzuwenden.

»Das sind sie?«, fragte sie atemlos.

Cuthbert seufzte. »Und es gibt noch acht Stück, die zu entwickeln sind. Außerdem müssen neue vorbereitet werden.«

Dann zeigte er ihr, wie man die Platten im Dunklen – nur ein rotes Lämpchen war erlaubt, um etwas sehen zu können – zunächst mit Eisensulfatlösung übergoss. Daraufhin erschien ein erstes Bild, wie gezeichnet mit dunklem Pulver.

»Das ist Silber«, erklärte Cuthbert, »metallisches Silber. Das Eisensulfat löst es aus dem Silbernitrat, mit dem man die Platte vorher präpariert hat.«

Als er anschließend eine Mischung aus Eisennitrat und zitronensaurer Silberlösung auftrug, gewann das Bild an Schärfe. Und Ailis erkannte das Sternensystem des Orion.

»Aber es ist seitenverkehrt!«, stieß sie hervor.

»Es ist ein Negativ«, erläuterte Cuthbert. »Was auf dem fertigen Bild hell ist, ist hier dunkel, und umgekehrt.«

Das Negativ musste noch fixiert werden, indem er es mit Natriumthiosulfat behandelte, dann wusch und endlich mit Alkoholfirnis überzog. Cuthbert erledigte das alles rasch und flüchtig. Ailis blutete das Herz.

»Lass mich mal!«, bat sie, als er die nächste Platte in Angriff nahm. Sie fixierte das darauf zu sehende Sternbild sorgfältig und fast liebevoll. »So ist es viel klarer«, sagte sie zufrieden.

Cuthbert verdrehte die Augen. »Na schön, wenn du meinst, dass du es besser kannst …«

In den ersten Nächten hatte Ailis noch viele Fragen, doch dann beherrschte sie sowohl die Technik des Entwickelns als auch die der Präparation der Glasplatten mindestens so gut wie ihr Mann. Der machte sich schließlich gar nicht mehr die Mühe, sie ins Atelier zu begleiten, sondern kam nach Hause, händigte ihr die Schlüssel aus und genoss seinen Feierabend. Er ging auch gern mal aus, was Ailis zunächst nicht bemerkte. Als es ihr schließlich auffiel, machte sie keine große Sache daraus. Was war schon gegen ein Feierabendbier einzuwenden oder gegen einen Besuch im Theater oder Varieté? Sie selbst hatte keinerlei Bedürfnis, ihn zu begleiten. Ihre Arbeit im Labor füllte sie vollständig aus, obwohl diese sich eher selten auf Astrofotografie bezog. Meistens entwickelte sie Porträts Bostoner Bürger oder Ansichten von Straßen und Häusern. Sie vervollkommnete dabei ihre Fertigkeiten und ging gelegentliche Aufträge des Observatoriums mit noch mehr Sorgfalt und Herzblut an. Oft war sie bis in die frühen Morgenstunden im Atelier beschäftigt und musste sich dann beeilen, nach Hause zu kommen und Cuthbert das Frühstück zu bereiten.

Einige Wochen später, als sie gerade wieder einmal Aufnahmen von Sternen entwickelte, jedoch nicht erkannte, welches Bild sie da vor sich hatte, kam ihr eine Idee, mit welcher Begründung sie sich Zugang zur Universitätsbibliothek verschaffen konnte. Sie wusste inzwischen, dass das Observatorium über eine eigene kleine Bibliothek verfügte, die auf Astronomie spezialisiert war – und endlich fasste sie sich ein Herz und machte sich auf den Weg.

Als Ailis den Bibliothekssaal gegen Mittag betrat, war nicht viel los. Hinter einem Schreibtisch saß ein gelangweilt wirkender Mitarbeiter, vielleicht eine studentische Hilfskraft, und ordnete Karteikarten. An einem Regel ganz vorn stand ein etwas fülliger älterer Herr mit einem runden Gesicht, Kinnbart und sich lichtendem Haar.

Ailis grüßte scheu und wandte sich dann mit der Bitte um einen Bibliotheksausweis an den jungen Mann am Schreibtisch.

Er blickte sie abschätzend an. »Sie sind keine Studentin«, konstatierte er. Zu jener Zeit war, wie Ailis wusste, keine einzige Frau in der Fakultät eingeschrieben, obwohl es bereits möglich war, auch als Frau in Harvard zu studieren.

»Nein«, antwortete sie. »Aber ich arbeite im Fotoatelier Whipple and Black an den Aufnahmen von Mr. Draper. Ich entwickele sie, genauer gesagt. Und ich könnte ... ich könnte besser arbeiten, wenn ich mich ein bisschen über die Materie kundig machen dürfte.« Sie lächelte freundlich.

Der junge Mann runzelte die Stirn. »Inwiefern?«

»Na ja ... also ... wenn ich wüsste, wie klar man diese Sterne sehen kann, auch ... äh ... ohne Teleskop, dann ... könnte ich vielleicht aus den Fotografien mehr herausholen.« Ailis druckste herum. Sie wusste selbst, dass sie völligen Unsinn redete, und konnte nur hoffen, dass sich der Angestellte in Sachen Astrofotografie nicht auskannte.

Zu ihrer Verwunderung mischte sich nun der ältere Herr ein, über dessen Gesicht bei Ailis' Erklärung ein leichtes Grinsen geflogen war.

»Nun stellen Sie sich mal nicht so an, Berger! Wir haben doch größtes Interesse an der Anteilnahme der Bevölkerung an unserer Forschung. Also, wenn sich die junge Dame weiterbilden will ... sie sieht nicht aus, als würde sie mit unseren wissenschaftlichen Wälzern auf und davon gehen und sie auf dem Flohmarkt verkaufen.« Aufmerksam betrachtete er Ailis. »Wofür interessieren Sie sich denn besonders, Miss ...«

»Mrs.«, korrigierte Ailis, »Mrs. Cuthbert Hay. Mein Mann arbeitet ... er arbeitet auch für Mr. Whipple. Als Assistent.«

Der ältere Herr trat ein wenig näher. »Ich meine fast, Sie schon einmal gesehen zu haben«, sagte er dann, während Mr. Berger unwillig begann, einen Bibliotheksausweis zu beschriften, nachdem Ailis ihm auch noch ihre Adresse genannt hatte. »Warten Sie, hat unser allgemein verehrter Meister Whipple nicht ein Porträt von Ihnen gemacht?«

Ailis errötete. Sie hatte nicht gewusst, ob sie eher erfreut oder peinlich berührt war, als ihr Porträt in der Galerie der Agentur von Whipple and Black ausgestellt wurde. Schlussendlich nickte sie. Der Herr lächelte wohlwollend, und plötzlich hatte auch Ailis das Gefühl, ihn schon einmal gesehen zu haben.

»Dann wünsche ich Ihnen viel Freude bei Ihrem literarischen Griff nach den Sternen!«, wünschte er ihr, bevor er Mr. Berger die Liste, die er erstellt hatte, auf den Schreibtisch legte. »Diese Bücher bitte noch mal bestellen! In der überarbeiteten Ausgabe.«

Der junge Mann erhob sich kurz und verbeugte sich. »Selbstverständlich, Herr Professor!«, erklärte er.

Und jetzt erinnerte sie sich. Die Zeitschriften von Miss Lumsden …

»Professor Pickering?«, fragte Ailis atemlos.

Berger nickte.

Ailis errötete erneut. Professor Pickering, ihr Idol! Und er hatte mit ihr gesprochen! Glücklich nahm sie ihren Ausweis entgegen und ließ sich dann selig durch die Welt der Astronomie treiben. Alle diese Bücher, von Ptolemäus bis Fraunhofer und Herschel, standen ihr ab sofort zur Verfügung!

Mit Büchern über Planeten, Asteroiden und das Sternbild Orion verließ sie eine Stunde später die Bibliothek und freute sich darauf, sie gleich am Nachmittag aufzuschlagen. Zu Hause fand sie jedoch einen Brief ihrer Cousine Donella und beschloss, ihn sofort zu beantworten. Zu erzählen gab es nach dem heutigen Abenteuer schließlich viel. Und auch Donella berichtete lebhaft über ihr letztes Schulhalbjahr in St Leonards. Ailis wusste aus früheren Briefen, dass sich ihre Cousine nach ihrem Weggang stärker an

Emily angeschlossen hatte – das Bett in ihrem Zimmer war nicht neu belegt worden, und mit Emily hatte sie weit mehr gemeinsam als mit Haily.

In diesem neuen Brief ging es um ihre Abschlussarbeiten. Donna und Emily hatten sich vorgenommen, gemeinsam über den Vogelflug zu schreiben, den genauen Aufbau der Flügel, die Bedeutung des Körpergewichts und der Flügelspannweite für die Flugfähigkeit. Donna dozierte schon in ihrem Brief über Schwerkraft und Luftwiderstand, Flügelform, Schub und dynamischen Auftrieb.

Natürlich studieren wir dazu nach wie vor Gooby, obwohl die Gans immer noch nicht fliegt. Unter uns, sie ist inzwischen auch schon ein bisschen zu fett und zu behäbig, ich glaube nicht, dass sie noch mal abhebt. Aber sie folgt Emily nach wie vor auf Schritt und Tritt, wann es nur eben geht, und bringt den Entenieren des Stallmeisters wenig Interesse entgegen. Wenn Du mich fragst, glaubt sie, sie wäre ein Mensch. Am liebsten würde sie in unserem Zimmer schlafen, und Emily fände das auch ganz in Ordnung, zumal Dein Bett jetzt frei ist. Aber Haily schreit natürlich Zeter und Mordio und würde Emily sofort verpfeifen. Die Gans scheint im Übrigen zu merken, dass sie ihr wenig Sympathie entgegenbringt, und hat Haily schon zweimal in die Wade gebissen. Die Rivalität der beiden um Emilys Gunst ist oft erheiternd.

Für Emily ist es allerdings nicht lustig, dass Haily sie immer öfter als Zofe und Hilfskraft einspannt. Sie plant als Abschlussarbeit ein Singspiel gemeinsam mit dem Theaterclub der Schule. Oder eher gegen ihn. Du kennst ja Haily, sie will alles bestimmen, und in diesem Fall mag sie gar nicht so Unrecht haben. Sie ist zweifellos enthusiastischer dabei als die anderen Möchtegern-Schauspieler, und sie bringt dafür sogar einiges an Disziplin auf. Aber die Arbeit hat natürlich Emily, ob es um Probenpläne geht, das Abschreiben von Textentwürfen in Schönschrift oder von Partituren, die sie abmalen muss, was ihr schwerfällt, da sie keine Noten lesen kann. Natürlich räumt sie weiterhin das Zimmer auf, hält Hailys Sachen in Ordnung und erledigt ihre Hausaufgaben. Das arme Ding ist rund um die Uhr beschäftigt, und ich habe mir schon überlegt, Haily zu verpetzen. Es geht doch nicht an, dass sie sich um fast alle ihre Pflichten drückt! Andererseits würden dann wahrscheinlich beide bestraft, und das kann ich Emily nicht antun. Sie ist einfach zu nett und zu bescheiden für diese Welt.

Ailis konnte sich dieser Meinung nur anschließen, obwohl sich ihr Mitgefühl Emily gegenüber in engeren Grenzen hielt. Natürlich war die Schule mit Haily für das Mädchen eine harte Zeit, aber irgendwann würde sie sich von ihr befreien, und dann hatte sie einen Abschluss an einer der besten Mädchenschulen des Landes – und obendrein eine Ausbildung als Zofe oder Leibdienerin. Donella hatte geschrieben, dass Lady Mairead sie in den Ferien dazu anhielt, ihrer eigenen Zofe zur Hand zu gehen, um dann auch Haily professionell beim Ankleiden und Frisieren helfen zu können. Donna hatte sich darüber aufgeregt – sie hätte Emily etwas freie Zeit gegönnt, doch Emilys Eltern unterstützten es. Wäre das Mädchen nicht zur Schule gegangen, hätte es jetzt angefangen, im großen Haus zu arbeiten, und eine Ausbildung zur Zofe bot Emily nach Ansicht von Anna und Ben beste Zukunftschancen. Ailis sah das ebenfalls realistisch: Selbst wenn Emily kein Stipendium an einer Universität ergattern sollte, würde es ihr möglich sein, zunächst in Stellung zu gehen, Geld zu sparen und sich das Studium später selbst zu finanzieren. Sicher kein leichter Weg, aber mehr, als Ailis selbst offenstand. Sie war für immer an Cuthbert gefesselt, und auch wenn sie zurzeit das Beste daraus machte. Eine Universität besuchen würde sie nie!

Immerhin begann für sie mit der Ausstellung ihres Bibliotheksausweises eine aufregende Reise durch die Welt der Himmelskörper. Sie las jeden Tag stundenlang, und wenn sie gelegentlich astrofotografische Aufnahmen entwickelte, versuchte sie, die Bilder mithilfe ihres neuen Wissens auszuwerten. Natürlich gelang das nur unvollständig, trotzdem hatte sie das Gefühl weiterzukommen. Zumindest tat sie etwas, das ihr wirklich Freude machte und sie von den eher öden Aufgaben einer Hausfrau ablenkte. Ihre nächtliche Tätigkeit im Atelier führte zudem dazu, dass Cuthbert sich ihr nur noch selten näherte, um ihre ehelichen Pflichten einzufordern. Sie empfand das als angenehm und dachte zunächst ebenso wenig darüber nach wie über seine immer häufigeren Bar- und Cabaretbesuche. Irgendwann argwöhnte sie natürlich, dass er andere Frauen hatte, doch sie sprach ihn nicht darauf an. Auch er hatte sich diese Ehe nicht wirklich gewünscht, und sie fand es nur normal, dass sie beide versuchten, das Beste aus ihrer Situation zu machen. Was sie allerdings ärgerte und zunehmend nervös machte, war Cuthberts Verhältnis zu seinen Arbeitgebern, das sich mit der Zeit weiter verschlechterte. Für seine Familie war Cuthbert das schwarze Schaf, nichtsdestotrotz war er ein Hay – Mitglied eines der wichtigsten Clans Schottlands und entsprechend stolz. Dass Whipple and Black ihn immer noch für Hilfsarbeiten einsetzten und seine Arbeiten kritisierten, akzeptierte er nicht, was Ailis nur zu bewusst war. Dabei blieben Cuthberts Arbeitgeber in der Regel höflich und verstanden ihre Anmerkungen sicher nicht als Beleidigungen, sondern als Hilfe bei seiner Weiterentwicklung als Fotograf. Ailis versuchte manchmal, ihm dies verständlich zu machen, doch dann wütete er gegen sie. Langsam kam sie zu dem Ergebnis, nicht nur einen Glücksritter, sondern auch einen chronischen Besserwisser geheiratet zu haben. Auf die Dauer, so befürchtete sie, würden seine Ausbilder das nicht hinnehmen – und das würde dann auch für sie das Ende ihrer spannenden Tätigkeit im Atelier bedeuten.

Unglücklicherweise war es gerade *ihre* Arbeit, die das Fass zum Überlaufen brachte. Eines Abends, Ailis war dabei, die letzten

Arbeitsschritte an sehr stimmungsvollen Hochzeitsbildern durchzuführen, stand John Adams Whipple im Atelier.

»Mrs. Hay«, sagte er, nicht überrascht, eher enttäuscht und verwirrt. »Ich ... ich hab's ehrlich gesagt nicht glauben wollen.«

Ailis, froh, dass er immerhin nicht in die Dunkelkammer geplatzt war, errötete.

»Ich ... ich ...« Sie wusste nicht, wie sie sich oder eher Cuthbert rechtfertigen sollte.

»Sie erledigen hier die Arbeit Ihres Mannes«, fasste Whipple die Lage kurz zusammen. »Zur allseitigen Zufriedenheit, möchte ich anmerken. Professor Pickering sprach mich heute darauf an, als ich im Observatorium vorbeischaute. Ich möge doch meine herausragende Mitarbeiterin Mrs. Hay grüßen. Er sei begeistert von den Platten, die sie für Draper und das Institut entwickeln würde. Die Aufnahmen seien sensationell und kongenial bearbeitet. Also behaupten Sie jetzt nicht, das hier sei heute eine Ausnahme. Wer so professionell arbeitet, hat sich Erfahrung erworben.«

Ailis lauschte dem Lob mit gesenktem Kopf. »Ich ... ich mache das gern«, sagte sie schließlich.

Whipple nickte. »Im Gegensatz zu Ihrem Gatten«, stellte er fest. »Es tut mir leid, Mrs. Hay, sosehr uns Ihre Arbeit gefällt, so unzufrieden sind wir mit der seinen. Ehrlich gesagt haben wir ihn nur wegen seiner offensichtlichen Genialität in der Entwicklung und Bearbeitung von Bildern so lange behalten – also wegen der Arbeit, die *Sie* geleistet haben. Und jetzt, da ich Sie hier angetroffen habe, muss ich ihm zusätzlich Betrug und Verstoß gegen die Geheimhaltungsvereinbarung vorwerfen.«

»Ich habe nie ...« Ailis wollte versichern, dass sie niemals Geschäftsgeheimnisse ausgeplaudert hätte, doch Whipple wehrte ab.

»Natürlich haben Sie sich nichts zuschulden kommen lassen. Dennoch hat Ihr Gatte uns hintergangen. Es tut mir leid, dass wir uns morgen von ihm trennen müssen – und damit auch von Ihnen.« Er sah sie mit wirklichem Bedauern an.

Ailis hatte eine Idee. »Und wenn ich bleiben würde?«, fragte sie eifrig. »Sie könnten mich einstellen. Nur für die Bearbeitung ... na ja, wenn Sie im Observatorium arbeiten, könnte ich vielleicht ... hospitieren ...«

Whipple lächelte. »Die Sterne sind wirklich Ihre Leidenschaft«, bemerkte er freundlich. »Und über eine Anstellung können wir gern reden. Aber glauben Sie wirklich, dass Ihr Gatte Ihnen das gestatten wird? Nach der zweifellos unerfreulichen Auseinandersetzung, die wir morgen mit ihm haben werden?«

Der Gedanke, dass Cuthbert das Recht hatte, über all ihre Handlungen zu bestimmen, durchfuhr Ailis wie ein Messerstich. Natürlich hatte sie theoretisch gewusst, worauf sie sich mit der Eheschließung einließ, aber bei den Paaren, die sie kannte, hatte es nie derart entscheidende Interessenunterschiede gegeben, wie sie sich jetzt zwischen ihr und Cuthbert anbahnten.

»Was soll denn nun werden?«, murmelte sie.

Whipple hob die Schultern. »Das werden Sie mit Ihrem Gatten besprechen müssen. Ich kann nur wiederholen, dass mir all das sehr, sehr leidtut.«

Zu den Sternen

Boston, 1886-1889
Schottland, 1886-1888
Grand Tour, 1888-1889

Cuthbert war nicht zu Hause, als Ailis eintraf, was ihr durchaus recht war. Von ihr aus sollte er die Tatsache, dass sie enttarnt waren, gern von seinem Arbeitgeber erfahren. Sie beschloss also, sich sowohl heute Nacht, wenn er zurückkam, als auch am Morgen, bevor er zur Arbeit ging, schlafend zu stellen. Wenn sie lange gearbeitet hatte, kam es vor, dass sie verschlief, und Cuthbert machte sich das Frühstück selbst. In vielerlei Hinsicht war er nicht despotisch. Ob er ihr vielleicht doch erlauben würde, weiter für Whipple and Black tätig zu sein?

Diese Hoffnung erwies sich jedoch als trügerisch. Cuthbert kochte vor Wut, als er nach Hause kam, und diese bezog sich nicht nur auf seine Arbeitgeber, sondern ebenso auf seine Frau.

»Wie konntest du diesem Pickering erzählen, dass du seine Bilder entwickelst?«, schimpfte er. »Hast du dich damit gebrüstet? Wolltest du ernst genommen werden? Das ist dir jetzt ja gelungen! Wie es aussieht, hast du mich auch noch schlecht aussehen lassen – deine Arbeiten werden weit mehr geschätzt als meine …«

»Dafür kann ich doch nichts!«, empörte sich Ailis. »Ich habe einfach mein Bestes gegeben.«

»Und ich etwa nicht, ja?«, tobte Cuthbert. »Ich habe mich um alles gedrückt, das willst du doch sagen, oder? Du wirst gelobt, kannst dich gebraucht fühlen …«

»Hast du nicht das Lob eingeheimst?«, fragte Ailis höhnisch. Langsam kochte die gleiche Wut in ihr hoch. »Ich wollte mich auch vor Pickering nicht brüsten. Ich brauchte nur eine gute Erklärung dafür, dass man mir einen Bibliotheksausweis ausstellte …«

Sie hielt ihm das kleine Dokument hin, das schon bereitlag, da sie vorhatte, an diesem Tag ihre Bücher zurückzubringen.

Cuthbert griff danach und zerriss es blitzschnell in vier Teile. »Und darauf, mich vorher zu fragen, bist du nicht gekommen? Du läufst einfach da hin, behauptest irgendetwas, erschleichst dir den Zugang zur Bibliothek …«

»Ich hab mir nichts erschlichen!«, rief Ailis. »Und was hast du damit zu tun? Muss ich dich jetzt fragen, was ich lesen darf?«

»Eine gute Frau würde das tun«, behauptete Cuthbert. »Eine bescheidene, tugendhafte …«

Ailis musste beinahe lachen. »Das meinst du jetzt nicht ernst, Cuthbert! Glaubst du wirklich, ich würde dich um Erlaubnis bitten, bevor ich ein Buch lese oder eine Unterhaltung führe oder was auch immer? Willst du mich in dieser Wohnung einsperren?«

»Das sollte ich!« Cuthberts Stimme bekam für einen Moment etwas Melodramatisches. »Ich … ich sollte dich bestrafen … Ach …« Im Grunde verrauchte seine Wut schon wieder. Er war schnell aufgebracht, doch lange hielt das nicht an. Im Grunde war er viel zu phlegmatisch, um sich wirklich Strafmaßnahmen auszudenken und durchzusetzen.

»Hör einfach auf mit dem Unsinn und lass uns lieber überlegen, was wir jetzt machen sollen«, meinte Ailis, die spürte, dass seine Stimmung sich änderte. In größerer Ruhe, als sie sie tatsächlich fühlte, gab sie zu bedenken: »Wir müssen irgendwie Geld verdienen. Ich weiß nicht, ob Mr. Whipple mit dir gesprochen hat …«

»Dass er dich behalten und mich rausschmeißen will?« Cuthbert steigerte sich in neue Wut hinein. »Das könnte dem so passen! Ich hatte schon beim ersten Mal das Gefühl, dass er sich an dich ranschmeißen wollte. Auf keinen Fall lasse ich dich da mit all den Männern allein arbeiten … zumal bei Nacht!«

Trotz ihrer Enttäuschung spürte Ailis eine unpassende Erheiterung. Schließlich arbeitete sie seit einem halben Jahr jede Nacht im Atelier, ohne jemals behelligt worden zu sein. Doch solchen Argumenten gegenüber war Cuthbert heute sicher nicht zugänglich.

»Also schön«, sagte sie seufzend. »Was willst du also machen, um meine Tugend zu wahren, ohne dass ich dabei verhungere?«

Cuthbert straffte sich und schien dabei fast etwas größer zu werden. »Wir machen uns selbstständig«, erklärte er. »Ich kaufe eine moderne Kamera und biete Porträtfotografie an. Und dir richten wir hier eine Dunkelkammer ein, um die Aufnahmen zu entwickeln.«

»Und wie willst du die Kunden finden?«, fragte Ailis.

Cuthbert schenkte ihr ein überhebliches Lächeln. »Oh, die habe ich schon! Bisher bediene ich sie mit meiner alten Kamera, stelle also Daguerreotypien her. Die Bearbeitung habe ich zwischendurch im Atelier gemacht, wenn gerade niemand da war. Aber jetzt machen wir Nägel mit Köpfen …«

Ailis wunderte sich. »Wo hast du die Leute denn gefunden? Oder hast du sie bei Whipple and Black abgeworben?« Das wäre ein weiterer Vertrauensbruch gegenüber seinen Arbeitgebern.

Cuthbert schüttelte den Kopf. »Ach was. Ich hab meine eigene Akquise gemacht«, erklärte er wichtig. »Am Abend, in den Bars und Varietés. Die Leute dort können sich Whipple and Black nicht leisten, und deren Stil gefällt ihnen nicht. Von mir dagegen sind sie begeistert! Du wirst sehen, wir werden gute Geschäfte machen.«

Schon am nächsten Tag wanderte ein guter Teil von Ailis' Aussteuer in den Kauf einer hochmodernen Kamera sowie der Ausstattung ihres Arbeitszimmers. Sie hatten den Raum bisher hauptsächlich als Abstellraum genutzt, an sich war er als Kinderzimmer gedacht gewesen. Zu Beginn ihrer Ehe hatte Ailis mit einer baldigen Empfängnis gerechnet, damals war Cuthbert regelmäßig zu ihr ins Bett gekommen. Mit ihrer nächtlichen Tätigkeit im Atelier und seinen Ausflügen in die Nacht hatte sich alles geändert. Warum den Raum also nicht umfunktionieren? Denn auch jetzt, angesichts ihrer veränderten Lage, war Cuthbert weiterhin am Abend unterwegs – um Kunden für ihr eigenes Atelier aufzutun. Wenn er dann doch zu ihr ins Bett kam, war er meist viel zu müde, um seine Eherechte einzufordern. Und sie war dankbar, zumal er nach Bier oder Whiskey, oft auch nach Wein roch, was er stets damit rechtfertigte, dass seine Kunden erwarteten, bei den Vorbesprechungen einen Drink zu nehmen.

»Dann sind auch alle lockerer«, behauptete er – und Ailis sollte bald feststellen, was genau er damit meinte.

Die ersten Bilder, die sich herauskristallisierten, als sie Cuthberts Werke entwickelte, trieben Ailis zum Teil die Schamröte ins Gesicht. Ihr Mann spezialisierte sich offensichtlich auf die Schönen der Nacht: Schauspielerinnen, Tänzerinnen oder womit sich die Damen, die ihm Modell standen, sonst ihr Geld verdienten. Sie waren durchweg sehr hübsch und zeigten sich sehr freizügig – wobei Cuthbert Whipples Lehrsatz, ein Bild müsse lebendig sein, durchaus verinnerlicht hatte.

Ein paar Tage später schrieb Ailis ihren nächsten Brief an Donella.

Es sieht zum Teil aus, als hätte er sie beim Ausziehen erwischt – oder durchs Schlüsselloch fotografiert. Mr. Whipple sagte einmal, ein Bild müsse eine Geschichte erzählen. Was das angeht, kann man sich über Cuthberts Werke nur lobend äußern. Auch wenn ich die ersten Male, als ich die Fotos entwickelte, peinlich berührt war … Die Frauen oder die Regisseure oder Intendanten, für die sie arbeiten, zahlen auch nicht schlecht. Cuthbert verdient deutlich mehr als in seiner Zeit bei Whipple and Black und ist außerordentlich stolz darauf. Er kommt nicht darauf, dass der Gewinn kaufmännisch gesehen mit den Ausgaben verrechnet werden muss – also erst einmal muss sich die teure Kamera ren-

tieren, und dann sind oft auch die Getränkerechnungen himmel-
hoch. Trotzdem geht es uns nicht schlecht. Ich vermisse nur die
Astrofotografie von Draper und auch von Mr. Whipple selbst.

Die Bücher vermisste sie nicht. Sie hatte sich gleich einen neuen Bibliotheksausweis ausstellen lassen und las nun heimlich, um Cuthbert nicht erneut gegen sich aufzubringen.

In ihrer Antwort berichtete Donella von der Schulabschlussfeier, die sehr berührend gewesen war. Emily und sie hatten beide Preise erhalten, und ihre Abschlussarbeit über den Vogelflug war ausgezeichnet benotet worden. Haily brillierte in ihrem Singspiel. Sie taugte zwar sicher nicht als Führungspersönlichkeit, so Donella, und sie beendete die Schule als die so ziemlich meistgehasste Schülerin, aber sie hatte es geschafft, ihre Leute auf Trab zu bringen. Die Aufführung war weitaus professioneller als alles, was der Theaterclub bis dahin zustande gebracht hatte. Ihre Lehrerinnen waren äußerst beeindruckt. Haily hatte nicht nur ihr Talent als Sängerin und Produzentin, sondern auch als Texterin und Komponistin bewiesen. Natürlich dachten ihre Eltern trotzdem nicht daran, sie auf ein Konservatorium zu schicken.

Und auch Donella konnte von einem Studium vorerst nur träumen.

Sie bestehen tatsächlich darauf, dass wir debütieren! Wir werden
den gesamten Herbst und Winter in London verbringen, Tante
Mairead ist schon ganz aufgeregt. Sie will den Winter über
bei uns bleiben, meine Mutter stößt nur für ein paar Wochen
dazu. Gemeinsam mit George, der auf dem College nicht gerade
Glanzleistungen zeigt. Die Universität von Edinburgh lässt
adlige Schüler wohl selten durchfallen – erst recht nicht, wenn es
designierte Clan Chiefs sind, und bislang ist George das ja noch.

Ailis lächelte grimmig, als sie Donnas Zeilen las. Sie wusste natürlich, dass die zweite Hochzeit ihres Vaters mit der jungen Muriel prunkvoll gefeiert worden war – kurz nach der Annullierung der ersten Ehe. Nun bemühte sich ihr Vater zweifellos redlich um die Zeugung eines Erbens, doch soweit Ailis wusste, bislang vergebens.

Noch einmal nahm sie Donnas Brief zur Hand.

George soll sich während der Saison wohl an Haily gewöhnen und umgekehrt, doch bislang zeigen die beiden kein Interesse aneinander. Auf dem Ball zur Schulentlassung haben sie zwar zusammen getanzt, aber sehr halbherzig, wenn du mich fragst. Haily ist gar nicht so begeistert von ihrem bevorstehenden Debüt, wie ich eigentlich gedacht hatte. Sie ist immer noch putzsüchtig, doch auch ehrgeizig. Im Grunde ist sie nicht anders als wir ... Sie möchte aus ihren Talenten etwas machen, doch man lässt sie nicht. Ihren Ärger darüber lässt sie an Emily aus. Die würde am liebsten auf Old Lane Manor bleiben – etwas Zeit mit ihren Eltern und Geschwistern verbringen und mit ihrer Gans. Außerdem würde sie sich gerne bei ein paar Colleges um ein Stipendium bemühen. Wer nicht wagt, der nicht gewinnt, und hier ist ihre Jugend ein Trumpf. Ein Mädchen, das mit dreizehn schon St Leonards mit Auszeichnung abschließt, verdient ganz sicher eine weitere Förderung. Haily will sie nun aber unbedingt während der Saison bei sich haben, natürlich unterstützt von ihrer Mutter. Emily soll beide Damen als Zofe betreuen, und Lady Mairead argumentiert, dass sie damit Erfahrung gewinnt und Aufmerksamkeit auf sich zieht, die ihr später bei der Bewerbung um eine gut bezahlte Stellung helfen kann. Ihre Eltern sehen das ähnlich – ein Studium für ihre Tochter können sich die Coxwolds eh nicht vorstellen. Miss Lumsden hat zwar mit ihnen darüber gesprochen – auch darüber, dass die Bewerbung jetzt am aussichtsreichsten wäre –, doch davon wollen sie nicht wirklich etwas wissen. Emily soll dankbar sein für all die Wohl-

taten, die sie den Hards verdankt. Also wird sie wohl mitfahren
und sich zu Tode langweilen. Aber in London gibt es ja Tauben
im Park, vielleicht findet sie ein neues Forschungsgebiet.

Ailis konnte sich kaum vorstellen, dass die Tauben im Hyde Park
Emily über die verlorenen Studienchancen hinwegtrösten konnten. Andererseits handelte es sich nur um ein halbes Jahr, das ihr
verloren gehen würde. Sie würde immer noch jünger sein als alle
anderen Absolventinnen von Höheren Mädchenschulen, wenn sie
sich im nächsten Jahr um ein Stipendium bewarb.

Die nächsten Monate vergingen weitgehend ereignislos für Ailis, während Donella und Haily in London tanzten. Donella schrieb lebhafte Briefe, in denen sie sich über die Gesellschaft lustig machte, in der sie sich bewegte. Die Königin schien von den Debütantinnen, die mehr oder weniger linkisch vor ihr knicksten, belustigt bis gelangweilt zu sein. Immerhin gelang Haily ein bühnenreifer Auftritt, sie war bildschön, lächelte süß und knickste formvollendet, Lady Mairead wusste vor Stolz nicht, wohin. Dementsprechend hoch war der Andrang vielversprechender junger Männer, deren Aufmerksamkeit auf den Bällen Haily vor allem dazu nutzte, sich George Hard vom Leibe zu halten. Weder sie noch Donella verliebten sich. Doch während Haily immerhin ihre Auftritte genoss, amüsierte sich Donella höchstens mal bei einem Picknick oder einem Ausritt im Hyde Park …

Donna berichtete außerdem von ein paar Reitjagden. Die Cousinen hatten von klein auf Reiten gelernt und waren durchaus fähig, der Meute im Jagdgalopp zu folgen. Donella selbst hasste es jedoch, den Fuchs zu Tode zu hetzen, genau wie Ailis, und Haily fand sich im Reitkleid unattraktiv. Wenn Emily über den Tod des Fuchses weinte, zog sie sofort den Spott der gereizten Haily auf sich, sodass Donella die Jüngere in den Arm nehmen und trösten musste. Immerhin war keine der Debütantinnen gezwungen, an Treibjagden oder anderen Jagdveranstaltungen teilzunehmen, sodass in Emilys Umfeld niemand auf Vögel schoss …

Cuthbert verbrachte inzwischen immer mehr Zeit außer Haus und entdeckte neue Talente. Im Juni 1887, demselben Monat, in dem Donella und Haily aus London nach Schottland zurückkehrten, nahm er Ailis mit zur Premiere eines Singspiels in einem der kleineren Theater. Bei der simplen Inszenierung ging es um einen Studenten, der gegen Bezahlung für die Liebste eines reichen Kommilitonen sang und damit einige Komplikationen auslöste. Am Ende musste sich das Mädchen zwischen dem attraktiven Musikanten und dem reichen Erben entscheiden und wählte, wenig überraschend, Ersteren. Ailis fand die Geschichte etwas weltfremd, war aber nichtsdestotrotz beeindruckt, als Cuthbert ihr stolz berichtete, er habe das Stück selbst geschrieben und auch bei der Inszenierung mitgewirkt. Er begeisterte sich in diesen Wochen immer mehr für das Theater, während Ailis besorgt feststellte, dass ihre Regelblutung ausblieb. Schließlich suchte sie eine Hebamme auf, die Mrs. Herbert ihr empfohlen hatte, und erfuhr, dass sie schwanger war.

»Wir müssen uns jetzt etwas überlegen«, erklärte sie, nachdem sie Cuthbert davon in Kenntnis gesetzt hatte. Er hatte auf die Nachricht nicht gerade euphorisch reagiert, aber auch nicht ablehnend, sondern ihr pflichtschuldig versichert, er freue sich und es sei ihm auch gänzlich gleichgültig, ob es ein Mädchen oder ein Junge werde. »Ein Kind können wir nicht in einer Wohnung großziehen, die zur Hälfte aus einer Dunkelkammer besteht«, sprach Ailis weiter. »Die Chemikalien können ja schon Erwachsenen schaden. Also müssen wir uns eine größere Wohnung suchen, oder, was ich vorschlagen würde, wir kaufen ein Haus. Das war ja von vornherein vorgesehen, das Geld hast du von meinem Vater bekommen. Wir könnten uns nach einem Stadthaus umsehen oder einem Haus in Universitätsnähe, ein bisschen mehr im Grünen. Das Atelier legen wir ins Erdgeschoss, und unsere Wohnung richten wir darüber ein.«

Cuthbert wirkte nicht begeistert. »Ich weiß nicht«, meinte er. »Die Wohnung hier liegt so zentral ... aber wenn du willst, kannst du dich ja mal umsehen. Wir finden da bestimmt eine Lösung.«

Danach lud er sie zur Feier des Tages in ein Restaurant ein, und Ailis war wieder einmal versöhnt mit ihrer Ehe. Natürlich hätte sie sich ihr Leben anders vorgestellt, doch so war nun einmal die Realität, und sie freute sich auf ihr Kind. Sie würde es verwöhnen und mit ihm spielen, wie damals ihre erste Kinderfrau, und sie würde ihm die Sterne zeigen.

Die nächsten Tage verbrachte sie damit, Anzeigen zu sichten und durch die Straßen zu streifen, um Häuser zu finden, die zum Verkauf standen. Sie hatte noch nichts Passendes entdeckt, als Cuthbert sie nach wenigen Tagen vor vollendete Tatsachen stellte.

»Ailis, ich habe *die* Lösung für uns!«, begrüßte er sie fröhlich, als er nach Hause kam. »Pass auf, ich werde mein Geschäft aufgeben!«

Ailis blickte ihn verständnislos an. Wovon gedachte er dann zu leben?

»Du brauchst nichts mehr zu entwickeln, und dem Kind schaden keine Chemikalien«, führte er aus. »Aber wir geben die Wohnung nicht auf, jedenfalls nicht gleich. Ich habe ein Theater gekauft, Ailis! Wir haben ein eigenes Theater!«

»Was?« Ailis fühlte sich schwindelig. Was wollte er mit einem Theater?

»Die Boston Music Hall. Das ist ein eingeführtes Haus, das gibt's seit 1852. Aber man muss natürlich einiges daran tun – bis jetzt nutzen es hauptsächlich Laienspielgruppen und irgendwelche Vereinigungen, die sich da treffen. Es ist, nun, es ist etwas heruntergekommen. Allerdings ist da nichts, was sich nicht schnell renovieren ließe.«

»Und woher hast du das Geld?«, fragte Ailis, obwohl sie sich das natürlich denken konnte. Aber ein Theater war sicher teurer als ein Wohnhaus. Und wenn es zudem renoviert werden musste …

»Na ja, von deiner Mitgift natürlich. Und vom Verkauf der Kamera und der ganzen Fotoausrüstung. Vielleicht müssen wir dazu noch etwas Geld aufnehmen … die Banken machen sicher keine Probleme damit, solch ein Haus zu beleihen …« Cuthbert strahlte sie an, als hätte er ihr eben den hellsten Stern vom Himmel geholt.

Ailis war fassungslos. »Hättest du mich nicht wenigstens fragen können?«, stieß sie hervor. »Es ist immerhin meine Mitgift und meine Zukunft … wir bekommen ein Kind …«

Cuthbert verdrehte die Augen. »Nun fang nicht an mit dein und mein! Ich bin dein Mann, und ich weiß am besten, was gut für uns ist. Die Music Hall wird ein Erfolg, da bin ich ganz sicher. Das Geld ist gut investiert.«

Ailis war sich da nicht so sicher. Schließlich besaß Cuthbert keinerlei Erfahrung als Theaterdirektor und Intendant, allein jede Form von Buchhaltung war ihm ein Buch mit sieben Siegeln. Für seine Arbeit als Fotograf hatte sie die Bücher geführt – und diese Arbeit war keineswegs eine Goldgrube gewesen, sie waren gerade so über die Runden gekommen. Wie sollten sie nun ein größeres Unternehmen mit wahrscheinlich Dutzenden von Angestellten und Schauspielern, die regelmäßig ihren Lohn oder ihr Honorar haben wollten, finanzieren?

»Du bist wirklich eine Miesmacherin!«, warf Cuthbert ihr vor, als sie ihre Bedenken äußerte. »Immer siehst du alles schwarz. Nichts kann man dir recht machen – aber selbst kriegst du auch nichts zustande!«

Ailis schnappte nach Luft. Wie immer in solchen Auseinandersetzungen wurde er ungerecht. Was hätte sie denn zustande bringen sollen? Er hatte ihr schließlich deutlich klargemacht, dass er über all ihre Unternehmungen bestimmen wollte, und hatte damit natürlich alles verhindert, was ihr vielleicht möglich gewesen wäre. Nach wie vor träumte Ailis von einer Arbeit bei Whipple and Black – und für Draper und Pickering. Vielleicht hätte sie sich am Ende auf Astrofotografie spezialisieren können …

Wütend schleuderte sie ihm diese Überlegungen entgegen. »Ich hätte genauso eine Kamera bedienen können wie du! Wenn es mir ein Meister wie Mr. Whipple oder Mr. Draper gezeigt hätte! Ich wollte die Schule beenden, studieren …«

Cuthbert lachte. »Ach komm, Ailis, nicht schon wieder das! Wir sind uns doch einig darüber, dass du ein recht hübsches Ding bist, das einem Mr. Whipple schon mal ein paar Schmeicheleien entlockt. Aber diese Ideen mit dem Physikstudium, mit Astrologie …«

»ASTRONOMIE!«, schrie Ailis.

Er winkte ab. »Ist doch alles mehr oder weniger das Gleiche. Hirngespinste. Das hat mir dein Vater schon gesagt, da müsste ich ein Auge auf dich haben. In dieser Schule haben sie dir Rosinen in den Kopf gesetzt. Aber du glaubst doch nicht im Ernst, dass du genug Grips hast, um bei einem Professor Pickering zu studieren? Und Physik? Sind Frauen da überhaupt zugelassen? Auf jeden Fall hörst du jetzt auf mit diesem Unsinn. Du bekommst ein Kind, und ich werde euch beide ernähren. Mehr brauchst du nicht zu wissen und nicht zu tun.«

Ailis hätte gern weiter gestritten, doch sie wusste natürlich, dass das nichts brachte. Mit der Bemerkung, er habe schon mit ihrem Vater über ihre Ambitionen gesprochen und darüber gelacht, hatte er ihr zudem einen weiteren Schlag versetzt. Es gab nichts, was sie tun konnte, außer ihr Schicksal anzunehmen. Wieder spürte sie tief in sich die Angst, die Männer könnten recht haben. Womöglich überschätzte sie sich, vielleicht war das Lob von Mr. Whipple gar nicht ernst gemeint gewesen …

Wieder einmal weinte sich Ailis in den Schlaf. Cuthbert störte es nicht. Kurz nach ihrer Auseinandersetzung fiel die Tür hinter ihm zu, und er kam in dieser Nacht nicht zurück.

Die Boston Music Hall erwies sich als beeindruckender Bau am Hamilton Place, geschmückt mit Säulen und Rundbögen. Der Theatersaal fasste mehr als tausend Menschen, er war hell und urspünglich wunderschön gewesen – jetzt fehlte es hier an Farbe und notwendigen Reparaturen an den verspielten Stuckverzierungen. Eine neue Bestuhlung würde auch nicht schaden. Ailis schwindelte es, als sie den Bau besichtigte und zu überschlagen versuchte, was die Renovierung kosten würde und wie viele Mitarbeiter sie bräuchten, um dieses Theater zu betreiben. Platzanweiser, Reinigungskräfte, Kartenverkäufer, Bühnenarbeiter, Beleuchter … Dies war ein gewaltiges Projekt, und Ailis traute eigentlich weder sich selbst noch Cuthbert zu, es wirklich mit Gewinn zu betreiben. Nichtsdestotrotz zwang sie sich zum Optimismus und begann gleich mit der Planung. Die Eröffnung musste so bald wie möglich stattfinden, um so wenig Geld wie möglich zu verlieren. Deshalb schlug sie Cuthbert vor, ihm bei der Suche nach Handwerkern und Arbeitskräften zu helfen. Sie hatte auf Thorgale House jahrelang beobachtet, wie man ein großes Haus führte. Ihre Mutter hatte sie zuhören lassen, wenn sie Einstellungsgespräche führte, und Ailis hatte gelernt, höflich, aber bestimmt Anweisungen zu geben. Sie traute sich durchaus zu, den Theaterbetrieb zu organisieren. Cuthbert müsste sich dann nur noch um die künstlerische Gestaltung kümmern.

Schon während der Renovierungsphase musste Ailis jedoch feststellen, wie schwierig es war, mit ihrem Mann zusammenzuarbeiten. Cuthbert war zu keinerlei Kompromissen bereit, nicht einmal, wenn eine Planänderung unvermeidlich war, weil sich zum Beispiel eine Wand, die er herausreißen lassen wollte, als Stützwand entpuppte. Ailis, die Statikberechnungen sofort verstand, versuchte dann, zwischen ihm und dem Architekten zu vermitteln – mit dem Erfolg, dass sich Cuthberts Ärger auch gegen sie richtete. Schließlich verbat er sich jegliche Einmischung und befahl ihr, sich um das Dekor des Theaters zu kümmern, Stoffe für die Vorhänge auszusuchen sowie die Bestuhlung, Teppiche und andere Schmuckelemente. Leider lag Ailis das erheblich weniger als Technik. Mit ihrem Sinn für das Schöne war nicht viel Staat zu machen, sie hatte kein Gefühl für Farbkombinationen – erst recht nicht für so ausgefallene, wie sie Cuthbert für sein Theaterfoyer vorschwebten. Insofern fiel er von einem Wutanfall in den anderen, wenn sie ihm Stoff- und Farbproben vorlegte, und schließlich entzog er ihr auch noch diese Arbeit. Er selbst bewies hier allerdings erhebliches Talent. In den nächsten Wochen verwandelte er das Theater in eine verzauberte Welt aus Licht und Farben, in die das Publikum eintauchen und sich in seinen Träumen verlieren konnte. Ailis ließ es an Anerkennung nicht fehlen, obwohl sie langsam das Gefühl hatte, dass ihm ihre Meinung völlig egal war.

»Du kannst das sowieso nicht beurteilen«, wurde zu einem seiner häufigsten Sätze, und sie ergab sich schließlich in ihre Rolle als Miesmacherin und Kunstbanausin.

Inzwischen hatte Cuthbert damit angefangen, sich um Künstler für das Varieté zu kümmern, mit denen er seine Spielstätte feierlich eröffnen wollte, sowie um Schauspieler und Sänger für ein festes Ensemble. Nach dem Erfolg seiner Singspiel-Premiere gedachte er, auch im eigenen Theater eigene Stücke zur Aufführung zu bringen.

Ailis begann zur gleichen Zeit, Einstellungsgespräche mit künftigen Mitarbeitern an der Kasse, für die Bühnenarbeiten, im Reinigungs- und Platzanweiserbereich zu führen. Sie hätte sich gewünscht, dass Cuthbert ihr das allein überlassen hätte, doch auch hier musste er sich einmischen – oft indem er ihr junge Damen schickte, die sich zum Theater hingezogen fühlten, mangels Talent aber nicht auf eine Bühne gestellt werden konnten. Häufig erwiesen sie sich auch in anderen Belangen als ziemlich unfähig, was wiederum zu Streit zwischen den Eheleuten führte.

»Cuthbert, die kleine Juliette ist ja wirklich sehr niedlich, aber sie kann kaum weiter rechnen als bis zehn! Die kann ich doch nicht an die Kasse setzen! Und bis ich sie als Platzanweiserin eingearbeitet hätte, würden Monate vergehen – sie war ganz verblüfft, als sie hörte, dass es im Parkett und in der Loge Sitze mit den gleichen Nummern gibt. Und dieser Joe Waters ... Ich weiß, er hat dir erzählt, er habe am Broadway als Bühnenbauer gearbeitet. Vielleicht stimmt das sogar, aber jetzt ist er ein Säufer, der aus jeder Pore nach Whiskey stinkt. Den kannst du nicht einsetzen, der fällt dir bei der nächsten Gelegenheit von der Leiter! Wenn das hier alles laufen soll, brauchst du qualifiziertes Personal, das auch mal selbstständig arbeitet.«

Leider nahm Cuthbert von all diesen Einwänden keinen an. Entweder reagierte er mit Ärger und beschimpfte Ailis, oder er ließ sie einfach reden, ohne zuzuhören oder zu antworten. Ailis fand das enervierend, konnte sich aber nirgends Luft machen – außer in ihren Briefen an Donella.

Deren Antworten konnten sie allerdings auch nicht aufmuntern.

Das macht sicher alles keinen Spaß, aber Du hast wenigstens etwas zu tun. Ich dagegen kann nur warten. Ich habe mich bei so ziemlich jedem College beworben, das Frauen zumindest theoretisch zulässt. Aber bei technischen Studiengängen wie Aeronautik oder selbst Physik und Chemie scheint die Furcht doch zu groß, Studentinnen könnten sich als klüger erweisen als Studenten – oder ihr Anblick könnte die Jungs davon abhalten, sich auf den Unterrichtsstoff zu konzentrieren. Ich weiß nicht, warum, jedenfalls erhalte ich nur Absagen. Emily geht es genauso. Dabei gibt es durchaus schon Studentinnen im Bereich der Biologie – es ergehen nur keine Stipendien an Frauen. Emily wartet und hofft also ebenfalls und sucht nach keiner anderen Stellung als bei den Hards, weil sie befürchtet, sie sofort wieder aufgeben zu müssen, falls sie doch noch zum Studium zugelassen wird. Und ausgerechnet Haily ergeht es fast noch schlimmer, die kann nicht einmal hoffen. Sie hat sich an keiner Universität beworben, sondern nur bei ein oder zwei Konservatorien. Das lehnen ihre Eltern jedoch ab, sie hat noch nicht einmal die Erlaubnis erhalten, zum Vorsingen hinzufahren. Tante Mairead ist zum

ersten Mal streng zu ihrer vergötterten Tochter: Eine Sängerin
oder ein Tingeltangel-Mädchen, wie sie das ausdrückt, soll nicht
aus ihr werden. Die Familie hat es auch immer noch nicht auf-
gegeben, sie mit George zu verkuppeln. Weißt Du übrigens, dass
Lady Muriel gerade einer reizenden kleinen Tochter das Leben
geschenkt hat?

Tatsächlich erfuhr Ailis erst durch Donnas Brief von der Geburt ihrer Halbschwester. Ihr Vater war wohl zu enttäuscht gewesen, um die Geburt standesgemäß anzuzeigen. Ihre Mutter hatte inzwischen ein traumhaftes Anwesen in Südfrankreich bezogen und sich auf die Zucht von Rosen und Windhunden verlegt. Beides gedieh gut im mediterranen Klima, und Lady Alisons Briefe verströmten nicht nur Rosenduft, sondern zeugten auch von Entspannung und Zufriedenheit. Die letzten Jahre auf Thorgale House mussten ihr zugesetzt haben – und sie überließ die Verantwortung für die Erbfolge nur zu gern ihrer Nachfolgerin.

Donella öffnete erneut einen Brief, der von einem College an sie adressiert war, doch sie machte sich keine Illusionen. Der Brief enthielt ein einziges Blatt Papier – eine Ablehnung. Nahm ein College dagegen jemanden auf, so schickte man einen dicken Umschlag mit allen möglichen Informationen.

Tatsächlich war es eine weitere Enttäuschung. Donella steckte das Schreiben ein und begab sich ins Wohnzimmer, wo ihrer Mutter gerade der Tee serviert wurde.

»Wieder nichts?«, fragte Lady Winifred, ohne größeres Mitgefühl vorzutäuschen. Donella wusste, dass auch ihre Eltern die Studienpläne ihrer Tochter eher ablehnten. Sie waren nicht sehr glücklich darüber, dass sich Donella während der Saison nicht verlobt hatte, und ließen nichts unversucht, sie während des Sommers mit weiteren jungen Männern zusammenzubringen.

Donella seufzte. »Es soll wohl nicht sein. Zumindest nicht in diesem Jahr. Wenn ich bloß wüsste, womit ich mir die Zeit vertreiben kann – womit ich eine sinnvolle Betätigung meine, nicht die Teilnahme am nächsten Picknick bei Tante Mairead.«

Lady Winifred lächelte. »Nun, was das angeht, haben wir uns etwas überlegt, dein Vater und ich. Es wird dir gefallen, du bist doch so am Reisen interessiert …« Es hing ihr immer noch nach, dass Donna schon als Kind lieber Reiseberichte und Abenteuergeschichten gelesen hatte als Mädchenromane.

»Reisen?«, fragte Donna argwöhnisch. »Wo wollt ihr mich denn hinschicken?« Die Reise nach London als Debütantin stand ihr noch genau vor Augen. Auf keinen Fall wollte sie eine weitere Saison irgendwo abtanzen.

»Nicht dich allein, sondern dich und deinen Bruder. Reisen, wie du weißt, bildet«, erklärte ihre Mutter.

»Dann ist das ja was für George«, bemerkte Donna giftig. George hatte seine Studien inzwischen beendet. Es hatte nur für die Universität von Edinburgh gereicht, und seine Noten waren wenig überzeugend gewesen. Immerhin, so hatte Donna an ihre Cousine Ailis geschrieben, war er für Jura eingeschrieben gewesen, nicht für Medizin. Selbst wenn er einen Abschluss gemacht hätte – als Jurist hätte er immerhin niemanden umbringen können.

»Rede nicht so abschätzig über deinen Bruder!«, tadelte ihre Mutter. Die Hards hatten Georges frühzeitigen Studienabbruch gleichmütig hingenommen. Man erwartete von einem jungen Mann seines Standes zwar ein paar Semester an einer Universität, doch nach einem Abschluss fragte niemand. »Wie du vielleicht weißt, ist es durchaus Brauch, junge Adlige zur Vervollständigung ihrer Bildung auf eine Weltreise zu schicken. Die sogenannte Grand Tour. Sicher hast du davon schon einmal gehört.«

Donna horchte auf. Die Grand Tour dauerte mindestens ein Jahr, oft sogar länger, und umfasste die interessantesten Länder Europas – Frankreich, Italien, Spanien. Bis vor Kurzem hatte sie bis nach Neuseeland geführt, wo das Naturwunder der Pink and White Terraces zu besichtigen gewesen war. Die Felsformationen waren allerdings vor einem Jahr bei einem Vulkanausbruch überschwemmt worden und standen seitdem nicht mehr auf der Liste. Dafür gab es Reisende, die in die USA fuhren – die Niagara-Fälle galten unter anderem als lohnendes Ziel. Vielleicht konnten sie ja Ailis in Boston besuchen …

»Ihr wollt George und mich auf eine Weltreise schicken? Allein?«, fragte Donna verblüfft. »Warum?« Sie wusste, dass es in der englischen Oberschicht üblich war, junge Leute mit einem passenden Tutor auf eine solche Reise zu schicken. Im eher bodenständigen schottischen Adel hatte sich das jedoch nicht durchgesetzt.

»Nicht allein, natürlich nicht«, erklärte ihre Mutter. »Eure

Großeltern werden euch begleiten. Sie sind ja beide noch sehr rüstig, und vor allem euer Großvater freut sich auf neue Eindrücke. Außerdem wird Haily mitreisen.«

»Ach, daher weht der Wind!« Donella verstand. Mit ihr und ihrer Zukunft hatte das ganze Projekt nicht das Geringste zu tun, es ging ausschließlich um George und Haily. »Grandma, Grandpa und ich sollen also die Anstandswauwaus für George und Haily spielen?«, fragte sie provokant. »Und im richtigen Moment weggucken, sollten die zwei sich doch noch programmgemäß näherkommen?«

»Donella, wie drückst du dich aus!«, tadelte sie ihre Mutter. »Selbstverständlich wären wir nicht böse, wenn sich etwas ergäbe zwischen George und Haily. Aber das heißt doch nicht ...«

»Habt ihr es den beiden denn schon schmackhaft gemacht?« Donna schwankte zwischen Ärger und Erheiterung, verbiss sich aber jede weitere Provokation.

»Dein Bruder und deine Cousine sind äußerst dankbar für die Gelegenheit, die Welt kennenzulernen«, sagte Lady Winifred. »Auf dich scheint das ja nicht zuzutreffen ...«

Donna konnte sich nicht vorstellen, dass Haily ihren Eltern für irgendetwas dankbar war. Schließlich hatte sie immer fraglos bekommen, was sie wollte. Und George? Der hatte zweifellos begeistert reagiert. Abenteuer hatten ihn schon immer gelockt. Donna musste zugeben, dass es ihr selbst nicht anders ging. Sie war gespannt auf die Naturwunder der Welt – und noch mehr auf die technischen Errungenschaften, die sie sehen würde, wenn sie die Metropolen der Welt bereiste. London war in mancherlei Hinsicht beeindruckend gewesen. Die ersten Automobile, die Annehmlichkeiten eines Haushalts mit fließendem Wasser, die Kanalisation, die riesigen Schiffe auf der Themse ... Was mochten erst Paris, Madrid, Rom oder New York zu bieten haben?

Sie gab sich einen Ruck. »Ich bin auch dankbar«, behauptete sie. »Es kam nur ... ein bisschen überraschend. Aber ich freue mich sehr auf die Reise. Ich würde sie mir unter keinen Umständen entgehen lassen.«

Es sei denn, es fände sich doch noch ein College, das sie aufnehmen würde. Aber diesen Gedankengang äußerte sie ihrer Mutter gegenüber besser nicht laut.

Haily und George waren beide hellauf begeistert von der Aussicht auf die Reise. Besonders Haily erhoffte sich von den Ländern außerhalb Schottlands und Englands Möglichkeiten, ihren Karrierezielen näher zu kommen. Sie hatte allerdings keineswegs die Absicht, die Reise ohne ihre Gesellschafterin und Kammerzofe Emily anzutreten. Wer sollte sie schließlich frisieren, ihr beim Ankleiden helfen und überhaupt rund um die Uhr für sie da sein?

Bei Emily trafen die Pläne auf wenig Gegenliebe. Ihre Mutter Anna warf ihr Undankbarkeit vor, doch Emily war gerade vierzehn geworden und bereit, die Welt infrage zu stellen, in die sie hineingeboren war. Sie hatte immer gewusst, dass sie viel im Kopf hatte – weit mehr als Haily –, aber bisher hatte sie es als gottgegeben hingenommen, dass sie trotz allem eine Dienerin blieb. Jetzt wollte sie das nicht mehr, zumindest nicht, wenn das bedeutete, weiter die unbezahlte Zofe von Haily Hard zu spielen. Emily war entschlossen zu studieren – und da es mit einem Stipendium nicht zu funktionieren schien, wollte sie sich das Geld eben verdienen. Das hieß, sie musste irgendwo in Stellung gehen oder sich als Arbeiterin in einer der neuen Fabriken verdingen, was eventuell sogar besser bezahlt war. Auf jeden Fall wollte sie jetzt damit anfangen und nicht erst ein oder mehr Jahre mit Haily durch die Welt ziehen. Hinzu kam, dass sie Haily und ihre Launen seit Langem gründlich satthatte.

Ihre Mutter ließ das allerdings nicht gelten. »Emily, jede Herrschaft ist mal launisch und ungerecht. Jeder Mensch ist es …«

Emily seufzte und dachte an eine ihrer Grundfragen, die sie während ihrer Schulzeit in St Leonards beantworten wollte.

Warum verhielten sich Menschen so oft boshaft und unlogisch? Während Tiere eine klarere Linie zu verfolgen schienen … Das Internat war in dieser Hinsicht jedoch eine Enttäuschung gewesen. Sie hatte immer noch keine Ahnung, wie es zu all den Stimmungsschwankungen und Grausamkeiten bei den Menschen kam …

»Eltern sind nicht immer gerecht gegen ihre Kinder, Kinder nicht gegen ihre Geschwister, das muss man aushalten, Emily. Und du verdankst den Hards so viel. Mylady hat heute noch einmal mit mir darüber gesprochen …« Während sie auf ihre Tochter einredete, unterzog Anna sie einer unauffälligen optischen Prüfung. Lady Mairead hatte um eine Unterredung mit Emily gebeten, nein, sie hatte sie für den Nachmittag zu sich zitiert. Anna bat Emily, sich sorgfältig dafür zu kleiden und keine Widerworte zu geben. »Denk immer daran, dass du den Hards etwas schuldig bist!«, wiederholte sie eindringlich.

»Und das soll ich nun mein Leben lang abbezahlen?« Emily schüttelte heftig den Kopf. »Ich habe weiß Gott genug ausgehalten mit dieser *wunderbaren* Haily. Ohne mich hätte sie St Leonards nie geschafft. Ohne Ailis' Hilfe hätte sie nicht mal das bisschen Musiktheorie begriffen, das sie brauchte …«

»Von lebenslang kann keine Rede sein«, erklärte Anna. »Wir reden von einem, maximal zwei Jahren, in denen du nicht etwa irgendwo eingeschlossen bist, sondern die Welt sehen wirst. Das ist durchaus erstrebenswert. Du bist und bleibst undankbar, Emily. Egal, womit du dich entschuldigst.«

Emily fügte sich widerwillig. Im Grunde blieb ihr sowieso nichts anderes übrig, solange sie nicht volljährig war. Ohne die Erlaubnis ihrer Eltern würde sie eh niemand einstellen.

Wie immer gefolgt von Gooby, die vor der Kate gegrast und auf Emily gewartet hatte, machte sie sich schließlich auf den Weg ins Herrenhaus. Das Gras davor war üppig. Gooby, die wusste, dass sie hier nie mit hineindurfte, machte sich sofort darüber her.

Haily kehrte zurück von der Gesangstunde – sie hatte ihren Eltern zumindest abgetrotzt, ihr Musikstudium fortsetzen zu dürfen. Sie stieg vor dem Herrenhaus aus der Kutsche und beschloss, durch den Kücheneingang einzutreten. Sie war hungrig, und in der Küche konnte sie sicher schnell etwas abstauben.

Vor dem Hintereingang sah sie Gooby – und ärgerte sich gleich wieder über Emily, die ihr großherziges Angebot, sie mit auf die Weltreise zu nehmen, nicht zu schätzen wusste. Überhaupt war sie ihr gegenüber in der letzten Zeit fast frech geworden und hatte sich in London sogar einmal bei ihrer Mutter darüber beschwert, dass Haily sie geohrfeigt hatte. Dabei war ihr da wirklich nur kurz die Hand ausgerutscht … Und wenn sie Emily manchmal neckte und piesackte, nun, das passierte ja sogar unter Geschwistern – George ließ keine Gelegenheit aus, Donella zu ärgern. Haily fand das inzwischen durchaus unterhaltsam. Vielleicht hätten George und sie unter anderen Umständen gar nicht so schlecht zusammengepasst. Aber Haily hatte nun mal andere Pläne. Das Leben an der Seite eines Country-Gentleman war ihr zu langweilig. Und George würde verlangen, dass sie sich ihm unterordnete, was sie unter keinen Umständen vorhatte!

Gooby hatte sie inzwischen gesehen und zischte – die Gans mochte sie nicht. Und in diesem Moment sah Haily die Jagdhunde ihres Vaters im Zwinger beim Pferdestall. Die beiden prächtigen Bracken waren gerade dabei, die Tür aufzustoßen. Ihr Pfleger war nicht der hellste und obendrein unaufmerksam, er ließ den Zwinger öfter offen. Nun machte das nichts aus, der Stallbereich war eingezäunt. Die Hunde konnten allenfalls ein paar Pferde erschrecken. Aber wenn Haily nun ganz zufällig und ohne sich etwas dabei zu denken, das Weidetor öffnete? Sie konnte sagen, sie habe noch einmal nach ihrem Pferd sehen wollen, als sie vom Unterricht zurückkam. Die Stute hatte in den letzten Tagen etwas gelahmt. Ihre Mutter würde ihr sicher glauben, dass sie sich Sorgen gemacht hatte …

Haily öffnete das Koppeltor und trat durch den Kücheneingang ins Haupthaus, als wäre nie etwas geschehen. Sie war längst wieder in ihrem Zimmer, als Emilys Schrei ertönte …

Als Ailis im vierten Monat schwanger war und die morgendliche Übelkeit zwar überstanden hatte, die Nächte aber weiterhin schlaflos verbrachte und entsprechend gequält aussah, gingen die Vorbereitungen für die Eröffnung des Theaters ihrem Ende entgegen.

Cuthbert hatte für seine Eröffnungsshow Ende September 1887 illustre Varietékünstler angeworben und probte außerdem mit einer jungen Frau, die ihn beim Vorsprechen für sein Ensemble begeistert hatte. Sie sollte als Sängerin und Schauspielerin am Theater arbeiten und sich jetzt schon vorstellen, indem sie bei der Eröffnung ein paar Chansons sang. »Felice Roberts ist eine Entdeckung!«, verkündete er der nicht ganz so begeisterten Ailis. »Ein Stimmumfang von drei Oktaven, dazu Ausdruck, Bühnenpräsenz …«

Ailis fragte sich, seit wann ihr Ehemann auch noch Fachmann für Musik und Stimmvolumen geworden war. Natürlich spielte er die Laute und auch ein bisschen Klavier, aber ein Konservatorium hatte er nie besucht. Ailis wusste mehr über Musiktheorie als er – sie hatte Haily oft dabei geholfen, Begriffe wie Kontrapunkt und andere mehr zu verstehen. Ihr selbst fiel das leicht, die Harmonielehre beruhte auf mathematischen Regeln. Für Gesang oder das Spielen eines Instruments hatte sie sich jedoch nie interessiert. Cuthbert dagegen hatte zweifellos künstlerisches Talent, und es gelang ihm immer mehr, sie trotz aller Skepsis davon zu überzeugen, dass es allein darauf ankäme. Partituren zu analysieren und Fotografien zu entwickeln, das könne letztlich jeder, doch ein bewegendes Lied zu schreiben oder Menschen auf Fotos lebendig machen, sei dem Künstler vorbehalten – in der Regel dem männlichen.

»Frauen wirken hier eher kongenial«, dozierte Cuthbert gern. »Wie etwa Felice, indem sie die Musik interpretiert …«

Früher hätte Ailis sich über eine solche Äußerung empört – und selbst heute noch hegte sie Zweifel. Und hätte die sagenhafte Felice gern kennengelernt! Da sie nicht allzu beschäftigt war, reifte die Idee in ihr, einfach mal einer Übungsstunde von Cuthbert mit Felice beizuwohnen, was er allerdings kategorisch ablehnte. Felice, so meinte er, sei äußerst perfektionistisch und würde sich von einer Zuhörerin eher gestört fühlen.

»Zumal von einer wenig wohlwollenden«, fügte er hinzu. »Denn du suchst doch nur wieder das Haar in der Suppe …«

Ein paar Tage später war Ailis auf dem Weg von der Universitätsbibliothek zurück in die Stadt. In allerbester Laune, denn ein paar von Pickerings neuesten Bestellungen waren eben eingetroffen, und sie hatte den Bibliothekar praktisch beim Auspacken und Katalogisieren der Bücher erwischt. Natürlich hatte sie die Bände gleich ausgeliehen, brandneu wie sie waren. Und nun würde sie die Erste in Boston sein, die über die neuesten Entwicklungen in der Erforschung von Sternennebeln Bescheid wusste! Das Hochgefühl, das in ihr aufwallte, ließ sie Mut fassen und fast ein bisschen leichtsinnig werden. Sollte sich Miss Roberts doch gestört fühlen, wenn plötzlich eine Zuhörerin in ihre Probe mit Cuthbert platzte! In nächster Zukunft würde sie vor über tausend Leuten auf der Bühne singen. Allzu viel Schüchternheit konnte sie sich da nicht erlauben.

Zielsicher steuerte Ailis das Theater an. Im Foyer bestückte eben eine Mitarbeiterin die Kerzenleuchter. Ailis grüßte freundlich; sie selbst hatte Doris als Platzanweiserin eingestellt und war sehr zufrieden damit, dass sie sich jetzt schon nützlich machte, auch wenn es noch keine Aufführungen gab.

»Wo finde ich denn wohl meinen Mann und Miss Roberts?«, erkundigte sich Ailis und wunderte sich, dass die junge Frau errötete.

»Im ... im Probenraum fünf, glaube ich«, antwortete Doris, inzwischen puterrot.

Ailis schüttelte innerlich den Kopf. Bei ihrem Einstellungsgespräch war ihr die junge Frau gar nicht so schüchtern vorgekommen – und sie hatte sie schließlich bei keinem Vergehen ertappt. Um Doris zu beruhigen, sprach sie noch ein Lob für die Farbwahl bei den Kerzen aus und begab sich dann in den ersten Stock, wo die Proberäume lagen. Zu ihrer Verwunderung klang keine Musik aus Raum fünf. Gab es darin überhaupt ein Klavier? Ailis spürte ein erstes Misstrauen, als sie die Tür öffnete – und Doris' Erröten sofort einordnen konnte. Wahrscheinlich hatte jede und jeder im Theater gewusst, was zwischen Cuthbert und Felice Roberts vorging. Nur sie nicht, die Ehefrau.

Der Anblick, der sich ihr bot, war jedenfalls eindeutig. Felice lag auf einer Chaiselongue, die hier wohl stand, um andere Szenen zu proben. Die junge Frau war weitgehend entkleidet, und Cuthbert beugte sich eben über sie. Mit nacktem Unterkörper. Niemand probte so für ein Theaterstück.

»Ein Stimmumfang über drei Oktaven, ja?«, fragte Ailis. Es war das Erste, was ihr einfiel. »Sie stöhnt auch sicher sehr melodisch.«

Cuthbert und erst recht die junge Frau unter ihm starrten sie zunächst sprachlos an. Felice Roberts war sehr schön und ganz der Typ, den Cuthbert bevorzugte: blond, blauäugig und zart.

Cushbert fasste sich erstaunlich schnell. Noch während er sich aufrichtete, fuhr er seine Frau an: »Was machst du denn hier? Wolltest du mich etwa kontrollieren?«

Ailis' Augen blitzten. »Vielleicht hätte ich das schon viel früher tun sollen.«

»Als ob ich nicht wüsste, dass du mir misstraust!«, warf er ihr vor, wobei er versuchte, seine Hose möglichst unauffällig wieder überzuziehen.

»Da irrst du dich, bislang habe ich das nicht getan«, stellte Ailis richtig. »Ich hielt dich … na ja, vielleicht für einen Glücksritter und Hallodri, aber doch für einen Ehrenmann. Es gab ein klares Abkommen zwischen dir und meiner Familie. Es wurde als meine Pflicht angesehen, dich zu heiraten – und deine Pflicht war es, mich in Ehren zu halten und nicht zu entwürdigen. Aber nun muss ich feststellen, dass du mich vor dem ganzen Theater betrügst. Wahrscheinlich weiß es auch die halbe Stadt, und vielleicht ist diese hochtalentierte junge Dame nicht einmal die erste. Cuthbert, so geht das nicht! Ich habe alles für dich aufgegeben, ich finanziere all deine Capricen …«

»Du finanzierst mich?« Cuthbert lachte. »Wach auf, Ailis, ich habe das Geld deines Vaters erhalten, nicht wir und erst recht nicht du! Und was deine Duldsamkeit gegenüber meinen Capricen angeht … Nun, denkst du einmal daran, wie es mir dabei geht, dass du nichts anderes zu tun hast, als mich zu kritisieren, egal, was ich mache? Dass du unter mir liegst wie ein kalter toter Fisch, wenn ich dich nehmen will, und dass dir nie ein gutes Wort für mich entschlüpft.«

»Das ist nicht wahr!«, wehrte sich Ailis. Schließlich hatte sie immer versucht, ihrem Ehemann ihre Wertschätzung zu zeigen, wenn es denn etwas wertzuschätzen gab.

»Du bemühst dich überall, meine Autorität zu untergraben!«, behauptete Cuthbert. »Du versuchst, dich aufzudrängen wie bei Whipple und Pickering. Und jetzt hier. Meine Personalentscheidungen passen dir nicht …«

Ailis verzog das Gesicht. »Ich muss zugeben, dass mir Miss Roberts als Erste *Naive* nicht die beste Wahl zu sein scheint. Sie wird wohl schon Erfahrungen diverser Art gesammelt haben.«

»Mir reicht es jetzt, Ailis!«, schrie Cuthbert. Mit hochgezogener Hose stand er vor ihr und schien förmlich zu explodieren. »Ich habe dir meinen Namen gegeben, und ich habe mein Bestes getan, um mit dir … hm … warm zu werden. Aber jetzt, in meinem Theater, will ich dich nicht mehr sehen! Zumindest nicht hinter den Kulissen. Wenn du anschauen willst, was ich hier auf die Beine stelle, dann kauf dir gefälligst eine Karte!«

Es war ihm inzwischen gelungen, seine Hose wieder anzuziehen, und er stand zwischen Ailis und Felice. Ailis zeigte keinerlei Reaktion. Die Verblüffung lähmte sie, sie konnte nicht einen klaren Gedanken fassen. Warf er sie wirklich hinaus? Aus dem Haus, das von ihrem Geld gekauft worden war? Als sie immer noch keine Anstalten machte zu gehen, schob Cuthbert sie entschlossen Richtung Tür.

»Geh jetzt bitte, Miss Roberts möchte sich anziehen!«, sagte er fest.

Und Ailis ging. Wie in Trance betrat sie wenig später ihre Wohnung. Sie würde noch einmal mit ihm reden müssen. Sie erwartete immerhin sein Kind … Aber vorerst war sie zu müde, fühlte sich, als hätte er sie geschlagen. Nicht einmal die neuen Bücher konnten sie trösten, doch weinen konnte sie auch nicht. Sie warf sich auf ihr Bett und lag einfach still da, versuchte, zur Ruhe zu kommen und ihre Gedanken abzustellen. Es gelang ihr nicht. Sie war gedemütigt worden, um ihre Mitgift gebracht, und Cuthbert gab ihr obendrein die Schuld an all seinen bisherigen Misserfolgen. In Boston hatte sie keine Freunde und keine Familie. Sie dachte kurz daran, Donella zu schreiben, brachte aber auch dafür keine Kraft auf. Endlich schlief sie ein – traumlos und wie ein Stein. Als sie am nächsten Morgen mit dröhnendem Kopf und wehem Herzen erwachte, waren Cuthberts private Besitztümer fast alle verschwunden. Er hatte es ernst gemeint: Für sein Theater und seine Geliebte hatte er seine Frau und sein ungeborenes Kind verlassen.

Ailis konnte kaum glauben, dass Cuthbert tatsächlich heimlich ausgezogen war, ohne noch einmal das Gespräch mit ihr zu suchen. Gut, er wollte sie nicht mehr in seinem Leben haben und er betrachtete ihre Mitgift als seinen alleinigen Besitz, sozusagen als Vergütung dafür, sie bisher ertragen zu haben. Doch von irgendetwas musste sie leben. Die Miete für die Wohnung wurde monatlich bezahlt, wie sollte sie das schaffen, falls Cuthbert den Betrag nicht beglich? In ihrer Geldbörse befanden sich nur noch wenige Dollar ... Ailis überlegte, ob das amerikanische Gesetz so etwas wie Unterhaltszahlungen für verlassene Ehefrauen und Kinder vorsah, konnte sich das aber nicht vorstellen. Außerdem war Cuthbert nach der Renovierung des Theaters hoch verschuldet. Er konnte sich darauf herausreden, das Geld einfach nicht zu haben. Ailis scheute zudem davor zurück, sich einer Behörde, der Polizei oder einem Anwalt gegenüber als verlassene Frau zu offenbaren. Die Hards hatten ihre Schlachten immer selbst geschlagen! Sie beschloss, erst einmal zu versuchen, sich auf eigene Füße zu stellen. Sie musste eine Arbeit finden und begann mit der Suche dort, wo man ihr schon einmal eine angeboten hatte. Es war ein sonniger Herbsttag, als sie sich ein Herz fasste. Sie zog sich sorgfältig an und machte sich auf den Weg zu Whipple and Black.

Tatsächlich war Mr. Whipple sofort für sie zu sprechen. Er begrüßte sie freundlich, half ihr aus dem Mantel und bat sie, sich zu setzen. Das Gespräch verlief jedoch enttäuschend.

»Ich würde Ihnen gern helfen, Mrs. Hay, aber wir haben bereits wieder einen Praktikanten, mit dem wir sehr zufrieden sind und der die Bearbeitung der Platten klaglos und äußerst gewissenhaft übernimmt. Zudem, ich möchte Ihnen nicht zu nahe treten, doch ich meine zu erkennen, dass Sie gesegneten Leibes sind. Wollen Sie in Ihrem Zustand wirklich mit Zyankali und anderen giftigen Chemikalien hantieren? Es gibt noch keine wissenschaftlichen Beweise dafür, doch gerade dann, wenn jemand viele Jahre lang Daguerreotypien entwickelt hat, stellen sich oft Erkrankungen ein, die bis zum Tode führen können. Ich glaube nicht, dass eine Mutter sich und ihr Kind diesen Risiken aussetzen sollte.«

Ailis biss sich auf die Lippen. Er hatte ja recht. Sie hatte Cuthbert schließlich selbst schon auf die mögliche Wirkung der Chemikalien hingewiesen – und damit den Hauskauf initiiert, was zu ihrem aktuellen Dilemma geführt hatte. Also äußerte sie ihr Verständnis, bedankte sich und ging zurück auf die Straße, um sich als Nächstes eine Zeitung zu kaufen und die Stellenanzeigen durchzusehen.

Tatsächlich fand sie einiges, was sie sich zugetraut hätte. Verkäuferin für Damenoberbekleidung in einem Kaufhaus, Hilfskraft in einem Feinkostgeschäft, Gouvernante für ein dreizehnjähriges Mädchen, dazu verschiedene Putzstellen, bei denen sie es zuletzt versuchen wollte.

Die Arbeit als Lehrerin sagte ihr am ehesten zu, doch schon die Hausdame in dem eleganten Stadthaus, in dem sie vorsprach, warf einen einzigen Blick auf ihr müdes Gesicht und den taillierten Mantel, unter dem sich der Bauch zu wölben begann. Dann schüttelte sie den Kopf.

»Sie sind schwanger!«, drückte sie sich weitaus klarer aus als Mr. Whipple. »Denken Sie wirklich, Sie seien damit ein Vorbild für unsere kleine Lady?«

»Ich bewerbe mich nicht als Vorbild, sondern als Gouvernante«, meinte Ailis. »Und ich bin verheiratet. Insofern gibt es nichts Verwerfliches an meinem Zustand.«

Die Hausdame, eine magere Frau in mittlerem Alter, deren Monokel ihr einen strengen Ausdruck verlieh, produzierte eine

Art Schnauben. »Und wo ist der Ehemann? Die Herrschaft erwartet, dass die Hauslehrerin der kleinen Lady im Hause wohnt. Will Ihr Gatte etwa mit einziehen? Nein, tut mir leid, aber hier erübrigt sich jede weitere Diskussion. Für uns kommen Sie nicht infrage.«

Ailis spürte, wie ein inneres Zittern sie erfasste, als die Tür sich vor ihr schloss. Sie trat zurück auf die Straße und zog, trotz der wärmenden Sonnenstrahlen, ihren Mantel enger um sich. Dann suchte sie nach dem Warenhaus, in dem man eine Verkäuferin für Damenoberbekleidung suchte. Ihr Verhandlungspartner war diesmal ein Mann, der Abteilungsleiter, und Ailis machte bei ihm nicht den schlechtesten Eindruck. Erst als er sie ihren künftigen Kolleginnen vorstellte, blickte sie in Gesichter mit gekrausten Stirnen.

»Das kann nicht Ihr Ernst sein, Mr. Baker«, wandte sich eine beherzte ältere Frau an den Abteilungsleiter. »Wie lange soll die denn hier arbeiten, bevor sie niederkommt? Im wievielten Monat bist du denn?« Sie duzte Ailis ungeniert. »Für kurze Zeit könnte die Kundschaft noch darüber hinwegsehen, aber in ein paar Wochen würde das peinlich …«

Der Geschäftsführer sah sich Ailis zum ersten Mal näher an. »Stimmt das, Mrs. Hay? Sie sind … äh … guter Hoffnung? Das hätten Sie mir sagen müssen. Wenn Sie uns nur ein paar Wochen zur Verfügung stehen, hilft uns das nicht weiter. Sobald Sie sich eingearbeitet hätten, müssten wir Sie wieder freisetzen.«

Ailis begriff, dass es auch mit dieser Stellung nichts werden würde, und im Feinkostgeschäft erging es ihr nicht besser. Hier kam noch hinzu, dass ihr der Geruch nach Schinken und Gewürzen, der in den Räumen herrschte, Brechreiz verursachte. Und natürlich erkannte die Chefin auch gleich die Ursache ihres sich rundenden Leibes. Eine schwangere Frau wollte sie auf keinen Fall einstellen.

»Die Arbeit wäre viel zu schwer«, erklärte sie, nicht einmal unfreundlich. »Wir erwarten, dass Sie die Regale auffüllen, Kisten schleppen, auf Leitern steigen. Das können Sie sich in Ihrem Zustand nicht zumuten. Tut mir leid, Mrs. Hay.«

Ailis war jetzt schon müde und durchgefroren, trotzdem schleppte sie sich weiter, um sich nach den Stellen als Putzkraft und Haushaltshilfe zu erkundigen. Die Gespräche verliefen jedoch nicht anders als die ersten, und Ailis musste sich eingestehen, dass auch sie selbst keine schwangere Frau eingestellt hätte, wenn diese sich um eine Stelle als Kassiererin oder Platzanweiserin im Theater beworben hätte. Es war unschicklich, sich in einem noch so gottgesegneten Zustand in der Öffentlichkeit zu zeigen, besonders, wenn die Schwangerschaft weit fortgeschritten war. Noch konnte man sie recht gut kaschieren, gerade weil sie von Natur groß und schlank war. Aber in wenigen Wochen wäre ihr Zustand nicht mehr zu übersehen. Ailis überlegte, ob sie vielleicht in irgendwelchen Kontoren nach Arbeit fragen sollte. Als Sekretärin oder Buchhalterin stellte man selten Frauen ein, obwohl viele Ehefrauen von Unternehmern ihren Männern die Bücher führten, was gesellschaftlich durchaus anerkannt war. Sie beschloss, diesen Plan am nächsten Tag zu verfolgen. Für heute war sie zu durchgefroren und erschöpft. Siedendheiß fiel ihr ein, dass sie am Morgen den Herd nicht gefüttert hatte. Mit hoher Wahrscheinlichkeit würde die Glut erloschen sein, und sie konnte sich nicht einmal wärmen oder einen Tee aufsetzen.

Ailis war den Tränen nahe und wandte sich wie selbstverständlich in die Richtung des einzigen ihr bekannten Ortes, in dem sie sich sicher und glücklich fühlte – und der zudem gut geheizt war. Nach einer halben Stunde erreichte sie, nass und völlig am Ende, die Bibliothek des Observatoriums. Sie würde sich hier aufwärmen, vielleicht bei der Lektüre eines Buches über Sonnenflecken, das sie neulich entdeckt hatte, und dann darüber nachdenken, wie es weitergehen sollte. Inzwischen wurde sie auch hungrig, doch sie hoffte, dass die Sterne sie das alles vergessen lassen würden. Mit einem freundlichen Gruß ging sie an dem jungen Bibliothekar vorbei, der sie inzwischen kannte und es nicht mehr befremdlich fand, dass eine Hausfrau sich für Astronomie interessierte, suchte nach dem Buch und setzte sich auf einen der Leseplätze. Sie genoss die Ruhe und die Wärme – und konnte sich trotzdem nicht konzentrieren. Der Tag hatte ihr weitere Hoffnungen geraubt. Die Sterne standen anscheinend schlecht für Ailis Hay.

Sie senkte den Kopf über ihr Buch, als Professor Pickering eintrat, und hoffte, dass er sie übersah. Zwar wechselte sie sonst gern ein paar Worte mit ihm, aber heute hatte sie das Gefühl, dass jedes weitere Gespräch sie überfordern würde.

Der Professor schien jedoch in Plauderlaune. »Guten Abend, Mrs. Hay!«, grüßte er freundlich. »Was machen Sie denn hier um diese Zeit? Um halb sieben am Abend sollten Sie doch eigentlich bei Ihrem Mann sein.« Er lächelte. »Wartet er nicht auf sein Abendessen?«

Ailis wollte den Gruß gelassen zurückgeben, doch als sie in sein offenes breites Gesicht blickte, das allem gespielten Tadel zum Trotz Wohlwollen ausstrahlte, verlor sie die Fassung. Ailis brach in Tränen aus.

Professor Pickering blickte sie verwirrt an. Tränenausbrüche bei seinen Studenten war er nicht gewohnt. Schließlich reichte er ihr hilflos ein Taschentuch.

»Aber, Mrs. Hay, nun weinen Sie doch nicht so«, sagte er unsicher. »Was ist denn geschehen? So schlimm kann es gar nicht sein …«

Ailis versuchte, sich zu beruhigen. Auf keinen Fall durften ihre Tränen auf das wertvolle Buch fallen.

»Ich … ich … entschuldigen Sie, Herr Professor, es geht gleich wieder, ich … ich muss nur …« Sie schluchzte noch heftiger.

»Soll ich sie hinauswerfen?«, fragte der Bibliothekar.

Der Professor sah ihn strafend an. »Sie sind herzlos, Mr. Frazer«, erklärte er. »Hat man Ihnen nicht beigebracht, einer verzweifelten Frau mit Ritterlichkeit zu begegnen? Kommen Sie,

Mrs.Hay, Sie begleiten mich jetzt in mein Büro, mein Sekretär macht uns einen Tee, und dann erzählen Sie mir, was Sie so aus der Fassung bringt.« Er lächelte aufmunternd. »Sie sehen ja aus, als wäre Ihr Lieblingsstern vom Himmel gefallen.«

Ailis schniefte und blickte unter Tränen zu ihm auf. »Sterne fallen nicht vom Himmel. Und man sollte auch nie jemandem glauben, der behauptet, sie für einen herunterholen zu wollen.«

Pickering lachte. »So gefallen Sie mir schon besser! Und ich glaube, wir nähern uns dem Problem. Liebeskummer?«

Ailis schüttelte den Kopf. »Sehr viel schlimmer.« Sie war jetzt bereit, aufzustehen und dem Professor zu folgen. In ihrem augenblicklichen Zustand war ihr das nicht einmal peinlich. Gut, sie würde sich vor dem Menschen, den sie auf der Welt am meisten bewunderte und respektierte, zum Narren machen. Aber viel tiefer sinken als jetzt konnte sie ohnehin nicht mehr.

Im Büro des Professors fesselten sie sofort die vielen Daguerreotypien und Fotografien, mit denen er seine Wände geschmückt hatte. Sie zeigte auf ein Bild des Orionnebels.

»Das habe ich entwickelt«, sagte sie, fast mit ein bisschen Stolz.

Pickering nickte und gab im Nebenzimmer ein paar Anweisungen. Sehr schnell erschien ein junger Mann und stellte eine Kanne Tee, Tassen und Teller und eine Schale Kekse auf den Schreibtisch. Pickering ließ sich auf seinem Schreibtischstuhl nieder und bat Ailis, auf der anderen Seite Platz zu nehmen.

»Ich habe davon gehört«, kam er auf den Orionnebel zu sprechen. »Auch davon, dass Sie es leider mir zu verdanken haben, Ihre Stellung verloren zu haben. Sie waren allerdings auch nicht ganz ehrlich zu mir.«

Ailis errötete. »Ich wollte doch so gern einen Bibliotheksausweis haben«, erklärte sie. »Und ... und ich habe ja wirklich für Mr.Whipple gearbeitet. Ich war nur ... ich war nicht angestellt.«

»Ich weiß«, meinte Pickering. »Sie haben die Arbeit Ihres ziemlich impertinenten Gatten übernommen. Nein, nein, verteidigen Sie ihn nicht, er war ein paarmal hier, Mr. Whipple wollte, dass er mit Mr. Draper arbeitet, um einen Einblick in die Astrofotografie zu gewinnen.«

Ailis staunte. Das hatte Cuthbert ihr nie erzählt.

»Wir waren allerdings nicht zufrieden mit ihm – ein notorischer Besserwisser, der sich für jede Hilfsarbeit zu fein war. Jetzt versucht er sich ja als Theaterintendant, nicht wahr? Hat sich da keine Betätigung für Sie gefunden?«

Ailis kamen schon wieder die Tränen. Doch es gelang ihr, sich zu beherrschen, und sie erzählte die Geschichte ihrer Zwangsverheiratung und ihrer vergeblichen Suche nach Arbeit. »Ich weiß nicht, was ich sonst tun soll. Und jetzt, jetzt stehe ich wieder vor dem Nichts.«

Pickering überlegte. »Vielleicht«, sagte er schließlich, »vielleicht hätte ich da was für Sie. Wahrscheinlich sind Sie dafür überqualifiziert, aber wenn Sie Interesse hätten?«

Bevor Ailis reagieren konnte, sprach er weiter. »Sehen Sie, ich habe ein großes Haus – zur Verfügung gestellt von der Universität, für meine Frau und mich aber viel zu ausladend. Als Angestellte haben wir nur einen Hausdiener und seine Frau als Aushilfe. Ein unangenehmes Geschöpf – geschwätzig und frech und ohne Umgangsformen –, doch meine Frau wurde mit ihr fertig. Unter Lizzies Aufsicht arbeitete sie gut. Nur ist meine Frau leider seit ein paar Wochen in Ohio. Eine Familienangelegenheit. Sie kümmert sich um eine ältere Verwandte. Jedenfalls kann das noch Monate dauern, und so lange bin ich allein mit den Barcleys, die mir gründlich auf der Nase herumtanzen, sie sind ja den ganzen Tag allein und erledigen den Haushalt nur unzureichend. Ich könnte also eine fähige Haushälterin brauchen. Die Arbeit im Haushalt ist Ihnen doch vertraut?«

Ailis schluckte. Sie hatte Putzen, Waschen und Kochen erst lernen müssen, als sie mit Cuthbert nach Boston zog. Der hatte sich allerdings nie beschwert.

»Ich habe meinem Mann den Haushalt geführt«, sagte sie ehrlich. »Darüber hinaus habe ich keine praktischen Qualifikationen. Und ich …« Sie hielt kurz inne, sah dann jedoch ein, dass sie dem freundlichen Professor nicht vorenthalten konnte, was die anderen Arbeitgeber auf den ersten Blick erkannt hatten. »… ich bin schwanger.« Sie sah zu Boden.

Pickering hob die Schultern. »Nun, was das angeht, habe ich keine besonderen Qualifikationen, aber Boston hat ein ausgezeichnetes Krankenhaus, da können Sie sicher entbinden. Und bis dahin und danach – die Dienstbotenräume in meinem Haus stehen leer. Sie befinden sich unter dem Dach. Ich glaube nicht, dass ich viel davon mitbekommen werde, wenn das Baby schreit. Und tagsüber bin ich sowieso meist hier …«

Ailis wusste nicht, was sie zu so viel Großzügigkeit sagen sollte. Sie verstand zum ersten Mal, warum Menschen ihrem Dienstherrn aus Dank die Hände küssten.

»Ich werde mein Bestes tun«, flüsterte sie. »Ich werde Sie nicht enttäuschen.«

Professor Pickerings Villa lag in der Nähe der Universität. Ohne ein Mindestmaß an Personal war das riesige Haus nicht zu führen, und so betrachtete Ailis ihre Arbeit eher aus der Sicht der Hausdame oder der Haushaltsvorsteherin denn aus der einer Hausfrau, die für alles allein zuständig ist. Sie stellte schnell fest, dass der Haushalt bislang eher schlampig geführt wurde. Anscheinend hatte seit Längerem niemand mehr Staub geputzt, geschweige denn das Silber poliert. Der Hausdiener schien die Kamine zu heizen, doch diese selten oder nie zu reinigen. Wahrscheinlich qualmten und rußten sie. Was die Reinigung der Böden anging, so war nur das Nötigste getan worden. Das Personal ging ganz klar davon aus, dass der Hausherr weder einen Blick für einen funktionierenden Haushalt hatte, noch Zeit und Energie aufbrachte, die Arbeit zu kontrollieren. Ailis tat also, was ihre Mutter sie gelehrt hatte, und stellte das Haushälterehepaar gleich am ersten Tag zur Rede. Es fiel ihr nicht so leicht, in der kurzen Zeit ihrer Ehe hatte sie gelernt, Auseinandersetzungen zu scheuen. Schließlich hatte Cuthbert den Spieß gleich umgedreht, wenn sie ihn mit irgendeinem Problem konfrontierte. Die Frau des Hausdieners, tatsächlich genau so eine Xanthippe, wie Pickering sie geschildert hatte, versuchte das ebenfalls. Sie reagierte mit Protestgeschrei und Pöbeleien, war nicht bereit, Ailis als Weisungsberechtigte zu akzeptieren und verlangte, den Professor selbst zu sprechen.

»Die neue Hausdame wollen Sie sein, *Mrs. Hay*? Na, ob da wohl ein Trauschein vorliegt, wenn Sie jetzt arbeiten müssen, mit Ihrem Bankert im Leib? Aber mir Vorschriften machen! Wo ich schon mein ganzes Leben als anständiges Weib ...«

»Sie mögen ein anständiges Weib sein«, unterbrach Ailis ihre Unverschämtheiten, »nur leider keine gute Putzfrau. Ich bitte Sie nur, Ihre Arbeit etwas ernster zu nehmen und gründlicher anzugehen. Schauen Sie doch selbst!« Ailis wies sie auf den Staub auf den Wohnzimmermöbeln hin und den Schimmel in der Küche.

Mrs. Barcley verhielt sich, als hätte Ailis das alles nur angebracht, um sie zu ärgern, und zog fürs Erste beleidigt ab. Ailis überlegte, die nötigen Reinigungsmaßnahmen selbst in Angriff zu nehmen, entschied dann jedoch, mit dem Professor zu reden. Sie verbrachte den restlichen Tag damit, sich mit der Küche und vor allem dem modernen Herd vertraut zu machen, füllte die Vorratskammer auf und begrüßte Pickering am Abend mit einem guten Essen an schön gedecktem Tisch. Der Hausherr war mehr als angetan. Er war nicht allzu guter Laune und schimpfte ein wenig auf seine studentischen Hilfskräfte, doch nach einem Steak mit Beilagen und zwei Gläsern Wein hatte er ein offenes Ohr für Ailis' Anliegen. Sie wies ihn auf die Versäumnisse der Barcleys hin und schlug vor, die beiden zu entlassen.

»Stattdessen würde ich ein Hausmädchen einstellen – ein sehr junges, eines, das zum ersten Mal in Stellung gegeben wird. So eine Dreizehnjährige kostet Sie nicht viel, und ich traue mir ohne Weiteres zu, sie einzuarbeiten. Die Schicklichkeit ist auch gewahrt, schließlich teilt sie die Dienstbotenunterkünfte mit mir. Wenn dann noch ein Dienstmann gebraucht wird, könnten wir jemanden stundenweise einstellen oder einen Handwerker beauftragen. Im Grunde haben Sie hier doch gar nicht genug Arbeit für einen Hausknecht. Mr. Barcley hat sicher nicht mehr getan, als die Kamine und den Herd eher schlecht als recht zu bestücken und Ihnen am Abend vielleicht aufzuwarten.«

Pickering hörte ihr aufmerksam zu, trank dabei noch ein Glas Wein und erkundigte sich, woher sie das alles wusste, wenn sie bislang doch nur ihrem Gatten einen recht kleinen Haushalt geführt hatte.

»Ich habe Ihnen doch gestern schon erzählt, dass ich von Adel bin«, erklärte Ailis, etwas peinlich berührt. Auf keinen Fall sollte der Professor denken, sie maße sich hier Fähigkeiten an, die sie gar nicht besaß. »Einen großen Haushalt mit Dienstboten zu führen habe ich gelernt. Selbst kochen, putzen und waschen musste ich dagegen erst, als ich mit meinem Gatten nach Boston zog.«

Pickering lächelte. »Zumindest fürs Kochen haben Sie Talent«, meinte er anerkennend.

Ailis winkte ab. »Ich habe mir ein Kochbuch gekauft«, gestand sie. »Und einfach alles nachgemacht, was darin steht. Es war nicht sonderlich schwierig … Wer lesen kann, kann auch kochen.«

Er nickte freundlich. »Leichter als Astronomie?«, fragte er.

Ailis verzog das Gesicht. »Den Sternen kommt man nicht nahe genug, um sich zu verbrennen«, erklärte sie dann. »Dem Herd leider schon. Mir persönlich fällt das Studium leichter als das Kochen. Ich bin sehr gern zur Schule gegangen.« Sie berichtete von St Leonards – und ihrem Ausscheiden ein Jahr vor dem Abschluss. »Ich hätte gern studiert«, meinte sie, »aber es sollte eben nicht sein. Kann ich mich dann nach einem Hausmädchen umsehen, Herr Professor? Und übernehmen Sie die Entlassung der Barcleys?«

Ailis wusste nicht recht, ob sie das sicher unerquickliche Gespräch einfach so auf ihn abwälzen konnte. Es wäre eigentlich Aufgabe der Hausdame gewesen, aber Ailis war es heute schon nicht gelungen, den Leuten Respekt einzuflößen. Wenn das morgen wieder so wäre, hätte sie erneut versagt.

Zum Glück kannte Pickering die Aufgabenverteilung in einem Herrenhaus nicht und erklärte sich gleich dazu bereit, mit den Barcleys zu sprechen. Ailis selbst begab sich am nächsten Tag zur Anzeigenannahme des *Boston Herald*, formulierte eine Stellenanzeige und hatte dann die Idee, zusätzlich Aushänge in Pickerings Wohngegend zu machen. In den Häusern rundum gab es sicher überall Dienstboten, und es mochte Ehepaare geben wie Anna und Ben Coxwold, deren Kinder irgendwann in Stellung gegeben werden mussten. Nicht immer gab es Platz für alle Kinder in dem Haushalt, in dem die Eltern dienten – aber es wäre sicher schön für ein junges Mädchen, in der Nähe eine Arbeit zu finden.

Tatsächlich fand sich gleich am Abend ein Mr. Raben bei ihr ein, der ihr seine dreizehnjährige Tochter empfahl.

»Annie ist fleißig und stark. Und gutwillig. Aber etwas schüchtern. Sie hat große Angst davor, weit von uns wegzumüssen. Unsere Herrschaft verfügt jedoch über genügend Dienstmädchen – und die Missus meinte obendrein, sie könne nichts mit einem Mädchen anfangen, das noch an der Rockschürze seiner Mutter hänge. Wenn Sie es mit unserer Annie vielleicht versuchen möchten ...«

Ailis nickte und gab dem Mann die Hand. Er diente als Pferdeknecht in einem Herrenhaus in der Nähe, und seine Frau arbeitete in der Küche. Als Ailis seine Tochter Annie sofort zur Probearbeit einlud, konnte er gar nicht mehr aufhören, sich zu bedanken.

Der Professor war bass erstaunt, als schon am übernächsten Tag ein großes, etwas linkisch wirkendes blondes Mädchen vor ihm knickste und von Ailis freundlich vorgestellt wurde. Was er nicht gleich bemerkte, waren der blitzsaubere Fußboden und die staubfreien Möbel.

Ailis wies ihn allerdings direkt darauf hin. »Annie hat mir schon artig beim Putzen geholfen. Und Kamine anfeuern kann sie auch. Das Holz schafft uns ihr Vater nach Feierabend heran, er arbeitet nur drei Häuser weiter.«

Annie lächelte schüchtern, wodurch ihr etwas grobes Gesicht fast hübsch wirkte. Sie würde zu einer kräftigen Frau heranwachsen, was Ailis bei der Auswahl wichtig gewesen war. Oft genug hatte sie in den Herrenhäusern in Schottland schmächtige Mädchen gesehen, die sich beim Schleppen von Wasser, dem Anfeuern von Kaminen und anderen schweren Arbeiten vergeblich abrackerten. Sie mochte das keinem Kind zumuten, doch Annie schaffte es leicht, und Ailis gedachte außerdem, für kräftigende Mahlzeiten zu sorgen. Sie hatte auch an diesem Abend für ihren

Dienstherren gekocht und erklärte Annie, wie man einen Tisch korrekt deckte.

»Das ging ja schnell«, lobte Pickering.

Ailis lächelte. »Gelernt ist gelernt«, sagte sie. »Und wie war es heute mit Ihren Studenten?«

Der Professor seufzte. »Sie tun sich schwer mit der Auswertung der Fotografien. Wir analysieren das Spektrum der Sterne, um sie letztlich zu klassifizieren. Dazu muss es als mathematische Funktion gesehen werden. Sie beschreibt den Zusammenhang zwischen Licht und Wellenlänge, woraus sich dann eben einiges schließen lässt.«

»Wie etwa Leuchtkraft und Rotationsgeschwindigkeit«, sagte Ailis eifrig. »Ja, das habe ich gelesen. Das klingt sehr interessant.«

»Meine Mitarbeiter empfinden es vor allem als eine elende Rechnerei. Die wollen alle gern neue Sterne entdecken, die dann möglichst nach ihnen benannt werden. Aber bei der Arbeit ist hauptsächlich Geduld gefordert, und die haben sie nicht. Egal, lassen Sie uns über etwas anderes reden. Ich langweile Sie …«

Mit Informationen über die Gestirne hätte Ailis niemand je langweilen können, doch sie fügte sich und leitete zu seichteren Gesprächsthemen über. Vorerst war sie glücklich mit dem, was sie erreicht hatte. Vielleicht ergab sich ja später einmal die Möglichkeit, Professor Pickering zu beweisen, dass mathematische Funktionen keine Unbekannten für sie waren.

Die nächsten Wochen verliefen ruhig. Mithilfe der jungen Annie schuf Ailis Ordnung und Sauberkeit im Haus der Pickerings, und dank einer unkompliziert verlaufenden Schwangerschaft hatte sie nebenher noch genug Zeit für ihr privates Astronomiestudium. Ihre Ruhe wurde auch nicht dadurch gestört, dass die Tageszeitung vermeldete, dass Cuthbert seine Boston Music Hall mit großem Erfolg eröffnet hatte. Das Varieté am Premierenabend war vor ausverkauftem Haus gespielt worden, und Cuthberts erstes selbst produziertes Singspiel wurde von der Kritik wohlwollend aufgenommen. Die Sängerin Felice Roberts mit ihrer angeblich über drei Oktaven reichenden Stimme erhielt höchstes Lob – was nur Ailis zu der Bemerkung verleitete, der Reporter des *Boston Herald* habe sich wohl mehr von visuellen denn von musikalischen Eindrücken leiten lassen.

Pickering, mit dem sie darüber sprach, lachte. Ailis genoss die abendlichen Gespräche mit dem gebildeten, freundlichen älteren Herrn. Inzwischen rückte ihre Niederkunft näher, und sie ging nicht mehr viel nach draußen. Umso mehr freute sie sich darüber, mit ihm über die Universität und die Kulturszene in Boston zu plaudern. Er verstand zudem, dass ihr Interesse an der Astronomie ein sehr ernsthaftes war, und brachte ihr immer mal wieder ein neues Buch mit, über das sie dann sprechen konnten. Ailis erhielt endlich Antwort auf all ihre Fragen.

»Ich würde Sie auch gern mal mit ins Observatorium nehmen«, erklärte er schließlich. »Und Ihnen ein paar von Mr. Drapers Fotografien zeigen – die ersten kennen Sie ja, die haben Sie schließlich selbst entwickelt.«

»Aber nicht analysiert«, meinte Ailis. »Dafür fehlte mir das Hintergrundwissen, ich habe die Platten nur bestaunt. Und jetzt …« Sie sah unglücklich an sich herunter. »… jetzt kann das Kind jeden Tag geboren werden.«

Pickering lächelte ihr zu. »Unter einem guten Stern, hoffe ich, unter einem guten Stern.«

Die Sterne standen jedenfalls leuchtend an Bostons Winterhimmel, als Ailis' Wehen am 8. Februar 1888 einsetzten. Die erschrockene Annie hatte nichts Besseres zu tun, als den Professor zu wecken, obwohl Ailis ihr eingeschärft hatte, ihn nicht zu stören. Sie würde es schon allein bis ins Krankenhaus schaffen. Mit der Stärke der Schmerzen, die sie wie Messerstiche durchbohrten, hatte sie allerdings nicht gerechnet. Sie hatte sich gerade stöhnend aus dem

Bett geschleppt und das nächstbeste Kleid übergezogen, als der Professor scheu an die Tür klopfte.

»Annie holt eine Droschke!«, rief er durch den Türspalt. Die Situation musste ihm ebenso peinlich sein wie ihr.

»Aber das muss doch nicht …« Ailis hoffte, dass es nicht zu teuer werden würde. Sie verdiente nicht viel, und die Krankenhausrechnung und die Erstausstattung für das Kind würden ihre kargen Ersparnisse ohnehin aufbrauchen.

Dann stellte sich jedoch heraus, dass die panische Annie nicht in die Stadt gelaufen war, um sich nach einer Droschke umzusehen, sondern nur drei Häuser weiter, in die primitive Wohnung über dem Stall, den die Herrschaft ihren Eltern zur Verfügung stellte und in der sie aufgewachsen war. Ihr Vater machte sich nicht die Mühe, irgendjemanden um Erlaubnis zu fragen, bevor er anspannte. In kürzester Zeit hielt ein Kastenwagen vor Pickerings Haus.

»Ich wollte keine Kutsche nehmen, weil … also wenn ein Kind kommt, dann …« Annies Vater druckste ein wenig herum, um nicht aussprechen zu müssen, dass eine Geburt unweigerlich mit Blut und anderen austretenden Flüssigkeiten verbunden war.

»Wir wollen die Sitze auf keinen Fall beschmutzen«, sagte Ailis und sah, dass der Pferdeknecht den Wagen mit Decken ausgepolstert hatte, damit sie bequem liegen konnte. Außerdem war seine Frau mitgekommen, die sich zwar nicht auf Hebammendienste verstand, aber immerhin mehrere Kinder geboren hatte. Sie verstand es, Ailis Mut zuzusprechen und sie zu beruhigen.

»Es ist eher gut, dass die Schmerzen schon so stark sind«, erklärte sie. »Dann dauert es nicht so lange. Wenn man viele Stunden in den Wehen liegt, ist es zermürbend. Dann lieber heftige Schmerzen, aber schnell vorbei.«

Ailis wusste nicht, was sie sich da ausgesucht hätte, aber ihr blieb ohnehin nichts anderes übrig, als die Schmerzen zu ertragen. Immerhin erreichten sie das Krankenhaus sehr schnell, und auch sonst sollte Annies Mutter recht behalten. Ailis lag nur sechs Stunden in den Wehen, was ihr zwar wie eine Ewigkeit erschien, nach Ansicht der Hebamme jedoch eine äußerst kurze Zeit war.

»Vor allem bei Erstgebärenden«, sagte sie, als das Baby zu einem letzten Schmerzensschrei seiner Mutter in ihre Hände glitt. »Nun schreien Sie mal nicht so, sonst kriegt er Angst.«

»Er?«, fragte Ailis heiser.

Die Hebamme nickte und hielt das Kind kopfüber hoch, woraufhin es seinerseits zu schreien begann.

»Ein prachtvoller kleiner Junge!«, rief sie. »Da wird Ihr Mann stolz sein.«

Ailis bezweifelte das, obwohl es natürlich möglich war, dass Cuthbert zumindest für sein Kind Interesse aufbringen würde. Diesmal konnte er ihr jedenfalls nicht vorwerfen, irgendetwas falsch gemacht zu haben. Sie empfand eine überwältigende Zärtlichkeit, als sie den Kleinen kurze Zeit später in den Armen hielt.

»Wie soll er denn heißen?«, fragte die Hebamme.

Ailis küsste das mit rotem Flaum bedeckte Köpfchen des kleinen Jungen.

»Nicolas!«, sagte sie. »Nach Nikolaus Kopernikus.«

»Hat der was mit Kupfer zu tun? Das passt dann. Der Kleine kriegt bestimmt mal rotes Haar«, überlegte die Hebamme.

Ailis lachte. »Eigentlich nicht. Aber Sie haben recht. Es passt einfach alles!«

Als sie später dem Professor und Annie von der Unterhaltung erzählte, amüsierte Pickering sich prächtig, während Annie davon ausging, das Kind würde wirklich auf den englischen Namen Copper getauft.

Er blieb an dem kleinen Nicolas hängen, kaum jemand nannte ihn je bei seinem richtigen Namen.

Emily schluchzte haltlos, nachdem sie den Jagdhunden Goobys toten Körper entrissen hatte.

»Das hat sie extra gemacht«, schluchzte sie. »Haily. Sie hat das Tor zur Koppel offen gelassen. Weil sie wusste, dass die Hunde frei waren!«

»Unsinn, Emily, das konnte sie nicht wissen.« Anna versuchte, ihre Tochter einerseits zu trösten, ihr andererseits aber auch den Kopf zurechtzusetzen. Vor der Herrschaft durfte sie Haily auf keinen Fall so direkt beschuldigen. »Wenn überhaupt, dann war es ein Versehen.«

»Bestimmt nicht! Haily konnte Gooby nie leiden. Sie muss gesehen haben, dass die Hunde frei waren – wenn sie die mal nicht gleich selbst rausgelassen hat!« Letzteres, das wusste Emily, war eher unwahrscheinlich. Allerdings war es allgemein bekannt, dass der Hundeführer unzuverlässig war. Er hatte den Zwinger schon des Öfteren nicht richtig geschlossen, weshalb Sir William ihn nicht nur häufig gerügt, sondern auch das sonstige Personal und seine Familie darauf hingewiesen hatte, die Tore immer verschlossen zu halten. Er wollte nicht, dass seine Hunde wilderten.

»Und warum sollte Miss Haily so etwas überhaupt tun?«, fragte Anna. »Sie ist doch deine Freundin!«

»Schöne Freundin!«, sagte Emily zwischen zwei weiteren Schluchzern. »Sie wollte mich bestrafen. Weil ich nicht mit auf die Reise wollte. Das war ... das war so was wie eine Drohung!«

Anna schüttelte den Kopf. »Du bist verrückt, Emily. Womit sollte sie dir drohen? Und außerdem – du hast Mylady doch jetzt zugesagt, oder? Du fährst mit?«

Emily weinte noch heftiger. »Ja. Ich habe zugesagt. Weil du das unbedingt wolltest. Aber jetzt … Mom, wenn sich mir die Gelegenheit bietet, von Haily wegzukommen, dann werde ich sie nutzen! Vielleicht braucht ja jemand in Frankreich oder sonstwo eine Zofe, oder ich finde eine andere Arbeit.«

»Du bist viel zu jung, um schon eine Stellung als Zofe zu finden«, hielt Anna ihr erneut vor. Schließlich hatte Emily diese Überlegung schon geäußert, bevor ihre Beziehung zu Haily eskalierte. »Keine erwachsene Frau stellt ein so junges Mädchen an.«

»Irgendwas wird sich ergeben«, erklärte Emily. »Ich habe mir lange genug alles gefallen lassen. Aber das hier, das vergebe ich ihr nie!«

Haily leugnete natürlich standhaft, irgendetwas mit Goobys Tod zu tun zu haben. Ihre Mutter stand ihr bei, entschuldigte sich aber trotzdem bei Emily und ihrer Familie für den bedauerlichen Unfall, den Haily möglicherweise durch ihre Unaufmerksamkeit verursacht habe. Haily behauptete, sich nicht daran erinnern zu können, ob sie das Tor geschlossen hatte oder nicht.

Die Einzige, die Emily uneingeschränkt Glauben schenkte, war Donella, die Ailis in einem ihrer Briefe den Vorfall geschildert hatte.

Ich bin überzeugt, dass Haily die Hunde mit Absicht auf die Gans losgelassen hat. Zumal Emily immer wieder gesagt hat, Gooby sei einer der Gründe dafür, dass sie keine Lust habe, uns auf die Weltreise zu begleiten. Haily war wütend, dass sie sich ihr widersetzte – und da kam ihr diese Gelegenheit gerade recht, um ihr einen Denkzettel zu verpassen. Emily sieht das schon ganz richtig, obwohl ich nicht glaube, dass die Sache geplant war. Haily hat einfach aus einer Laune heraus gehandelt, wie so oft. Ihr Vater hat sie übrigens scharf gerügt. Ich denke, auch er ist nicht davon überzeugt, dass es sich nur um ein bedauerns-

wertes Versehen handelt. Überhaupt ist er sehr unzufrieden mit ihr, und ihm passt die ganze Reise gar nicht. Genauso wenig wie meinem Dad. Das war ganz klar eine Absprache unter unseren Müttern. Onkel William und Dad ... ich hab sie mal belauscht, als sie beim Whiskey im Herrenzimmer darüber lamentierten, dass man heute zu den unwürdigsten Tricks greifen müsse, um ein Paar aus dynastischen Gründen zusammenzubringen. Wo komme man denn da hin, meinte mein Dad, wenn Mädchen bei der Wahl ihres Gatten mitentscheiden könnten? Die Töchter der Clans seien nie gefragt worden, bevor man sie verheiratete. Und die jungen Männer? Nun, die ließen sich meist leicht von den Vorteilen einer arrangierten Ehe überzeugen. Schließlich gehe es dabei ja immer um Macht und Geld. Und was sie natürlich nicht erwähnten, wovon sie jedoch sicher ausgingen, ist, dass es dem Mann stets frei stand, sich neben der vielleicht ungeliebten Gattin eine oder mehrere Mätressen zu halten. Die Frau hatte dagegen brav ein paar Kinder zur Welt zu bringen. Natürlich ausschließlich solche, die ihren vielleicht ungeliebten Mann zum Vater hatten ... Na ja, Dir brauche ich das ja nicht zu sagen. Du wurdest in dem Gespräch übrigens sehr positiv als brave Tochter erwähnt. Als wäre Dir irgendetwas anderes übrig geblieben, als Deinen Cuthbert zu nehmen. Ist er übrigens zurückgekehrt? Oder führst Du immer noch den Haushalt dieses Professors? Eigentlich sollte Cuthbert doch stolz auf seinen Sohn sein. Ich jedenfalls war sofort verliebt in den kleinen Kerl. Danke für die Fotografie! Er ist außerordentlich niedlich. Vielleicht kommt man ja tatsächlich besser damit zurecht, nicht studieren und nichts lernen zu dürfen, wenn man mit so einem putzigen Kerlchen gesegnet wird. Ich kann das zwar nicht ganz glauben, aber die Idee ist tröstlich. Mir ist schließlich klar, dass diese Reise nur ein Aufschub für mich ist. Sobald wir zurück sind, wird mein Vater auch mich verheiraten – vorzugsweise ohne mich zu fragen. Immerhin zieht sich meine Galgenfrist noch etwas hin.

Es dauert Monate, eine solche Reise zu organisieren, und das nicht nur, weil natürlich eine aufwendige Garderobe angefertigt werden muss. Wesentlich schwieriger ist es, an all die Pässe und Visa zu kommen, die man braucht, um in diverse Länder ein- und wieder ausreisen zu können. Mein Großvater legt sich da sehr ins Zeug. Er ist schon ganz aufgeregt, anscheinend ist diese Reise das, wovon er ein Leben lang geträumt hat. Ich meinerseits freue mich auf die Reise mit ihm. Wir werden die Welt entdecken, während Grandma die Anstandsdame für Haily spielt. Sie macht das wohl ganz gern, damenhafte Erziehung war ihr immer ein Anliegen, und sie fand es absolut schockierend, dass meine Eltern mich nach St Leonards schickten. Ich wüsste zu gern, wie Mom und Dad ihr klarmachen wollen, dass unzüchtige Handlungen zwischen George und Haily in diesem Fall ausdrücklich erwünscht sind. Es wird jedenfalls sicher interessant, und ich freue mich schon auf unser Wiedersehen, wenn wir Dich in Boston besuchen.

Ailis fand die Entwicklungen in Schottland spannend, und wie immer hatte sie Donnas lebhafte Schilderungen genossen. Emilys Verlust hatte ihr natürlich leidgetan, und sie teilte Donnas Annahme, dass Haily den Tod der Gans absichtlich herbeigeführt hatte. Allerdings hatte sie ganz andere Sorgen. Vor einigen Tagen hatte Professor Pickering ihr freudestrahlend mitgeteilt, seine Frau komme nun endlich nach Hause. Wider Erwarten habe ihre Tante sich von ihrer schweren Krankheit erholt und komme nun wieder allein mit der Hilfe ihrer Haushälterin zurecht. Für Ailis waren das keine guten Nachrichten. Lizzie Pickering schien eine gute Hausfrau zu sein – schließlich hatte sie den Haushalt bislang allein mit den schwierigen Barcleys geführt –, demnach verfügte sie bestimmt über große diplomatische Fähigkeiten. Ganz sicher brauchte sie keine zusätzliche Haushälterin, mit Annie im Haus würde sie problemlos mit all der Arbeit fertig werden. Ailis blickte also ihrer Entlassung entgegen, gerade jetzt, mit Kind, würde es noch schwieriger werden, eine Anstellung zu finden. Die Arbeit bei Professor Pickering war für sie ideal gewesen, nicht nur, weil sie Copper mühelos nebenher betreuen konnte, sondern auch, weil sie sich mit ihren persönlichen Interessen verbinden ließ. Der Professor förderte auch weiterhin ihre Begeisterung fürs Himmelszelt. Inzwischen war er dazu übergegangen, ihr die Werke zur Verfügung zu stellen, deren Lektüre er von den Hörern seiner Veranstaltungen an der Universität erwartete. Sofern sie Fragen hatte, beantwortete er sie gern an den Abenden, die er mit einem Glas Wein vor dem Kamin verbrachte. Ja, er bat Ailis fast jeden Tag nach dem Abendessen zu sich, befragte sie nach ihren Studien und freute sich an ihrem wachen Verstand.

Als er eines Tages sah, dass Ailis an seinem Schreibtisch saß, einen Rotstift zwischen den Fingern, und ganz vertieft in eine Klausur von dem Stapel, der auf Korrektur wartete, näherte er sich ihr mit einem verschmitzten Lächeln im Gesicht.

»Na, na, Mrs. Hay! Wollen Sie mir all meine ungeliebte Arbeit abnehmen? Den Haushalt *und* die Korrekturen? Gerade bei Letzteren wäre ich für qualifizierte Hilfe mehr als dankbar.«

Ailis errötete verschämt. »Tut mir leid, Herr Professor … ich … ich wollte nur einen Blick darauf werfen. Aber … aber diese Arbeit … also entweder habe ich alles nicht verstanden, oder der Prüfling wendet hier nicht nur die falsche Formel an, sondern verrechnet sich obendrein.«

Pickering warf einen Blick auf die Arbeit und lachte. »Mr. Bernard Wiegand, nicht unbedingt der hellste Stern am Firmament der Universität. Ich fürchte, er wird die Prüfung wiederholen müssen. Aber schauen Sie sich ruhig auch die anderen an und notieren Sie auf einem Zettel, was Sie zu beanstanden haben. Ich schaue mir dann beides an – die Arbeit der Prüflinge und Ihre Korrekturen.«

Mit dem selig schlafenden Copper an ihrer Seite, verbrachte

Ailis eine aufregende Nacht bei der Durchsicht der Klausuren. Ihr fielen die geforderten Berechnungen leicht, genau wie früher in der Schule. Physik und Mathematik flogen ihr förmlich zu, und die im Rahmen der Spektralanalyse notwendigen Formeln hatte sie längst erfasst. Zu gern hätte sie sich direkt an der Auswertung der Fotoplatten beteiligt, auf deren Analyse die Berechnungen beruhten.

Professor Pickering zeigte sich am nächsten Morgen äußerst beeindruckt von ihrer Arbeit. »Da sehen wir es! Selbst meine schottische Haushälterin kann das besser als meine Studenten!«, rief er aus. »Das werde ich den Herren bei der Rückgabe der Arbeiten freudig unter die Nase reiben!«

Tatsächlich erfuhr Ailis viel später, dass dieser Satz in den Seminaren des Professors zum geflügelten Wort geworden war, sobald irgendjemand spektakulär versagte.

Nun jedoch stand Lizzie Pickerings Rückkehr unmittelbar bevor, und Ailis setzte ihren ganzen Stolz daran, ihr das Haus blitzsauber und den Haushalt wohlgeordnet zu übergeben. Sie fürchtete sich ein wenig vor der Inspektion durch die Hausfrau – Mrs. Pickering konnte leicht Vorwände finden, sie sofort zu entlassen. Mit klopfendem Herzen erwartete Ailis die Hausherrin, adrett gekleidet in ihrem dunklen Kleid und mit Annie in ihrer neuesten Dienstbotenuniform an ihrer Seite.

Professor Pickering konnte die Rückkehr seiner Frau ebenfalls kaum abwarten, wenn auch aus freudigeren Gründen. Er nahm sich frei und ließ es sich nicht nehmen, seiner Lizzie eigenhändig und galant aus der Kutsche zu helfen.

»Wie sehr ich dich vermisst habe!«, sagte er warm und küsste die Hand der kleinen, etwas fülligen Frau, deren rundes Gesicht ebenfalls vor Freude strahlte. Ailis fand Mrs. Pickering sofort sympathisch, auch weil diese ihr gleich entgegeneilte, als Ailis Anstalten machte, wie Annie vor ihr zu knicksen.

»Nein, nein, Mrs. Hay ... Sie sind doch Mrs. Hay, nicht wahr?

Ich habe so viel von Ihnen gehört. Und ich danke Ihnen herzlich, dass Sie mich hier so wunderbar vertreten haben!« Sie reichte Ailis die Hand und begrüßte dann auch Annie mit großer Freundlichkeit. »Ich hörte, dass du ein anstelliges Mädchen bist, das Mrs. Hay brav zur Hand geht! Das freut mich sehr, ich hatte schon selbst ein junges Mädchen für den Haushalt einarbeiten wollen, aber dann kam die Krankheit meiner Tante dazwischen ... Jedenfalls bin ich sehr dankbar, dass ich meinen Edward hier so gut versorgt wusste, während ich fort war.«

»Nun tu mal nicht so, als wäre ich vollständig unfähig gewesen zu überleben, bevor Mrs. Hay kam«, brummte Pickering, was Ailis zu einem Lächeln reizte und Lizzie Pickering zu einem hellen Lachen.

»Du wärst über deinen Spektralanalysen verhungert!«, behauptete sie. »Immer den Kopf im Sternenhimmel ... Aber ich hörte, Sie interessieren sich ebenfalls für Astronomie, Mrs. Hay? Sie müssen mir davon erzählen – und mir Ihren Sohn vorstellen, mein Mann hat da ja regelrechte Großvatergefühle entwickelt! Wie wäre es, wenn wir morgen zusammen Tee trinken und uns ausgiebig von Frau zu Frau unterhalten?«

Ailis stimmte natürlich zu und bemühte sich, Mrs. Pickering bis dahin alles recht zu machen. Sie war sich durchaus darüber im Klaren, dass die Hausfrau sie beobachtete – und gelegentlich auch ein paar Worte zu ihrer Arbeit sagte.

»Sie räumen den Schreibtisch meines Gatten auf, Mrs. Hay? Bislang war der immer sakrosankt, wann immer ich oder jemand vom Personal auch nur ein Blatt Papier verrückte, gab es Ärger. Wie kommt es, dass er Ihnen das nachsieht?«

Ailis errötete. »Wir ... wir haben ähnliche Ordnungsprinzipien. Also die ... die aktuelle Arbeit des Professors gehört immer in die Mitte, die Auswertungen der letzten Sternfotografien kommen nach rechts und ausstehende Korrekturen ...«

Mrs. Pickering winkte ab. »Sehen Sie, für mich sieht das alles gleich aus«, sagte sie lächelnd. »Ich muss ihn mit meinen willkürlichen Stapeln zur Weißglut getrieben haben. Also, Mrs. Hay, machen Sie nur weiter.«

Schließlich nahte die gemeinsame Teestunde, zu der Ailis auch Copper mitbringen sollte. Zum Glück schlief der Kleine tief in seinem Körbchen, und Mrs. Pickering bewunderte ihn gebührend.

»Von wem hat er denn die entzückenden Löckchen?«, fragte sie. »War sein Vater ein Rotschopf?«

Ailis schluckte, beschloss jedoch, der Frau des Professors die Wahrheit zu sagen. »Mein Gatte ist ein Rotschopf. Ich spreche nicht gern über ihn – und manchmal sage ich einfach, er sei ums Leben gekommen. Ich denke, das macht Dinge wie eine Wohnungs- oder Arbeitssuche einfacher. Aber Ihr Mann weiß natürlich Bescheid. Tatsache ist, dass ich wegen meiner Mitgift geheiratet und wegen einer anderen Frau später verlassen wurde. Frau und Kind waren mit den Lebensentwürfen meines Mannes nicht vereinbar. Cuthbert Hay ist ein … nun, vielleicht könnte man ihn einen Bohemien nennen. Er leitet eines der örtlichen Schauspielhäuser, die Boston Music Hall.«

Mrs. Pickering zog die Stirn in Falten. Anscheinend war ihr der Name des Theaters nicht gleich geläufig.

»Jetzt, da Sie wieder hier sind, werden Sie sicher von ihm hören«, meinte Ailis. »Er ist recht erfolgreich, verbindet Varietés mit Gastvorstellungen verschiedener Künstler und dem festen Spielplan seiner eigenen Truppe. Hauptsächlich geht es um Singspiele, leichte Unterhaltung …«

Tatsächlich war Cuthbert als Theaterdirektor erfolgreicher, als Ailis es ihm zugetraut hatte. Wahrscheinlich war seine Buchhaltung chaotisch, doch künstlerisch war er ganz in seinem Element. Er führte zudem ein reiches gesellschaftliches Leben, Ailis las seinen Namen häufig in der Zeitung. Mit immer neuen jungen Schauspielerinnen und Sängerinnen an seiner Seite tauchte er auf Wohltätigkeitsveranstaltungen auf, bei Vernissagen und Konzerten. Die Honoratioren von Boston bewunderten ihn, er stand stets im Mittelpunkt. Kurz, er führte genau das Leben, das ihm gefiel. Ailis wusste nicht, ob sie ihm das gönnen sollte – schließlich war ja auch sie im Haus des Professors erheblich glücklicher als vorher in ihrer Ehe –, oder ob sie sich darüber ärgern sollte, dass er Copper und sie vergessen hatte.

»Für mich gab es einfach keinen Platz mehr in seinem Leben«, bemerkte sie schließlich. »Ich wünschte nur, er hätte nicht mein gesamtes Geld in seine Unternehmungen gesteckt, ohne mich daran teilhaben zu lassen.«

»Vielleicht sollten Sie ihn verklagen«, überlegte Mrs. Pickering. »Denken Sie an eine Scheidung?«

Ailis schüttelte den Kopf. »Ich erwarte eigentlich nicht, mich wiederzuverheiraten. Insofern kann eigentlich alles so bleiben, wie es ist. Ich würde mich allerdings nicht sperren, sollte er die Scheidung fordern.« Das hielt sie aber vorerst für nicht sehr wahrscheinlich. Es mochte Cuthbert sogar ganz recht sein, als verheirateter Mann aufzutreten. Dann konnte keine seiner Geliebten Ansprüche anmelden.

Mrs. Pickering lächelte. »Und wie kam es nun zu Ihrem Interesse an der Astronomie?«, erkundigte sie sich und löste damit einen begeisterten Redefluss aus. Ailis berichtete von ihren Beobachtungen der Sterne als Kind und später in der Schule, von der Faszination, die die Astrofotografie auf sie ausübte, und von ihrer Begeisterung angesichts der Möglichkeiten zur Analyse und Klassifizierung der Himmelskörper.

»Ihr Mann hat einen wunderbaren Beruf«, sagte sie schließlich. »Seine Studenten wissen gar nicht, wie privilegiert sie sind, daran teilhaben zu können!«

»Nun, vielleicht bieten sich Ihnen da ja auch noch unerwartete Möglichkeiten.« Mrs. Pickering nickte ihr zu, bevor sie nach einem der Teekuchen griff. »Unwiderstehlich, Ihre Zimtsterne, Mrs. Hay«, lobte sie und lächelte dabei verschwörerisch.

Am nächsten Tag bat Edward Pickering Ailis in sein Büro und bot ihr eine Stellung als seine Sekretärin an. »Viel mehr als bisher kann ich Ihnen nicht zahlen«, meinte er bedauernd. »Das Institut hat ein knappes Budget. Aber Sie können vorerst hier wohnen bleiben, und meine Frau wird sich gern gelegentlich um den kleinen Copper kümmern.«

Ailis war sprachlos vor Überraschung. »Das ist … das ist großartig … ich … ich weiß gar nicht, wie ich Ihnen danken soll.«

Pickering winkte ab. »Dafür brauchen Sie sich nicht zu bedanken, schließlich machen Sie sich ja nützlich. Ich bin sicher, Sie werden mich in vielfacher Hinsicht entlasten. Aber wenn schon Dank, dann verdient ihn meine Frau. Es war ihre Idee. Ich hätte einfach weitergewurschtelt wie zuvor. Den Kopf in den Sternen, wie meine Lizzie immer sagt. Und nun werden Sie mir dafür den Rücken freihalten.«

Ailis tanzte vor Freude, als sie ihr Zimmer in den Dienstbotenunterkünften betrat. Sie schwenkte Copper herum, der darüber vergnügt gluckste. Er schien zu spüren, dass seine Mutter glücklich war. Ihr Weg Richtung Himmelszelt war endlich frei.

Im Spätherbst 1888 brachen Donna, Haily, George und die widerstrebende Emily zu ihrer Weltreise auf.

Lady Mairead weinte ein wenig, als Haily und Emily zu den anderen in die Kutsche stiegen – wobei Haily ein elegantes Reisekostüm trug, während ihr Emily demonstrativ in einem schlichten Kleid mit einer dunklen Mantille darüber folgte, das sie deutlich als mitreisende Dienstbotin kenntlich machte. Haily ärgerte das. Sie hatte für die Reise eine gänzlich neue Garderobe erhalten und hätte Emily gern die alten Kleider geschenkt, wie sie es so viele Jahre lang getan hatte. Emily weigerte sich jedoch, diese anzunehmen. Sie war Hailys Zofe – die Rolle ihrer Spielfreundin oder Gesellschafterin hatte sie endgültig abgelegt.

Im Umgang mit Donna gab sie ihre distanzierte Haltung allerdings schnell auf. Es war schließlich schwierig, sich der Begeisterung der jungen Frau und ihres Großvaters zu entziehen, zumal Emily ihre Interessen teilte. Donnas Großvater war fast aufgeregter als die jungen Reisenden, er hatte in den letzten Monaten Stunden damit zugebracht, die Grand Tour – zusammen mit seiner Enkelin – zu planen. Auf ihrer Liste standen Naturkunde- und Technikmuseen, in zweiter Linie Kunst-, Architektur- und Musikstudien.

Gänzlich andere Ziele verfolgte Donnas und Georges Großmutter, die unter Gicht und Arthrose litt und hoffte, in einem der vielen europäischen Bäder Erleichterung zu finden. Außerdem war sie sehr gläubig und freute sich auf die zahlreichen Kathedralen und Kirchen auf dem Kontinent.

Haily und George schwiegen in größerer Runde über ihre

bevorzugten Aktivitäten, doch sowohl Emily als auch Donna schnappten Begriffe wie Varieté und Kasino auf, wenn die beiden sich austauschten.

Traditionell begann die große Reise in Frankreich, zumindest, wenn man sie von Großbritannien aus antrat. Viele Reisende schwärmten vom Frühling in Paris. Für die Gruppe der Hards und Balincourts fiel der Reiseantritt jedoch in den Beginn der kalten Jahreszeit, und Donnas Großmutter bestand darauf, zunächst auf Ischia zu kuren. Für die jungen Leute bot die italienische Insel wenig Interessantes, doch im nahen Neapel gab es ausreichend zu sehen, zudem lagen die Ausgrabungsstätten von Herkulaneum und Pompeji in der Nähe. Süditalien wurde also das erste Reiseziel. Man setzte nach Calais über und bewegte sich dann mit Zug und Kutsche Richtung Süden.

Ein erster Brief Donellas erreichte Ailis wenige Tage nach Reiseantritt.

Früher, als man nur Kutschen als Transportmittel hatte, muss diese Reise eine fürchterliche Strapaze gewesen sein. Heute ist es viel einfacher, das Eisenbahnnetz in Europa ist gut ausgebaut, und es gibt sogar Schlaf- und Speisewagen. Dennoch denke ich, in Zukunft wird es noch viel schneller gehen, wenn sich das Automobil durchsetzt, und am Ende werden wir sicher fliegen. Natürlich wurde ich wieder ausgelacht, als ich diesen Gedanken äußerte, doch ich bin davon überzeugt, und Grandpa ist zumindest optimistisch. Wir durchquerten also so zügig wie möglich Frankreich und die Schweiz und hatten unseren ersten Aufenthalt in Mailand. Grandma betete im Dom, der riesig und unglaublich prachtvoll gestaltet ist, und Grandpa zeigte uns eine Wandmalerei von Leonardo da Vinci – Das Abendmahl, eines seiner Meisterwerke. Emily und ich sind zwar mehr an Leonardos wissenschaftlichen Arbeiten interessiert, vor allem an seinen Gedanken zum Vogelflug und zu möglichen Fluggeräten, die Menschen transportieren. Aber auch das Gemälde zu sehen war ein Erlebnis. Es befindet sich, wie könnte es anders sein, in einer Kirche. Mailand ist außerordentlich reich an Kirchen, und das trifft wohl auf ganz Italien zu. Berühmt ist allerdings auch die Mailänder Scala, in der wir einer Opernaufführung beiwohnen durften. Sie spielten La Traviata, *und es war ausgesprochen schön, aber auch unendlich traurig. Haily sang die Arien den ganzen nächsten Tag nach, obwohl ihre Stimme nicht halb so schön oder zumindest gut geschult ist wie die der Primadonna. Sie fiel George damit gewaltig auf die Nerven. Bisher erkenne ich bei keinem der beiden Anzeichen erster Verliebtheit.*

Direkt auf der Strecke nach Neapel liegt dann auch noch Florenz, wo wir ein zweites Mal haltmachten. Florenz ist vor allem eine Stadt der Kunst, wir besuchten die Uffizien und sahen weitere Werke von Leonardo, aber auch von Michelangelo, dessen bedeutsamste Skulpturen allerdings in der Galleria dell'Accademia zu bestaunen sind, unter anderem sein David. *Grandma war über dessen Nacktheit ziemlich entsetzt, und George macht sich seitdem einen Spaß daraus, in den Museen eine unbekleidete Statue nach der anderen aufzufinden und zu kommentieren. Tatsächlich zogen sich die Leute in der Antike wohl selten richtig an, wenn sie sich porträtieren ließen, oder die Künstler waren von nackten Körpern besonders fasziniert. Man gewöhnt sich daran relativ schnell – und, um ehrlich zu sein: Zumindest ich werde die Meisterwerke langsam leid. Natürlich ist das alles ganz große Kunst, aber mich fasziniert die Natur hier im Süden viel mehr. Allein das Licht! Du kannst Dir nicht vorstellen, wie die Sonne hier alles zum Leuchten bringt und mit Leben erfüllt! Die Botanischen Gärten sind ein Traum, dabei haben wir inzwischen Dezember. In Schottland ist alles nur grau und regnerisch, hier dagegen blühen Orangen- und Zitronenbäumchen – und wir bewundern Olivenbäume, die manchmal viele Hundert Jahre alt sind. In den Parks gibt es Pfauen, für*

die sich vor allem Emily begeistert, und im Garten unseres Gast-
hauses hält die Frau des Wirtes zwei Papageien. Ich schwelge in
all diesen Farben, und die Flora soll ja wohl noch bunter und
prächtiger werden, je weiter wir nach Süden kommen.

Donna schrieb fast jeden Tag und ließ Ailis auf diese Weise an allen Stationen ihrer Reise teilhaben. Ailis selbst konnte ihrer Cousine nicht mitteilen, was sie bewegte, da vorerst keine Postadresse
von ihr vorlag. Nun war allerdings geplant, dass die Reisenden in
Neapel und Umgebung länger verweilen wollten, vielleicht reichte
die Zeit aus, um auch Briefe von Boston nach Italien zu senden. Zu
schreiben hätte Ailis fast so viel gehabt wie Donna! Auch ihr Herz
floss über ob all der Eindrücke, die ihr im Harvard-Observatorium
zuteilwurden. Als Pickerings Sekretärin stand ihr dort so ziemlich
alles offen, sie hatte Einblick in die Arbeitsräume der Mitarbeiter,
die nach Pickerings Anweisungen die Fotoplatten auswerteten, die
ihm Draper und andere Astrofotografen regelmäßig lieferten. Leider fand sie nie die Zeit dafür, sich selbst in diese Himmelsbilder
zu vertiefen, auch wenn es ihr immer mal wieder gelang, im Gefolge des Professors durch das riesige Teleskop blicken zu dürfen,
das die Sterne den Wissenschaftlern näher brachte.

Sie war dann stets ganz erfüllt von der Weite des Alls, den
vielen galaktischen Phänomenen wie Milchstraße, Sternennebeln
und Planetensystemen. Wie viel es hier noch zu erforschen gab!
Wie wenig sie bisher von diesem Raum verstanden, in dem die
Erde nichts war als ein Staubkorn! Ailis wäre nur zu gern wirklich
an den verschiedenen Forschungsaufgaben beteiligt gewesen, statt
einfach nur zuzusehen und Pickering zuzuarbeiten. Sie korrigierte
die Klausuren seiner Studenten inzwischen fast selbstständig,
nahm Diktate auf, in denen er seine wissenschaftlichen Erkenntnisse schilderte, und brachte sie in die richtige Form, um sie zu
veröffentlichen. Pickering war äußerst zufrieden mit ihr, doch je
länger Ailis für ihn tätig war, desto mehr träumte sie von ihrer

eigenen Forschung. Und immer noch zogen sie die Fotoplatten magisch an. Sie schaute den Mitarbeitern bei ihrer Auswertung zu, sooft sie nur konnte – und eines Tages mischte sie sich ein, als Pickering gerade mal wieder einen besonders unbegabten Analysten zur Schnecke machte.

»Wie soll denn so ein Spektrum zustande kommen, das Sie da gerade versuchen auszuwerten? Da haben Sie doch irgendwas falsch gemessen.« Der Professor ließ sich die Platte noch einmal zeigen und legte nun seinerseits das Spektrometer an. Ailis wusste allerdings, dass seine Sehschwäche ihm trotz Brille kaum echte Aufschlüsse geben würde. Ab einem gewissen Alter wurde es schwierig, die Platten zu analysieren.

»Es gibt irgendwelche Anomalien«, versuchte der Student, sich zu entschuldigen. »Ich verstehe es auch nicht, aber …«

Auch Ailis warf einen Blick auf die Platte und dann auf Pickerings Messinstrument. »Könnte es … könnte es sich um einen Doppelstern handeln?«, fragte sie aufgeregt. »Schauen Sie, Herr Professor, es sieht aus wie eine Anomalie, aber tatsächlich überlagern sich da nur zwei Spektren. Der Helligkeitsunterschied ist minimal. Aber hier, sehen Sie nur, an dieser Seite ist die Linienverschiebung gerade so erkennbar!« Ailis zitterte förmlich vor Begeisterung.

Pickering sah noch einmal genauer hin und begann dann, seinen Studenten zu examinieren.

»Sie haben die Hypothese meiner Assistentin gehört«, blaffte er. »Warum ist Ihnen das nicht aufgefallen? Was wissen Sie überhaupt über Doppelsterne?«

Der junge Mann dachte angestrengt nach. »Das sind … äh … zwei Sterne, die so nah zusammenstehen, dass sie dem Beobachter fast wie ein einziger erscheinen. Sie sind … gravitativ aneinandergebunden, das heißt, sie umkreisen sich … wobei die Umlaufbahnen sehr stark differieren … zwischen ein paar Stunden und Tausenden von Jahren …«

»Aha«, meinte der Professor und klang damit etwas milder. »Und was machen wir jetzt, um das genauer zu untersuchen?«

Der Student biss sich fragend auf die Lippen. »Wir versuchen, einen Dopplereffekt nachzuweisen?«

»Wir untersuchen auf periodische Linienverschiebungen«, fügte Ailis hinzu. »Vor allem bitten wir den Fotografen um weitere Aufnahmen der Sternformation und vergleichen sie. Dann sehen wir, ob die Helligkeit wechselt, und vermessen sie mittels Photometrie.«

Pickering nickte. »Na, dann machen Sie das mal«, erklärte er.

Der Student sprang auf. »Ich … äh … ich werde gleich entsprechende Anweisungen geben, ich …«

»*Sie* sind nicht gemeint«, sagte Pickering knapp. »Ich denke, die Ehre der Entdeckung dieses Doppelsterns gebührt Mrs. Hay. Und ich denke, sie ist auch in der Lage, die entsprechenden Berechnungen anzustellen, um das Phänomen zu beschreiben. Sie können ihr natürlich dabei behilflich sein. Wo ist überhaupt Ihr Partner?«

Gewöhnlich arbeiteten zwei Mitarbeiter an einer Platte – einer betrachtete und vermaß die jeweilige Aufnahme, der andere schrieb die Ergebnisse auf.

»Äh … Pinter wollte … musste …« Der Student druckste herum.

»Sollte Mr. Pinter noch einmal hier auftauchen, schicken Sie ihn bitte zu mir. Und Sie arbeiten von jetzt an Mrs. Hay zu. Schreiben werden Sie ja wohl können. Nehmen Sie sich die ganze Platte noch einmal vor, Mrs. Hay, vielleicht wurde hier ja noch etwas anderes übersehen …«

Der Professor ging und ließ die völlig verblüffte Ailis mit ihrer neuen Aufgabe – und ihrem unwilligen Mitarbeiter – zurück. Sie fragte sich, ob sie gerade auf lange Sicht befördert worden war, oder ob es nur darum ging, dem Studenten noch anschaulicher zu machen, dass selbst Pickerings schottische Haushälterin bessere Schlüsse ziehen konnte als er. Doch dann vergaß sie alles, als sie sich auf die Fotoplatte konzentrierte. Es handelte sich um ein Negativ, die Sterne zeigten sich als schwarze Punkte auf weißem Grund, was die Analyse einfacher machen sollte. Ailis griff nach der Lupe, schätzte einen Stern nach dem anderen ab und vermaß ihre Spektren. Dabei diktierte sie ihre Ergebnisse. Sie war selten im Leben so glücklich gewesen.

Ein paar Tage später schrieb sie voller Begeisterung an Donna und hoffte, dass ihr Brief die Cousine im fernen Neapel noch erreichen würde.

Ich habe eine neue Aufgabe! Ich darf ENDLICH wissenschaftlich arbeiten, indem ich Fotoplatten, also Aufnahmen von Sternensystemen, analysiere. Jeden Tag erschließen sich mir dabei neue Wunder! Der Professor gibt mir die interessantesten Platten – oder lässt mich bereits ausgewertete Platten noch einmal untersuchen, wenn er Zweifel an den Ergebnissen hegt. Das alles ist so überwältigend, ich wähne mich jeden Tag auf einer Reise ins All! Leider sind die anderen Computer, wie man uns hier nennt, also Rechner, nicht allzu freundlich. Mein direkter Mitarbeiter, Mr. Gabriel, versucht sogar, mir Fehler unterzuschieben, indem er falsch notiert, was ich diktiere. Ich muss ihn ständig kontrollieren. Und wir betreiben auch keinerlei Austausch. Dabei wäre es manchmal sehr hilfreich, eine zweite Meinung zu einem Spektrum zu hören, aber mein Mr. Gabriel weigert sich rundheraus, seine rein passive Rolle bei unserer gemeinsamen Arbeit aufzugeben. Dabei sollen die Teams sich eigentlich bei der Analyse und beim Diktataufnehmen abwechseln. Ich überlege, den Professor um den Austausch meines Partners zu bitten, gleichzeitig befürchte ich, mich damit noch weiter unbeliebt zu machen. Und ich wage es bisher nicht, ihm meine grundsätzlichen Überlegungen vorzutragen. Meine Idee ist, dass eine solche Aufgabe, die derart viel Sorgfalt und Geduld fordert, sehr gut von Frauen erledigt werden könnte. Ich bin schließlich nicht die

Einzige, die rechnen kann – und außerdem gibt es inzwischen auch Studentinnen der Astronomie. Sicher haben sie aus den bekannten Gründen Schwierigkeiten, danach eine Anstellung zu finden. Warum schreibt man die Arbeit also nicht gezielt für Frauen aus?«

Ailis wagte es nie, dem Professor diesen Vorschlag zu machen, doch wie es der Zufall wollte, brachte ihn ausgerechnet ihr unwilliger Partner selbst auf die Idee. Pickering verlor die Geduld mit dem jungen Mann, als er ihn dabei erwischte, Ailis' Diktat falsch aufzunehmen. Als er ihn darauf hinwies – noch in der Annahme, dies geschehe versehentlich –, berichtete die längst bis aufs Blut gereizte Ailis von anderen Vorkommnissen dieser Art. Pickering bat Gabriel daraufhin in sein Büro, und einige Minuten später war er gefeuert, ohne Einsicht und Reue gezeigt zu haben. Im Gegenteil, er riss wütend die Tür auf und brüllte den Professor – gut hörbar für alle anderen Mitarbeiter – zornig an.

»Wenn ich Ihnen nicht genüge – vielleicht haben Sie ja noch ein Hausmädchen oder eine Köchin, die das alles viel besser kann als die anderen Studenten und ich!« Damit schlug er die Tür zu. Die Kommilitonen applaudierten ihm, während er davoneilte.

Kurz darauf bat Pickering Ailis zu sich. »Mrs. Hay, meine Liebe, ich weiß, Sie fühlen sich sehr wohl als Computer. Aber dürfte ich Sie noch einmal bitten, mir als meine Sekretärin zuzuarbeiten? Ich wüsste niemanden, der qualifizierter wäre als sie, um ein paar Stellen in diesem Institut neu zu besetzen. Bitte werben Sie Leute für uns an und überprüfen Sie diese selbst auf ihre Eignung. Und vielleicht können Sie auch deren Einarbeitung übernehmen. Ich habe mich nämlich entschlossen, die Stellen in Zukunft mit Frauen zu besetzen. Bitte finden Sie welche für mich!«

Während Donnas Großmutter, Lady Denise Balincourt, auf Ischia kurte und Donna und Emily sich in Herkulaneum und Pompeji gruselten, sprach Ailis mit Mathematik- und Physikstudentinnen, von denen es allerdings nur wenige gab, und wandte sich darüber hinaus an Mädchenschulen, um junge Frauen zu finden, die sich für Astronomie interessierten. Außerdem wagte sie eine Anzeige zu Beginn des neuen Jahres in der Bostoner Tageszeitung:

Wissenschaftliches Institut sucht weibliche Mitarbeiter. Gefragt sind ein gutes Auge und Freude am Rechnen, Geduld und Forschergeist – und Interesse am Sternenhimmel! Vorerfahrungen nicht zwingend erforderlich, eine sorgfältige Einarbeitung ist garantiert und wird vergütet.

Letzteres hatte sie Pickering abgerungen. Die Bezahlung der Frauen war schlecht – Ailis ärgerte sich, dass sie nur die Hälfte dessen verdiente, was die studentischen Hilfskräfte erhielten. Allerdings zahlte das Institut immer noch besser als die meisten anderen Betriebe, die Frauen einstellten. Und die Arbeit war anregend und weder so eintönig wie die Arbeit in einer Fabrik noch so schwer wie die als ungelernte Hausangestellte.

Gleich am ersten Tag hatte Ailis die ersten Bewerbungen auf dem Tisch, und auch wenn sie einige Frauen ablehnen musste, weil ihre mathematischen Grundkenntnisse nicht ausreichten, hatte sie am Ende der ersten Woche doch bereits drei hochmotivierte junge Frauen gefunden, die ihrer Einführung mit Feuereifer folgten. Kurz danach stieß eine langjährige Hausfrau zu ihnen, die sich nach einer Arbeit sehnte, die ihren Geist forderte. Ailis versuchte es mit jeder Frau, die über grundlegende Rechenkenntnisse verfügte und willig war, sich zu beweisen. Sie schwor die Frauen auf ein gemeinsames Ziel ein: den Sternenkatalog! Dieser war das erklärte Ziel von Professor Pickering – ein umfassendes, ehrgeiziges, einzigartiges Projekt! Jede von ihnen sollte stolz darauf sein, daran mitarbeiten zu dürfen.

Flügel der Liebe

Paris und Boston, Frühling bis
Sommer 1889

Die Weltreisenden besuchten auf ihrem Weg nach Paris auch noch Rom und Venedig. Wieder führte Frederick Balincourt die jungen Leute begeistert von einer Ausgrabungsstätte zur nächsten. Donnas Großmutter betete in einer Kirche nach der anderen, und alle verbrachten ganze Tage in den Museen des Vatikans. In der Dogenstadt teilten sich Haily und George eine Gondel, und Hailys helle Stimme mischte sich in den Gesang des Gondoliere. Donella fand eigentlich, dass es sich schön anhörte, ihrem Bruder dagegen schien es peinlich zu sein. George verzichtete allerdings auf jegliche Bemerkung, er und Haily hatten längst bemerkt, dass eine Zweckgemeinschaft ihren beiderseitigen Zielen nützlich war. Die Balincourts verboten praktisch keine Aktivität, zu der George Haily einlud, auch wenn die beiden alten Herrschaften selbst keinerlei Lust verspürten, die jungen Leute als Anstandswauwau zu begleiten. Nach den anstrengenden Besichtigungstouren hatten sie keine Lust, auch abends noch auszugehen, und so schickten sie Emily und Donna mit, denen sie voll vertrauten. Die beiden pflegten so bald es ging umzudrehen, wenn das Pärchen einem seiner bevorzugten Vergnügungsviertel zustrebte: George und Haily liebten das römische Viertel Trastevere mit seinen Tavernen und Tanzlokalen und ließen in Venedig sehr schnell die Ponte delle Tette hinter sich, um das Rotlichtviertel der Lagunenstadt zu erkunden.

Donna und Emily schlichen sich dann entweder heimlich zurück ins Hotel, oder sie vergnügten sich tatsächlich auf einer Veranstaltung, die Haily und George *angeblich* besuchten. So besuchten die beiden klassische Konzerte in romantischen Parks, erlebten bunte Prozessionen zu Ehren der Madonna oder anderer Heiliger und bestaunten beleuchtete Gondeln auf dem Canale Grande. Emily fütterte die Tauben auf dem Markusplatz und lachte, als sie sich auf ihren Händen und Schultern und zu Lady Hards Entsetzen sogar auf ihrem Kopf niederließen.

»Ob die alle einen Schwarm bilden, oder ob sie in Familiengruppen leben?«, fragte sie sich und hielt nach Nestern Ausschau. »Schau mal, hier fressen zwei ganz einträchtig zusammen, und die dritte jagen sie weg. Es müsste interessant sein, ihr Verhalten zu beobachten, statt sie einfach nur zu bewundern ...«

»Dazu müsstest du sie aber erst einmal kennzeichnen«, gab Donna zu bedenken. »In diesem Gewusel verlierst du sonst den Überblick.«

»Vielleicht könnte man ihnen Ringe anlegen«, überlegte Emily. »In verschiedenen Farben oder so. Sie kurz einzufangen dürfte nicht schwer sein.«

Donna entdeckte in einem Museum Gemälde, die einen Ballonflug zeigten, und war darüber ganz aufgeregt. Sie fand heraus, dass die Künstler sich von einer Fahrt hatten inspirieren lassen, die der Doge von Venedig 1784 veranlasst hatte, nur ein Jahr nach dem ersten Aufstieg der Mongolfière. Der von Domenico Zanchi entworfene Ballon mit seiner fein gestalteten Gondel landete nach zweieinhalb Stunden Flug sicher in einem Sumpfgebiet.

»Ich verstehe nicht, warum man das nicht öfter macht!«, erregte sich Donna. »Es würden doch sicher viele Leute Geld dafür bezahlen, Venedig einmal von oben zu sehen. Also warum bietet das nicht mal jemand an?«

Ihr Großvater lachte. »Ich glaube, die meisten Reisenden sind nicht gar so abenteuerlustig wie du, Donna! Und die Gondelfahrten hier gehen schon genug ins Geld. Für eine Stunde auf den Kanälen könntest du dich wahrscheinlich dreimal über das Loch Ness rudern lassen.«

»Und begegnest dabei womöglich sogar einem Ungeheuer!«, neckte sie Emily.

George und Haily zeigten weder für Drachen noch für Flugobjekte irgendwelches Interesse. Nach wie vor erkundeten sie lieber die Vergnügungsviertel, wobei George in Tanzlokalen und Bars fast jeden Abend eine junge Frau an seiner Seite hatte, mit der er sich vergnügte – und die am Ende des Abends in der Regel bezahlt werden wollte. George tat das bereitwillig. Sicher hätte er auch ein ehrbares Mädchen auf sich aufmerksam machen und vielleicht verführen können, doch das war mühsam und barg die Gefahr, dass eine enttäuschte Geliebte herausfinden konnte, wo er wohnte. Das Letzte, was er wollte, war, dass irgendeine seiner Liebschaften im Hotel seiner Großeltern vorstellig wurde.

Haily begleitete ihn nicht mehr, wie am Anfang, durch die Bars und Tavernen. Sie interessierte sich eher für Kleinkunstbühnen und leichte Musik. Wenn sie die entsprechenden Etablissements aufsuchte, fand sie in der Regel schnell eine Begleitung. Sie entwickelte in Windeseile einen Blick dafür, welcher meist etwas ältere Mann sich als Beschützer für eine Nacht anbot und ihren Champagner bezahlte, ohne sie weiter zu belästigen. Die Männer glaubten ihr gern, wenn sie von der Weltreise erzählte und behauptete, ihr Cousin George habe sie zu dem Ausflug in die Halbwelt verleitet, um sie dann mutterseelenallein zu lassen. Sie selbst habe sich Musik- und Tanzdarbietungen erhofft und sei nun peinlich berührt von dem, was sich ihr tatsächlich bot. In aller Regel machte ihr Begleiter daraufhin Lokalitäten ausfindig, in denen genau das geboten wurde, und so erhielt Haily einen Einblick ins gehobenere Nachtleben Italiens. Besonders beeindruckt war sie allerdings nicht. Männer dominierten im Publikum, Frauen sangen und tanzten in freizügigen Kostümen, doch ihre Darbietungen waren wenig originell. Haily hatte sich eigentlich mehr Avantgarde erhofft, etwas Neues, an dem sie sich selbst ausrichten konnte, um sich als Sängerin zu vervollkommnen. Im Gegensatz zu Cousin George suchte sie das Besondere, das Einzigartige, die Möglichkeit, herauszuragen aus der Masse und so letztlich zu den Sternen zu greifen. Doch das erzkatholische Italien hatte in dieser Beziehung wenig zu bieten.

Frederick und Denise Balincourt waren nicht begeistert davon, dass ihre Schützlinge am Abend häufig länger ausblieben, als sie es ihnen gestattet hatten. Sie trösteten sich jedoch damit, dass der Plan der Hards aufzugehen schien. Haily und George verzogen sich schließlich stets gemeinsam …

»Im Grunde kann ja nichts Schlimmeres passieren, als dass sie ein Kind von ihm bekommt«, meinte Frederick zu seiner Frau, die sich darob sofort entsetzt bekreuzigte. »Dann muss er sie heiraten, und alle sind zufrieden. Also fragen wir mal besser nicht nach, was die beiden so treiben.«

Donella, die gerade nebenan saß und mithörte, hätte das alles nicht gar so naiv gesehen. Sie glaubte keineswegs, dass Cousine und Cousin sich gemeinsam amüsierten. Sollte Haily also dumm genug sein, sich bei ihren Abenteuern schwängern zu lassen, würde das in einer Tragödie enden.

Haily war allerdings nicht dumm, zumal keiner der Männer, die sie kennenlernte, überhaupt das Risiko wert gewesen wäre. Dabei war sie durchaus gespannt darauf, wie es sein würde, mit einem Mann zu schlafen. Es musste jedoch jemand sein, der sie in irgendeiner Weise voranbrachte – idealerweise in Bezug auf ihre Karriere, und wenn nicht, dann wenigstens, weil er sie wirklich erregte. An Liebe dachte Haily nicht direkt. Nach ihren Beobachtungen führte diese nur zu einem Leben als Hausfrau und Mutter. Beides strebte sie nicht an.

Alle vier jungen Reisenden waren froh, als sie Italien endlich verließen und nach einem kurzen Aufenthalt in der Schweiz die Grenze zu Frankreich passierten. Die französische Hauptstadt Paris würde mehr zu bieten haben als alte Steine und große Kunst. Donella fieberte dem Besuch des Musée des Arts et Métiers entgegen. Endlich ein Museum, das Technik zum Thema hatte! Hier würden sie vielleicht auch die Entwürfe Leonardo da Vincis einsehen können, bei denen es um Flugmaschinen ging.

»Er soll sich ja weniger an Vögeln als an Fledermäusen orientiert haben«, meinte Emily, als sie im Zug nach Paris saßen. »Mich würde interessieren, warum. Wiegen Fledermäuse mehr? Ich denke, das Hauptproblem besteht doch darin, dass ein Mensch zu schwer ist, um sich durch die Bewegung seiner Arme in die Luft zu erheben – egal, wie gut konstruiert die Flügel sind.«

»Ich weiß nicht, ob sie euch diese wertvollen Dokumente werden sehen lassen«, dämpfte Donnas Großvater die Begeisterung der Mädchen. »Ein Blick darauf dürfte ja nicht genügen, ihr müsstet sie in Ruhe studieren können …«

»… und abzeichnen!«, rief Emily begeistert. »Vielleicht müssen wir … muss Donella einfach danach fragen. Oder würden Sie das für uns tun?« Sie hatte im Laufe der Reise Vertrauen zu Donnas Großvater gewonnen. Er nahm Donna und Emily ernst, unterstützte ihr Interesse an technischen Fragen und teilte nach wie vor ihre Faszination für das Fliegen. Er sah Emily an und versprach, es zu versuchen.

»Aber wir gehen diesmal nicht nur in langweilige Museen, oder?« Haily hatte bis jetzt geschwiegen, nun aber drängte es sie, ihre eigenen Ziele für Paris deutlich zu machen. »Das Moulin Rouge werden wir doch auch besuchen, nicht wahr? Überhaupt Montmartre, all diese Cabarets …«

Donnas Großvater nickte. »Das Moulin Rouge werden wir nicht auslassen, keine Frage. Aber all die anderen Örtlichkeiten, in denen man die Sünde feiert und morbide Orgien aufführt … Das brauchen wir nicht, Haily. Wir sehen uns stattdessen den Louvre an, und natürlich …«

Haily zog einen Flunsch, aber George zwinkerte ihr zu. Beide waren fest entschlossen, auch in Paris das Nachtleben auszukosten – das Moulin Rouge wäre nur der Anfang.

Das Musée des Arts et Métiers befand sich zwischen dem zweiten und dritten Pariser Arrondissement und war in einer alten Klosterkirche untergebracht.

Auf Donnas und Emilys Wunsch hin war es das erste Museum, das Frederick Balincourt mit den jungen Leuten besuchte, und die Mädchen waren restlos begeistert. »Das Foucault'sche Pendel!«, rief Donna ehrfürchtig. »Der Beweis für die Erdrotation auch ohne Blick in die Sterne! Und hier, der Dampfwagen von Cugnot! Immer lacht ihr mich aus, wenn ich sage, dass die Zukunft im Automobil liegt. Cugnot hat das schon 1769 gewusst!«

»Manche Leute sind ihrer Zeit immer voraus«, bemerkte ihr Großvater. »Ich denke da an Heißluftballons …« Er zwinkerte ihr zu und folgte ihr bereitwillig in den Bereich des Museums, der den ersten Flugversuchen von da Vinci bis zur Montgolfière gewidmet war.

Als sich herausstellte, dass das Museum über eine umfangreiche Bibliothek verfügte, die allgemein zugänglich war, standen Donnas Pläne für die nächsten Wochen fest. Die Reisegesellschaft wollte einige Zeit in der Stadt verbringen, und Donna gedachte sie für ausgedehnte Studien zu nutzen. Emily wurde ihr dabei mitunter untreu und widmete sich eher dem Naturkundemuseum. Die Physik des Fliegens interessierte sie durchaus, doch sie war nicht so versessen darauf wie Donna. Lieber studierte sie Vögel als solche und ihre Entwicklung seit den Zeiten der Flugsaurier – und damit ihre Verwandtschaft mit Reptilien. Eine Versteinerung des Archaeopteryx ermutigte sie zu zahlreichen Zeichnungen, die ihn im Vergleich zu Vögeln zeigten.

»Archaeopteryx war wohl eher ein Gleitflieger«, erklärte sie Donna. »Er kletterte irgendwo hinauf und segelte dann herunter.«

Donna nickte. »Das wird wohl auch auf Flugsaurier zutreffen, die größer und schwerer waren als Vögel. Aus eigener Kraft hielten die sich höchstwahrscheinlich nicht in der Luft. Menschen schaffen das ja auch nicht. Konstruktionen wie die von Leonardo konnten nicht wirklich funktionieren. Mit künstlichen Flügeln mag man herabgleiten können und vielleicht sogar ein bisschen aufsteigen, wenn der Wind günstig steht. Aber richtig fliegen … also ich setze da weiterhin eher auf Ballons.«

Emily hob die Schultern. »Etwas fliegt, wenn es leichter ist als Luft, oder wenn es mechanisch irgendwie Auftrieb bekommt. Was ist mit Leonardos Luftschraube?«

Die Luftschraube war ein weiteres, möglicherweise flugfähiges Gerät, das Leonardo entworfen hatte.

Donna überlegte. »Ich denke, so, wie er sich das gedacht hat, funktioniert es nicht. Er hat damit gerechnet, dass vier Männer die Schraube so schnell drehen könnten, dass sie abhebt. Das wird aber nicht klappen, so viel Tempo würden auch zehn Männer nicht entwickeln. Aber da Vincis Schraube soll ja auf ein chinesisches Spielzeug zurückgehen, das tatsächlich geflogen sein soll … Hast du davon schon mal gehört?« Donna fuhr fort, als Emily den Kopf schüttelte: »Es hieß wohl der ›Fliegende Kreisel‹.« Sie lächelte. »Die alten Chinesen hatten in Bezug auf das Fliegen mehrere gute Ideen.«

Sie zwinkerte Emily zu. Inzwischen wusste sie, dass in Asien auch schon »Fliegende Lichter« entwickelt worden waren, die dem Lampion sehr ähnelten, mit denen sie damals beinahe das Schloss der Hards angezündet hatte.

Emily lachte. »Und?«, fragte sie. »Versuchst du's noch einmal mit der Schraube?«

Donna verzog das Gesicht. »Damit könnte ich jedenfalls keinen Brand legen. Aber Spaß beiseite. Ein paar Erfinder haben Leonardos Prinzip durchaus schon mal aufgegriffen, aber nach wie vor fehlt es an Antriebskraft, um ein so großes Fluggerät in die Luft zu kriegen. Zuletzt wurde es mit einer Dampfmaschine versucht, doch die erwies sich als zu schwer.« Sie hatte die letzten Tage wirklich zu umfassenden Studien rund um Leonardos Erfindungen genutzt.

Auch Haily verwandte ihren Aufenthalt zu akribischen Studien, ausgehend von ihrem Besuch im Moulin Rouge. Das elegante Restaurant mit Unterhaltungsbetrieb gehörte zu den ersten Programmpunkten der Reisegesellschaft – diesmal auf ausdrücklichen Wunsch von George und Haily. Die Balincourts und Donna – Emily hatte sich erfolgreich entschuldigt – lauschten eher befremdlich auf den Gesang und beäugten den Tanz der Hauptattraktion des Etablissements: La Goulue. Die junge Frau betörte ihr Publikum durch freizügige Kostüme und einen frivolen Tanz. Donnas Großmutter war schockiert, allein Haily hatte das Gefühl, endlich dem künstlerischen Ausdruck näher zu kommen, nach dem sie suchte.

Gleich am nächsten Abend verzog sie sich wieder mit George und überredete ihn, am Künstlerausgang des Moulin Rouge auf die Tänzerin zu warten.

»Ich bitte sie um ein Autogramm«, meinte Haily. »Und dann … sie geht doch nach so einem Auftritt garantiert nicht direkt nach Hause! Ich will wissen, wo Leute wie sie den Abend verbringen. Ins Moulin Rouge geht jeder, schon, weil es so berühmt ist. Aber es muss noch weitaus spannendere Cabarets und Revuen geben …«

Die Sängerin erschien tatsächlich eine halbe Stunde nach Schluss des Programms, gekleidet in ein Kostüm aus glänzender altrosa Seide, das Oberteil eng geschnitten. Ihren Kopf zierte ein ausladender, mit Federn geschmückter Hut in der gleichen Farbe. Haily empfand ihr eigenes Kostüm plötzlich als altbacken.

Louise Weber, bekannt als »La Goulue«, erfüllte routiniert die Autogrammwünsche, um dann in eine Droschke zu steigen und dem Kutscher etwas wie »Chat Noir« zuzurufen.

»Schwarze Katze?«, fragte George. Sein Französisch war nicht so gut wie das der jungen Frauen, den Namen hatte er jedoch verstanden.

»Wahrscheinlich ein Code-Wort!«, mutmaßte Haily und hielt die nächste Droschke an. »Chat Noir!«, sagte sie geheimnisvoll, was der Droschkenkutscher unaufgeregt hinnahm. Kurze Zeit später, sie hatten Montmartre noch nicht verlassen, hielt er vor einem Theater oder Cabaret, nicht so prunkvoll gestaltet wie das Moulin Rouge, doch von Droschken belagert. Haily entlohnte den Fahrer und zog George in das Etablissement. Die Gäste saßen an Tischen und tranken Champagner, während ein Conférencier die künstlerischen Darbietungen ankündigte und dabei auch mal mit den Gästen scherzte. Es gab mehrere Räume mit diversen Bühnen, die wohl verschiedene Zeitepochen darstellen sollten. Die Show war spektakulär, sehr ausgefallen, mit Schattenspielen und einem schwarz glänzenden Piano auf der Bühne. Haily lauschte nicht nur hingerissen, sie beobachtete auch mit aufmerksamem Interesse das Publikum.

La Goulue traf sich hier anscheinend mit Freundinnen. Gebannt sah Haily zu, wie die durchweg stark geschminkten Damen einander mit Küsschen begrüßten. Louise nahm von einer eine Zigarre entgegen und ließ sich von einem Kellner Feuer geben.

»Sie raucht!«, sagte Haily verblüfft. George verzog das Gesicht. Er hatte Frauen noch nie rauchen sehen und hielt das wohl auch für unangebracht. Haily dagegen fand, dass es der Tänzerin sehr gut stand. Sie saugte lässig an der hellbraunen Stange, blauer Rauch verzauberte die Luft. Alle Frauen im Raum trugen aufwendige Kleider, waren eng geschnürt, die Röcke gerafft und die Ärmel entweder bauschig oder bestehend aus weich fallenden Spitzen. Die Damen an Louises Tisch kleideten sich noch auffallender. Mitunter schien ein kürzeres Kleid über einem bodenlangen getragen zu werden, und ihre Dekolletés hätten Lady Mairead sicherlich die Röte ins Gesicht getrieben. Haily beschloss, gleich am nächsten Tag die Läden der Haute Couture aufzusuchen, für die Paris berühmt war.

Auf der Bühne bewegten sich Tänzerinnen und Sängerinnen leichter bekleidet. Ihre Röcke waren meist kürzer als im Alltag, sie ließen schwarze Seidenstrümpfe sehen und mitunter sogar ein

Höschen. Fast immer setzten sich die Tänzerinnen gegen Ende ihrer Darbietungen mit gespreizten Beinen in die Grätsche.

Endlich war auch George fasziniert. Wie Haily beobachtete er, wie sich eine Frau, die eben noch auf der Bühne getanzt hatte, zu Louise und ihren Freundinnen gesellte und eine von ihnen ungeniert auf den Mund küsste – lange und innig. Das alles wirkte im ersten Augenblick befremdlich und gleichzeitig unwiderstehlich.

Haily nutzte die nächsten Tage, um sich nach Tanz- und Gesangsunterricht umzuhören, erstand ein aufreizendes Spitzenkleid, einen mondänen Kopfschmuck und eine Kiste Zigarren. Eingedenk der Erinnerung an den Geruch der Pfeifen und Zigarren, erschien es ihr sinnvoll, die Tabakwaren erst einmal allein auszuprobieren, bevor sie sich damit in Gesellschaft wagte. Tatsächlich hustete sie sich bei ihrer ersten Zigarre die Seele aus dem Leib, die zweite raute ihr die Kehle auf, und die dritte begann zu schmecken. Sie wies Emily an, ihr Haar zu einem bauschigen Knoten aufzustecken und einzelne Locken in die Stirn fallen zu lassen – und schimpfte mit ihr, weil ihr das nicht gleich gelang.

Wenig später zog sie erneut mit George los, um sich bald von ihm zu trennen. Diesmal begab sie sich allein ins Chat Noir, inszenierte ihren Auftritt in einer Pause zwischen den Darbietungen und ging dann direkt auf einen Tisch zu, an dem sich Damen platziert hatten.

»Verzeihung, hätten Sie Feuer?«, hauchte sie, woraufhin eine der Damen sofort aufsprang, als hätte Haily einen an ihr höchst interessierten Mann gefragt, und ihr mit einem elfenbeingeschmückten Feuerzeug aushalf.

Haily dankte lächelnd, setzte sich allein an einen Tisch in der Nähe und bestellte Champagner.

Nach zwei Nummern auf der Bühne erhob sich die Dame, die ihr Feuer gegeben hatte, und trat an ihren Tisch. »Verzeihung, warten Sie auf jemanden?«

Haily schüttelte den Kopf. »Nein«, sagte sie. »Ich … ich kenne noch kaum jemanden in Paris …«

Die Dame lächelte und stellte sich vor. »Marie de Poison ist mein Name.«

Ob das ein Künstlername war? Haily hätte ihn mit »Vergiftete Marie« oder »Giftige Marie« übersetzt.

»Haily Hard«, sagte sie und fand, dass auch das fast wie ein Bühnenname klang.

»Möchten Sie sich nicht zu uns setzen?«, fragte Marie de Poison. »Dann hätten Sie es auch leichter mit dem Feuer …« Sie wies auf Hailys fast aufgerauchte Zigarre.

Haily nickte huldvoll und holte ihr Glas. »Ich freue mich, Ihre Bekanntschaft zu machen«, sagte sie, nachdem auch die anderen Frauen sich vorgestellt hatten. Dabei fiel ihr Akzent auf, die Französinnen fragten nach, und schon bald war eine rege Unterhaltung im Gange.

»Aus Schottland!«, wunderte sich Marie. »Was hat Sie hierher verschlagen?«

Haily berichtete von ihrer Grand Tour und den Plänen ihrer Eltern, die sich damit verknüpften. Wie erwartet, reagierten die Frauen belustigt.

»Aber du wirst ihn nicht heiraten, oder?«, fragte Marie. Sie hatte Haily gleich das Du angeboten.

»Ganz sicher nicht! Ich … ich passe nicht in diese Welt. Ich möchte … ich bin Sängerin!«

Zu Hailys Freude stieß sie damit nicht auf Hohngelächter. Die anderen nahmen sie ernst – eine von ihnen war Malerin, eine tanzte, und Marie trat mit einer eigenen Zaubershow auf.

»Du wirst uns einmal vorsingen müssen«, meinte sie. Inzwischen waren einige Gläser Champagner geleert, was sie zu ermutigen schien, eine verrutschte Locke an Hailys Frisur zu richten. Ihre Augen glänzten.

Die anderen bemerkten das und lachten. »Oh, Marie, bevor

du dich jetzt verliebst, solltest du vielleicht fragen, ob die Kleine sich grundsätzlich nicht zu Männern hingezogen fühlt, oder ob sie nur ihren langweiligen Cousin verschmäht!«, bemerkte eine von ihnen, die sich als Claudette vorgestellt hatte. »Na, wie sieht es aus, Haily?«, fügte sie gleich hinzu.

Haily errötete. »Ich … ich weiß nicht …« Erneut erntete sie freundliches Gelächter.

»Sie ist noch Jungfrau«, konstatierte Claudette. »Deine Chance, Marie, du kannst sie an dein Ufer ziehen …«

Marie nahm Hailys Hand. »Wenn du Interesse hättest«, raunte sie. »Ich wohne nicht weit von hier …«

Haily wusste nicht, wo sie hinsehen sollte. Sie hatte nicht die geringste Idee von gleichgeschlechtlicher Liebe – tatsächlich hatte sie erst hier im Chat Noir den Kuss zweier Frauen beobachtet und bei einem anderen Ausflug mit George gesehen, wie zwei andere miteinander tanzten. Allerdings ging sie sicher keinerlei Risiken ein, wenn sie ihrer neuen Freundin die Freude machte. Schwanger werden konnte sie jedenfalls nicht von Marie …

Nach zwei weiteren Gläsern Champagner ließ sie sich von der vergnügten Frauenrunde zu Maries Apartment in einem alten Haus im Zentrum von Montmartre begleiten. Angetrunken summten Claudette, Louise und Germaine den Hochzeitsmarsch und forderten Marie auf, Haily über die Schwelle zu tragen. Marie warf ihnen die Tür vor der Nase zu – und wandte sich dann Haily zu, um ihr den Kopfschmuck abzunehmen.

»Du wirst sehen, es ist schön«, flüsterte sie und begann, die neue Freundin zu entkleiden. Haily machte alles mit und registrierte dabei, dass Maries Domizil zwar klein, aber gemütlich war. Das Bett war breit und bedeckt mit einer bunten Decke, die elektrischen Lampen waren mit Tüchern verhängt, die alles in ein diffuses Licht tauchten. Sie hatte befürchtet, Maries Annäherung vielleicht abstoßend zu finden – während ihrer Saison hatten Männer oft versucht, ihr zu nahe zu treten, was sie stets als abstoßend und übergriffig empfunden hatte. Maries Streicheln und Lecken ihres nackten Körpers war dagegen alles andere als unangenehm. Haily ließ es gelassen über sich ergehen, versuchte auch ihrerseits, Marie etwas zurückzugeben, doch besonderes Vergnügen fand sie nicht daran, den Körper einer anderen Frau zu erkunden.

Marie lächelte denn auch, als sie schließlich von ihr abließ. »Süße, du hast einen wunderschönen Körper, aber ich glaube nicht, dass du so bist wie ich. Wahrscheinlich wirst du einen oder mehrere Männer einmal sehr glücklich machen ... und Frauen eher eifersüchtig.«

»Es tut mir leid«, murmelte Haily, aber Marie schüttelte den Kopf.

»Muss es nicht. Die eine mag dies, die andere das. Wir können trotzdem Freundinnen sein.« Sie stand auf. »Soll ich dich zu den Droschken begleiten? Ich lass dich ungern allein nachts in Montmartre ...«

Erst in diesem Moment fiel Haily siedend heiß ein, dass sie ihr vereinbartes Treffen mit George um mehr als eine Stunde verpasst hatte. Hastig kleidete sie sich an und ließ sich von Marie am Droschkenstand mit einem sanften Kuss auf die Stirn verabschieden. »Ich trete morgen in den Folies Bergère auf«, erklärte sie. »Wenn du kommen magst? Ich ziehe dir gern ein Extra-Kaninchen aus dem Hut!«

Natürlich wollte Haily dabei sein, sofern es sich ermöglichen ließ, doch jetzt atmete sie erst mal auf, als sie George sah, der geduldig vor dem Haus auf sie wartete, in dem Frederick Balincourt für die Zeit ihres Parisaufenthalts eine ganze Etage gemietet hatte.

Er grinste sie an, als sie sich entschuldigte. »Und, bist du noch Jungfrau?«, fragte er anzüglich.

Haily grinste zurück. »In gewisser Weise, nein«, ließ sie ihn wissen. Dann gingen sie gemeinsam an der Concierge vorbei und fuhren hinauf in den zweiten Stock.

Die Bekanntschaft mit Marie und ihren Freundinnen erwies sich als Glücksfall für Haily. Die vier nahmen sie bereitwillig unter ihre Fittiche, tatsächlich erwies sich besonders Marie als geradezu fürsorglich. In Gesellschaft einer oder mehrerer der Freundinnen besuchte Haily die Folies Bergère und andere, bekannte und weniger bekannte Cabarets und Varietés. Die Französinnen führten sie in den »Himmel« und die »Hölle«, Etablissements, die sich einen Spaß daraus machten, die Besucher durch ihre ausgefallene Gestaltung und burlesken Darbietungen zu schockieren. Haily sah Liane de Pougy tanzen – eine Frau, von der Marie wusste, dass sie mal männliche, mal weibliche Geliebte hatte. Und sie bewunderte weiterhin La Goulue, deren Interpretation des Cancan legendär war. Claudette, die ebenfalls tanzte, vermittelte Haily an ihre Lehrerin Mariquita, die ihrerseits über einen gewissen Ruhm verfügte.

George entdeckte derweil das Casino de Montmartre und spielte den Lebemann am Roulettetisch. Die Balincourts begannen, sich ernsthaft um ihre Schützlinge zu sorgen.

»Vielleicht sollten wir darüber nachdenken, Paris früher als geplant zu verlassen«, bemerkte Frederick Balincourt gegenüber seiner Enkelin. »Ich weiß natürlich, wie glücklich dich deine Studien im Museum machen, eine solche Bibliothek wird dir nie wieder zur Verfügung stehen. Aber es gefällt mir nicht, wie Haily sich verändert, optisch und in ihrem Benehmen. Und es sieht mir nicht danach aus, als ob sie und George füreinander Gefühle entwickelten. So langsam glaube ich, die spielen uns seit Wochen etwas vor. Weißt du etwas darüber?«

Donna bemühte sich um einen neutralen Gesichtsausdruck.

»Ich war noch nie besonders vertraut mit Haily«, erklärte sie wahrheitsgemäß, ohne die Frage direkt zu beantworten. »Und erst recht nicht mit George.«

Sie hätte es sehr bedauert, Paris vor der Zeit verlassen zu müssen – doch dann geschah etwas, das für sie ohnehin alles veränderte!

Wieder einmal verließ sie nach Stunden des konzentrierten Lesens und Lernens das Museum – und stockte jäh, als sie vor dem ehrwürdigen Gebäude ein ganz neues »Exponat« entdeckte. Oder zumindest etwas, das sie dafür hielt.

Am Bordstein geparkt stand ein elegantes, dreirädriges Fahrzeug, vorn ein kleines Rad, eine Stange zum Lenken und eine einladende Sitzbank, sowie zwei hohe Räder hinten und dazwischen der Motor. Donna näherte sich dem Gefährt mit leuchtenden Augen.

»Interessieren Sie sich für Motorwagen?« Während sie sich über den Viertaktmotor beugte und versuchte, Einzelheiten zu erkennen, ertönte hinter ihr eine Männerstimme. Donna fuhr erschrocken herum und fand sich einem schmalen, gut gekleideten jungen Mann gegenüber. Er hatte ordentlich zurückgekämmtes dunkles Haar, einen dunklen Teint und leicht schräg stehende fast schwarze Augen. Leuchtende Augen, konstatierte sie. Sie musterten sie wach, interessiert und freundlich.

Donna schenkte ihm ein Lächeln. »Oh ja! Genau genommen interessiere ich mich für alles, mit dem man schneller vorwärtskommt als mit einer Kutsche. Dies ist ein Benz Motorwagen, nicht wahr? Er ist fantastisch! Ich würde zu gern einmal damit fahren.«

Der junge Mann erwiderte das Lächeln und machte eine einladende Handbewegung. »Nur zu. Steigen Sie ein!«

Donna zögerte. »Gehören Sie denn zum Museum? Können Sie einfach so … ich meine, gewöhnlich darf man die Exponate doch nicht einmal anfassen.«

Der Mann, er mochte nicht viel älter sein als sie selbst, lachte.

»Ich gehöre nicht zum Museum, aber dieses Prachtstück auch nicht«, erklärte er ihr. »Der Benz gehört mir. Hernando Sánchez-Duboire, um mich wenigstens förmlich vorzustellen, bevor ich Sie zu Ihrer ersten Automobilfahrt entführe.«

»Donella Hard«, sagte Donna atemlos und fuhr mit dem Finger über die Gummibereifung der Räder. »Das ist ... das ist ...«

»... der Erste seiner Art in Frankreich«, meinte Sánchez-Duboire stolz. »Also begleiten Sie mich jetzt auf eine Spritzfahrt?«

Donna hätte das im Leben nicht ausgeschlagen. Mit klopfendem Herzen ließ sie sich von Hernando Sánchez-Duboire auf den Bock helfen, auf dem auch er Platz nahm, nachdem er den Wagen mithilfe einer Kurbel angeworfen hatte. Hingerissen spürte Donna die leichten Vibrationen, die der laufende Motor auslöste. Hernando ergriff die Lenkstange und löste die Bremse.

»Auf geht's!«, bemerkte er. Donna strahlte. Das Gefährt reihte sich in gleichmäßiger Geschwindigkeit in den Verkehr ein. Es war ein seltsames Gefühl, auf einem Bock zu sitzen, vor den keine Pferde gespannt waren.

»Es ist ein Einzylinder-Viertaktmotor, nicht wahr?«, erinnerte sie sich an das, was sie über das Fahrzeug gelesen hatte. »Wie viele Pferdestärken ... man misst das doch nach Pferdestärken, ja?«

»Zwei bis drei«, antwortete Hernando. »Er ist ganz schön schnell – aber hier in der Stadt kann man ihn natürlich kaum ausfahren. Wie kommt es, dass eine junge Dame so viel über Motoren weiß? Dies ist ein Prototyp, wie Sie vielleicht wissen. Er wurde extra für mich gebaut – nach dem von Carl Benz selbst erprobten Wagen natürlich. Ich wollte ihn unbedingt haben!«

Donna verstand das und fragte sich im Stillen, was ihn die Erfüllung dieses außergewöhnlichen Wunsches wohl gekostet hatte. »Ich hab darüber gelesen«, erklärte sie. »Gerade gestern, im Museum, in einer Technik-Gazette. Deshalb dachte ich ja, es sei ein Exponat, angeschafft, um diese bahnbrechende Erfindung im Museum zu zeigen.«

»Sie ist noch nicht ganz ausgereift«, meinte Hernando. »Besonders die Ketten reißen zu schnell. Fahrradketten ... Ich überlege, ob ich mit stärkeren experimentiere oder ob die dann zu schwer werden.«

»Gewicht ist immer ein Problem«, stimmte Donna ihm zu. »Vielleicht eine andere Kettenform? Ich kenne mich mit Fahrradketten nicht aus, aber bei Halsketten gibt es mehr oder weniger fragile. Experimentieren Sie denn selbst mit Ihrem Auto?«

»Ich studiere. Chemie, Physik, Astronomie und Mechanik. Letzterem bringe ich größtes Interesse entgegen. Und Erfindungen haben mich schon immer fasziniert. Ich habe eine Werkstatt – im Keller des Hauses, in dem sich meine Wohnung befindet.«

»Das ist fantastisch!« Donna warf ihm einen interessierten Blick zu. Ihre Augen strahlten. »Ich bastele auch gern an Dingen herum. Mein besonderes Interesse gilt der Aeronautik.«

Während sie sprach, beobachtete sie ihn beim Steuern des Automobils – an der Lenkstange war ein kleines Rad angebracht, das die Steuerung erleichterte. Die Bremse war ähnlich zu bedienen wie die eines Pferdefuhrwerks – nur dass hier natürlich die Zügelhilfen wegfielen, sodass ihre Funktion deutlich wichtiger war und sie mehr zum Einsatz kam. Schließlich bemerkte der junge Fahrer ihr Interesse.

»Möchten Sie mal ans Steuer?« Sie hatten die Innenstadt inzwischen verlassen, und der Wagen rollte über ruhigere Straßen.

Donna sah ihn ungläubig an. »Wenn ich darf ... ich meine ... ich möchte nichts kaputt machen.«

Hernando lächelte. »Das werden Sie schon nicht. Schauen Sie, die Geschwindigkeit steuern Sie mit der Gashebelbremse. Liegt der Hebel mittig, steht das Fahrzeug, schieben Sie ihn nach vorn, bewegt es sich, und zum Bremsen führen Sie ihn über die Mitte hinaus nach hinten. Alles mit Gefühl, bitte, nicht abrupt. Die Richtung geben Sie mittels des Steuerrads an der Lenkstange vor. Sie sehen, das ist viel einfacher als beim Reiten.«

Donella brachte der Sache trotzdem größten Respekt entgegen und betätigte sämtliche Instrumente mehr als vorsichtig, als Hernando sie dann wirklich ans Steuer ließ. Sie wurde allerdings sehr schnell sicherer. Es war ein großartiges Gefühl!

»Das Fahrzeug wurde übrigens für Frauenhände erbaut«, erklärte Hernando, der sich als Beifahrer durchaus wohlzufühlen schien. »Bertha Benz, die Gattin des Erfinders, erprobte es auf Langstrecken.«

Donella war restlos begeistert. »Und sonst gibt es nichts zu beachten?«

Hernando hob die Schultern. »Na ja, man muss den Zufluss des Ligroins, also des Brennstoffs, kontrollieren und seinen Stand. Ohne Treibstoff bleibt man liegen. Und der Motor ist wassergekühlt. Auch das muss man im Auge behalten. Obwohl Carl Benz es genial gelöst hat: Es gibt ein Rohrsystem, durch welches das verdampfte Kühlwasser geleitet wird und dabei wieder kondensiert.«

»Kann ich mir das nachher anschauen?«, fragte Donella. »Ich würde so einen Motor zu gern einmal in seine Einzelteile zerlegen. Das habe ich früher mit allem und jedem Gerät versucht, meine Mutter machte es rasend!«

»Natürlich können Sie das«, meinte Hernando und wies Donella an, vor einem Kaffeehaus zu halten. »Aber vorher trinken Sie noch einen Kaffee mit mir, oder? Auf Ihre erste Autofahrt?«

»Darauf sollte ich eher Champagner trinken!« Donna lachte glücklich. »Im Ernst, ich bin schon völlig verliebt in den Wagen!«

Der junge Mann runzelte die Stirn. »Angenommen, ich würde mich jetzt in Sie verlieben … Müsste ich dann auch damit rechnen, seziert zu werden?«

Donella brach in Gelächter aus, Hernando Sánchez-Duboire gefiel ihr immer besser. Nicht nur, dass er sich für Technik begeisterte – er hatte auch Humor.

»Eher nicht, ich will ja Technik studieren, nicht Anatomie«, gab sie zurück. »Ob man mit einem solchen Motor auch ein Fluggerät in die Luft bekäme?«

»Warum versuchen Sie's nicht?« Lächelnd hielt ihr Hernando die Tür zum Kaffeehaus auf und orderte Kaffee und Champagner, als sie sich gesetzt hatten. »Wenn Sie Ingenieurswissenschaften studierten, könnten Sie es selbst herausfinden.«

Donna verdrehte die Augen. »Mit Ihren Anatomiekenntnissen ist es aber nicht weit her, oder?«, bemerkte sie. »Ist Ihnen noch nicht aufgefallen, dass ich eine Frau bin? Die allermeisten Universitäten lassen uns zu Studiengängen wie Physik und Chemie, Technik und Astronomie nicht zu.«

»Ist das so?« Hernando schien sich nie gefragt zu haben, warum die Herren in der Universität unter sich waren. »Aber da muss sich doch etwas machen lassen.« Er nahm einen Schluck Kaffee und schüttelte sich. »Das Gebräu ist ja schrecklich! Trinken Sie besser nur den Champagner!«

Donella hatte den Kaffee längst gekostet und fand ihn eigentlich ganz normal. »Auf Kaffee und Champagner verstehen Sie sich auch noch?«, neckte sie ihn.

»Mit Ersterem bin ich aufgewachsen«, gab er zur Antwort. »Mein Vater besitzt Kaffeeplantagen in Brasilien.«

Also ein spanischer oder portugiesischer Akzent. Sánchez-Duboire sprach fließend Französisch, aber Donella hatte sich bereits gefragt, ob es wirklich seine Muttersprache war.

»Und glauben Sie mir: Was Sie hier so serviert bekommen, können Sie größtenteils gleich wegschütten – im Gegensatz zum Champagner, auf den Frankreich ja nun wirklich spezialisiert ist. Möchten Sie noch ein Glas? Einen Kaffee werde *ich* mal für Sie zubereiten. Dann schmecken Sie den Unterschied!«

Donellas Herz schlug höher. Das klang, als hätte er vor, sie wiederzusehen.

»Aber kommen wir zurück zum Studium. Meine nächste Vorlesung in Mechanik ist morgen. Um elf. Sagen wir, wir treffen uns um halb neun. Auf dem Boulevard Haussmann, Kreuzung Rue de Bretagne. Finden Sie das?«

Donella lachte. »Wir haben einen Stadtplan«, erklärte sie. »Aber das ist ganz schön weit weg von der Universität.«

Hernando zwinkerte ihr zu. »Wir haben ein Automobil«, bemerkte er.

»Der junge Mann muss sehr vermögend sein«, lautete die Reaktion von Donellas Großvater, als sie ihm von ihrer neuen Bekanntschaft und der Spritztour mit seinem Automobil erzählt hatte. Dabei hatte sie wohlweislich ausgelassen, dass er sie selbst ans Steuer gelassen hatte – und erst recht seine verrückte Idee, sie als Frau mit in die Universität zu nehmen. »Ich hoffe, er ist auch ein Gentleman.«

»Oh ja, das ist er!«, beeilte sich Donna zu versichern. »Er war äußerst höflich und zuvorkommend, er ...«

»Lass mich raten, er will dich wiedersehen«, sagte Frederick Balincourt streng. »Ohne sich die Mühe zu machen, hier einmal vorzusprechen.«

Daran hatte Donna nun gar nicht gedacht. Eigentlich fand sie, dass ihr die gleichen Freiheiten zustehen müssten wie George und Haily, die man nie nach der Gesellschaft fragte, in der sie möglicherweise ausgingen. Jetzt musste sie sich schnell etwas einfallen lassen.

»Wir ... wir treffen uns morgen in der Bibliothek des Technikmuseums«, behauptete sie. »Am helllichten Tag. Er sucht ein Thema für eine Semesterarbeit – und vielleicht kann ich ihn ja überreden, das Fluggerät von Leonardo da Vinci nachzubauen. In kleinerem Maßstab natürlich, aber dann könnte man herausfinden, ob es wirklich fliegt. Bei einem kleineren Gerät ließe sich der Antrieb vielleicht mit einer Kurbel herstellen, wie bei Aufziehspielzeugen ...« Allein der Gedanke brachte sie zum Strahlen. »Glaub mir, Grandpa, Monsieur Sánchez-Duboire und ich teilen lediglich die gleichen Interessen. Ansonsten ist es nicht, wie du denkst ...«

Ihr Großvater runzelte die Stirn. »Wenn es um Jungen und Mädchen geht, ist es fast immer so, wie ein Erwachsener denkt. Er ist wirklich erst in deinem Alter?«

Donna nickte. »Und sollte es irgendwann um eine Abendeinladung gehen oder so, dann wird er sich vorstellen. Versprochen!«

Natürlich konnte sie darauf nur hoffen, doch sie meinte, dass ihr Gefühl sich in Bezug auf Hernando Sánchez-Duboire nicht täuschte. Er war zweifellos wohlerzogen und würde sich gesellschaftlichen Pflichten nicht entziehen.

Herzklopfend erreichte Donella am nächsten Morgen die Kreuzung, an der sie sich mit ihrem neuen Freund verabredet hatte. Die Straßen, die sich hier kreuzten, waren exklusive Einkaufsstraßen. Sánchez-Duboires Automobil hielt vor einem Geschäft für Herrenmode. Er wartete auf dem Bock.

»Miss Hard, wie schön, dass Sie kommen konnten! Ich war mir etwas unsicher, ob ich Sie gestern mit meinem Angebot nicht überrumpelt habe. Schließlich … eigentlich sollte man einander besser kennen, bevor man sich auf gemeinsame Abenteuer einlässt.« Er lächelte ihr zu, verließ den Wagen und begrüßte sie charmant mit Handkuss.

»Abenteuer?« Allmählich fragte sich Donella, ob er vorhatte, womöglich durchs Fenster in die Universität einzusteigen. »Also mehr Aufregung, als Ihr Automobil zu steuern, können Sie mir eigentlich nicht bieten.«

Er zwinkerte ihr zu. »Warten Sie ab«, sagte er. »Und treten Sie ein.« Er hielt ihr die Tür des Herrenmodengeschäfts auf.

Donella folgte stirnrunzelnd seiner Einladung. Ein junger, sehr gut aussehender Verkäufer trat auf sie zu.

»Womit kann ich heute dienen, Monsieur Sánchez-Duboire? Wenn es eine Maßanfertigung sein soll, der Schneider ist noch nicht im Hause, aber ich kann ihn natürlich sofort rufen lassen.« Devot verneigte er sich und warf Donella einen leicht verwunderten Blick zu.

»Eine Verwandlung«, meinte Sánchez-Duboire. »Eine Verwandlung, Gaston, ich vertraue auf Ihre Zauberkräfte. Es geht um … na ja, sagen wir mal, eine Wette. Meine reizende Freundin

Miss Donella möchte sich im Rahmen einer Wette in meinen jugendlichen Cousin Donald verwandeln. Hätten Sie wohl einen Anzug, der dem jungen Mann passt und verräterische Formen vielleicht etwas kaschiert?«

Donella errötete, während der Verkäufer um seine Fassung kämpfte. Ein solches Anliegen war ihm sicher noch nie vorgetragen worden. Gaston schluckte.

»Wie … wie Sie wünschen, Monsieur Sánchez-Duboire … und Mr. …«

»Hard«, hauchte Donella.

Hernando blickte beide unschuldig an, als wäre sein Auftrag das Selbstverständlichste der Welt.

Eine halbe Stunde später hatte sie drei Anzüge anprobiert, und Hernando entschied sich für einen braunen Dreiteiler mit recht weiten, gerade geschnittenen Hosen, einem lose sitzenden Sackmantel und einer etwas dunkler gehaltenen Weste, die über einem schlichten weißen Hemd getragen wurde. Eine dunkle Krawatte und eine jugendlich wirkende Mütze in der Art eines Baretts rundete das Bild des jungen Oberschülers oder Studenten ab. Aus einem Schuhgeschäft in der Nähe besorgte Gaston schlichte lederne Herrenhalbschuhe. Auf den ersten Blick fiel Donella sicher nicht als Mädchen auf – wenn sie jedoch in den Spiegel blickte, empfand sie ihr Gesicht als zu weich und ihre Haut als zu zart für eine solche Verkleidung. Dazu fehlte natürlich jeglicher Bartwuchs, und ihr üppiges Haar war nur schwer unter der Mütze zu verstecken.

»Das ist nicht wichtig«, tat Hernando ihre Bedenken ab. »Komm jetzt, sonst sind wir zu spät. Und Sie schreiben es bitte auf meine Rechnung, Gaston. Sehr gute Arbeit, vielen Dank!«

»Duzen wir uns jetzt?«, fragte Donella provokant, als sie zurück auf die Straße traten.

Hernando Sánchez-Duboire zog die Augenbrauen hoch. »Soll ich meinen Cousin etwa mit ›Sir‹ anreden?«

Donella gab sich einen Ruck. »Na schön«, sagte sie. »Ich verstehe zwar immer noch nicht, was das Ganze soll, aber … gestatten, mein Name ist Donald!« Sie hielt ihm die Hand hin.

»Hernando!« Sánchez-Duboire schlug ein. »Aber jetzt müssen wir wirklich los, ich will Professor Barlot noch vor der Vorlesung erwischen.«

»Du willst mich offiziell anmelden?«, fragte Donella, als der Benz anfuhr. »Das klappt nie, von Nahem täuscht die Verkleidung keinen.«

»Warte ab«, sagte Hernando lachend. »Du wirst sehen, dass es Möglichkeiten gibt, alles zu bekommen, was man will. Es ist nur eine Frage des Preises.«

Etwas schüchtern folgte ihm Donella wenig später in die heiligen Hallen der Sorbonne, immerhin eine der berühmtesten und ältesten Universitäten Europas. Die Hörsäle der Fakultät für Naturwissenschaften lagen im Erdgeschoss, doch Hernando führte sie zwei Treppen hinauf in einen Flur, in dem die Büros der Lehrenden lagen. Bei Professor Dr. Barlot klopfte er an.

»Herein!« Ein älterer Herr öffnete ihnen die Tür, offensichtlich gerade im Aufbruch begriffen. Die Veranstaltung sollte gleich anfangen. Hernando ließ sich jedoch nicht hetzen.

»Tut mir leid, dass wir so spät sind, aber ich wollte Ihnen meinen Cousin kurz vorstellen, bevor ich ihn mit in die Vorlesung nehmen möchte.« Hernando schenkte dem Professor ein gewinnendes Lächeln. Barlot seinerseits warf Donella einen irritierten Blick zu. Sie senkte die Augen.

»Aber das …«, setzte er an.

»Donald ist natürlich noch sehr jung«, sprach Hernando einfach weiter. »Er hat die Hochschulreife noch nicht erworben. Aber er ist hoch interessiert an Naturwissenschaften, und da er nun ein paar Monate bei mir in Paris wohnt, meinte mein Vater …«

»Das ist …« Die Stimme des Professors klang schärfer. Seine Verblüffung schien langsam Verärgerung zu weichen.

»Es ist uns natürlich klar, dass ein noch etwas unreifer Student,

gerade dann, wenn Sie ihn auch in Ihren Seminaren zulassen, eine gewisse Belastung bedeutet – insbesondere bei Ihnen, der Sie doch sowieso unter einer gewissen Anspannung arbeiten. Die Kürzung Ihres Forschungsbudgets empfinden wir alle als skandalös …«
Hernando war nicht zu bremsen und hatte den Professor nun auch an einer empfindlichen Stelle erwischt.

»Das ist sie zweifellos!«, erklärte er. »Dennoch …«

»Mein Vater und ich haben uns deshalb überlegt, ob wir hier nicht für Entlastung sorgen könnten, indem wir das Forschungsbudget Ihrer Fakultät um … sagen wir, ein Drittel aufstocken.« Hernando klang so gelassen, als redete er vom Wetter.

Barlot blieben die Worte im Hals stecken – und Donella der Mund offen stehen.

»Aber das ist ein Mädchen!«, brachte der Professor schließlich doch seinen Einwand heraus, wobei seine Stimme nicht mehr verärgert oder überrascht klang, sondern eher unglücklich.

»Na gut, um die Hälfte«, meinte Hernando, als befände er sich mit Barlot in Verhandlungen. »Aber dann müssen Sie meinem Cousin auch wirklich die Teilnahme an allen Ihren Seminaren erlauben. Ich werde ihn unter meine Fittiche nehmen, keine Sorge. Es wird keine Beschwerden geben …«

Hernandos Stimme hörte sich bedeutsam an. Mit seinen letzten Worten versprach er, sich auch um eventuelle Einwände von Kommilitonen zu kümmern, sollte Donella enttarnt werden.

»Sie … er … wird allerdings keinerlei Prüfungen ablegen …«, stellte Professor Barlot klar. »Keine Bescheinigungen der Anwesenheit, keine Klausuren …«

»Natürlich nicht«, meinte Hernando. »Mein Cousin wird nur hospitieren. Weiter nichts.«

Barlot räusperte sich. »Schön, dann … dann heiße ich Sie herzlich als Gasthörer in meinen Veranstaltungen willkommen, Monsieur …«

»Hard«, sagte Donella. »Donald Hard.«

Hernando lächelte. »Das Geld wird in den nächsten Tagen auf dem Konto der Universität eingehen«, versprach er.

Barlot nickte. Dann machte er sich endgültig auf den Weg zu seiner Vorlesung über Kinematik. Hernando und Donella folgten ihm, schlüpften hinter ihm ganz vorn in den Hörsaal und fanden zwei Plätze in der ersten Reihe. Donellas Herz klopfte immer noch heftig, und sie zitterte ein wenig, als sie sich neben Hernando niederließ. Die ersten zehn Minuten der Vorlesung rauschten deshalb an ihr vorbei, doch dann fesselten sie Barlots Ausführungen über Bahnkurve, Geschwindigkeit und Beschleunigung bei der Bewegung von Körpern. Zu ihrer größten Zufriedenheit konnte sie folgen. Dennoch fühlte sie sich wie außer Atem, als der Professor geendet hatte.

»Bis zum Beginn unseres Seminars haben wir noch Zeit für einen Kaffee«, bemerkte Hernando. »Oder bevorzugst du Champagner?«

»Du siehst, es geht alles«, meinte Hernando später, als Donella auch ihre erste Seminarveranstaltung hinter sich gebracht hatte, die Mütze tief ins Gesicht gezogen und natürlich argwöhnisch beäugt von den Kommilitonen. Es wagte jedoch niemand einen Kommentar, Hernando Sánchez-Duboire begegneten alle mit größtem Respekt.

Donella nippte an ihrem Champagner. In der Pause hatte sie ihn natürlich abgelehnt, jetzt aber feierten sie in einem Kaffeehaus an der Seine ihren Coup.

»Aber das kostet dich ein Vermögen!«, wandte sie ein. »Und mir ist es peinlich … wir sind auch nicht arm, aber ich könnte mir das nicht leisten … mal ganz abgesehen davon, dass mein Vater ganz sicher nicht für mich zahlen würde.«

Hernando winkte ab. »Für meinen Vater spielt Geld keine Rolle. Und dem armen Professor Barlot haben sie tatsächlich massiv das Budget gekürzt. Ich hatte schon vorher überlegt, ob ich es etwas aufstocke. Wir profitieren ja auch selbst davon, wenn er neue Geräte anschaffen kann und die Forschung vorantreibt. Er ist sehr an der Aeronautik interessiert, du kannst viel von ihm lernen.«

Donella fand das den richtigen Moment, ihm ein Modell der Da-Vinci-Flugmaschine als Semesterarbeit vorzuschlagen. »Es ist doch eine originelle Idee«, meinte sie. »Bisher sind schließlich alle der Meinung, die Zukunft der Aeronautik läge im Motorflug – während ich mich ja besonders für den Ballonflug interessiere ...«

Hernando lachte, als sie ihm von ihrem ersten Experiment mit dem Heißluftballon erzählte. Schließlich schlug er vor, sich am nächsten Tag im Museum zu treffen und die Sache anhand der Exponate auf ihre Durchführbarkeit zu prüfen. Er ließ keinen Zweifel daran, dass man ihnen dazu auch die Originalzeichnungen und Schriften da Vincis zur Verfügung stellen würde. Donella machte keine Einwände. Für einen Hernando Sánchez-Duboire schien es keine Grenzen zu geben. Außer vielleicht ...

»Hernando, wenn wir uns weiter treffen wollen ... wie du weißt, bin ich ein Mädchen ... ›Eine Hard‹, wie meine Eltern zu sagen pflegen, wenn sie mich als Zuchtmaterial anpreisen.«

Hernando lachte wieder.

»Jedenfalls wollen meine Großeltern wissen, mit wem ich zusammen bin, auch wenn es sich nur ... nur um ein gemeinsames Studienprojekt handelt. Also könntest du dich ihnen vielleicht vorstellen?«

Hernando lud Donella für den nächsten Abend ins Restaurant des Hôtel Balzac ein und holte sie dazu im Haus der Hards ab. Er erschien formvollendet mit Blumen für sie und ihre Großmutter, unterhielt sich höflich und angeregt mit Frederick Balincourt und gab dabei angelegentlich Auskunft über seine Familie und ihre Geschäfte. Sein Vater sei Brasilianer und Erbe großer Kaffeeplantagen, seine Mutter stamme aus Portugal. Zudem habe er einen älteren Bruder und eine jüngere Schwester, und seine Familie unterstütze ihn in seinem Wunsch, zu forschen und Entdeckungen zu machen. Mitarbeit bei der Führung der Plantagen erwarte man nicht von ihm, ebenso wenig wie einen Beitrag zum Familienvermögen.

»Was natürlich nicht heißt, dass meine Familie für mich ohne Ehrgeiz ist«, erklärte er. »Mein Vater erwartet, dass ich in dem, was ich tue, erfolgreich bin, doch er überlässt mir die Wahl meiner Beschäftigungen.«

Donella erfuhr, dass er als Junge ein erfolgreicher Sportler gewesen war, er hatte sich landesweit als Läufer hervorgetan. Selbstverständlich sprach er mehrere Sprachen, hatte angesehene Schulen besucht und stets als einer der Besten abgeschlossen.

Frederick Balincourt ließ seine Enkelin schließlich beruhigt mit ihm ausgehen – allerdings erst, nachdem er auch ihm sein Automobil ausführlich erklärt und den alten Herrn zu einer Ausfahrt eingeladen hatte.

»Alles gut?«, fragte er, als er Donna schließlich auf den Bock des Benz half.

Sie nickte mit leuchtenden Augen. »Du warst großartig. Jetzt muss ich nur noch einen passenden Moment finden, um Grandpa die Sache mit ›Donald‹ zu gestehen«, sagte sie vergnügt.

Hernando musterte sie wohlgefällig. Donna hatte sich an diesem Abend besondere Mühe mit ihrem Aussehen gegeben. Emily hatte ihr Haar nach neuester Mode aufgesteckt, und sie trug ein zartgrünes, mit Spitzen verziertes, bodenlanges Kleid, das ihre Taille betonte. Emily hatte sie eng schnüren müssen, damit es saß, doch als Donna jetzt das Strahlen in den Augen ihres Begleiters sah, fand sie, dass die Tortur sich lohnte. Die Ärmel des Kleides waren gerafft, das dazu passende niedliche Hütchen sparsam mit Blumen versehen.

»Donella gefällt mir besser als Donald«, bemerkte Hernando.

Sie blickte ihn spitzbübisch an. »Und Hernando gefällt mir besser als Monsieur Sánchez-Duboire«, sagte sie. Vor ihren Großeltern hatte sie ihn vorsichtshalber gesiezt.

»Dann wollen wir es doch dabei belassen«, sagte er lächelnd. »Willst du gleich ins Varieté oder erlaubt dir die Schnürung dieses wunderschönen Kleides doch noch, vorher etwas zu essen?«

Hernando erwies sich an diesem Abend als der perfekte Gentleman, und zum ersten Mal langweilte sich Donna nicht mit einem Tischherrn. Sie fanden mannigfaltige Themen, über die sie anregend plaudern konnten. Hernando hatte sich sogar ihre Bemerkungen zum Ballonfahren gemerkt und sich darüber kundig gemacht. »Es gibt eine Ballonfabrik in Vaugirard«, erklärte er. »Das ist ein Vorort von Paris. Wenn du magst, können wir gern einmal hinfahren. Vielleicht nehmen sie uns ja mit auf eine Fahrt.«

Am Ende des Abends war Donella berauscht, nicht nur vom Champagner, sondern von all dem, was plötzlich möglich war. Sie öffnete bereitwillig die Lippen, als Hernando sie küsste, und genoss das Gefühl, sich dabei in seine Arme zu schmiegen.

Sie war verliebt.

Ailis Hay war nicht verliebt, obwohl sie sich wirklich anstrengte, Gefühle für den Mann zu entwickeln, der seit einiger Zeit um sie warb. William Henry Pickering war seit einigen Wochen zu Besuch bei seinem Bruder, und der Professor und seine Frau hatten ihn ihr umgehend vorgestellt – sicher nicht ohne Hintergedanken. Auch William Henry war Astronom, interessierte sich allerdings nicht so sehr für weit entfernte Sternensysteme, sondern erforschte den Erdmond und den Mars, wozu auch er gern die Fotografie einsetzte. Vor einigen Jahren hatte er eine Sternwarte in Peru gebaut und plante in nächster Zeit eine weitere im US-Bundesstaat Arizona. Ailis konnte nicht genug von seiner Forschungsarbeit mithilfe modernster Teleskope hören, und er verstand es, packend von der Pionierarbeit in Südamerika zu erzählen. Er war jünger als der Professor und sehr gut aussehend, wenn man sich nicht daran störte, dass sich sein Haar bereits lichtete. Ailis fand ihn allerdings attraktiver, als sie Cuthbert je gefunden hatte. Seine Augen waren ruhig und freundlich, er war höflich und wirkte in sich ruhend.

Von Anfang an zeigte er reges Interesse an der Arbeit der »Harvard Computers« – der Name hatte sich schließlich für die Frauen in der Sternwarte eingebürgert – und würdigte damit auch Ailis' Forschungen.

»Wie schade, dass Sie ihnen keine Namen geben dürfen«, meinte er freundlich, als Ailis ihm die letzten der von ihr entdeckten Sterne vorstellte. Pickering erlaubte seinen Mitarbeiterinnen keine Extravaganzen. Die Sterne, die sie entdeckten, erhielten eine Nummer und wurden katalogisiert – an einem allgemeinen System dazu arbeiteten sie noch.

Ailis lachte. »Der arme Professor ist schon nicht begeistert davon, dass er ständig mit seinem ›Harem‹ aufgezogen wird. Wenn wir jetzt noch anfangen würden, die Sterne ›Scheherezade‹ oder ›Zarah‹ zu nennen, würde das gänzlich eskalieren. Beliebt als Namensgeber wären außerdem unsere Haustiere – Lorna hätte ihren ersten Stern gern ›Suzie‹ genannt, nach ihrem Pudel.«

William Henry griff sich an die Stirn.

»Sie haben Ihren Saturnmond ›Phoebe‹ genannt«, wusste Ailis. Männlichen Forschern war es durchaus erlaubt, ihre Entdeckungen zu benennen. »Nach Ihrer Katze?«

Er lachte. »Nein, nach einer Titanin aus der griechischen Mythologie. Eine Göttin … und ein hübscher Mädchenname. Wie im Übrigen auch Ailis – ich habe diesen Namen nie zuvor gehört.«

Ailis war eben noch sehr entspannt in Williams Gesellschaft gewesen, fühlte sich nun jedoch wieder befangen. Flirtete er mit ihr?

»In Schottland ist er recht häufig«, antwortete sie. »Wahrscheinlich einfach eine Variante von Alice.«

»Würde es Ihnen gefallen, wenn ich den nächsten Mond, den ich entdecke, ›Ailis‹ nennen würde?«, fragte er mit weicher Stimme.

Ailis wusste nicht recht, was sie darauf antworten sollte. Schließlich sprach sie das aus, was ihr durch den Kopf ging. »Nun, es … es wäre sicher schmeichelhaft. Allerdings ist so ein Mond ja eigentlich nicht mehr als ein Steinklotz, der um irgendeinen anderen kreist.«

William Henry lachte etwas gezwungen. Und Ailis fühlte sich wieder einmal ungeschickt und undankbar. Dieser Mann war so nett, er würde perfekt zu ihr passen, nicht einmal Copper schien ihn zu stören. Er ließ den Kleinen auf seinen Knien reiten und zeigte ihm vor dem Schlafengehen den Mond am Himmel. Eine neue Sternwarte mit aufzubauen würde sie mehr als alles reizen … vielleicht würde sie selbstständiger arbeiten können als bei den

Harvard Computers. Eigentlich sprach alles dafür, William Edward Henry zu ermutigen. Ailis konnte sich jedoch noch so sehr bemühen, sie empfand nichts für ihn, was über Sympathie hinausging, und das, davon war sie inzwischen überzeugt, war nicht genug für eine Ehe. Sie hatte sich Cuthbert hingegeben, weil es einfach dazugehörte, aber Freude hatte sie nicht dabei empfunden, und der Gedanke, mit einem anderen Mann das Bett zu teilen, stieß sie eher ab. Es erschien ihr auch zu mühsam, sich für einen Mann herzurichten und um sein Wohlwollen zu buhlen. In den letzten Jahren hatte sie sich angewöhnt, sich betont schlicht zu kleiden, ihr Haar streng aufzustecken und an Männern eher vorbeizublicken, als mit ihnen zu flirten. Wenn sie überhaupt etwas unternahm, dann waren es Ausflüge mit den anderen Computers, die darüber hinaus mit ihrem Beruf zu tun hatten. Nach wie vor begeisterte sie sich für ihre Arbeit und freute sich an ihren Erfolgen.

Einsamkeit empfand sie selten in diesem Leben, sie trauerte der Zweisamkeit in der Ehe nicht nach. Allenfalls hätte sie sich eine vertraute Freundin gewünscht, wie ehemals Donna. Die beiden Cousinen standen zwar nach wie vor in regem Briefkontakt – die Reisegesellschaft logierte nun schon seit Wochen in Paris –, doch das war nicht das Gleiche. Ailis vermisste Donnas Lachen, ihren manchmal beißenden Spott, aber auch ihre gelegentlichen Umarmungen und die Anstrengungen, sich gegenseitig zu frisieren oder zu schminken, was natürlich weder erlaubt noch schicklich war.

William Pickering trat nun näher an sie heran. »Sie sind kein Steinklotz, Ailis Hay!«, sagte er freundlich.

Ailis hob die Schultern. »Ich fürchte doch, Dr. Pickering. Ich kreise jedoch um nichts und niemanden. Es sei denn um meinen Sohn …«

Bedauernd sah er sie an. »Vielleicht sollte jemand einen Stern für Sie entdecken – eine Sonne, die Sie wärmt.«

»Vielleicht«, sagte Ailis ohne besondere Anteilnahme. »Aber dann erhielte ich auch wieder nur eine Nummer.«

»Das ist schade«, meinte William. »Sie hätten mehr verdient.«

Ailis machte sich keine Gedanken darüber, was sie hatte und was sie verdiente – bis sich dann trotzdem jemand fand, um den sie kreisen konnte, wenn auch nicht wie ein Mond, sondern eher wie ein Doppelstern.

Sie war äußerst gespannt, als der Professor ihr und den anderen Computers Maureen Tonnell ankündigte, die erste studierte Astronomin, die zu ihnen stoßen würde. Die junge Frau war Vassar-Absolventin und hatte anschließend ein Studium der Astronomie gewagt. Das hatte sie mit Auszeichnung abgeschlossen, doch dann stieß ihre Karriere an Grenzen, wie die einer jeden gebildeten Frau. Es hatte sich kein Institut gefunden, das sie in leitender Stellung einstellen wollte. In der gesamten Welt der Astronomie beschäftigte allein Pickering Frauen in der Forschung. Lausig bezahlt, trotzdem interessant für jemanden wie Tonnell.

Ailis stellte sich die junge Frau als typischen Blaustrumpf vor, dezent gekleidet, bebrillt und mit strenger Frisur – eine jüngere Ausgabe von Miss Lumsden. Umso überraschter war sie über die elegante Blondine, der Professor Pickering am 1. Juni ritterlich die Tür zum Institut aufhielt. Maureen Tonnell trug ihr Haar aufgesteckt und modisch in Wellen gelegt. Ihr dunkelrotes Kleid war ein Reformkleid, sie schnürte sich also nicht, eine Verlockung, der Ailis selbst noch nicht erlegen war. Ohne Korsett musste man sich wunderbar frei fühlen, doch Ailis scheute das Aufsehen, das Frauen in den weit geschnittenen Kleidern immer noch erregten. Maureen Tonnell schien sich daraus nichts zu machen, auch nicht daraus, dass sie selbst mit dem besten Korsett keine Wespentaille hätte vortäuschen können. Sie war nicht dick, doch ein wenig füllig, ihr hübsches Gesicht oval, beherrscht von großen, klugen blauen Augen und Lippen, auf denen Ailis eine Spur hellrosa Farbe zu erkennen meinte. Über dem Kleid trug sie eine leichte Jacke, die sie jetzt zwanglos ablegte, während Pickering sie vorstellte. Dabei lächelte sie – ein Lächeln, in dem sich echte Freude spiegelte.

»Und Sie sind also die berühmten Harvard Computers!«, rief sie mit heller Stimme. »Ich habe so viel von Ihnen gehört! Und ich kann noch gar nicht glauben, dass ich jetzt dazugehören darf!«

Ailis erwiderte das Lächeln, ebenso ehrlich. »Wir freuen uns ebenfalls! Und es ist uns eine Ehre. Wir … wir können sicher viel von Ihnen lernen.«

»Eher ich von Ihnen«, meinte Maureen Tonnell. »Ich habe bis jetzt jedenfalls noch keinen Stern entdeckt.«

»Das kann jeden Tag passieren«, ermutigte sie Ailis. Bisher hatten praktisch alle ihre Kolleginnen bereits Sterne analysiert, die vorher niemandem bekannt gewesen waren.

»Obwohl Sie schon Luchsaugen entwickeln müssten, um an unsere Mrs. Hay heranzukommen«, bemerkte Pickering. »Sie haben schon um die hundert auf der Liste, nicht wahr?«

Ailis nickte, etwas verschämt. »Reines Glück«, sagte sie.

Maureen Tonnell zwinkerte ihr zu, merkwürdig vertraut für die wenigen Minuten, die sie einander kannten. »Ich kann es jedenfalls kaum erwarten, hier anzufangen!«

»Ich denke, Sie werden weniger Einarbeitung benötigen als die Damen, die ohne Vorkenntnisse zu uns kommen«, meinte Pickering. »Trotzdem möchte ich Mrs. Hay bitten, Sie zunächst ein wenig unter ihre Fittiche zu nehmen und Ihnen zu erklären, wie wir hier arbeiten. Wir bilden ohnehin Zweiergruppen, und Miss Brown gesellt sich bestimmt auch gern jemand anderem zu.«

Ailis' sonstige Partnerin nickte, fast ein bisschen stolz. Sie war erst wenige Wochen dabei und freute sich, jetzt ohne Ailis' Aufsicht arbeiten zu können.

Ailis wies Maureen einen Spind in einem Aufenthaltsraum zu, den die Frauen ihr Ankleidezimmer nannten. Die junge Frau hängte ihre Jacke auf, zog eine Schürze über ihr hübsches Kleid und folgte Ailis dann in den Raum, in dem sich die Frauen an langen Tischen über die Fotoplatten beugten.

»Sie haben schon mit Astrofotografie gearbeitet?«, fragte Ailis. »Sie wissen, dass wir Negative bevorzugen, um die Sterne zu analysieren?«

Maureen Tonnell nickte. »Ich habe so etwas schon oft gesehen, aber noch nie selbstständig vermessen. Ich meine, ich weiß, wie das geht, aber …«

»Dann fangen Sie doch gleich an, und ich übernehme das Mitschreiben«, forderte Ailis sie auf. Sie fand ihre Ehrlichkeit erfrischend, zumal sie bei der studierten Astronomin eher mit Dünkelhaftigkeit gerechnet hatte. Nun holte sie eine Fotoplatte, vor der sie Maureen platzierte, und setzte sich selbst mit Notizbuch und Stift daneben. Maureen hielt Lupe und Spektrometer bereit und begann zu diktieren.

»Ach, das kenne ich, das ist ein Sternbild, das schon Ptolemäus beschrieben hat. Das Füllen – *equuleus*. Die alten Astronomen hatten so schöne Namen für die Sternkonstellationen! Es sind eher kleine Sterne – oh, es sind größtenteils Doppelsterne! Das wusste ich noch gar nicht! Warten Sie …« Maureen begann mit den Vermessungen und war hinterher ganz beseelt von ihren neuen Erkenntnissen. Ailis machte es große Freude, mit ihr zu arbeiten.

In der Pause plauderte sie außerdem lebhaft mit den anderen Frauen. Erleichtert stellte Ailis fest, dass sie sich gut in die Gruppe einfügte. Allerdings beobachtete sie scharf, nicht nur die Sterne.

»Warum schauen Sie eigentlich nie in den Spiegel?«, fragte sie Ailis am zweiten Tag ihrer Zusammenarbeit. Im Ankleidezimmer hatten die Frauen einen solchen platziert, und eigentlich verließ es keine, ohne ihr Äußeres rasch mit einem Blick zu kontrollieren.

Ailis schoss die Röte ins Gesicht. »Ich bin nicht eitel«, sagte sie.

»Dabei bist du so schön!«, erklärte Maureen. »Oh, jetzt habe ich Du gesagt. Dabei weiß ich nicht einmal, wie Sie mit Vornamen heißen.« Sie lächelte entschuldigend.

»Ailis«, stellte Ailis sich vor. »Und wir können gern beim Du bleiben, wir duzen uns alle.«

»Maureen«, antwortete die junge Frau strahlend. »Also, Ailis, was hat der Spiegel dir getan?«

Ailis musste lachen. »Nichts, ich bin einfach nur nicht putzsüchtig. Ich weiß, wie ich aussehe, davon muss ich mich nicht dreimal täglich überzeugen«, verteidigte sie sich.

»Trotzdem bist du ein schöner Anblick!«, beharrte Maureen. »Oder darf dir das nur dein Mann sagen? Gehörst du zu diesen ganz religiösen Leuten, die nur vor ihrem Gatten ihr Haar lösen? Der Professor nennt dich Mrs. …«

»Es gibt keinen Gatten«, erwiderte Ailis. »Nur mich und meinen Sohn. Letzterem gefalle ich immer, Ersterem gefiel ich nie. Noch Fragen?« Sie hoffte eigentlich, die neugierige junge Frau damit zufriedenzustellen, aber Maureen lachte nur.

»Noch viele!«, erklärte sie. »Du bist eine gestandene Astronomin, doch du hast nie studiert. Du bist verheiratet, hast aber keinen Mann. Du bist schön und willst nichts davon wissen. Warum denkst du, dass die Sterne so viel heller strahlen als du?«

Ailis war verwirrt ob ihrer völligen Unverfrorenheit. »Die Sterne strahlen heller als wir alle«, sagte sie schließlich.

Maureen sah sie spitzbübisch an. »Aber sie sind weit fort, und du bist ganz nah. Warum gehen wir nicht zusammen einen Happen essen, und du erzählst mir von dir? Ich erzähle dir natürlich gern auch von mir, allerdings verlief mein Leben wahrscheinlich nicht halb so spannend.«

Ailis überlegte. Es reizte sie tatsächlich sehr, mit dieser unkonventionellen jungen Frau zu plaudern. Andererseits war da Copper, dessen ersten Geburtstag sie im Februar fröhlich gefeiert hatten. Die Pickerings hatten dem kleinen Kerl eine Rassel geschenkt, die mit Sonne, Mond und Sternen bemalt war. Der Professor fand, er könne nicht früh genug damit anfangen, sich damit zu befassen.

»Ich muss mich um meinen Sohn kümmern«, meinte sie unschlüssig. »Mrs. Pickering passt gern auf ihn auf, aber nach der Arbeit erwartet sie, dass ich mich mit ihm beschäftige.«

Maureen winkte ab. »Den nehmen wir mit! Wie alt ist er überhaupt? Und wie heißt er? Ich mag Kinder!«

Ailis kapitulierte schließlich vor diesem Wirbelsturm. Eine Stunde später saß sie mit Maureen in einem Kaffeehaus und fütterte Copper mit Häppchen von ihrem Omelette. Maureen fand den Kleinen süß, konstatierte sofort, dass sein Vater ein Rotschopf gewesen sein musste, und erzählte ihrerseits zwanglos von ihrer Familie und ihren Studien. Sie stammte aus einer wohlhabenden Familie in Connecticut, ihr Vater war Arzt, und sie hatte zwei Schwestern. Natürlich war ihre Familie nicht begeistert davon gewesen, dass ihre Jüngste eher an die Universität strebte als in eine Ehe.

»Aber ganz ehrlich – ob du jetzt eine Mitgift zahlst oder die Studiengebühren, das bleibt sich eigentlich gleich«, erklärte sie gelassen. »Und dass man automatisch versorgt ist, weil man heiratet, ist auch nicht der Fall. Sieht man ja an dir.«

»Viele Frauen wünschen sich einen Mann«, gab Ailis zu bedenken.

Maureen zuckte mit den Schultern. »Ich nicht. Ich stehe lieber auf eigenen Beinen.«

»Aber bist du nicht einsam?« Ailis wunderte sich über ihre eigene Offenheit, zumal sie sich selbst bis jetzt nie allein gefühlt hatte. Andererseits hatte sie ein so zwangloses Gespräch wie dieses lange vermisst, vielleicht war da also doch etwas, das ihr fehlte.

Maureen schüttelte den Kopf. »Ich hatte immer gute Freundinnen.«

In den nächsten Wochen sahen sich die beiden Frauen öfter. Sie gingen mit Copper spazieren und spielten mit ihm im Park, hörten Konzerte und bewunderten das Feuerwerk am Unabhängigkeitstag. Maureen überredete Ailis zu einem Theaterbesuch, und Ailis gestand ihr, dass der Impresario der Boston Music Hall immer noch mit ihr verheiratet war.

»Dann sollte er dich eigentlich umsonst reinlassen«, erklärte Maureen unbeeindruckt und bestand darauf, dass Ailis sich für den Anlass ein neues Kleid kaufte und sich etwas lässiger frisierte. Cuthbert Hay bekamen die Frauen bei ihrem Besuch im Musiktheater zwar gar nicht zu sehen, trotzdem hatte Ailis das Gefühl, einen wichtigen Schritt von ihm weg zu einem selbstbestimmten Leben getan zu haben. Sie würde ihm nicht mehr aus dem Weg gehen, es gab nichts, wofür sie sich schämen musste.

Auf dem Rückweg vom Theater hakte Maureen sie unter. Ailis fand es schön, ihr so nahe zu sein, und als sie übermütig die eben gehörte Musik nachsang und dazu ein paar Tanzschritte machte, ließ Ailis sich von ihr führen.

»Ich werde dich jetzt nach Hause bringen wie ein Kavalier«, sagte Maureen ernst. »Und zum Abschied werde ich dich küssen.«

Ailis sah sie irritiert an. »Aber ich bin eine Frau.«

Maureen lachte. »Und wenn ich es gern hätte, dass du *meine* Frau bist?«

»Ich bin deine Freundin«, sagte Ailis, immer noch verständnislos. »Das ist etwas anderes.«

»Ja, das ist etwas anderes«, stimmte Maureen zu und legte die Arme um sie. Ailis spürte ihr Herz heftiger klopfen – und zum ersten Mal tanzte es in ihr, als jemand sie küsste. Zum ersten Mal wollte sie mehr, wollte sie einen anderen Menschen berühren, streicheln, Zärtlichkeiten mit ihm tauschen.

»Ist das denn richtig?«, fragte sie benommen.

»Fühlt es sich falsch an?«, fragte Maureen.

Ein paar Tage später machten sich die beiden auf Wohnungssuche. Maureen verließ ihre freudlose Pension und Ailis endlich die Dienstbotenunterkünfte bei den Pickerings. Wenn sie ihr Gehalt zusammenlegten, könnten sie die Miete gut bezahlen und leisteten sich tagsüber außerdem ein Mädchen, das auf Copper aufpasste. Es war noch sehr jung, und Maureen äußerte Bedenken, doch Ailis dachte an Larna und winkte ab.

»Alma wird ihn verwöhnen!«, erklärte sie. »Und das ist das Beste, was ihm passieren kann.«

Haily Hard war jetzt seit Wochen in Paris und hatte sich immer noch nicht verliebt. So langsam machte ihr das Sorgen, zumal ihre neuen Freundinnen sie inzwischen in ihren weiteren Freundeskreis eingeführt hatten, zu dem auch Männer verschiedenen Alters gehörten. Mitunter begleiteten sie dabei sogar George und das Mädchen, das er gerade hofierte, doch Marie, Claudette und die anderen sahen meist auf diese jungen Frauen herab.

»Flittchen«, meinte Claudette, wobei Haily sich mitunter fragte, wo genau der Unterschied zu ihren ebenfalls sehr offenherzigen Freundinnen lag. Auch Louise, Claudette und Germaine verschwanden mit wechselnden Partnern und Marie mit wechselnden Partnerinnen. Allerdings nahmen sie kein Geld dafür, sie kamen selbst für ihren Unterhalt auf. Natürlich wehrten sie sich nicht, wenn ihr jeweiliger Liebhaber den Champagner bezahlte, doch mitunter brachten sie auch junge Künstler – Maler, Tänzer oder Sänger – mit, die gänzlich mittellos waren und die Gesellschaft nur durch ihre Originalität bereicherten. Auf Georges Errungenschaften traf das eindeutig nicht zu. Die Frauen wirkten schrill und laut, und George wechselte sie praktisch täglich. Haily dagegen hatte sich seit ihrem Abenteuer mit Marie weder auf einen Mann noch auf eine Frau eingelassen. Sie trank und tanzte, doch sie folgte niemandem ins Bett.

»Na ja, du hast den Richtigen einfach noch nicht gefunden«, tröstete sie Claudette, die Haily eines Tages um Rat fragte. »In den Ersten ist man im Allgemeinen glühend verliebt, und das ist dir noch nie passiert. Im Grunde kannst du das als Glück verbuchen. Wenn eine sich ständig verliebt, läuft es am Ende meistens darauf hinaus, dass sie einen Kerl aushält. Oder sie heiratet ihn, wird schwanger und muss zusehen, dass sie ihn so weit auf Trab hält, dass er sie und ihre Kinder einigermaßen ernährt.«

»Aber warum sonst schläft man mit einem Mann, wenn man nicht in ihn verliebt ist?«, erkundigte sich Haily.

Claudette lachte schallend. »Ach, Schäfchen! Angenommen, du würdest dich deiner Familie fügen und deinen Cousin zum Mann nehmen? Würdest du dich ihm dann verweigern? Es gibt tausend Gründe, sich mit einem Mann einzulassen: Geld, Karriere, Machtstreben … Eine Frau allein kommt oft nicht weiter. Und natürlich macht es auch Spaß! Meiner Ansicht nach ist das sowieso der beste Grund. Leider wissen nur die wenigsten Frauen, wie viel Spaß es machen kann! Weil die Männer, in die sie sich verlieben, in der Regel nicht die besten Liebhaber sind.«

»Es gibt da Unterschiede?«, fragte Haily naiv.

Claudette lachte noch lauter. »Und ob, meine Süße! Hör zu, wie wäre es, wenn du dich bei der Auswahl deines ersten Liebhabers auf uns verlässt? Wir suchen einen für dich aus, der genügend Erfahrung und Leidenschaft mitbringt. Er muss dir natürlich gefallen, aber glühend verliebt musst du nicht sein.«

»Und … wenn ich schwanger werde?«, erkundigte sich Haily nervös. »Das kann doch passieren … und dann …«

Claudette legte den Arm um sie. »Also erstens wird er dich und sich schützen, es gibt da Überzieher … Und außerdem werden wir dir zeigen, wie du die Tage errechnest, an denen nichts passieren kann. Es ist nur etwa eine Woche im Monat, in der es gefährlich ist. In der bleibt man besser enthaltsam – was wieder leichter fällt, wenn man nicht glühend verliebt ist.«

In den nächsten Tagen machten sich die Freundinnen einen Spaß daraus, intensiv darüber zu diskutieren, welchen ihrer vielen Freunde und früheren Liebhaber man am besten mit Haily verkuppelte. Dabei tauschten sie sich so freimütig über die Qualitäten der Männer aus, dass die junge Schottin, die sich sonst so selbstbewusst gab, kurz davorstand zu erröten. Claudette horchte sie zudem nach allen Einzelheiten rund um ihre Monatsregel aus und brachte ihr bei, die fruchtbaren Tage zu errechnen. Haily hatte das Ganze zunächst für ein Spiel gehalten, wurde nun jedoch neugierig. Entging ihr hier wirklich das ultimative Vergnügen? Und wenn sie später einen Mann erhören musste, um endlich die Karriereleiter zu erstürmen, konnte ihr da ein bisschen Erfahrung nicht nützlich sein?

Ihre neuen Freundinnen einigten sich schließlich auf einen Balletttänzer, einen jungen Russen, der vor seinem Wechsel nach Paris angeblich am Bolschoi-Theater getanzt hatte. Alexey war groß und dunkelhaarig, man glaubte ihm die Prinzen, die er auf der Bühne darstellte. Im Alltag war er wortkarg und freundlich, Haily war schon aufgefallen, dass er Frauen gern berührte – und wenn er den Arm um sie gelegt oder ihre Hand genommen hatte, um sie formvollendet zu küssen, war ihr das nie unangenehm gewesen.

»Also Alexey!«, entschied Claudette. »Marie, du musst ihnen deine Wohnung zur Verfügung stellen. Es darf auf keinen Fall jemand hereinplatzen, wenn sie gerade …« Die anderen Frauen teilten ihre Wohnungen meist mit anderen jungen Künstlerinnen. Es gab wenig Wohnraum in Montmartre, der für eine von ihnen allein bezahlbar war.

»Wird er denn wollen?«, fragte Haily besorgt.

Die anderen lachten. »Es wird ihm eine Ehre sein«, scherzte Germaine. »Denk daran, er ist ein Prinz!«

Alexey war nicht nur willig, er zeigte sich auch bereit, den Abend für Haily zu etwas ganz Besonderem zu machen. Sie trafen sich im Moulin Rouge, wo Marie an diesem Abend einen Auftritt hatte und Claudette seit einiger Zeit zum Ensemble der Cancan-Tänzerinnen gehörte. Alexey lächelte, brachte Haily Blumen mit und machte ihr Komplimente. Man trank Champagner, und er führte sie schließlich in ein Bistro, um eine Kleinigkeit zu essen und ein wenig zu plaudern. Haily erzählte von ihrer geplanten, Alexey von seiner schon begonnenen Karriere, dabei griff er immer mal wieder nach ihrer Hand, strich ihr eine Haarsträhne hinters Ohr und versicherte ihr, dass alle ihre Träume wahr werden würden, wenn sie nur fest genug daran glaubte.

Schließlich führte er sie in Maries Wohnung, wo sie nicht nur weiches Licht, Duftkerzen und weiterer Champagner erwartete. Die Freundinnen hatten das Bett mit Rosenblättern bestreut, und als die beiden die Wohnung betreten hatten, sang vor dem Fenster jemand Liebeslieder zur Laute.

»Das ist ja wie im Märchen«, bemerkte Haily ungläubig und ließ sich von Alexey küssen. Er kleidete sie langsam aus, leitete sie an, das auch bei ihm zu tun, und nahm sie dann in die Arme, um sie aufs Bett zu tragen. Während er Zärtlichkeiten auf Russisch flüsterte, streichelte und küsste er sie, bis sie mehr als bereit für ihn war. Haily erfuhr in dieser Nacht reine Lust. Alexey liebte sie langsam, drang vorsichtig in sie ein, und sie empfand nur leichten Schmerz, bevor er sie zum ersten Höhepunkt führte. Am Ende war sie völlig überzeugt – körperliche Liebe sollte idealerweise um ihrer selbst willen betrieben werden. Wenn nur alle Männer so wären wie Alexey …

Während Haily ihre vollkommene Nacht erlebte, war ihr Cousin George an diesem Abend vom Pech verfolgt. Wieder einmal besuchte er ein Kasino, und wieder einmal brachte ihm die junge Frau, die er dorthin mitnahm, kein Glück. Nun hatte auch George sich in den letzten Wochen einen Freundeskreis aufgebaut, und bis jetzt hatte er bei übermäßigen Verlusten stets jemanden gefunden, der ihm mit der Summe aushalf, die er der Spielbank schuldete. Zurückgezahlt hatte er das Geld bislang selten, meist hatte er es einfach vergessen. Auf den Gedanken, dass sich das eines Tages rächen könnte, war er nie gekommen. Doch als er diesmal mit mehreren Tausend Franc in der Kreide stand, gab es niemanden mehr, der einspringen wollte.

»George, ich habe dir schon viertausend Franc geliehen!«, meinte ein junger französischer Adliger. »Und Maurice schuldest du etwa dreitausend. Wie willst du das jemals zurückzahlen?«

»Ich schaffe das schon! Wenn du mir jetzt, sagen wir, noch mal mit tausend aushilfst, dann kann ich alles zurückgewinnen ...«, sagte George mit einem Hauch von Verzweiflung in seiner Stimme.

Der Franzose schüttelte den Kopf. »So was klappt nie, George, das solltest du wissen. Ich kann dir jedenfalls nichts mehr geben. Versuche, mit dem Kasino eine Vereinbarung zu treffen – sicher kannst du in Raten zahlen oder so. Du bist ja nicht der Einzige, der sich schon mal übernommen hat.«

George dachte darüber nach, kam jedoch zu keinem Ergebnis. Wie sollte er seine Spielschulden abbezahlen, wenn er nicht weiterspielen konnte, um das Geld zu verdienen? Denn selbstverständlich würde das Kasino ihn anschließend sperren – und alle anderen Kasinos wahrscheinlich auch. Schließlich wusste er sich nur noch einen Rat.

»Komm, Françoise, wir gehen!«, raunte er seiner Freundin zu, die sich gerade angelegentlich mit einem anderen Spieler unterhielt. »Wir machen uns aus dem Staub.«

George ließ seinen Zylinder und seinen Sommermantel in der Garderobe zurück – die junge Frau war allerdings nicht dafür zu haben, ihre Sachen einfach aufzugeben.

»George, da sind mein Mantel und mein Schirm! Die brauche ich! Und wieso sollen wir jetzt schon gehen? Und so überstürzt?«

Françoise dachte nicht daran, ihre Stimme zu senken – und George geriet schließlich in Panik. Sehr viel schneller als geplant, bewegte er sich auf den Ausgang zu, eilte durch die pompöse Eingangshalle und wurde von einem der elegant uniformierten Portiers angehalten, die hier gewöhnlich äußerst höflich die Gäste in Empfang nahmen.

»Nun mal nicht so eilig, Monsieur!«, rief der Mann. »Wo wollen wir denn hin, so schnell und ohne Hut und Mantel? Kann es sein, dass Sie da etwas vergessen haben? Vielleicht die Begleichung Ihrer Schulden? Ich muss Sie jedenfalls bitten, mich jetzt zur Kasse zu begleiten und das zu klären …«

Das Kasino mochte bei reuigen Schuldnern Lösungen anbieten – Zechprellern gegenüber kannte man jedoch kein Pardon. George und Françoise hatten im Laufe des Abends zwei Flaschen Champagner geleert, dazu das verspielte Geld … George widerfuhr die ungeheure Schmach, zu einer Polizeiwache eskortiert zu werden.

»Vielleicht haben Sie ja jemanden, der für Sie einspringt«, meinte der Gendarm, der ihn aus dem Kasino geholt hatte. »Die Familie vielleicht?«

George begriff, dass er in den sauren Apfel beißen musste. Er nannte der Polizei die Adresse seiner Großeltern in Paris.

»Könnten Sie sie bitte sofort benachrichtigen?«, bat er. »Ich … sonst … ich bin der Erbe der Hards … wenn ich in einem Gefängnis lande …«

Den Gendarmen war sein Status zwar gänzlich gleichgültig, doch ein kleiner Junge, der auf der Wache herumlungerte und offensichtlich auf genau solche Aufträge wartete, machte sich für einen halben Franc, den George gerade noch in der Tasche hatte, sofort auf den Weg.

Frederick und Denise Balincourt erschraken bis ins Mark, als mitten in der Nacht jemand an der Haustür klingelte. George und Haily hatten einen Schlüssel, meistens verschliefen die Großeltern und Emily ihre Rückkehr. Auch Donella, die von ihrem Hernando stets auf die Minute pünktlich nach Hause gebracht wurde, lag bereits in ihrem Bett und träumte vom Ballonflug.

»Hoffentlich ist den Kindern nichts passiert«, sprach Denise aus, was Frederick fürchtete – die Nachricht des kleinen Boten brachte dann fast Erleichterung. Fredericks Sorge wich sehr schnell einem handfesten Zorn.

»Und was ist mit Mademoiselle Hard?«, fragte er den Jungen.

»Seine Cousine? Ist die auch auf der Wache? Sie muss mit ihm zusammen gewesen sein.«

Der Junge schüttelte den Kopf. Von einer Frau in Begleitung des Delinquenten wusste er nichts. Françoise war im Kasino geblieben und hatte den Kopf eingezogen.

»Na gut, ich werde mich gleich darum kümmern.« Frederick gab dem Jungen einen ganzen Franc und beauftragte ihn, eine Droschke zu suchen. Um diese Zeit in einem so ruhigen Viertel war das nicht unbedingt einfach. Der Wagen stand jedoch schon vor der Tür, als Frederick sich angekleidet hatte.

Die Polizeipräfektur Paris lag auf der Île de la Cité in einem beeindruckenden, im Neorenaissancestil erbauten Gebäude. Gewöhnlich hätte Frederick Balincourt sich für die Architektur durchaus interessiert, doch inzwischen platzte er fast vor Zorn auf seinen ungeratenen Enkel, der ihn bereits ungeduldig erwartete. Immerhin hatten die Gendarmen George noch nicht in eine Zelle gesteckt, sondern in einem Verhörraum platziert.

Frederick würdigte ihn keines Blickes, sondern verlangte, den Präfekten zu sprechen, der zu dieser Nachtstunde natürlich nicht anwesend war. Sein Vertreter empfing den schottischen Adligen jedoch sehr höflich, und als dieser sich selbstverständlich bereit erklärte, für die Verbindlichkeiten des jungen Mannes aufzukommen, erreichte man schnell eine Einigung. Frederick hinterlegte eine Kaution, versprach, sich am Morgen gleich mit der Kasinoleitung in Verbindung zu setzen, und durfte George mit nach Hause nehmen.

»Man hätte dich eigentlich dalassen sollen!«, wütete er in der Droschke. »Was um Himmels willen hast du dir dabei gedacht? Erst Schulden machen, und dich dann fortschleichen wie ein

Verbrecher! Du bist eine Schande für deine Familie! Und wo ist eigentlich Haily? Sie sollte bei dir sein. Du hattest die Verantwortung für sie. Aber jetzt hört der Spaß auf! Ihr werdet auf eure Eltern hören und euch umgehend verloben. Das hier sehe ich mir nicht länger mit an!«

Haily und Alexey hatten ihren Champagner getrunken und sehr kurze Zeit Arm in Arm geschlafen. Doch dann wusste Alexey, was er zu tun hatte. Er kleidete sich an, weckte Haily mit einer Tasse starken Kaffees und brachte auch ihr ihre Sachen.

»Es war eine wunderschöne Nacht!«, versicherte er ihr, half ihr in den Mantel und machte dann selbstverständlich Anstalten, sie nach Hause zu begleiten. Haily wies die Droschke an, vor der Mauernische zu halten, in der sie sich mit George zu treffen pflegte, und hoffte, dass ihr Cousin gewartet hatte. Als sich die Nische als leer erwies, stieg Alexey mit ihr aus.

»Ich kann dich hier unmöglich allein lassen. Wo kann dein Cousin denn stecken?«

Haily wusste es nicht, stellte jedoch zu ihrer Erleichterung fest, dass der Wohnungsschlüssel in ihrer Tasche steckte. Sie würde noch eine Stunde auf George warten und ihn dann seinem Schicksal überlassen. Vielleicht war er ja sogar schon im Haus – sie war sehr viel später dran als gewöhnlich.

»Du kannst einfach gehen«, sagte sie. Sie wusste, dass Alexey am Morgen zum Balletttraining in der Oper erwartet wurde. »Ich warte noch ein paar Minuten und gehe dann rein. Höchstwahrscheinlich hat George schon irgendeine Ausrede dafür gefunden, dass er ohne mich heimkam. Er ist da ganz findig. Jetzt noch lange hier herumzustehen kann ihm nicht gefallen haben.«

Nachdem das Wetter in der letzten Zeit recht schön gewesen war, zeigte sich diese Sommernacht in Paris als kühl und regnerisch.

»Also gut«, meinte Alexey. »Aber ich warte, bis du im Haus bist.«

»Du bist wirklich ein Prinz«, sagte Haily glücklich und bot ihm noch einmal die Lippen zum Kuss.

Er küsste sie zärtlich und lange. Sie hatten sich noch nicht getrennt, als die Droschke mit Frederick und George vorfuhr.

»Aber das ist nicht fair! Ich habe nichts gemacht! Ich habe euch Hernando vorgestellt, ihr habt immer gewusst, wo ich bin ... Es ist einfach nicht gerecht, mich auch zu bestrafen!« Donella wurde selten laut – sowohl ihre Mutter als auch ihre Lehrerinnen hatten ihr eindringlich klargemacht, dass sie sich unter allen Umständen gefasst und ladylike zu verhalten habe. An diesem Morgen brach der Protest jedoch aus ihr heraus, nachdem ihre Großeltern ihre Schützlinge über ihren Entschluss in Kenntnis gesetzt hatten, Paris in allernächster Zeit zu verlassen und die Schiffspassage Richtung New York zu buchen. Das Drama der letzten Nacht hatte sie verschlafen – ihr Großvater hatte sich nicht weiter zu Hailys Verhalten geäußert, sondern sowohl sie als auch George direkt ins Bett geschickt. Sein Zorn vom vergangenen Abend hallte jedoch noch nach, als er die beiden an diesem Morgen zur Rede stellte, ohne irgendwelche Ausreden gelten zu lassen. Die Entscheidung war sowieso gefallen.

»Es hat ja auch nichts mit dir zu tun, Donna«, sagte er jetzt. »Allerdings hat es sich gezeigt, dass diese Stadt deinem Bruder und deiner Cousine nicht guttut. Beide sind in schlechte Gesellschaft geraten, und hier ist ein klarer Bruch angesagt ...«

»Ich werde Haily trotzdem nicht heiraten!«, rief George. »Sie hat einen anderen geküsst!«

»Das musst du gerade sagen!«, gab Haily zurück. »Ich habe dich in der letzten Zeit mindestens zwanzig andere Frauen küssen sehen.«

Lady Denise Balincourt schnappte nach Luft.

»Außerdem hast du doch wohl auch kein ganz reines Gewissen«, wandte der Großvater sich an Donna, ohne die Worte der beiden zur Kenntnis zu nehmen. »Wir haben dich mehrmals mit den beiden losgeschickt, um ein Auge auf sie zu halten. Desgleichen dich, Emily! Ihr müsst etwas gewusst haben. Ihr habt sie gedeckt!«

Emily, die in den Wochen, seitdem Donna mit Hernando Sánchez-Duboire unterwegs war, immer in sich gekehrter geworden war, ohne dass irgendjemand davon Notiz genommen hatte, schwieg auch an diesem Morgen. Fast automatisch nahm sie ihre Dienste an Haily wahr, half ihr, sich anzukleiden und zu frisieren, ansonsten verschwand sie im Naturkundemuseum, wann immer sie konnte. Mitunter traf sie dort auf Donna und Hernando, und Donna, die ein schlechtes Gewissen hatte, weil sie sich gar nicht mehr um die Jüngere kümmerte, stellte sie Hernando vor und nahm sie mit in die Hinterzimmer, in denen ihnen erlaubt wurde, die Originalzeichnungen Leonardo da Vincis einzusehen. Emily studierte sie voller Eifer und wirkte dabei glücklich. Natürlich hatte auch sie Hailys und Georges Rückkehr am Abend zuvor verschlafen, doch hatte sie Haily früh geweckt, um ihr ein Bad einzulassen. Danach saß Haily in einem flauschigen weißen Bademantel am Frühstückstisch, und nichts kündete mehr von ihrer Nacht mit Alexey. Von Frederick Balincourts Anschuldigung ließ sie sich nicht schrecken, ebenso wenig wie Donna.

»Wir waren immer bei den Konzerten oder Umzügen oder so dabei!«, erklärte Donna, ohne George und Haily zu erwähnen.

»Ich habe Miss Haily natürlich angekleidet und ihr Haar gerichtet.« Seit man Emily praktisch gezwungen hatte, Haily als Zofe zu begleiten, bemühte sie sich um eine förmliche Ausdrucksweise, wenn sie mit den Balincourts über sie sprach. Donna wusste nicht, ob sie das auch tat, wenn sie mit Haily allein war, wahrscheinlich eher nicht. Einen normalen freundschaftlichen Umgangston zeigte sie in der Öffentlichkeit nur mit Donna. »In der Annahme, sie ginge mit Mr. George aus«, fügte Emily hinzu.

Frederick Balincourt schnaubte. »Ich sehe ein, dass du Haily gegenüber zu einer gewissen Diskretion verpflichtet bist. Aber wenn *du* etwas wusstest, Donna, dann hättest du es mir und Grandma sagen müssen!«

Wenn Donna ehrlich sein sollte, hatte sie sich um Hailys und Georges Pariser Abenteuer überhaupt nicht mehr gekümmert, seit sie Hernando Sánchez-Duboire kannte. Sie lebte seitdem ihr eigenes Leben, das sie völlig ausfüllte. Im Allgemeinen suchte sie Hernando am Morgen in seiner eleganten, riesigen Wohnung im 3. Arrondissement auf und verwandelte sich dort, unter den Augen seines amüsierten Leibdieners und der missbilligenden Haushälterin, in Donald. Als solcher besuchte sie, zusammen mit Hernando, die Vorlesungen und Seminare in der Universität. Schwerpunktmäßig zur Mechanik, doch mitunter schlüpfte sie auch in eine Vorlesung in Physik oder Chemie, wenn ihr das Thema spannend erschien. Die Dozenten konnten den Eindringling unter ihren Hörern in den großen Auditorien nicht erkennen, und die anderen Studenten waren bereits an Donald gewöhnt. Sie mochten tuscheln, doch sie verrieten die heimliche Studentin nicht. Später am Tag trafen sich Donna und Hernando dann normalerweise im technischen oder naturkundlichen Museum, oder sie arbeiteten in der Werkstatt im Keller seines Hauses an ihrem Modell des Fluggeräts von Leonardo da Vinci. Donella konnte immer mehr Ideen beisteuern, sie sog das Wissen, das Professor Barlot über Kinematik und Dynamik vermittelte, geradezu auf. Doch auch die Romantik kam nicht zu kurz. Während er mit Donald bastelte und lernte, hofierte Hernando Donella nach allen Regeln der Kunst. Er unternahm mit ihr in seinem Benz Ausfahrten aufs Land, wo sie in exquisiten kleinen Gasthöfen speisten, lud sie ein in Varietés und Cabarets, zu Vernissagen und Modenschauen. Sie musste lachen, als er tatsächlich mit einer Einladung zu einer Veranstaltung der Haute Couture bei ihr erschien.

»Ich dachte mir schon, dass dir das Spaß machen würde!«,

meinte er und freute sich über ihre Freude an den bunten Stoffen und ausgefallenen Kreationen, die auf dem Laufsteg präsentiert wurden.

Für die nächste Woche planten sie endlich ihren Ausflug in die Ballonfabrik. Aber wie es nun aussah, würde sie dann schon auf dem Weg nach Calais sein …

»Ich fahre nicht mit.« Donna dachte über die Einzelheiten nicht nach, sondern sprach ihren Entschluss in dem Moment aus, in dem sie ihn fasste. »Ich kann hier nicht weg!«

Ihr Großvater runzelte die Stirn. »Was heißt, du kannst nicht? Ich verstehe ja, dass du deinen Monsieur Sánchez-Duboire nicht gern verlässt, aber hat er denn schon etwas gesagt, um sich zu erklären? Eine mögliche Verlobung angedeutet? Natürlich wäre das etwas übereilt, aber wenn etwas absehbar wäre …«

»Wir kennen uns gerade mal ein paar Wochen«, sagte Donna. »Kein Gentleman würde einem Mädchen nach so kurzer Zeit einen Antrag machen. Und es ist … es ist ja nicht nur so, dass ich verliebt bin.«

Frederick und Denise Balincourt sahen sie verständnislos an.

»Was denn sonst?«, fragte ihre Großmutter. »Ich war übrigens von Anfang an der Meinung, man hätte ihm noch nicht erlauben sollen, dich allein abends auszuführen. Womöglich hat er dich bereits durch … Zärtlichkeiten … in deiner Verliebtheit bestärkt, und nun …«

Donna verriet nicht, dass Hernando sie oft und gern küsste und bei einem Ausflug, der sie aufs Land führte, wo sie dann nebeneinander im Gras lagen, auch schon mal ihre Bluse geöffnet und sie liebkost hatte. Das würde sie jetzt aber nicht weiterbringen. Im Gegenteil. Wenn sie eine Chance haben wollte hierzubleiben, musste sie ihrem Großvater von Donald erzählen.

»Es ist etwas ganz anderes!«, erklärte sie. »Grandpa, könnten wir … könnten wir bitte allein miteinander sprechen? Ich wollte dir schon lange etwas sagen, aber ich …«

»Etwas, das mit Hernando Sánchez-Duboire zu tun hat?«, fragte ihr Großvater misstrauisch.

Donna biss sich auf die Lippen. »Etwas, das mit der Universität zu tun hat«, sagte sie leise. »Bitte, hör mich an!«

Haily und George atmeten erkennbar auf, als Frederick Balincourt sich mit seiner Enkelin in den Salon zurückzog, konnten sie doch endlich ihr Frühstück in Ruhe genießen.

Beiden machte der bevorstehende Aufbruch nicht allzu viel aus. Haily hatte so ziemlich alles gelernt, was sie sich von ihrem Aufenthalt in Paris erhofft hatte. Die Nacht mit Alexey war das Tüpfelchen auf dem i gewesen, sie wusste nun, was eine Frau beim Zusammensein mit einem Mann erwartete und würde sich nicht mehr davor fürchten, auch wenn es sicher nicht immer so schön sein würde. George seinerseits hatte in Paris ohnehin im wahrsten Sinne des Wortes ausgespielt. Auch wenn sein Großvater seine Schulden nun begleichen würde, in ein Kasino ließ man ihn sicher nicht mehr herein. Dafür gab es auf den meisten Luxuslinern, die New York von Calais oder London aus ansteuerten, fast immer Spielmöglichkeiten, und interessante Frauen mochte man dort auch kennenlernen. George war bereit, seinen Horizont zu erweitern.

Frederick Balincourt wusste nicht, ob er erheitert oder schockiert sein sollte. Er war sich immer darüber im Klaren gewesen, dass Donna vor nichts zurückschrecken würde, um ihre Sehnsucht nach Wissen auszuleben, doch so etwas wie diese Gasthörerschaft an der Sorbonne hätte er sich niemals träumen lassen.

»Mr. Sánchez-Duboire hat sozusagen inoffizielle Studiengebühren für dich bezahlt?«, fragte er. »Das geht auf gar keinen Fall! Natürlich werde ich ihm diese genauso erstatten, wie ich Georges Schulden begleichen werde.«

Donna verzog das Gesicht. »Du weißt nicht, um welche Summen es da geht«, sagte sie leise. »Hernandos finanzielle Verhältnisse sind mit unseren nicht zu vergleichen. Außerdem war es eine Spende. Hernando hätte sie auch dann geleistet, hätte es Donald nicht gegeben. Aber jetzt ... jetzt gibt es ihn, Grandpa. Meine Studiengebühren, wie du sagst, sind bezahlt, mindestens für ein Semester, und ich glaube, Professor Barlot mag Donald. Wenn ich nicht auffalle, wird er mich weiter studieren lassen. Vielleicht finde ich später eine Universität, die mich als Frau zur Prüfung zulässt. Damit nehme ich schließlich keinem Mann einen Studienplatz weg. Und selbst wenn nicht. Was ich im Kopf habe, kann mir niemand mehr nehmen.« Sie sah ihren Großvater flehend an.

Er überlegte. »Donna, dein Vater wird dich verheiraten wollen«, sagte er langsam. »Und du wirst dich fügen müssen, genau wie Haily und zuvor Ailis, die das ja schon hinter sich hat. Wenn ich dich einfach hierlasse, werde ich gewaltigen Ärger bekommen. Wie stellst du dir das überhaupt vor? Wo wolltest du denn wohnen?«

Donna biss sich auf die Lippen. »Hernando hat ein riesiges Apartment – ein ganzes Stockwerk ...«

Ihr Grandpa schüttelte den Kopf. »Das geht auf keinen Fall, Donna. Du kannst doch nicht die Wohnung mit einem Mann teilen, dem du neben der ganzen Studienbegeisterung ja auch auf einer ... hm ... romantischen Ebene zugetan bist ...«

Donna rieb sich die Stirn. »Es muss Wohnheime für junge Frauen geben, die irgendwo in Stellung sind«, meinte sie. »Oder Studentinnen, die zusammenwohnen. Bei einigen Studiengängen sind wir Frauen ja zugelassen. Bitte, Grandpa, lass mich bleiben! Wenigstens für das Sommersemester oder für so lange, bis die Reise zu Ende ist. Es ist noch fast ein Jahr eingeplant, nicht wahr? In der Zeit könnte ich so viel lernen. Papa und Mama müssen das gar nicht erfahren. Ich schreibe Briefe an sie und schicke sie nach Boston, damit Ailis sie weiterleitet. Sie tut das für mich! Bitte, Grandpa! Ich wünsche es mir so sehr ... und dann ... dann füge ich mich. Versprochen!« Sie sah ihn treuherzig an. In einem Jahr, so dachte sie, kann viel passieren. Vielleicht machte ihr Hernando bis dahin wirklich einen Antrag. Ihr Vater würde den Sohn eines schwerreichen Kaffeebarons nicht abweisen.

Frederick Balincourt seufzte. Er hatte Donna von jeher schwer etwas abschlagen können, und es tat ihm schon immer leid, dass sie um jede Möglichkeit zum Lernen kämpfen musste.

»Also schön«, lenkte er ein. »Doch es kommt auf keinen Fall infrage, dass du allein in irgendein Wohnheim ziehst! Wir werden diese Wohnung hier behalten, und ich bleibe hier. Mit dir. Du wirst dich benehmen und dem Hause Hard keine Schande machen. Kann ich mich darauf verlassen, dass du noch Jungfrau sein wirst, wenn du deine Studien hier beendet hast?«

Donna hätte in diesem Moment alles versprochen. »Ja, Grandpa! Ich will doch nur studieren«, erklärte sie. »Denk dir, vielleicht werde ich am Ende fliegen!« Sie berichtete von der Ballonfabrik. Und Frederick Balincourt beruhigte sich damit, dass seine Enkelin offensichtlich mehr von der Aeronautik beseelt war als von den Flügeln der Liebe.

Ailis wirbelte durch die vorerst glücklichste Zeit ihres Lebens. Maureen führte sie zu Höhepunkten der Liebe, von denen sie nie geträumt hatte. Die junge Frau hatte diverse Mädchenschulen, ein Mädchencollege und Mädchenwohnheime an der Universität durchlaufen. Oft hatten die Studentinnen monatelang keine Möglichkeiten gehabt, junge Männer zu treffen, und als sie mit dem Erwachsenwerden Gefühle zu entwickeln begannen, verliebten sie sich wohl oder übel in ihre Kommilitoninnen. Ailis erinnerte sich, dass es auch in ihrem Internat außerordentlich enge Mädchenfreundschaften gegeben hatte, Paare, die sich ständig an den Händen hielten, unterfassten und umarmten. Sie hatte sich nie etwas dabei gedacht, Maureen hatte jedoch solche Freundschaften gepflegt, seit sie dreizehn war. Und im Gegensatz zu den meisten anderen jungen Frauen, die sich dann doch dem anderen Geschlecht zuwandten, wenn sich die Möglichkeit ergab, hatte sie sich niemals von Männern angezogen gefühlt. Ailis erkannte nun, dass es ihr ähnlich ging. Sie hatte nur keine Gelegenheit gehabt, sich in Frauen zu verlieben – in der Schule war sie mit ihren Cousinen und mit Emily zusammen gewesen und dann sehr früh verheiratet worden. Nun führte Maureen sie in die körperliche Liebe ein, sehr viel sanfter und verständnisvoller, als Cuthbert es getan hatte.

Zudem verbanden Ailis und Maureen auch darüber hinausgehende Gefühle füreinander. Sie liebten und bewunderten einander, verstanden sich und teilten die gleichen Interessen. Ihre Zusammenarbeit bei den Harvard Computers war überragend, sie machte beide glücklich und führte sie zu beeindruckenden

Erfolgen. Es wurde nun auch ernst mit dem sogenannten Sternenkatalog, der Klassifizierung der Sterne, die Pickering schon lange plante. Maureen brachte die theoretischen Kenntnisse mit, um ihn dabei zu unterstützen, und sie gab diese an Ailis weiter. Gemeinsam tüftelten sie an Kategorien, in die sie die Himmelskörper einzuteilen gedachten. Natürlich ging es um Größe, doch auch um Helligkeit und Farbspektren. Die Spektrallinien gaben Aufschluss über die Oberflächentemperatur der Sterne und ihre chemische Zusammensetzung. Auch das Alter eines Sterns ließ sich anhand der Auswertung der Platten ermitteln. Ailis schwirrte mitunter der Kopf, wenn sie über Spektralklassen, Leuchtkraftklassen, Doppelsterne, Sternennebel und Schwarze Löcher nachdachte. All diese Phänomene systematisch zu erfassen war nicht einfach, und man konnte durchaus verschiedener Meinung dazu sein, welche Sterne man unter welchen Kriterien auflisten wollte. Zu Ailis großem Kummer gab es hier oft Differenzen zwischen ihrer Freundin und ihrem Mentor – und beide erwiesen sich als ziemlich unnachgiebig.

Ailis hatte natürlich längst gemerkt, dass Maureen über ein Ego verfügte, das dem der meisten Männer mindestens gleichwertig war. Nun musste eine Frau sicher über ein außerordentlich hohes Selbstbewusstsein verfügen, um in der wissenschaftlichen Männerwelt bestehen zu können, Ailis fand allerdings, dass Maureen es manchmal übertrieb. Sie neigte zu Rechthaberei. Im Zusammenleben machte Ailis das nicht so viel aus, sie fand es mitunter sogar ganz erheiternd, wenn Maureen Theorien über Gott und die Welt entwickelte, von denen sie auf keinen Fall abrücken wollte, selbst wenn man ihr tausendmal das Gegenteil bewies. Professor Pickering war jedoch weniger nachsichtig. Er freute sich anfangs über die lebhaften Diskussionen mit der jungen Kollegin, irgendwann aber wollte er auch vorankommen. Mit Maureen eine Einigung zu finden war allerdings nicht einfach.

Nach etwa einem Jahr Grand Tour hatte sich die Lage in Paris immer mehr zugespitzt, und als Frederick Balincourts Brief Ailis erreichte, der die Ankunft der nun erheblich verkleinerten Reisegesellschaft in den USA ankündigte, befürchtete sie längst auch hier in Boston eine Eskalation. Dabei fragte sie sich, wie Maureen sich entscheiden würde. Für sie, die sie als ihre Familie betrachtete – Copper hatte sogar schon angefangen, seine Mutter Mami und Maureen Maumi zu nennen –, oder für eine weiterführende Karriere als Astronomin. Eigentlich hätte die junge Frau sich nur fügen müssen – Pickerings Vorschläge für die Klassifizierung der Himmelskörper waren ja durchaus gut durchdacht, und sein Argument, Maureens Version würde so umfangreich, dass sie in keine Bibliothek passen würde, hatte seine Berechtigung.

Maureen war jedoch nicht fähig oder willig nachzugeben. Zwei Wochen vor dem Eintreffen von Ailis' Familie erklärte sie ihrer Freundin, sie habe eine Stellung am Observatorium des Vassar Colleges angenommen.

»Sozusagen in meiner Alma Mater«, sagte sie lächelnd. »Es ist natürlich kleiner als Harvard, aber ich denke, ich kann selbstständiger arbeiten …« Und Freundinnen würde sie am Frauencollege auch leicht finden …

Ailis war zu Tode enttäuscht. »Bedeute ich dir denn gar nichts?«, fragte sie leise, als Maureen gut gelaunt anfing, ihre Sachen zu packen.

Maureen umarmte sie. »Natürlich bedeutest du mir etwas! Am liebsten würde ich dich mitnehmen! Soll ich fragen, ob sich nicht auch eine Stellung für dich findet? Du bist doch längst eine anerkannte Astronomin.«

Letzteres entsprach sicher der Wahrheit. Ailis hatte deutlich mehr als hundert Sterne entdeckt, darunter mehrere Doppelsterne und sogar einen Sternennebel – eine Anhäufung von Sternen in einer Galaxie, die wie ein leuchtendes einzelnes Objekt wirkte. Im Harvard-Observatorium genoss sie hohes Ansehen, aber außerhalb? Würde sie in Vassar mehr sein als Pickerings schottische Haushälterin oder gar die Favoritin in seinem Harem?

Ailis schüttelte den Kopf. »Ich habe nicht studiert, nicht mal die Schule abgeschlossen. Und du weißt, wie schwer es ist, eine Anstellung zu finden, selbst wenn man das alles mit Auszeichnung erledigt hat, so wie du. Ich kann nicht mitgehen, Maureen. Aber du könntest hierbleiben …«

Maureen fuhr fort zu packen. »Das kann ich nicht, Ailis, und das weißt du. Ich bin es mir schuldig wegzugehen – mir und allen anderen Frauen. Wir können uns den Männern nicht dauernd unterwerfen! Ich bin genauso gut ausgebildet wie Pickering!«

Ailis schwieg, obwohl sie ihr eigentlich widersprechen wollte. Maureen war längst noch nicht habilitiert, und Professor Pickering verfügte obendrein über langjährige Erfahrungen.

»Ich will gestalten, Ailis!«, fuhr Maureen ungebremst fort. »Ich will weiterkommen. Tut mir leid, Liebste, aber wenn ich bei dir bleibe, trete ich auf der Stelle.«

Ailis sagte nichts mehr. Im Grunde hörte sie hier ja das gleiche Argument, mit dem Cuthbert sie damals verlassen hatte. Sie war für nichts Neues aufgeschlossen, hatte keinen Ehrgeiz und keine Visionen. Nur Prüderie hatte Maureen ihr noch nicht vorgeworfen, aber wer weiß, ob sie nicht auch eine andere Frau suchte für ein aufregenderes Leben?

Es war zu Ende, Ailis blieb nichts weiter, als zu akzeptieren, was Maureen entschieden hatte. Sie verabschiedete sich kühl und vergrub sich danach in ihrer Wohnung. Copper merkte, dass seine Mama traurig war, und drückte sich an sie. Sie streichelte über seinen Kopf, nahm ihn auf den Arm und küsste ihn zart auf die Wange. Immerhin hatte sie ihren Sohn. Ein größeres Glück würde vielleicht nicht mehr auf sie warten …

Am Tag nach Maureens Weggang sprach Pickering seine Lieblingsmitarbeiterin an. »Ich bin so froh, dass Sie bleiben, Mrs. Hay«, sagte er warm. »Ich befürchtete schon, Sie zu verlieren.«

Ailis bemühte sich um ein Lächeln. »Da draußen sind noch so viele Sterne«, sagte sie leise. »Mit denen kann ich Sie doch nicht allein lassen.«

Pickering gab das Lächeln zurück.

Immerhin brachte die Ankunft ihrer Familie bestehend aus Lady Denise Balincourt, Haily, George und Emily sie bald auf andere Gedanken. Denise Balincourt hatte sich auf dem Schiff unerwartet entschlossen gezeigt, ihre Schäfchen unter Kontrolle zu halten. Sie hatte sofort eine Sperrung von George für das schiffseigene Kasino erwirkt, und den abendlichen Tanzveranstaltungen, die George und Haily besuchten, wohnte sie bei.

Emily, die von dem abrupten Ende ihres Aufenthalts in Paris nicht gerade begeistert war, beteiligte sich weder an Deckspielen noch an sonstiger Unterhaltung. Sie beschäftigte sich hauptsächlich mit dem Schreiben von Briefen. Ungewöhnlich farbig, als hätte sie durch ihre Studien in Paris eine neue Sicherheit gewonnen. Bislang hatte sie nur immer mit unterschrieben, wenn Donna Ailis von der Reise berichtete – wozu sollten sie zwei Briefe schreiben, da sie doch praktisch das Gleiche erlebten? Nun jedoch schilderte sie sowohl ihren Eltern als auch Ailis lebendig und detailreich die Vorgänge in Frankreich und nahm vor allem bei dem Brief an Ailis kein Blatt vor den Mund. Ailis und Donella waren im Internat ihre Vertrauten gewesen, und Emily hatte Ailis immer ein wenig als ihre Beschützerin gesehen. Immer noch dachte sie daran, wie die Ältere sich damals bemüht hatte, den Vorfall korrekt zu schildern, der ihr zu ihrem Gänseküken verholfen hatte. Nun verriet sie ihr erheblich mehr von dem, was sie über Hailys Aktivitäten wusste, als sie den Balincourts und Donna je erzählt hatte. Sie schrieb ebenfalls davon, wie sehr sie sich auf das Naturkundemuseum in New York freute. Die ungehinderten Studien in Paris hatten sie glücklich gemacht.

Zu Emilys großer Enttäuschung verweilte die Reisegesellschaft dann jedoch nur kurz in New York. Frederick Balincourt hatte befürchtet, dass in der aufstrebenden Metropole ähnliche Gefahren für Georges und Hailys Tugend lauerten wie in Paris. Seine Frau bestand deshalb auf einer baldigen Weiterreise nach Boston. Zudem war Denise Balincourt inzwischen von einer gewissen Panik erfasst worden. Auf keinen Fall sollte ihr noch einer ihrer Schützlinge verloren gehen – sogar Emilys wissenschaftliches Interesse betrachtete sie mit Argwohn. Sie erlaubte dem Mädchen nur einen einzigen Besuch im Museum und bestand darauf, Emily gemeinsam mit Haily und George zu begleiten.

In ihrem letzten Brief vor dem Wiedersehen mit Ailis klang Emily regelrecht entmutigt.

Kennst du nicht jemanden in Boston, der eine Zofe braucht? Haily ist nur noch schlechter Laune. Sie hatte gehofft, am Broadway vortanzen oder singen zu können, solange wir in New York sind. Hier sind ständig sogenannte Auditions, zu denen jeder kommen kann. Lady Balincourt lässt sie jedoch nicht aus den Augen, am liebsten würde sie Haily und George wohl mit einer Kette zusammenschmieden. Trotzdem glaube ich nicht, dass sich die beiden vor den Traualtar zwingen lassen. Sie betrachten einander nur noch mit Hass – einer macht den anderen dafür verantwortlich, seine Freiheit in Paris verloren zu haben. Ich kann diese Anspannung fast nicht mehr ertragen, hoffentlich gibt es in Boston ein bisschen Natur, in die ich mich flüchten kann. Lady Balincourt schwärmt ja vom Indian Summer ...

Der farbenprächtige Herbst an der Ostküste der USA war wirklich sehenswert, Ailis hoffte, dass sich die Gemüter der Reisenden angesichts der Naturschönheiten etwas beruhigen würden. Eine Stellung als Zofe sah sie allerdings nicht für Emily – tatsächlich hegte sie ganz andere Pläne für das junge Mädchen. An der Harvard University durften qualifizierte Frauen studieren, und im Grunde war Professor Pickering ihr noch etwas schuldig. Mit seinem Dank für ihr Bleiben nach Maureens Weggang hatte er ihr bewusst gemacht, wie wichtig ihre Arbeit für die Harvard Computers war. Noch immer erledigte sie die Einarbeitung neuer Kräfte neben ihrer gewöhnlichen Tätigkeit. Vielleicht wäre der Professor ja bereit, ihr dafür einen kleinen Gefallen zu tun und sich für Emily einzusetzen.

KAPITEL 8

»Wo hast du denn deinen charmanten Ehemann?«

Haily fragte zuerst nach Cuthbert, als Ailis ihre Familienmitglieder und Emily am Bahnhof von South Boston abholte, wo die Züge aus New York und anderen Städten Neuenglands einfuhren. Sie hatte ihren aufgeweckten kleinen Sohn mitgebracht, der das Treiben auf dem Bahnhof fasziniert beobachtete und vergnügt lachte, als Emily ihm ein Stofftier als Geschenk überreichte. Es war eine Gans, der sie in dem angesehenen New Yorker Spielzeugladen FAO Schwarz nicht hatte widerstehen können. Haily hatte sie natürlich ausgelacht, und Emily hatte fast mit den Tränen gekämpft, als sie an Gooby dachte. Doch dann war ihr Copper eingefallen, der sicher Spaß an dem Spielzeug haben würde. Sonst hatte niemand an ein Mitbringsel für ihn gedacht.

»Goosy!«, rief Copper und rührte Emily erneut zu Tränen. Ailis sah sie forschend an. Es war nicht zu übersehen, dass das Mädchen nervlich ziemlich am Ende war.

»Mein Ehemann versprüht seinen Charme schon seit zwei Jahren woanders«, antwortete Ailis nach kurzem Innehalten auf Hailys Frage. »Eigentlich sollte das in der Familie bekannt sein, meinen Eltern und Donella habe ich es jedenfalls geschrieben. Aber du hattest sicher anderes zu tun. Kommt jetzt mit, ich zeige euch euer Hotel. Es ist ganz in der Nähe, ihr braucht keine Droschke, nur ein paar Gepäckträger.« Sie warf einen Blick auf die halbe Lastwagenladung an Koffern und Reisetruhen, die Weltreisende mitzuführen pflegten. Haily beauftragte die Fahrer von zwei Handkarren allein mit der Beförderung ihrer Kleider und Hüte, die sorgfältigster Behandlung bedurften.

»Wenn du dich darum bitte kümmern würdest, Emily!«, befahl Haily ihrer Zofe. »Nicht, dass nachher alles zerdrückt ist!«

Unwillig wandte sich Emily von Ailis und Copper ab und gab den Gepäckträgern entsprechende Anweisungen. Lady Balincourt wies George an, zumindest eine seiner Taschen selbst zu tragen. Anscheinend gehörte das zu ihrem – reichlich verspäteten – Erziehungsprogramm für den ungeratenen Enkel.

»Wenn ihr dann noch nicht zu müde von der Reise seid, zeige ich euch gern Boston«, meinte Ailis. »Ich habe mir den Nachmittag freigenommen. Und morgen könnt ihr die Sternwarte sehen, in der ich arbeite!« Letzteres klang stolz.

Außer Lady Balincourt meinte niemand, sich von der Reise ausruhen zu müssen, und so führte Ailis Haily, George und Emily zunächst zu ihrer Wohnung, wo sie Copper bei seinem Kindermädchen ließ, und dann weiter zu den Sehenswürdigkeiten der Stadt. Wie fast in jedem größeren Ort bestanden die touristischen Highlights fast hauptsächlich aus Regierungsgebäuden, Kirchen und Denkmälern, wobei in Boston alles mit der Unabhängigkeitsbewegung der Vereinigten Staaten zu tun hatte. Ailis erzählte von der Boston Tea Party, die im Old South Meeting House ihren Anfang nahm. Deutlich mehr Interesse zeigte vor allem George an einem im Hafen liegenden Kriegsschiff von 1812. Haily merkte auf, als sie am Atelier von Whipple and Black vorbeischlenderten.

»Hat Cuthbert nicht hier gearbeitet?«, fragte sie. Ailis' Bräutigam musste am Tag der Hochzeit einen bleibenden Eindruck auf sie gemacht haben. »Oder nein, jemand erzählte, er habe inzwischen sein eigenes Fotoatelier. Vielleicht suche ich ihn einmal auf. Ein paar gute Fotografien könnten mich weiterbringen …«

»Wohin weiter?«, erkundigte sich Ailis geistesabwesend. Der Bau hatte Erinnerungen in ihr geweckt. Sie hatte eigentlich recht gern hier gearbeitet. »Cuthbert fotografiert nicht mehr. Er hat ein Theater …«

»Er hat was?«, quietschte Haily. »Erzähl! Cuthbert leitet ein

Theater? Musiktheater oder Shakespeare und so? Wo liegt es? Du musst es uns zeigen! Wir …«

Ailis hatte keine rechte Lust, allzu viel über Cuthbert und seine Unternehmungen zu sprechen. Schließlich berührte das alles auch ihre Trennung. Sie mochte sich nicht erneut vor Augen führen, wie gedemütigt und mittellos er sie und ihren gemeinsamen Sohn allein gelassen hatte. Haily interessierte sich jedoch nicht im Geringsten für ihre und Cuthberts gemeinsame Geschichte. Ihr ging es allein um die Boston Music Hall, ihren Spielplan und ihr Ensemble. Sie bedrängte Ailis denn auch so lange, bis sie das Theater in ihre Stadtführung einbezog. Haily stürmte sofort an die Kartenverkaufsstelle und erstand Billetts für eine Matinee am nächsten Tag. Ein Singspiel aus Cuthberts eigener Feder.

»Für mich und George und Lady Denise«, erklärte sie. »Du hast kein Interesse, oder, Ailis?« Emily fragte sie gar nicht erst.

»Ich muss morgen arbeiten«, meinte Ailis. »Und ich wollte euch eigentlich zeigen, was wir so machen. Die Harvard Computers sind ziemlich berühmt.«

George und Haily war anzusehen, dass sie noch nie von ihnen gehört hatten. Emily kannte sie natürlich aus den Briefen von Ailis und Donella.

»Ich komme gern mit!«, sagte sie sofort.

Ailis lächelte ihr zu. An sich passte es recht gut zu ihren Plänen, mit Emily allein ins Institut zu gehen.

An diesem Abend führte sie ihre Familie in ein bekanntes Fischrestaurant und war froh, dass Lady Balincourt die Rechnung übernahm. Natürlich musste sie dabei doch noch Rede und Antwort zu ihrer gescheiterten Ehe stehen, doch Lady Balincourt zeigte sich ganz auf ihrer Seite.

»Ich habe gleich gesagt, es liegt kein Segen in solchen Winkelzügen, wie Charles Hard sie da versucht hat. Man braucht es sich doch nur anzusehen: seine eheliche Tochter verstoßen und gezwungen, sich mit der eigenen Hände Arbeit den Lebensunterhalt zu verdienen, und seine … seine … zweite Frau hat ihm nun gerade das dritte Mädchen in Folge geboren.«

Von ihrer dritten Halbschwester hatte Ailis ebenso wie zuvor von der zweiten nichts gehört. Ihr Vater hielt es weder für nötig, die Geburten weiterer Töchter publik zu machen, noch den Kontakt zu seiner ältesten Tochter aufrechtzuerhalten.

»Ich mache meine Arbeit sehr gern«, erklärte Ailis der besorgten Großmutter ihrer Cousine und Freundin. Es schmerzte sie, dass Donella in Paris geblieben war, auch wenn sie Donna gut verstand.

»Nicht alle Mädchen wünschen sich eine Heirat«, fügte Haily hinzu. »Es gibt andere Möglichkeiten …«

»Nicht für eine Hard!«, reagierte Lady Balincourt streng. »Ich begrüße es auch keinesfalls, dass mein Gatte unserer Donella ihren Willen lässt. Dieses Studium unter falschen Vorzeichen und dieser Mann, von dem niemand weiß, wie ernst seine Absichten sind.«

Ailis lächelte. Donna hatte ihr das Glück mit Hernando ausführlich brieflich geschildert. Sie hatte mehr von der Universität geschwärmt als von dem jungen Mann, doch natürlich war sie in ihn verliebt.

»Immerhin hat sie meinem Gatten versichert, sie würde sich in Zukunft in alle Wünsche ihres Vaters bezüglich einer passenden Heirat fügen, sofern er ihr jetzt ihren Willen lässt«, setzte Lady Balincourt hinzu.

Ailis musste ein weiteres Lächeln unterdrücken. Um die Universität besuchen zu können, das wusste sie nur zu gut, hätte Donella alles geschworen.

Emily kam eine Stunde zu spät ins Institut, um Ailis zu treffen. Sie hatte Haily noch helfen müssen, sich für den Theaterbesuch anzukleiden und herzurichten. Emily war klar, dass sie etwas plante, doch sie hatte dazu geschwiegen und sich um die geforderte Sorgfalt bemüht.

Ailis hegte natürlich ähnliche Gedanken, gleichzeitig waren ihr Hailys Pläne völlig egal. Stattdessen begrüßte sie Emily herzlich in der Sternwarte und stellte sie den anderen Frauen als frühere Mitschülerin vor.

»Emily war die Jüngste in unserer Schule und hat sie nichtsdestotrotz mit fast den besten Noten beendet!«, berichtete sie laut, als sie sah, dass Professor Pickering gerade anwesend war und sich über die Arbeit einer ihrer Kolleginnen beugte. Gleich darauf gratulierte er ihr zur Entdeckung eines neuen Sterns.

»Klasse C, oder was meinen Sie, Mrs. Hay? Sie müssen sich das unbedingt auch noch einmal ansehen! Und Ihre junge Besucherin bekommt gleich einen Eindruck davon, wie spannend es hier zugeht. Ist das die junge Dame, über die wir gesprochen haben?«

Lächelnd begrüßte Pickering auch Emily, die ein wenig eingeschüchtert ob der lockeren Arbeitsatmosphäre neben Ailis stand. »Ich habe bis jetzt noch nicht mit meinen Kollegen von den anderen Fakultäten gesprochen, ich wollte die junge Frau zunächst kennenlernen. Zeigen Sie ihr doch erst einmal das Institut, und dann kommen Sie in mein Büro.«

Emily wandte sich erschrocken an Ailis, als der Professor gegangen war.

»Du hast mit ihm über mich gesprochen? Warum? Ich … braucht seine Frau vielleicht eine Zofe?«

Ailis schüttelte den Kopf. »Du bist zu gescheit, um die Stelle einer Zofe anzustreben, genau wie ich zu klug war, um Professor Pickering nur den Haushalt zu führen. Ich weiß, dass du dringend von Haily wegwillst, aber ich glaube, du würdest ein Studium der Arbeit in einem Haushalt vorziehen.«

Emily sah sie ungläubig an. »Ein Studium?«, fragte sie leise. »Ich … ich kann das doch gar nicht bezahlen …«

»Genau aus diesem Grund wirst du dich nachher bemühen, einen möglichst guten Eindruck auf Professor Pickering zu machen. Der könnte dir nämlich ein Stipendium für Hochbegabte verschaffen. Jetzt schau dir aber erst mal ein paar Sterne an«, sagte Ailis und lächelte ihr aufmunternd zu.

Während Emily ihren ersten Stern vermaß, verfolgten George und Lady Balincourt mit mäßigem Interesse und Haily mit größter Konzentration das Geschehen auf der Theaterbühne. Wie sie erhofft hatte, waren die Erwartungen an die Künstler hier nicht halb so groß wie in den Varietés von Paris. Die Sänger und Tänzer waren nicht schlecht, doch die Anforderungen, die das Stück an sie stellte, erforderten kein Genie. Haily war sich sicher, die Hauptrolle der Cindy, eines Dorfmädchens, das sich dann als Millionärstochter entpuppt und lernen muss, in der feinen Gesellschaft zu bestehen, sofort übernehmen zu können. Die Schauspielerin, eine Angèle Frevert, die nicht den kleinsten französischen Akzent hatte, sah auch nicht besser aus als sie, und sie tanzte nicht graziöser. Eigentlich befand Haily sie als ziemlichen Trampel. Ihr Selbstbewusstsein wuchs mit jeder Szene, die sich vor ihren Augen abspielte. Jetzt mussten sich ihr nur noch die Türen öffnen. Sie hoffte, dass der Name Hard dazu ausreichte.

George erklärte sich sofort bereit, seine Großmutter nach der Vorstellung ins Hotel zu begleiten, während Haily behauptete, Ailis im Observatorium aufsuchen zu wollen.

»Sie wollte es uns doch so gern zeigen! Sicher wäre sie enttäuscht, wenn sich so gar niemand für ihre Arbeit interessiert!«

Lady Balincourt nickte nachsichtig. Sie wusste nichts von Cuthberts Verbindung zur Boston Music Hall – Ailis hatte ihre Erzählung knapp gehalten. Und ihren Cousin hatte Haily schon gestern in ihre Pläne eingeweiht. Er unterstützte sie, würde er doch froh sein, sie loszuwerden.

Haily wartete, bis er sich mit seiner Großmutter entfernt hatte, dann wandte sie sich erneut dem Theater zu. Das Foyer wurde gerade geschlossen, doch sie sprach eine der Angestellten an, die dabei war, aufzuräumen und sauber zu machen.

»Ich würde gern Mr. Cuthbert Hay sprechen«, sagte sie. »Ist er wohl im Haus?«

»In welcher Angelegenheit möchten Sie ihn sprechen?«, schaltete sich ein Mann in eleganter Livree ein, der zuvor die eintreffenden Gäste begrüßt hatte. »Geht es um ein Vorsprechen?«

»Um eine familiäre Angelegenheit«, behauptete Haily. »Ich bin die Cousine seiner Frau …«

»Ich wusste gar nicht, dass Mr. Hay verheiratet ist.« Der Angestellte warf Haily einen prüfenden Blick zu und kam anscheinend zu dem Ergebnis, dass er nichts damit falsch machen konnte, sie seinem Boss vorzustellen. »Ich kann Sie ihm gern melden. Wie ist Ihr Name?«

»Haily Hard. Wir haben uns bei seiner Hochzeit das letzte Mal gesehen. Und ausgiebig miteinander getanzt … Er sollte sich eigentlich erinnern.«

Sie zupfte noch ein wenig an ihrem Haar und dem darauf sitzenden Hütchen – mit Spiegeln war das Foyer zur Genüge ausgestattet –, als der Mann in Livree nach wenigen Minuten zurückkehrte. In seinem Gefolge befand sich Cuthbert Hay, strahlend über das ganze Gesicht.

»Cousine Haily! Was für eine nette Überraschung!«

Haily senkte kokett den Blick. »Ich hätte kaum geglaubt, dass Sie sich an mich erinnern«, behauptete sie.

Cuthbert winkte ab. »Das Mädchen, das an meinem Hochzeitstag selbst die Braut überstrahlte?«, schmeichelte er. »Wie hätte ich Sie vergessen können. *Dich* vergessen können, Cousinchen.«

Haily zeigte sich von seiner Art der Begrüßung genauso angetan wie von seinem Anblick. Er trug seine roten Kräusellocken immer noch kurz, der Kotelettenbart war sauber gestutzt, der elegante Anzug saß hervorragend.

»Wie wäre es mit einem Glas Champagner zur Feier unseres Wiedersehens?«, fragte er galant. »Gehen wir doch in mein Büro, da haben wir es bequemer.«

Haily folgte ihm in den ersten Stock. Von seinem Büro aus hatte man einen Blick auf die Bühne und in den Zuschauerraum. Haily war beeindruckt.

»Du warst in der Vorstellung?«, fragte er, während er eine Flasche entkorkte. »Hat sie dir gefallen?«

»Durchaus, ein sehr ansprechendes Stück ... allerdings ... was deine Hauptdarstellerin angeht ... nun ja, ich komme aus Paris, da ist man verwöhnt ...«

»Du kommst aus Paris?« Cuthbert zeigte sich überrascht und angetan. »Hast du da gelebt? Na ja, was Angèle angeht, unsere Cindy ... sie lässt in der letzten Zeit tatsächlich etwas nach ... ich muss da wohl mal ein Wort mit ihr reden ... Aber bitte, erzähl von Paris!«

Haily nippte an ihrem Champagner und ließ Cuthbert dabei nicht aus den Augen. Sie wusste längst, wie man Männer ansehen musste, um sie davon zu überzeugen, der Mittelpunkt der Welt zu sein. Wobei Typen wie Cuthbert darin eigentlich nur bestärkt werden mussten.

»Ich habe in Paris studiert«, behauptete sie. »Gesang und Tanz.« Sie nannte den Namen ihrer Lehrer und fügte noch ein paar dazu, von denen Clarisse und Louise gesprochen hatten. Dabei holte sie langsam, wie nebenbei, ein elegantes Etui aus der Tasche, das ihre langen hellbraunen Lieblingszigarren enthielt.

»Gibst du mir bitte Feuer?«, fragte sie, als sie die Aufzählung beendet hatte. Lässig schob sie die Zigarre zwischen ihre Lippen.

»Und du hast dort auf der Bühne gestanden?« Cuthbert griff nach einem silbernen Feuerzeug, das auf seinem Schreibtisch stand, schlug eine Flamme und hielt sie Haily vor das Gesicht. Sie atmete tief ein, bis die Zigarre erglühte.

Dann seufzte sie. »Ich hätte mir die Engagements aussuchen können«, log sie. »Moulin Rouge, Folies Bergère ... allerdings ... meine Familie unterstützt mich nicht in meinem künstlerischen Streben. Und mein Vater hat überall Einfluss ...«

Welchen Einfluss ein schottischer Lord auf den Impresario des Moulin Rouge oder eines anderen berühmten Pariser Etablissements haben sollte, konnte Haily sich zwar selbst nicht vorstellen, doch sie hoffte, dass Cuthbert nicht so weit dachte.

Dieser füllte ihr Glas erneut. Dann fragte er, nun doch etwas skeptisch: »Wieso konntest du dann überhaupt dort studieren?«

Haily erzählte von ihrer Weltreise, den Plänen ihrer Familie mit ihr und George und behauptete, die Balincourts hätten vor allem Donellas wegen so lange in Paris verweilt.

»Die dritte Cousine, die auf der Hochzeit geweint hat?«

»Ja, die Kleine mit dem unordentlichen Haarschopf. Ein rechter Blaustrumpf! Aber nun scheint sie sich verliebt zu haben, und obendrein in einen passenden Mann. Das haben ihre Großeltern gefördert und mich an etwas längerer Leine laufen lassen.« Sie lächelte verschwörerisch.

»Und diese Leine …«, bemerkte Cuthbert, »… würdest du jetzt gern ganz zerreißen?«

»Mit ein bisschen Unterstützung sollte mir das nicht schwerfallen«, meinte Haily. »Ein anderes Land, vielleicht ein Engagement … Ich bin einundzwanzig.«

»Und die Großmutter deiner Cousine hat dir ohnehin nicht viel zu befehlen«, stellte Cuthbert schmunzelnd fest. »Lass mich dein Haar sehen.« Mit geschickten Händen nahm er ihr das Hütchen ab und blickte auf Hailys leuchtend blonde Flechten. »Sehr schön.« Er löste eine Strähne mit seinem Zeigefinger und zwirbelte sie. »Willst du mir etwas vorsingen?«

Haily nickte. Sie entschied sich für ein Chanson im Walzertakt – *Je te veux*. Die Sängerin schwärmt darin einen Mann an, dem sie sich mit Seele und Körper schenken will, und fantasiert von kommenden Liebesfreuden. Haily sang und fixierte Cuthbert. Sie erkannte die Lust in seinen Augen und wusste, dass er ihr geben würde, was immer sie wollte.

»Wann unterschreiben wir den Vertrag?«, fragte sie. Es würde nicht lange dauern, bis er eine Sängerin namens Angèle Frevert vergessen hatte.

Emily versuchte, nicht unruhig auf ihrem Stuhl in Professor Pickerings Büro herumzurutschen, während er sie freundlich zu ihren Zukunftsplänen befragte. Sie bemühte sich um Ruhe und schilderte ihr Interesse an Biologie, vor allem der Vogelkunde, berichtete von ihrer Abschlussarbeit im Internat und ihren Studien in Paris. Als sie erwähnte, wie sie im Gefolge von Donna und Hernando tatsächlich die Zeichnungen Leonardo da Vincis habe einsehen dürfen, strahlten ihre Augen, und sie verlor ihre Furcht. Schließlich erzählte sie sogar von Gooby und ihren Bemühungen, das Verhalten des Tieres zu verstehen.

»Das ist es, was ich eigentlich möchte!«, gestand sie schließlich. »Menschen und Tiere verstehen. Ihre Handlungen … ihre Gefühle. Miss Lumsden, die Rektorin von St Leonards, sagte, man könne das studieren. Sie nannte es Psychologie.«

Pickering nickte. Ailis hatte ihm schon einiges von dem hochbegabten Dienstbotenkind erzählt, das von ihrer eigenwilligen Cousine Haily »adoptiert« oder besser gesagt in Besitz genommen worden war. Nun befand er das Mädchen als ebenso klug und ernsthaft, wie Ailis es ihm geschildert hatte – ein intelligentes Geschöpf, doch zu jung und zu eingeschüchtert, um sich gegen die Zwänge zu wehren, die auf das Mädchen einwirkten.

»Dann werde ich mit meinem Kollegen von der Psychologie-Fakultät sprechen. Und mit den Biologen. Gerade Erstere sollten vielversprechenden Talenten gegenüber aufgeschlossen sein. Zudem möchten wir Frauen im Studium allgemein mehr fördern. Aber Sie … selbst wenn wir ein Stipendium für Sie erwirken könnten, Sie müssen sich Ihren Lebensunterhalt nebenher verdienen, nicht wahr?« Pickering nickte Emily zu, auf deren Gesicht sich ein geradezu überirdisches Lächeln ausbreitete.

»Ich dachte, sie könnte hier arbeiten«, meinte Ailis, die bis jetzt zugehört hatte. »Sie hat gute Augen und kann hervorragend rechnen.«

Emily nickte. Ja, das konnte sie sich gut vorstellen.

»Dann willkommen bei den Harvard Computers!« Pickering gab ihr die Hand. Emily schwebte förmlich neben Ailis aus seinem Büro. Erst als sie das Institut verlassen hatten, fand sie in die Wirklichkeit zurück.

»Und wie sage ich das nun Haily?«, fragte sie leise.

Donella war aufgeregt und glücklich. Sie saß neben Hernando auf dem Bock des Benz, er hatte den Arm leicht um sie gelegt, und sie verließen eben Paris in Richtung Vaugirard. Ihr Ziel war die Ballonfabrik von Henri Lachambre.

»Und sie erwarten uns wirklich?«, fragte sie zum wiederholten Mal.

Hernando antwortete geduldig. »Ja, ich habe uns angekündigt. Und eventuelle Kaufabsichten geäußert. Sie werden uns also mit allen Ehren empfangen. Und wenn ich um einen Probeflug bitte … Ich nehme doch an, die haben einen flugfähigen Ballon.«

Donella konnte es kaum erwarten. Doch als sie dann den beschaulichen Vorort von Paris durchquerten und auf den Hof der Ballonfabrik fuhren, stand da tatsächlich ein himmelblauer, mit bunten Ranken geschmückter Ballon, bereits gefüllt mit Gas und nur von Seilen am Boden gehalten.

»Wie groß er ist!«, flüsterte sie atemlos.

Aus dem flachen Fabrikbau traten ein vielleicht fünfzigjähriger, kräftig gebauter Mann und ein schlanker, doch ebenfalls kompakter Mann, der einige Jahre jünger sein mochte. Beide lächelten freundlich, der Jüngere blickte Donella fast bewundernd an. Sie erwiderte sein Lächeln und schaute in ein Paar ruhige freundliche Augen in einem noch etwas weichen Gesicht, das jedoch irgendwann ebenso kantig und wettergegerbt wirken würde wie das des Älteren.

»Monsieur Sánchez-Duboire?« Der Ältere wandte sich an Hernando. »Ich bin Henri Lachambre. Und das ist mein Neffe, Armand Machure.«

Der junge Mann verbeugte sich, und Hernando stellte Donella

vor, wobei er nur ihren Namen nannte. Donna hatte im Stillen auf »meine Verlobte« gehofft.

»Mademoiselle Hard interessiert sich brennend für den Ballonbau«, fügte Hernando hinzu. »Wie ich studiert sie Mechanik und Physik.«

Für seine letzten Worte flog ihm Donellas Herz wieder zu.

»Der Ballon ist riesig!«, sagte sie. Nach wie vor konnte sie den Blick nicht von dem himmelblauen Ballon losreißen, der majestätisch über dem Hof schwebte.

Henri Lachambre nickte, ohne ein mögliches Erstaunen über das Interesse der jungen Dame zu zeigen. »Das ist ein Modell, das leicht sechs Mitfahrer trägt. Da braucht es schon ein gewisses Volumen. Kommen Sie bitte! Begleiten Sie uns einmal durch unsere Fabrik«, lud er Donella und Hernando ein, während sein Neffe die Tür für sie öffnete.

»Wir steigen nachher zusammen auf … also wenn Sie möchten«, sagte Armand Machure, dem ihre Faszination nicht entging.

Sie strahlte ihn an. »Nichts könnte mich davon abhalten!«, erklärte sie.

Lachambre begann seine Führung, indem er über die Ballontypen sprach, die in seiner Fabrik hergestellt wurden. »Wir bauen sowohl Heißluft- als auch Gasballons. Häufiger Letztere, wegen der geringeren Unfallgefahr. Natürlich ist auch das Gas brennbar, aber man hantiert nicht in der Luft mit offenem Feuer herum, anders als bei einem Heißluftballon. Der Gasballon ermöglicht auch die Überwindung größerer Entfernungen – und wir hoffen auf Dauer, eine wirkungsvolle Lenkmöglichkeit zu finden. Der Ballon würde dann zum Luftschiff und für die Personenbeförderung eigentlich erst richtig attraktiv.«

In der Halle arbeiteten Männer an schweren Nähmaschinen, aber mit relativ leichten Stoffen.

»Seidenstoffe, gasdicht beschichtet«, erklärte Lachambre. »Sie sehen, wir haben sie in allen Farben, außerdem kann die Hülle bemalt werden. Sie wird mit Spezialmaschinen doppelt vernäht und bildet dann eine Art Ball – Sie können aber auch andere Formen ordern. Den Ball überziehen wir mit einem Netz, das ihn stabilisiert und an dem die Lastleinen befestigt sind, die den Korb halten. Die Körbe flechten wir selbst, aus möglichst leichten, aber stabilen Materialien wie Bambus. Weide eignet sich natürlich auch.«

Er und sein Neffe führten ihre Besucher an die nächste Fertigungsstation. »Hier wird das Füllventil gefertigt. Es ist eines der schwersten Bestandteile des Ballons, und hier drüben sehen sie den Korbring, unter dem der Korb hängt. Am Korb selbst gibt es Befestigungsmöglichkeiten für Sandsäcke, deren Abwurf den Ballon steigen lässt, und hier haben Sie auch die Ventilleine, mittels derer Sie Gas ablassen können. Dann sinkt der Ballon.«

»Das Gas entweicht aber doch nach oben, nicht durch das Füllventil, oder?«, fragte Donna.

»Natürlich«, stimmte Lachambre zu. »Durch ein Ventil am Scheitel des Ballons. Sehen Sie hier!« Er wies auf eine noch in Arbeit befindliche Ballonhülle, in die das Ventil bereits eingefügt war. »Die Technik ist gar nicht so kompliziert. Man muss nur sorgfältig arbeiten und alle Sicherheitsvorkehrungen treffen.«

»Unsere Ballons stürzen praktisch nie ab«, fügte Armand Machure hinzu. »Was wir Ihnen gern in der Praxis zeigen würden.«

Jetzt übernahm er die Führung. Sie verließen die Halle wieder, um sich anhand des fertigen, fahrfähigen Ballons noch einmal all die Details zeigen zu lassen, deren Fertigung sie eben beobachtet hatten.

»Das könnten doch eigentlich auch Frauen nähen«, bemerkte Donna und betrachtete die Nähte mit der Erfahrung ihres jahrelangen Unterrichts in Handarbeit.

»Wahrscheinlich würden die Ballons dann ansprechendere Formen annehmen.« Machure lächelte. »Die modernen Ballons wirken ja allem Farbreichtum zum Trotz eher nüchtern. Verglichen etwa mit der Montgolfière.«

Donna nickte. »Die hat mich sehr beeindruckt, als ich sie zum ersten Mal sah«, gab sie zu. »Mein Großvater zeigte mir einen Kupferstich von ihrer ersten Fahrt. Seitdem träume ich vom Fliegen.«

Hernando lächelte ihr zu. »Dann wollen wir deinen Traum mal wahr werden lassen. Kann ich steuern, Monsieur Machure?«

»Gern«, sagte Machure. »Sofern man den Flug beeinflussen kann«, schränkte er ein. »Mein Onkel hat ja schon davon gesprochen. Wir können die Flughöhe beeinflussen sowie Start und Landung. Aber wohin wir fliegen, bestimmt der Wind.«

Donna war es im Moment ziemlich egal, wohin sie fliegen würde. Sie wollte nur in die Luft. Machure half ihr galant beim Einsteigen, Hernando enterte den Korb mit einem Sprung.

»Die Leinen los!«, rief er vergnügt, als auch Armand Machure eingestiegen war. Henri Lachambre blieb am Boden. Ein paar Männer bespannten bereits zwei Pferdefahrzeuge: eine Kutsche, mit der die Besucher zurückgebracht werden sollten, und einen Kastenwagen, der Platz bot für den Ballon.

Und dann erhob sich der Ballon! Langsam schwebte er in die Lüfte. Donna fühlte sich getragen, sanft angehoben, das Gefühl war unbeschreiblich. Mit leuchtenden Augen umfasste sie eines der Halteseile und ließ ihren Blick schweifen.

Machure beobachtete sie. »Sie sind wirklich noch nie mit einem Ballon gefahren?«, erkundigte er sich.

Donna lachte. »Natürlich nicht, dies ist der erste, den ich auch nur gesehen und berührt habe! Obwohl ich so ziemlich alles über die Ballonfahrt weiß. Oh mein Gott, wir fliegen! Das ist so fantastisch! Hernando, ist das nicht unglaublich?« Glücklich wandte sie sich an ihren Freund, der ähnlich begeistert wirkte, doch weniger euphorisch, sondern eher interessiert an den Abläufen.

»Warten wir, ob er von sich aus weiter steigt, oder werfen wir Ballast ab?«, fragte Hernando. »Wie entscheidet sich das?«

»Flugbahn und Flughöhe hängen von den thermischen und dynamischen Kräften ab, die in der Atmosphäre wirken. Wenn man die Luftströmungen in verschiedenen Höhen kennt, kann man die Flugbahn sogar recht genau voraussagen«, erklärte Machure. »Mein Onkel weiß schon, wo ungefähr er uns abholen muss.«

»Also sind es Erfahrungswerte?«, hakte Hernando nach.

»Ja, und die Messwerte von Meteorologen«, antwortete Machure. »Dazu gehören die Windgeschwindigkeit, thermische Veränderungen …« Er unterhielt sich mit Hernando, konnte den Blick jedoch nicht von Donella wenden. Donella fiel das durchaus auf – wahrscheinlich fand er ihre Seligkeit albern –, aber sie konnte sich nicht dazu zwingen, die Fahrt jetzt zu analysieren. Später vielleicht, wenn dieses unglaubliche Erleben einmal zur Normalität werden sollte … Natürlich interessierte sie sich dafür, wie sich der Wind überlisten ließe, aber diese erste Fahrt war purer Genuss. Donella sah die Häuser und Felder unter sich kleiner werden und die Wolken näher kommen. Sie spürte den Wind, der den Ballon vorwärtstrieb, und störte sich nicht daran, dass ihr Haar sich unter ihrem Hut löste und schließlich im Wind flog, wie es das getan hatte, wenn sie als Kind einen Hügel herunterrannte. Schon damals hatte sie daran gedacht, einfach auf die nächste Wolke zu springen und davonzufliegen …

»Die meisten Frauen fürchten sich ein bisschen, beim ersten Mal«, sprach Machure sie schließlich wieder an. »Es gibt zwar ein paar berühmte Ballonfahrerinnen, aber im Allgemeinen …«

»Ich fürchte mich nicht«, sagte Donna schlicht. »Ich finde es einfach nur schön. Hast du dich jemals so leicht gefühlt, Hernando? Bist du jemals so mühelos vorwärtsgekommen? Das Automobil ist auch schon ein Wunder, aber dies hier …« Am liebsten hätte sie sich an den Rand des Korbs gelehnt und ihr Gefühl der vollkommenen Freiheit in die Welt hinaus gejubelt.

Machure lächelte ihr zu. »Manchmal möchte man singen, vor lauter Glück«, sagte er leise. »Manchmal fühlt man sich schwerelos.«

Donna schenkte ihm zum ersten Mal echte Aufmerksamkeit.

»Sie fühlen das auch?«, fragte sie. »Ich dachte …«

»Wer könnte es nicht spüren?«, fragte Machure. »Das ist es doch, was uns treibt. Uns alle, die fliegen wollen. Egal, ob mit Gleitfliegern oder Ballons oder später mit Luftschiffen und Motorfliegern …«

Hernando nickte. »Fliegen ist ein Abenteuer, man kann ihm verfallen. Ich denke, ich werde einen Ballon ordern, Monsieur Machure. Und am Ende werde ich ihn steuern!«

Donna hätte platzen können vor Glück. Ein eigener Ballon! Mit dem man versuchen konnte, die eigentlich ja recht simple Technik weiterzuentwickeln! Sie würde Teil des Abenteuers sein! Gemeinsam mit Hernando!

Die Ballonfahrt dauerte etwa eine Stunde. Dann wies Armand Machure Hernando an, den Ballon in den Sinkflug zu überführen, bis er sanft auf einer Wiese aufsetzte. Donna beobachtete das dazu nötige Manöver gespannt. Es war nicht schwer, sie selbst hätte es auch geschafft. Sie brannte bereits darauf, allein mit Hernando zu fliegen.

Um so enttäuschter war sie, als ihr Freund später, als konkret über den Auftrag gesprochen wurde, einen Ballon für einen Einzelfahrer orderte. Sie wagte es nicht, ihn direkt danach zu fragen, war jedoch ziemlich verärgert, als er ihr dann großzügig erlaubte, eine Farbe auszuwählen.

»Wie wäre es mit einem dunklen Rot?«, fragte er.

»Rot wie die Liebe?«, fragte sie etwas patzig.

»Wie der Sonnenuntergang«, schlug Armand Machure vor. Er beobachtete sie immer noch, ihre Enttäuschung war ihm nicht entgangen. »Rot und Gold und Blau.« In diesen Farben war der Himmel erstrahlt, als die Kutsche sie vom Landeplatz zurück zu ihrem Automobil brachte. »Dann erinnert er Sie immer an Ihre erste Fahrt«, fügte Machure hinzu.

Donna versuchte, ihren Zorn herunterzuschlucken. »Eine schöne Idee«, sagte sie. »Dann machen wir das.«

Hernando schien sich keiner Schuld bewusst, als sie die Fabrik schließlich verließen.

»Was für ein schöner Tag!«, rief er und wollte wieder den Arm um Donella legen. Die schüttelte ihn jedoch ab.

»Ein Ballon für einen Fahrer?«, fragte sie. »Und ich?«

Hernando lachte. »Aber Donna, wir wollen mit dem Ding doch keine romantischen Ausfahrten machen! Ich dachte, dir ginge es um die Technik, um das, was fehlt, um aus einem Windspiel ein Luftschiff zu machen. Mit einem leichteren Gefährt kann man einfacher experimentieren.«

Donella verstand und war trotzdem enttäuscht. »Was spricht gegen romantische Ausfahrten?«, fragte sie trotzig.

Hernando küsste ihre Schläfe. »Das ist es, was ich an dir liebe«, sagte er zärtlich. »Du hast so viel zu geben. Verstand, aber auch Träume. Wir werden es weit bringen, Donna. Du wirst es sehen!«

Das romantische Dinner, zu dem er sie anschließend einlud, befriedete Donna, und als sie spät am Abend in die Wohnung ihres Großvaters zurückkehrte, erzählte sie ganz beseelt und glücklich von ihrer ersten Ballonfahrt.

»Und das hab ich alles dir zu verdanken!«, erklärte sie und küsste ihn auf die Wange, auch um ihn wieder freundlich zu stimmen. Er hatte bereits auf sie gewartet und sie mit Vorwürfen empfangen. »Hättest du damals nicht diesen Kupferstich für Onkel Charles gekauft …«

Frederick Balincourt ließ das unkommentiert. Er fragte sich inzwischen längst, ob seine damalige Freude an ihrem kindlichen Interesse und anschließend an ihrem Erfindergeist nicht letztlich zu ihrem Unglück führen würde.

»Wir bleiben hier«, eröffnete Haily der verblüfften Emily nach ihrer Rückkehr aus dem Theater. »Ich habe ein Engagement als Sängerin und Schauspielerin in der Boston Musik Hall.«

»Bei Ailis' Mann?«, fragte Emily.

»Spricht was dagegen?«, fuhr ihr Haily über den Mund.

»N… nein …« Emilys erster Gedanke war Verrat gewesen. Schließlich war Ailis die Cousine von Haily, sie sollte ihr gegenüber solidarisch sein. Andererseits war es Ailis wahrscheinlich völlig egal, was Cuthbert und Haily trieben. Über seinen Verlust war die inzwischen anerkannte Astronomin längst hinweg.

»Es ist nur … Ich werde für Professor Pickering arbeiten. Bei den Harvard Computers.« Emily nahm ihren ganzen Mut zusammen und berichtete von ihrer neuen Stelle. Eigentlich wollte sie noch hinzufügen, dass sie dann nicht mehr als Zofe tätig werden wollte, doch Haily unterbrach sie.

»Darauf zielte sie also ab, diese Führung durch Ailis' Institut. Du wolltest hierbleiben. Und was hattest du gedacht, hätte ich dann tun sollen? Sollte ich mich selbst frisieren? Aber gut, das hat sich ja erübrigt. Wir bleiben beide in Boston. Und wenn deine sonstigen Pflichten nicht darunter leiden, habe ich nichts dagegen, dass du ein bisschen Sternguckerei betreibst. Es wird ja auch nicht mehr so viel zu tun sein. Du wirst mich gerade mal ankleiden und frisieren müssen. Die meiste Zeit des Tages bin ich sicher im Theater.«

Emily blitzte sie an. »Du hast über gar nichts zu bestimmen!«, erklärte sie mit fester Stimme. »Ich gehöre dir nicht, Haily. Und ich bin auch nicht durch irgendeinen Arbeitsvertrag an dich gebunden. Deine Mutter sprach vor unserer Abreise von einem monatlichen Taschengeld, das mir als Zofe zustünde, eine kleine Entschädigung … Lady Balincourt hat mir das ausgezahlt. Wenn sie das jetzt nicht mehr tut, weil du dich selbstständig machst, brauche ich auch nicht mehr für dich zu arbeiten.«

»Und was ist mit Kost und Logis?«, fragte Haily. »Ich sorge für dich, falls dir das noch nicht aufgefallen ist. Praktisch schon dein ganzes Leben lang! Und denk an all die Chancen, die du durch mich hattest …«

»Ich werde ab jetzt selbst für mich sorgen«, sagte Emily. »Wie gesagt, arbeite ich im Institut.«

Haily verzog hämisch ihr Gesicht. »Und was verdienst du da? Wahrscheinlich zum Leben zu wenig und zum Sterben zu viel …«

»Und du?«, gab Emily zurück. »Kannst du dir von deiner Gage eine Wohnung leisten *und* eine Zofe?«

Haily schürzte die Lippen. So weit hatte sie noch gar nicht gedacht, aber es stimmte – von ihrer Anfangsgage konnte sie es sich nicht leisten, weiter im Hotel zu leben.

»Ich dachte erst mal bei Ailis unterzuschlüpfen«, improvisierte sie. »Hat sie nicht bis vor Kurzem mit einer anderen Frau die Wohnung geteilt? Allein fällt es ihr bestimmt schwer, die Miete aufzutreiben.«

Emily biss sich auf die Lippen. Sie hatte eigentlich schon selbst daran gedacht, Ailis um eine vorübergehende Aufnahme zu bitten. Sie hätte sich dann Zeit lassen können mit der Suche nach einer Studentenwohnung. Ob ein Wohnheim für Frauen in Harvard existierte, hatte sie noch nicht herausgefunden. Allerdings war ihr klar, dass auch die Hälfte der Miete zu viel für sie sein würde. Haily konnte sich das eher leisten. Und würde zweifellos auch auf Emilys Unterbringung bei ihrer Cousine bestehen. Wenn Haily dann wirklich nicht mehr von ihr verlangte, als ihr bei der Morgentoilette zur Seite zu stehen … Emilys Überzeugung, sich radikal abzunabeln, geriet ins Wanken.

»Ob Ailis da mitmacht? Ob sie die Wohnung wirklich mit uns teilen will? Hast du … hast du es übrigens George schon gesagt? Und seiner Großmutter?«

Haily eröffnete Lady Balincourt und ihrem Cousin die neuesten Pläne gleich am Abend beim Dinner.

George nahm es, wie erwartet, gelassen bis erleichtert auf. »Dann hast du ja, was du wolltest, Cousinchen!«, sagte er gönnerhaft.

»Aber, aber, so war das nicht geplant!«, empörte sich dagegen Lady Balincourt. »Dein Vater will dich verheiraten! Du kannst dich nicht einfach auflehnen!«

Haily zog die Augenbrauen hoch und entzündete demonstrativ ihre erste Zigarre im Beisein der Lady. »Was will er denn machen? Herkommen, mich von der Bühne zerren und vor den Traualtar schleifen? Es tut mir leid, Lady Denise, aber dies ist ein freies Land! Ich bin volljährig – na ja, fast …« Sie hatte geschwindelt, als sie Cuthbert gegenüber behauptet hatte, ihren einundzwanzigsten Geburtstag schon gefeiert zu haben. »Jedenfalls werde ich es sein, bevor er hier mit Feuer und Schwert auftauchen kann. Ich bin nicht mehr einfach nur eine Hard. Ich bin Haily Hard! Den Namen wird bald jeder kennen.«

»Und einen Bräutigam hat sie bekanntlich auch nicht!«, stand George ihr bei. »Ich werde mir die zukünftige Lady Thorgale selbst aussuchen.« Er grinste. »Obwohl du mir immer besser gefällst, Cousinchen. So viel Mumm hätte ich dir gar nicht zugetraut!«

»Vielen Dank«, sagte Haily. »Wollen Sie meinen Eltern schreiben, Lady Denise, oder soll ich es tun? Ach, wahrscheinlich ist es das Beste, wir tun es beide. Mein Vater wird natürlich toben. Aber meine Mutter war immer stolz auf mich. Wer weiß, vielleicht kommt sie eines Tages her, um mich auf der Bühne zu sehen.«

»Und wo wirst du unterkommen?«, fragte Lady Balincourt. »Du … du wirst doch anständig bleiben … trotz allem?«

»Ich denke, ich wohne zunächst bei Ailis«, wiederholte Haily.

»Emily ist gerade bei ihr und informiert sie darüber, dass wir vorübergehend bei ihr einziehen möchten …«

Lady Balincourt war durchaus beeindruckt von Ailis' Tüchtigkeit – eine junge Frau weit weg von ihrer Heimat, die es geschafft hatte, mit ihrem Kind zu überleben, ohne gegen die Regeln der Schicklichkeit zu verstoßen. Haily nahm deshalb an, dass sie nichts gegen ihren Aufenthalt bei Ailis haben würde. Bevor sie jedoch reagieren konnte, betrat Emily das Restaurant, in dem die Hards speisten. Sie grüßte artig, um dann errötend zu berichten, wie sich Ailis zu der Frage der Einquartierung stellte.

»Mrs. Hay möchte uns nicht bei sich unterbringen«, erklärte sie förmlich. »Sie sagt, wir seien nicht mehr in der Schule. Damals hätte sie sich mit uns abfinden müssen, heute könnte sie sich aussuchen, an wen sie ihre Zimmer untervermietet.«

Letzteres stimmte nicht ganz, wie Ailis es Emily gegenüber auch freimütig zugegeben hatte. Bei den Harvard Computers konnte sich kaum eine Frau die Miete für die halbe Wohnung leisten, wobei die meisten von ihnen auch nicht allein lebten, sondern Familie hatten. Studentinnen hätte Ailis natürlich aufnehmen können, doch mit dem Kind in der Wohnung scheute sie sich davor, gleich mehrere Zimmer an unterschiedliche Frauen abzutreten. Haily wollte sie jedoch auf keinen Fall bei sich haben. Ihr unausgeglichenes Wesen würde ihre Ruhe und die ihres Sohnes und seiner Nanny stören.

»Das ist unverschämt von ihr!«, wütete Haily. »Ich werde selbst mit ihr sprechen, ich …«

Lady Balincourt faltete ihre Serviette, legte sie beiseite und erhob sich. Anscheinend war ihr der Appetit vergangen. Dann sagte sie würdevoll: »*Ich* werde mit Ailis Hay sprechen. Das ist wohl alles, was ich noch tun kann, um meinen Aufgaben als deine Anstandsdame nachzukommen. Wenigstens will ich deinen Eltern sagen können, dass du anständig untergebracht bist und die Ehre der Familie gewahrt bleibt.«

Haily verdrehte die Augen.

»Würdest du mir bitte den Weg zeigen, Emily?«

Emily nickte. Sie wusste, dass sie keinen Grund dazu hatte, doch sie schämte sich für Haily. Es war sicher richtig, dass sie ihre Berufswünsche verwirklichen wollte und dass sie dieses Ziel schon seit einiger Zeit mit großem Ehrgeiz verfolgte. Trotzdem hätte sie die alte Dame diplomatischer mit der neuen Situation vertraut machen können. Zum Beispiel, indem sie sich eine ehrbare Unterkunft gesucht hätte, bevor sie mit ihren großen Neuigkeiten herauskam.

Ailis' Wohnung lag in einer recht guten Gegend in der Nähe der Universität. Hier gab es hauptsächlich alte, hochherrschaftliche Häuser, die entweder von ihren Besitzern bewohnt oder zu Miethäusern umgewandelt worden waren. Die Wohnungen darin waren geräumig und teuer, und wenn jemand sie sich nicht mehr leisten konnte, half er oder sie sich oft mit der Untervermietung an Studenten. Auch Ailis fiel es schwer, ohne Maureen die Miete aufzubringen, zumal sie obendrein das junge Mädchen behalten hatte, das die beiden Frauen eingestellt hatten, damit sie sich während ihrer Arbeitszeit um Copper kümmerte. Es hielt auch ein wenig Ordnung in der Wohnung, wobei Ailis, wie sie Lady Balincourt erzählt hatte, das meiste nach der Arbeit selbst erledigte. Donnas Großmutter wusste, dass es ihr finanziell nicht allzu gut ging, doch heute besuchte sie die junge Frau zum ersten Mal in ihrem Zuhause. Was sie dort sah, gefiel ihr. Die Möbel waren nicht allzu wertvoll, aber behaglich, die ganze Atmosphäre machte den Eindruck, dass Ailis über einen gut funktionierenden, standesgemäßen Haushalt verfügte, in dem sie sich auch Haily gut vorstellen konnte.

Nachdem Ailis sie und Emily höflich hereingebeten und ihnen einen Platz im Wohnzimmer angeboten hatte, kam sie denn auch gleich mit ihrem Anliegen heraus.

»Es fällt mir ziemlich schwer, dich darum zu bitten, Ailis«, erklärte sie, nachdem sie die Frage nach einer Unterkunft für Haily noch einmal angesprochen hatte. »Du …«

Ailis gebot ihr mit einer kleinen Bewegung Einhalt und wandte sich an Emily.

»Emily, würdest du vielleicht in die Küche gehen und uns einen Tee machen? Und schaust du vorher noch mal nach Copper? Eben hat er süß geschlafen, aber die Nanny hat heute Abend frei und …«

Emily erhob sich sofort, und Lady Balincourt sah Ailis dankbar an. Es war freundlich von ihr zu verhindern, dass sie sich vor Hailys Zofe demütigte.

»Schau, Ailis, ich darf dich doch noch duzen, oder?« Lady Balincourt sprach weiter, als Ailis nickte. »Mein Mann und ich … wir haben es uns nicht so schwer vorgestellt … ein paar junge Leute auf einer Grand Tour zu begleiten, das erschien uns als angenehme und erfüllende Aufgabe. Besonders Frederick … er hoffte, den jungen Leuten etwas von seiner Liebe zur Kultur vermitteln zu können, etwas Ehrfurcht vor den großen Errungenschaften Europas, und ihnen einen Ausblick auf das Neue, das vielleicht hier in Amerika entsteht, zu gewähren. Wir konnten nicht wissen, dass alle drei nichts anderes im Sinn hatten, als ihren eigenen Kopf durchzusetzen. Vor allem konnten wir nicht ahnen, in welche Abgründe es George und Haily führen würde, wenn man die Zügel nur etwas lockerließ. George … ich weiß nicht, ob Donella es geschrieben hat, aber letztlich hat Frederick ihn aus dem Gefängnis geholt! Und Haily ist sicher ein gutes Kind, aber sie ist in schlechte Gesellschaft geraten …«

Ailis verzog das Gesicht. Den Ausdruck »gutes Kind« hätte sie für Haily Hard nicht mal gewählt, als sie noch in ihrer Wiege lag.

»Und nun hat sich Donella in Paris verliebt und studiert, wie immer sie das auch anfängt. Mein Gatte unterstützt sie, was ich nicht unbedingt gutheiße und was sich womöglich auch noch zu einem Desaster auswachsen wird. Diese Träume vom Fliegen und dann dieser junge Brasilianer …« Donellas Großmutter schluckte, und für einen Moment glitzerten Tränen in ihren Augen. Ailis hätte sie gerne ermutigt, Vertrauen in Donella zu haben, doch dann sprach Lady Balincourt über Haily und rang die Hände. »Ich glaube nicht, dass Haily in Paris so außer Kontrolle geraten wäre, hätte eine gewisse männliche Aufsicht bestanden. Doch George übernahm keinerlei Verantwortung, und wir haben unserer Aufsichtspflicht nicht genügt ...«

Am liebsten hätte Ailis Donellas Grandma widersprochen. Weder ihre Enkelin noch Haily hätten sich durch irgendetwas aufhalten lassen, um ihre Träume zu verwirklichen.

»In wenigen Tagen kehre ich sozusagen mit leeren Händen nach Schottland zurück. Ich habe völlig versagt, meine Aufgabe nicht annähernd erfüllt. Haily wird in diesem Theater singen. Aber es ist doch nicht so, dass alle Schauspielerinnen liederliche Frauenzimmer wären, oder?«

»Natürlich nicht«, beruhigte sie Ailis, die außer Felice Roberts, mit der Cuthbert sie betrogen hatte, keine einzige Schauspielerin kannte.

»Wenn ich also wenigstens die Rahmenbedingungen sicherer gestalten könnte. Wenn ich William und Mairead versichern könnte, dass du ein Auge auf Haily hättest, dass sie mit ihrer Cousine zusammen in einem ordentlichen Haus wohnt ... Das würde mir sehr viel bedeuten.«

Die Lady sah Ailis fast flehend an.

»Könntest du es nicht möglich machen? Auch wenn du Haily nicht besonders magst? Du warst immer loyal gegenüber deiner Familie.«

Ailis musste sich bezähmen. Ihr lagen ein paar bittere Wahrheiten zu Haily Hard auf der Zunge, aber konnte sie Lady Balincourt damit belasten? Immerhin hatte gerade ihre Loyalität gegenüber ihrer Familie ihr Leben letztlich zum Guten gewendet. Wer wusste schon, wie es mit ihrer Liebe zur Astronomie weitergegangen wäre, wäre sie in Schottland geblieben und hätte St Leonards beendet?

Was Haily anging, verstand sie Lady Balincourts Befürchtungen. Mehr noch, sie konnte sich gut vorstellen, wie Haily reagieren würde, müsste sie allein nach einer standesgemäßen Unterkunft suchen. Wahrscheinlich würde sie sich mit der Frage an Cuthbert wenden, der daraus womöglich seine eigenen Vorteile zog. Wenn Haily bei Ailis wohnte, war sie deutlich weniger von ihm abhängig.

»Und mit Emily bekämst du ja eine zusätzliche Haushaltshilfe«, redete Lady Balincourt ihr weiter zu. »Sie könnte sich um das Kind kümmern …«

Ailis gab sich einen Ruck. »Emily wird sich in der nächsten Zeit schwerpunktmäßig um sich selbst kümmern«, erklärte sie mit fester Stimme. »Sie wird an der Harvard University studieren und für die Harvard Computers arbeiten. Ob sie daneben noch Zeit für Hailys Bedürfnisse hat, muss sie selbst wissen. Aber gut, die beiden können vorübergehend hier einziehen. Bis sich die Wogen etwas geglättet haben. Und ansonsten …« Sie griff nach einem Schreiben, das vor ihr auf dem Tisch lag. »… hat sich Ihre Mission ohnehin erledigt, Lady Balincourt. Ob George und Haily heiraten, ist für die weitere Familiengeschichte völlig uninteressant.«

Sie reichte ihr die auf Büttenpapier gedruckte Geburtsanzeige. »Das ist heute gekommen.«

Lord Charles Hard auf Thorgale House
und Lady Muriel Hard verkünden
die Geburt ihres ersten Sohnes
Charles Thomas Thaddeus Hard.

Lady Balincourt schien zunächst etwas ungläubig, doch dann lächelte sie. »Der Thronerbe! Sie haben es geschafft. Wobei ich Charles' Vorgehen, insbesondere dir gegenüber, selbstverständlich nicht gutheiße. Aber mir fällt ein Stein vom Herzen, dass es nicht George sein wird, der den Titel erbt.«

KAPITEL 11

Die Lieferung des Ballons zog sich bis zum Ende des Sommersemesters hin, die Auftragslage von Monsieur Lachambre war offensichlich blendend. Donella und Hernando hatten mit dem Studium und vor allem Hernandos Semesterarbeit zu Leonardo da Vincis »Luftschraube« allerdings genug zu tun. Die beiden tüftelten an einem Modell des Fluggeräts herum, wobei die Herstellung nach Leonardos Angaben inzwischen kein Problem mehr darstellte, die erforderlichen Materialien waren alle verfügbar. Allerdings haperte es am Antrieb: Leonardo war überzeugt davon gewesen, das Gerät in die Luft bekommen zu können, wenn sich die Schraube schnell genug bewegte. Zu seiner Zeit war die notwendige Geschwindigkeit allerdings nicht zu erzeugen gewesen, und auch Donella und Hernando taten sich schwer damit. Schließlich kam Donna auf den Gedanken, eine Zugschnur zu verwenden, wie bei einem Aufziehspielzeug. Damit brachte man zwar nur ein Miniaturgerät in die Luft, und auch das nicht für lange Zeit, aber das Prinzip war bewiesen: Die Erfindung aus dem 16. Jahrhundert hob ab!

Sie feierten ihren Erfolg in einem der eleganten Pariser Hotelrestaurants und luden Frederick Balincourt dazu ein. Eine gelöste Stimmung kam jedoch nicht auf, wenn der alte Herr dabei war, da dieser wie stets die Sprache auf Hernandos Pläne in Bezug auf Donella zu bringen suchte.

Donna war das unangenehm. Sie war zurzeit einfach nur wunschlos glücklich – und es war Hernando, dem sie das zu verdanken hatte. Auf keinen Fall wollte sie ihn zu irgendetwas drängen oder auch nur den Anschein erwecken, dass sie mehr von ihm erwartete. Das Verhalten ihres Großvaters fand sie altmodisch und peinlich. Die Tafel wurde also recht schnell wieder aufgelöst.

Hernando bestand seine Prüfungen schließlich mit Auszeichnung, und inzwischen schien Professor Barlot es fast schade zu finden, Donald Hard nicht ebenfalls prüfen zu dürfen. Donella hatte ihn längst von ihrem wachen Verstand überzeugt und davon, sie im nächsten Semester wieder auszuschließen, war nicht die Rede.

Und dann war Hernandos eigener Gasballon endlich da! Seine Bedienung schien genauso einfach wie die des großen Ballons in Vaugirard, und Donella stand hingerissen vor Begeisterung in dem etwas verwahrlosten Garten des Stadthauses, in dem Hernandos Wohnung lag. Er hatte dort eine Fläche angemietet, zusätzlich zu der Werkstatt, die er im Souterrain bereits seit seinem Einzug betrieb. Hier konnte er nun auch den Ballon mit Wasserstoffgas füllen und starten. Als Donella eintraf, stand er bereit wie damals der himmelblaue Ballon bei Lachambre – und wie dieser schien der kleinere an seinen Fesseln zu zerren. Donna streichelte über den Rand des kleinen Korbs und wünschte sich nichts mehr, als bei der Jungfernfahrt dabei zu sein.

»Du hättest mit dem Auffüllen auf mich warten sollen«, sagte sie etwas vorwurfsvoll. »Ich hätte gern geholfen.«

Hernando winkte ab. »Das kannst du noch oft genug. Es ist nicht sonderlich interessant. Und jetzt steig ein!« Er strahlte, als sie ihn ungläubig ansah.

»Ich?«, fragte sie. »Aber … aber es ist dein Ballon, du hast ihn für dich gekauft …«

»Für uns!«, erklärte Hernando großzügig. »Und du wirst die Erste sein, die damit fährt. Also: Rein mit dir, Cousin Donald! Oder gedenkt Mademoiselle Donella einzusteigen?«

Donella küsste ihn stürmisch. »Mademoiselle Donella ist entzückt!«

Da sie ein Kleid trug, wenn auch ein schlichtes Nachmittagskleid, musste Hernando ihr in den Korb helfen. Dann erinnerte sie sich jedoch gleich daran, wie der Ballon zu handhaben war, und inzwischen hatten beide auch Nachforschungen darüber angestellt, wohin der Wind um welche Zeit in Paris am ehesten wehte und wie sich die aktuellen sommerlichen Temperaturen auf die verschiedenen Luftschichten auswirkten. An Machures Erfahrungswerte reichte das natürlich längst nicht heran, dennoch war sich Donella ziemlich sicher, dass sie ihre Fahrt heute eher nach Westen als in eine der anderen Himmelsrichtungen führen würde.

»Versuche, möglichst in einem Park oder noch besser auf einer Wiese oder einem Feld zu landen«, gab Hernando ihr noch mit. »Ich behalte dich im Auge, und einen Wagen zur Abholung des Ballons habe ich auch schon bestellt. Also: Viel Glück!«

Donellas Herz klopfte heftig, als er die Leinen löste und der Ballon sich langsam in die Luft erhob. Wieder genoss sie das Gefühl des Schwebens und der vollkommenen Freiheit. Sie gab sich dem ganz hin, blickte staunend auf die Stadt unter ihr, die Parks und Statuen, die schließlich winzig klein unter ihr lagen. Paris wurde zu einer unwirklichen Spielzeugstadt, Donella meinte, sie zu beherrschen, wie ihr heute überhaupt die ganze Welt gehörte. Sie platzte fast vor Glück und behielt dennoch die Richtung streng im Blick, in die der Ballon sich bewegte. Sie hoffte inständig, dass sie mit ihren Berechnungen nicht allzu sehr danebenlagen. Sie blickte hoch zu dem gewaltigen Ballonball über ihr, freute sich an seinen bunten Farben, bei deren Auswahl Armand Machure sie beraten hatte, und dachte flüchtig an den sympathischen jungen Mann, der ihnen erklärt hatte, wie der Ballon fuhr. In seinem Gesicht hatte das gleiche Leuchten gestanden wie in ihrem.

Nach einer guten Stunde wurde es Zeit zu landen, und Donella, die Paris eben hinter sich gelassen hatte, wählte eine Ackerfläche, um langsam niederzugehen. Sehr vorsichtig ließ sie Gas ab, trotzdem verlief die Landung etwas rumpeliger als bei ihrer ersten

Ballonfahrt mit Machure. Der Korb kam allerdings programm-gemäß zum Stehen, der Ballon fiel daneben in sich zusammen, und kurze Zeit danach erschien auch Hernando mit dem Benz. Donella war inzwischen trotz ihres langen Rocks aus dem Korb geklettert und umarmte ihn überglücklich.

»Das war so wundervoll, Hernando! Ein solches Geschenk! Das kann ich nie wiedergutmachen!«

Hernando lächelte. »Aber natürlich kannst du das, Donna! Du beschenkst mich doch jeden Tag!«

Der Wagen zur Abholung des Ballons traf ein, und Hernando und Donna legten ihn den Anweisungen gemäß zusammen, die Machure mitgeliefert hatte. Dann folgten sie dem Transport zu-rück zu Hernandos Haus, überwachten das Ausladen und sahen sich, als der Transportunternehmer abgefahren war, glücklich an.

»Was machen wir jetzt?«, fragte Donna. Sie war eigentlich mit ihrem Großvater verabredet gewesen, doch das hatte sie völlig ver-gessen.

»Wir feiern!« Hernando gab ihr einen Kuss und führte sie ein paar Straßen weiter in ein kleines, exquisites Restaurant, in dem sie schon einmal gespeist hatten. Diesmal war jedoch alles anders: Das Restaurant war völlig leer, nur ein Tisch war gedeckt, und ein bereitstehender Kellner öffnete schon eine Champagnerflasche, als Hernando und Donna eintrafen.

»Kein Betrieb heute?«, fragte Donella verwundert.

Der Ober verbeugte sich. »Heute öffnen wir nur für Sie, Made-moiselle. Und für Ihren aufmerksamen Kavalier!«

Hernando geleitete Donna an ihren Tisch, es gab Austern und andere Spezialitäten, alle hervorragend dazu geeignet, zum Cham-pagner gespeist zu werden. Donella konnte gar nicht aufhören, von ihrer Fahrt zu schwärmen, als sie jedoch erste Ideen zum mög-lichem Lenken des Gefährts entwickeln wollte, schüttelte Her-nando sanft den Kopf und füllte ihr Glas erneut.

»Heute wird nicht gearbeitet!«, sagte er mit zärtlichem Lächeln. »Heute will ich Donella um mich haben, Donald lassen wir schlafen. Einverstanden?«

Donella nahm einen Schluck. »Donella schläft auch bald!« Sie lachte. »Zumindest meint sie, dass sie träumt!«

Hernando küsste ihre Hand. »Vielleicht ist heute ein Tag, an dem Träume wahr werden – oder eine Nacht …«

Donna erlaubte ihm, sie zu küssen, lange und fordernd. Sie genoss es. Auch das war wie Fliegen … Als sie schließlich Hand in Hand das Restaurant verließen, folgte sie ihm willig zu seiner Haustür.

»Ist es dir auch wirklich recht?«, fragte er heiser. »Ich will nichts tun, was du nicht willst.«

Donella wollte auf keinen Fall, dass das Abenteuer dieses wunderbaren Tages endete. Sie wollte Hernando küssen, sich an ihn schmiegen, ihm möglichst viel von dem Glück zurückgeben, das er ihr heute geschenkt hatte.

»Ich will!«, sagte sie fest und bot ihm den Mund noch einmal zum Kuss, bevor er die Tür aufschloss und sie über den eleganten Korridor zu seiner Wohnungstür führte. In einem Sektkühler wartete noch mehr Champagner, die Wohnung war mit Blumen geschmückt und kleinen Lampions.

»Von mir aus kannst du sie morgen fliegen lassen«, sagte er liebevoll. »Kerzen sollten sich finden.«

Donella erlaubte ihm, ihr Haar zu lösen und begann ein wenig nervös, ihr Kleid aufzuknöpfen.

»Lass mich!«, flüsterte Hernando.

Sie überließ sich seinen Händen, und einmal mehr lehrte er sie zu fliegen.

Am nächsten Morgen servierte ihnen der Hausdiener mit undurchsichtiger Miene und untadeliger Höflichkeit Kaffee und Croissants im Bett, nachdem Hernando sich in einen bereitliegenden seidenen Bademantel gehüllt und Donella in einen zweiten geholfen hatte. Sie fühlte sich wunderbar zufrieden und glücklich, auch wenn sich so langsam ein schlechtes Gewissen in ihre gelöste Stimmung mischte. Ihr Großvater musste am Abend auf sie gewartet haben. Wahrscheinlich hegte er die ärgsten Befürchtungen darüber, was ihr geschehen sein konnte.

»Ich muss gleich nach Hause«, erklärte sie bedauernd. »Wenn es möglich ist, schaue ich nachher noch mal vorbei. Wirst du heute noch Ballon fahren?«

Hernando nickte. »Natürlich. Zumal ich in der nächsten Zeit leider wenig Gelegenheit dazu haben werde. Meine Familie erwartet mich in Saint-Tropez. Ich werde ein paar Tage mit ihnen verbringen müssen.«

Donellas Ausdruck reinen Glücks wich Enttäuschung. »Du willst mich allein lassen? Jetzt?«, fragte sie.

Hernando zog sie noch einmal in seine Arme. »Von wollen kann keine Rede sein, Liebes. Aber mein Vater besteht auf meiner Anwesenheit, wenn er schon mal eine so lange Reise macht mit der ganzen Familie. Ich freue mich auch schon auf meine Schwester … Und sieh es mal so, Liebste: Der Ballon gehört so lange dir!«

»Im Ernst?«, fragte Donella. »Ich … ich darf mit ihm fahren?«

»Selbstverständlich«, meinte Hernando. »Der Transportdienst ist bezahlt. Du musst nur die Zeit mit dem Fahrer ausmachen, dann folgt er dir und hilft dir. Er wird ebenfalls das Füllen des Ballons für dich übernehmen, der Umgang mit dem Gas ist nicht ganz ungefährlich. Das möchte ich dir nicht zumuten.«

Donna war kurz davor, etwas Unfreundliches zu erwidern. Dachte er wirklich, sie wäre dem sorgfältigen Umgang mit dem Wasserstoffgas nicht gewachsen? Doch schwieg sie. Es war nett von ihm, das alles für sie zu organisieren. Und wer den Ballon letztlich füllte, brauchte er nicht zu wissen.

»Ich dachte eigentlich, du folgst mir heute mit dem Benz«, meinte Hernando. »Um dann eine weitere Jungfernfahrt mit mir zu feiern. Aber ich sehe natürlich ein, dass du deinem Großvater erklären musst …«

Donna biss sich auf die Lippen. »Ja, ich muss. Da geht kein Weg dran vorbei. Aber ehrlich gesagt habe ich keine Ahnung, was ich ihm sagen soll. Auf keinen Fall kann ich erzählen, dass ich … dass wir …«

Hernando lächelte. »Er wird es dir ansehen.«

Donella konnte nur hoffen, dass er nicht recht behalten würde, doch als sie die Wohnung im 2. Arrondissement betrat und Frederick Balincourts grimmiges Gesicht sah, befürchtete sie das Schlimmste.

»Grandpa!«, sagte sie und versuchte, unschuldig zu lächeln. »Es tut mir leid, dass ich dich gestern versetzt habe. Aber der Ballon ist angekommen. Ich bin geflogen, Grandpa, es war himmlisch. Alles war himmlisch, ich …«

»Ich denke, du hast dein Versprechen heute Nacht gebrochen«, stellte ihr Großvater fest. »Es war abzusehen. Ich hätte das viel früher beenden sollen. Jetzt fang an zu packen, wir nehmen den nächsten Zug nach Calais.«

»Aber Grandpa!« Donna war bestürzt. Mit einer so heftigen Reaktion hatte sie nicht gerechnet. »Ich kann doch nicht …«

»Und ob du kannst! Das hier war von Anfang an ein Fehler. Ich werde ihn jetzt korrigieren.« Er spielte mit einem Brief, der auf dem Tisch lag. Donna erkannte das Briefpapier und die Handschrift ihrer Großmutter.

»Deine ungeratene Cousine Haily hat sich dem Einfluss deiner Großmutter entzogen. Angeblich hat sie ein Engagement und gedenkt, ihren Lebensunterhalt von jetzt an selbst zu verdienen. Mit Tingeltangel! Gesang und Tanz!«

Frederick Balincourt zerknüllte den Brief und warf ihn auf den Boden.

»Mit dir wird mir das nicht passieren. Dich bringe ich nach

Hause. Wenn auch wohl nicht mehr unversehrt!« Seine Stimme klang bitter.

Donna hatte das Gefühl, ihre Welt bräche auseinander. »Aber Grandpa ... gerade jetzt ... der Ballon ist da ... und ich ... Schau, Hernando ist in den nächsten Wochen sowieso nicht in Paris. Er muss nach Saint-Tropez, ein Familientreffen ...«

Ihr Großvater sah sie müde an. »Und damit hast du auch schon den Beweis, Donella! Der junge Mann hat dir gegenüber keinerlei ernsthafte Absichten. Ansonsten nähme er dich nämlich mit. Ein anständiger Mann würde dort eine Pension für dich buchen und dich in den nächsten Tagen förmlich seiner Familie vorstellen. Ich hätte dich auch gern begleitet, das alles hätte zivilisiert abgehen und zu einer Verlobung unter Palmen führen können. Da wachsen doch Palmen, oder?« Er unterbrach seinen Sermon für eine kurze Überlegung. »Wie auch immer: Der feine Monsieur Sánchez-Duboire macht keine Anstalten. Er wird dich nicht heiraten, Donna. Er benutzt dich!«

»Er liebt mich!«, schleuderte ihm Donna entgegen. »Heute Nacht hat er mir bewiesen ...«

»Heute Nacht hat er dich entehrt«, erklärte ihr Großvater kurz. »Wir können nur hoffen, dass das nicht auch noch Folgen hat! Und nun fang an zu packen!«

Donna schüttelte den Kopf. So konnte es nicht zu Ende gehen! Sie konnte ihr Glück nicht aufgeben, um nach Schottland zurückzukehren, irgendeinen Landadeligen zu heiraten und in einem dunklen, kalten Schloss zu leben ...

»Ich werde nicht gehen!«, sagte sie entschlossen.

»Du hast es versprochen. Es war die Bedingung dafür, dass du hierbleiben durftest. Ich war immer auf deiner Seite, Donella Hard. Willst du mich nun so enttäuschen?« Der Großvater sah sie forschend an.

Donella brach es das Herz. Dennoch stand ihr Entschluss fest. »Ich muss, Grandpa! Wenn es nur Hernando wäre, dann ... dann würde ich es mir überlegen. Aber es ist mein Leben, Grandpa! Hernando verspricht mir vielleicht nicht die Ehe, zumindest noch nicht. Aber auf die Dauer ... er wird nicht ohne mich leben wollen! Wir haben gemeinsame Ziele, eine gemeinsame Zukunft! Und er verspricht mir, nein, er garantiert mir, zu fliegen! Wir werden Luftschiffe bauen, die Ballons lenkbar machen ... Und später vielleicht ... Andere Aeronauten arbeiten bereits am Motorflug! Ich kann das nicht aufgeben! Ich kann einfach nicht! Es tut mir leid!«

Mit tränenüberströmtem Gesicht wandte sie sich um, verließ die Wohnung und rannte durch die Straßen von Paris. Sie nahm keine Droschke, sondern lief den ganzen Weg bis zu Hernandos Haus. Davor stand das Pferdefuhrwerk, das gestern den Ballon geholt hatte – und der Ballon wartete bereits aufgeblasen auf Hernandos erste Fahrt.

Hernando, der eben die Sandsäcke überprüfte, strahlte sie an.

»Donella! Hast du es doch noch geschafft? Folgst du mir mit dem Benz?«

Donna warf sich in seine Arme. »Ich folge dir!«, flüsterte sie. »Von jetzt an folge ich dir überallhin.«

Kapitel 12

Lady Balincourt blieb in Boston, bis Haily und Emily bei Ailis eingezogen waren. Danach würde sie direkt nach Schottland zurückkehren – was sich mit den Plänen ihres Gatten deckte. Sein verbitterter Brief, in dem er von Donellas gebrochenen Versprechungen berichtete, hatte sie postwendend zu ihrem eigenen erreicht. Zur Geburt von Charles Hards Erben hatte er sich darin gar nicht geäußert, er war einfach nur enttäuscht von seiner Enkelin und machte sich größte Vorwürfe, weil er sie immer in ihren hochfliegenden Plänen bestärkt hatte.

Ailis dagegen freute sich für ihre Lieblingscousine. Sie wusste nicht, was sie von deren Beziehung zu Hernando Sánchez-Duboire halten sollte – den Schwärmereien der verliebten Donna waren wenig Fakten zu entnehmen. Doch sie gönnte ihr von ganzem Herzen, dass sie ihr Studium fortführen und weiter in der Forschung arbeiten konnte. Auch wenn es bisher nur Hernandos private Spielereien waren – Donna, davon war sie überzeugt, würde Erfolg haben, was immer sie sich im Zusammenhang mit der Luftfahrt vornahm.

Nicht so begeistert von der baldigen Rückkehr nach Schottland war George. In den letzten Monaten war er dem Reiz des Reisens verfallen und verspürte nicht die geringste Lust, die Weltreise abzubrechen. Zumal seine Zukunft in Schottland weniger glänzend ausfallen würde als bisher angenommen. Er würde nicht der Clan Chief werden, keine Macht und nicht übermäßig viel Geld besitzen. Natürlich würde er irgendwann Cliff Tower erben. Doch damit war wenig Glamour verbunden, eher Arbeit. Als Gutsherr hatte er seine Ländereien zu verwalten, sie möglichst durch Heirat zu mehren, ohne Rücksicht darauf, ob seine Braut ihm gefiel. Sein Leben würde aus Schreibarbeit und Besprechungen mit Farmern und Verwaltern bestehen, nur gelegentlich unterbrochen durch ein Bankett oder eine Jagd, deren Organisation man sich dann auch noch vom Munde absparen musste. Er kannte das von seinem Vater. Dazu mochten ihn Spott und Häme aus dem gesamten Clan, wenn nicht dem gesamten Adel Schottlands treffen. Er war sich so sicher gewesen. Und nun setzte man ihm einen männlichen Säugling vor die Nase, der seinerseits aufwachsen würde wie ein Königssohn. George hatte keine exakten Pläne wie Haily und Donella, doch auch er wollte raus aus den Zwängen, in die er hineingeboren war.

Ein paar Tage nachdem Ailis die Geburtsanzeige erhalten hatte, erschien Lady Balincourt sichtlich aufgelöst in ihrer Wohnung. Es war ein Sonntag, Ailis brauchte nicht zur Arbeit zu gehen und richtete sich stattdessen seelisch auf den Einzugstag ein. Gemeinsam mit Emily würde sie Platz für Hailys umfangreiches Gepäck schaffen müssen. Maureen, obwohl ebenfalls modebewusst, hatte nicht halb so viele Kleider und Hüte besessen.

»George ist weg!«, verkündete Lady Balincourt, und es hätte nicht viel gefehlt, dass sie sich Ailis in die Arme geworfen hätte. Die stets damenhafte Lady zerknüllte ein Taschentuch in den Händen und kämpfte mit den Tränen. »Und er hat … er hat …«

Sie schluchzte auf.

Ailis führte sie zu einem Sessel. Sie hatte eben Tee gekocht und goss ihr nun eine Tasse ein. »Trinken Sie erst mal einen Schluck, Lady Balincourt. Und dann erzählen Sie in Ruhe. Was hat er gemacht?«

»Er hat mein Geld genommen!«, brach es aus der Lady heraus. »Mein gesamtes Bargeld …«

»Na, so viel wird das doch nicht gewesen sein«, meinte Ailis. Die Weltreisenden pflegten Wechsel mit sich zu führen, die sie in ausgesuchten Banken an ihren Zielorten zu Geld machen konnten. Eine zu große Barschaft bei sich zu haben war schließlich gefährlich.

»Zweihundert Dollar!«, erklärte Lady Balincourt. »Ich wollte die Schiffspassage damit bezahlen …«

Ailis strich sich über die Stirn. Das war mehr, als sie angenommen hatte, doch es brachte die Familie bestimmt nicht an den Bettelstab. Sicher konnte Lady Balincourt weiteres Geld von der Bank erhalten, und wenn nicht, musste sie sich eben von Schottland aus etwas anweisen lassen.

»Im Notfall kann ich Ihnen so viel leihen«, sagte Ailis widerstrebend, doch bemüht, die alte Dame zu trösten.

»Es geht gar nicht um das Geld!« Nun waren die Tränen nicht mehr aufzuhalten. »Es geht um die Schande! Ein Hard! Der zweite in der Erbfolge des Clans – und nun ist er nichts weiter als ein elender Dieb!«

Ailis überraschte bei George kein noch so übler Charakterzug. Sie wunderte sich allenfalls, dass seine Großeltern ihm immer wieder die Chance gegeben hatten, doch noch eine gute Seite zu zeigen.

»Er war nie ein Gentleman«, meinte sie deshalb offen und bestimmt. »Wahrscheinlich kann der Clan froh sein, dass er ihn los ist. Was meinen Sie, wo er hingegangen ist?«

Lady Balincourt zuckte mit den Schultern. »Er hat von … von Texas gesprochen. Von Kalifornien, auch von New Orleans …« Sie rang die Hände.

»Wohl eher Letzteres«, mutmaßte Ailis. »Als Cowboy oder Goldgräber sehe ich ihn nicht. Dann eher als Spieler. Nun fassen Sie sich doch, Lady Balincourt. Es gab nichts, was Sie da tun konnten …«

»Und was sollen wir Connor und Winifred jetzt sagen? Donella ist mit einem Brasilianer auf und davon, und George versucht sich als Glücksritter?« Die Lady schluchzte erneut.

Ailis suchte nach einem neuen Taschentuch.

»Warten Sie bitte ab, Lady Denise, vielleicht wird sich noch alles finden!«, versuchte sie zu beschwichtigen. »Haily wird sicher ein Star, wie man es hier in Amerika nennt, wenn jemand als Sänger und Schauspieler Erfolg hat. Donella wird die Luftfahrt revolutionieren. Und George kommt vielleicht als reicher Mann zurück. Es haben schon andere Gold gefunden.«

»Glaubst du?«, fragte ihr Gegenüber, nun etwas gefasster.

Ailis stand auf und strich über ihre Schulter, dann erinnerte sie sich daran, dass die alte Dame tiefgläubig war.

»Gottes Wege sind unergründlich«, erklärte sie salbungsvoll.

Ailis selbst vertraute darauf, dass Donella sich ihren Weg schon bahnen, Haily ihn sich im Notfall freischießen würde. Wenn jemand himmlische Hilfe benötigte, dann höchstens George, doch Ailis konnte sich nicht vorstellen, dass dieser bei höheren Mächten sonderlich beliebt war.

»Ich gehe jetzt mit meinem kleinen Jungen in den Park«, sagte sie schließlich. Ihre junge Nanny beschäftigte Copper im Nebenzimmer und wartete sicher schon ungeduldig darauf, dass sie das Kind übernahm. Ailis gab ihr an Sonntagen gewöhnlich frei. »Und Sie, Lady Balincourt, schreiben Ihrem Gatten. Morgen wird Haily Sie nach New York begleiten und eine Schiffspassage für Sie buchen. Oder ich mache das.« Sie seufzte, konnte sie sich doch nur zu gut vorstellen, was Haily für Ausreden finden würde, um sich keine fünf Meilen von Cuthberts Theater entfernen zu müssen – geschweige denn Zeit mit Lady Balincourt in New York zu verbringen. Sie selbst würde sich freinehmen und die Nanny mit Copper und Emily mit Haily allein lassen. Hoffentlich würde Alma nicht kündigen, wenn Haily sie in gewohnter Manier herumkommandierte.

Ailis konnte nicht anders: An diesem Tag wünschte sie ihre gesamte Familie zum Teufel.

Seelenverwandte

Boston, Herbst bis Winter 1889
Paris, Herbst 1889 bis Sommer 1890

Lady Balincourt reiste schließlich ab. Ailis half ihr bei der Buchung einer Passage nach London, wo sie ihren Gatten treffen und mit ihm nach Schottland weiterreisen konnte. Beim Abschied umarmte sie Ailis unter Tränen.

»Und du?«, fragte sie. »Drängt es dich nicht, mit mir zu reisen? Dein Heimatland wiederzusehen? Natürlich hat man dir böse mitgespielt, aber zu Hause hättest du doch ganz andere Möglichkeiten ... vielleicht für eine zweite Ehe ... Deine Familie könnte dir helfen ... also die weitere Familie. Wenn schon dein Vater nichts mehr von dir wissen will.«

Ailis winkte ab. »Cuthbert ist ja nicht tot«, erklärte sie. »Und das Land?« Tatsächlich zog sie nichts zurück in das regnerische, kühle Schottland. In Boston gab es zwar auch kalte Winter, doch hier lag dann wenigstens richtig Schnee – im nächsten Winter wollte sie für Copper den ersten Schlitten kaufen. Und die Familie? Ihre Stiefmutter würde sie wahrscheinlich mit offenen Armen aufnehmen – als kostenloses Kindermädchen!

»Vielleicht besuche ich einmal meine Mutter in Südfrankreich«, meinte sie, obwohl sie sich weder aus Rosen noch Hunden allzu viel machte.

Lady Balincourt nickte. »Sie wäre sicher entzückt!«

Ailis war froh, als der Dampfer endlich abfuhr. Aufatmend winkte sie Donnas Großmutter nach und machte sich dann auf den Rückweg nach Boston, wo sie die Wohnung genauso vorfand, wie sie es erwartet hatte. Der Rauch von Hailys Zigarren hing in der Luft, und Haily machte sich in allen Zimmern breit, ließ ihre Sachen überall herumliegen und beschwerte sich darüber, dass Copper manchmal laut war. Emily räumte hinter ihr her wie früher im Internat und duckte sich, wenn sie beschimpft wurde. Zum Glück begannen nun die Proben zu Cuthberts neuem Stück, das im Herbst die Theatersaison eröffnen sollte. Außerdem traten die Künstler während des Sommers gelegentlich in Parks oder auf Freilichtbühnen auf. Haily sang Chansons und Lieder aus Operetten, sie intonierte die Nationalhymne der Vereinigten Staaten zur Eröffnung von Football-Spielen und Reitturnieren. Im Grunde behielt sie recht: Sie war hübsch und konnte recht gut singen, mehr brauchte sie nicht für eine Karriere im Bereich der leichten Muse. Schnell gewann sie die Herzen der Bostoner Musikfreunde, avancierte zum Publikumsliebling, und es schien so, als ob die Stadt ihren Auftritt in ihrer ersten richtigen Rolle kaum erwarten konnte. Das Stück, das ihr Cuthbert auf den Leib geschrieben hatte, hieß *Das Cousinchen* und handelte von einem Mädchen, das sich in den künftigen Mann ihrer Cousine verliebte, einer eher steifen, unattraktiven jungen Frau. Die Protagonistin selbst sollte einem älteren Arzt angetraut werden … Es kam zu allerlei Verwicklungen, bevor ein jeder zu seinem Glück fand. Der alte Arzt gab *Das Cousinchen* Haily schließlich frei, nachdem sie ihm glaubhaft versicherte, ansonsten an gebrochenem Herzen sterben zu müssen. Der entsprechende Song *Die of a Broken Heart* hatte das Zeug zum Gassenhauer.

Ailis, die durch Emily vom Inhalt des Stückes erfuhr, fand das Ganze nur geschmacklos. Ansonsten regte sie sich nicht darüber auf, dass Haily und Cuthbert bald weit mehr verband als die Arbeit. Als sie ihn allerdings eines Tages in ihrer Wohnung antraf, wo er Haily abholen wollte, explodierte sie und warf ihn hinaus.

»Ich will den Mann hier nicht sehen!«, erklärte sie Haily empört. »Er hat *nie* den Weg hierhergefunden, um seinen Sohn zu besuchen – geschweige denn, einen Teil der Miete zu übernehmen, damit Copper ordentlich untergebracht ist. Da muss ich ihn nicht hier dulden, um seine … ich spreche das jetzt nicht aus, Haily, schon damit Copper das Wort nicht lernt! Aber halt diesen Mann fern von uns!«

Haily war natürlich beleidigt, hielt sich jedoch an das Verbot. Vielleicht war es auch Cuthbert, der auf Ailis' Ausbruch reagierte. Er wollte auf keinen Fall riskieren, zu Unterhaltszahlungen verpflichtet zu werden.

Emily arbeitete sich als Computer gut ein, darüber hinaus musste sie Haily oft zu ihren Auftritten begleiten. Cuthbert beschäftigte keinen Maskenbildner, die Schauspieler und Tänzer mussten sich selbst schminken. Haily tat das natürlich nicht, sondern erwartete entsprechende Dienste von Emily. Dabei stellten die anderen Künstler fest, wie geschickt die junge Frau war. Emily hatte sich von Hailys Freundinnen in Paris allerlei abgeschaut, und eine zeichnerische Begabung hatte sie schon immer besessen. Nach und nach begann sie also, auch die anderen Sänger und Tänzer zu schminken und ihr Haar zu richten und verdiente sich damit etwas Geld. Sie sparte es eisern für ihr Studium, für das man sie tatsächlich zugelassen hatte und das sie im Herbst beginnen wollte. Hinzu kam, dass es Emily ganz entgegen ihrer eigenen Erwartung im Theater gefiel. Die Schauspieler, Sänger und Tänzer beiderlei Geschlechts waren jung und froh über ihr Engagement. Den meisten war Dünkel fremd, sie akzeptierten Bühnenarbeiter, Platzanweiserinnen und Garderobieren ebenso als Teil des Ganzen wie ihre direkten Kollegen und Kolleginnen. Insofern bezogen sie auch Emily ein, wenn sie gemeinsam feierten und lachten. Die junge Frau, die sich immer für unscheinbar gehalten und in Hailys Schatten gestanden hatte, fing an, mehr aus sich herauszugehen. Haily stand ihr dabei nicht im Weg – sie hielt sich, wie schon in der Theatergruppe im Internat, von allen fern. Sie war der Star, der sich allenfalls mal mit dem zweiten Hauptdarsteller unterhielt und natürlich mit dem Impresario. Hailys Affäre mit ihm, Cuthbert, war bald in aller Munde, und man empörte sich darüber, dass er seinen bisherigen Star, Angèle Frevert, ohne mit der Wimper zu zucken degradierte. Angèle beschloss daraufhin, ihr Engagement nicht zu verlängern, und rächte sich, indem sie im allerletzten Moment kündigte, nachdem sie ihre Rolle im Stück für die nächste Spielzeit bereits geprobt hatte. Cuthbert musste schnellstens Ersatz finden, beförderte kurzerhand eine junge Tänzerin und Sängerin aus dem Chor und setzte das Mädchen damit den ständigen verbalen Anfeindungen der eifersüchtigen Haily aus. Emily fand die junge Darstellerin mehrmals weinend hinter der Bühne. Schließlich versuchte Cuthbert, sein Ensemble zu befrieden, indem er Haily vor allen anderen erläuterte, dass er sich aus der kleinen Sabina wirklich nicht das Geringste machte und dass ihr Talent niemals an Hailys heranreichen würde. Sabina war daraufhin erst recht zu Tode betrübt und musste ganz behutsam wieder aufgebaut werden.

Doch auch Emily bekam Hailys Eifersucht wieder einmal zu spüren, als sie sich von einem der jungen Tänzer zu einem Kaffee einladen ließ. Da das Wetter schön war, saßen sie zwanglos vor dem Café und sprachen über Emilys künftige Studien und Leos große Karrierepläne, als Haily vorbeikam. Sie war auf dem Weg zu einem Modehaus, doch nun änderte sie ihre Pläne, gesellte sich zu dem jungen Paar und begann, hemmungslos mit Leo zu flirten. Sie schwärmte von seinem Talent, äußerte die Überlegung, sich bei Cuthbert vielleicht für ihn einzusetzen, und zog den jungen Mann binnen kürzester Zeit in ihren Bann. Noch Tage später beobachtete Emily, wie er an Hailys Lippen hing und zumindest so weit ermutigt wurde, dass er für keine andere Frau im Ensemble weitere Blicke übrig hatte.

Emily ärgerte das, erst recht, als es sich einige Zeit später wiederholte. Diesmal war es ein junger Beleuchter, der Emily zu einem Tanzabend im Theater einlud. Cuthbert öffnete das Haus häufiger für solche Veranstaltungen. Für ein kleines Entgeld war jeder willkommen. Das Orchester des Theaters spielte, und gelegentlich gab es auch eine Gesangseinlage, um für das nächste Singspiel zu werben. Für Emily war es die erste Gelegenheit, ihre in der Schule erlernten Tanzkünste auszuprobieren. Sie beriet sich ausgiebig mit Coppers junger Nanny Alma, mit der sie sich angefreundet hatte, und ließ sich von ihr ausgelassen ein paar neue Tänze zeigen. Ailis sah lächelnd darüber hinweg und nahm Anteil an den endlosen Diskussionen der Mädchen über das richtige Kleid und den richtigen Hut. Schließlich trug Emily ein hellblaues Kleid, aufgewertet durch einen Schal von Ailis und den Lieblingshut von Alma, als der junge Mann sie abholte. Stolz verließ sie an seinem Arm die Wohnung und ließ sich von Teddy, wie er sich gleich von ihr nennen ließ, zu einem Punsch im Theaterfoyer einladen, bevor er sie etwas ungeschickt durch den ersten Tanz führte.

Emily fand ihn tapsig und nett wie einen freundlichen Bären, und genoss den Abend, bis Haily auf der Bühne auftauchte. Elegant gekleidet sang sie *Die of a Broken Heart* – und fixierte dabei Teddy. Natürlich hing der junge Mann an ihren Lippen, und als sie sich nach dem Vortrag zu ihm und Emily gesellte, hatte er für seine eigentliche Begleiterin keinen Blick mehr. Er versorgte Haily mit Getränken und gab ihr Feuer.

»Das ist das erste Mal, dass mir ein Profi mit ein bisschen Glut aushilft«, flötete Haily. »Sie sorgen doch sonst dafür, dass es auf der Bühne programmgemäß hell ist, nicht wahr? Dabei sehen Sie so aus, als wüssten Sie ebenso, wann das Licht zu dämmen ist …«

Während der völlig verzauberte Teddy es wagte, den Star des Ensembles durch einen Tanz zu führen – bewundernd verfolgt von den anderen Besuchern des Abends –, verließ Emily die Veranstaltung. Sie war weniger traurig als wütend, zum Glück war sie weder in Teddy noch Leo wirklich verliebt gewesen. Doch Hailys übergriffiges Verhalten ärgerte sie nicht nur, es ängstigte sie auch. Was würde passieren, wenn sie sich ernsthaft verliebte? Würde

Haily dann auch alle Hebel in Bewegung setzen, um ihr das Herz zu brechen?

Emily musste sich sehr dazu überwinden, doch am nächsten Tag wagte sie es, Haily darauf anzusprechen.

»Und, hast du dich gut amüsiert gestern?«, fragte sie, während sie Haily frisierte. »Musstest du so weit gehen, mit Teddy die Nacht zu verbringen, um ihn von mir abzulenken, oder reichte ein bisschen Klimpern mit den Wimpern?«

Haily lachte. »Ist da vielleicht jemand eifersüchtig? Weil ich ein bisschen Kontakt zu den Bühnenarbeitern gesucht habe? Ich kann dich beruhigen, Cuthbert wünscht das von mir. Er findet, dass ich dem Personal gegenüber zu kühl bin.«

»Du hast nicht allgemein Kontakt zu den Bühnenarbeitern gesucht!«, rief Emily aufgebracht. »Den könntest du ja jeden Tag haben, wenn du nur ein bisschen freundlicher wärst. Nein, du bist ausschließlich deshalb im Theater aufgetaucht, um den Mann zu verführen, der mit mir zum Tanz gegangen ist. Und natürlich warst du erfolgreich. Er hat nicht mal gemerkt, als ich ging.«

Haily lächelte sardonisch. »Er wird es dir morgen vorwerfen«, sagte sie voraus. »Und es war, wenn ich es mal so sagen darf, auch nicht besonders klug von dir. Eine geschickte Frau lächelt und wartet ab – oder flirtet mit jemand anderem. Das macht den Mann dann schon wieder aufmerksam. Und wenn nicht … Also eigentlich solltest du mir dankbar sein, Em. Ich hab dir jetzt zweimal aufgezeigt, was du diesen Kerlen bedeutest, Süße. Nämlich nichts!« Sie nahm einen Zug von ihrer Zigarre. »Ich muss mein Baby doch beschützen …«

Emily blieb sprachlos zurück, als sie lächelnd aufstand, ihr noch eine Kusshand zuwarf und sich auf den Weg machte. Die junge Frau konnte den Beginn des Wintersemesters kaum erwarten. In der Universität würde Haily ihr hoffentlich nicht nachstellen.

Ailis verlebte nach den Aufregungen des Sommers einen ruhigen Herbst. Weiterhin hatte sie viel Freude an ihrer Arbeit, und als sie ihren zweiten Sternennebel entdeckte und in seinem Spektrum schwelgte, war sie unendlich stolz und glücklich. Da das Wetter anhaltend schön war, verbrachte sie einen großen Teil ihrer freien Zeit mit Copper im Park, ließ ihn im Springbrunnen planschen und freute sich an seinem fröhlichen Geplapper. Am Abend nahm sie ihn manchmal mit nach draußen und zeigte ihm den Mond und die Sterne. Sie veranstaltete ein Picknick für ihn, Alma und Emily und versuchte, nicht an ihre Zeit mit Maureen zu denken. Immer noch trauerte sie der Freundin nach. Sie standen auch in einem losen Briefkontakt, doch Ailis las zwischen den Zeilen, dass Maureen bereits eine neue Liebe gefunden hatte. Sie selbst war nicht so glücklich, sie tröstete sich jedoch damit, ein ansonsten ausgefülltes Leben zu führen.

Kurze Zeit nachdem sie sich mit ihrem Großvater entzweit hatte und Hernando nach Saint-Tropez abgereist war, wo seine Familie ein Ferienhaus unterhielt, schrieb ihr Donella.

Ich fühle mich zurzeit schrecklich einsam, obwohl ich sehr behaglich in Hernandos Wohnung lebe und nichts anderes zu tun habe, als mich mit dem Ballon zu amüsieren. Aber ohne Hernando ist selbst das Ballonfahren nur der halbe Spaß. Außerdem vermisse ich Grandpa. Sicher auch deshalb, weil ich ein so fürchterlich schlechtes Gewissen ihm gegenüber habe. Er hat ja recht, ich habe mein Versprechen gebrochen, doch ich konnte nicht mein ganzes Leben aufgeben! Wenn er den Ballon wenigstens ein Mal gesehen hätte! Vielleicht hätte ich ihn überzeugen können. Aber er hatte ja nur meine Beziehung zu Hernando im Kopf, einmal mehr ging es ausschließlich darum, entweder meine Tugend zu wahren oder mich schnellstmöglich zu verheiraten. Das alles ist einfach ungerecht – und eigentlich dachte ich, dass Grandpa mich versteht …

Ailis erinnerte sich, dass sie den Brief seufzend in den Schoß gelegt hatte. Jedes Verständnis für Frauen, die mehr oder einfach etwas anderes wollten als eine Heirat und eine Familie, hatte selbst bei wohlmeinenden Männern enge Grenzen. Sie selbst hatte das längst erfahren. Pickering nahm seine Mitarbeiterinnen ernst, er ermöglichte den weiblichen Computers Forschung und Erfolge – doch als Verfasser des Sternenkatalogs würde sein Name genannt werden, und die Entscheidung, Frauen für die Spektralanalysen einzusetzen, beruhte sicher zu einem Teil darauf, dass er ihnen weniger zahlen musste als männlichen Fachkräften. Die Analystinnen verdienten zwischen fünfundzwanzig und fünfzig Cent pro Stunde – und studierte Astronominnen wurden nicht besser bezahlt als die Frauen, die Ailis anlernte. Pickering konnte mit dem gleichen Forschungsbudget also mehr Mitarbeiter anstellen und kam schneller voran. Natürlich war Ailis ihm trotzdem weiterhin dankbar, die Augen konnte sie davor jedoch nicht verschließen. Wie gerne hätte sie sich mit Donella darüber ausgetauscht, ihre Gedanken geteilt, die ungeheure Willenskraft ihrer Cousine gespürt, für die die Liebe und die Wissenschaft vom Fliegen eng miteinander verwoben waren. Noch einmal nahm Ailis ihren Brief zur Hand …

Immerhin ist Hernando anders. Er akzeptiert mich wirklich als gleichwertig, und ich kann seine Rückkehr gar nicht abwarten – und das nicht nur, weil ich wieder leidenschaftlich geküsst werden will! Es ist zwar immer noch faszinierend, mit dem Ballon aufzusteigen, aber ich würde gern mit den Überlegungen und Experimenten zu seiner Lenkung weiterkommen. Wenn du mich fragst, hängt alles am Antrieb, bisher nutzen wir nur den Wind, dabei brauchen wir einen Motor, idealerweise stark genug, um sich auch gegen den Wind durchzusetzen. Natürlich hat es dazu schon verschiedene Versuche gegeben, mit Elektromotoren und mit Dampfmaschinen. Die sind allerdings recht schwer, ich denke nicht, dass darin die Lösung liegt. Eher kommt ein Benzinmotor infrage, und da ist mir gerade eine verwegene Idee gekommen. Warum bauen wir nicht einfach den Motor aus dem Benz, also aus Hernandos Automobil, und nutzen ihn als Antrieb für unser Luftschiff? Der ist sehr klein und leicht, wenn man den Ballon dann auch noch etwas stromlinienförmiger gestalten würde, könnte es funktionieren. Ich weiß allerdings nicht, ob Hernando bereit wäre, sein geliebtes Automobil auseinanderzunehmen. Ach, liebe Ailis, ich fiebere seiner Rückkehr entgegen ...

Donella und Hernando nahmen ihre Beziehung nach seiner Rückkehr genauso wieder auf, wie sie vor seiner Reise gewesen war. Der einzige Unterschied bestand darin, dass sie jetzt bei ihm wohnte – er hatte ihr die Wohnung vor seiner Abreise mit Freude zur Verfügung gestellt und sprach auch hinterher nicht von Auszug. Im Gegenteil, beide genossen es, ihre Tage und Nächte miteinander zu verbringen, wobei das gemeinsame Tüfteln an ihrem Luftschiff die meiste Zeit einnahm. Hernando erzählte leider nicht viel vom Zusammensein mit seiner Familie, und Donella nahm an, dass er sich in Saint-Tropez hauptsächlich gelangweilt hatte. Allerdings war er braun gebrannt, und als sie nachfragte, berichtete er von Tennisspielen und Segelturns. Seine Familie besaß natürlich eigene Plätze und ein eigenes Schiff, und Hernando war ein herausragender Spieler und Segler. Er hatte schon häufig Turniere gewonnen und Regatten für sich entschieden.

»Meinem Vater ist das wichtig«, erklärte er und erzählte, dass er auch diesmal an einer Regatta teilgenommen und selbstverständlich den ersten Platz belegt hatte. Donella war ehrlich bereit, ihn dafür zu bewundern, aber Hernando schien es nicht viel zu bedeuten. Umso interessierter lauschte er ihren Ideen zum Umfunktionieren des Ballons in ein Luftschiff. Bereitwillig sagte er zu, einen neuen Auftriebskörper, diesmal aerodynamisch geformt, zu bestellen. Die beiden machten sich also erneut auf den Weg nach Vaugirard und trafen Armand Machure. Der junge Ballonbauer begrüßte sie freundlich, wenn auch zunächst etwas besorgt.

»Monsieur Sánchez-Duboire und Mademoiselle Hard! Was führt Sie so bald wieder zu uns? Ist etwas mit dem Ballon?«

»Der Ballon ist fantastisch!«, erklärte Donella und bemerkte erneut das Aufleuchten in seinen Augen. Der junge Mann sah sie vielleicht etwas zu lange an, doch sein Blick hatte nichts Anzügliches. Er schien sich einfach an der Begeisterung zu freuen, die in ihrem Gesicht stand.

»Sie sind also mit dem Ballon gefahren, Mademoiselle?«

Donella nickte. »Oh ja, fast jeden Tag! Ich kann nicht genug davon bekommen, und jetzt ...«

»... jetzt planen wir den Erwerb eines weiteren Auftriebskörpers«, unterbrach sie Hernando nüchtern. In seiner Stimme schwang fast ein wenig Verärgerung mit. Er war es nicht gewohnt, dass jemand bevorzugt seine Begleiterin ansprach. Wenn er anwesend war, führte er das Gespräch. Donella war das vorher noch nie aufgefallen, doch jetzt bemerkte sie, dass Machures Verhalten ihrem Freund missfiel.

»Aber einen für zwei!« Machure lächelte und ignorierte Hernandos unfreundlichen Ton. »Ballonfahren macht doch auch viel mehr Spaß, wenn man die Freude teilen kann ...«

Hernando verzog das Gesicht. »Es geht nicht um Spaß, Monsieur Machure, es geht um Aeronautik. Ich beabsichtige, den Ballon weiterzuentwickeln, und dazu wäre eine abweichende Form besser geeignet.«

Donna zog die Pläne aus der Tasche und bedauerte, sie nicht an Hernando weitergegeben zu haben. Er hätte sie dem Ballonbauer zweifellos gern selbst präsentiert.

Machure warf einen Blick darauf. »Oh, ein Luftschiff!«, erkannte er gleich. »Dann kommen Sie doch erst mal rein, das müssen wir uns genauer ansehen.« Er bat die beiden in ein kleines, von der Fabrikhalle abgetrenntes Büro. Man konnte die Arbeiten an den Ballons von dort aus beobachten, und Donella linste interessiert zu den Arbeitern herüber. Machure studierte derweil die Pläne.

»Also, die Form des Ballons lässt sich leicht verändern«, meinte er dann. »Und die Gondel … Ihre Pläne sehen Sie näher am Auftriebskörper vor.«

»Da muss ja auch der Motor rein«, schaltete sich Donna ein. »Wenn der zu weit weg vom Ballon ist, wird die Lenkung unpräzise.«

Machure sah sie bewundernd an, Hernando unwillig.

»Haben Sie das gezeichnet?«, fragte Machure.

Donella nickte. »Unter Anleitung«, behauptete sie. »Wir haben die Pläne gemeinsam erstellt.«

»Und an was für einen Antrieb dachten Sie?«

»An einen Propeller.« Donna konnte sich nicht bezähmen, erneut zu antworten. »Zwei Schraubenflächen um eine mit Motorkraft getriebene Welle. Wie bei Schiffsschrauben. Das hat es schon einmal gegeben. Bei Kinderspielzeugen im alten China … und bei Leonardo da Vinci …«

Machure nickte. »Seine Flugschraube. Aber niemand weiß, ob die wirklich geflogen wäre …«

»Sie wäre.« Hernando sprach wieder mit kalter Stimme. »Ich habe sie als Semesterarbeit in Miniatur nachgebaut.«

»Das kleine Ding konnte man einfach aufziehen«, erklärte Donna vergnügt. »Aber hier … Hernando ist bereit, sein Automobil dafür zu opfern. Wir werden den Propeller mit seinem Treibstoff-Motor antreiben.«

»Ein genialer Plan!« Machure war beeindruckt. »Ich bin gespannt, ob es funktioniert! Nun, dann reden wir mal über die Größe.« Er begann zu rechnen. »Zwei Personen und ein Motor … dazu der Propeller – vielleicht aus Holz?«

»Eine Person«, bestimmte Hernando. »Bezüglich der Stärke des Motors zum Antrieb eines Propellers liegen schließlich noch keine Erfahrungswerte vor.«

Machure zog kurz die Stirn kraus, Donna schien etwas sagen zu wollen, hielt sich dann aber zurück. Nach Ansicht ihres Freundes hatte sie heute schon genug geplappert.

Auf dem Heimweg verzichtete Hernando nicht darauf, sie zu rügen. »Donella, wir erobern hier Neuland. Dies ist eine so noch nie gewählte Antriebsart. Du kannst doch nicht jedem erzählen, was wir da vorhaben!«

Donella warf ihm einen irritierten Seitenblick zu. »Warum denn nicht? Mal ganz abgesehen davon, dass Monsieur Machure nicht jeder ist. Er baut unser Luftschiff! Dafür muss er doch wissen, wie wir weiter vorgehen wollen.«

»Schon mal etwas von Betriebsgeheimnis gehört?«, fragte Hernando böse.

Donella lachte nervös. »Führen wir einen Betrieb? Bis jetzt ist das Luftschiff doch von so etwas wie Marktreife weit entfernt! Wozu mir übrigens einfällt, dass es in dem Fall kontraproduktiv wäre, es nur für eine Person zu bauen. Letztlich wollen wir doch, dass es zur schnelleren Beförderung von Menschen und Lasten dient. Wenn da jeder ein eigenes bräuchte, wäre das viel zu aufwendig und würde zu teuer.«

»Es geht ums Prinzip!«, behauptete Hernando. »Darum, die Ersten zu sein, die so etwas zum Fliegen und Lenken bringen.«

»Hat Charles Renard das nicht schon gemacht?«, fragte Donella provozierend. Der Ingenieur hatte vor wenigen Jahren in Chalais-Meudon Furore gemacht – mit dem mittels eines Elektromotors betriebenen Luftschiff *La France.*

»Dann müssen wir es eben besser machen. Schneller sein, größere Reichweiten schaffen … Der Benzinmotor ist die Zukunft an Elektroantrieb glaube ich langfristig nicht.« Hernando beschleunigte jetzt erst einmal seinen Benz. Donella hielt sich erschrocken fest. Bisher hatte sie nie daran gedacht, mit ihrem Luftschiff Rekorde zu brechen. Sie hatte einfach Spaß daran, etwas zu erfinden – und sie dachte an Hernandos nächste Semesterarbeit. Ein selbst konstruiertes Luftschiff würde noch spektakulärer sein als die Flugschraube vom letzten Semester. Wie schade, dass Donald wieder keinen offiziellen Anteil daran haben würde. Er durfte allerdings wieder dabei sein … Das Wintersemester hatte vor wenigen Tagen begonnen, und Professor Barlot hatte mit keiner Wimper gezuckt, als Hernandos Cousin erneut im Hörsaal Platz nahm.

»Das schaffen wir schon«, murmelte sie jetzt versöhnlich. Sie wollte nicht mit Hernando streiten, schließlich verdankte sie ihm alles, was sie hatte. Und sie liebte ihn.

Auch in Boston begann das neue Semester – sowie die Spielzeit des Theaters der Saison 1889/1890. *Das Cousinchen* erlebte seine Uraufführung vor ausverkauftem Haus. Haily brillierte in ihrer ersten Rolle und wurde mit stehenden Ovationen gefeiert. Selig nahm sie einen riesigen Blumenstrauß aus Cuthberts Hand entgegen, sie war eindeutig am Ziel ihrer Träume.

Dort wähnte sich auch Emily, als sie mit klopfendem Herzen zum ersten Mal durch die Tore der ehrwürdigen Harvard University schritt, um sich als Studentin einzuschreiben. Ein paar Tage zuvor hatten die Dekane beider Fakultäten, Psychologie und Zoologie, sie zum Gespräch empfangen. Pickering hatte sie ihnen als vielversprechende Studentin ans Herz gelegt, doch sie wollten die Stipendiantin vor Studienbeginn persönlich kennenlernen.

»Da haben wir also Professor Pickerings Wunderkind!« Emily war sofort rot angelaufen, als Professor Munsterberg aus dem Fachbereich Psychologie sie mit dieser etwas spöttischen Bemerkung empfangen hatte.

»Ein … ein Wunderkind bin ich nicht«, hatte sie gesagt, leise, aber fest. »Sonst wäre ich ja nicht als Studentin hier, sondern als Forschungsobjekt.«

Professor Munsterberg hatte schallend gelacht. »Sie sind immerhin schlagfertig. Und was interessiert Sie denn nun an unserer doch noch ziemlich neuen Wissenschaft?«

Emily hatte erklärt, dass sie das Verhalten von Menschen und Tieren interessierte.

»Deshalb die angestrebte Kombination mit Zoologie. Nun ist unsere Wissenschaft ja dem Namen nach die Lehre von der Seele. Gestehen Sie Tieren denn eine Seele zu?«

Emily hatte überlegt und erst dann geantwortet. »Das kommt darauf an, wie man ›Seele‹ definiert. Als ich klein war, hat uns der Pfarrer in der Sonntagsschule gesagt, dass unsere Seelen, so wir gottgefällig und gut lebten, später in den Himmel kämen, um da Harfe zu spielen oder so. Meine Gans war sicher gottgefällig und ein gutes Tier. Trotzdem fürchte ich, dass ich sie dort nicht wiedersehen werde.«

»So gesehen sollten wir hier wohl Unterricht im Harfenspiel anbieten … obwohl das Gänse natürlich ausschließt.« Munsterberg hatte sie sichtlich amüsiert gemustert. »Und wie definieren Sie ›gut‹ und ›böse‹, Miss Coxwold?«

Emily hatte sich auf die Lippen gebissen. »Das … das möchte ich hier gerade lernen. Bis jetzt kann ich es nicht definieren, nur … empfinden.«

»Eine Frage der Wahrnehmung also. Damit werden Sie sich hier zweifellos beschäftigen. Und ich freue mich bereits auf Ihre Beiträge. Professor Pickering hatte recht. Sie sind zweifellos vielversprechend.«

Professor Roberts von der Zoologie hatte sie nicht so streng examiniert, sondern nur nach ihren besonderen Interessen gefragt und nach ihren Erfahrungen. Emily hatte freudig von ihrer Gans erzählt, den Beobachtungen ihres Verhaltens, aber auch von den Untersuchungen zu ihrer Flugfähigkeit und dem Vogelflug überhaupt.

»Menschen könnten keine Flügel bewegen«, hatte sie schließlich angemerkt. »Also nicht mit Muskelkraft. Das macht Vögel – und natürlich auch Fledermäuse, Flughunde und so weiter – besonders. Es interessiert mich, wie sich die Flugfähigkeit entwickelt hat und wie sie …« Sie hatte »die Seele« sagen wollen, korrigierte sich aber rechtzeitig. »… wie es die Wahrnehmung eines Lebewesens verändert, wenn es fliegen kann.«

Professor Roberts hatte zufrieden gelächelt. »Dann wären sie in der Aeronautik wohl auch nicht ganz falsch. Schließlich schickt sich die Menschheit ja überall in der Welt an, möglichst effektive Fluggeräte zu entwickeln.«

Emily hatte dann von ihrer Freundin Donella erzählt. »Sie sagt, dass etwas mit ihr passiert, wenn sie über allem schwebt. Es verändert die … die Wahrnehmung der Welt, alles wird kleiner, was einen sonst beschäftigt. Vielleicht … vielleicht macht es den Menschen besser, wenn er fliegt …«

»Das können wir nur hoffen«, hatte Roberts geseufzt. »Vielleicht nutzt er die neue Fähigkeit aber eher dazu, anderen Menschen Bomben auf die Köpfe zu werfen. Behalten Sie sich Ihren Glauben an die Menschheit, Miss Coxwold, sofern das Psychologiestudium Ihnen den nicht bald austreibt. Wir freuen uns hier erst einmal im Grundstudium auf Sie, da gibt es noch keine Spezialisierung. Aber ich hätte da einen Kontakt für Sie, wenn Sie speziell an Vögeln interessiert sind. Mein Freund William Brewster, Privatier und doch ein anerkannter Ornithologe, hat seinen Landsitz in Concord zu einem hochinteressanten Vogelschutzgebiet umgebaut. Er empfängt allmonatlich eine Runde junger Menschen zur Vogelbeobachtung, gemeinsamen Lektüre und Diskussion ornithologischer Literatur. Sicher würde er sich freuen, Sie in diesen Kreis aufzunehmen. Warten Sie, ich gebe Ihnen seine Adresse. Schreiben Sie ihm einen netten Brief, nennen Sie mich als Empfehlung, und Sie erhalten zweifellos eine Einladung!«

Hocherfreut hatte Emily die Adresse in Empfang genommen und dachte seitdem darüber nach, wie sie den »netten Brief« am besten formulierte. Jetzt aber stand zunächst die Immatrikulierung an. Emily betrat das entsprechende Büro und traf dort auf Haily.

»Was machst du denn hier?«, fragte sie verblüfft und gab damit wohl die Gedanken sämtlicher Anwesenden wieder.

Haily fiel unter den Mitarbeitern und Studenten auf wie ein exotischer Vogel unter Spatzen. Die meisten Studenten und Studentinnen waren schlicht gekleidet – Emily trug ihr Dienstbotenkleid, nur ohne Schürze und Häubchen. Dazu einen Kapotthut, der ihr hübsches Gesicht durchaus betonte, doch auf keinen Fall Aufsehen erregen konnte. Die jungen Männer trugen Anzüge, doch durchweg keine teuren, und manchmal sah es so aus, als passten sie nur ungefähr – sie schienen eher von Geschwistern geerbt zu sein als maßangefertigt. Haily dagegen trug das aufwendige Spitzenkleid, in das Emily ihr am Morgen vor der Theaterprobe geholfen hatte, und einen ausladenden Hut.

»Ja, wonach sieht es denn aus, Schätzchen?« Hailys Bühnenstimme füllte leicht den gesamten Raum. »Ich schreibe mich ein. Das, was du da neulich über Psychologie erzählt hast … das interessiert mich brennend … und es wäre auch beruflich interessant für mich …«

»Damit du lernst, andere Menschen noch leichter zu beeinflussen und in die Richtung zu steuern, in der du sie haben willst?«, fragte Emily.

Es war selten, dass sie ihrer Wut so deutlich ihren Lauf ließ, doch die freundlichen Gespräche mit den Professoren hatten ihr Mut gemacht. Sie hatte sich in der Welt der Universität willkommen gefühlt – und das Gefühl gewonnen, hier etwas ganz für sich allein haben zu können. Doch erneut drängte sich Haily in ihr Leben.

»Du hast doch gar keine Zeit zum Studieren!«, rief Emily. »Mit deiner Arbeit am Theater und was immer du sonst noch treibst!«

Inzwischen hatten die beiden die volle Aufmerksamkeit der Studenten und Angestellten, doch Emily war das egal.

»Glaub bloß nicht, dass ich die Arbeiten für dich schreibe wie früher in der Schule. Du wirst mich hier nicht wieder kontrollieren!«

Haily lächelte. »Das will doch niemand … Sei nicht so empfindlich. Man könnte sonst auf den Gedanken kommen, du wärst keine Studentin der Psychologie, sondern ihr Forschungsobjekt …«

Emily blitzte sie an, gleichzeitig wurde ihr das Schauspiel bewusst, dass sie hier boten. »Ich komme später wieder«, sagte sie betont ruhig zu der Angestellten, die sich ihr gerade mit den Formularen zur Einschreibung zuwenden wollte – und wünschte ihr einen guten Tag.

Als sie das Büro verließ, fühlte sie den Zettel von Professor Roberts in der Tasche. Sie würde William Brewster gleich schreiben, und sie würde zu Hause nichts von seinem Vogelparadies erzählen. Immerhin dahin sollte Haily ihr nicht folgen können!

Emily war überrascht darüber, wie schnell William Brewster auf ihren Brief antwortete. Auch er hieß sie freundlich als Studentin an der Harvard University willkommen. Ihm selbst war das Studium aus Gesundheitsgründen verwehrt geblieben, seine Ausbildung war privat erfolgt. Schließlich hatte er auf seinem geerbten Landsitz, nicht weit von Boston, ein vogelkundliches Museum gegründet und eine umfangreiche ornithologische Bibliothek aufgebaut. Hier traf sich monatlich der Nuttall Ornithological Club, und Brewster lud sie herzlich ein, Mitglied zu werden.

Zunächst begann jedoch eine geschäftige Zeit für sie, denn nicht nur waren Vorlesungen und Seminare zu besuchen, sondern außerdem ein Umzug zu erledigen.

Haily hatte genug davon, sich von Ailis »gängeln« und von ihrem lebhaften Sohn »terrorisieren« zu lassen. Beides gab sie jedenfalls als Gründe für ihren Auszug an, doch Ailis meinte es besser zu wissen. Haily wollte nun, da der Winter begann, ihren Liebhaber Cuthbert Hay in ihren eigenen vier Wänden empfangen. Sie mietete also eine hochherrschaftliche Wohnung in der Nähe des Theaters, und natürlich wurde Emily damit betraut, diese einzurichten und den Umzug zu organisieren. Haily selbst wählte die Möbel und Farben zwar aus, die Beaufsichtigung der Handwerker, die die Wohnung nach ihren Vorstellungen gestalten sollten, oblag jedoch Emily.

Immerhin bot sich ihr dadurch die Chance, sich noch ein Stück von Haily abzunabeln.

»Du kannst gern hierbleiben«, lud Ailis sie ein, nachdem Haily ihren Auszug verkündet hatte. »Wenn du mit ihr in die Tremont Street ziehst, nutzt sie dich nur weiter aus. Es ist ja in Ordnung, wenn du sie schminkst und frisierst, sofern sie dafür bezahlt. Aber zum Putzen ihrer Wohnung soll sie gefälligst jemand anderen einstellen.«

Emily hatte natürlich mit Freuden angenommen, auch wenn Haily abwechselnd mit Weinkrämpfen und Tobsuchtsanfällen darauf reagierte. Und natürlich konnte Emily nur eine kleinen Mietanteil bezahlen. Ailis bereitete sie deshalb darauf vor, dass sie vielleicht noch ein Zimmer untervermieten müsste, sodass nicht viel Raum für sie blieb. Aber Emily war gern bereit, sich mit Alma, Coppers Nanny, ein Zimmer zu teilen. Eigentlich hätte sie sich auf fast jede Lösung eingelassen, um nur Haily nicht mehr Tag und Nacht zur Verfügung stehen zu müssen.

Auch ihr Studium ließ sich gut an. Der Grundkurs in Zoologie fiel ihr leicht, sie hatte schon in St Leonards vieles von dem gelernt, was hier vermittelt wurde. Psychologie war schwieriger, dafür noch interessanter. Es hatte viel mit Philosophie zu tun, aber auch mit Physik und Mathematik; man legte Wert darauf, als Naturwissenschaft anerkannt zu werden und bediente sich entsprechend komplizierter Evaluierungsmethoden. Haily besuchte die Vorlesungen nur selten, machte jedoch immer noch Furore, wenn sie sich zeigte, und mitunter gab sie Autogramme auf den Fluren der Universität. Emily war das entsetzlich peinlich, sie versuchte zu flüchten, wann immer Haily erschien, und da sie bald Zugang zu allen möglichen Laboren und Bibliotheksräumen hatte, gelang ihr das meistens. Zudem suchte Emily keinerlei Kontakt zur männlichen Studentenschaft, Haily traf sie also nie mit einem Kommilitonen in vertrautem Gespräch an … Insofern bot sich auch kein direkter Grund, Emily zu verfolgen.

»Sie macht aber Stichproben«, wandte sich Emily seufzend an Ailis. »Ich werde ihr nicht den Gefallen tun, mich mit irgendjemandem sehen zu lassen.«

»Solange du dich nicht verliebst«, sagte Ailis lächelnd.

Emily seufzte erneut.

Schließlich fand sie endlich Zeit zu einem ersten Treffen mit dem Ornithologischen Club. Emily bedankte sich noch einmal bei Mr. Brewster und meldete sich für den 30. Oktober an. Leider war die Brewsters Farm bei Concord, dem Veranstaltungsort, von Boston aus nur schwer zu erreichen.

»Es ist eine Himmelfahrt«, klagte sie. Sie musste einige Stationen mit dem Zug fahren und dann drei Meilen Fußweg auf sich nehmen. »Ich werde den ganzen Tag unterwegs sein!«

Ailis wusste da auch keinen Rat, gab jedoch zu bedenken, das auch andere Clubmitglieder irgendwie zur Brewster-Farm kommen mussten. »Vielleicht kann dich wenigstens jemand mit zurücknehmen. Schau dich da erst mal um und entscheide dann.«

Ailis riet der jungen Frau außerdem, sich für den Club feiner zu kleiden als für die Universität. »Wenn die Leute mit privaten Kutschen oder gar Motorfahrzeugen kommen, sind sie sicher begütert. Du solltest da nicht auffallen, nur weil du zu schlicht angezogen bist.«

Eine genügende Auswahl an Kleidern, Röcken, Blusen und Mänteln besaß Emily. Haily hatte praktisch ihre ganze Winterbekleidung bei Ailis gelassen. Sie würde sich neu ausstatten – eine Schauspielerin, so befand sie, trat anders auf als eine kleine schottische Adlige. Emily hatte zunächst gezögert, sich an den Sachen zu bedienen, eigentlich hatte sie sich von Haily nichts mehr schenken lassen wollen. Nanny Alma kannte diese Hemmungen nicht.

»Du bist verrückt, wenn du nicht zugreifst. Du brauchst doch ordentliche Kleidung für die Universität, und vielleicht wirst du ja auch wieder mal irgendwohin eingeladen. Ich nehme mir jedenfalls alles, was ich für mich ändern kann.«

Sehr viel war das nicht, Alma war wesentlich kräftiger gebaut als Haily. Emily war zierlicher, und Kleider enger zu machen war einfacher, als Nähte auszulassen.

Für die Fahrt aufs Land hatte Emily sich für ein mattgrünes Reisekostüm entschieden, darunter trug sie eine mit Spitzen besetzte helle Bluse und Almas Lieblingshut. An festem Schuhwerk ging natürlich nichts vorbei, schließlich hatte sie eine längere Wanderung durch vielleicht nicht einfaches Gelände vor sich – und eventuell würde zu dem Treffen auch eine Vogelbeobachtung im Reservat gehören.

Zum Glück spielte an diesem 30. Oktober das Wetter mit. Der Indian Summer tauchte die Welt in bunte Herbstfarben, und Emily genoss zumindest die erste halbe Stunde Fußweg vom Bahnhof Concord zu Brewsters Landsitz. Vor dem Rückweg grauste es ihr jedoch. Es würde sicher dunkel werden, und eine Straßenbeleuchtung gab es auf diesen Feld- und Waldwegen nicht. Emily dachte schon daran, das Unternehmen aufzugeben und zurück zum Bahnhof zu gehen. Dann würde sie vor Einbruch der Dunkelheit zurück in Ailis' Wohnung sein können, aber natürlich das Clubtreffen versäumen. Während sie noch mit der Entscheidung haderte, hörte sie Hufschlag hinter sich, und gleich tauchte auch eine leichte Chaise, gezogen von einem kleinen Pferd, auf. Der Braune war kleiner als die meisten Pferde, die sie aus Schottland kannte, wirkte jedoch lebhaft und setzte die Beine auffallend zierlich. Emily trat zur Seite, um das Fuhrwerk vorbeizulassen, doch der junge Mann, der im Wagen saß, hielt neben ihr an.

»Ich möchte Ihnen auf keinen Fall lästig fallen, Miss, doch gehe ich recht in der Annahme, dass Sie zum heutigen Treffen des Ornithologischen Clubs anreisen?«

Der Mann war schlank und trug einen modischen Dreiteiler. Sein ovales Gesicht wurde von blauen Augen hinter einer dicken Brille beherrscht, die sie forschend, aber nicht unfreundlich ansahen. Seine Züge waren ebenmäßig, und er trug einen Zylinder.

»Woher wissen Sie?«, fragte Emily befangen.

Der junge Mann lachte und wies auf das schwere Buch, das nicht mehr in Emilys Tasche gepasst hatte. Ein Katalog heimischer Vögel, herausgegeben von Mr. Brewster persönlich.

Emily errötete.

»Sie brauchten es nicht mitzuschleppen, Mr. Brewster hat natürlich ein Exemplar in seiner Bibliothek.«

Emily sah keinen Spott im Lächeln des Fremden und schaute erleichtert auf.

»Mein Name ist Peyton«, stellte der Mann sich nun vor. »Von Beruf Rechtsanwalt in Boston und in meiner Freizeit begeisterter Vogelkundler. Sie scheinen das ebenfalls zu sein, wenn Sie schon einen so langen Fußweg auf sich nehmen, um zu Mr. Brewsters Farm zu gelangen. Darf ich Sie vielleicht mitnehmen?«

Emily kämpfte mit sich. Natürlich schickte es sich nicht für eine junge Frau, einfach so in den Wagen eines ihr gänzlich unbekannten Mannes zu steigen. Andererseits lagen noch einige Meilen vor ihr – und Mr. Peyton wirkte nicht gefährlich.

»Ich … ich weiß nicht …«, murmelte sie, um ihre Bedenken dann in den Wind zu schreiben. Schließlich hatte Ailis ihr ja auch geraten, nach einer Mitfahrgelegenheit zu suchen. »Ich bin Emily Coxwold«, sagte sie schließlich. »Professor Roberts hat mich Mr. Brewster empfohlen, und er hat mich eingeladen. Ich werde erwartet«, fügte sie hinzu.

Mr. Peyton lachte. »Das werden wir alle, Miss Coxwold. Seien Sie versichert, dass Mr. Brewster nach Ihnen fahnden ließe, sollte ich Ihnen jetzt auf dem Weg zu ihm etwas antun und Sie verschwinden lassen.«

Emily errötete erneut. »Ich … ich wollte Ihnen nicht unterstellen …«

Peyton winkte ab. »Eine Frau kann nicht vorsichtig genug sein, wenn sie von Fremden angesprochen wird. Und wie unter anderem mein Beruf es mir zeigt, sieht nicht jeder Räuber oder Mörder wie ein solcher aus. Ich nehme es also nicht persönlich. Und nun steigen Sie ein! Wir wollen doch nicht zu spät kommen.«

Emily reichte ihm ihr Buch und kletterte neben ihn in den eleganten kleinen Zweisitzer. Mr. Peyton ließ sein Pferd antreten, und nun flog die Landschaft nur so an Emily vorbei.

»Es ist schön hier!«, rief sie.

Peyton nickte. »Sie müssen erst das Land von Mr. Brewster sehen. Ein Garten Eden! Auf die Tiere dort hat seit zwanzig Jahren niemand mehr geschossen. Und alle Raubtiere versucht er so weit wie möglich draußen zu halten, das Ganze ist aufwendig eingezäunt. Die Vögel leben also ungestört – abgesehen von ein paar neugierigen Ornithologen, die es nicht lassen können, ihnen mit der Kamera nachzustellen! Auch ich bin Hobbyfotograf. Verstehen Sie sich auf Lichtbilder?«

Emily verneinte, erklärte allerdings, dass sie Astrofotografien für Professor Pickering auswertete.

»Ein Mitglied der Harvard Computers! Respekt, Miss Coxwold! Aber ihr vogelkundliches Interesse zeigt, dass Sie in der Atmosphäre unseres Planeten noch ziemlich verankert sind. Was fesselt Sie an unseren geflügelten Freunden?«

Mr. Peyton verstand es, liebenswürdig Konversation zu betreiben, und Emily verlor bald ihre Beklommenheit. Und dann durchfuhren sie ein eindrucksvolles, mit Vogelskulpturen geschmücktes Tor, das ein Diener für sie geöffnet hatte und hinter ihnen wieder schloss. Auf einer gepflegten Straße trabte ihr Pferd auf ein hübsches, hellgelb gestrichenes Landhaus zu. Im Garten sah man noch die letzten Herbstblumen, der Rasen war sattgrün, alles wirkte einladend.

»Da sind wir!«, erklärte Mr. Peyton. »Die Brewsters wohnen in dem Haus, doch vor allem ist es ein Museum. Brewster hat früher selbst Vögel geschossen und präpariert. Inzwischen beobachtet und fotografiert er sie lieber, aber er besitzt eine beeindruckende Sammlung von ausgestopften Vögeln, dazu eine umfangreiche Bibliothek. Dort finden auch unsere Treffen statt.«

Er half Emily galant aus dem Wagen. Das Pferd wieherte inzwischen ein paar Artgenossen zu, die ebenfalls angespannt auf die Rückkehr ihrer Besitzer warteten – bei ihnen stand fast immer ein Kutscher. Nur Mr. Peyton suchte jetzt nach einer Anbindestelle, um seinen Braunen sicher festzumachen.

»Gehen Sie ruhig schon rein, Miss Coxwold«, forderte er Emily auf. »Ich habe noch einiges auszuladen. Und füttern und tränken sollte ich Traveller auch noch.« Er wies auf sein Pferd.

Emily trat befangen auf die offen stehende Eingangstür zu. Im Empfangsraum herrschte bereits reges Treiben. Etwa ein Dutzend Männer und Frauen entledigten sich ihrer Mäntel und plauderten miteinander. Alle schienen einander zu kennen. Emily wusste nicht recht, was sie tun sollte. Fremde Menschen anzusprechen war sie nicht gewohnt, gesellschaftliche Kontakte geknüpft hatte immer nur Haily.

»Darf ich Ihnen den Mantel abnehmen?« Eine ruhige, dunkle Stimme. Emily wandte sich um und sah in das Gesicht eines Mannes, das sie für einen Moment fast erschreckte. Vor der Reise nach Amerika hatte sie Menschen verschiedener Hautfarben höchstens in einem Pariser Varieté gesehen. In den Staaten waren sie häufig als Pagen oder Hoteldiener tätig, doch auch mit denen hatten die Hards höchstens mal ein paar Worte gewechselt. So nahe wie jetzt war sie nie einem dunkelhäutigen Menschen gekommen. Auch in Boston mischten sie sich anscheinend nicht unter die weiße Bevölkerung – und umgekehrt.

Emily bemühte sich, sein freundliches Lächeln zu erwidern.

»Sie sind zum ersten Mal hier, nicht wahr?«, fragte er.

»Ja. Mr. Brewster hat mich eingeladen. Ich bin Emily. Emily Coxwold. Ich studiere Biologie in Harvard.«

Der junge Mann nickte ihr zu. »Und Sie interessieren sich besonders für die Vogelwelt? Dann freut es mich, dass Sie den Weg hierhergefunden haben. Mr. Brewster hat auf seiner Farm ein Paradies für Vögel geschaffen. Und für Ornithologen …«

»Sind Sie auch …«, setzte sie gerade an, als sie von einer Stimme unterbrochen wurde.

»Ronald, nimmst du mir mal die Platten ab? Ich habe einen Dunenspecht im Morgengrauen ablichten können, das müsste jetzt nur noch jemand entwickeln …« Mr. Peyton trat durch die immer noch geöffnete Haustür, einen Schwung fotografischer Platten in der Hand.

»Ich kümmere mich gleich morgen darum, Mr. Peyton ... Ah, und da ist ja Miss Dover ...« Der Hausdiener, denn das musste Ronald ja wohl sein, wandte sich von Emily ab und begrüßte weitere Ankömmlinge. Er führte alle in einen Raum des Museums, der Platz für einen großen Tisch und ausreichend viele Stühle bot, Emily und Mr. Peyton schlossen sich ihnen an. An den Wänden befanden sich Bücherregale und gerahmte Daguerreotypien, die Vögel zeigten. Und auf dem Tisch lagen ein paar Bücher sowie bereits entwickelte Fotografien eines winzigen Vogels.

»Das ist ein Goldwaldsänger, nicht wahr, Ronald?«, fragte eine der anwesenden jungen Frauen. Das Geschlechterverhältnis in diesem Kreis war ausgeglichen – und es schien sich nicht in erster Linie um Studenten zu handeln. Der Club stand wohl jedem Interessierten offen. Ronald war allerdings der Einzige im Raum, der nicht von weißer Hautfarbe war. Er servierte nun Kaffee und Tee. Mr. Brewster trat an den Tisch, begrüßte alle Anwesenden und besonders Emily als Neuling. Dann begann er, ausgehend von den Bildern, über den winzigen Goldwaldsänger und seine Bedrohung durch Brutparasiten zu sprechen, während Ronald sich etwas abseits hielt und abzuwarten schien, ob jemand das Wort an ihn richtete. Brewster tat das mitunter.

»Wo haben wir den denn noch mal fotografiert, Ron? Im Westen am Waldrand, nicht? Oder war das der andere? Bei dem Brutpaar haben wir jedenfalls Eier des Braunkopf-Kuhstärlings im Nest gefunden ...«

Ronald konnte die Bilder den jeweiligen Nestern zuordnen. Brewster pflegte die Vögel in seinem Schutzgebiet zu kennen und den Standort ihrer Nester auf Karten festzuhalten. So konnte er nachvollziehen, ob die Population der jeweiligen Arten anstieg oder sank.

Emily empfand die sich daraus ergebende Diskussion als sehr

anregend, doch dass Ronald, der hier anscheinend Wichtiges beizutragen hatte, nicht mit am Tisch saß, wo es sich die anderen bei Kaffee und Plätzchen gemütlich machten, war ihr unangenehm. Sie wandte sich an ihn, als er ihr später in den Mantel half. Brewster hatte Interessierte eingeladen, eines der Nester des kleinen Singvogels zu besuchen, der heute den Mittelpunkt des Treffens gebildet hatte – und dessen Nest offenbar von Brutparasiten geentert worden war. »Warum haben Sie sich nicht einfach zu uns gesetzt?«, fragte sie etwas schüchtern. Das Treffen hatte ihr sehr gefallen, sie fand es wunderbar, so einfach in diesen Kreis von Vogelfreunden aufgenommen zu werden. Ronalds Rolle im Club irritierte sie jedoch. Er schien Mr. Brewster nahezustehen, doch die anderen Clubmitglieder akzeptierten ihn offensichtlich weniger. Ihr war auch aufgefallen, dass zum Beispiel Mr. Peyton ihn selbstverständlich duzte. »Sie sind doch Mr. Brewsters Assistent …«

Ronald Gardener hob die Schultern. »Ich bin sein Assistent, sein Fotograf – und ich glaube, auch so etwas wie sein Freund. Aber … nun … Sie sind keine Amerikanerin?«

»Nein, ich stamme aus Schottland«, sagte Emily und ging neben ihm nach draußen. »Aber ich bin nicht blind. Ich merke schon, dass Menschen wie Sie in den Staaten anders behandelt werden als Weiße. Und natürlich kenne ich ein paar Details aus der Geschichte der Sklaverei …«

»… die erst vor gut zwei Jahrzehnten ihr Ende fand«, sagte Ronald. »Jedenfalls in den Südstaaten, hier im Norden wurde sie schon früher abgeschafft. Trotzdem würde es die Mehrheit in unserem kleinen Kreis befremdlich finden, wenn ich mit am Tisch säße. Und Mr. Brewster sieht wohl keinen Grund, sie zu irritieren …«

»Meine Eltern sitzen ebenfalls nicht am Tisch der Herrschaft«, sinnierte Emily. »Aber ich glaube auch nicht, dass sie und die Hards sich viel zu sagen hätten. Meine Mutter ist Köchin, wissen Sie, und mein Vater Hausdiener. In Schottland, bei einer Adelsfamilie.«

Ronalds Gesicht spiegelte seine Verwunderung. »Und wie hat es dann Sie an die Harvard University verschlagen? Die Studiengebühren sind immens! Verdient das Hauspersonal in Ihrer Heimat so viel?«

Emily schüttelte den Kopf und berichtete von Professor Pickerings Vermittlung. Sie hätte noch mehr erzählt, doch die Schönheit und Weitläufigkeit des Anwesens verschlug ihr inzwischen fast den Atem. Die Brewster-Farm wirkte wie ein verwunschener Ort. Naturbelassene Wiesen grenzten an bewaldete Hügel, etwas weiter entfernt lag ein See im Licht der letzten Sonnenstrahlen, und überall hörte man das Zwitschern und die Rufe von Vögeln.

Nach einem kurzen Spaziergang ergriff Brewster wieder das Wort, wies auf den Baum, in dem sich das Nest befand, und ließ die Besucher einen nach dem anderen einen Blick hineinwerfen. Tatsächlich sah eins der vier Eier anders aus als die übrigen. Eine Henne des Braunkopf-Kuhstärlings hatte es dem Brutpaar untergeschoben.

»Merken die Vögel das nicht?«, fragte Emily verwundert und richtete die Frage ganz selbstverständlich an Ronald. In der großen Runde des Clubs hatte sie an diesem Tag noch nicht gewagt, das Wort zu ergreifen.

»Anscheinend nicht«, meinte er. »Vielleicht sind sie einfach farbenblind.«

Emily lächelte. »Manchmal scheint mir das gar nicht schlecht zu sein ...«

Ronald wollte dazu etwas sagen, doch Brewster geleitete die Ornithologenschar jetzt zum Haus zurück, das Treffen war beendet.

Ronald nickte Emily zu, während die Clubmitglieder Abschiedsgrüße tauschten. »Es war sehr angenehm, mit Ihnen zu plaudern«, sagte er. »Miss Coxwold.«

»Emily«, antwortete sie, ohne groß zu überlegen. Ronald war nicht viel älter als sie. Sie fand es seltsam, dass er sie Miss Coxwold nannte, während er in der Runde geduzt wurde. »Und ich fände es noch angenehmer, wenn wir uns das nächste Mal dabei hinsetzen könnten …«

Ronald lachte. Es sollte drei Monate dauern, bis er es wagte, Emily zu einem Kaffee einzuladen.

Archibald – Archie – Peyton bot Emily an, sie mit seinem Wagen entweder zum Bahnhof zu bringen oder direkt mit in die Stadt zu nehmen.

»Das macht mir überhaupt nichts aus«, erklärte er. »Im Gegenteil, es ist doch viel kurzweiliger, wenn man während der Fahrt ein wenig plaudern kann. Ich hole Sie beim nächsten Clubtreffen auch gern ab, sofern Sie heute nicht schon genug von uns bekommen haben …«

Emily nahm das Angebot an, sie fürchtete den jungen Rechtsanwalt nicht mehr. Peyton hatte sich den ganzen Nachmittag rege an der Diskussion beteiligt und auch selbst mehrere Fotoplatten beisteuern können. Er schien einer der eifrigsten Mitglieder der Gruppe zu sein.

Tatsächlich sprachen sie zu Beginn der gemeinsamen Fahrt hauptsächlich über Vögel und Brewsters privates Schutzgebiet. Dann fragte Peyton, wo genau er Emily in Boston absetzen sollte, und entlockte ihr in der nächsten Stunde weitere Informationen über sich und ihre Vorgeschichte. Als kulturinteressierter Mensch und eifriger Theatergänger war ihm Haily Hard bereits ein Begriff.

»Es war doch sicher interessant, für sie zu arbeiten«, meinte Peyton. »Warum haben Sie überhaupt zu den Harvard Computers gewechselt? Man munkelt, da würde nicht viel bezahlt.«

Emily hätte beinahe gelacht. Schließlich gestand sie ihm, dass Pickering sie im Gegensatz zu den Hards geradezu fürstlich bezahlte.

»Seit Haily sich mit ihrer Familie überworfen hat, bekomme

ich gar nichts mehr«, erklärte sie. »Mein sogenanntes Taschengeld hat mir immer ihre Mutter, Lady Mairead, angewiesen.«

Peyton sah die junge Frau ungläubig an. »Das sollten Sie sich aber nicht gefallen lassen, Miss Coxwold. Im Gegenteil, Sie müssen Ihr Geld energisch einfordern oder die Arbeit einstellen. Soll ich vielleicht mal mit Miss Hard reden? In meiner Funktion als Anwalt? Verzeihen Sie, wenn ich Ihnen zu nahe treten sollte, doch Sie scheinen mir der Dame gegenüber ein wenig befangen zu sein.«

»Bloß nicht!«, brach es aus Emily heraus. »Wenn Sie mich vertreten, dann wird sie gleich versuchen, mit Ihnen ...« Sie errötete. »Also ich weiß nicht, wie ich das sagen soll, aber sie ... sie wird versuchen, Sie um den Finger zu wickeln – und dann werden Sie sie in den Ornithologischen Club einladen, sie wird hinfahren und sich in den Vordergrund drängen ...«

Peyton sah sie verwundert an. »So leicht bin ich nicht um den Finger zu wickeln. Und der Einzige, der jemanden zur Teilnahme an den Clubsitzungen einladen kann, ist Mr. Brewster. Sagen Sie, Miss Coxwold, kann es sein, dass Miss Haily Hard Ihnen Angst macht?«

Emily antwortete nicht, sondern bemühte sich, das Thema zu wechseln. Sie bedankte sich herzlich, als er sie vor Ailis' Haus absetzte, und wollte auch gern das nächste Mal mit ihm nach Concord fahren. Wenn er nur Haily nicht behelligte. Sie war äußerst beunruhigt, als sie sich verabschiedeten.

Archie Peyton ließ die Sache jedoch keine Ruhe. Er fand Emily entzückend und hätte der jungen Frau, die sich da offensichtlich in einem ungesunden Abhängigkeitsverhältnis befand, gern geholfen. Außerdem hatte ihn die Neugier auf diese anscheinend ziemlich intrigante Schauspielerin und Sängerin gepackt.

Am nächsten Morgen – Emily hatte erzählt, sie würde in der Universität sein und nicht im Theater –, suchte er Haily während der Proben auf. Er stellte sich dem Hausdiener am Eingang offiziell mit vollem Namen und Titel vor und verlangte, dass Miss Hard aus der Probe gerufen wurde. Es würde nicht lange dauern, doch er müsse sie in einer ziemlich dringlichen und eher unangenehmen Angelegenheit sprechen.

Haily war entsprechend beunruhigt, als sie sich in Cuthberts Hays Büro trafen, wohin der Hausdiener Archie Peyton begleitet hatte. Der Intendant selbst war auf der Bühne beschäftigt.

»Was kann ich für Sie tun?«, fragte sie, nachdem Peyton sich vorgestellt hatte.

»Nun, es ist etwas delikat«, behauptete der junge Anwalt. »Miss Hard, mir ist da etwas zu Ohren gekommen, das sich für Sie als sehr kompromittierend herausstellen könnte, sollte es an die Öffentlichkeit gelangen.«

Haily bemühte sich um ein gelangweiltes Lächeln. »Falls Sie da auf meine Beziehung zu Mr. Hay anspielen … nun, ich bin Schauspielerin. Jemand, dem die Öffentlichkeit gern nachsieht, wenn er oder sie etwas freier …«

»Es geht nicht um Mr. Hay«, meinte Peyton. »Ihr Verhältnis zu ihm ist allgemein bekannt – zumindest wird es von jedem angenommen, dem Mr. Hay bekannt ist. Ich zumindest habe gehört, dass er zu seinen Schauspielerinnen gern eine, nun ja, innige Arbeitsbeziehung unterhält. Nein, eher geht es um Ihr Verhältnis zu Ihrer Angestellten – Miss Emily Coxwold.«

»Was wollen Sie mir da unterstellen?«, reagierte Haily scharf.

Peyton lächelte. Ein amouröses Verhältnis zwischen Schauspielerin und Impresario mochte angehen, aber eine gleichgeschlechtliche Beziehung … Im konservativen Boston würde dies das Aus für Haily Hards Karriere bedeuten.

»Es geht um Ihre Arbeitsbeziehung«, präzisierte er. »Es besteht, soweit ich weiß, kein formeller Arbeitsvertrag zwischen Ihnen und Miss Coxwold. Das ist in diesem Land illegal, Miss Hard, Sie sollten das schnellstens ändern.«

Hailys Lächeln gewann erneut an Sicherheit. »Ach so. Nun ja, zwischen Emily und mir besteht tatsächlich kein Arbeitsverhältnis. Wir sind Freundinnen, verstehen Sie?«

Peyton runzelte die Stirn. »Ist Miss Coxwold also nicht stundenweise sowohl als Ihre Leibdienerin und Friseurin wie auch als Ihre Maskenbildnerin tätig? Wozu sie einige Unannehmlichkeiten auf sich nimmt, wie etwa, Sie jeden Morgen vor ihrer Arbeit im Observatorium hier aufzusuchen und am Abend im Theater? Nun, vielleicht haben wir ja einfach ein unterschiedliches Verständnis von Freundschaft. Was mich betrifft, so ist ein Freund jemand, mit dem ich Wanderungen unternehme oder zum Fischen gehe oder vielleicht mal auf ein Bier in einen Pub. Aber wir kämen nie auf den Gedanken, uns gegenseitig ein Bad einzulassen oder unsere Anzüge zu bügeln. Und sollte mein Freund zufällig Friseur sein, würde er mir nicht umsonst die Haare schneiden, ebenso wenig wie ich ihn kostenlos in einem Prozess vertreten würde.«

»Das ist bei uns beiden anders«, behauptete Haily, eine Spur nervöser. »Wir haben uns schon als Kinder gegenseitig die Haare geflochten.«

»Hier könnte ich einwenden, dass Sie erstens keine Kinder mehr sind, sondern erwachsene Frauen, die beide einem Beruf nachgehen, für den sie selbstverständlich bezahlt werden sollten. Außerdem liegt bei Ihrem Argument der Schwerpunkt auf ›gegenseitig‹. Frisieren Sie regelmäßig Miss Emily?« Peyton fixierte sie streng.

Haily verzog das Gesicht. »Also schön, Mr. Peyton, tun wir dem Gesetz genüge und machen wir einen Vertrag. Ich nehme an, Sie haben da schon etwas vorbereitet.«

»In der Tat«, erklärte Peyton. »Wir müssten uns nur noch über Miss Emilys Gehalt einigen.«

»Meine Mutter hat ihr zwei Dollar wöchentlich Taschengeld gezahlt!«, sagte Haily.

Peyton runzelte die Stirn. »Ich sprach von Lohn für eine erfahrene Zofe. Taschengeld erhält allenfalls ein Lehrmädchen. Insofern halte ich fünfzehn Dollar pro Woche für angemessen.«

»Fünfzehn Dollar? Sind Sie von Sinnen?« Haily schnaubte, um gleich darauf ihre bislang angespannte Haltung aufzugeben, ihren Körper zu lockern und sich fast lasziv in den Sessel zu schmiegen.

»Sieht aus, als habe meine kleine Emily gelernt, ihre Reize auszuspielen. Sie tut immer so steif, doch in Wirklichkeit musste ich sie schon oft vor amourösen Abenteuern bewahren, die böse hätten enden können.« Sie strich sich das Haar aus dem Gesicht.

Peyton rieb sich die Stirn. »Ich glaube nicht, dass dies jemals zu Ihren Aufgaben gehörte«, sagte er. »Sie ist nicht ihr Mündel. Und ansonsten: Miss Coxwold ist meine Klientin. Ein anderes Verhältnis besteht nicht zwischen uns und wäre gesellschaftlich auch nicht so … anerkannt? … wie das Ihre zu Mr. Hay.«

Haily erwies sich als zähe Verhandlungspartnerin. Sie zog alle Register, erinnerte an jede Wohltat, die ihre Familie Emily in der Vergangenheit erwiesen hatte, an die Kleider, die sie Emily erst vor Kurzem großzügigerweise überlassen hatte: »Sie hat ihren Lohn in Naturalien erhalten.«

Gelassen reagierte Peyton auch auf diesen Einwand. »Das mag alles in Ordnung gewesen sein, als sie noch Kinder und Jugendliche waren, und die Großmut Ihrer Eltern in allen Ehren! Doch nun nehmen Sie Leistungen in Anspruch, die Miss Coxwold anbietet. Das hat mit der Vergangenheit nichts zu tun. Sie müssen dafür zahlen, Miss Hard.«

Letztlich einigten sich die beiden auf eine höchstens dreistündige Arbeitszeit täglich, für die Emily einen Lohn von zehn Dollar wöchentlich erhalten sollte. Peyton bedankte sich höflich, nachdem Haily den Vertrag unterschrieben hatte. Haily verabschiedete ihn kühl.

Emily weinte vor Freude, als Peyton ihr noch am selben Abend den Vertrag überreichte. Er wartete bei Arbeitsschluss der Harvard

Computers vor dem Observatorium und fing sie ab, bevor sie womöglich ins Theater ging, um Haily auf eine Aufführung vorzubereiten.

»Und sie war nicht böse?«, hakte Emily mehrmals nach. »Und hat nicht versucht, Sie … also Ihnen … also, ich meine, an Ihr Herz zu rühren?« Sie brach ab. Für Hailys Verführungsversuche fand sie nach wie vor keine Worte.

Peyton lachte. »Wäre eine angemessene Waffe verfügbar gewesen, hätte sie mein Herz sicher nicht verfehlt. Natürlich war sie verärgert, Miss Coxwold. Niemand zahlt gern mehr, als er muss, und Sie haben es ihr immer sehr leicht gemacht, Sie auszunutzen. Jetzt setzen Sie das bitte nicht weiter fort. Ich habe drei Stunden täglich für Sie ausgehandelt. Sollten Sie länger gebraucht werden, machen Sie Miss Hard auf die Überstunden aufmerksam und fordern fünfzig Cent pro Stunde. Das ist immer noch zu wenig, zumal es im Theater ja meist bis in die Nacht hinein geht. Wenn Miss Hard nicht bereitwillig zahlt, schreiben Sie die Stunden auf, und ich schicke ihr am Ende des Monats eine Rechnung.«

»Wie … wie kann ich Ihnen das bloß danken?«, fragte Emily. »Vielleicht schicken Sie mir auch eine Rechnung?«

Peyton schüttelte den Kopf. »Nein, Miss Coxwold. Aber ich wäre glücklich, wenn Sie mir dafür etwas von Ihrer Zeit schenken würden. Könnten Sie sich vorstellen, an einem Abend mit mir essen zu gehen?«

Archie Peyton umwarb Emily wie ein Gentleman. Er nahm sich viel Zeit, um die junge Frau nicht zu überfordern, und dachte gar nicht daran, sie zu früh um eine Umarmung oder einen Kuss zu bitten. Dennoch fiel Emily natürlich auf, dass er sich für sie interessierte, und sie fand es auch sehr nett, mit ihm zusammen zu sein. Sie konnte sich mit ihm über ihr Studium, ihre Reisen und andere unverfängliche Themen unterhalten. Das Restaurant, in das er sie einlud, bot erlesene Speisen, und ihr nächstes Treffen sollte in ein klassisches Konzert führen. Dennoch blieb Emily befangen – schon deshalb, weil sich immer, wenn er sich ihr freundlich zuneigte, ein anderes Gesicht vor das seine zu schieben schien. Ronald Gardener, Mr. Brewsters Assistent, hatte etwas in ihr berührt, das Archie Peyton nicht zu erreichen vermochte. Aber vielleicht würden sich diese Gedanken und Gefühle ja auch legen, wenn sie ihm das nächste Mal begegnete. Die Gelegenheit dazu ergab sich eher als erwartet. Professor Roberts hatte für seine Studenten eine vogelkundliche Exkursion nach Concord organisiert, wobei nicht die Vogelbeobachtung, sondern das Heranführen an die Technik der Tierfotografie im Mittelpunkt stehen sollte.

»Zurzeit beherrschen nur wenige die Handhabung dieser oft auch noch sperrigen Apparate. Aber glauben Sie mir, im Laufe Ihres Berufslebens wird diese Möglichkeit der Dokumentation Ihrer Forschungen immer wichtiger werden. Es wäre gut für Sie, sich so früh wie möglich damit vertraut zu machen, und Mr. Brewster verfügt mit seinem Assistenten Mr. Gardener über einen Meister seines Fachs!«

Roberts warb in allen seinen Veranstaltungen für die Exkursion, doch bislang war die Teilnahme für Emily nicht infrage gekommen. Sie hatte schlicht kein Geld für die Fahrt, das gemeinsame Essen und für den Kurs, für den Mr. Brewster ein paar Dollar ansetzte. »Spenden für das Naturreservat«, erklärte der Professor, was Emily ganz richtig fand. In ihrem Stipendium waren solche Extras jedoch nicht inbegriffen, und so war sie ganz selbstverständlich davon ausgegangen, den Kurs nicht besuchen zu können. Jetzt aber war das erste Geld von Haily auf ihrem Konto eingegangen, und sie befand, dass sie es nicht besser ausgeben konnte, als sich zu der Exkursion anzumelden. Ailis bestärkte sie darin. Haily erklärte mit spitzer Zunge, ihr die beiden Tage, die sie fort sein würde, natürlich vom Lohn abzuziehen. Emily hatte allerdings bereits in der ersten Woche so viele Überstunden angehäuft, dass sie das nicht schrecken konnte. Sie schaffte es sogar, Haily ihre diesbezügliche Rechnung vorzulegen. Haily schäumte, doch sie beglich die Summe, wenn auch lamentierend.

Emily war die einzige Studentin, die mit zehn jungen Männern und dem Professor in den Zug stieg. In Concord holte sie Ronald Gardener mit einem schweren Wagen ab, der von zwei Kaltblütern gezogen wurde.

»Wenn die Herren damit vorliebnehmen würden ...«, bat er. »Es ist ein Arbeitsfahrzeug, das wir einsetzen, wenn im Reservat zum Beispiel Holz geschlagen werden muss. Aber wir haben Bänke hineingestellt.« Er wies auf eine grobe Bestuhlung und sah dann erst Emily unter den Studenten. Sein Gesicht leuchtete auf.

»Miss Coxwold! Natürlich, auch Sie gehören zur Studentenschaft von Professor Roberts! Mr. Brewster wird entzückt sein, Sie zu sehen!« Er blickte hocherfreut, doch etwas ratlos auf den unbequemen Wagen und die Bänke ohne Lehnen. »Vielleicht darf ich die Dame auf den Bock bitten? Obwohl natürlich ... Herr Professor ...« Eigentlich hätte der bequemste Platz dem Leiter der Exkursion zugestanden. »Ach, wissen Sie was? Nehmen Sie bitte beide Platz auf dem Bock. Ich setze mich auf eins der Pferde und lenke das Gespann von da aus.« Er freute sich sichtlich über die gefundene Lösung – und über den Anblick der jungen Frau.

»Ist das Pferd denn einen Reiter gewohnt?«, fragte Emily besorgt.

Ronald nickte. »Aber ja, ich reite die beiden oft.«

Es machte ihm ganz offensichtlich nichts aus, sich – ohne Sattel und trotz des Geschirrs – auf den Rücken einer der dicken Stuten zu schwingen, die trotz des zusätzlichen Gewichts lebhaft antrat. Emily saß neben dem Professor, der sie freundlich nach ihren Fortschritten im Studium und ihrer Mitgliedschaft im Ornithologischen Club fragte. Er freute sich zu hören, dass sie bereits eine Mitfahrgelegenheit von Boston aus zu Brewsters Farm gefunden hatte und erwies sich rundum als angenehmer Gesprächspartner. Dennoch konnte Emily sich nur schwer konzentrieren. Ihr Blick haftete auf dem jungen Reiter, der aufrecht und geschmeidig auf dem riesigen Pferd saß und beide Kaltblüter mit leichter Hand lenkte. Ab und zu sah er sich zu seinen Passagieren um und lächelte breit. Professor Roberts nickte ihm aufmunternd zu.

»Der junge Ronald hat sich gut herausgemacht«, bemerkte er jetzt, an Emily gewandt. »Die Brewsters haben sich seiner bei einer Exkursion in Alabama angenommen. Die Familie lebte sehr ärmlich, doch der Junge wirkte aufgeweckt – er muss damals zwölf, dreizehn Jahre alt gewesen sein. Die Brewsters nahmen ihn mit dem Segen seiner Eltern zu sich und schickten ihn zur Schule. Außerdem unterrichtete ihn William in Ornithologie und ließ ihn den Umgang mit der Kamera erlernen. Ronald ist ein außergewöhnlich guter Fotograf – was sicher auch an der Geduld liegt, die er aufbringt, bevor er einen Vogel vor der Linse hat.«

Die drei Meilen von Concord bis zur Farm waren schnell zurückgelegt. William Brewster empfing seine Gäste und wies den Studenten einen Platz an, auf dem sie ihre Zelte aufschlagen durften. Das Angebot wurde mit Hallo begrüßt, die jungen Männer freuten sich auf die zwei Tage im Ornithologen-Camp. Emily blickte etwas verwirrt um sich.

»Für Miss Coxwold finden wir natürlich eine Unterkunft im Haus«, erklärte Brewster. »Meine Frau wird sich um Sie kümmern, Emily. Ron, würdest du die junge Dame bitte zu ihr bringen?«

Ronald hatte inzwischen ausgeschirrt und die beiden Stuten auf die Weide gelassen. Er stand neben Mr. Brewster, bereit für weitere Aufgaben. »Kommen Sie bitte mit mir, Miss Coxwold. Mrs. Brewster ist sehr nett, Sie werden sich gut mit ihr verstehen«, sagte er lächelnd.

Emily folgte ihm durch einen anderen Eingang ins Haus, als den, den sie bereits kannte und der in den Museumsbereich führte. Nun betrat sie ein typisches amerikanisches Farmhaus, mit einem Eingangsbereich, in dem man schmutzige Stiefel und nasse Kleidung ließ, um dann in die Wohnräume einzutreten. Das Zentrum bildete eine geräumige Küche, in der auch ein Esstisch stand und in der Mrs. Brewster herumwerkelte. Es roch wunderbar nach frisch gebackenen Keksen. Mrs. Brewster war eine füllige Frau, mit einem breiten Gesicht und runden, freundlichen blauen Augen.

»Wen bringst du mir denn da, Ron?«, fragte sie und warf Emily einen freundlichen Blick zu. »Etwa eine Freundin?«

»Eine Freundin des Hauses. Ein neues Mitglied im Club und Studentin von Professor Roberts. Miss Emily Coxwold wird an unserem Kurs teilnehmen«, gab er sachlich Auskunft, ohne sich von Mrs. Brewsters Worten irritieren zu lassen.

»Sie können mich gern Emily nennen«, meinte Emily befangen, als Mrs. Brewsters warmes Lächeln sie sofort einschloss.

»Sehr gern, Kind, und Sie nennen mich einfach Caroline. Wir halten es hier nicht gar so förmlich, nicht wahr, Ron? Hier, nehmt euch beide einen Keks, gerade frisch aus dem Ofen. Aber nicht dieser ganzen Horde Studenten verraten, die soll sich ihr Essen mal schön selbst kochen. Oder sie läuft nach Concord in den Pub.«

Emily nahm dankbar ein Gebäckstück und knabberte daran.

Sie fühlte sich aufs Angenehmste an die Küche ihrer Mutter erinnert – sowohl in ihrer Kate als auch in Old Lane Manor. Ja, in Caroline Brewsters Haus musste man sich einfach wohlfühlen. Auch das Gästezimmer, das sie wenige Minuten später betrat, wirkte anheimelnd. Auf dem Bett lag ein bunter Quilt, und das Waschgeschirr bestand aus farbiger Keramik.

Das Zimmer bot einen Ausblick auf die Pferdeweide und den Zeltplatz der Studenten, wo alle mit dem Aufbau beschäftigt waren. Einige machten das bestimmt zum ersten Mal. Emily empfand es als durchaus kurzweilig, ihren Kommilitonen bei ihren Bemühungen zuzusehen. Ronald hatte sich inzwischen zu ihnen gesellt und machte sich nützlich. Er zeigte sich beim Zeltbau sehr geschickt, was die jungen Herren gleich nutzten, um ihre Betätigung sofort einzustellen, sobald er nach Zeltstangen und Heringen griff. Emily fragte sich, wo er all das gelernt hatte, aber sicher war ihre Expedition nicht seine erste auf dem Anwesen der Brewsters.

Später am Nachmittag hieß Brewster die Ankömmlinge noch einmal förmlich willkommen, und Ronald gab eine Einführung in die Arbeit mit dem Fotoapparat, wobei er zunächst die Kamera erklärte. Wie die Plattenfotografie funktionierte, wusste Emily im Wesentlichen aus ihrer Arbeit für Pickering, doch Ronald machte sie nun auch mit der Rollfilmkamera bekannt.

»Im Bereich der Tierfotografie ist sie viel einfacher zu handhaben. Man kann die Wildtiere ja schlecht in ein Atelier bitten, wo sie dann stillhalten und einen in Ruhe die Platten belichten lassen. Mit dieser neuen Kamera ist man beweglicher, man kann den Vögeln auch mal in die Bäume nachsteigen.«

»Wie'n Affe! Ugh Ugh!«, scherzte einer der Studenten. »Manche unter uns haben da natürlich die besseren Voraussetzungen.«

William Brewster rief den Studenten sofort zur Ordnung und verbat sich ausdrücklich derartige Entgleisungen. Sollte das noch einmal vorkommen, müsste derjenige seine Farm unverzüglich verlassen. Dann nickte er Ronald zu, der fortfuhr, die Belichtung von Fotopapier und Platten, deren Vorbereitung und spätere Entwicklung zu erklären. Dabei berichtete er anschaulich über die Neuerungen, die sich seit den Zeiten der Daguerreotypie in der Welt der Fotografie durchgesetzt hatten. Schließlich demonstrierte er das Einlegen des Films in die Kamera und bot an, ein schnelles Porträt von einem seiner Zuhörer anzufertigen.

»Vielleicht von Ihnen, Miss Coxwold?«, fragte er, betont geschäftsmäßig, konnte jedoch das Aufblitzen seiner Augen allein bei dem Gedanken, ein Bild von ihr zu haben, nicht ganz unterdrücken.

»Gern«, sagte Emily. Es gab zahlreiche Fotos der Hard-Cousins und -Cousinen, doch sie war nur in den allerersten Jahren zusammen mit Haily gelegentlich abgelichtet worden. Dabei hätte sie ihren Eltern gern ein aktuelles Bild geschickt.

Nach den Anweisungen Ronalds stellte sie sich in Positur und schaute ernst in die Kamera. Ronald blickte durch den Sucher. »Wenn ich einen Vorschlag machen dürfte … Wenden Sie doch den Kopf ein wenig und schauen Sie andeutungsweise über die Schulter. Das wirkt natürlicher.«

Emily tat wie geheißen, und als sie ihn schließlich anblickte, flog ein leichtes Lächeln über ihr Gesicht. Ronald gelang es, genau diesen Ausdruck einzufangen.

»Das wird ein wunderschönes Bild«, erklärte er. »Noch jemand? Sie können auch gern einmal selbst hinter die Kamera. Wenn wir einen Film voll belichten, kann ich ihn heute Abend noch entwickeln.«

Natürlich rissen sich die Studenten darum, den Apparat zu bedienen, und andere platzierten sich mehr oder weniger ungelenk davor. Ronald wies auf Lichteinfall und Belichtungszeiten hin und zeigte sich bei Nachfragen erfahren und geduldig. Schließlich war Emily an der Reihe.

»Und wen von uns wählt unsere einzige Studentin als Motiv?«, fragte einer der Kommilitonen. Er sah sehr gut aus und hatte schon während der Zugfahrt versucht, ein bisschen mit Emily zu flirten.

Emily errötete. »Ich … äh … vielleicht mache ich ein Bild von Mr. Brewster. Das wäre doch eine schöne Erinnerung an den Kurs … Man kann jetzt mehrere Positive von jedem Bild erstellen, nicht wahr, Mr. Gardener?«

»Man spricht von ›Abzügen‹«, bestätigte Ronald.

William Brewster stellte sich in Positur und zog überraschend auch seinen Assistenten vor die Kamera.

»Wenn es eine Erinnerung an den Kurs werden soll, dann darf unser Ron nicht fehlen!«, rief er und legte den Arm um seine Schulter.

Unwillkürlich musste Ronald lächeln – und Emily gelang es, dies einzufangen. Fast unmerklich blinzelten sie einander zu.

Emily verbrachte eine ruhige Nacht in ihrem gemütlichen Zimmer und wurde dann von Mrs. Brewster zum Frühstück eingeladen. Sie zögerte. »Ich weiß nicht, vielleicht sollte ich mich unten mal sehen lassen, also bei den Zelten. Nicht dass die anderen denken, ich meinte, ich sei etwas Besseres.«

Sie hatte schon den vorhergehenden Abend nicht mit den Kommilitonen verbracht, sondern bei den Brewsters am Kamin – ebenso wie Professor Roberts und Ronald Gardener. Die Männer hatten sich über Wildgänse unterhalten, was Emily natürlich brennend interessiert hätte, doch Mrs. Brewster belegte sie mit Beschlag, nachdem sie gehört hatte, dass Emily Haily Hard kannte und am Theater arbeitete. Jedenfalls war es angenehm und gemütlich, während es draußen, wo die Studenten ein Lagerfeuer entzündet hatten, ziemlich kalt gewesen sein musste. Neuengland stand zwar noch in der bunten Pracht des Indian Summer, nachts konnten die Temperaturen aber schon gegen null gehen.

Mrs. Brewster winkte ab. »Der Professor frühstückt ebenfalls mit uns, und auch Ron wird gleich kommen. Der hat schon mit dem Entwickeln der Filmrolle begonnen. Die Bilder können Sie dann mit nach unten nehmen.«

Emily wusste nicht, ob die Erwähnung von Ron den Ausschlag gab oder die Überlegung, ohne den Professor allein mit den anderen Studenten zu sein – jedenfalls biss sie bald herzhaft in ein selbst gebackenes Brötchen mit Honig von Brewsters eigenen Bienen. Insekten waren geschützt in diesem Reservat, schließlich bildeten sie zum Teil das Futter für die Vögel. Vollständig verpönt in Brewsters Reich waren dagegen Raubtiere. Auch für Hunde und Katzen war das Reservat tabu und die Zäune so aufwendig gestaltet, dass sich selbst Letztere kaum dorthin verirrten.

Ron erschien in letzter Minute, bekam ein Brötchen mit Honig und einen Becher Kaffee auf die Hand und ging dann zusammen mit Professor Roberts, Brewster und Emily nach unten.

»Wie sind die Bilder geworden?«, wollte Emily wissen.

»Durchwachsen.« Er zwinkerte ihr zu. »Ein paar der Herren scheinen kein großes Talent zu haben. Oder sie schielen …«

Emily kicherte. Sie wusste nicht, wie ihr geschah, doch ihre Schüchternheit war Ronald gegenüber verflogen. Sie hatte das Gefühl, mit ihm so frei reden und scherzen zu können wie sonst nur mit Ailis oder Alma.

»Ich zeige sie gleich herum«, sagte Ronald und wandte sich dem Feuer zu, an dem die Studenten saßen und versuchten, sich an ihren Kaffeebechern zu wärmen. Weder ihm noch Emily fiel auf, dass ihnen der Professor und Brewster nicht direkt folgten, sondern zum Stall gingen. Sie hatten beim Frühstück über Schwalben gesprochen, vielleicht gab es noch welche zu sehen.

Die Studenten nutzten die Gelegenheit, um Emily und Ronald zu necken.

»Sieh an, unsere Miss Em zusammen mit *Mr. Ron*«, begrüßte sie Ted Rand, der gestern schon einer der Wortführer gewesen war. Es hatte ihm und anderen in der Gruppe nicht gefallen, dass Brewster auf eine höfliche Anrede seines Assistenten bestand. Emily hatte das zunächst gewundert, da die anderen Mitglieder des Ornithologischen Clubs Ronald durchweg duzten, obwohl er während der Clubtreffen auch die Funktion eines Lehrers übernahm.

»Ob sich da wohl etwas anbahnt?« Die jungen Männer lachten dröhnend.

»Unsere Miss Em hält ja nicht viel auf Konventionen«, sprach Rand weiter. »Ein Studium als Frau … Und nach dem, was man so hört, sind Sie auch als Nummerngirl im Varieté tätig, nicht wahr?«

Über Emilys Gesicht zog sich eine flammende Röte. Auf Hailys Anweisung hin hatte sie im Theater einmal als Platzanweiserin ausgeholfen und sich zu Tode geschämt, als sie von ein paar ihrer Kommilitonen im Publikum erkannt worden war. Nun war es natürlich nicht ehrenrührig, Theaterbesucher zu ihren Plätzen zu begleiten. Aber wie man sah, konnte selbst das gegen eine Frau ausgelegt werden, die sich die Freiheit nahm, studieren zu wollen. Die damalige Vorstellung war ausgerechnet ein Varieté-Abend gewesen – viele Künstler zeigten sich dabei freizügiger als bei den eigentlich recht braven Singspielen, die Cuthbert Hay sonst auf die Bühne brachte.

Ron stand neben Emily. Sie spürte, dass er sich angesichts dieser Bemerkungen anspannte. Er beherrschte sich jedoch und ignorierte Rands Frechheiten. In seiner Rolle als Lehrer bat er nun allerdings um Ruhe. Er förderte einen Stapel Fotografien zutage und begann mit seiner Analyse der Fotografiertechnik. Dazu kommentierte er ein Bild nach dem anderen.

»Mr. Rand besticht durch einen nur leicht verwackelten Blick auf das Hosenbein von Mr. Tremlow«, bemerkte er trocken, als das Foto des jungen Unruhestifters an der Reihe war. »Und Mr. Tremlow hat den Haaransatz von Mr. Rand gut getroffen. Sie dürfen die Kamera nicht hoch- oder runterbewegen, meine Herren, wenn Sie den Auslöser betätigen. Fotografie erfordert eine ruhige Hand.«

Die Studenten ließen die Fotos herumgehen, um sich ausgiebig über die Fehlschüsse ihrer Kommilitonen zu amüsieren. Dann jedoch hielt Tremlow, Rands bester Freund, das Bild hoch, das Ronald von Emily gemacht hatte.

Ein bezauberndes Bild – Emily war völlig verblüfft, wie weich ihr Gesicht in der leicht seitlichen Ansicht wirkte. Ronald hatte geschickt mit Licht und Schatten im von der letzten Abendsonne erleuchteten Raum gespielt. Und dann war da noch dieses kaum wahrnehmbare Lächeln, das um ihre Lippen spielte …

»Unsere kleine Miss Em grinst wie ein Honigkuchenpferd!«,

spottete Tremlow. »Den Blick auf ihren neuesten Schwarm gerichtet … Donnerwetter! Wo haben wir denn das Foto, das sie von ihm gemacht hat?«

Zu Ronalds und Emilys Glück traten in diesem Moment Professor Roberts und Mr. Brewster zu der Gruppe, sodass es nicht mehr zu bissigen Kommentaren über Emilys Bild von Ronald Gardener kam. Im Gegenteil, Brewster lobte sie ausdrücklich dafür, die Kamera weder verrissen noch das Bild verwackelt zu haben.

»Eine wirklich gelungene Fotografie«, lobte auch Professor Roberts und nickte ihr anerkennend zu. Dann begann er, seine Studenten in Gruppen einzuteilen, die – jeweils mit einer Kamera ausgestattet – auf Motivsuche ins Reservat gehen sollten. Emily fand sich in einer Gruppe mit etwas älteren Studenten wieder, die am Abend vorher ebenfalls gute Bilder abgeliefert hatten. Einer von ihnen hatte bereits Erfahrung mit dem Fotografieren und übernahm die Leitung der Gruppe.

Tremlow und Rand gehörten Rons Gruppe an, der sich auch der Professor zugesellte. Die Herren waren also unter Aufsicht und würden sich keine Frechheiten mehr erlauben.

Emily verbrachte einen ereignisreichen Tag in Brewsters Vogelparadies. Die Landschaft war gerade jetzt, im leuchtenden Herbstlaub, wunderschön, und sie fand es geradezu schade, dass die Kamera die Vögel, die sie aufspürten, nur in tristem Schwarz-Weiß ablichten konnte. Leider befanden sich darunter keine Wildgänse. Zu den Feuchtgebieten des Reservats waren andere Studenten unterwegs. Am Nachmittag dieses Exkursionstages übernahm es Ronald, alle Studenten gemeinsam in die Geheimnisse des Entwickelns der Rollfilme einzuweisen.

»Sie werden das wahrscheinlich nicht selbst machen – es gibt immer mehr Labore, in die man die Kameras oder auch nur die Filme einschicken kann. Im Bereich der Fotografie beobachten wir eine rasante Entwicklung. Bald schon wird jeder seine eigene Kamera besitzen und zumindest einfache Aufnahmen selbst machen können. Sofern Sie die Tierfotografie jedoch ernsthaft und zu Forschungszwecken betreiben wollen, empfiehlt sich eine intensivere Beschäftigung mit der Materie. Sie arbeiten bei den Harvard Computers, Miss Coxwold. Wissen Sie, wie die Platten entstehen, die Sie auswerten?«

Erneut wurde Emily von einer leichten Unsicherheit erfasst. Sie hatte Ron nichts von ihrer Arbeit in der Sternwarte erzählt – er musste also mit Professor Roberts oder Mr. Brewster über sie gesprochen haben.

»Wir arbeiten mit Negativen«, gab sie Auskunft, sobald sie sich gefasst hatte. »Und mit Spektrometern. Und ja, ich weiß, wie man die Platten entwickelt. Meine Freundin Ailis hat das früher selbst gemacht, für ein Bostoner Fotoatelier. Im Wesentlichen geht es bei den Harvard Computers aber nicht um Entwickeln, sondern um die Auswertung, wir fotografieren nicht selbst.«

Schließlich hingen die Aufnahmen zum Trocknen in der Dunkelkammer, und der Kurs war für diesen Tag zu Ende.

Ronald sprach Emily an, als sie im Gefolge von Professor Roberts und Mr. Brewster Richtung Haus gingen.

»Miss Coxwold, es tut mir sehr leid, dass Sie heute mehrmals zum Ziel des Spottes Ihrer Kommilitonen wurden. Es ging nicht um Sie, sondern um mich …«

Emily winkte ab. »Wissen Sie, Mr. Ron, ich bin einiges gewohnt, nicht nur aufgrund meiner Herkunft, sondern auch durch meine Sonderstellung als eine der wenigen Studentinnen in meinen Fächern. Machen Sie sich deswegen bitte keine Sorgen.«

»Würden Sie dann an einer zusätzlichen Exkursion morgen früh teilnehmen? Auch wenn Sie sich damit weitere spöttische Bemerkungen einhandeln?«

»Mit Ihnen?«, fragte Emily, weniger ablehnend als verwundert. Sie hätte Ron einen solchen Vorstoß nicht zugetraut.

»Auch«, meinte Ronald, »aber die Leitung des Unternehmens

haben selbstverständlich Mr. Brewster und Professor Roberts. Ich werde nur den Wagen fahren und fotografieren. Es sieht nämlich so aus, als würden die Wildgänse morgen nach Süden starten. Sie brüten in den Feuchtgebieten am Concord River, und ihren Abflug zu beobachten ist ein Erlebnis.«

Emily strahlte. »Das würde ich mir um nichts in der Welt entgehen lassen!«, rief sie. »Werden Mr. Brewster und der Professor denn nichts dagegen haben?«

Ronald schüttelte den Kopf. »Nein. Sie freuen sich.«

Emily lächelte. »Sie haben schon gefragt?«

Er nickte zufrieden.

Der Aufbruch zu den Feuchtgebieten startete vor Tau und Tag, Mrs. Brewster stattete die vier Forscher mit Kaffee und Broten aus, als würden sie mindestens drei Tage wegbleiben.

Ronald spannte eine der Kaltblutstuten vor einen geländegängigen, leichten Wagen und stieg selbst auf den Bock. Brewster und der Professor, wie immer in rege Diskussionen vertieft, stiegen auf die Rücksitze, und niemand nahm Notiz davon, dass sich Emily neben den Kutscher schwang. Die Aussicht von hier oben war wunderbar, ihr war, als kutschierte Ronald sie durch eine bunte Wunderwelt. Das Gras und die Blätter der Bäume waren mit Tau und vielleicht sogar mit Raureif bedeckt, über dem See hingen Morgennebel. Natürlich war es empfindlich kalt, doch die beiden Männer hatten sich in Decken gehüllt, und Ron händigte Emily ebenfalls eine aus. Sie kuschelte sich hinein und wusste, dass auch Ron ein bisschen von der zusätzlichen Wärme spürte.

Die meisten Singvögel schienen um diese Zeit noch zu schlafen, jedenfalls rührte sich nicht viel in den Bäumen, doch als sie die Feuchtwiesen am Fluss erreichten, sichteten sie Hunderte von Wildgänsen, die sich intensiv schnatternd über den Aufbruch und die Flugroute auszutauschen schienen – es herrschte ein ziemlicher Lärm.

Ron lachte, als Emily ihre Vermutung äußerte, und »übersetzte« seinerseits die Anweisungen der Gänse-Elternpaare an ihre Kinder, die zum ersten Mal Richtung Süden flogen. »Immer schön in Reih und Glied, Kinder! Und übernimm dich nicht, Gänschen! Du weißt, der Weg ist lang.«

»Meine Gans hat leider nie fliegen gelernt«, verriet Emily, während er das Pferd eindeckte und an einem Baum festband. Brewster und der Professor schlichen sich bereits näher an das Beobachtungsgebiet heran. Emily erzählte Ronald von Gooby und ihren vergeblichen Versuchen, sie zum Fliegen zu bringen.

»Und worauf führen Sie Ihre Misserfolge zurück?«, fragte Ron interessiert. »Sie war doch nicht krank, oder?«

»Nein. Es war, weil ich nicht fliegen konnte. Sie hat mir alles nachgemacht. Wie die Jungvögel ihren Eltern. Es war also meine Schuld«, erklärte Emily.

»Unsinn! Sie haben ihr immerhin das Leben gerettet. Und Gooby sicher sehr geliebt ...« Er senkte die Stimme, als er die letzten Worte sprach. Emotionen – das hatte der Professor seinen Studenten schon in der ersten Vorlesung erklärt, und Ron wusste es sicher auch von Mr. Brewster – hatten in der Forschung keinen Platz.

Emily konnte nur bestätigend nicken, zu weh tat immer noch die Erinnerung an ihre Gans. Dann griff sie zusammen mit Ronald nach Kamera und Stativ und folgte den beiden erfahrenen Vogelkundlern in die Feuchtwiesen. Als ein Wasserlauf zu überspringen war, hielt Ronald Emily ganz selbstverständlich die Hand hin – und entschuldigte sich, als sie sie nahm.

»Könnten wir das einfach lassen?«, fragte sie, als sie den Hupfer bewältigt hatte. »Ich meine, könnten Sie aufhören, sich andauernd zu entschuldigen? Vor allem dann, wenn Sie gar nichts falsch gemacht haben?«

»Entschuldigung!«, rutschte es Ron als Reaktion heraus – und darüber mussten beide lachen.

Schließlich fanden sie einen perfekten Platz zum Fotografieren und Beobachten der Vögel, unweit von Brewsters und des Professors Versteck. Ein Schilfdickicht verbarg sie vor den Tieren, trotzdem war die Sicht hervorragend.

»Die Vögel sind sowieso nicht übermäßig ängstlich«, erklärte Ron. »Hier werden sie ja nicht bejagt. Wenn sie trotzdem vorsichtig sind, dann aufgrund von Erfahrungen an anderen Stationen ihrer Flüge. Auf dem ganzen Weg gibt es Jäger, die nur darauf warten, ihre Martins- oder Weihnachtsgans selbst zu schießen.«

Tatsächlich ließen die Gänse sich nicht stören, sondern fuhren einfach mit ihren Reisevorbereitungen fort, wie auch immer diese im Einzelnen aussehen mochten, bevor sie ihre Brutplätze für ein halbes Jahr verließen.

»Haben die eigentlich alle hier gebrütet?«, fragte Emily. Das Gebiet war groß, aber für so viele Gänse erschien es ihr doch etwas knapp bemessen.

Ronald schüttelte den Kopf. »Nein, sie sammeln sich zum Aufbruch. Das macht das Schauspiel des Abflugs so spektakulär. Sie kommen aus ganz Massachusetts und sicher auch aus den umliegenden Staaten.«

Emily beobachtete fasziniert und auch etwas wehmütig die gewaltige Schar an Gänsen, die alle aussahen wie Brüder und Schwestern ihrer Gooby. Inzwischen lichteten sich die Morgennebel, Ron richtete seine Kamera aus, und Brewster verteilte Sandwiches. Und dann, nach etwa zwei Stunden, schienen sich die Tiere zu formieren. Die ersten Gruppen hoben ab, untermalt von lauten Rufen.

»Sie verständigen sich darüber, ob alle da sind, niemand vergessen wurde, und alle ihre Position einnehmen«, meinte Ronald, während er fotografierte. »Sie fliegen in Familiengruppen …«

»Es sind ganze Clans«, sagte Emily lächelnd. Die Gruppen umfassten mitunter mehrere Hundert Tiere.

Und dann sprach niemand mehr. Alle ließen nur noch das

Naturschauspiel auf sich wirken – Massen an großen Vögeln, die über sie hinwegzogen, schrien, mit den Flügeln schlugen … Emily vergaß alles um sich herum und wurde in Gedanken ein Teil dieser Schwärme, meinte, den Wind zu spüren und den kräftigen Flügelschlag der Vögel, die rechts und links von ihr durch die Lüfte tanzten. Am liebsten wollte sie selbst schreien und jubeln: »Hier bin ich! Hört ihr, hier bin ich, und ich bin frei!«

Als sie den Blick kurz von den Tieren abwandte, kreuzte er sich mit dem von Ronald, und sie hatte das Gefühl, dass er genau das Gleiche empfand. Jetzt, da die Gänse sich entfernten, ließ er die Kamera sinken, saß einfach neben ihr und schaute ihnen ebenso gedankenverloren hinterher.

»Ich möchte mit ihnen fliegen!«, raunte sie ihm zu, ohne darüber nachzudenken, ob sie sich damit vielleicht lächerlich machte. Doch dann spürte sie plötzlich seine Hand, die sich sanft um ihre legte.

»Wir fliegen in unseren Träumen«, sagte er leise.

Sie drückte seine Hand. »Und wir sind frei!«, fügte sie hinzu.

Sie wusste, dass es weder für sie noch für ihn einen Grund gab, das wirklich zu glauben, doch dieser Augenblick gehörte ihnen.

In ihren Herzen flogen sie.

Die Exkursion nach Concord hatte sowohl positive als auch negative Auswirkungen auf Emilys Leben an der Universität. Das Gute war, dass Professor Roberts vollständig von seiner Studentin begeistert war. Sowohl Emilys Engagement bei der Teilnahme an der Gänsebeobachtung als auch ihre Fotografien hatten ihn überzeugt. Er lobte sie für ihr offensichtliches Talent im Umgang mit der Kamera und bat sie, die von ihr fotografierten Tiere im Rahmen eines Referats vorzustellen. Emily musste sich überwinden, vor ihren Kommilitonen aufzustehen und zu sprechen, doch Ailis, die inzwischen regelmäßig Vorträge über ihre Arbeit hielt, machte ihr Mut.

»Niemand von ihnen weiß mehr über dein Thema als du!«, sagte sie. »Im Idealfall sind sie sehr interessiert und lauschen dir wohlwollend. Mitunter sind sie gelangweilt oder würden dir gern widersprechen. In meinem Fall hören viele nicht allzu gern, dass Frauen in der Forschung das Gleiche leisten können wie Männer. Aber selbst wenn sie versuchen, etwas einzuwenden: Ich kann sie mit unendlich vielen Beispielen mundtot machen. Und du kennst dich garantiert besser mit Vögeln aus als alle Studenten der Zoologie. Also antworte einfach, wenn man dich etwas fragt. Hab keine Angst!«

Auf die anzüglichen Bemerkungen, die Emily entgegenschlugen – am Tag ihres Referats wie auch sonst, wenn sie einen Hör- oder Seminarraum betrat –, hatte Ailis sie allerdings nicht vorbereiten können.

Die anderen Expeditionsteilnehmer – neidisch oder in ihrer Ehre gekränkt, weil sich ausgerechnet die einzige Studentin hatte auszeichnen können – erzählten die wildesten Geschichten über

Emilys Lebenswandel. Man behauptete, sie verdiene sich ihr Studium im Theater und sie habe sich wahlweise schamlos an Professor Roberts, William Brewster und dessen Diener Ronald rangeschmissen. Besonders Letzteres wurde als verwerflich dargestellt, denn die Studenten pflegten gleichzeitig tunlichst zu verheimlichen, dass Ronald Gardener ihr Lehrer gewesen war.

»Von purer Lüsternheit getrieben!«, behaupteten Rand und seine Freunde.

Emily bemühte sich, über alle Anzüglichkeiten hinwegzuhören. Und ebenso stoisch hielt sie ihren Vortrag. Fragen oder Einwände äußerte niemand, die sogenannten Neckereien ihr gegenüber hielten jedoch an. Auch im Fachbereich Psychologie wurde sie immer häufiger geschmäht.

Die Dozenten, die Emily durchweg schätzten, rügten ihre Peiniger, wenn ihnen etwas zu Ohren kam, doch das passierte zu selten. Und Emily verzichtete darauf, sich ihnen jedes Mal anzuvertrauen. Geändert hätte das sowieso nichts, es hätte ihre mangelnde Beliebtheit höchstens verstärkt.

Umso tröstlicher waren ihr die gelegentlichen Unternehmungen mit Archie Peyton, der ihr weiterhin nicht zu nahetrat, sondern sich auf Komplimente beschränkte und redlich versuchte, ihr Herz zu gewinnen, indem er für Romantik und Zweisamkeit sorgte. Er erkundete mit ihr zusammen die Umgebung Bostons, führte sie aus in Kaffeestuben und Restaurants, versuchte, ihr auf dem Jahrmarkt einen Teddybären zu schießen und schmiedete Pläne für Ruderfahrten über den See im Public Garden. Emily bemerkte sehr wohl seine Absichten und ging freundlich auf ihn ein, doch im Stillen verglich sie ihn immer wieder mit Ronald Gardener. Ronald, mit dem sie hatte schweigen und innehalten können, während Archie ständig redete. Dabei fragte sie sich, ob sie sich den Zauber, den sie zwischen sich und Ronald spürte, nicht doch nur eingebildet hatte.

Das nächste Mal, als sie sich sahen, kam sie zusammen mit Archie Peyton zum Clubtreffen, und Ronald verhielt sich ihr gegenüber wieder genauso freundlich-distanziert wie gegenüber allen anderen Clubmitgliedern. William Brewster hatte Emily gebeten, das Referat, das sie für Professor Roberts erstellt hatte, vor den Clubmitgliedern noch einmal zu halten, und hier erntete sie großen Zuspruch. Archie Peyton schien geradezu stolz auf sie zu sein und ließ sie nicht aus den Augen, als sie später ins Reservat spazierten und sich nach den Vögeln umsahen, die Emily vorgestellt hatte. Fündig wurden sie allerdings nicht. Inzwischen war Winter, alle warteten auf den ersten Schneefall, und die Vögel – sofern sie nicht ohnehin in südliche Gefilde geflohen waren – ließen sich nicht blicken.

Emily fühlte sich enttäuscht und etwas traurig, als sie die Brewster-Farm verließen – nicht nur wegen der fehlenden Tiere. Sie hatte auch kein persönliches Wort mit Ronald wechseln können … Umso glücklicher machte sie ein Brief, den sie zwei Tage später erhielt.

Sehr geehrte Miss Coxwold,
ich hoffe, Sie verzeihen mir meinen Vorstoß, wenn ich mir hiermit erlaube, Ihnen zu versichern, dass Ihr Vortrag mich sehr beeindruckt hat, ebenso wie Ihr Talent als Fotografin. Es wäre mir eine große Freude, Ihnen im nächsten Sommer noch einiges mehr über die dazu nötige Technik vermitteln zu können.
Ihnen immer zu Diensten, Ronald Gardener
PS: Bitte übermitteln Sie meine hochachtungvollsten Grüße auch an Mr. Peyton. Ich freue mich, dass Sie in ihm einen Freund und Seelenverwandten gefunden haben.

Emily freute sich zunächst unbändig, las den Brief dann jedoch ein ums andere Mal neu und versuchte, auf versteckte Bedeutungen zu schließen. Als sie darüber eine erste schlaflose Nacht verbracht hatte, wandte sie sich an Ailis.

»Bei mir bist du in Sachen Liebesbriefe nicht ganz an der richtigen Adresse«, scherzte die Freundin, überflog dann jedoch bereitwillig Ronalds Zeilen. »Er schreibt ein bisschen schwülstig, findest du nicht?«, fragte sie dann. »Als legte er jedes Wort auf die Goldwaage. Vor allem scheint er auf keinen Fall den Eindruck erwecken zu wollen, er wäre an dir als Frau interessiert. Die Grüße an Peyton finde ich geradezu irritierend. Er schubst dich ja direkt in dessen Arme.«

Emily kaute etwas auf ihrer Lippe herum und berichtete dann von Ronalds Hautfarbe – und da sie gerade dabei war, auch von den bösartigen Bemerkungen ihrer Kommilitonen. Schließlich schluchzte sie an Ailis' Schulter.

»Was soll ich denn machen?«, fragte sie verzweifelt.

Ailis überlegte. »Wenn du mich fragst, ist dieser Brief eine Art Anfrage. Ein Sondieren. Er kann nicht aussprechen, was er fühlt, für die meisten Amerikaner wäre es … undenkbar. Trotzdem lässt du ihm keine Ruhe. Er möchte wissen, ob du ihn magst.«

Emily schluchzte noch einmal. »Er schreibt aber nicht, dass er mich mag!«

»Ach, Emily, der ganze Brief ist ein Beweis dafür, dass er unsterblich in dich verliebt ist. Allen Hindernissen zum Trotz. Und im Gegensatz zu dir weiß er, wie hoch die Hürden für euch wären. In der Universität bekommst du gerade einen ersten Vorgeschmack davon. Die Verachtung und der Hass, die euch entgegenschlagen würden, wenn ihr wirklich ein Paar würdet, mag ich mir gar nicht vorstellen. Hast du ihn denn gern?«

Emily nickte unter Tränen. »Ja, sehr.«

Ailis seufzte. »Dann solltest du erst einmal damit anfangen, deinen Mr. Peyton nicht weiter zu ermutigen. Ein Eifersuchtsdrama ist das Letzte, was du brauchst. Und Mr. Peyton … nun, er ist zweifellos ein Gentleman. Aber nachdem du erzählt hast, wie er mit Haily umgesprungen ist, möchte ich ihn nicht zum Feind haben.«

Noch am selben Abend antwortete Emily auf Ronalds Brief.

Sehr geehrter Mr. Gardener,

ich denke, ich bin bereit, Ihnen alles Mögliche zu erlauben – wenn Sie nur endlich aufhören, sich zu entschuldigen. Niemand hat Grund, sich für irgendetwas zu schämen.

Herzlichen Dank für Ihr Lob, das ich sehr zu schätzen weiß. Ich darf Ihnen versichern, dass ich die Möglichkeiten der Fotografie gerne weiter erkunden würde.

Seit ich dem Ornithologischen Club beitreten durfte, habe ich viele Freunde und Gleichgesinnte gefunden, darunter Mr. Peyton. Eine Seelenverwandtschaft mit ihm erkenne ich jedoch nicht. Um etwas Vergleichbares für jemanden zu empfinden, müsste ich schon mit ihm fliegen. Und sei es nur im Traum.

Ihre Ihnen sehr gewogene Emily Coxwold

Der neue Ballon wurde vier Wochen nach Beginn des Wintersemesters geliefert, und seitdem verbrachten Donna und Hernando jede freie Minute mit der Vorbereitung ihres nächsten Abenteuers. Im Frühling sollte das Luftschiff abheben – und lenkbar sein. Mit klopfenden Herzen und mehr als leisem Bedauern bauten sie den Motor aus dem Benz, hatten aber ohnehin keine Muße, beisammen den Wagen zu fahren. Das Luftschiff nahm ihre gesamte Zeit in Anspruch – wenn man einmal von den Stunden absah, die sie in der Universität verbrachten, und den Nächten, in denen sie sich liebten. Hernando war ein geschickter Liebhaber, und Donella lernte. Sie war beweglich und fantasievoll, und er kannte keine Tabus. Ihre gegenseitigen Küsse und Zärtlichkeiten ließen sie nicht nur zu den Wolken aufsteigen, sondern brachten sie gleich zu den Sternen. Donella war nie so glücklich gewesen und hätte es Hernando gern gesagt, doch Liebeserklärungen mochte er nicht.

»Was wir fühlen, dafür gibt es keine Worte«, erklärte er. »Unsere Gefühle sind frei. Worte … Worte sind nur Ketten …«

Donella fragte sich, was er damit meinte, doch ihr schwante, dass er damit vielleicht das Eheversprechen meinte, das zwei Menschen aneinanderband. Doch musste die Bindung gleich mittels Ketten geschehen? Donna stellte sie sich eher wie ein Seidenband vor, das Hernando und sie zu einer Schleife wanden …

Und dann war es so weit!

Pünktlich zum Frühlingsanfang war das Luftschiff startbereit. Der Motor funktionierte und war nicht zu schwer, der Ballon stieg mühelos auf. Donella war noch etwas unzufrieden mit der

Lenkung – sie fand sie zu unpräzise und hätte sie gern hinten statt vorn im Luftschiff untergebracht. Hernando wollte jedoch nicht länger warten. Er kündigte die Jungfernfahrt der *Estrella* in der Universität und in der Presse an. Als Hommage an die ersten Montgolfières plante er, in den Tuilerien zu landen. Startpunkt war ein weiter nördlich gelegener kleiner Pariser Park.

Donella wohnte dem Ereignis als Donald bei, schließlich war auch Professor Barlot zugegen. Hernando wollte ihm nach der Landung das Luftschiff erklären und damit eine erneute, sehr gelungene Semesterabschlussarbeit abliefern. Es sähe seltsam aus, würde Donald ihm dabei nicht zur Hand gehen, und Donella befürchtete zudem, erkannt zu werden, würde sie in Frauenkleidung auftauchen. Entgehen lassen wollte sie sich Flug und Landung auf keinen Fall! Sie überprüfte noch einmal Motor und Lenkung, half Hernando beim Einfüllen des Wasserstoffs und sah dann stolz und glücklich zu, wie sich das Luftschiff von den Seilen befreite, aufstieg und, ohne auf den nötigen Wind zu warten, Richtung Süden drehte. Es war ein Sonntag, die Zeitungen hatten das Ereignis angekündigt, und viele Leute auf den Straßen winkten zu Hernando hinauf. Donella selbst stieg auf den Wagen des Fuhrunternehmers, der das Luftschiff zurückbringen sollte. Sie hatten diskutiert, gleich einen Rundflug zu wagen, doch Donella empfand die Lenkung noch nicht ausgereift genug.

»Wir wollen doch keinen Misserfolg riskieren!«, hielt sie dem wagemutigen Hernando vor. »Das wäre eine fürchterliche Blamage. Und außerdem sind die Tuilerien eine sehr viel schönere Kulisse für die Landung als unser alter Garten oder der kleine Park, wo es losgeht. Man wird sicher Fotografien von dir machen, Hernando – und von unserem Sternchen.« Sie pflegte den stolzen Stern, die *Estrella*, liebevoll so zu nennen. Irgendwie empfand sie das Luftschiff als ihr Baby. Der Name, den Hernando ihm gegeben hatte, klang für sie zu streng und hochgestochen.

Hernando hatte ihr schließlich zugestimmt, und nun schwebte

er über Paris, die Leute jubelten ihm zu, und Donella hätte am liebsten mit eingestimmt. Heute ging einer ihrer Träume in Erfüllung – und sie empfand keinerlei Enttäuschung, dass sie selbst nicht dafür gefeiert würde. Hernando und sie waren eins, sie würde ihm nie etwas neiden, ihm nie etwas lange übel nehmen. Donella zweifelte nicht daran, dass er sie – trotz all seiner Furcht davor, in Ketten zu enden – irgendwann zu seiner Frau machen würde. Vielleicht nach Beendigung seiner und Donalds Studien. Vorerst war es wichtig, in der Universität die Tarnung aufrechtzuerhalten.

Das Wetter hätte für die Jungfernfahrt nicht besser sein können. Hernando landete die *Estrella* vor einem Beet bunter Blumen – hundert Meter von dem Platz entfernt, den Donna eigentlich ausgewählt hatte. Den begeisterten Zuschauern fiel das natürlich nicht auf. Sie feierten und begrüßten den verwegenen, gut aussehenden jungen Luftfahrtpionier mit anhaltendem Applaus und Champagner.

Hernando hielt dann eine launige Rede, in die er geschickt die technischen Details für Professor Barlot ansprach, und er vermittelte ziemlich allgemeinverständlich, wie er die *Estrella* in die Luft gebracht hatte.

»Es ist ein Meilenstein der Luftfahrt, dass wir hier in Frankreich jetzt schon den zweiten lenkbaren Ballon starten konnten!«, erklärte er stolz. »Ich bin überzeugt davon, dass der Motorflug sich durchsetzen wird – sei es bei Luftschiffen, sei es bei anderen Flugapparaten, an denen ja auch schon gearbeitet wird. Der Elektromotor, mit dem Monsieur Renard und Monsieur Krebs gearbeitet haben, wird auf die Dauer nicht ausreichen, um angemessene Strecken zurückzulegen.«

»Die beiden sind allerdings in Chalais-Meudon gestartet und dort auch wieder gelandet«, warf ein junger Reporter ein. »Wann erleben wir Ihren ersten Rundflug?«

Hernando lächelte siegessicher. »Natürlich plane ich als Nächstes einen Rundflug. Vielleicht noch in diesem Monat. Ich denke, ich starte in Montmartre, fliege zum Arc de Triomphe, dann über den Louvre, die Oper – und den Abend werden wir im Moulin Rouge beschließen.«

Donella erschrak. Was redete er da? Von so einem Unternehmen war bislang nie die Rede gewesen, geschweige denn noch in diesem oder im nächsten Monat!

»Dürfen wir Sie zitieren?«, fragte der Reporter. Ein paar andere seiner Zunft kritzelten schon aufgeregt in ihre Notizbücher.

»Natürlich! Mit der *Estrella* beginnt eine neue Ära in der Luftschifffahrt. Denken Sie daran – irgendwann wird jemand mit so einem Gerät die Welt umrunden!«

»Da haben wir ja Glück, dass du ihnen das nicht für übernächsten Monat versprochen hast!«, hielt ihm Donella vor. Ein Hauch von Ironie schwang in ihrer Stimme, als sie die Hülle des Luftschiffes in der Werkstatt zusammenfalteten. »Hernando, wir müssen noch mal ran an die Lenkung! Du bist nicht präzise dort gelandet, wo wir es vorgesehen hatten. Der Professor hat das auch gemerkt, dem hatten wir die Route genau geschildert. Wetten, dass er dich das nächste Mal unter vier Augen darauf anspricht? Und dabei hattest du noch Glück, heute ist es ja ziemlich windstill. Es hätte dich auch noch weiter abtreiben können …«

Hernando winkte ab. »Dann wäre ich immer noch in den Tuilerien gelandet«, meinte er. »Das konnte nicht schiefgehen.«

»Aber dieser Rundflug kann schiefgehen!«, gab Donella zu bedenken. »Du bist heute eine ziemlich gerade Linie gefahren und in einem großen Zielgebiet gelandet. Aber Montmartre! Da steht ein Haus neben dem anderen – du musst den Landeplatz ganz präzise ansteuern. Und auch beim Aufsteigen kann was passieren, da musst du womöglich gleich um Gebäude herum lenken. Wir müssen die Lenkung verlegen, es wenigstens versuchen. Vielleicht auch noch an der aerodynamischen Form des Luftschiffes arbeiten …«

Hernando runzelte die Stirn. »Bist du von Sinnen, Donna? Das hieße, einen neuen Ballon zu bestellen! Bis der fertig ist und du deine neue Lenkung erprobt hast, ist dann auch der Sommer vorbei. Und wer weiß, wer uns noch zuvorkommt, jetzt, da ich klare nächste Ziele genannt habe.«

»Genau deshalb hättest du das lassen sollen!«, erklärte Donna. Sie war noch nie so wütend und besorgt gewesen.

»Nun kommt es wohl auch auf die Geschicklichkeit des Aeronauten an«, meinte Hernando, etwas besänftigend. »Vielleicht liegt es ja überhaupt an mir. Wenn ich intensiv übe, werde ich die Lenkung besser beherrschen.«

Donella schüttelte den Kopf. »Ich habe das Ding genau so oft geflogen, vergiss das nicht immer! Und ich hatte dieselben Schwierigkeiten wie du. Wir müssen daran arbeiten, Hernando! Wir müssen!«

Hernando erwies sich auch im weiteren Verlauf des Abends als nicht sehr zugänglich und zog sich früh zurück, ohne wie geplant mit Donna zu feiern. Derart verstimmt hatte sie ihn selten erlebt, gewöhnlich versöhnten sie sich spätestens beim Schlafengehen, wenn es – selten genug – zu Meinungsverschiedenheiten gekommen war. Diesmal wechselten sie jedoch kein Wort mehr, und als Donna am nächsten Tag erwachte, saß Hernando bereits im Salon. Die Haushälterin hatte ihm den Kaffee serviert, und er las die Morgenzeitungen. Donna wusste, dass sie verloren hatte, als sie die erste Zeitung aufschlug. *Le Figaro* verkündete in großen Lettern, was Hernando Sánchez-Duboire – unser »Herr der Lüfte« – als nächste Pioniertat plante.

»Vielleicht noch in diesem Monat!«, schrieb der begeisterte Redakteur und legte Hernando damit fest. Noch war es März, spätestens im April musste die *Estrella* einen weiteren Beweis der Kunst ihres Erbauers liefern. Mehr als kleine, schnell durchführbare Änderungen an der Technik würde Hernando vorher nicht zulassen.

Einen weiteren Höhepunkt der Berichterstattung lieferte dann das Abendblatt: Ein Großindustrieller, der in ganz Europa im In- und Export tätig war und sich von der neuen Technik viel versprach, hatte einen Preis ausgesetzt: Wer auch immer den Rundflug über Paris als Erster unfallfrei schaffte, sollte eine Prämie von hunderttausend Franc erhalten.

»Die holen wir uns!«, begeisterte sich Hernando.

Donella schüttelte verständnislos den Kopf. »Hernando, du brauchst das Geld nicht. Dein Vater ist unermesslich reich, hunderttausend Franc sind ein Taschengeld für ihn. Sicher würde er dafür nicht das Leben seines Sohnes riskieren!«

Hernando verzog das Gesicht. »Du kennst ihn nicht. Mein Vater will mich siegen sehen. Das Geld ist gleichgültig, es kommt auf die Ehre an. Für ihn muss ich der Erste sein, immer. Und ich werde ihn nicht enttäuschen!«

Donella wollte ihn darauf hinweisen, dass er stattdessen sie enttäuschen würde. Sie hoffte inständig, dass dabei nicht gleich sein Leben in Gefahr geriet. Doch würde auch nur das Luftschiff beschädigt werden, hätte sie selbst keine Gelegenheit mehr, sich der Stadt Paris irgendwann als erste Aeronautin zu präsentieren.

Genau das war nach ein paar weiteren Erfolgen von Hernando geplant gewesen – nach dem Ende seines Studiums im nächsten Jahr, wenn Donald nicht mehr auffliegen konnte.

Donella spürte, dass Hernando darauf keine Rücksicht nehmen würde. Er wollte das Preisgeld, und zwar jetzt! Gegen die wahren oder vermeintlichen Wünsche seiner Familie kam sie nicht an.

Traurig begab sie sich wieder in die Werkstatt. Vielleicht ließe sich doch noch die Form der Lenkstange verändern. Oder sollte man sie verkürzen? Donnas technische Überlegungen verdrängten ihren Missmut. Sollte es eine Lösung für das Problem geben, würde sie sie finden.

Hernando setzte seinen ersten Rundflug für den 1. April an, und als Donella den Ballon auf einem dafür gesperrten Platz in Montmartre, nahe dem Moulin Rouge, mit Wasserstoff füllte – eine heikle Angelegenheit, mit dem leicht entzündlichen Gas hantierte sie ungern in einer so bevölkerten Umgebung –, hatte sie das Gefühl, ganz Paris sei auf den Beinen. Es war wieder ein wunderschöner, sonniger Tag, den die Bürger für einen Ausflug nutzten. Entlang der Route würden alle Straßen von Menschen gesäumt sein – es gab keine Chance auf eine gefahrlose Notlandung, falls etwas schiefging. Hernando schien allerdings keinerlei Befürchtungen zu hegen. Er strahlte, sah in seiner Lederjacke und Kappe außerordentlich gut aus und gab jetzt schon die ersten Interviews. Die Überprüfung der Maschine überließ er Donna.

»Startklar?«, fragte er launig, während er unter dem Jubel der Zuschauer die Gondel erstieg.

»Alles funktioniert«, erklärte Donna. »Aber sei bitte vorsichtig! Lass den Ballon hoch genug steigen! Und ja, ich weiß, dass in höheren Sphären stärkerer Gegenwind herrscht, das haben wir ja oft genug getestet …«

Zur Erforschung der Windrichtungen über Paris war Donna unzählige Male mit dem Gasballon aufgestiegen. Hernando hatte schon geschimpft, dass sie jeden Tag das Fuhrwerk brauchte, um den Ballon zurückzuholen, ganz abgesehen von dem hohen Verbrauch an Gas.

»Aber wenn du weiter unten bleibst, musst du Kirchtürme umfliegen und hohe Häuser. Das sieht sicher sehr gut aus, die Leute wären hingerissen. Aber es ist gefährlich. Die Len …«

»Ja, Donna, es reicht!« Hernando fuhr sie so wütend an, wie er es noch nie getan hatte. »Die Lenkung ist unpräzise. Aber ich bin seit Wochen damit vertraut. Ich mache das schon! Und jetzt guck nicht wie eine besorgte Ehefrau, sonst glaubt man dir die Verkleidung nicht! Wir sehen uns hier in einer halben Stunde. Und so lange machst du dich bitte nicht verrückt!«

Donna überließ es diesmal einigen begeisterten Honoratioren von Paris, die sich um diese Ehre fast geprügelt hätten, die Leinen des Luftschiffes zu lösen. Unter dem Jubel der Zuschauer hob die *Estrella* ab und stieg gerade auf, um dann jedoch, noch bevor sie die geplante Flughöhe erreichte, einen großen Hotelbau umrunden zu müssen. Hernando schaffte das mit ausreichendem Abstand. Donella atmete auf. Sie verfolgte das Luftschiff, bis es außer Sicht geriet. Ein paar Zuschauer wollten ihm nach, aber ihr war klar, dass sie keinen Weg durch die überfüllten Straßen finden würde. Es war besser, Hernandos Rückkehr hier am Startpunkt zu erwarten. Donna, die Technikerin, die eigentlich nicht an den Einfluss höherer Wesen glaubte, ertappte sich dabei zu beten. Wenn diese Fahrt klappte, würde er sich hoffentlich nicht gleich das nächste zu ambitionierte Ziel vornehmen …

Tatsächlich verriet ihr dann der Jubel der Zuschauer, dass die *Estrella* erneut im Anflug war. Seit dem Start waren nicht mehr als fünfundzwanzig Minuten vergangen, Hernandos Zeitplan schien also aufzugehen. Donna selbst wäre höher geflogen und hätte mehr Zeit eingerechnet, aber es war ja auch so alles gut gegangen. Sie beobachtete, wie Hernando Gas abließ, das Luftschiff fing an zu sinken. Nun musste er noch an dem Hotel vorbei …

Sie hätte fast aufgeschrien, als sie sah, dass die *Estrella* zu scharf um die Kurve ging. Das Luftschiff rammte das Gebäude nicht direkt, aber über den Balkonen, die sich über die gesamte Fassade zogen und jetzt natürlich voller Schaulustiger waren, befanden sich Fahnenmasten. Donna erkannte entsetzt, dass sich einer in die Hülle des Ballons bohrte. Aus einem Riesenleck trat Gas aus, das

Luftschiff sank viel zu schnell. Aber es kam noch schlimmer. Unter den Schaulustigen mussten sich Raucher befunden haben, und natürlich genügte das winzigste bisschen Glut, um den Wasserstoff in Brand zu setzen. Über dem Luftschiff schoss eine Stichflamme auf, die Leute auf dem Balkon, der auf gleicher Höhe lag, warfen sich schreiend zu Boden.

Die Ballonseide entzündete sich, die Gondel geriet ins Trudeln, rammte den nächsten Balkon einen Stock tiefer – und Donella sah mit angehaltenem Atem zu, wie sich Hernando hinausschwang und mit einem kühnen Sprung auf dem Balkon landete. Er war in Sicherheit! Sie lachte und weinte gleichzeitig, während um sie herum Menschen versuchten, sich vor dem abstürzenden Luftschiff zu retten. Am nächsten Tag sollten die Zeitungen schreiben, dass nur durch ein Wunder niemand verletzt worden war. Lediglich die Zuschauer auf dem Balkon hatten angesengte Augenbrauen und kleine Brandwunden davongetragen.

Hernando, der tollkühne Aeronaut, wurde als Held gefeiert – nicht eine einzige Zeitung stellte infrage, ob es klug gewesen war, das Luftschiff mitten in der Stadt starten und landen zu lassen. Beinahe wäre auch Donna in die Schlagzeilen geraten, doch Professor Barlot hielt sie energisch davon ab, sich in Hernandos Arme zu stürzen, kaum dass er das Hotel durch den Haupteingang verließ.

»Um Himmels willen lassen Sie das, Donald oder wie immer Sie auch richtig heißen. Das fehlte gerade noch, dass jetzt verbreitet wird, Ihr Freund habe jahrelang die Universität hinters Licht geführt, indem er seine Geliebte als seinen Cousin ausgab. Er ist zweifellos ein Teufelskerl, aber so dumm sind wir Dozenten nun doch nicht …«

Donna, deren Haar sich inzwischen gelöst und unter Donalds Mütze befreit hatte, blickte ihn resigniert an. »Ich hab mir gedacht, dass Sie es wussten«, sagte sie leise. »Aber ich muss jetzt zu ihm, ich …«

»Sie bleiben schön hier und tun so, als hätten Sie mit der ganzen Sache nichts zu tun«, sagte Barlot streng. »Haben Sie ja auch nicht, ich wette, Sie hätten den Flug heute nicht gewagt.«

Donella starrte ihn an. »Das ... äh ... wissen Sie auch?«

Barlot hob die Augen zum Himmel. »Das wusste ich nicht, aber das konnte ich mir denken. Sánchez-Duboire hat einen scharfen Verstand, aber er denkt nicht immer alles zu Ende. Im Gegensatz zu seinem Cousin Donald, dem besten Schüler, den ich jemals hatte. Irgendwann werden Sie diese Prüfungen nachholen, aber halten Sie sich jetzt zurück. Gehen Sie nach Hause, er wird schon kommen. Und dann setzen Sie ihm den Kopf zurecht, bevor er verkündet, das Ganze in kürzester Zeit wiederholen zu wollen. Der Motor funktioniert hervorragend. Aber die Lenkung ist noch viel zu unpräzise. Außerdem könnte die ...«

»... Form des Ganzen noch etwas aerodynamischer sein.« Donna lächelte unter Tränen. »Mein Name ist übrigens Donella Hard, Herr Professor.«

Professor Barlot ließ es sich nicht nehmen, Donella nach Hause zu bringen. Sie war immer noch blass und zittrig, und er nötigte sie zu einem Zwischenaufenthalt in einem Kaffeehaus, um ihren Kreislauf mit einem Cognac und einem starken Kaffee wieder anzukurbeln. Ihren Einwand, sie müsse sich um die Bergung der Reste des Luftschiffes kümmern, schob er beiseite.

»Das lassen Sie unseren Helden mal selbst tun. Wobei dieser Sprung auf den Balkon – das war schon eine Leistung! Ich habe immer von Monsieur Sánchez-Duboires sportlichen Erfolgen gehört, doch das hätte ich niemandem zugetraut!« Barlot orderte zusätzlich Gebäck und schien die verwirrten Blicke der Bedienung auf seine Begleitung – Donnas langes Haar hing nun offen herab, aber dazu trug sie weiterhin Männerkleidung – gar nicht zu bemerken.

»Er hat großes Glück gehabt«, sagte Donna leise. »Vielleicht sollte ich öfter beten.«

Als sie nach Hause kam – sie hatte sich länger als erwartet mit Professor Barlot unterhalten –, war Hernando bereits da. Obwohl es an sich recht warm war, musste er seinen Diener gebeten haben, den Kamin anzuheizen. Er saß davor, am ganzen Körper zitternd, und nippte an einem Cognac. Die Haushälterin sah Donna so böse an, als gäbe sie konkret ihr die Schuld am Zustand ihres Arbeitgebers, doch Donna verstand, was vorging: Eben hatte Hernando sich noch feiern lassen, jetzt wurde ihm bewusst, wie knapp er dem Tod entronnen war. Die seelische Erschütterung brachte ihn an den Rand des Zusammenbruchs.

Donna setzte sich zu ihm, bat den Diener, ihm einen Tee zu machen und später ein heißes Bad einzulassen. Dann erzählte sie ruhig und möglichst sachlich von ihrer Begegnung mit Professor Barlot – und dass dies leider das Ende von Donalds Universitätskarriere bedeutete.

»Ich werde auch aufhören«, sagte Hernando. »Ich hätte die letzten Prüfungen sowieso im nächsten Frühjahr abgelegt, da kann ich meinen Abschluss auch gleich im Herbst angehen …«

Donna bemühte sich um ein aufmunterndes Lächeln. »Gut. Dann haben wir ja viel Zeit für unser neues Luftschiff. Ich habe mit dem Professor darüber gesprochen. Er hat auch ein paar gute Ideen. Was meinst du, bestellen wir einen neuen Motor oder reparieren wir den alten? Und wann fahren wir nach Vaugirard wegen der neuen Ballonhülle?«

Hernando trank noch einen Schluck Cognac. »Bald. Sehr bald. Ich muss mich nur … ich denke, von dieser Geschichte muss ich mich erst ein paar Tage erholen.«

Donna nickte. »Geht mir nicht anders«, gestand sie. »Ich … ich dachte, ich hätte dich verloren. Es war ein Albtraum – all die Leute, die Schreie … Als ich sah, dass du gerettet bist … ich war noch nie im Leben so erleichtert. Ich liebe dich, Hernando! Du kannst nicht ermessen, wie sehr ich dich liebe!«

»Du sollst das doch nicht sagen«, tadelte er sie sanft. »Weißt du nicht mehr … wir wollen es uns nur zeigen, Worte und Gefühle vertragen sich nicht.«

Hernando gab Donna in der nächsten Zeit viel Gelegenheit, es ihm zu beweisen. Noch in der Nacht nach dem Unfall liebte er sie, als gäbe es kein Morgen, und in den nächsten Wochen stürzte er sich mit ihr von einer Vergnügung in die andere. Sie feierten im Moulin Rouge, besuchten die Oper und genossen das Feuerwerk zur Feier des 14. Juli. Hernando kaufte kein neues Auto, aber ein elegantes Schimmelgespann und eine Chaise und fuhr damit aus, nachdem er Donna in einem teuren Damenmodenhaus eine repräsentative Garderobe spendiert hatte.

Donna war damit eigentlich gar nicht einverstanden. Sie brauchte keine exquisite Kollektion von Kleidern, sie musste nicht in den edelsten Ballhäusern mit ihm tanzen, und jeden Tag Champagner zu trinken wurde ebenfalls langweilig. Viel lieber hätte sie das neue Luftschiff in Angriff genommen, doch weder machte Hernando Anstalten, den Motor des alten zu reparieren, noch eine Ballonhülle für das neue zu bestellen.

»Möchtest du denn gar nicht mehr fliegen?«, fragte sie ihn eines Abends auf dem Weg nach Hause, mutig geworden durch zu viele Gläser Wein. »Willst du den Preis gar nicht mehr gewinnen?«

Hernando seufzte. »Doch, doch natürlich. Aber im Moment … mir fehlt ein wenig der Antrieb, Liebes. Ich habe das Gefühl, ich muss etwas nachholen, das Leben genießen, nachdem ich dem Tod so nahe war.«

Donna wusste nicht recht, was sie erwidern sollte. Sie persönlich hatte das Leben nie so sehr genossen als in einem Ballon – oder noch besser in einem Luftschiff –, um den Himmel zu erstürmen.

»Ist das Fliegen denn nicht dein Leben?«, fragte sie vorsichtig.

Hernando zuckte mit den Schultern. »Das versuche ich gerade herauszufinden«, meinte er. »Auf jeden Fall ist es nicht mein Leben, Stunde um Stunde in einer Werkstatt herumzubasteln, um am Ende vielleicht zu scheitern ... Zumal einen das Scheitern teuer zu stehen kommen kann.«

Hast du Angst vor dem Risiko? Donella wollte die Frage spontan stellen, hielt sie aber im letzten Moment zurück. Hernando hatte bislang nie vor etwas Angst gehabt, bei seinem letzten Abenteuer war jedoch etwas in ihm angeschlagen worden. Wenn sie ihn zwang, sich einzugestehen, dass er sich fürchtete, konnte es ganz zerbrechen.

»Beim nächsten Versuch wirst du nicht scheitern«, sagte sie stattdessen im Brustton der Überzeugung. »Ich werde es nicht zulassen!«

Ein paar Tage später täuschte sie einen Friseurbesuch vor, nahm stattdessen das Schimmelgespann und fuhr nach Vaugirard. Armand Machure erblickte die edlen Pferde vom Fenster der Werkstatt aus und trat heraus, als sie gerade eine Anbindemöglichkeit suchte.

»Mademoiselle Hard!«, rief er verwundert. »Kutschieren können Sie auch?«

Donna lachte. Sie freute sich ehrlich, ihn zu sehen, und sie freute sich auf seine Werkstatt. All die Vergnügungen der letzten Zeit hatten in ihr das Gefühl wachsen lassen, unter einer Glocke von Musik und vorgetäuschtem Glück zu leben, während hier die Möglichkeit bestand, ihre Träume wirklich wahr zu machen.

»Ich komme von einem schottischen Landgut«, gab sie vergnügt Auskunft. »Ich kann kutschieren, reiten – und die meisten Frauen in meiner Familie können sogar mit einem Jagdgewehr umgehen. Aber ich fiel aus der Art, ich wollte immer nur fliegen.«

Machure erwiderte ihr Lächeln, und das seine erleuchtete sein ganzes Gesicht.

»Da sind Sie hier ja richtig«, meinte er. »Aber wo ist Monsieur Sánchez? Ich hörte von seinem Unfall …«

»Zum Glück ist ihm nichts passiert«, winkte Donna ab. »Es … es hat ihn nur ein bisschen Schneid gekostet …« Hastig brach sie ab. »Verraten Sie ihm bloß nie, dass ich das gesagt habe!«

Machure hob grinsend die Hand zum Schwur. »Das würde ihn in seiner Ehre treffen, ich weiß … Also, Mademoiselle, was können wir für Sie tun?«

»Ich will eine Luftschiffhülle bestellen, sozusagen in seinem Namen«, sagte Donna. »Und ich … ich will ein Luftschiff bauen. Aber das schaffe ich nicht ganz allein. Ich brauche Ihre Hilfe.«

»Unsere Firma erstellt nur Ballonhüllen und Körbe«, meinte Machure bedauernd. »An Luftschiffe glaubt mein Onkel nicht wirklich, er ist mehr ein Schneider und Korbmacher als ein Techniker.«

Donna sah ihn an. »Das glaube ich nicht. Also ich glaube natürlich, dass Ihr Onkel sich nicht für Technik interessiert. Aber bei Ihnen ist das anders. Ich denke, Sie könnten es.«

Sein Mienenspiel war schwer zu deuten. Er schien sich ertappt zu fühlen, doch Donna wusste nicht, ob er einfach nicht illoyal gegenüber seinem Onkel sein wollte, oder ob er befürchtete, Kenntnisse vorzutäuschen, die er nicht besaß.

»Ich habe nicht studiert«, sagte er schließlich.

Donna winkte ab. »Und ich nur zwei Semester lang. Aber ich wette, Sie haben so ziemlich alles gelesen, was in den letzten Jahren in Bezug auf die Aeronautik veröffentlicht wurde.«

Machure errötete. »Zumindest habe ich es versucht. Und ich bin ganz geschickt mit den Händen.«

»Sie können schweißen und schrauben und Metall zuschneiden und einpassen … all das, was bei uns bislang Hernando gemacht hat. Ich versuche, das zu lernen, und auch ich bin ganz geschickt mit meinen Händen. Trotzdem traue ich mir allein nicht zu, den Motor zu reparieren und eine neue Lenkung einzubauen. Ich weiß, wie sie sein müsste. Schauen Sie ... ach ja, können wir reingehen?«

In der Werkstatt präsentierte sie ein paar Zeichnungen, und wieder beeindruckte sie ihn.

»Weiß Monsieur Sánchez, dass Sie hier sind?«, fragte Armand.

Donna schüttelte den Kopf. »Nein, ich will ihn überraschen. Wenn das Luftschiff erst da ist, kann er gar nicht anders, als es zu fliegen.«

»Und Sie meinen nicht, er würde es uns übel nehmen?« Machure hatte einen seiner besten Kunden nicht als einen Mann kennengelernt, der sich Entscheidungen aus der Hand nehmen ließ.

»Nicht, wenn es ihm gehört«, sagte Donna. »Wir ... wir bauen es nur, verstehen Sie? Die ganzen Pläne stammen doch von ihm.«

Armand runzelte die Stirn. Sie hatte ihm schon einmal erzählt, ihre Zeichnungen seien nach Hernandos Vorschlägen entstanden, und er hatte es ihr bereits damals nicht geglaubt.

»Wo können wir arbeiten?«, erkundigte er sich.

Donella biss sich auf die Lippen. Das war ein Problem, schließlich konnten sie sich mit ihrer Konstruktion weder in der Fabrik von Monsieur Lachambre einnisten, noch die Werkstatt in Hernandos Haus mit Beschlag belegen, ohne dass er etwas merkte. Allerdings hatte Hernando selbst ihr vor einigen Tagen eine Lösung geliefert. Er gedachte, erneut nach Saint-Tropez zu reisen, in das Haus seiner Familie. Sein älterer Bruder, sonst auf der Plantage seines Vaters beschäftigt, verbrachte dort einige Wochen mit seiner Frau, und Hernando hatte ihn lange nicht mehr gesehen. Auch diesmal hatte er Donna nicht eingeladen, ihn zu begleiten.

»Du würdest dich nur langweilen und kein Wort verstehen. Lucinda spricht ausschließlich Portugiesisch.« Es war ganz klar eine Ausrede, denn nicht nur, dass er und sein Bruder natürlich übersetzen könnten: Dona Lucinda war sicher ein Mädchen aus reichem Hause, und die erhielten garantiert auch in Südamerika eine hochherrschaftliche Erziehung.

Donna nahm eher an, dass er sie seinem Bruder nicht vorstellen wollte, bevor er mit seinem Vater über sie gesprochen hatte. Was das anging, hatte ihr Großvater recht gehabt: Die Form musste gewahrt bleiben, auch wenn sie nun schon seit mehr als einem Jahr mit Hernando zusammenlebte.

Nun lud sie Armand ein, mit ihr zusammen in Hernandos Werkstatt zu arbeiten.

»Ich … kann Ihnen aber nichts zahlen, und unterbringen kann ich Sie auch nicht.« Schon während sie sprach, fragte sich Donna, weshalb der junge Mann ihr Angebot unter diesen Umständen überhaupt annehmen sollte. Eher Kosten statt Einnahmen, und den Ruhm sollte jemand anders einfahren? »Ich weiß natürlich, dass …« Sie brach ab.

Armand Machure schenkte ihr ein warmes Lächeln. »Ich mache das sehr gern für Sie. Oder eher mit Ihnen. Ich habe mich immer für diese Technik interessiert. Und wenn ich helfen und obendrein etwas lernen kann …«

Donna streckte ihm die Hand entgegen. »Wir werden voneinander lernen«, versprach sie. »Und wir werden am Ende beide mehr wissen, wenn dieses Luftschiff genau dahin fliegt, wohin wir es haben wollen!«

Armand schlug ein, und gemeinsam vertieften sie sich in die Pläne für die neue Ballonhülle.

»Wieder nur für eine Person?«, fragte er.

»Sonst wird das Luftschiff zu groß. Dann passt es nicht mehr in den Garten unseres Hauses oder auf einen der Plätze in Montmartre …«

Armand verdrehte die Augen – und schwieg.

Während Hernando in Saint-Tropez weilte, wo er weitere Segelregatten gewann und seinen Wagemut hoffentlich zurückgewann, fand Armand Machure eine Schlafmöglichkeit bei einem Bekannten in Paris und begann mit der Konstruktion der Gondel, die von möglichst leichten, aber stabilen Seilen unter dem Luftschiff gehalten werden sollte. Donna konzentrierte sich auf den Motor, mit dem sie gut vertraut war, und fand schnell heraus, dass er bei dem Absturz kaum beschädigt worden war, die Reparatur also ein Leichtes sein würde. Die beiden experimentierten viel mit der Schraube, einem mit Leinen bespannten Bambusgestell, und vor allem mit der Lenkung.

Wenn sie eine Pause brauchten, weil ihnen die Köpfe rauchten, gingen sie in eines der kleinen Bistros in der Gegend, tranken starken Kaffee oder billigen Rotwein. Sie lachten viel und teilten kühne Träume bezüglich künftiger Flugreisen. Donna erzählte Machure von ihrem ersten Blick auf das Bild einer Montgolfière, und dass sie gleich gefragt habe, warum man die Kutsche nicht längst durch so ein praktisches Fluggerät ersetzt habe.

»Warst du vielleicht damals einfach zu faul, die Pferde zu füttern?«, neckte er sie daraufhin. Als oft genug einer von ihnen die Sätze des anderen vervollständigt hatte, wenn es um eine Idee zum Bau des Luftschiffes ging, hatten sie begonnen, einander zu duzen.

»Das wird es sein«, gestand Donna. »Obwohl ich das damals gar nicht tun musste. Aber es ist zweifellos ein Argument.«

Zurzeit gab es in Hernandos Haus niemanden, der die prächtigen Schimmel mit Begeisterung versorgte. Der Diener hielt das für unter seiner Würde, die Haushälterin hatte Angst vor Pferden, und den Pferdeknecht hatte Hernando nicht weiterbezahlt. Donna vermutete, dass er es einfach vergessen hatte. Um den Benz hatte sich während seiner Abwesenheit ja auch niemand kümmern müssen. Insofern oblag es ihr, die Pferde zu füttern, ihren Stall auszumisten und für ihre Bewegung zu sorgen. Meistens ließ sie die beiden einfach im Garten frei herumlaufen.

»Eigentlich wollte ich meinem Bruder davonfliegen«, vertraute sie ihm an. »Hast du Geschwister?«

Armand hatte eine Schwester, die er sehr gern mochte. Einmal besuchte sie ihn mit ihrem Mann in Paris, und Donna zeigte ihren Besuchern Montmartre. Dabei führte sie die drei in preiswertere Etablissements – das Moulin Rouge konnten sich weder Armand noch sein Schwager Louis leisten. Sie waren jedoch alle gut gelaunt, und nach einem lustigen Abend, an dem sie den Cancan nicht nur auf der Bühne bewundert hatten, sondern selbst versucht hatten, zu den Rhythmen zu tanzen, musste Donna sich eingestehen, dass sie sich selten so gut amüsiert hatte. Anscheinend fiel sie auch hier aus der Art: Die Vergnügungen des einfachen Volkes gefielen ihr besser als die luxuriösen Freizeitbeschäftigungen des Adels.

Schließlich neigte sich ihre Zusammenarbeit dem Ende zu. Die Gondel war fertig, der Motor eingebaut und die neue Lenkung, die über eine Art Segel funktionierte, war installiert. Endlich wurde auch die Ballonhülle geliefert. Armands Onkel hatte sie perfekt nach Donnas Entwürfen fertigen lassen. Er verstand sein Geschäft!

Jetzt wurde es Zeit für die Flugpremiere, Hernando hatte überdies seine baldige Heimkehr angekündigt.

Donna konnte es vor Aufregung kaum aushalten, als Armand das Luftschiff erstmals mit Gas füllte. Es war ein imponierender Anblick, das längliche Flugobjekt aufstreben zu sehen, bis es nur noch von den Seilen am Boden gehalten wurde.

»Bitte!«, sagte Armand und wies auf die Gondel. »Warte, ich helfe dir beim Einsteigen ... diese langen Kleider sind wirklich unpraktisch ...«

Donella lachte und wollte ihm schon vorschlagen, sich wieder in Donald zu verwandeln, als ihr bewusst wurde, was er ihr da anbot.

»Ich? Ich soll es fliegen?«

Armand zwinkerte ihr zu. »Du wirst es fliegen, und ich werde das Luftschiff taufen«, schlug er vor.

Donna schüttelte den Kopf. »Nein. Nein, Hernando muss es taufen. Er ...«

»Er wird es hoffentlich *Donna* nennen«, meinte Armand. »Oder Dona ...«

Dona Donella Sánchez-Duboire – Donna verlor sich in einem kurzen Traum von ihrem künftigen Namen und dem des Luftschiffes. Armand hatte recht, Hernando musste es nach ihr benennen. Aber jetzt, jetzt wollte sie es endlich fliegen!

»Du hast doch keine Angst?«, fragte Armand.

»Ich hatte noch nie Angst vor dem Fliegen!« Trotz ihrer langen Röcke bestieg Donna geschickt die Gondel, warf den Motor an und rief Armand zu, die Stricke zu lösen.

Dann stieg das Luftschiff auf. *Ihr eigenes Luftschiff!* Donna fühlte sich stolz und glücklich, und als das Fluggerät exakt ihren Lenkbewegungen folgte, war sie außer sich vor Freude. Sie stieg hoch in die Luft – weder wollte sie von unten zu genau gesehen werden, noch brannte sie darauf, Gebäude zu umrunden. Vor Gegenwinden hatte sie keine Angst, der Motor war stark und das Luftschiff stabil genug. Donna genoss ihren Jungfernflug, doch dann fiel ihr siedendheiß ein, dass sie gar nicht über die Landung gesprochen hatten. Im Garten von Hernandos Haus niederzugehen wäre ein Wagnis, sie würde dann sehr, sehr exakt steuern müssen. Aber Armand hatte es offensichtlich für selbstverständlich gehalten, dass sie genau da wieder landen würde, wo sie gestartet war. Donnas Herz klopfte heftig, als sie Gas abließ, um die Landung einzuleiten. Völlig konzentriert auf Steuer und Gasventil näherte sie sich den Häusern des 3. Arrondissements, umschiffte ein höheres Gebäude und ging dann sehr langsam tatsächlich im Garten nieder!

Strahlend warf sie sich Armand in die Arme. »Es funktioniert! Es lässt sich lenken wie ... wie ein Pferd! Also wie ein ganz, ganz braves Pferd!« Sie jubelte. »Hernando wird begeistert sein. Es ist genau so, wie wir es gedacht haben.«

Armand wehrte die Umarmung sanft ab. »Du willst es ihm wirklich überlassen? Hast du nicht wenigstens ein Mal darüber nachgedacht, dich selbst um den Preis zu bewerben? Du kannst das Geld sicher besser gebrauchen als er. Und gib es doch zu: Die Konstruktion beruht zu mindestens neunzig Prozent auf deinen Berechnungen und Ideen. Höchstens je fünf Prozent entfallen auf Sánchez und mich ...«

»Sánchez-Duboire«, korrigierte Donna. Armand musste sich dringend an die korrekte Anrede gewöhnen ... »Nein, ich habe nicht daran gedacht. Jedenfalls nicht ernsthaft.« Sie hielt kurz inne, bevor sie weitersprach. »Du musst verstehen, ich verdanke ihm alles! Ich stünde hier nicht ohne ihn ...«

»Und du liebst ihn«, stellte Armand bitter fest. »Auch wenn du es nicht auszusprechen wagst ...«

Donella verneinte energisch. »Das hat mit dürfen nichts zu tun. Wir ... wir sind nur übereingekommen, es nicht zu sagen. Weil ... weil Worte ... na ja, das heißt aber nicht, dass wir einander nicht lieben. Wir werden sicher ...«

Armand unterbrach sie. »Heiraten, meinst du das?«

Die Skepsis in seiner Stimme ließ Donella erblassen. »Stellst du die Heirat infrage, Armand? Wie willst du das wissen?«

Armand strich über seinen prächtigen Schnurrbart, den er sich neuerdings wachsen ließ. »Ich habe ihn gefragt«, sagte er. »Schon vor langer Zeit. Ob er dich nicht heiraten will. Er sagte Nein. Du wärst für ihn nur so eine Art Seelenverwandte. Dabei seid ihr doch ein Liebespaar, nicht wahr?«

Donella errötete. »Ich wüsste nicht, was dich das angeht!«

»Es tut mir leid«, murmelte Armand und sah zu Boden. »Es ist mir so rausgerutscht. Ich wollte dir auf keinen Fall zu nahe treten. Es ist nur so, dass ...«

Donna gebot ihm mit einer Handbewegung zu schweigen. »Sprich es nicht aus! Ich mag dich, und ich will dich nicht als Hernandos Rivalen sehen oder gar als unseren Feind. Du selbst darfst das auch nicht tun, denn du hättest keine Chance. Hernando und ich, wir sind eins!«

Armands Augen blitzten auf. Erzürnt, enttäuscht oder voller Mitleid?

»Dann frage ich mich, warum er stets Ballons geordert hat, die nur ihn allein befördern!«, sagte er. »Darüber solltest du vielleicht einmal nachdenken!«

Mesalliance

Boston, Winter 1889
bis Sommer 1890
Paris, Sommer 1890
bis Winter 1890

Es fiel Emily schwer, doch sie hatte es Ailis versprochen, und es war ja auch nur richtig, Archie Peyton keine falschen Hoffnungen zu machen. Insofern hielt sie sich in den kommenden Wochen zurück, wenn er sie um eine Verabredung bat, und auf der nächsten Fahrt nach Concord sprach sie das Thema an.

»Sie sind überaus freundlich zu mir, Mr. Archie …«, begann sie.

Er unterbrach sie lächelnd. »Es ist mir stets eine Freude, mit Ihnen zusammen zu sein.«

Emily gab sich einen Ruck. »Ich … ich bin auch gern mit Ihnen zusammen. Aber ich muss Ihnen einfach sagen, dass wir … dass wir nie mehr sein werden als Freunde. Ich bin anderweitig gebunden.«

Peyton runzelte die Stirn. »Seit wann das? Sind Sie in Schottland irgendwem versprochen? Das lässt sich bestimmt aufheben. Sie haben das Land doch schon vor Jahren verlassen.«

»Er lebt nicht in Schottland«, sagte Emily. »Und es ist auch alles noch so neu, ich möchte nicht darüber sprechen. Ich finde nur, es ist eine Sache der Fairness, es Sie wissen zu lassen.«

»Das kommt für mich in der Tat überraschend«, merkte er an. »Ich hatte fest angenommen, dass es für uns eine gemeinsame Zukunft gibt. Was hat dieser mysteriöse Mann denn, was ich nicht habe? Was kann er Ihnen bieten, was ich nicht bieten kann? Inwiefern ist er mir überlegen?« Je länger er sprach, desto mehr Zorn sprach aus seiner Stimme.

Emily nahm ihren ganzen Mut zusammen und legte ihre Hand beschwichtigend auf seine. Sie spürte dabei nicht das Geringste.

»Er hat Ihnen nichts voraus, Mr. Peyton. Es ist nur ... ich muss doch auf mein Herz hören!«

Archie Peyton lächelte. »Sie sind noch so jung, Emily! Und voller dummer Träume. Sie haben sich spontan verliebt, weiß der Himmel in wen. War es während dieser Exkursion? Ist es ein Mitstudent? Wie auch immer, so eine Liebe endet. Während eine auf gegenseitige Achtung und Wertschätzung beruhende Beziehung Sicherheit bietet und auf die Dauer zu echter, wahrer Liebe führt ... Das ist es, was ich Ihnen biete, Emily. Ich biete Ihnen Schutz, ich will für Sie sorgen, auf Sie aufpassen.« Er wollte sie an sich ziehen.

Emily rückte von ihm ab. »Nein, Mr. Peyton, ich will frei sein«, sagte sie und fügte sehr leise hinzu: »Und ich will fliegen.«

An diesem Tag behandelte Archie Peyton sie während des gesamten Clubtreffens kühl und distanziert, während sich Ronald tadellos höflich wie immer verhielt.

Emily bemerkte allerdings, dass er sich kein einziges Mal entschuldigte, weder bei ihr noch bei einem der anderen Clubmitglieder.

»Habe ich Ihren Erwartungen entsprochen?«, fragte er, als er ihr später in den Mantel half. Bei den letzten Treffen hatte dies Peyton getan, doch der unterhielt sich jetzt demonstrativ mit anderen jungen Damen.

»Sie haben das sehr souverän gemeistert.« Emily lächelte, und ihr Herz ging auf, als seine Hand wie zufällig ihre streifte.

»Dann erlauben Sie mir jetzt, von Ihnen zu träumen?«, fragte er, und seine Augen leuchteten warm wie Samt.

»Ich tue das längst«, gestand sie leise. »Also von Ihnen zu träumen ...«

Er gab ihr ihren Schal. »Dann werden wir uns heute Nacht im Traumland treffen.«

Nicht nur in der Nacht begegnete Ron Emily ständig, auch in ihren Tagträumen war er präsent, obwohl sie sich in Wirklichkeit nur selten sahen und bei den Versammlungen des Ornithologischen Clubs nie ein privates Wort wechseln konnten. Im Sommer war das eher möglich gewesen, da zogen die Vogelfreunde nach der Diskussion meist raus ins Reservat, um die Tiere zu beobachten. Zu dieser Jahreszeit aber wären höchstens Schneehühner zu sehen gewesen, Boston und seine Umgebung lag unter einer dicken Schneedecke.

Emily bedauerte fast, Peyton gegenüber so ehrlich gewesen zu sein. Ihr blieb dadurch so manche Unternehmung in der Stadt verwehrt, Vergnügungen, die andere junge Frauen mit ihren Verlobten und Freunden teilten. Natürlich ging sie mit Ailis und Copper hinaus, oft in Vertretung von Alma, die neuerdings einen Freund hatte, mit dem sie sich zum Schlittschuhlaufen und Glühweintrinken verabredete. Copper machte Emily viel Freude, doch schöner wäre es gewesen, die verschneite Landschaft an der Seite ihres Seelenverwandten zu erleben.

Im Observatorium fotografierten die Astrofotografen den Winterhimmel, und die Harvard Computers freuten sich an den klaren Aufnahmen. Emily entdeckte stolz ihren ersten Stern, und Ailis gleich zwei bislang unbekannte Doppelsterne. Ansonsten arbeitete sie eng mit Professor Pickering zusammen, um die Kriterien für die Katalogisierung der Sterne endgültig festzulegen.

Und dann schaute Emily eines Nachmittags mäßig interessiert von ihrer Arbeit auf, als sich die Tür öffnete. Völlig verblüfft blickte sie in Ronald Gardeners Gesicht, über das sofort ein Leuchten flog, als er die gelungene Überraschung bemerkte. Der junge Fotograf und William Brewster folgten Professor Pickering, der sehr guter Dinge zu sein schien.

»Meine Damen«, kündigte er vergnügt an, »wir haben Besuch. Dies sind Mr. Brewster und sein Assistent Mr. Gardener, beide Ornithologen und Pioniere auf dem Gebiet der Tierfotografie. Mr. Brewster ist überzeugt davon, dass die neue Technik die Dokumentation der Tierbeobachtung ebenso revolutionieren wird wie die Astrofotografie unser Fachgebiet. Sie haben heute Nacht das Teleskop besucht und unseren Fotografen bei der Arbeit zugesehen. Nun äußerten sie den Wunsch, auch etwas über die Auswertung der Platten zu erfahren. Ich denke, Sie werden gern erlauben, dass man Ihnen ein wenig über die Schultern schaut, nicht wahr? Mrs. Hay?« Wie immer, wenn es galt, jemanden in die Arbeit der Computers einzuweisen, rief er Ailis, die heimlich Blicke zwischen Emily und Ronald hin- und hergeworfen und natürlich ihre Schlüsse gezogen hatte. Emily versuchte hektisch, ohne Spiegel ihr Haar zu richten, und Ronald beobachtete sie dabei, ohne dass Erfolg oder Misserfolg ihrer Versuche irgendetwas an seinem zärtlichen Gesichtsausdruck hätte ändern können.

»Wir freuen uns natürlich!«, erklärte Ailis. »Kommen Sie bitte, Mr. Brewster, ich zeige Ihnen einen Sternennebel. Wir kannten ihn schon, aber bei dem klaren Winterhimmel ist die Aufnahme noch viel besser. Und Mr. Gardener gesellt sich vielleicht zu Miss Coxwold. Emily, ich glaube, Sie kennen sich bereits aus dem Ornithologischen Club?«

Emily, der vor Aufregung ganz warm geworden war, rief Ron an ihren Tisch, den sie mit ihrer Kollegin Rose teilte. Derzeit diktierte Emily, und Rose schrieb ihre Beobachtungen auf. Als Ron sich hinter sie stellte und ihnen über die Schulter blickte, rückte Rose von ihm ab.

Emily ließ sich dadurch nicht irritieren. Eifrig erklärte sie Ron, welche Messungen sie vornahm und wie sie die Spektralfarben der Sterne interpretierte. Sie erläuterte ihm, dass diese Aufschluss über die Größe und die chemische Zusammensetzung des jeweiligen Sterns ermöglichten.

»Und die Oberflächentemperatur«, fügte sie hinzu. »In der Regel ist sie sehr hoch. Sterne sind ja im Prinzip Sonnen – um einige kreisen Planeten wie um die unsrige …«

»Heißt das, Sie suchen auch nach einer zweiten Erde?«, fragte Ronald. »Die vielleicht sogar bewohnt ist?«

Emily lächelte. »Dafür reicht unsere Technik noch nicht. Aber in hundert Jahren, wer weiß? Die meisten Sterne sind allerdings sehr weit entfernt. Dorthin zu fliegen würde Jahre dauern.«

»Ich denke, ich würde mir die Zeit nehmen«, meinte Ron. »In einer anderen Welt wäre wahrscheinlich manches anders und vielleicht sogar besser.«

»Oder schlechter«, bemerkte Rose gallig. »Mach jetzt weiter, Emily, sonst werden wir nie fertig mit dieser Platte.«

Emily fing wieder an zu diktieren, ließ es sich jedoch nicht nehmen, weitere Erklärungen für Ron zwischenzuschieben.

»Was ich noch nicht so ganz verstehe«, meinte er schließlich, »ist, dass Sie mit Negativen arbeiten. Ein Stern … also für mich ist das immer ein Licht am Nachthimmel. Hier ist es ein schwarzer Punkt vor grauem Hintergrund. Nimmt ihm das nicht den Zauber?«

Rose lachte spöttisch. Emily sah zu Ron auf. Eigentlich wollte sie erklären, dass hier keine romantischen Überlegungen angestellt wurden, sondern ernsthafte Forschung im Gange war, und dass die Negative die Analyse einfach erleichterten. Aber dann ging ihr ein anderer Gedanke durch den Kopf.

»Der Zauber eines Stern erschließt sich nicht jedem«, meinte sie. »Aber wenn sich einem der Himmel öffnet bei seinem Anblick, dann ist es egal, ob schwarz oder weiß …«

Rose tippte sich vielsagend an die Stirn, Ronald jedoch hatte verstanden. Als der Zeiger der Uhr auf zwölf wechselte und die ersten Frauen begannen, die Platten abzudecken, um ihre Mittagspause anzutreten, wagte er einen Schritt, von dem aus es kaum noch ein Zurück gab. Für ihn selbst nicht und auch nicht für Emily.

»Miss Coxwold, Mr. Brewster trifft sich gleich mit Professor Roberts zum Essen. Ich muss ihn da nicht begleiten. Könnten wir vielleicht stattdessen … ich meine … darf ich Sie zu einem Kaffee einladen, Miss Emily?«

Emily hätte die Chance gehabt, einen versteckten Coffeeshop in einer Seitenstraße zu wählen, doch auch sie wollte sich nicht mehr verstecken. Also führte sie Ron in ein beliebtes Diner, nahe der Universität, und sie rutschten in eine Bank am Fenster.

»Bist du auch so hungrig?« Ganz selbstverständlich ging sie zum Du über. Dann bestellte sie Kaffee und ein Omelette, und Ron tat es ihr nach, ohne die Blicke der Kellnerin zu beachten. Er war der einzige Schwarze im Lokal.

»Und gefällt dir meine Arbeit?«, fragte Emily, und innerhalb kürzester Zeit waren sie so sehr ins Gespräch vertieft, dass sie nicht wahrnahmen, dass sie als Letzte bedient wurden und die Bedienung unfreundlich blieb. Im Gegenteil, Ron belohnte sie sogar mit einem fürstlichen Trinkgeld und versicherte ihr, selten so gut gegessen zu haben.

»Musst du zurück ins Observatorium?«, fragte Ron, als sie vor dem Diner standen.

Emily schüttelte den Kopf. »Nein, ich muss zur Universität. Psychologie, eine Vorlesung. Aber du kannst mich hinbringen. Also falls Mr. Brewster nicht auf dich wartet.«

»Ich denke, ich habe noch Zeit«, sagte Ron, und die beiden sorgten für weitere Aufregung, indem Emily sich bei ihm einhakte und mit ihm durch die verschneiten Außenanlagen der Universität zur Psychologischen Fakultät schlenderte. Sie verabschiedeten sich noch nicht mit einem Kuss, konnten die Hände des anderen aber kaum loslassen.

»Wir sehen uns in Concord«, meinte Emily schließlich. »Wenn du allerdings … also, wenn du mal am Wochenende oder so nach Boston kommen könntest, hätte ich nichts gegen einen weiteren Kaffee.«

Ron lachte. »Beim nächsten Mal gibt es vielleicht einen Glühwein.« Er deutete zum Glühweinstand an der Eisbahn, an der sie gerade vorbeigegangen waren. »Ich kann allerdings nicht Schlittschuhlaufen.«

»Ich auch nicht«, verriet Emily. Im Gegensatz zu ihm wusste sie an diesem Tag noch nicht, auf welch dünnem Eis sie sich bei jeder gemeinsamen Unternehmung bewegen würden.

Einen Vorgeschmack bekam Emily ein paar Tage später. In der Universität wurde über sie und Ron getuschelt, und im Observatorium suchte sich Rose eine andere Partnerin.

»Stimmt es, dass ihr gemeinsam zum Essen wart?«, erkundigte sich Sally, bekannt als ausgesprochene Klatschbase »Hast du dich in ihn verliebt? Also ich könnte das ja nicht …«

Emily überlegte, ob sie das Ganze nicht besser unkommentiert ließ, entschloss sich dann aber zu einer Erklärung. »Ich kenne Mr. Gardener schon länger, aus dem Ornithologischen Club.«

»Hast du da nicht auch diesen netten Anwalt kennengelernt?«, fragte Sally. »Man sieht dich gar nicht mehr mit ihm …«

Tatsächlich machte Mr. Peyton sich rar. Er erschien nicht, um sie zur nächsten Clubsitzung abzuholen und auch nicht zu den darauf folgenden, und so blieb Emily zunächst bei Ailis und Copper. Dafür kam Ronald ab und an zu Besuch. Auch heute versteckte er sich in einer Nische, als er sie beim Observatorium abholte, doch Emily winkte ihm zu, sobald sie ihn sah.

»Bereust du unsere Treffen?«, fragte Ronald leise, als die Bedienung in der Teestube, die sie diesmal aufsuchten, alles andere als freundlich auf die beiden reagierte. Schon bei dem Spaziergang, den sie vorher unternommen hatten, waren ihnen die Blicke der anderen Passanten gefolgt.

»Jetzt fang nicht wieder mit Entschuldigungen an«, meinte Emily gereizt. »Erklär mir lieber, was das alles soll? Ich habe verstanden, dass es als unpassend gilt, wenn Weiße mit Schwarzen befreundet sind. Aber meine Güte, es gilt auch als unpassend, ein Nachmittagskleid zu einer Abendveranstaltung zu tragen! Dann wird geredet, es fallen ein paar dumme Bemerkungen ... und bald ist es vergessen. Was ich allerdings erlebt habe, ob an der Universität oder im Observatorium, sind schieres Unverständnis und Ablehnung. Um nicht zu sagen blanker Hass! Erinnerst du dich an die beiden Kommilitonen, die bei der Exkursion dumme Bemerkungen machten? Nun, sie haben mir gestern auf einem Korridor den Weg abgeschnitten und ... und mich bedrängt.« Emily errötete.

»Ich bring die Kerle um!«, wütete Ronald.

Emily zog die Augenbrauen hoch. »Das wird uns auch nicht helfen«, sagte sie trocken »Erklär mir besser, was in diesem Land eigentlich los ist. Was haben die Leute gegen dich?«

Ronald rieb sich die Stirn. »Na ja, wir kamen ursprünglich als Sklaven in dieses Land. Auch meine Vorfahren wurden in Afrika gefangen, unter furchtbaren Bedingungen nach Amerika verschifft, und hier mussten sie arbeiten. Vor allem in den Südstaaten, auf den großen Baumwollplantagen. Mitunter wurden sie schlimmer behandelt als Tiere, auf keinen Fall besser. Und man hielt sie nicht nur für dumm, man verweigerte ihnen jede Chance auf Bildung. So glaubten selbst wohlmeinendere Bürger, sie wären uns in jeder Beziehung überlegen, abgesehen vielleicht von der Körperkraft. Dann kam es zum Bürgerkrieg, unter Abraham Lincoln. Er begann 1861 und wurde erbittert ausgefochten zwischen den Nord- und den Südstaaten. Unter anderem ging es um die Befreiung der Sklaven, die vier Jahre später auch erreicht wurde. Zumindest auf dem Papier. Noch heute gibt es im Süden massive Einschränkungen, Schwarze und Weiße dürfen nicht aus denselben Brunnen trinken, nicht dieselben Restaurants besuchen, sich nicht verheiraten.«

»Was?«, rief Emily. »Du meinst, du und ich ...«

Er lächelte über ihr Entsetzen. »Hier in Massachusetts wurde das Gesetz vor einigen Jahren aufgehoben«, beruhigte er sie. »Trotzdem gibt es tief verwurzelte Ressentiments. Mit denen leider auch du jetzt konfrontiert wirst – und das sogar in bürgerlichen und gebildeten Kreisen.«

Emily senkte den Blick. In ihr tobten mannigfache Gefühle. »Aber sie könnten uns doch einfach in Ruhe lassen!«, brach es schließlich aus ihr heraus. »Was tun wir ihnen denn?«

Er rieb sich die Stirn. »Na ja, du entziehst dich dem weißen Heiratsmarkt. Mr. Peyton schäumt vor Wut. Er konnte ja noch damit leben, dass du dich vielleicht in einen Kommilitonen verliebt hättest. Aber in mich? Ich bin jedenfalls der böse Verführer, der es auf unschuldige weiße Mädchen abgesehen hat, die er mit dem ersten freundlichen Wort, das er mit ihnen wechselt, ins Verderben führt …«

»In der Uni spricht inzwischen kein Mensch mehr mit mir«, klagte Emily. »Sogar Professor Roberts macht seltsame Bemerkungen …«

»Das kenne ich«, seufzte Ronald. »Er ist meistens höflich, aber manchmal kommt es doch durch, dass er sich immer noch wundert, dass jemand wie ich überhaupt sprechen kann.«

Emily lachte ein bitteres Lachen.

»Hast du Mr. Brewster von uns erzählt?«, fragte sie ängstlich und dachte an Mrs. Brewsters harmlos gemeinte und doch verletzende Neckerei: »Hast du jetzt eine Freundin, Ron?«

Ron nickte. »Er ist nicht begeistert. Aber ich glaube, es ist ihm im Grunde egal. Mrs. Caroline ist ziemlich entsetzt. Sie hält es für nicht gottgewollt, dass sich zwei Menschen unterschiedlicher Hautfarben lieben, und sie warnte mich eindringlich vor den Konsequenzen …« Ron legte seine Hand auf die ihre. »Die Brewsters machen sich Sorgen um uns.«

»Und wie waren die letzten Clubsitzungen?«, erkundigte sich Emily.

»Man verlangt inzwischen deinen Ausschluss«, sagte er leise. »Du entsprichst nicht den sittlichen Anforderungen, die man an eine junge Lady stellt.«

Emily blitzte ihn an. »Und was ist mit dir?«

»Mich brauchen sie«, meinte Ron. »Und Mr. Brewster hat mehr als deutlich gemacht, dass er nicht bereit ist, auf mich zu verzichten. Über den Ausschluss ist auch noch nicht entschieden worden. Ich an deiner Stelle würde mich diesen Ladys und Gentlemen aber nicht aufdrängen …«

»Das ist ein Albtraum«, stieß Emily hervor. »Dabei sollte es ein Traum sein!«

»Willst du es denn noch?«, fragte Ron.

Statt einer Antwort zog Emily seine Hand an ihre Lippen, und es war ihr dabei völlig egal, was die anderen Gäste oder die Kellnerin davon hielten.

»So schnell wirst du mich nicht los!«, machte sie lächelnd klar. »Das alles ist sehr unangenehm, aber es macht mir nicht wirklich Angst. Ich bin nur ein bisschen besorgt wegen Haily. Wenn sie von uns erfährt, kann vieles passieren.«

Haily hatte bislang noch nichts von Emilys Beziehung zu Ron Gardener gehört. Im Grunde war das kein Wunder, denn sie lebte als gefeierter Star in ihrer eigenen Welt. Die junge Sängerin genoss den Ruhm, die Wintermonate waren so erfolgreich verlaufen wie die Vorstellungen in diesem Frühjahr. Sie sog die Bewunderung ihrer Umgebung in sich auf und ließ keine der damit verbundenen Privilegien ungenutzt. Haily erschien auf jedem Ball – zunächst am Arm Cuthbert Hays, doch dann auch mit anderen Verehrern. Cuthbert schien nicht allzu eifersüchtig zu sein – er wusste wohl, dass er ihr längst nicht so viel bieten konnte wie die wohlhabenden Honoratioren der Stadt, mit denen Haily gerne schäkerte. Emily musste nach der Vorstellung im Theater oft noch länger bleiben, um sie umzuschminken und ihr in immer exquisitere Abendroben zu helfen. Wo und mit wem sie dann die Nacht durchtanzte, wusste sie nicht, mitunter traf sie aber den einen oder anderen Kavalier am nächsten Morgen in Hailys Wohnung an, wenn sie vorbeikam, um Haily vor der nächsten Probe in einen vorzeigbaren Zustand zu versetzen. Nach einer durchfeierten Nacht gestaltete sich das selten einfach.

Emily war es zuwider, wenn sich ein solcher Galan mit viel Pomp und Trara verabschiedete, während sie die Treppe heraufkam. Es waren durchweg ältere reiche Männer, die meisten von ihnen sicher verheiratet. Emily verstand nicht, was Haily an ihnen reizte. Wahrscheinlich ging es wieder nur darum, etwas haben zu wollen, das jemand anderem wichtig war. Zudem profitierte sie sicher von ihren Liebhabern – ihre Schmuckschatulle füllte sich mit diamantbesetzten Ohrringen und Colliers. Über alldem verlor sie ein wenig das Interesse an ihrer Zofe. Hauptsache sie war da, wenn sie gebraucht wurde. Ihre Launen und ihre Quälsucht ließ sie bei den Proben an ihren Schauspielerkollegen aus – Emily war entsetzt und abgestoßen, wenn sie unfreiwillig Zeugin dieser Szenen wurde. Sie fragte sich, warum Cuthbert Hay nicht einschritt, doch solange Haily die Kassen füllte, durfte sie sich in seinem Theater wohl alles erlauben.

Trotz allem war es nur eine Frage der Zeit, bis Haily von Emilys »Mesalliance« erfuhr. Ihre Verbindung zu Ron wurde stets so genannt, wenn hinter ihrem Rücken darüber gesprochen wurde.

Haily brachte das Thema zur Sprache, als Emily sie vor einer Sonntagsmatinee schminkte und frisierte.

»Ich habe gehört, du hast einen Freund«, bemerkte sie, scheinbar freundlich. »Und obendrein einen ... hm ... nicht ganz passenden?«

Emily fuhr ein wenig zusammen und hoffte, dass Haily ihre Reaktion nicht wahrnahm. Nur oberflächlich gefasst, fuhr sie weiter mit der weichen Bürste durch Hailys üppiges blondes Haar.

»Ich wüsste nicht, was dich das anginge«, sagte sie. »Zumal die Männer, mit denen du ausgehst, auch nicht gerade als *passend* anzusehen sind. Oder ist tatsächlich niemand von diesen Herren verheiratet?«

»Nun sei doch nicht so kratzbürstig!« Haily lachte und hielt Emily eine neue Zigarre hin. Sie rauchte inzwischen fast ständig, und wenn Emily da war, erwartete sie von ihr, die langen, eleganten Stangen zu entzünden. Haily nahm einen tiefen Zug. »Ich stelle doch nur fest, dass mein Baby erwachsen wird. Wenn auch nicht flügge. Ich gedenke nicht, dich mit einem Schwarzen zu verheiraten ...«

»Dazu hast du auch gar nicht das Recht. Wir haben bereits mehrmals besprochen, dass du weder meine Mutter bist noch meine Besitzerin. Wen ich einmal heiraten werde, bestimme ich ganz allein«, gab Emily zurück.

Haily lachte. »Und dabei schaust du dich ganz gezielt nach einem Mann um, dessen Familie vor ein paar Jahren vielleicht noch Sklaven auf irgendeiner Plantage waren? Gibt dir das nicht zu denken, Emily? Und was glaubst du, was der junge Mann in dir sieht? Eine künftige Ehefrau? Kann er dich überhaupt ernähren? Nach dem, was ich hörte, ist er bei diesem Brewster doch in ganz ähnlicher Position wie du bei mir!«

Emily biss sich auf die Lippen. Haily war wie immer gut informiert, und sie hatte nicht gänzlich unrecht. Ronald war schon mit dreizehn zu den Brewsters gekommen, seine Eltern hatten damals tatsächlich noch wie Sklaven auf der Plantage ihrer ehemaligen Besitzer gelebt. Mr. Brewster hatte ihm eine bessere Zukunft versprochen, und er war in dessen Familie eher als Pflegesohn, denn als Diener aufgewachsen. Seit einiger Zeit bezog er zwar ein Gehalt für seine Arbeit für Brewster und verdiente sich auch als Fotograf etwas dazu, doch die Beziehung zu Brewsters Familie war keine typische Arbeitsbeziehung. Von Emilys bisherigem Verhältnis zu Haily unterschied sie sich vor allem dadurch, dass Ronald die Brewsters nicht hasste, sondern gern bei ihnen war. Darüber, wie es sein würde, wenn er und Emily wirklich eine Ehe eingingen, hatten sie bislang nicht gesprochen.

»Ich denke, da spielt mal wieder einer mit dir, meine liebe

Emily«, meinte Haily gönnerhaft. »Aber keine Sorge. Ich passe auf dich auf.«

Emily schwieg. Sie hätte gern etwas geantwortet, aber sie spürte eine vage Gefahr auf sich und ihren Freund zukommen. Eine viel größere Gefahr, als sie von Kerlen wie Rand und seinen Freunden ausging oder gar einer Versammlung von Snobs wie dem Ornithologischen Club. Haily konnte schwierig werden, wenn es nicht nach ihrem Kopf ging. Kampflos würde sie ihr Baby nicht loslassen.

Hernando sah großartig aus, als er aus Saint-Tropez zurückkehrte. Er war braun gebrannt, muskulös – er musste den ganzen Sommer über Sport getrieben haben –, und er berichtete von zwei gewonnenen Segelregatten. Donella freute sich, als er sie liebevoll begrüßte.

»Wir werden jetzt auch wieder ein Luftschiff bauen!«, erklärte er. »Wäre doch gelacht, wenn dieser Preis nicht zu holen wäre!«

Donna schmunzelte. »Da hätte ich eine Überraschung für dich. Aber du musst dich freuen, du darfst nicht schimpfen, dass ich es allein gemacht habe. Bevor du abgefahren bist, erschienst du mir so mutlos …«

Hernando runzelte die Stirn. »Was hast du allein gemacht? Wieder Pläne gezeichnet? Das ist doch schön! Wir können sie zusammen überarbeiten und …«

Donella schüttelte den Kopf. »Ich habe noch mehr gemacht.« Sie nahm seine Hand. »Komm!« Herzklopfend führte sie ihn in den Garten. Hoffentlich nahm er ihr die Eigenmächtigkeit nicht übel. Sie hatte gar nicht daran gedacht, dass er sich vielleicht ausgeschlossen fühlen könnte, wenn sie einfach handelte.

Hernandos Augen wurden groß, als er das stolze Luftschiff im Garten des Hauses erblickte.

»Du hast das allein …?« Er trat näher heran, um in die Gondel sehen zu können. »Nein, das konntest du doch gar nicht.«

Donella schmiegte sich an ihn. »Sag erst, ob es dir gefällt!«, bat sie.

»Du hast die Lenkung verändert … und die Schraube.« Hernando war völlig fasziniert von dem Luftschiff.

»Nur ein paar Kleinigkeiten«, behauptete Donna. »Und ja, ich hatte ein bisschen Hilfe. Was die handwerklichen Dinge anging. Aber die Pläne ... das meiste hatten wir beide ja schon besprochen.«

Was nicht der Wahrheit entsprach. Eine verbesserte Lenkung hatten sie nicht zusammen entworfen, überhaupt gingen die meisten Neuerungen auf die Zusammenarbeit zwischen ihr und Armand zurück. Aber sie konnte unmöglich Hernandos Stolz verletzen ...

Der junge Mann stieg ein und nahm die Steuerungszentrale in Augenschein. Donella bemühte sich, alles zu erklären, doch Hernando winkte ab.

»Das sehe ich doch selbst!«, unterbrach er fast ein wenig harsch. »Jaja, so eine Verbindung schwebte mir auch vor ...«

Donna lachte, obwohl sie etwas verletzt war. »Wahrscheinlich hast du meine Vorstellungskraft telepathisch befruchtet«, witzelte sie. »Willst du jetzt etwas essen oder ...«

Eigentlich hatte sie ihm das Luftschiff erst zeigen wollen, nachdem er sich von der Reise erholt hatte, doch nun hatte es sich schneller ergeben.

»Essen? Jetzt? Bist du ... bist du damit schon geflogen?«

»Nein«, log Donella.

»Dann mach die Leinen los! Ich probiere es aus!« Er griff nach dem Steuer.

»Jetzt gleich?« Donna hätte ihm gern einiges vorab erläutert. Zudem trug er noch seine Reisekleidung und nicht die Kniehose, die Mütze und die Lederjacke, die er sonst für seine Flugausflüge bevorzugte.

»Ja, jetzt! Wenn es so fliegt, wie es aussieht, dann können wir gleich morgen einen Termin für den neuen Rekordversuch machen! Verstehst du, noch in diesem Herbst!« Aufgeregt sah er sie an. »Keine Gefahr mehr, dass mir jemand zuvorkommt! Mach die Leinen los, Donna!«

Und Donella gehorchte, wenn auch seltsam enttäuscht. Natürlich war es schön, dass er sich so begeisterte, trotzdem hatte sie auf ein bisschen Dankbarkeit gehofft oder Anerkennung für ihre Leistung. Hoffentlich kam er jetzt mit ihrem Baby zurecht … Sie ertappte sich dabei, sich mehr um das Luftschiff zu sorgen als um ihn.

Doch Hernando war geschickt, er lenkte seit Jahren Boote und Motorfahrzeuge, und in den Abmessungen unterschieden sich das neue Luftschiff und die *Estrella* kaum. Gekonnt umschiffte er die Gebäude in der Nähe des Gartens und stieg auf, höher noch als damals bei dem Rekordversuch mit dem alten Schiff. Donna verstand das, er wollte möglichst nicht gesehen werden. Sie selbst hatte es bei ihren Probeflügen ähnlich gehandhabt. Dennoch versuchte sie, ihm mit den Augen zu folgen, war nervös, als er außer Sicht geriet, und atmete auf, als er wiederauftauchte und die Landung vorbereitete. Er schaffte sie fast ebenso exakt wie Donna nach einigen Versuchen.

»Es ist wunderbar!«, rief er, stieg aus und – endlich, endlich – umarmte er Donna, und sie sah das Leuchten in seinem Gesicht, das sie so liebte. »Wie kann ich dir nur danken! Du hast all meine Träume umgesetzt! Genauso dachte ich mir die *Estrella 2*!«

Estrella 2? Donna fühlte sich, als hätte er ihr gerade ins Gesicht geschlagen. Hernando schien gar nicht auf die Idee zu kommen, das neue Luftschiff nach ihr zu benennen.

»Willst du sie wirklich *Estrella 2* nennen?«, fragte sie tonlos. »Bringt das nicht Unglück?«

Hernando lachte und zog sie glücklich in seine Arme. »Wir sind doch nicht abergläubisch, Liebling! Aber wenn es dich tröstet – das Segelboot, mit dem ich eben zweimal gewonnen habe, hieß auch *Estrella*. Und nun lass eine Flasche Champagner holen! Du kannst sie taufen!«

Donna konnte keine Freude empfinden, als sie wenig später eine Flasche Schaumwein an der Gondel des Luftschiffes zerschmetterte – vorsichtig, um den leichten Aufbau nicht zu beschädigen. Hernando schenkte ihnen aus einer zweiten Flasche ein, um auf den nächsten Rekordversuch anzustoßen.

»Diesmal schaffen wir es!«

Drei Wochen später, in Paris wurde es herbstlich kalt und der mit Bäumen gesäumte Platz in Montmartre erstrahlte in den Farben des bunten Laubs, war die *Estrella 2* startbereit für ihren Rundflug über Paris. Weniger als dreißig Minuten würde er brauchen, hatte Hernando den Reportern erklärt. Wie immer zeigte er sich charmant und selbstbewusst und erwähnte Donella mit keinem Wort. Donna gab jedes Interview einen Stich, und sie musste an Armand denken. Sie konnte sich gut vorstellen, was er zu Hernandos Auftritten sagen würde. Und diesmal hätte sie ihm nicht widersprochen. Beim ersten Start war sie noch Donald gewesen und hatte es als vernünftig hingenommen, dass er ihre Identität nicht verriet. Aber jetzt? Warum nannte er nicht stolz die Frau an seiner Seite und würdigte ihre Mitarbeit?

Donna ertappte sich dabei, Armand unter den Schaulustigen zu suchen, die sich wieder in großer Zahl eingefunden hatten, diesmal allerdings in respektvollem Abstand zu dem Luftschiff – und zu dem Hotel, an dessen Fahnenstangen der erste Rekordversuch geendet hatte. Die Menge war unüberschaubar. Armand hätte sich mit ihr verabreden müssen, hätte er das Schauspiel mit ihr zusammen erleben wollen. Wahrscheinlich war er immer noch ein wenig verstimmt.

Hernando sagte noch etwas zu den Leuten, doch Donna stand nicht nahe genug, um ihn zu verstehen. Wieder hatten sich Honoratioren gefunden, um die Leinen zu kappen und damit wenigstens ein bisschen an dem Flugabenteuer teilzuhaben. Donna hielt den Atem an, als ihr Luftschiff befreit zum Himmel aufstieg. Heute konnte sie es lange verfolgen. Der Himmel war klar, und Hernando flog niedrig. Leider konnte sie nicht verfolgen, wie er den Eiffelturm umrundete, später wurde genau das als »spektakulär« geschildert. Souverän umflog der kühne Aeronaut auch noch einmal das Hotel, an dem er beim letzten Mal gescheitert war, winkte den Menschen auf den Balkonen zu und landete das Luftschiff nach achtundzwanzig Minuten Flugzeit präzise dort, von wo er gestartet war. Der Jubel war unbeschreiblich. Ganz Paris feierte Hernando Sánchez-Duboire. Sektkorken knallten, Reden wurden gehalten – und Donna wartete darauf, dass er sie endlich zu sich rief und seinen Bewunderern vorstellte. Nichts davon geschah. Sie schien für ihn schlichtweg nicht zu existieren. Während er sich im Moulin Rouge feiern ließ, überwachte sie unglücklich das Verpacken und den Abtransport des Luftschiffes … Als Armand Machure kurz vor der Rückkehr nach Hause zu ihr trat, wusste sie nicht, ob sie sich über den Erfolg des Fluges freute oder ob die Enttäuschung überwog. Doch Armand sah es ihr an. Als ob er geahnt hätte, wie es ihr heute ergehen würde, überreichte er ihr eine Rosette aus Ballonseide – ähnlich den Siegesschleifen in den französischen Farben, die man Hernando angesteckt hatte.

»Gratuliere!«, sagte er sanft. »Du hast es geschafft!«

»Aber keiner weiß es«, murmelte Donna. »Hernando …«

»Alle wissen es!«, widersprach Armand. »Du wolltest, dass Hernando Sánchez diesen Rekord aufstellt. Und nun wird sein Name für immer damit verbunden sein.«

Donna seufzte. »Wenn du es so siehst …«

»Ich habe dich gefragt, was du willst. Diesen Rekord hättest du leicht vor seiner Rückkehr aufstellen können. Dann hätten alle gewusst, wer das Luftschiff gebaut hat. Aber du wolltest Hernando siegen sehen. Also: Gratuliere!«

Donna konnte sich nicht freuen. Im Gegenteil, sie fühlte sich benutzt und ausgebrannt. Trotzdem hatte Armand natürlich recht. Sie hatte genau das bekommen, was sie angestrebt hatte …

»Gehen wir feiern?«, fragte sie matt.

»Das tun wir!«, rief er und lachte ihr aufmunternd zu. »Und

es stimmt ja auch gar nicht, dass keiner weiß, wer das Luftschiff gebaut hat. *Ich* weiß es!«

Donna lächelte schief. »Und du hattest einen großen Anteil daran. Also auch dir: Gratuliere!«

Während Hernando im Moulin Rouge die Sektkorken knallen ließ, tranken Donna und Armand in ihrem Lieblingsbistro ein Glas preiswerten Wein – und endlich schmeckte Donna ein Getränk, mit dem sie auf die *Estrella 2* anstieß.

Auch in den nächsten Tagen sah Donna nicht viel von Hernando. Er wurde von einem Empfang zum anderen weitergereicht, gab inzwischen auch überregionalen Zeitungen Interviews und äußerte sich zur Zukunft der Luftfahrt. Dabei machte er weiter von sich reden, indem er die *Estrella 2* zu all seinen Terminen mitnahm. Wenn er irgendwo verabredet war, band er das Luftschiff einfach an einem Baum oder an einem Geländer fest, und die Menschen konnten es bewundern.

»Ich denke, derzeit beginnt der Siegeszug der Luftschiffe«, erklärte Hernando einer großen Pariser Zeitung. »Man wird sie größer und stärker bauen, sie werden den Atlantik überqueren und unsere Kontinente miteinander verbinden! Aber das ist meiner Ansicht nach nur ein Zwischenschritt. Die Zukunft gehört dem Motorflug – also dem Flugzeug, das sich nur durch Motorkraft in der Luft hält, ohne Tragkörper. Die ersten Forschungen haben längst begonnen, und ich habe ebenfalls vor, mich dieser neuen Technik zu widmen. Was ich zur Entwicklung des Luftschiffes beitragen konnte, habe ich getan. Es ist Zeit, mir neue Ziele zu setzen!«

Donna ließ er an seinem erfüllten Leben nicht teilhaben, aber immerhin sorgte er für erfüllte Nächte. Er führte sie nicht mehr aus, sondern ließ erlesene Speisen aus den besten Restaurants kommen und in seinem Haus servieren. Es gab Champagner, und Hernando beglückte seine Freundin mit zärtlichen Spielen. Donna lebte auf. Trotz der ersten Enttäuschung nach dem Rekordversuch war sie voller Ideen dazu, wie sich das Luftschiff weiter verbessern ließe. Auch an dem Morgen, an dem die große Pariser Zeitung mit

Hernandos Interview auf dem Frühstückstisch lag, war sie schon im Garten gewesen, um eine Einstellung am Motor zu ändern, die ihn vielleicht noch ruhiger würde laufen lassen. Nun kam sie zufrieden und angetan von ihrer Idee nach einer wunderbaren Nacht zurück ins Haus, setzte sich und überflog das Interview.

»Wir bauen also demnächst Flugzeuge?«, fragte sie und schenkte sich einen Kaffee ein. »Da werden wir allerdings umziehen müssen. Soweit ich gehört habe, braucht man Anlauf, um die Dinger in die Luft zu kriegen, und möglichst hohe Geschwindigkeiten. Wir brauchen also eine Startbahn, vielleicht ein bisschen abschüssig …«

Hernando winkte ab. »Oh, das ist kein Problem. Wir haben ausreichend Land … Ach ja, ich habe den Scheck mit dem Preisgeld übrigens auf dein Konto eingezahlt. Als kleines Dankeschön. Ich brauche das Geld ja nicht, und du hast so viel Herzblut in das Projekt gesteckt.«

Donna war verwundert, fühlte sich aber zum ersten Mal, seit sie ihm das Luftschiff übergeben hatte, wenigstens ein wenig wertgeschätzt. Sie schenkte ihm ein strahlendes Lächeln.

»Das hättest du wirklich nicht tun müssen«, sagte sie. »Aber was meinst du eigentlich mit ›viel Land‹? Dies hier ist Paris. ›Viel Land‹ findet sich da höchstens in den Parks, und es ist etwas anderes, einen Ballon in den Tuilerien aufsteigen zu lassen, als ein Flugzeug mit Rädern von Hügeln herunterrollen zu lassen, um ihm Auftrieb zu geben. Die Grasnarbe wäre zerstört.«

Hernando lachte. »Das kann ich mir wirklich nicht vorstellen. Ich denke, auf die Dauer wird es für diese Fluggeräte spezielle Anlagen geben, gepflasterte oder betonierte Bahnen, auf denen sie starten und landen können. Stell dir vor, wie es wäre, wenn irgendwann jede Stadt, oder zumindest jede größere Stadt, einen solchen Start- und Landeplatz hätte!«

»Keine Kutschen mehr! Aber wo soll nun unsere Maschine starten? Irgendwo in einem Vorort?«

»In Brasilien«, antwortete Hernando wie selbstverständlich. »Meine Maschinen werde ich in Brasilien konstruieren. Meine Familie hat Land im Überfluss ...«

»Du ... du willst nach Brasilien?«, fragte sie, wie vom Donner gerührt. Und hatte er gerade wirklich »meine Maschinen« gesagt?

Hernando antwortete, ohne zu zögern. »Ja, leider, Schatz. In weniger als einer Woche verlasse ich Paris. Ungern, ich habe gern hier gelebt, aber mein Aufenthalt hier war von Anfang an nur für das Studium geplant ... Na ja, jetzt noch der Rekordversuch ... Mein Vater hat eingesehen, dass ich ein paar Monate länger bleiben musste. Wir konnten ja nicht ahnen, dass du bei dem Bau meines Luftschiffes vorauseilst. Ich kann dir dafür nicht genug danken ...«

»Aber ich ... soll ich denn mit nach Brasilien?« Donna ließ das Croissant, das sie eben gebuttert hatte, sinken. Sie war völlig verblüfft, nein geradezu schockiert von seiner unerwarteten Eröffnung.

Hernando schüttelte den Kopf. »Nein, nein, tut mir leid, Schatz, dahin kann ich dich nicht mitnehmen. Man würde dort auch sehr verwundert reagieren, wenn eine Frau Fluggeräte bauen wollte.«

Donna blitzte ihn an. »Ach? Und hier ist das gang und gäbe? Es wäre auch in Frankreich eine Sensation gewesen, hättest du meinen Beitrag an unserem Luftschiff publik gemacht. Aber du wolltest den Ruhm ganz für dich allein!«

»Ach, Liebling, so einfach ist das nicht. Ich hätte meine Familie brüskiert, hätte ich die gemeinsame Arbeit mit einer anderen Frau zugegeben.«

Einer anderen Frau? Donna konnte ihre Frage nicht aussprechen, bevor Hernando ungerührt weitersprach.

»Jetzt, da ich heimkehre, wird mein Vater wollen, dass ich heirate.«

»Und was spricht gegen eine Heirat?« Donna wusste plötzlich, dass sie diese Frage schon lange hätte stellen sollen. »Du weißt, ich bin von Adel. Deine Familie würde mich nicht ablehnen. Und ich denke, bei einer Eheschließung mit einem Kaffeebaron würde auch mein Vater einlenken. Sicher würde er mir die Mitgift nicht verweigern.«

Hernando schaute sie verwundert an. »Du meinst, ich solle *dich* heiraten? Aber Donna, davon war nie die Rede!«

»Dann reden wir doch jetzt darüber!«, rief Donna. »Wir leben seit mehr als einem Jahr zusammen. Wir arbeiten zusammen, teilen unsere Träume und Ziele und Interessen! Was spricht dagegen, dass wir heiraten?«

Hernando fuhr sich etwas verlegen durchs Haar. »Nun ja, zum Beispiel die Tatsache, dass ich Estrella Gutiérrez-Váldoz versprochen bin, seit sie vierzehn war. Endgültig geschlossen wurde die Verlobung im letzten Jahr in Saint-Tropez. Estrella wäre sehr enttäuscht, wenn ich die Verlobung wieder lösen würde. Von ihrer und meiner Familie ganz abgesehen.«

Donna war wie erschlagen. »Im letzten Jahr in Saint-Tropez? Aber da waren wir schon zusammen!«

Er nickte. »Ja. Aber das mit uns ... das war doch immer eine Art Arbeitsgemeinschaft ... gut, wir waren uns auch sonst nahe. Das bot sich schließlich an, es wäre doch Zeitverschwendung gewesen, hätte ich auch noch eine Freundin gehabt ... Aber die künftige Dona Sánchez-Duboire kann ich mir ehrlich gesagt nicht mit abgebrochenen Fingernägeln und ölverschmiertem Haar vorstellen – obwohl du natürlich auch in diesem Aufzug süß aussiehst, Donella.« Er warf einen Blick auf die Arbeitskleidung, in der sie gerade noch an dem Motor herumgeschraubt hatte. Sie hatte es nicht für nötig gehalten, sich vor dem Frühstück umzuziehen.

»In diesem Aufzug habe ich das Luftschiff gebaut, mit dem du berühmt geworden bist!« Ihre Wangen glühten, ihr Herz pochte wild, die Hände waren schweißnass. Was passierte hier eigentlich?

Hernando zuckte mit den Schultern. »Tut mir leid, ich habe es nicht als deine Morgengabe verstanden. Es hat dir doch Spaß gemacht, Donella – all die Dinge, die wir zusammen unternommen haben … Ich habe dir nie etwas versprochen, das weißt du. Du hattest allerdings immer viel Fantasie.«

Auf einmal begriff Donna, was sie für ihn geopfert hatte. »Ich selbst hätte das Luftschiff fliegen können. Den Rekord aufstellen können, während du in Saint-Tropez warst. Denn natürlich bin ich geflogen! Natürlich habe ich es ausprobiert, schon weil ich sonst Angst um dich gehabt hätte. Aber du … ich Dummkopf habe davon geträumt, du würdest um meinetwillen zurückstecken! Du würdest so etwas sagen wie ›Donna, dein Luftschiff, dein Flug!‹. Aber nein, du musstest den Ruhm allein einheimsen …«

»Dafür hast du ja nun das Geld«, entgegnete er ruhig. »Fang irgendetwas damit an, das dir Freude macht. Und bitte schrei mich nicht an! Ich wollte eigentlich noch eine schöne Woche mit dir verbringen. In aller Ruhe Abschied nehmen. Aber wenn du jetzt Ärger machen willst …«

Donna sah ihn fassungslos an. »Du wirfst mich raus?«

Hernando schüttelte den Kopf. »Aber nein, Donna, das wäre kleinlich. Ich denke, ich werde mir für die letzten Tage ein Zimmer in einem Hotel nehmen. Bleib ruhig noch etwas hier, werde dir klar über deine weiteren Pläne und nimm mir bitte nichts übel. Ich war wirklich sehr, sehr gern mit dir zusammen.«

Er stand auf und schloss die Tür hinter sich, ehe die von Donna geworfene Kaffeekanne ihn treffen konnte.

»Wollt ihr da wirklich hingehen? Zusammen? Als Paar?« Ailis drehte die parfümierte Einladung in den Händen hin und her, die eben für Emily gekommen war. Haily Hard lud sie »mit Begleitung« zu einer Soiree. Eine im Mai frisch engagierte Sängerin sollte eine Vorstellung geben, und natürlich würde der Champagner in Strömen fließen.

»Sie hat mir deutlich gesagt, dass Ronald ihr herzlich willkommen ist«, meinte Emily. »Wir hätten doch wohl nichts zu verbergen …«

»Aber sie hat etwas vor«, überlegte Ailis. »Das ist so sicher wie das Amen in der Kirche. Mir fällt nur nicht ein, worum es gehen könnte. Natürlich werdet ihr bloßgestellt. Aber das ist jedes Mal so, wenn ihr in der Öffentlichkeit auftaucht – und gewöhnlich werdet ihr auch gar nicht erst eingeladen. Es kann also nicht darum gehen, für einen Eklat zu sorgen. Gut, vielleicht gehen ein paar Leute wieder, wenn sie euch sehen, aber …«

»Das glaube ich nicht«, sagte Emily. »Einladungen bei Haily sind heiß begehrt. Im Theater drängen sie sich darum, und die ganz normalen Bürger scheinen nichts schöner zu finden, als ein Mal in der Welt der Kunst zu schnuppern. Vielleicht will sie ja gerade mit uns angeben. So was wie ›Guckt mal, wie modern ich bin!‹.«

Ailis zog die Stirn kraus. »Ich würde jedenfalls nicht hingehen, Emily. Und auf keinen Fall so lange bleiben, bis alle betrunken sind. Wie wollt ihr überhaupt nach Hause kommen? Du weißt, dass nicht jeder Droschkenkutscher Ronald mitnehmen wird …«

Bei Nacht auf die Straße zu gehen empfahl sich nicht für ein gemischtes Paar. In anderen Städten hatte es Überfälle gegeben, auch mit tödlichem Ausgang.

»Mr. Brewster leiht Ronald einen Wagen und ein Pferd«, sagte Emily.

»Gut.« Ailis nickte. »Dann könnt ihr ja so tun, als wäre Ronald dein Fahrer.«

»Ailis!« Emily reagierte empört, obwohl sie wusste, dass Ailis nicht das Geringste gegen Ronald hatte. Woher diese unerwartete Toleranz rührte, war ihr zwar nicht klar, zumal sie nichts von Ailis' Beziehung zu Maureen wusste, doch sie fand darin immer wieder Trost. »Wir werden keine unwürdigen Scharaden aufführen, wir …«

»Ihr geht ganz normal zu Hailys Soiree. Ihr werdet gar nicht auffallen.« Ailis hob die Schultern. »Ich bin gespannt.«

Haily begrüßte Emily und Ronald geradezu euphorisch, nachdem ein für den besonderen Anlass engagierter Butler ihnen die Tür geöffnet hatte. Ronald war schon vom Anblick des Hauses etwas eingeschüchtert, es gehörte zu den ältesten und prächtigsten Gebäuden in Boston. Einer der Gründerväter musste ein Vermögen in die Architektur investiert haben.

Emily, die sich inzwischen über die Geschichte der Sklaverei in den Vereinigten Staaten informiert hatte, erwähnte nicht, dass der zweifellos ehrenwerte Mann und sein Baumeister mit Sicherheit afrikanische Sklaven auf dem Bau beschäftigt hatten. Sie war entsetzt gewesen, als sie las, dass selbst Thomas Jefferson seine Plantagen mit Sklaven betrieben hatte.

Haily schien davon nichts zu wissen. Sie sah umwerfend aus in einem roten Seidenkleid und umarmte Emily zur Begrüßung.

»Du siehst heute bezaubernd aus!«, rief sie. »Im Gegensatz zu mir … Lena kommt an deine Friseurkünste nicht heran.« Zu Emilys Verwunderung hatte sie tatsächlich darauf verzichtet, von ihr zurechtgemacht zu werden. Ihr Hausmädchen Lena hatte sich an ihrer Aufsteckfrisur versucht, und das Ergebnis konnte man – mit viel Wohlwollen – höchstens als neckisch bezeichnen. »Und das Kleid hat mir nie so gut gestanden wie dir!«

Das mattgrüne Spitzenkleid passte wirklich besser zu Emilys Haarfarbe und Typ als zu Haily. Es war wohl ein Fehlkauf gewesen, wie er Haily mitunter passierte, wenn sie mit einem spendablen Begleiter durch die Stadt flanierte.

»Und das ist also dein Freund, Mr. Gardener … oder darf ich Ronald sagen? Wissen Sie, Emily und ich sind wie Schwestern, Förmlichkeiten sind uns fremd. Ich freue mich jedenfalls, Sie endlich kennenzulernen.«

Der überraschte Ronald hätte seine guten Manieren beinahe vergessen, beeilte sich dann jedoch, ihr zu versichern, dass es ihm genauso gehe und dass Haily natürlich die schönste und aufregendste Frau sei, sie solle ihr Licht nur nicht unter den Scheffel stellen. »Sie werden alle Männer im Saal begeistern. Lediglich ich selbst muss bekennen, dass mein Herz beim Anblick Ihrer Freundin höher schlägt als bei jeder anderen Frau.« Er lächelte Emily zu.

»Sie sind Fotograf?«, erkundigte sich Haily im Plauderton. Dabei hielt sie einen Diener an, der mit einem Tablett voller Champagnergläser vorbeikam, und versorgte sich selbst und ihre Gäste. »Und bringen Sie mir doch bitte noch Feuer, Fred!«, forderte sie den Diener auf und zog ihr Zigarrenetui aus der Tasche. »Oder würden Sie … Ronald?«

Emily hatte ihr Feuerzeug auf einer Ablage liegen sehen und schlug geschickt damit Feuer, um selbst Hailys Zigarre zu entzünden.

»Sie rauchen nicht, Ronald?«

Ronald gestand, gelegentlich in Gesellschaft eine von Mr. Brewsters Zigarren zu rauchen, sich jedoch nie selbst welche zu kaufen. Tatsächlich machte er sich nichts aus dem Geschmack, und die Überlegung, dass die Menschen, die den Tabak pflanzten und ernteten, zwar keine Sklaven mehr waren, doch kaum genug zum Leben verdienten, machte es auch nicht besser – doch diesen Gedanken behielt er für sich.

»Sie arbeiten für diesen Mr. Brewster?«, fragte Haily weiter. »Emily hält ja große Stücke auf ihn …«

Emily, die nie mit Haily über den Ornithologischen Club gesprochen hatte, fragte sich, woher sie das wusste.

»Er ist ein namhafter Ornithologe«, antwortete Ronald, »und hat mich von klein auf ausgebildet. Da mein Talent in diese Richtung geht, habe ich mich auf die Tierfotografie – besonders die von Vögeln – spezialisiert.«

Haily blickte etwas enttäuscht. »Ich dachte, Sie fertigen auch Porträts an?«

Emily bereute sofort, ihr in einer schwachen Stunde das Bild gezeigt zu haben, das Ronald während der Exkursion von ihr gemacht hatte.

»Sicher«, sagte Ronald, »ich verdiene mir mit privaten Aufträgen gern etwas hinzu. Schließlich gedenke ich, irgendwann einen eigenen Hausstand zu gründen, und versuche, dafür zu sparen. Mr. Brewster hat nichts dagegen. Allerdings sind es häufiger Porträts von Pferden oder Hunden als etwa von Kindern oder Hochzeitspaaren.«

»Doch ich könnte Sie für eine Sitzung buchen, nicht wahr?«, erkundigte sich Haily.

Ronald zögerte. »Miss Hard, eine Frau wie Sie, die wird doch regelmäßig von viel namhafteren Fotografen abgelichtet, als ich einer bin. Sie müssen Dutzende von großartigen Porträts besitzen …«

Haily lächelte. »Trotzdem, ich würde mir manchmal eine frischere, offenere Sicht auf meine Stärken und Schwächen wünschen. Eine andere Perspektive … Das Bild, das Sie im Herbst von Emily gemacht haben … Der Lichteinfall, der Ausdruck, die angedeutete Seitenansicht! Ihre Kamera fängt die Persönlichkeit ein! Das ist nicht jedem gegeben.«

Ronald fühlte sich geschmeichelt, doch auch etwas peinlich

berührt ob ihrer Lobeshymnen. An den Lichteinfall hatte er gar nicht gedacht, als er damals die Kamera spontan auf Emily gerichtet hatte – und die Technik, das Modell nicht frontal in die Kamera schauen zu lassen, sondern leicht über die Schulter, hatte er sich auch nicht selbst ausgedacht. Und was hatte das mit Persönlichkeit zu tun? Aber bitte, wenn die Dame es wünschte. Sie sah nicht aus, als zahlte sie schlecht.

»Ich werde Ihrer Persönlichkeit gern fotografisch nachspüren«, sagte er mit freundlichem Spott. »Wobei ich nicht dafür garantieren kann, sie auch einzufangen. Wer sollte das wollen? Ihrer Schönheit und Ihrem Charme gerecht zu werden dürfte schwierig sein, doch daran versuchen kann ich mich gern. Sie haben mich schließlich jetzt schon bezaubert.«

Haily lächelte das Lächeln, das Emily stets an den Ausdruck einer zufriedenen Katze erinnerte. »Ich werde darauf zurückkommen«, sagte sie. »Aber nun muss ich mich meinen anderen Gästen widmen ... Ah, Mr. und Mrs. Winyard, wie reizend, dass Sie kommen konnten.« Sie wandte sich an ein Ehepaar in den Vierzigern, beide eher konservativ gekleidet, und strahlte sie an. »Darf ich Ihnen meine Freundin Emily Coxwold und ihren ... hm ...« Sie kicherte. »... Fast-Verlobten, Mr. Gardener, vorstellen?«

Schon bei Ronalds Anblick hatte das Paar befremdet gewirkt. Als Haily nun ein Verhältnis zwischen Ronald und Emily andeutete, verhärtete sich ihr Ausdruck endgültig.

»Verzeihung, aber ich sehe da eine Freundin!«, erklärte Mrs. Winyard, machte sich vom Arm ihres Mannes los und suchte andere Gesellschaft.

»Und ich denke, ich gehe erst einmal an die Bar«, verabschiedete sich gleich darauf ihr Ehemann.

Haily hob wie verwundert die Schultern, ließ Emily und Ronald dann jedoch stehen und begrüßte weitere Gäste.

Ronald nahm einen Schluck Champagner. »Was für ein Wirbelwind«, bemerkte er und sah Haily nach. »Was hast du nur gegen sie? Sie wirkt natürlich etwas überspannt, aber das muss man einer Schauspielerin wohl nachsehen. Sie scheint jedoch ehrlich bemüht, uns in diese Gesellschaft … nun ja, ein bisschen einzuführen …«

Emily verzog das Gesicht. »Sie hat den Klatsch eben gezielt angeheizt. Bislang hätte sich einfach jemand gefragt, was ein Afro-Amerikaner bei ihrer Soiree macht. Jetzt steht die Verlobung mit einer Weißen im Raum. An der Bar wird zweifellos gleich darüber geredet werden, die Damen tratschen jetzt schon.« Sie wies auf Mrs. Winyard, die mit Freundinnen intensiv tuschelte und dabei immer wieder zu ihnen hinübersah.

Ronald schaute sich seinerseits nach den anderen Gästen um. Er schien zu überlegen, ob es nicht besser wäre, sich zurückzuziehen, dann aber wandte er sich Emily mit einem offenen, strahlenden Lächeln zu, das niemandem entgehen konnte und sollte.

»Weißt du was? Wir ignorieren das jetzt einfach. Ich gehe zum Buffet und hole uns etwas zu essen – umso besser, wenn man vor mir zurückweicht, dann kann ich in Ruhe auswählen, was uns schmecken könnte. Wir essen uns satt, trinken Champagner und genießen das Musikprogramm. Und gleich danach bringe ich dich nach Hause. Wir sind eingeladen, wir haben uns nicht eingeschlichen. Wenn das irgendjemandem nicht passt, soll er doch reden!«

Kurz darauf hatten sich die beiden einen Platz an einem der im Raum aufgestellten Stehtischchen gesucht. Zwischen ihnen stand eine Platte mit erlesenen Köstlichkeiten, und sie taten sich ungeniert daran gütlich. Emily hatte zunächst noch mit ihrer Scheu zu kämpfen, und es war ihr unsagbar peinlich, von allen Seiten angestarrt zu werden. Gleichzeitig begann sie, es auch zu genießen, nicht mehr das unscheinbare Mädchen in Hailys Schatten zu sein, das immer am Rande stand, sondern das berühmt-berüchtigte Enfant terrible im Mittelpunkt der allgemeinen Aufmerksamkeit.

Schließlich klatschte Haily in die Hände, öffnete die Tür zum Nebenzimmer, als zöge sie einen Vorhang auf, und wandte sich mit lauter Stimme an die Gäste.

»Liebe Mitbürger, liebe Freunde! Ich habe die große Freude, Ihnen einen besonderen musikalischen Genuss ankündigen zu dürfen. Bitte begrüßen Sie mit mir Evangeline Ashton, einen neuen Star am Bostoner Musikhimmel!«

Aus dem Nebenzimmer trat eine junge Frau in einem hellblauen Abendkleid. Es war am Saum und über der Brust mit Rüschen geschmückt, dunkle Schärpen, die sich mehrmals über ihrer Taille kreuzten, betonten ihre schlanke Figur. Das Kleid hatte einen weiten Ausschnitt und ließ auch einen Teil ihrer schneeweißen Schultern frei. Ihr Haar schimmerte wie rötliches Gold, es umspielte ihr schmales Gesicht in kleinen Locken, war aber nicht gänzlich aufgesteckt, sondern fiel ihr, gestaltet zu einer kunstvollen Flechtfrisur, über die rechte Schulter. Das lange Haar ließ sie sehr jung und unschuldig wirken. Ihr Gesicht zeigte vornehme Blässe, große braune Augen schauten erwartungsvoll in die Welt. Sie wurden nicht enttäuscht. Das Publikum empfing die junge Frau mit begeistertem Applaus.

Evangeline Ashton wirkte wie einer Daguerreotypie aus alten Zeiten entstiegen – oder eher einem Ölbild. Emily fragte sich, warum ausgerechnet Haily, die doch selbst am liebsten im Zentrum stand, die mögliche Rivalin protegierte. Ob sie vielleicht nicht singen konnte? Dann würde Haily sie hier bloßstellen. Doch eine Sängerin ohne Stimme hätte Cuthbert Hay nie engagiert.

Die junge Frau bedankte sich jetzt mit warmen Worten, die sie ein bisschen verwaschen aussprach. Ein amerikanischer Akzent, von denen es etliche gab – so wie sich ja auch Emilys schottischer Akzent von Oxford-Englisch unterschied. Emily konnte Miss Ashtons Sprechweise nicht einordnen, doch sie gefiel ihr. Schon weil sie ein bisschen an Ronalds erinnerte. Der war jedoch immer bemüht, äußerst korrekt zu sprechen.

In diesem Augenblick spürte sie eine Veränderung. Emily wandte den Blick von der jungen Frau ab. Rons Körperhaltung zeigte Anspannung, er schien fast etwas blass geworden zu sein.

»Die junge Frau ist aus Alabama«, raunte er Emily zu. »Die vollkommene weiße Südstaatenschönheit.«

Inzwischen trat Miss Ashton an den Flügel in Hailys Wohnzimmer heran, und ein Pianist spielte die ersten Takte. Dann begann die junge Frau mit der bitter-süßen Ballade *Annabel Lee* ihren Vortrag. Sie traf nicht nur jeden Ton, sondern interpretierte das Lied mit so viel Ausdruck, dass vielen Zuhörern die Tränen in die Augen traten. Darauf folgte *Sally Gardens*, und Miss Ashton wurde sicherer und ließ die Blicke über ihr begeistertes Publikum schweifen. Plötzlich stutzte sie, als sie Ronald bemerkte, fing sich aber sofort wieder und sang engelsgleich weiter. Emily verstand nicht viel von Musik, doch selbst für sie war schnell klar, dass Hailys Stimme weder im Timbre noch in puncto Sicherheit an die der jungen Interpretin heranreichte. Sie griff nach Ronalds Hand, als Evangeline zum Schluss einige Liebeslieder vortrug. Die Töne, die den Raum füllten, spiegelten ihre Gefühle so genau, wie Emily es nie für möglich gehalten hatte.

Nach einer halben Stunde machte Miss Ashton eine Pause und war natürlich gleich umringt von Bewunderern. Haily ließ sie ein wenig in ihrem Ruhm baden, dann bahnte sie sich mit zwei Gläsern einen Weg durch die Menge.

»Evangeline, kommen Sie doch bitte mit. Ich muss Ihnen jemanden vorstellen. Einen Gast aus Ihrer Heimat …«

Emily und Ronald konnten nicht schnell genug fliehen, als sie mit der sichtlich verwirrten Sängerin in ihre Richtung strebte.

»Miss Ashton, dies ist Mr. Ronald Gardener. Auch ein aufziehender Stern – diesmal am Himmel der Fotografie.«

Evangeline Ashtons Augen weiteten sich, als würde es einen unerhörten Affront für sie bedeuten, einem Afro-Amerikaner vorgestellt zu werden. Die Gesetze, die in Alabama für den Umgang zwischen den beiden Bevölkerungsgruppen galten, waren so streng wie nirgendwo sonst.

Es sollte jedoch noch schlimmer kommen. Als Ronald sich von

seiner Starre befreite, sich höflich verbeugte und zu einem »Sehr erfreut!« ansetzte, verzog sich Evangelines engelhaftes Gesicht.

»Miss Hard, ich verstehe das nicht!«, rief sie, bevor sie sich Ronald zuwandte. »Und du ... du schwarzer Mistkerl, wie kannst du es wagen, dich in eine solche Gesellschaft einzuschleichen? Habt ihr Kerle nicht genug angestellt? Hat die Sklavenfrage nicht unser Land gespalten, sogar einen Bürgerkrieg ausgelöst? Unsere Baumwolle ist am Strauch verrottet, weil ihr sie nicht mehr pflücken wolltet! In eurem Namen wurde unser Haus angezündet, unsere Plantage dem Erdboden gleichgemacht! Wir mussten fliehen wie die Bettler ...«

Evangeline wurde lauter und lauter, längst hatte sie die Aufmerksamkeit aller Gäste – und obwohl sicherlich die meisten von ihnen Ronald nicht vorurteilsfrei in ihrer Mitte aufgenommen hatten, ging die Tirade der Sängerin entschieden zu weit. Emily registrierte empörtes Raunen und fragte sich, weshalb sich Evangeline über einen Krieg, der vor vielen Jahren beendet worden war, derart erregte. Wenn sie zu jener Zeit schon geboren gewesen war, musste sie ein Baby, allenfalls ein Kleinkind gewesen sein.

Ungeachtet der sich drehenden Stimmung fuhr Miss Ashton wütend fort: »Ich sehe euch noch an unserem Zaun stehen. Belacht habt ihr das Unglück meiner Familie. Meine Schwester und ich mussten in den Straßen unserer Gemeinde singen, um ein paar Cent zu erbetteln, das Herz meiner Mutter war gebrochen ... Und auch jetzt noch muss ich die Leute unterhalten wie ein Tanzmädel! Dabei hätte ich einen reichen Erben heiraten sollen und mit ihm über seine Plantage herrschen. Und jetzt bin ich nicht mehr als eine Dirne, eine Jahrmarktsensation, die singt und tanzt und sich möglichst noch befummeln lässt. Ich ... ich ... Verdammt, ich bin eine Ashton! Uns gehörte die größte Plantage jenseits von Montgomery!«

Cuthbert Hay war herbeigeeilt und versuchte, seinen neuen Star zum Schweigen zu bringen. Evangeline hatte alle zur Schau gestellte kindliche Unschuld verloren. Als sie sich auch von ihm nicht beruhigen ließ und die anwesenden Bürger und Bürgerinnen der Stadt weiterhin beschimpfte, gebot ihr Mr. Winyard als Vertreter der Honoratioren Bostons endlich Einhalt.

»Miss Ashton, es tut mir leid, wenn Sie sich von Ihren Zuhörern beleidigt und ausgenutzt fühlen«, sagte er würdevoll. »Seien Sie versichert, dass unser Applaus ehrlich gemeint war. Er sollte nur unsere Freude an Ihrer wunderschönen Stimme ausdrücken, Ihrer bezaubernden Erscheinung … Wir konnten nicht wissen, dass Ihr Talent für Sie eher eine Bürde darstellt. Und dass Sie den Nordstaaten und den völlig zu Unrecht versklavten Afrikanern auf Ihrer Plantage so viel Hass entgegenbringen. Vielleicht sollten Sie einfach nicht in Neuengland singen – Sie wissen, dies war und ist eine Hochburg der Quäker, die vielen Sklaven zur Flucht verholfen haben …«

Cuthbert hatte Evangeline am Arm gefasst und hielt sie eisern fest. »Ich bin sicher, Miss Ashton hat das alles nicht ernst gemeint«, bemühte er sich um Beschwichtigung. »Die unerwartete Begegnung mit Mr. Gardener …«

»So unerwartet sollte das eigentlich nicht sein«, ließ sich eine junge Frau aus einer der letzten Reihen vernehmen. »In Massachusetts steht es jedem Bürger, egal welcher Hautfarbe, frei, eine Musikveranstaltung zu besuchen.«

»Und genau wie das Publikum dem Künstler Respekt entgegenbringt, kann es umgekehrt von ihm erwarten, eventuelle Ressentiments im Zaum zu halten«, fügte ein älterer Herr hinzu.

»Bitte erlauben Sie mir, mich im Namen der Künstlerin zu entschuldigen! Mr. Gardener …«, wandte sich nun Cuthbert an Ronald, aber auch an das gesamte Publikum. »Ich glaube, Miss Ashton würde sich jetzt gern zurückziehen … Vielleicht trinken Sie alle noch ein Glas Champagner oder einen Whiskey. Und dann würde Miss Hard die musikalische Darbietung sicher gern zu Ende führen. Ein Medley aus unseren letzten Singspielen, Haily?«

»Wir gehen jetzt besser«, raunte Ronald Emily zu, während das Publikum der triumphierenden Haily Hard lauschte. »Himmel, was für ein Auftritt! Eine Südstaatenprinzessin, deren Familie durch den Krieg verarmt ist und die nun alle Welt dafür verantwortlich macht. Wer hätte das ahnen können?«

»Das war Hailys Meisterstück!«, bemerkte Ailis, als Ronald und Emily kurz darauf in ihrem Wohnzimmer saßen. Es war ja noch früh, und beide hatten das Bedürfnis gehabt, über den Vorfall zu reden. Wobei Ronald immer noch bereit war, das Erlebte für einen Zufall zu halten. Emily war sich hingegen sicher, dass Haily die Südstaatlerin bewusst provoziert hatte. »Wie kann sie das herausgefunden haben? Also nicht, dass diese Evangeline Rassistin ist, das war zu erwarten. Aber dass sie obendrein einen Hass auf ihr Publikum hegt ...«

»Das kann sie nicht gewusst haben«, meinte Ronald.

Emily schüttelte den Kopf. »Sie hat es garantiert gewusst! Weiß der Himmel, wie sie es ihr entlockt hat, wahrscheinlich hat sie ihr Freundschaft vorgespielt, und die Frau hat ihr das Herz ausgeschüttet. Aber sie wusste ganz genau, was sie auslöst, wenn sie Evangeline mit Ronald konfrontiert. Und dass sie nach dieser Publikumsbeschimpfung für Hay nicht mehr haltbar ist. Hätte sie nur Ronald beleidigt – verzeih Ron, aber darüber hätte die Theaterleitung hinwegsehen können. Haily wollte sie nicht nur des Rassismus überführen, sie wollte sie loswerden!«

»Was ihr ja anscheinend großartig gelungen ist!« Ailis konnte über Hailys Coup inzwischen lachen.

»Schön, dass du das komisch findest!«, fuhr Emily sie an.

Ailis legte ihr beschwichtigend die Hand auf den Arm. »Komm, Emily, natürlich ist es verwerflich und hinterhältig, sich eurer zu bedienen, um einer Rivalin den Schleier vom Gesicht zu reißen. Aber ihr wollt nicht wirklich sagen, dass diese Rassistin euch leidtut! Haily hat sie ganz gezielt dazu gebracht, ihr wahres

Gesicht zu zeigen. Egal, was sonst von ihr zu halten ist: Ihren Einfallsreichtum bewundere ich.«

»Ich kann mir immer noch nicht vorstellen, dass sie das geplant haben soll«, beharrte Ronald. »Woher hätte sie wissen sollen …?«

»Haily ist eine gewiefte Intrigantin«, erklärte Ailis. »Das war sie schon in der Schule. Als Donella und ich in der ersten Klasse ein Mikroskop auseinandergenommen hatten, hat sie uns einfach verpetzt. Dafür wurde sie gerügt, also hat sie bei unserem nächsten kleinen Vergehen dafür gesorgt, dass die Hausmutter es selbst aufdeckte. Und seitdem hat sie zahllose Rivalinnen aus dem Weg geschafft.«

»Sie ist gefährlich, Ronald«, sagte Emily eindringlich. »Glaub es mir. Ich finde, du solltest sie nicht fotografieren.« Sie berichtete Ailis von Hailys Ansinnen, sich von Ronald fotografieren lassen.

»Was befürchtest du denn da?«, fragte Ailis, immer noch eher amüsiert als besorgt. »Dass sie durch Hexenkunst die Kamera explodieren lässt? So talentiert ist sie nun auch wieder nicht …«

Emily blitzte sie an. »Sie hat Gooby kalt lächelnd umgebracht.«

Ailis rieb sich die Stirn. »Also wenn ich Donna richtig verstanden habe, hat sie damals einfach die Gunst der Stunde genutzt und die Hunde auf sie losgelassen. Das war sehr böse und vielleicht ein bisschen unüberlegt, ich könnte mir vorstellen, dass es ihr hinterher sogar leidtat. Ein kaltblütig geplanter Mord war das sicherlich nicht.«

»Ich traue Haily alles zu!«, erklärte Emily. »Nach allem, was ich schon mit ihr erlebt habe …«

»Du musst aufhören, dich vor ihr zu fürchten.« Ailis nahm Emilys Hand und drückte sie. »Sie hat keine Macht mehr über dich, du musst sie nicht mal frisieren, wenn du nicht willst. Und du hättest auch nicht zu dieser Soiree gehen müssen.«

»Und Ronald muss diesen Fototermin nicht wahrnehmen!«

»Liebes«, sagte Ronald, »ich sehe da zwar ebenfalls keine Gefahren, aber wenn du es nicht willst und wenn es dich beunruhigt, dann werde ich ihr absagen.«

Emily sah ihn ungläubig an. »Du würdest ihr absagen? Um meinetwillen?«

»Dein Wort sei mir Befehl!«, sagte er und lachte.

Emily lachte nicht. Sie hatte selten eine solche Erleichterung empfunden.

Haily Hard war keine Frau, die ein Nein einfach so akzeptierte. Nachdem sie Ronald einen Tag im März als Wunschtermin für ihre Foto-Session genannt und er sich auf Arbeitsüberlastung herausgeredet hatte, empfingen William und Caroline Brewster einen himmelblauen, dezent duftenden Brief mit ihrem Absender. Caroline, die ihn neugierig öffnete, fand darin ein paar freundliche Zeilen sowie zwei Freikarten für einen von Haily Hards nächsten Auftritten in der Boston Music Hall. Haily fragte höflich nach, ob Mr. Brewster die Karten als kleines Dankeschön annehmen könnte, würde er Ronald Gardener für einen Nachmittag freistellen, um ein paar Porträtfotos von ihr anzufertigen. Die Programme für die nächste Saison gingen demnächst in Druck, und sie brauche aktuelle Bilder.

»Wie kommt sie da auf dich, Ron?«, fragte Brewster seinen Assistenten, nachdem seine Frau ihm aufgeregt den Brief gezeigt hatte. »Und wieso muss ich dich dafür freistellen? Im März gibt es hier doch praktisch nichts zu fotografieren. Mal ganz abgesehen davon, dass ich mich auch sonst nicht querlege, wenn du von irgendwem gebucht wirst.«

Ronald war zwar nie als Porträtfotograf gefragt, doch immer mal wieder bat ihn ein Mitglied der Ornithologischen Gesellschaft um die Dokumentation einer Expedition. Jetzt blieb ihm nichts anderes übrig, als davon zu erzählen, dass Haily ihn bei ihrer Soiree um einen Termin gebeten habe – den er um Emilys willen abgesagt habe.

»Aus irgendwelchen Gründen hat sie Angst um mich«, erklärte er.

Brewster runzelte die Stirn. »Angst? Also Ron, wenn dir zurzeit etwas schaden kann, dann ganz sicher kein Fototermin mit Miss Hard, sondern eher deine Liaison mit Miss Emily. Du weißt, wie sehr ich euch beide schätze, eure Beziehung halte ich trotzdem für einen Fehler. Und wie es jetzt aussieht, ist Miss Emily wohl auch ein wenig überspannt. Vielleicht krankhaft eifersüchtig? Ich kann Miss Hard jedenfalls nur antworten, dass ich dich selbstverständlich jederzeit freistelle, sofern du mich darum bittest. Und natürlich leihe ich dir gern Pferd und Wagen für den Transport der Ausrüstung. Wenn du sie aber brüskieren willst …«

»Es tut mir so leid, Emily, aber ich kann jetzt praktisch nicht mehr Nein sagen.«

Ronald nahm Emily bei der nächsten Sitzung des Ornithologischen Clubs beiseite und berichtete ihr von Hailys Intervention bei den Brewsters. Nach wie vor bestand Emily auf ihrer Teilnahme an den Clubtreffen, weshalb Ronald sie vom Bahnhof abholte. Sie ertrug dann stoisch die ein wenig angespannte Atmosphäre, die dank William Brewster nie eskalierte. Wann immer jemand gegen Emily oder Ronald stichelte, pflegte er einzuschreiten, meistens indem er freundlich, aber bestimmt etwas richtigstellte. Er bezog die beiden auch gezielt in die Gespräche ein und bemühte sich, die Diskussionen höflich und sachlich zu halten. Emily war trotzdem nervös, genoss danach jedoch umso mehr die Spaziergänge mit Ronald durch das Reservat. Die Brewsters taten so, als bemerkten sie das Verschwinden der beiden nicht, und die anderen Clubmitglieder waren in der Regel bereits auf dem Heimweg, wenn sie aufbrachen.

»Du porträtierst sie also doch?«, fragte Emily jetzt nervös, nachdem er von Haily erzählt hatte. »Soll ich … soll ich vielleicht mitkommen?«

»Hast du da nicht Vorlesung?«, fragte Ronald. »Und wie sähe es überhaupt aus, wenn ich mich nur in Begleitung zu Miss Hard wagte? Wahrscheinlich bestellt sie dich doch sowieso vorher zu sich, um sich schminken und frisieren zu lassen.«

»Es findet in ihrer Wohnung statt?«, fragte Emily.

Ronald nickte. »Sie möchte in ihrer vertrauten Umgebung und am Flügel fotografiert werden. Die Betrachter der Bilder sollen Einblick in ihr Leben nehmen können.«

Emilys Miene zeigte Skepsis. »Ich kann dich nur erneut davor warnen«, wiederholte sie ihre Bedenken, und Ronald spürte zum ersten Mal eine Verstimmung zwischen sich und Emily. Ob es das war, was Haily beabsichtigte? Oder war er inzwischen schon so paranoid wie seine Freundin?

Tatsächlich war Ronald eher gespannt als ängstlich, als der Portier, der vor Hailys repräsentablem Wohnsitz Wache hielt, ihm die Tür öffnete und einen Pagen rief, um ihm mit der Kameraausrüstung zu helfen. Der Junge verließ ihn vor Hailys Apartment, und eine junge Frau öffnete ihm die Tür. Ronald erinnerte sich an sie von der Soiree. Da hatte sie allerdings eine Dienstbotenuniform angehabt. Jetzt trug sie Ausgehkleidung und schien ihn schon erwartet zu haben.

»Mr. Gardener ist gekommen, Miss Hard. Kann ich dann gehen?«, fragte sie in die Wohnung, nachdem sie ihn höflich gegrüßt hatte.

»Führ ihn doch bitte noch herein, Lena!«, antwortete Haily.

Das Hausmädchen tat wie geheißen und half ihm außerdem, die Kameraausrüstung in Hailys Salon zu tragen. Die Schauspielerin saß am Flügel und trug eine Art Mantelkleid, das ihre Figur weich umspielte. Sie war dezent geschminkt, das Haar in lockeren Wellen aufgesteckt. Zwischen ihren Fingern balancierte sie anmutig die unvermeidliche Zigarre.

Ronald verbeugte sich höflich. »Ich baue noch die Kamera auf, Miss Hard, dann können wir gleich anfangen«, sagte er freundlich, während Lena die Wohnungstür hinter sich schloss.

»Aber, aber, Ronald, wir wollen doch nicht anfangen, ohne ein Glas Champagner auf unser Projekt zu trinken …«

Ronald sah jetzt erst den Champagnerkühler auf einer Anrichte – und ein bereits gefülltes und ein halb geleertes Glas auf dem Piano.

»Für mich nicht, Miss Hard, danke. Bei meiner Arbeit brauche ich einen klaren Kopf.« Ronald entfaltete sein Stativ und hätte die Kamera fast fallen lassen, als Haily aufstand. Sie löste wie nebenbei den Gürtel ihres Mantelkleides, das sich daraufhin öffnete. Haily präsentierte sich ihm im Korsett, die Brüste kaum bedeckt.

»Miss Hard, bitte …« Ronald wusste nicht, wo er hinsehen sollte. »Sie wollen doch nicht wirklich fast unbekleidet posieren …«

»Warum nicht?« Haily streifte das Kleid ab und ließ sich auf eine Chaiselongue sinken. Lächelnd nahm sie diverse laszive Posen ein.

Ronald hatte die Kamera inzwischen in Position gebracht, zögerte jedoch, den Auslöser zu betätigen.

»Nun machen Sie schon!«, rief Haily. »Mir wird sonst kalt …«

Sie spielte mit ihrer Zigarre und dem Champagnerglas, löste die Schnüre des Korsetts noch ein wenig, sodass die Unterkleidung mehr von ihren Brüsten sehen ließ. Schließlich löste sie ihr Haar und ließ es über ihre Schulter fallen.

Ronald fotografierte und fotografierte, belichtete Filmrollen und Platten. Dabei versuchte er, sich vorzustellen, dass er hier nichts anderes vor sich hatte als einen Pfau, der Räder schlug, um die Henne zu beeindrucken.

Haily Hard wollte jedoch mehr als Fotografien. Als Ronald Anstalten machte, die Sitzung zu beenden, stand sie auf, kam zu ihm und rieb sich an ihm.

»Also bis jetzt habe ich nicht herausgefunden, was meine kleine Emily an dir so findet«, raunte sie. »Willst du es mir jetzt nicht zeigen? Komm!« Sie nahm seine Hand und wollte ihn zur Chaiselongue ziehen. Mit der anderen Hand griff sie in seinen Schritt.

Ronald befreite sich entschlossen. »Miss Haily, lassen Sie das! Diese Fotos, die sind schon hart an der Grenze. Sie hatten im Vorgespräch nichts von erotischer Fotografie erwähnt. Aber was Sie jetzt von mir wollen, das wäre unprofessionell! Und wider alle guten Sitten. Was würde Emily von mir denken.« Ronald zog sich zurück und vergewisserte sich, dass seine Hose noch geschlossen war.

Haily lachte. »Emily weiß, wie gern ich spiele. Und das mit ihr ... das ist doch sowieso vorbei. Schau mal, Ronny, ich hab dich längst in der Hand. Angenommen, ich würde jetzt schreien und sagen, du hättest versucht, über mich herzufallen ... Der Portier hat ein Auge auf die Wohnung. Er weiß, dass ich hier mit einem Mann allein bin. Und wenn er jetzt hier hereinkäme ...«

Sie warf ihr Champagnerglas um und tat so, als versuchte sie, ihr praktisch gelöstes Korsett fester um sich zu ziehen. »Wem würde man wohl glauben, junger Mann? Einer geachteten Frau oder einem wild gewordenen Draufgänger?«

Ronald fuhr zusammen, als die Türglocke ertönte. Er wusste nicht, ob er hoffen oder befürchten sollte, dass es Emily war – doch da betrat Cuthbert Hay das Zimmer. Er bewegte sich ganz selbstverständlich in Hailys Wohnung und hatte das Jackett seines Anzugs bereits ausgezogen.

»Haily, Liebes, du solltest deine Tür abschließen«, bemerkte er launig. »Schließlich ist nicht jeder in so unbeschränkt guter Absicht unterwegs wie ich.« Doch dann verengten sich seine Augen, als er der Szenerie gewahr wurde. »Was ist hier los?«

Ronald versuchte gar nicht erst, sich zu rechtfertigen. Er war gerade noch so geistesgegenwärtig, die belichteten Filme und Platten zu greifen – die Kamera musste er blutenden Herzens zurücklassen –, bevor er die Wohnung in Panik verließ und die Treppen herunterrannte.

Der kleine Kastenwagen, den er sich von Mr. Brewster geborgt hatte, um seine Ausrüstung zu transportieren, wartete vor der Tür des Wohnhauses. Ronald band das Pferd mit fliegenden Händen los und trieb es an, sobald er auf dem Bock saß. Dabei dachte er fieberhaft nach. Er musste mit jemandem reden! Emily war in einer Vorlesung, Ailis bei der Arbeit … Blieben nur Mr. und Mrs. Brewster, selbst wenn das einen längeren Weg hinaus aus der Stadt bedeutete. Er trieb die recht gemütliche Stute Meta an, wie er es vorher noch nie getan hatte, und schaffte den Weg schneller als je zuvor.

Als er ins Haus stürzte, war er völlig aufgelöst. Zum Glück waren beide Brewsters da. William arbeitete an einem Text, seine Frau hatte eben Tee gemacht. Sie erkannte sofort, dass etwas nicht stimmte.

»Himmel, Ronald, hast du einen Geist gesehen?« Sie füllte ihm rasch einen Becher mit Tee.

Ronald erzählte mit zitternder Stimme. »Wenn sie behauptet, ich hätte sie vergewaltigt, sperren sie mich ein«, flüsterte er. »Ich … wir … ich hätte auf Emily hören sollen. Sie hatte völlig recht, vor dieser Frau zu warnen!«

Brewster winkte ab. »Na, na, so schnell wird keiner eingesperrt«, meinte er beruhigend. »Immerhin ist dieser Hay rechtzeitig dazugekommen und hat dich völlig bekleidet angetroffen. Dazu kannst du Fotos vorweisen, für die Miss Hard eindeutig freiwillig posiert hat – halbseidene Aufnahmen, was nicht unbedingt für ihre Tugend spricht. Und einer Frau, die sich dazu einen jungen Mann in ihre Wohnung holt, ohne wenigstens eine Anstandsdame hinzuziehen, kann man eine gewisse Mitschuld nicht absprechen, wenn die Situation außer Kontrolle gerät.«

»Ich glaube nicht, dass sie Anzeige erstattet«, fügte Mrs. Brewster hinzu. »Für sie wäre es überaus peinlich, wenn das vor Gericht käme. Das dient alles nur dazu, um dich einzuschüchtern, und natürlich Miss Emily. Wenn du ihr nun untreu geworden wärst …«

»Für Emily wäre eine Welt zusammengebrochen«, sagte Ronald und bedeckte sein Gesicht mit den Händen. »Was tue ich ihr nur an mit meiner Liebe? Ich sollte das beenden. Morgen, gleich morgen werde ich es beenden.«

Emily konnte sich kaum auf ihre Psychologie-Vorlesung konzentrieren. Sie machte sich Sorgen um Ronald, grübelte darüber nach, was Haily vorhaben könnte. Als die Veranstaltung endete, wollte sie die Universität so schnell wie möglich verlassen, ohne Rücksicht darauf, wer ihr dabei über den Weg lief. Gewöhnlich versuchte sie, Begegnungen mit anderen Studenten so weit als möglich zu vermeiden und die am wenigsten genutzten Flure zu nehmen. Seit sie ins Visier von Rand und seinen Freunden geraten war, verhielt sie sich übervorsichtig. Auch diesmal eilte sie durch einen der noch leeren Korridore der Psychologie-Fakultät. Hier waren nicht immer alle Hörsäle und Seminarräume besetzt, leider öffnete sich jedoch gerade in diesem Moment die Tür zu einem der Arbeitsräume, und der Dozent entließ seine Studenten. Er ging rasch in die entgegengesetzte Richtung davon, während die jungen Männer Emily bereits erspäht hatten. Ein paar schlenderten an ihr vorbei, ohne sie zu beachten, aber eine Gruppe von sechs Studenten hielt sie auf.

»Wen haben wir denn da? Die liebe Miss Emily, unser Sternchen aus der Zoologie.«

Es war allgemein bekannt, dass Emily Zoologie und Psychologie studierte, um später vielleicht vergleichende Studien zum Verhalten von Mensch und Tier betreiben zu können. Die Dozenten fanden das durchweg interessant, während sich etliche Studenten darüber lustig machten. Tiere, so argumentierten sie, seien seelenlose Kreaturen. Wie also konnte man die Wissenschaft von der Seele auf sie anwenden? Emily war oft verlacht worden, wenn sie sich in den Seminaren beteiligte – meist mit durchaus klugen

Beiträgen, die in der Regel gar nichts mit Tieren zu tun hatten. Es war hier jedoch wie in der Zoologie: Die Studenten neideten der einzigen Frau in der Fakultät die herausragenden Noten und das Wohlwollen der Dozenten.

»Nun, Miss Emily, wie geht es Ihnen denn in Sachen Beziehung? Haben sich da etwa zwei Seelen gefunden, die so gar nicht zueinander passen?«, stichelte der Student, der sie bereits angesprochen hatte.

»Lassen Sie mich!«, rief Emily, als ein anderer nach ihr griff.

»Nun, vielleicht können wir erst einmal die Seele unserer Miss Emily in Augenschein nehmen? Wo mag sie denn sitzen?«, johlte er. Der junge Mann fing an, Emily von Kopf bis Fuß abzutasten, während zwei andere Studenten sie zwangen, stehen zu bleiben und die Leibesvisitation über sich ergehen zu lassen.

»Oder kümmern wir uns gleich um ihr fehlgeleitetes Herz?« Der Sprecher begann mit einer Hand, die Knöpfe an ihrem Kleid zu öffnen, während die andere ihre Brüste knetete.

Emily versuchte, sich zu drehen und zu wenden, doch es war zwecklos, es half dem Anführer nur, ihr Kleid zu zerreißen. Die Männer hielten sie eisern fest.

»Bitte! NEIN!«, schrie sie hilflos. »Tun Sie das nicht! Lassen Sie mich los!« Tränen strömten ihr über die Wangen, die Lippen waren wund gebissen, ihr Zopf hatte sich gelöst.

»Und vielleicht erkunden wir auch mal, ob wir Miss Emily nicht selber glücklicher machen könnten als der Kerl, mit dem sie herumzieht«, der Student machte Anstalten, seine Hose zu öffnen.

»Los, Leute, kommt, helft mir mal!«, schrie er dabei ungerührt den drei bis jetzt passiv gebliebenen Studenten zu. »Zieht sie aus!«

Ehe diese noch zu einer Entscheidung gelangten, ertönte eine dunkle Stimme, die den Radau mühelos übertönte. Emily meinte, Professor Rutherford zu erkennen, der bis eben die Vorlesung gehalten hatte. Wahrscheinlich hatte er etwas vergessen und kam nun zurück zum Hörsaal.

»Was machen Sie denn da?«, rief der Professor. Erst als er sich näherte, erkannte er Emily zwischen drei jungen Männer, die an ihr herumzerrten, während drei anderen vor lauter Faszination schier die Augen aus dem Kopf fielen.

Sofort ließ das Trio von Emily ab, und alle sechs ergriffen die Flucht. Professor Rutherford war angesichts der Situation viel zu erschrocken, um sie daran hindern zu können. Entsetzt blickte er Emily an, die schluchzend auf dem Boden saß.

»Miss Coxwold! Das ist ... das ist ... haben die Kerle Ihnen etwas getan?« Er wusste wohl nicht recht, ob die Schicklichkeit es ihm erlaubte, näher heranzutreten und sich um die junge Frau zu kümmern, oder ob er besser Abstand hielt.

Emily versuchte, die Reste ihres Kleides notdürftig zusammenzuhalten. »Sie ... sie wollten«, wimmerte sie. »Sie hätten ... sie hätten mich ...«

»Sechs Männer gegen ein Mädchen! Die Kerle sollten sich schämen! Aber das wird ein Nachspiel haben! Sind Sie verletzt, Miss Coxwold? Brauchen Sie einen Arzt?«

Professor Rutherford rang sich jetzt immerhin dazu durch, sein Jackett auszuziehen und es ihr zu reichen. Emily hüllte sich dankbar hinein.

»Nein«, sagte sie. »Es wird nur ein paar blaue Flecken geben.« Sie versuchte zu lächeln. »Wir Frauen beschweren uns so oft über das Korsett, aber heute hat es das Schlimmste verhindert.«

»Ich werde das dem Dekan melden«, erklärte Professor Rutherford. »Unverzüglich. Wir müssen diese Leute anzeigen. Haben Sie jemanden erkannt?«

»Ich ... ich würde sie wiedererkennen ... zumindest die drei, die mich festgehalten haben«, meinte Emily und begann plötzlich, heftig zu zittern. »Könnten Sie mir ... könnten Sie mir eine Droschke rufen? Ich kann ja so nicht nach Hause gehen ...« Sie lehnte sich gegen die Wand, ihre Beine schienen zu schwach, sie zu tragen.

»Natürlich!«, sagte der Professor. »Kommen Sie, ich nehme Ihre Tasche und Ihren Hut.« Emilys Hütchen war gleich beim ersten Angriff heruntergefallen.

»Am besten bringe ich Sie selbst nach Hause. Wo wohnen Sie denn?«

Professor Rutherford war noch relativ jung für einen Dozenten in Harvard, er war freundlich und höflich. Emily wollte zunächst ablehnen, kam dann aber zu dem Schluss, sich ihm anvertrauen zu können. Nachdem sie ihm Ailis' Adresse genannt hatte, führte er sie in die Eingangshalle, fand einen Stuhl für sie und ließ sie in der Obhut einer Reinigungskraft zurück, um eine Droschke zu rufen. Die ältere Frau begriff sofort, was vorgefallen war und holte Emily ein Glas Wasser aus einem der Trinkbrunnen im Eingangsbereich.

Emily trank dankbar einen Schluck, bis Professor Rutherford wieder auftauchte und sie zu einer wartenden Droschke begleitete.

»Die junge Frau hatte einen Unfall«, erklärte er dem Fahrer und half Emily beim Einsteigen.

Kurz darauf öffnete Alma die Tür von Ailis' Wohnung. Ailis selbst war noch bei der Arbeit.

»Himmel, Emily, was ist passiert? Komm, lass mich dir helfen!«, sagte sie entsetzt. »Wer war das? Doch nicht dieser Ronald?«

Emily schüttelte heftig den Kopf, und der Professor erklärte Alma in knappen Worten, was sich zugetragen hatte. Dann schien er erleichtert zu sein, sich verabschieden zu können.

»Es tut mir sehr leid, Miss Coxwold!«, sagte er, als Emily sich bei ihm bedankte. »Und wie gesagt, ich rede mit dem Dekan.«

Als Ailis zwei Stunden später nach Hause kam, hatte Emily sich halbwegs beruhigt. Alma hatte ihr ein Bad vorbereitet und nicht mit Badeschaum gespart. Außerdem hatte sie Milch mit Honig erhitzt und einen guten Schluck Whiskey dazugegeben. Emily lag nun in ihrem Bademantel auf dem Sofa, nippte an Almas Spezialmischung und spielte mit Copper, der um ihre Aufmerksamkeit buhlte. Der kleine Junge spürte, dass etwas nicht in Ordnung war, und Emily fand es rührend, dass er seine Plüschgans für sie anschleppte.

Alma nahm Ailis gleich am Eingang zur Seite und berichtete ihr in groben Zügen, was vorgefallen war. Außerdem konnte sie sich nicht verkneifen, ihr Unbehagen gegenüber der Verbindung zwischen Emily und Ronald zum Ausdruck zu bringen. »Man sieht ja, was dabei herauskommt!«

Ailis ließ das unkommentiert und nahm lieber Emily tröstend in die Arme, wobei sie gleich auch Copper und die Gans halten musste. »Lass dir nicht erzählen, du seist in irgendeiner Weise daran schuld!«, sagte sie. »Weder du noch Ronald! Wo ist der überhaupt? Wollte er nicht heute zu Haily? Ich dachte, er kommt auf dem Rückweg vorbei und erzählt uns, wie es gelaufen ist.«

Nach weiteren zwei Bechern Honigmilch mit Whiskey hatte Emily Ailis alles erzählt und sich das Geschehene damit vom Herzen geredet. Morgen würde sie sich dem Nachspiel stellen müssen, doch jetzt brauchte sie ihren Schlaf. Ailis nahm die Decke vom Sofa und deckte die Freundin zu. Dann schloss sie leise die Wohnzimmertür und begab sich selbst zur Ruhe.

Am nächsten Morgen war Emily früh auf. Sie kleidete sich ordentlich an und machte Frühstück, wobei sie darüber nachdachte, was heute wohl auf sie zukam.

»Soll ich die Männer wirklich anzeigen?«, fragte sie Ailis. »Professor Rutherford hält das ja für unumgänglich, aber ich … ich habe Angst …«

Auch Ailis war einer Anzeige gegenüber eher skeptisch. Sie hatte in den Jahren, in denen sie für Pickering arbeitete, von so vielen Frauenschicksalen gehört, dass sie nicht mehr an Gerechtigkeit glaubte.

»Wahrscheinlich wird die Polizei befinden, dass eigentlich nichts passiert ist, und die Anzeige gar nicht erst aufnehmen«, meinte sie pessimistisch. »Am besten machst du weiter, als wäre nichts geschehen, und passt in Zukunft noch besser auf!«

»Und Professor Rutherford?«, fragte Emily. »Er wird es mindestens dem Dekan melden …«

»Vielleicht überlegt er sich das noch«, meinte Ailis. »Er war ja auch ziemlich geschockt. Im Nachhinein mag sich die Sache für ihn relativieren. Versuche, zur Ruhe zu kommen, Emily! Einen Tag lang solltest du zu Hause bleiben, und dann … Männer pflegen solche Dinge sehr schnell zu vergessen. Das wird bei diesem Professor auch nicht anders sein.«

Emily überlegte noch, ob sie Professor Roberts Zoologie-Seminar besuchen sollte – dessen Thema ihr äußerst wichtig war – oder lieber Ailis' Rat, einen Tag zu pausieren, befolgen sollte, als Ronald erschien. Alma ließ ihn ein, und er sah so derangiert aus, wie Emily sich fühlte. Als sie erzählte, was vorgefallen wurde, schlug er die Hände vors Gesicht.

»Es ist richtig …«, flüsterte er. »Es ist richtig, was ich mir vorgenommen habe. Wir müssen uns trennen, Emily. Ich liebe dich, aber wir haben keine Zukunft. Und so langsam wird es gefährlich.«

Emily lauschte mit zunehmender Wut, als er von Haily berichtete. Hatte sie vorhin noch geweint, als sie ihre eigene Geschichte erzählte, verhärtete sich jetzt etwas in ihr.

»Auf gar keinen Fall«, rief sie, als Ronald das Angebot wiederholte, sich von ihr zu trennen. »Von so etwas lassen wir uns nicht unterkriegen! Die Sache mit Haily kläre ich jetzt, ein für alle Mal. Ich war lange genug ihr Fußabtreter. Damit ist jetzt Schluss!«

Entschlossen stand sie auf und griff nach den Fotografien von Haily, die Ronald noch in der Nacht entwickelt hatte.

»Ich muss mich umziehen«, sagte sie, »warte bitte einen Moment.« Kurz darauf erschien sie in einem eleganten Kostüm – erneut ein abgelegtes Stück von Haily –, und Ronald fragte sich, wie sie es über sich brachte, es noch zu tragen. Bevor er sie danach fragen konnte, klingelte es an der Tür. Ein Botenjunge brachte eine

Nachricht der Universität: Miss Emily Coxwold wurde gebeten, sich um fünfzehn Uhr im Zimmer des Präsidenten der Universität Harvard einzufinden.

»Gleich der Leiter der ganzen Universität?«, erkundigte sich Ronald besorgt. »Ich hatte gedacht, sie regeln das innerhalb der Fakultät …«

»Ich werde auch das klären«, sagte Emily entschlossen, steckte ihren Hut fest und betrachtete sich im Spiegel. Das Kostüm war grau gemustert, dunklere Spiralen auf hellgrauem Grund belebten den Stoff. Der Schoß der Jacke war lang, die Ärmel gebauscht, und der Rock reichte bis zum Boden. Der zugehörige Hut thronte blumengeschmückt, doch nicht allzu mondän auf ihrem aufgesteckten Haar. Emily gefiel sich. Das Kleid passte zu ihrem Vorhaben. Sie bat Ronald, auf sie zu warten, dann machte sie sich auf den Weg zur Kanzlei von Archibald Peyton.

Ihr Herz klopfte heftig, als ein Sekretär die Tür öffnete und sich ihr Anliegen, Mr. Peyton sprechen zu dürfen, anhörte.

»Ich kann gern einen Termin für Sie machen«, bot der junge Mann beflissen an, doch Emily schüttelte den Kopf.

»Es muss gleich sein, es ist dringend. Bitte melden Sie Miss Emily Coxwold.«

Wenn Peyton ihren Namen hörte, würde er sie entweder anhören oder von vornherein wegschicken. Emily wartete, mehr als beklommen. Dann war der junge Mann wieder da.

»Mr. Peyton erwartet Sie«, erklärte er und hielt ihr höflich die Tür zum Büro seines Arbeitgebers auf. Es war ein schlicht gestalteter Raum, den ein großer Schreibtisch beherrschte. Der Anwalt saß dahinter in einem gewichtigen Stuhl, davor standen zwei Sessel für die Klienten. An den Wänden standen hohe Bücherregale, doch auch ein paar gerahmte Fotografien von Vögeln hatten ihren Platz gefunden. Sie gaben dem Raum ein wenig Persönlichkeit. Emily fühlte sich gleich wohler.

»Danke, Jack!«, sagte Peyton, als sein Sekretär unsicher stehen blieb und sich wohl fragte, ob er gebraucht wurde. Als sich die Tür hinter ihm schloss, wandte Peyton sich Emily zu.

»Miss Emily. Was führt Sie zu mir? Ich dachte, Sie wollten nie wieder etwas von mir wissen.«

Emily schluckte. »Das habe ich nie gesagt«, erklärte sie. »Ich habe Sie immer sehr geschätzt. Eben deshalb hielt ich es für fair, Ihnen klar zu sagen, dass es keinen Sinn hat, um mich zu werben, da mein Herz schon vergeben ist.«

»Ist es das immer noch?«, fragte Peyton.

Emily biss sich auf die Lippen. »Ich bin nicht wankelmütig, Mr. Peyton. Und auch nicht flatterhaft«, erklärte sie in leicht tadelndem Ton. »Zudem möchte ich nicht über mein Herz sprechen. Ich bin hier weil … ich einen Anwalt brauche. Das glaube ich jedenfalls. Und Sie sind der einzige Anwalt, den ich kenne.«

Peyton musste lächeln. »Eine etwas diplomatischere junge Frau hätte gesagt, dass ich der Beste bin, den sie kennt.«

»Das eine bedingt das andere«, sagte Emily ernst

Er wies auf einen der beiden Sessel auf der anderen Seite seines Schreibtischs. »Dann setzen Sie sich mal, Miss Emily, und erzählen Sie mir, wie ich Ihnen helfen kann.«

Emily schilderte so nüchtern wie möglich sowohl ihre als auch Ronalds Erlebnisse.

»Ich weiß, dass Sie meine Beziehung zu Ronald missbilligen – wie eigentlich jeder, sogar die Brewsters. Wenn Sie uns also nicht glauben … ich bin mir ziemlich sicher, dass die meisten Leute Ronald nicht glauben werden, und ich fürchte, man wird auch mir zumindest eine Mitschuld an dem geben, was mir zugestoßen ist … also wenn Sie nicht auf unserer Seite stehen wollen …« Sie endete leise. Tatsächlich war der Anwalt ihre einzige Hoffnung. Ansonsten konnte sie nur versuchen, sich allen Anfeindungen allein zu stellen.

Peyton schüttelte den Kopf und machte eine beschwichtigende

Handbewegung. »Miss Emily, ob ich Ihnen glaube oder nicht, spielt überhaupt keine Rolle. Sobald ich das Mandat annehme, bin ich automatisch auf Ihrer Seite. Und auf der von Mr. Gardener, wenn es um seinen Fall geht, wobei ich mir da allerdings keine großen Sorgen mache. Haben Sie seine Fotografien von Miss Hard dabei?«

Emily zog sie aus der Tasche. Sie hatte sich bei ihrer Betrachtung für Haily geschämt, doch Archie Peyton lachte, als er sie ansah.

»Sie ist wirklich eine bildschöne Frau«, bemerkte er. »Und sie weiß, sich zu bewegen. Jedenfalls kann sie nicht behaupten, Ronald Gardener hätte sie zum Posieren für diese Fotografien gezwungen. Da wird mir auch Mr. Hay zustimmen.« Er lächelte sardonisch. »Mal sehen, wen von beiden ich als Erstes aufsuche ... Ich glaube fast, Miss Hard. Schließlich habe ich nur angenehmste Erinnerungen an unsere erste Begegnung. Und wir beide, Miss Emily, sehen uns heute Nachmittag um drei in der Universität. Ich werde sehen, was ich da für Sie tun kann.«

Archie Peyton lächelte Emily triumphierend zu, als sie sich kurz vor fünfzehn Uhr vor dem Büro des Präsidenten der Universität trafen. Nach langer Überlegung hatte Emily das elegante Kostüm angelassen, statt in eines der einfachen Kleider zu schlüpfen, die sie in den Seminaren zu tragen pflegte. Vielleicht war das strategisch ungeschickt, Ailis hatte ihr geraten, eher bescheiden aufzutreten. Emily hatte jedoch genug davon, sich kleinzumachen.

Archie Peyton konnte mit seinen guten Nachrichten kaum an sich halten. »Schöne Grüße von der reizenden Miss Hard!«, bestellte er vergnügt. »Sie bittet Ihren Freund, die gestrigen Missverständnisse zu entschuldigen. Seine Kamera möchte er bitte abholen lassen. Die Fotografien befand sie als sehr gelungen – wir waren uns jedoch einig, dass sie eher für den privaten Bereich taugen als zur Veröffentlichung, auch wenn diverse Zeitungen Mr. Gardener sicher ein kleines Vermögen dafür zahlen würden, um sie drucken zu dürfen. Hier ist übrigens sein Honorar, Miss Hard hat es mir gleich mitgegeben.« Er reichte ihr einen Umschlag. »Sie hat es auch etwas aufgerundet«, bemerkte er. »Ach ja, und Mr. Hay hat übrigens gar nichts gesehen. Er ist sehr interessiert daran, die Existenz dieser Fotografien … nun ja, sagen wir mal, er würde die ganze Geschichte gern ungeschehen machen. Im Gegensatz zu Miss Hard ist er sich über die Existenz von Negativen bewusst. Die Dame atmete schon auf, als ich ihr nur die Abzüge aushändigte. Mr. Hay bietet Ronald eine beträchtliche Summe, wenn er bereit wäre, sich auch von den Negativen zu trennen.«

Trotz des vor ihr liegenden Gesprächs strahlte Emily. Das

Wichtigste war, dass Haily mit der Intrige gegen Ronald nicht durchkam.

»Ihr Fehler war, dass sie kompromittierende Fotos von sich hat anfertigen lassen«, fasste der Anwalt die Sachlage noch einmal zusammen. »Das Erscheinen von Mr. Hay war Pech. Aber mit den Negativen hätte Ronald immer etwas in der Hand gehabt, um sie an einer Anzeige zu hindern.«

»Womöglich hätte sie ihm die Negative auch noch abgeschwatzt«, meinte Emily. »Er war heute morgen völlig in Panik, dabei hatte Mr. Brewster ihm schon erklärt, dass er mit den Fotografien alle Trümpfe in der Hand halten würde. Aber jedenfalls, danke! Danke, danke, danke!«

»War mir ein Vergnügen«, sagte Peyton, und es klang nicht einmal gelogen. »Und nun schauen wir mal, was man von Ihnen will.«

Wie aufs Stichwort öffnete sich die Tür zum Büro des Präsidenten, und ein Assistent bat Miss Coxwold herein. Er zeigte sich erstaunt, dass sie mit einem Anwalt erschien, doch ein Archie Peyton ließ sich so leicht nicht abwimmeln. Gemeinsam mit Emily betrat er das Büro, wo bereits die Professoren Roberts, Rutherford und Munsterberg Platz genommen hatten. Alle drei wirkten erregt.

Der Präsident der Universität, der sich als Professor Charles W. Eliot vorstellte, musterte Emily von Kopf bis Fuß.

»Da haben wir ja den Stein des Anstoßes«, begann Eliot, ein Mann in den mittleren Jahren, dessen Haar bereits ergraute und zurückwich. Er hatte ein schmales Gesicht, trug eine runde Brille und wirkte eigentlich ganz freundlich. Eliot trug einen braunen Dreiteiler und spielte mit einem Fähnchen in Harvards Farben, das sonst wohl auf seinem Tisch stand. »Miss Emily Coxwold, bitte schildern Sie mir genau, was gestern vorgefallen ist – und worauf Sie diesen Angriff zurückführen.«

Archie Peyton übernahm sofort das Wort und verbat sich für seine Mandantin die Bezeichnung »Stein des Anstoßes«. »Zudem kann sich Miss Coxwold zu den Ursachen dieses Angriffs nicht äußern, da sie ihr völlig unklar sind. Der Angriff erfolgte unmotiviert, Miss Coxwold wurde davon überrascht.«

»Wirklich?«, fragte der Präsident. »Nun, wir sind uns natürlich einig darüber, dass der Angriff auf Miss Coxwold keine Berechtigung hatte und gänzlich unentschuldbar ist. Gänzlich unmotiviert erfolgte er jedoch sicher nicht. Ist es nicht so, dass Sie … aufgrund eines etwas … hm … unkonventionellen Lebenswandels zum ›Stein des Anstoßes‹ geworden sind, Miss Coxwold?« Er wiederholte den Ausdruck fast genüsslich.

Emily errötete. »An meinem Lebenswandel gibt es keinerlei Anstoß zu nehmen«, verteidigte sie sich.

»Und selbst wenn es so wäre, ginge es die Studentenschaft Ihrer Universität nicht das Geringste an«, fügte ihr Anwalt hinzu. »Natürlich gibt es Fälle von massivem sittlichem oder kriminellem Fehlverhalten, die eine Universität zum Beispiel zum Ausschluss eines Studenten zwingen – wie etwa der Versuch, eine Kommilitonin auf dem Korridor der Fakultät für Psychologie zu nötigen und zu verletzen. Das müssten der Dekan der Fakultät oder Sie, Herr Präsident, entscheiden, Selbstjustiz ist im Universitätsrecht ebenso verpönt wie im Allgemeinen Recht. Zudem hat sich Miss Coxwold keinerlei Vergehen schuldig gemacht.«

»Mir ist zu Ohren gekommen, dass sie offen eine äußerst unpassende Beziehung pflegt«, erklärte der Präsident. »Und bevor Sie jetzt ›Hörensagen!‹ rufen, darf ich zu bedenken geben, dass Miss Coxwold keine gewöhnliche Studentin dieser Universität ist. Sie erhält ein Stipendium, und darauf besteht kein Rechtsanspruch. Die Universität kann es ihr jederzeit entziehen.«

Emily erstarrte. Sie hatte erwartet, dass man das Verfahren gegen ihre Peiniger einstellen würde, und das wäre schon schlimm genug gewesen. Aber jetzt wollte man sie der Universität verweisen?

»Ich bin der Ansicht, dass dazu keinerlei Grund vorliegt«, meldete sich Professor Roberts. »Miss Coxwold …«

»Es wäre ein Skandal!«, fügte Professor Rutherford erregt hinzu. Er schien sich von der Sache persönlich betroffen zu fühlen, schließlich hatte er die Gewalttat gemeldet. »Ich weiß doch, was ich gesehen habe! Die junge Frau war das Opfer, sie darf nicht auch noch bestraft werden!«

»Miss Coxwold ist eine unserer vielversprechendsten Studentinnen«, vervollständigte Professor Munsterberg die Ausführungen seiner Vorredner. »Sie ist brillant und originell – genau das, was die Psychologie braucht …«

»Was jede Fakultät braucht, Herr Kollege!«, bestätigte Professor Roberts.

Der Präsident gebot ihnen allen zu schweigen. »Das alles mag richtig sein. Und zweifellos ist es Miss Coxwold, die hier bedroht wurde. Ob aus mehr oder weniger nachvollziehbaren Gründen sei dahingestellt. Allerdings haben wir es mit einer ziemlich aufgebrachten Studentenschaft zu tun. Soll ich die jungen Herren, die Miss Coxwold nicht in ihren Reihen dulden wollen, durchweg der Universität verweisen?«

»Sie könnten schon mal mit den drei Gentlemen anfangen, die mich gestern festhielten, mich unsittlich berührten, mir das Kleid vom Körper rissen. Gefolgt von dem Trio, das lieber zuguckte und es unterließ, mir zu helfen!«, sagte Emily mutig.

Archie Peyton schaute sie voller Bewunderung an. »Exakt!«, fügte er hinzu.

Die drei Professoren, die sich für Emily ausgesprochen hatten, nickten.

»Dazu kommen wir später«, meinte der Präsident. »Aber zunächst einmal werden Sie mir zustimmen, dass der einfachste Weg, den Frieden an Ihren Fakultäten wiederherzustellen, ist, den besagten Stein des Anstoßes zu entfernen. Auch und gerade zum Schutz von Miss Coxwold. Wir können ihr schließlich keinen Wachmann zur Seite stellen.«

»Das ist unglaublich!«, erregte sich Professor Roberts.

»Wir werden klagen«, erklärte Peyton.

Der Präsident lächelte. »Tun Sie das!«

Emily dachte fieberhaft nach. Archie Peyton konnte ihr hier nicht helfen. Genauso wenig wie ihre Lehrer, sosehr sie sich auch für sie aussprachen. Der Präsident war fest entschlossen, er wollte keine weiteren Vorkommnisse riskieren. Den Vorwurf der Beinahevergewaltigung konnte er abschmettern. Aber wenn es zu einer ernsten Verletzung einer Studentin durch ihre Kommilitonen kommen würde und herauskam, dass er nichts getan hatte, um sie zu schützen …

»Ich hätte da vielleicht einen Vorschlag«, sagte sie und sprach sofort weiter, bevor der Präsident ihr den Mund verbieten konnte. »Wenn ich hier innerhalb der Universität nicht mehr tragbar bin …«

»Von nicht mehr tragbar kann überhaupt nicht die Rede sein!«, erklärten Peyton und die Professoren fast gleichzeitig.

»… dann könnte ich außerhalb weiterarbeiten«, sprach Emily weiter. »Vielleicht könnten Sie das Studienstipendium in so etwas umwandeln wie ein Forschungsstipendium.«

»Grundsätzlich eine gute Idee, aber was wollen Sie denn erforschen? Sie stehen gerade vor dem Abschluss ihres zweiten Studiensemesters?«, fragte Professor Roberts.

»Nun, Mr. Brewster war überhaupt nicht auf der Universität und hat trotzdem erheblich zur ornithologischen Forschung beigetragen«, erklärte Emily. »Und ich? Ich habe Professor Roberts und Professor Munsterberg bereits von meiner Gans Gooby erzählt. Und welche interessanten Fragen ihre Aufzucht aufgeworfen hat. In Mr. Brewsters Vogelreservat gibt es Hunderte von Wildgänse-Brutpaaren. Ich könnte sie beobachten und das Experiment ›Gooby‹ mit weiteren Küken wiederholen – falls Mr. Brewster das erlaubt.«

»Papperlapapp!« Der Präsident lachte, während Emilys Professoren durchaus interessiert wirkten.

»Es geht da um Prägung, nicht wahr?«, fragte Munsterberg seinen Kollegen.

Professor Roberts nickte. »Für beide Fakultäten interessant«, meinte er. »Mr. Brewster müsste dem natürlich zustimmen und Miss Coxwold unterstützen. Und die theoretischen Grundlagen solcher Forschungsprojekte müsste sie sich natürlich erst erarbeiten.«

»Aber sind solche langfristigen Studien nicht meistens damit verbunden, dass der oder die Forschenden ständig in der Nähe der Tiere leben und arbeiten?«, fragte Professor Munsterberg. »Wie sollte das gehen?«

Emily schaute Peyton an. »Wie Mr. Peyton bestätigen kann, gibt es in Mr. Brewsters Reservat zwei Beobachtungshütten. Ich könnte mir eine davon herrichten und würde dann praktisch zwischen den Gänsen leben.«

Der Präsident schüttelte den Kopf. »Eine Frau allein? In einer Hütte in der Wildnis? Unmöglich.«

Emily lächelte. »Ich glaube, ich wäre nicht allein ...«

»Ehrlich gesagt hätte ich Ihnen das nie zugetraut.« Archie Peyton betrachtete Emily mit ganz neuer Anerkennung. Die beiden hatten das Universitätsgebäude erst verlassen, nachdem Emily mit den Professoren Weiteres besprochen hatte. Sie sollte die Prüfungen am Ende des aktuellen Semesters noch ablegen und dann in ihr Forschungsstipendium entlassen werden. »Hatten Sie die Idee schon heute Morgen, oder ist Ihnen das spontan eingefallen?«

»Gerade eben erst«, gestand Emily. Sie fühlte sich unendlich müde, aber so zufrieden wie nach einer gewonnenen Schlacht. »Mir war klar, dass es nichts bringen würde, die Universität zu verklagen. Wenn da überhaupt Chancen bestanden hätten zu gewinnen, hätte es doch Jahre gedauert. Aber mit einem Forschungsstipendium ist allen gedient. Ich hoffe nur, dass Ronald mitspielt ...«

Peyton stutzte. »Soll das heißen, er hat Ihnen noch gar keinen Antrag gemacht?«

Emily verzog das Gesicht. »Heute Morgen wollte er mich noch verlassen …«

Archie Peyton musste lachen. »Sie sind jedenfalls die erstaunlichste Klientin, die ich jemals hatte.«

Ronald hatte den Tag mit Besorgungen verbracht, die Brewster ihm aufgetragen hatte, und war danach in Ailis' Wohnung zurückgekehrt, um auf Emily zu warten. Da Ailis noch nicht zu Hause war, befand er sich allein mit Alma und Copper – wobei Alma zunächst am Rande eines Nervenzusammenbruchs schien, sobald er nur das Wort an sie richtete. Dafür betrachtete Copper den jungen Mann mit kindlicher Neugierde und brach schließlich das Eis mit einer einzigen Frage.

»Du hast genauso Locken wie ich«, sagte er. »Aber du bist ganz schwarz. Werde ich auch mal so?«

Während Ronald sich das Lachen nicht verbeißen konnte, versuchte Alma aufgeregt, das Kind zu beruhigen, indem sie ihm versicherte, dass es sich bestimmt nicht verfärben würde.

»Schade!«, sagte Copper. »Ich wär gern wie du. Du gewinnst bestimmt immer beim Versteckspielen.«

Ronald tat, als dächte er nach. »Kommt darauf an, wo wir spielen. Im Kohlenkeller könnte ich mich natürlich besser unsichtbar machen. Aber in einem Blumenbeet wärst du im Vorteil«, sagte er schließlich. »Und Miss Alma …«

»… in einem Kornfeld!«, erklärte Copper. Alma war strohblond. »Sollen wir spielen?«, fragte er hoffnungsvoll.

Ronald lächelte. »Verstecken? Hier? Dafür sind Miss Alma und ich zu groß, du würdest uns sofort finden.«

»Aber ihr mich nicht!« Copper kicherte. »Kommt, ihr müsst mich suchen!«

Ronald tauschte einen Blick mit Alma und stellte erleichtert fest, dass sich ihre besorgte Miene etwas gelockert hatte. Schließlich taten sie gemeinsam so, als fiele es ihnen furchtbar schwer, den kleinen Jungen hinter einem Vorhang zu entdecken, und später versteckten alle nacheinander Coppers Spielzeuggans. Selbstverständlich ließen Alma und Ronald den Kleinen jedes Spiel gewinnen.

»Ich wusste gar nicht, dass jemand wie Sie so nett sein kann ...«, sagte Alma entschuldigend zu Ronald, während Copper noch suchte. »Ich dachte, vor Ihnen muss man Angst haben.«

Ronald schüttelte den Kopf. »Vor den allermeisten Schwarzen müssen Sie sich nicht fürchten, Miss Alma. Genauso wenig wie vor den allermeisten Weißen. Es ist nicht die Farbe der Haut, die uns gut oder böse macht, sondern etwas anderes. Emily möchte erforschen, was den Unterschied ausmacht, ich glaube aber nicht, dass sie damit Erfolg haben wird.«

Emily schloss die Tür auf und sah lächelnd zu, wie Copper gerade jubelnd die Gans entdeckt hatte und sie Ronald und Alma zeigte. »Jetzt bist du dran!«, sagte er zutraulich zu Ronald, aber der schüttelte den Kopf. Er hatte nur noch Augen für die junge Frau in ihrem eleganten Kostüm, die jetzt nicht mehr so besorgt, aber ebenso entschlossen dreinblickte wie an diesem Morgen. Ihre Augen blitzten auf wie immer, wenn sie ihn sah. Dabei wedelte sie freudestrahlend mit einem Umschlag.

»Dein Honorar von der dankbaren Miss Hard!«, verkündete sie fröhlich.

»Mr. Ronald muss jetzt erst mit Emily reden«, meinte Alma zu ihrem Schützling. »Aber du kannst mir helfen, für die beiden einen Tee zu kochen.«

Emily schüttelte den Kopf. »Ihr könnt beide in den Laden von Mr. Meyer gehen und sehen, ob er euch eine Flasche Schaumwein verkauft ... Eigentlich sollte es Champagner sein, aber ...« Der Gemischtwarenladen gegenüber war nicht allzu gut sortiert.

»Gibt's denn etwas zu feiern?«, fragte Alma.

Emily lächelte. »Ja«, sagte sie. »Eine Verlobung. Das hoffe ich jedenfalls.« Sie ließ sich theatralisch vor Ronald auf die Knie sinken. »Mr. Ronald Gardener, wollen Sie mich heiraten?«

Donella wusste nicht, wie viele Tage sie die Wohnung schon nicht mehr verlassen hatte.

Sie erinnerte sich noch dunkel an den Tag, an dem Hernando gegangen war, das Geräusch der Haustür, die er hinter sich geschlossen hatte, ohne noch einmal nach ihr zu sehen. Die Schritte des Hausdieners, der in Hernandos Ankleidezimmer seine Sachen packte und seinem Herrn schließlich mit zwei großen Koffern ins Hotel folgte. Donella hatte immer noch am Frühstückstisch gesessen, in ihrem längst erkalteten Kaffee gerührt und vor sich hin gestarrt. Sie war wie betäubt gewesen, erst später hatte der Schmerz eingesetzt. Sie hatte es gerade so geschafft aufzustehen, um dann halb blind vor Tränen zu einem Sofa zu wanken, auf dem sie sich zusammenrollte und weinte. Es fühlte sich an, als hätte man ihr das Herz aus dem Leib gerissen. Sie wimmerte, ihr war übel … irgendwann war sie eingeschlafen – und hatte wieder diesen allumfassenden Schmerz des Verlustes empfunden, als sie erwachte und realisierte, dass nichts mehr so war wie am Tag zuvor. Sie versuchte, sich erneut in den Schlaf zu flüchten, doch ihr war kalt. Zitternd schleppte sie sich ins Bad. Die hochmoderne Anlage verfügte über einen Badeofen, den der Diener bislang den ganzen Tag beheizt gehalten hatte. Zum Glück war noch genug warmes Wasser vorhanden, um die Wanne zu füllen. Donna zog sich aus, ließ sich hineingleiten und versuchte, etwas anderes zu fühlen als Kälte und Schmerz. Sie ließ den Kopf unter Wasser sinken, wünschte sich nichts sehnlicher, als Teil der Wärme zu werden und sich zu reinigen von allem, was sie gestern noch geliebt hatte. Schließlich verließ sie das erkaltende Wasser und hüllte sich in einen weichen

Bademantel. Am liebsten hätte sie sich in ihr Bett gekuschelt, aber das würde nach Hernando duften. Hatten sie nicht noch eine Nacht zuvor darin Liebe gemacht?

Donna nahm sich eine Decke, ging zurück auf ihr Sofa und weinte weiter. Am Morgen des zweiten Tages ihrer neuen Zeitrechnung ließ der Schmerz langsam nach und wich einem dumpfen Grübeln. Was hatte sie falsch gemacht? Wie hatte sie Hernando so falsch einschätzen können? Wäre alles anders geworden, hätte sie dieses vermaledeite Luftschiff nicht für ihn gebaut? Nein, Hernando hätte sie auf jeden Fall verlassen, alles war schon lange arrangiert, die junge Verlobte schon lange ausgewählt. Vielleicht hätten sie noch ein paar Monate zusammengearbeitet, aber dann … Donna verlor sich in selbstquälerischen Gedanken, während ihr wieder kalt wurde. Dabei hätte die Haushälterin längst da sein sollen. Sie fragte sich, ob Hernando ihr gekündigt hatte, oder ob sie selbst entschieden hatte, der Konkubine ihres Herrn nicht mehr zu dienen. Auf jeden Fall würde sie selbst etwas tun müssen, wenn sie etwas essen und trinken wollte. Vor allem wünschte sie sich jetzt einen Kaffee. Ihr Kopf und ihr Herz schmerzten, aber irgendwann würde sie ihre Gedanken ordnen müssen …

Donna brühte starken Kaffee auf – und hörte den Bäcker und den Milchmann, die ihre Waren wie jeden Tag vor der Wohnungstür abstellten. Schließlich holte sie die Croissants und Brötchen hinein – und konnte ihrem Duft nicht widerstehen. Nachdem sie etwas gegessen hatte, wurde sie müde …

Die nächsten Tage vergingen ähnlich – Donna weinte und verlor sich im Karussell ihrer Gedanken. Irgendwann schaute sie nach dem Luftschiff und stellte fest, dass es verschwunden war. Zum ersten Mal mischte sich Wut in ihre Trauer. Er hätte es ihr lassen können, sie hatte es gebaut, es gehörte ihr! Aber natürlich wusste sie, dass es ihm gehörte, dass es wertvoll war – Hernando oder ein von ihm Beauftragter musste es verkauft haben. Mit der Wohnung würde es ebenso werden. Donna konnte nicht ewig hier wohnen und sich von Croissants, Kaffee und Milch ernähren.

Nach einer Woche blieben die morgendlichen Backwaren ebenso aus wie die Milch. Jemand hatte Bäcker und Milchmann abbestellt. Donna entdeckte stattdessen die Weinvorräte. Hernando hatte erlesene Tropfen gehortet – wahrscheinlich würden auch sie verkauft werden. Donna befand, dass man sie einer besseren Verwendung zuführen könnte. Jeden Abend trank sie sich mit zwei, drei Gläsern Rotwein in den Schlaf.

Nach drei Wochen erschien ein gut gekleideter Herr und stellte sich sehr höflich als Hernandos Anwalt vor.

»Ich habe Anweisung erhalten, diese Wohnung zu verkaufen«, eröffnete er ihr. »Allerdings nicht von jetzt auf gleich. Wenn Sie noch ein paar Tage brauchen, stellt Monsieur Sánchez-Duboire Ihnen die Wohnung für diese Zeit gern noch zur Verfügung, allerdings habe ich den Auftrag, Sie zu fragen, um wie viele … äh … Tage es sich da handeln würde.« Dabei schaute er sich in der Wohnung um, sah die ungeheizten Kamine, das ungespülte Geschirr, die Essensreste auf dem Tisch. Zum Glück keine Weinflasche – Donna hätte sich zu Tode geschämt.

»Ich weiß nicht«, sagte sie leise.

Der Anwalt, er hatte sich als Monsieur Cassirand vorgestellt, sah sie mit einem Blick zwischen Mitleid und Verachtung an.

»Miss … äh … Hard … Diese Wohnung ist auf die Dauer entschieden zu groß für eine Person. Meinen Sie nicht, Sie sollten sich … hm … umorientieren?«

Donna hatte plötzlich den Impuls, ihn anzuschreien. Sie war es schließlich nicht, die durch ihre plötzliche »Umorientierung« alles zerstört hatte. Doch sie war zu gut erzogen, und der Mann trug ja auch keine Schuld.

»Meine Kanzlei könnte Ihnen vielleicht helfen, etwas Kleineres zu finden. Monsieur Sánchez-Duboire hat Sie ja großzügig mit finanziellen Mitteln versorgt. Vielleicht am Montmartre?«

Der Mann ließ keinerlei Zweifel daran, wie er sie einschätzte. Montmartre, das Viertel der Künstler, war zudem die Hochburg der Prostitution.

Donna blitzte ihn an. »Ich bin eine Hard«, sagte sie. »Ich gehöre einem schottischen Adelsgeschlecht an, und mein Bruder erbt wahrscheinlich den Titel des Clanchefs. Ganz sicher werde ich nicht am Montmartre residieren, um mich dort in Sachen Männer umzuorientieren!«

Der Anwalt entschuldigte sich ungerührt. »Dann sollten Sie vielleicht nach Schottland zurückkehren. In den Schoß Ihrer Familie, wenn man Sie dort wieder aufnimmt …«

Donna kochte vor Wut, beherrschte sich jedoch eisern. »Vielleicht lassen Sie mir einfach Ihre Karte hier, Monsieur«, sagte sie. »Ich werde Sie dann über meine Pläne in Kenntnis setzen.«

Sie atmete auf, als er gegangen war – und öffnete eine neue Flasche Wein. Es war zwar erst Nachmittag, aber sie musste sich beruhigen und ernsthaft nachdenken. Wenn sie nur an etwas anderes hätte denken können als an Hernando und seine Braut. Das Mädchen musste inzwischen sechzehn sein, in Brasilien wohl ein angemessenes Heiratsalter. Ob sie Hernando erregte? Ob er sich in sie verlieben würde? Hatten die beiden irgendetwas gemeinsam? Donna verzog sich mit ihrem Wein und ihren Gedanken auf ihr Sofa. Sie hatte das Schlafzimmer nicht mehr betreten, seit Hernando fort war …

Als sie gerade nach einem Buch greifen wollte, einem kitschigen Frauenroman, den sie in der Küche gefunden hatte – offensichtlich eine Schwäche der Haushälterin –, klingelte es erneut an der Tür. Ob Monsieur Cassirand etwas vergessen hatte?

Donna versuchte, ihr unordentlich aufgestecktes Haar ein wenig zu ordnen, während sie zur Tür ging, um zu öffnen. Im Grunde hatte der Anwalt ja recht, sie ließ sich gehen.

Vor der Tür stand jedoch nicht Cassirand, sondern Armand Machure, in Begleitung des Portiers.

»Der Herr wollte zu Ihnen«, sagte der Portier. »Ist Ihnen das recht, Mademoiselle?«

Donella nickte wie hypnotisiert. Armands Anblick verschlug ihr die Sprache.

»Es ist dir doch recht?«, fragte er, als sie immer noch wie erstarrt dastand, nachdem der Portier sich längst verabschiedet hatte. »Ich dachte …«

Plötzlich wünschte sich Donna nichts sehnlicher, als sich einfach in seine Arme fallen zu lassen, doch sie wollte keine falschen Zeichen setzen. Sie brauchte nicht gleich den nächsten Mann. Was sie allerdings mehr als alles andere benötigte, war ein Freund. Sie bat ihn herein, ungeachtet des Chaos, das in der Wohnung herrschte.

»Woher weißt du?«, fragte sie schließlich.

Armand trat näher an sie heran, legte tatsächlich tröstend die Arme um sie, ließ sie aber sofort los, als sie sich versteifte.

»Ach, Donna, ich lese Zeitungen. Und darin wurden Hernandos Pläne gründlich erörtert. Ich hoffe, du musstest es nicht aus der Zeitung erfahren.«

Donna schüttelte den Kopf. »Nein, er hat es mir gesagt. Ganz nebenbei, als wäre es das Selbstverständlichste der Welt.« Sie sah ihn misstrauisch an. »Wenn du jetzt sagst, du habest es mir prophezeit, dann kannst du gleich wieder gehen.«

Armand lächelte und wies auf die geöffnete Weinflasche auf dem Tisch. »Bevor ich nicht Platz nehmen darf und auch ein Glas Wein bekomme, sage ich gar nichts«, erklärte er.

Donna holte ein zweites Glas und schenkte ihm ein. »Es ist vielleicht noch etwas früh«, versuchte sie, sich zu entschuldigen.

Armand setzte sich und trank schweigend.

»Du bist also gekommen, um gar nichts zu sagen?«, fragte sie schließlich.

»Eigentlich wollte ich wissen, wie es dir geht«, meinte er. »Und was du so machst …«

Donella seufzte und nahm sich zusammen. Es gab keinen Grund, Armand die tragische Heldin vorzuführen, die sich obendrein dem Alkohol ergab.

»Bis jetzt mache ich gar nichts«, gab sie zu. »Oder doch, ich mache mir Gedanken. Ich besitze hunderttausend Franc ...« Sie berichtete davon, dass Hernando ihr immerhin das Preisgeld überlassen hatte. »Und jetzt muss ich sehen, was ich damit anfange. Möglichst bald, wenn es nach Hernando und seinem Anwalt geht.«

Armand lächelte. »Ich nehme nicht an, dass du damit einen Kurzwarenladen eröffnen willst.«

Donella erwiderte sein Lächeln. Die Vorstellung, Garnrollen und Stricknadeln zu verkaufen, war einfach zu abwegig. Dann schickte sie hinterher: »Der Anwalt dachte eher an ein kleines Etablissement in Montmartre. Wo sich vielleicht ein Nachfolger für Hernando fände, wenn ich mich denn als Lebedame erfolgreich präsentierte ...«

»Du?« Armand musste lachen.

Donella warf ihm einen bösen Blick zu. »Traust du mir das nicht zu?«

Armand schüttelte den Kopf. »Nein, nein, beim besten Willen nicht! Womit ich nicht sagen will, dass du es an Schönheit nicht mit allen Frauen in Montmartre aufnehmen könntest. Aber Donella, die Aeronautin, die Konstrukteurin eines Luftschiffes, auf Männerjagd? Du ziehst das nicht ernsthaft in Erwägung, nicht wahr?« Er blickte sie prüfend an, und sie bemerkte jetzt erst, wie sehr seine freundlich forschenden grün-braunen Augen denen ihres Großvaters ähnelten. Erneut empfand sie Reue für die Enttäuschung, die sie Frederick Balincourt bereitet hatte.

»Natürlich nicht!«, antwortete sie, und plötzlich formierten sich neue Gedanken in ihrem Kopf, die nichts mit Hernando und seiner Braut Estrella zu tun hatten. »Ich dachte ... ich dachte eher an einen Ballon. Ich könnte Ballonfahrten mit interessierten Leuten unternehmen. Oder Werbebanner auf den Ballon malen lassen und aufsteigen … Und du, du könntest mir einen bauen.«

Armand schüttelte den Kopf. »Du kannst dir selbst einen bauen. Oder zumindest einen entwerfen, für die Ausführung müsstest du eine Manufaktur finden oder gründen. Und noch besser, du baust Luftschiffe! Du hast viel zu viel Talent für die Konstruktion, um dich in Zukunft nur noch vom Wind irgendwohin treiben zu lassen.«

Donna seufzte. Im Grunde war es genau das gewesen, was sie in den letzten Wochen getan hatte. »Ist bei euch vielleicht noch eine Stelle frei?«

Armand verneinte. »Du weißt, was mein Onkel von Frauen als Ballonfahrer denkt. Und dann auch noch als Konstrukteurin? Nein, du müsstest dir schon was Eigenes aufbauen.«

»Um euch Konkurrenz zu machen?«, fragte sie.

Armand hob die Schultern. »Es müsste ja nicht hier sein …«

Und dann wusste Donna ganz plötzlich, was sie tun wollte. Auf dem Tisch lag noch der letzte Brief von Ailis, die von ihren neuesten Entdeckungen am Himmel, von Hailys steiler Karriere und vor allem von Emilys erfolgreichen Studien berichtete. Wie nebenbei hatte sie dabei erwähnt, dass Harvard seit einigen Jahren einen Studiengang der Aeronautik anbot.

»Ich werde studieren!«, rief sie. »In den USA. Ballons und Luftschiffe sind eine schöne Sache, aber vielleicht hat Hernando recht, und die Zukunft liegt im Motorflug.«

Armand lächelte. »Dann brauchst du nur noch früher mit einer Maschine aufzusteigen als er«, meinte er. »Die perfekte Rache. Aber gleich auf der anderen Seite des Atlantiks?« Er wirkte enttäuscht.

Donella nickte. »Ja«, sagte sie leise, »das ist das Beste. Hier in Europa kann ich nicht studieren, zumindest nicht an einer der besten Universitäten der Welt. Und ich … ich brauche Abstand … ich kann hier nicht neu anfangen …«

»Hernando ist in Brasilien, Donella!«, wandte Armand ein. »Es ist nicht so, als würdest du ihn täglich treffen.«

»Aber Paris ist immer noch Paris, alles erinnert mich an ihn ...«

»Und an mich erinnert dich gar nichts?«, fragte Armand.

Donna senkte den Kopf. »Doch ... Auch du wärst ein Neuanfang.«

»Zu dem du noch nicht bereit bist.« Armand verstand. »Wirst du es jemals sein?«

»Das weiß ich nicht«, flüsterte Donna. »Im Moment ... im Moment fühle ich mich noch selbst wie ein Ballon ... Aber jetzt lasse ich die Leinen los ...« Sie lächelte schwach. »*Du* hast die Leinen gelöst. Aber ich weiß nicht, wohin der Wind mich weht.«

Armand legte sanft seine Hand auf ihre. »Ich kann warten«, sagte er. »Irgendwann wirst du ein Luftschiff bauen! Und diesmal wirst du es selbst lenken!«

Studien

Boston, Winter 1890
bis November 1891

Nur wenige Monate nachdem er Emily und Ronald gegen die Universität und Haily Hard verteidigt hatte, fand Archie Peyton Emily erneut in seinem Vorzimmer. Wieder war sie elegant gekleidet, das grüne Samtkostüm stand ihr hervorragend.

»Miss Emily!« Der Anwalt begrüßte sie lächelnd. »Ich habe Sie bei den letzten Clubtreffen vermisst. Ist Ihnen unsere missbilligende Haltung gegenüber Ihrer Verlobung nun doch zu viel geworden?« Er bat sie herein; sein Sekretär schien an diesem Tag freizuhaben.

Emily verneinte. »Mit der Missbilligung der Clubmitglieder komme ich zurecht«, meinte sie. »Aber Ronald und ich waren in der letzten Zeit sehr beschäftigt. Ich musste für meine Prüfungen lernen, allein, denn ich hatte ja versprochen, die Veranstaltungen in der Universität nicht mehr zu besuchen. Danach haben wir das Beobachtungshaus am Fluss umgebaut – jedenfalls hat Ronald das getan, ich habe Vorhänge und Kissen genäht, damit es etwas wohnlicher wird. Und wärmer. Der Ofen, der darin stand, produzierte mehr Rauch als Wärme. Also brauchten wir einen Kaminbauer, und eine ordentliche Küche musste ebenfalls eingebaut werden. Die Möbel hat Ronald selbst gezimmert – mehr schlecht als recht, aber mit Liebe.« Sie lächelte zärtlich und dachte dabei nicht nur an die gemeinsame Arbeit, sondern auch daran, wie sehr sie die Wochenenden, die sie inzwischen bei den Brewsters verbrachte, genossen hatte. Ronald und sie hatten das Reservat durchstreift und wie die Kinder im Schnee herumgetollt. Sie hatten Schneemänner gebaut, Schneeengel in den Neuschnee gemalt, sich mit Schneebällen beworfen und unendlich viel gelacht. »Wir wollen ja gleich nach der Hochzeit einziehen«, fügte sie ernster hinzu. »Bevor die Wildgänse aus Afrika zurückkommen.«

»Dann steht der Hochzeitstermin also fest?«, fragte Peyton. »Sie überbringen mir heute nicht etwa die Einladung?«

Emily biss sich auf die Lippen. »Wenn Sie kommen wollten, würden wir uns freuen. Aber vorerst … wir kriegen keinen Termin für die Hochzeit. Der Friedensrichter will nicht.«

Archie runzelte die Stirn. »Wie darf ich das verstehen?«

»Wie ich es sage. Der Friedensrichter weigert sich, uns zu trauen. In den verschiedenen Kirchen haben wir es gar nicht erst versucht. Ich bin zudem katholisch, Ronald ist Baptist. Da gäbe es sowieso Schwierigkeiten. Über die Hautfarbe hinausgehend.« Emily rieb sich die Stirn.

»Aber der Mann ist verpflichtet, Sie zu trauen. Es gibt in Massachusetts kein Verbot für Ihre Ehe, Sie können da Einspruch erheben …« Er brauchte einen Moment, um sich zu beruhigen. »Na ja, genau deshalb sind Sie natürlich hier.«

»Ich freue mich, dass es Sie so aufregt«, bemerkte Emily. »Bislang hatte ich das Gefühl, Sie würden die Aufhebung des Verbots nicht uneingeschränkt billigen.«

»Ob ich ein Gesetz billige oder nicht, spielt überhaupt keine Rolle!«, begann Peyton erneut über sein Selbstverständnis als Anwalt zu dozieren. Aber dann bemerkte er, dass er die Haltung des Friedensrichters tatsächlich verurteilte. »Ich beginne Sie langsam zu verstehen«, gab er zu. »Meine ursprüngliche Ablehnung Ihrer Beziehung … nun, ich muss zugeben, dass da eine gewisse Eifersucht mit hineinspielte. Ich war beleidigt, dass Sie mir Ronald vorzogen. Dabei ist er ein feiner Kerl, wir haben ja diverse vogelkundliche Exkursionen zusammen gemacht, und was ich über Fotografie weiß, habe ich von ihm …«

Emily nickte und fragte nicht, wer bei den Exkursionen die Ausrüstung geschleppt und die Zelte aufgebaut hatte oder ob Ronald für den Unterricht bezahlt worden war.

»Jedenfalls tut es mir leid«, sagte Peyton. »Und diesen Friedens-richter werde ich mir sogleich vornehmen. Ich schätze, da reicht ein Anwaltsschreiben, um ihn zur Vernunft zu bringen. Was führt er denn für Gründe an?«

Emily seufzte. »Also zunächst einmal hat er natürlich gar nichts gegen Schwarze, solange sie unter sich bleiben. Bei der Ehe mit einer Weißen müsste man allerdings an die Kinder denken, die ihr Leben lang stigmatisiert wären … Dabei wollen wir vorerst noch gar keine Kinder.«

Peyton lachte. »Der Klapperstorch wird Sie da nicht fragen.«

»Der Klapperstorch«, bemerkte Emily, »lässt sich sehr leicht kontrollieren. Oder warum, glauben Sie, hat Haily Hard noch keine Kinder?«

Zu ihrer Belustigung flog eine beschämte Röte über seine Wangen. »Sie meinen …«

»Sie können nicht wirklich glauben, dass Haily noch rein ist wie frisch gefallener Schnee«, hielt Emily ihm vor. »Tatsächlich gibt es Möglichkeiten, eine Schwangerschaft zu verhüten. Vor allem, wenn der Mann mitspielt. Wenn er jedoch nicht bereit ist, sich während der fruchtbaren Tage zu enthalten …«

Archie errötete noch tiefer. »Ich glaube, ich möchte das gar nicht so genau wissen, Miss Emily«, murmelte er.

»Das sollten Sie aber!«, erklärte sie resolut. »Sie könnten Ihrer künftigen Frau damit vielleicht manches ersparen!«

Archie Peyton gelangte langsam zu der Ansicht, dass Emily Coxwold vielleicht doch nicht die süße, unschuldige Braut war, auf die er gehofft hatte. In seinen Träumen von der Ehe hatte er sie zudem im trauten Kreis mit mindestens vier entzückenden Kin-dern gesehen.

»Ich möchte jedenfalls erst mein Studium beenden und vor allem dieses Forschungsprojekt«, fügte Emily hinzu. »Und Ronald unterstützt mich dabei. Wir haben noch viel vor! Und wir sind beide jung, wir können warten, bis sich die Zeiten ändern …«

Während Archie Peyton einen sehr deutlichen Brief an den Friedensrichter schrieb, der Emily und Ronald die Trauung verweigerte, kämpfte sich Donella auf der anderen Seite des Atlantiks zurück ins Leben. Dazu gehörte, endlich ihre Post der letzten Wochen zu öffnen und zu beantworten. Ailis berichtete in einem langen Brief von der Verlobung zwischen Emily und Ronald – und Donella fand, dass sich dies für die beiden gar nicht besser hätte entwickeln können. Sie schrieb sofort zurück, erzählte von ihrer Trennung von Hernando und ihren Zukunftsplänen.

Ich möchte das Geld dafür ausgeben, in den USA zu studieren. Am liebsten in Harvard, bei euch in Boston. Und da Emily nun bald ausziehen wird, könnte ich vielleicht bei dir wohnen ... Ich beteilige mich natürlich an der Miete und werde garantiert in absehbarer Zeit keine jungen Männer mit nach Hause bringen. Von der Liebe habe ich vorerst genug. Aber wieder mit dir zusammenzuwohnen wäre einfach ein Traum! Was meinst du, erneuern wir die Stubengemeinschaft aus unserer Schulzeit? Nur diesmal ohne Haily?«

Ein weiterer Brief ging Donella nicht so leicht von der Hand. Nach langer Überlegung schrieb sie an ihren Großvater. In all der Zeit mit Hernando hatte sie den Kontakt zu ihm vermisst – doch sie war zu stolz gewesen, ihm zu schreiben, nachdem ein paar Briefe an ihre Eltern ungeöffnet zurückgekommen waren. Die Hards, das hatte sie über Ailis erfahren, die mit ihrer Mutter in losem Briefkontakt stand, welche wiederum mit ihren früheren Schwägerinnen sehr offen kommunizierte, waren verbittert, nachdem beide Kinder die Familie hinter sich gelassen hatten. Natürlich machten sie die Balincourts zumindest teilweise dafür verantwortlich, und Donna machte sich Vorwürfe, mit ihrer Auflehnung gegen den Großvater die Familie zerstört zu haben. Jetzt berichtete sie ihm von Hernandos Weggang – er habe mit jedem Wort recht behalten, das er ihr damals entgegengehalten hatte. Donna schrieb, wie leid es ihr tue, sein Vertrauen in sie enttäuscht zu haben. Allerdings bereue sie nicht, in Paris geblieben zu sein.

So hart es für mich auch war, die Wahrheit über Hernandos Gefühle zu erfahren, so möchte ich die Jahre mit ihm auf keinen Fall missen. Wäre ich Deinen Weisungen gefolgt, Grandpa, wäre ich jetzt wieder in Schottland und womöglich schon verheiratet – mit einem Mann, der mich niemals verstehen könnte. So aber konnte ich die Universität besuchen – und ich habe letztlich das Fliegen gelernt! Das ist es, was ich immer wollte und nach wie vor will, und nun liegt ein neues Leben vor mir. Ich danke Dir noch einmal dafür, dass Du damals mit mir in Paris geblieben und mir ermöglicht hast, einen Weg einzuschlagen, der zunächst zwar in die Irre führte, aber doch zweifellos der richtige für mich ist. Bitte verzeih mir meine Fehler, Grandpa!

Donna schrieb darüber hinaus an die Harvard University und bewarb sich für ein Studium im nächsten Jahr. Außerdem fuhr sie nach Vaugirard und überredete Armands unwilligen Onkel, ein paar Wochen in der Ballonfabrik volontieren zu können und den Ballonbauern über die Schulter sehen zu dürfen. Insbesondere war ihr am Zuschneiden und Nähen der Ballonhülle gelegen – hier hatte sie schließlich noch keinerlei Erfahrungen.

»Das Nähen ist doch eine urweibliche Tätigkeit!«, behauptete sie und hoffte, dass Henry Lachambre jetzt nicht mit dem Beruf des Schneiders argumentierte. »Ob eine Ballonhülle oder ein Kinderkleidchen – letztlich kommt es doch aufs Gleiche raus.«

Lachambre war von Haus aus ein Griesgram, aber dieser Vergleich erheiterte ihn so, dass er nicht mehr Nein sagen konnte. Außerdem hatte er natürlich längst bemerkt, dass sein Neffe Donella mochte.

Er stellte allerdings Bedingungen. »Sie suchen sich eine ehrbare Unterkunft, Miss Hard, und Sie bringen mir Armand nicht in Versuchung! Ich weiß nicht, in welcher Beziehung Sie zu Monsieur Sánchez-Duboire standen, allerdings schienen Sie mir sehr vertraut mit ihm – und bei all Ihren gemeinsamen Unternehmungen wird nicht immer eine Anstandsdame anwesend gewesen sein. Also: Sollten Sie sich als loses Frauenzimmer entpuppen, fliegen Sie sofort raus!«

Donella nickte fügsam, fand ein Zimmer im Haus einer Witwe und ließ sich zu keinerlei gemeinsamen Unternehmungen mit Armand Machure überreden. Natürlich sprachen sie in der Fabrik miteinander, doch danach ging Donella in ihre Pension, schrieb Briefe und entwarf Ballonhüllen. Auf keinen Fall wollte sie diese kostbare Ausbildung gefährden.

Ailis konnte sich vor Freude kaum halten, als sie Donellas Brief erhielt. Es war nicht so, dass sie sich einsam fühlte, dazu war sie beruflich weiterhin zu stark eingespannt, der Katalog der Sterne gewann sichtlich an Gestalt. Mit den anderen Computers unternahm sie Ausflüge zu Sternwarten in den Nachbarstaaten von Massachusetts, und sie wurde oft gebeten, Vorträge zu halten. Hätte sich ihr Herzenswunsch, Astronomie studieren zu dürfen, damals erfüllt, hätte sie in keiner qualifizierteren beruflichen Position sein können. Dazu kam Copper, der sich zu einem klugen kleinen Kerl entwickelte, dem sie auch weiterhin viel Zeit widmete. Alma sorgte gut für ihn, und er liebte sie heiß und innig, doch schon jetzt waren die Fragen, die er stellte, mitunter zu kompliziert für das einfache Mädchen. Ailis' Leben war ausgefüllt, und sie liebte es, seit Maureens Weggang fehlte ihr aber eine Vertraute, eine Seelenverwandte – und natürlich auch eine Geliebte. Letzteres erwartete sie nicht von Donna, aber sie würde wieder mit einer Freundin über Gott und die Welt reden. Mit Donna würde sie sogar darüber sprechen können, Frauen zu lieben. Ailis fieberte der Ankunft ihrer Cousine entgegen.

Schließlich fügte es sich so, dass Donellas Schiff gerade pünktlich zu Emilys Hochzeit in New York anlegte. Als Überraschungsgast stieß sie zu den Frauen, die Emily beim Ankleiden für die Hochzeit halfen, und hätte der Braut fast die Schau gestohlen. Ailis jedenfalls hatte nur noch Augen für die lange vermisste Freundin. Alma betrachtete sie etwas misstrauisch, war Donella doch bereits als künftige Mitbewohnerin angekündigt worden. Die ebenfalls anwesende Caroline Brewster bemerkte sie dagegen kaum. Sie vergoss im Gegensatz zu allen anderen schon mal Tränen, weil man das bei Hochzeiten nun mal so tat.

Emily hatte sich gegen ein teures Hochzeitskleid entschieden und trug stattdessen ein hellblaues, bodenlanges Spitzenkleid – noch ein abgelegtes Stück von Haily. Sie hatte es mit einer Schärpe und einem breiten Gürtel aus weißem Tüll verschönert und sich einen zarten, kurzen Schleier geschneidert, der von einem Reif aus künstlichen Blumen gehalten wurde. Echte Blumen wuchsen jetzt, im März, noch nicht, was Copper sehr bekümmerte. Er hatte Bilder von königlichen Hochzeiten gesehen und wollte nun am liebsten die Schleppe tragen. In Ermangelung einer solchen war er entschlossen, Blumen zu streuen und hatte bereits ein Körbchen mit erstem Grün und Gestrüpp gefüllt.

»Wo ist denn eigentlich Haily?«, erkundigte sich Donna. »Sie hat doch wohl nicht freiwillig auf die Teilnahme an der Hochzeit ihres Babys verzichtet?«

Emily verdrehte die Augen. »Sie ist einer der Gründe, weshalb wir im ganz kleinen Rahmen feiern und uns im Haus des Friedensrichters trauen lassen, obwohl der uns nicht leiden kann. Seit der Sache mit Ronald hat sie uns nicht weiter behelligt – ich habe seitdem auch aufgehört, sie vor den Vorstellungen anzukleiden und zu schminken. Dadurch entgingen mir in den letzten Wochen viele Einnahmen, denn natürlich musste ich auch aufhören, die anderen Schauspielerinnen zurechtzumachen. Das war es mir allerdings wert – ich brauchte dringend Abstand von Haily Hard! Und wir wollten auf jeden Fall verhindern, dass sie ohne Einladung bei der Trauung auftaucht und wieder einmal versucht, sich in den Mittelpunkt zu drängen.«

»Womöglich wäre ihr noch ein Schwarm Reporter gefolgt, und die Hochzeit wäre in der Zeitung gelandet«, fügte Ailis hinzu. »›Im Zweifel für die Liebe – Haily Hard unterstützt gemischtrassige Ehe!‹ Ganz Boston hätte sich die Mäuler darüber zerrissen. Aber falls du sie vermisst: Sie tritt fast jeden Abend in der Boston Music Hall auf. Wenn du sie morgens bei den Proben besuchst, kriegst du bestimmt eine Freikarte.«

»Das werde ich tun«, sagte Donella, wohl wissend um alle Haily-Hard-Eskapaden auch hier in Boston. »Ehrlich gesagt kann ich's kaum erwarten, sie zu sehen. Sie ist genau die Diva geworden, die sie werden wollte. Ich *muss* sie auf der Bühne erleben!«

Die Hochzeitsgesellschaft fuhr mit Brewsters Kastenwagen zum Haus des Friedensrichters. Mrs. Brewster hatte das Gefährt mit Girlanden geschmückt und die beiden Kaltblutstuten mit buntem Federschmuck versehen.

»Sieht aus, als wäre Fahrendes Volk unterwegs«, bemerkte Ailis. »Also unauffällig ist das gerade nicht.«

Der Weg war immerhin nicht weit, und Ronald sowie Mr. Brewster als sein Trauzeuge warteten bereits vor dem herrschaftlichen Haus, in dem der Richter residierte und eine kleine Hochzeitskapelle unterhielt. Ronald sah in seinem schwarzen Anzug sehr distinguiert aus, und Donella fand ihn äußerst gut aussehend. Vor allem leuchteten seine Augen warm und erfüllt von Liebe auf, als er Emily sah, ihre Hand nahm und küsste.

Die junge Frau betrat am Arm ihres Bräutigams den Trauraum – ihr Vater konnte nicht anwesend sein, und einen Ersatz als Brautvater mochte sie nicht akzeptieren. Archie Peyton machte die Hochzeitsbilder, Emilys Eltern erwarteten diese mit Spannung. Sie waren mit der Eheschließung ihrer Tochter mit dem Assistenten eines bekannten Ornithologen mehr als einverstanden, was sie gegenüber den Behörden auch schriftlich bestätigt hatten, schließlich bedeutete die Heirat einen gesellschaftlichen Aufstieg. Von Ronalds Hautfarbe hatte Emily ihnen nichts geschrieben. Sie sollte ihnen wie ihr gleichgültig sein.

Vor dem Brautpaar schob sich entschlossen Copper nach vorn und verstreute den Inhalt seines Blumenkorbs. Die Frau des Friedensrichters, die ihrer Neugierde folgend der Hochzeit beiwohnte, war einem hysterischen Anfall nahe.

»Das sind wertvolle Teppiche! Darauf können Sie doch keinen Dreck verteilen lassen!«

Tatsächlich bestand Coppers Ausbeute zu einem guten Teil aus Gräsern, an denen noch die Wurzeln und ein gut Teil Erde hingen.

»Wir lassen das reinigen!«, versuchte Ailis, sie zu beschwichtigen, während Alma versuchte, ihren Schützling einzufangen, und Donella sich köstlich amüsierte. Ein Grammofon spielte *Treulich geführt*, da sich niemand gefunden hatte, der dem zur Verfügung stehenden Flügel annehmbare Töne hätte entlocken können.

»Wir hätten Haily doch gebraucht«, bemerkte Donella.

Die Trauung selbst war dann ziemlich kurz, der Friedensrichter rang sich nur wenige Worte zum Thema »glückliche Ehe« ab, fügte ein paar halbherzige Glückwünsche hinzu und begann dann gleich mit der Trauformel. Emily und Ronald sprachen sie ihm gleichermaßen fest und glücklich nach und strahlten einander an, als sie sich das Jawort gaben. Peyton fotografierte, Caroline Brewster weinte, und William Brewster schnäuzte sich. Alma hatte an Reis gedacht, und Copper gab den Teppichen begeistert den Rest, indem er seine »Blumen« freigebig auf dem Boden und über den Schuhen des Brautpaars und der gesamten Hochzeitsgesellschaft verteilte. Auch der Friedensrichter bekam einen Schwall ab.

»Lasst uns bloß flüchten!«, rief Donna. »Das war die beste

Hochzeit, der ich jemals beiwohnen durfte. Kurz, knapp und sehr lustig!«

Ailis hatte das Hochzeitsessen aus einem guten Restaurant kommen lassen, und Mrs. Brewster steuerte die Torte bei. Das Gespräch kam dabei sehr bald auf Gänse – binnen Kurzem wurden die Brutpaare erwartet, und Brewster, Peyton und das Brautpaar wurden nicht müde, das Vorgehen bei Emilys Forschungsprojekt ausgiebig zu diskutieren. Alma und Copper schaufelten Torte in sich hinein, und Donella und Ailis hatten sich vieles zu erzählen, was wiederum Caroline Brewster faszinierte. Donellas Leben schien bisher mehr als unkonventionell verlaufen zu sein.

»Vielleicht ein Glück, dass unsere Emily wenigstens keine Hard ist«, bemerkte Mrs. Brewster auf der Rückfahrt nach Concord gegenüber ihrem Gatten. Brewster kutschierte selbst, Emily und Ronald schmiegten sich ganz hinten aneinander, voller Vorfreude auf die erste gemeinsame Nacht in ihrem kleinen Haus. Bislang hatte Emily stets bei den Brewsters genächtigt, wenn sie auf der Farm weilte – und die beiden hatten auch die Stunden, die sie tagsüber allein waren, nicht genutzt, um die Hochzeitsnacht vorwegzunehmen. Hailys freier Umgang mit der Liebe hatte Emily stets abgestoßen. Sie selbst wollte alles richtig machen.

»In dieser Familie scheinen alle ein wenig seltsam zu sein«, fuhr Caroline Brewster leise fort, als ihr Mann nicht antwortete. »Obwohl unsere Emily natürlich auch ein wenig exaltiert ist … Sie hat heute geheiratet, aber das Einzige, worüber sie redet, sind Gänse.«

Donella besorgte sich den Vorlesungsplan für das kommende Semester und belegte alle naturwissenschaftlichen Kurse zwischen Physik und Aeronautik, die Harvard zu bieten hatte.

»Was willst du denn dann in den nächsten Semestern noch studieren?«, neckte sie Ailis. »Wenn du das alles schaffst, kannst du die Abschlussprüfungen gleich im Sommer ablegen.«

Donella tippte sich an die Stirn und fügte ihrem Stundenplan noch eine Mechanik-Veranstaltung hinzu. »Ich hab viel nachzuholen«, erklärte sie. »Du glaubst nicht, wie ich mich auf all das freue.«

Natürlich hatte sie inzwischen auch Ailis im Observatorium besucht und Haily im Theater. Die Schauspielerin hatte allergrößte Freude gezeigt, und Donella dem gesamten Ensemble vorgestellt, wo sie niemanden interessierte außer vielleicht Cuthbert Hay, der an jeder attraktiven jungen Frau seinen Charme erprobte. Von Hailys Auftritt am Abend war Donna dann durchaus beeindruckt.

»Sie spielt ja wirklich mit Herzblut. Ich hätte gar nicht gedacht, dass sie es so ernst meint mit ihrer Karriere …«

»Vielleicht ein bisschen zu ernst«, meinte Ailis und verwies auf Hailys Intrigen. »Du weißt, sie ist grenzenlos ich-bezogen. Pass bloß auf, dass du ihr nicht auch mal in die Quere kommst!«

Donella lachte. »Wohl kaum – wir streben quasi alle nach den Sternen, aber doch auf sehr unterschiedlichen Wegen. Nehmen wir am Sonntag eigentlich den Zug nach Concord oder kann Mr. Peyton uns vielleicht mitnehmen? Ich freue mich auf die Wildgänse!«

Emily und Ronald hatten ihr kleines Haus bezogen und ihre Hochzeitsnacht zelebriert. Beide waren zum Platzen glücklich, als wenige Tage später bereits die ersten Zugvögel eintrafen, und bald auch die Gänse. Das Gebiet, in dem sie brüteten, war ein Feuchtgebiet am Rande des Concord River, bewachsen mit Schilf und Gräsern, bevölkert von Tausenden kleinen Amphibien, Schnecken und Insekten. Die Gänse fanden hier ein Schlaraffenland vor. Emilys und Ronalds Häuschen lag etwas weiter weg auf einer kleinen Anhöhe. Es sollte ja nicht überschwemmt werden, wenn der Fluss einmal mehr Wasser führte als üblich.

Emily hatte das Gelände bereits im Winter erkundet und versuchte nun, die Nester zu finden und auf einer Karte zu vermerken. Außerdem legte sie sich zwei Hausgänse zu – einen Ganter und eine Gans, die Ronald auf die Namen Adam und Eva taufte. Schließlich musste ja jemand die Eier ausbrüten, aus denen ihre künftigen Versuchsobjekte schlüpfen sollten …

»Wir können dann auch gleich die Unterschiede im Verhalten der Hausgänse und der Wildgänse beobachten«, meinte Emily, als sie die Neulinge vergnügt fütterte. Sie hatte es vermisst, Federvieh um sich zu haben, aller theoretischen Studien zum Trotz.

»Jedenfalls wird uns niemand unangekündigt besuchen.« Ronald beobachtete schmunzelnd, wie Adam sehr schnell damit begann, sein Territorium zu verteidigen, wobei er aus Leibeskräften schrie und schnatterte. »Wer von uns hat sich noch mal freiwillig gemeldet, den Wildgänsen ihre Eier zu stehlen? Wenn die genauso entschlossen sind, ihre Brut zu verteidigen, steht uns einiges bevor!«

Als die Wildgänse eintrafen, waren Emily und Ronald fast den ganzen Tag damit beschäftigt, ihr Verhalten zu dokumentieren – sowohl mit der Feder als auch mit der Kamera. Sie beobachteten Gänse bei der Partnerwahl und beim Balzen, aber auch alte Brutpaare, die für die Tänze und Gesänge der Jungen keinen Blick hatten, sondern sich direkt nach der Landung um einen guten

Platz für ihre Nester umsahen, um sich gleich um deren Bau zu kümmern.

»Alte Ehepaare«, sagte Ronald und lächelte. »Sie verlieren ein bisschen das Interesse aneinander ...«

»Das wird uns nie passieren!«, erklärte Emily sofort und wies auf eine Gans, die aufgeregt zu schwimmen begann, womit sie den Ganter offensichtlich zur Paarung einlud. »Und außerdem flammt die Liebe doch wohl immer wieder auf. Gibt es Aufzeichnungen darüber, ob sie ihre Nester jedes Jahr woanders bauen, oder sind sie standorttreu?«

Emily fand jeden Tag Fragen, auf die es noch keine Antworten gab. Das Leben der Wildgänse war bislang wenig erforscht.

Ronald fotografierte die Tiere bei der Balz und bei der Paarung und scherzte, er komme sich dabei ein bisschen vor wie bei einem Fototermin mit Haily Hard. »Sehr, sehr schlüpfrige Posen ...«

Emily entdeckte, dass es bei Gänsen wohl so etwas gab wie eine Ehe auf Probe. Mitunter fanden sich Paare für ein paar Wochen zusammen, um sich dann wieder zu trennen.

»Paaren sie sich auch?«, fragte Donna bei einem ihrer sonntäglichen Besuche. Archie Peyton nutzte jeden freien Tag, um beim Forschungsprojekt der Gardeners dabei zu sein, und oft fuhren sie, Ailis und Copper mit und verlebten einen Tag im Grünen. Ailis beobachtete interessiert, dass dabei auch Archie eine Art Balzverhalten entwickelte. Donella gefiel ihm. Über Emily war er endgültig hinweg.

»Nein, wenn sie sich erst paaren, bleiben sie zusammen«, erklärte Emily. »Sie sind sehr treu. Aber es ist interessant, was passiert, wenn ein Partner verwitwet ist. Eine Gans kam allein hier an, wir nehmen an, dass der Ganter irgendwie umgekommen ist. Jetzt bemüht sie sich, bei anderen Paaren Anschluss zu finden. Sozusagen als Zweitfrau. Die Ganter sind nicht uninteressiert, aber die Gänse beißen sie weg.«

»Wen wundert's?« Archie Peyton schien das Verhalten der

Tiere durchaus verständlich, während Ailis ein solches Dreierverhältnis spannend fand. Ob die Gänse vielleicht lernen konnten, nicht nur den Ganter, sondern auch einander zu lieben?

Ailis hatte durchaus Gründe für diese Überlegungen, denn neuerdings gab es wieder eine Frau im Observatorium, deren Anblick bei ihr für Herzklopfen sorgte. Molly Peak Justin hatte wie damals Maureen Astronomie studiert, und Pickering stellte sie ein, um beim Katalogisieren zu helfen. Die junge Frau war blond und hatte ein rundes, freundliches Gesicht. Der Teint hell, die Augen groß und hellblau, der Körper ein wenig füllig. Auf den ersten Blick wirkte sie ein bisschen unbedarft, bewies aber schnell ihren scharfen Verstand. Wie bei Maureen war Ailis ein bisschen besorgt, dass Pickering ihr die Studienabsolventin vor die Nase setzen würde, doch wieder verstand sie sich auf Anhieb mit der hoch qualifizierten jungen Frau. Molly entwickelte überzeugende Ideen für den Katalog und brachte den erwünschten frischen Wind in ihre Forschungen. Außerdem sorgte sie für Spaß in den heiligen Hallen des Observatoriums. Sie war stets gut gelaunt, um ihre vollen rosa Lippen, die einen eher kleinen Mund bildeten, spielte stets ein Lächeln. Sie brachte Leckereien wie Schokolade und Pralinen mit und verglich die Sterne mit Weihnachtsplätzchen.

»Ganz klar ein Zimtstern!«, behauptete sie ernst, als sie ihren ersten bislang unbekannten Himmelskörper auf einer der Platten entdeckte. »Und das hier sieht aus, als hätte eine Göttin eine Packung Sternanis verstreut.« Die Frauen mussten darüber lachen, und Ailis fand die neue Mitarbeiterin zwar etwas albern, aber die Atmosphäre im Observatorium lockerte sich. Während Maureens Auseinandersetzungen mit Pickering war die Arbeitsatmosphäre mitunter angespannt gewesen, und seit ihrem Weggang mitunter fragil. Nun wirkten alle zufriedener. Gleichzeitig beobachtete Ailis, dass Molly andere Frauen mit dem gleichen Blick bedachte, wie damals Maureen, und sie fasste ihre Gesprächspartnerinnen genauso gern an. Ailis mochte es, wenn Mollys kleine, weiche Hände Kontakt suchten. Sie beschloss schließlich, es zu wagen und sie zu einem Kaffee einzuladen. Molly nahm gern an. Die beiden plauderten ungezwungen miteinander – und immer mal wieder erwähnte Ailis Maureen oder Molly Freundinnen, die sie früher gehabt hatte. Es waren Anspielungen, sie tasteten sich aneinander heran. Keine wollte eine Fehleinschätzung riskieren.

Als sie wieder an die Arbeit gingen, fand Ailis, dass der Anfang vielversprechend gewesen war.

»Das müssen wir wiederholen«, sagte sie, und Molly nickte.

»Unbedingt. Wir … könnten auch sonst mal was zusammen unternehmen. Ich kenne hier schließlich noch niemanden …«

Ailis begann, sich zu verlieben, und Donna lachte, als sie ihr davon erzählte. Sie war erst ein wenig befangen gewesen und hatte ihrer Cousine dann doch von der besonderen Freundschaft erzählt, die sie mit Maureen verbunden hatte. Für Donna, die sich mit Hernando in den Nachtbars und Cabarets von Paris bewegt hatte, war die Existenz von Liebe unter Frauen kein Geheimnis.

»Es hat natürlich etwas Verrufenes«, meinte Donella. »Besonders wenn es so zur Schau gestellt wird, wie sie das in Paris manchmal tun. Aber ich könnte mir vorstellen, es gibt auch ganz normale Frauen, die so sind, und die ganz unauffällig mit ihren Freundinnen zusammenleben. Man muss ja nicht an die große Glocke hängen, was in der Nacht passiert …«

»Die *wie* sind?«, fragte Ailis verwirrt. »Gibt es … einen Namen dafür?«

Donna überlegte. »Ich glaube, ein paar von den Frauen in Paris sagten, sie seien aus Lesbos. Das ist eine griechische Insel, wobei ich nicht glaube, dass sie wirklich von dort kamen. Das war eher ein Code-Wort, denke ich. Wenn du mir früher davon geschrieben hättest, hätte ich nachgefragt. Die Frauen gingen jedenfalls ganz offen damit um. Vielleicht weiß es ja Molly. Wann stellst du sie mir denn vor?«

Ailis machte vorerst keine Anstalten, sie bemühte sich ja selbst erst, der jungen Frau näherzukommen. Die beiden gingen inzwischen regelmäßig gemeinsam Mittagessen und sprachen dabei über ihre Arbeit, aber auch über Mollys Engagement für Frauenrechte. Sie hatte sich schon an der Universität für das Frauenwahlrecht und für die gleiche Bezahlung für gleiche Arbeit von Männern und Frauen eingesetzt.

»Was wir hier verdienen, ist doch eine Schande!«, erklärte sie. »Und das Schlimmste ist, dass ich, ehrlich gesagt, auch noch freiwillig dazuzahlen würde, um überhaupt in der Forschung tätig sein zu können! Pickering ist der Einzige, der uns Frauen das ermöglicht. Sonst stellt dich als Astronomin keiner an!«

»Auch keine Frauencolleges?«, fragte Ailis und dachte an Maureen.

»Was da an Forschung stattfindet, ist nicht der Rede wert«, behauptete Molly. »Im Grunde ist man nur eine bessere Lehrerin. Immerhin ordentlich bezahlt. Und was ich so von anderen Fakultäten höre, in denen zum Beispiel Medizinerinnen auf sehr hohem Niveau forschen, werden die Ergebnisse meist unter dem Namen ihres Mentors veröffentlicht – sprich ihres Vorgesetzten, der nicht eine Stunde in die Arbeit investiert hat.«

Ailis fand es anregend und manchmal aufregend, mit Molly zu sprechen. Durch sie gewann sie einen anderen Blick auf die Welt, erkannte Zusammenhänge und Ungerechtigkeiten aus weiblicher Perspektive. Zudem fuhren mitunter Mollys Finger sanft über ihren Arm, und Ailis selbst wagte es, ihr leicht über die Schulter zu streichen, wenn sie ihr in die Jacke half. Dabei schenkten sie einander ein fast verschwörerisches Lächeln. Alles entwickelte sich langsamer als mit Maureen, Molly schien nicht so schnell Kontakte zu knüpfen, sondern prüfte ihr Gegenüber. Ailis war das durchaus recht. Sie hatte Zeit.

Dann jedoch geschah etwas Seltsames. Von einem Tag auf den anderen hatte Molly plötzlich etwas anderes vor, wenn Ailis sie zu einem Kaffee einlud, und auch den schon vereinbarten Jahrmarkt-besuch sagte sie ab. Ailis und Copper besuchten die Kirmes dann mit Donna, und gerade als alle drei an ihrer Zuckerwatte knabberten und sich dabei kichernd miteinander verklebten, entdeckten sie Molly. Sie blickte mit einem nicht zu deutenden Blick zu ihnen hinüber und erwiderte Ailis' verwunderten Gruß nicht. Ailis sah, dass sie mit zwei anderen jungen Frauen aus dem Observatorium zusammen war. Sie musste also doch Zeit gehabt haben ... Ailis fand das sonderbar, wagte jedoch nicht, mit ihr darüber zu sprechen. Vielleicht hatte sie sich ja anders orientiert, ihr erstes Interesse an Ailis schien geschwunden zu sein. Von den beiden Frauen, mit denen Molly zusammen war, kam jedoch ihres Wissens keine aus Lesbos.

Ob Molly sich täuschte? Oder hatte sich Ailis in Molly getäuscht? Sie beschloss, die Sache auf sich beruhen zu lassen und einfach eine Freundschaft anzustreben. Obwohl es ihr jedes Mal einen Stich gab, wenn Molly eine herzliche Geste oder Anrede nun eher kühl erwiderte, bemühte sie sich um ein freundliches Verhältnis. Donna, der sie ihr Leid klagte, konnte Mollys Verhalten genauso wenig verstehen. »Dabei ist sie doch ganz nett. Ich war mal bei euch im Observatorium. Ich wollte dir etwas bringen, aber eigentlich – na ja, eigentlich war ich neugierig auf Miss Peak Justin.« Sie lächelte. »Jedenfalls haben wir uns nett unterhalten. Du warst beim Zahnarzt.«

Ailis hob die Schultern. »Wenn sie nicht nett wäre, hätte ich mich nicht in sie verliebt«, bemerkte sie. »Na ja, es hat nicht sollen sein ... Gehen wir noch mit Copper in den Park?«

Professor Pickering machte es Ailis nicht leicht, ihren Liebeskummer zu überwinden. Tatsächlich arbeitete er jetzt sowohl mit ihr als auch mit Molly eng zusammen, und über die intensivierte Arbeit am Katalog fand Ailis kaum noch Zeit, auf den aktuellen Negativen nach bislang unentdeckten Sternen zu fahnden. Dabei hatte ihr das immer am meisten Spaß gemacht. Deshalb richtete sie es ein, morgens früher ins Observatorium zu kommen, um wenigstens eine Platte zu analysieren, bevor Pickering eintraf. Allein, ohne eine mitschreibende Kollegin war das zwar mühsam, doch Ailis genoss die im Raum herrschende Stille. Es war fast, als flöge sie selbst in die Fernen des Orionbildes, auf das sie sich gerade konzentrierte, und erkundete die Sterne. Eines Morgens machte sie dabei jedoch eine Entdeckung, die alles in den Schatten stellte, was sie bisher gesehen hatte. Zwischen den Sternen zeigte sich auf dem Negativ etwas Helles – auf einer entwickelten Fotografie wäre es dunkel gewesen. Es schien einfach im Nichts aufzuleuchten … Ailis griff nach weiteren Platten, die den gleichen Bereich des Sternbilds aus anderer Perspektive zeigten. Auch auf ihnen war das Phänomen zu sehen. Mit klopfendem Herzen begann sie mit der Vermessung und Auswertung, bemerkte dabei gar nicht, dass die anderen Frauen inzwischen eintrafen, und saß immer noch fasziniert über die Platten gebeugt, als Molly erschien.

»Hat jemand Lust auf Schokohörnchen?«, fragte die junge Frau vergnügt in die Runde. »Lagen gerade beim Bäcker im Schaufenster, ich kam nicht dran vorbei!«

Ailis hob nicht einmal den Kopf, bevor sie nach ihr rief. »Molly! Guck dir das hier mal an! Was ist das?«

Molly duftete nach ihrem leichten, blumigen Parfüm und frischen Croissants, als sie sich zu Ailis setzte und die Platten betrachtete.

»Ein Eichhörnchen«, sagte sie dann.

Ailis runzelte die Stirn, musste jedoch zugeben, dass der Umriss des Phänomens tatsächlich dem eines Eichhörnchens glich.

»Nun bleib doch mal ernst!«, rief sie trotzdem. »Was kann das sein? Ein Nebel?«

»Am ehesten Gas, würde ich sagen«, meinte Molly. »Der Rand ist scharf definiert … und da sind keine Sterne, wobei die sonst in recht großer Zahl im Orion vorkommen, nicht wahr?«

»Ja, in sehr verschiedenen Größen. Es kann sein, dass dieses … dieses Eichhörnchen aus nichtleuchtendem Gas besteht und das Licht der schwächeren Sterne absorbiert.« Ailis griff nach dem Spektrometer. »Es steht vor dem Hintergrund eines Emissionsnebels«, stellte sie fest. »Schau doch, er leuchtet rötlich.«

»Du musst das auf jeden Fall Professor Pickering zeigen«, meinte Molly, nun ebenfalls aufgeregt. »Das scheint mir ein unglaublich interessantes Phänomen zu sein. Die Analyse böte Stoff für eine Publikation.«

Inzwischen waren weitere Frauen aufmerksam geworden. Alle wollten einen Blick auf die Eichhörnchensilhouette zwischen den Sternen werfen. Kurz darauf erschien auch Pickering.

»Na, Miss Peak Justin und Mrs. Hay? Heute keine Lust auf den Sternenkatalog?«, fragte er freundlich und nahm sich ein Schokohörnchen. Gewöhnlich erwarteten ihn die beiden Frauen schon in seinem Büro.

»Ailis hat etwas entdeckt«, sagte Molly. »Etwas … also wir haben so etwas noch nie gesehen.«

Pickering steckte den Rest des Hörnchens schnell in den Mund und beugte sich kauend über die Platten.

»Schauen Sie, es ist auf jeder gut belichteten Platte sichtbar«, erklärte Ailis. »Ein Gasnebel?«

»Vermutlich«, überlegte Pickering. »Messen Sie das mal genauer aus. Faszinierend! Darüber müssen Sie schreiben, Mrs. Hay Soweit ich weiß, wurde noch nie etwas Vergleichbares beobachtet.«

»Kann ich denn … ich meine … der Katalog …« Ailis wäre zu gern bei ihrem Nebel geblieben, auch wenn sie weiter katalogisieren sollte.

»Natürlich!«, rief Pickering. »Der Katalog läuft uns nicht weg. Aber das hier, das kann schon morgen jemand anderem auffallen. Nehmen Sie sich Zeit, und später besprechen wir die Ergebnisse. Ich denke aber, wir können jetzt schon gratulieren, Mrs. Hay! Eine bahnbrechende Entdeckung!«

Emily beobachtete gebannt den Nestbau der Wildgänse – und freute sich, dass auch Adam und Eva sich paarten. Eva legte kurz darauf täglich ein Ei, Emily und Ronald kamen überein, sie lediglich zwei eigene Küken ausbrüten zu lassen und kämpften gegen ihr schlechtes Gewissen, wenn sie täglich Rührei aßen. Die Wildgänse legten jetzt auch – an mehr oder weniger zugänglichen Stellen. Es war also Zeit, mit dem Kernbereich der Studie zu beginnen, und so trafen sich an einem Sonntag Emily und Ronald mit Archie Peyton und Donella, um unter Mr. Brewsters Aufsicht Eier zu stehlen. Sie versuchten es, ohne den Tieren zu viel Aufregung zuzumuten, und sie waren übereingekommen, immer nur ein Ei aus einem Gelege zu entnehmen, damit die Gänse weiter der Brutpflege nachgehen konnten. Eine leichte Aufgabe war es trotzdem nicht, die Gänse waren nur zu bereit, ihr Gelege zu verteidigen. Sie unternahmen todesmutige Angriffe und machten dabei einen solchen Radau, dass Ronald meinte, man müsse sie fast in Concord hören können. Donna und Archie zeigten sich nicht weniger couragiert. Sie lenkten die Vögel ab und stellten sich ihren Angriffen, während Emily sich zu den Nestern stahl und jeweils ein Ei an sich nahm. Ronald fotografierte und dokumentierte akribisch die Verteidigungsbereitschaft der Tiere und ihr Zusammenwirken als Paar. Am Ende des Tages hatten sich die Gänse wieder beruhigt, und die jungen Leute waren alle nass und voller Schlamm. Auch ein paar kleine Wunden gab es zu versorgen, Kratzer und Schnittwunden von der Vogeljagd im Schilf. Emily hatte allerdings drei Eier ergattert – was sie für die Grundlagenforschung als ausreichend erachtete. Eva machte keine Schwierigkeiten, als sie ihr die fremden Eier ins Nest legte. Sie brütete bereits, als die Menschen sie verließen. Auch William Brewster zeigte sich hochzufrieden.

»Jetzt müsst ihr nur noch den richtigen Moment abpassen, wenn die Gänschen schlüpfen«, meinte Donella und verband eine Schnittwunde an Archies Arm – Schilf konnte scharf sein. »Wie wollt ihr das bewerkstelligen? Wollt ihr neben Evas Nest schlafen?«

»Das nun doch nicht! Natürlich sind wir bereit, Opfer für die Forschung zu bringen, aber wir sind auch jung verheiratet«, erwiderte Ronald verschmitzt. »Wir wissen aber ungefähr, wie lange Gänse brüten. Ich denke, wenn wir das Nest in den letzten Tagen vor dem errechneten Ausschlüpfen beobachten, sollte das ausreichen.«

»Und ihr prägt sie alle auf Emily oder auch auf dich, Ronald?«, fragte Archie.

»Alle auf mich«, sagte Emily. »Ronald wird das Ganze mit der Kamera begleiten. Wir sind besonders gespannt darauf, ob die Kleinen fliegen lernen oder nicht – in der Literatur heißt es, das sei instinktiv angelegt, aber Gooby war das Gegenbeispiel. Wenn die drei nun auch am Boden bleiben, ist das ein Beweis dafür, dass sie es doch von den Eltern gezeigt bekommen.« Sie lachte. »Weißt du noch, was wir im Internat alles angestellt haben, um Gooby zum Fliegen zu bringen, Donna? Dein ›Lift‹ von einem Baum zum anderen war haarsträubend!«

Donella verdrehte die Augen. »Ich fand das eine gute Idee. Während dein ›Balztanz‹ mit Pappflügeln auf der Wiese und immer höheren Sprüngen mit Flügelschlag unglaublich albern aussah. Gooby hat dich angeguckt, als hättest du nicht alle Tassen im Schrank.«

»Ich freu mich schon auf die Fotografien, wenn sie das hier wiederholt.« Auch Archie Peyton amüsierte sich köstlich.

Inzwischen ging er mit Emily und Ronald völlig ungezwungen um und bemühte sich erkennbar um Donella. Jetzt war sie es, die er in die noblen Restaurants von Boston einlud oder zu gesellschaftlichen Anlässen mitnahm wie Empfängen, Pferderennen und Konzerten. Donella folgte ihm gern. Sie fand das Studium zwar unerhört aufregend, doch rund um die Uhr konnte sie auch nicht lernen. Sie hatte Peyton zudem von ihrer unglücklichen Liebe erzählt – wobei sie behauptete, Hernando sei ihr Verlobter gewesen. Im Nachhinein war sie ihm fast dankbar dafür, dass er ihr Zusammenleben nur wenigen Menschen offenbart hatte. Selbst wenn der Anwalt ein paar Nachforschungen anstellte, was sie ihm durchaus zutraute, würde er sicher nichts Kompromittierendes herausfinden.

»Aus dem Alter, Flügel zu basteln und damit herumzuflattern, bin ich raus«, meinte Emily. »Die Gänschen müssen sich entweder an ihren Artgenossen orientieren – die hier ja immerhin vorhanden sind, während Gooby …«

»… in unserem Zimmer im Internat aufwuchs«, behauptete Donella. »Zur großen Freude der Hausmutter. Da hat sie natürlich nicht das Fliegen gelernt, höchstens das Lesen.«

»Sie war eine sehr kluge Gans!«, behauptete Emily. »Möchte jetzt noch jemand Rührei?«

Ailis vermaß und analysierte ihren »Eichhörnchennebel« und die umliegenden Sterne tagelang und diskutierte die Ergebnisse mit Professor Pickering, aber auch mit Molly. Nach einer Woche befand Pickering, dass sie ihre Ergebnisse zu Papier bringen sowie ein paar Platten aussuchen sollte, auf denen das Phänomen gut zu erkennen war und die sich für den Abdruck eigneten. Er würde das Ergebnis durchsehen und dann ein paar Wissenschaftsmagazinen anbieten.

Ailis saß einen Tag und eine Nacht an ihrem Artikel. Immer wieder verwarf sie einzelne Passagen, schrieb sie um, änderte Kleinigkeiten im Satzbau. Ihre Ergebnisse und Hypothesen formulierte sie vorsichtig, doch selbstbewusst. Sie achtete auf Belege und die korrekte Wiedergabe von Zitaten. Schließlich wagte sie es, Pickering das Ergebnis zu präsentieren.

Nur wenige Stunden später gab er seine Beurteilung vor der gesamten Gruppe der Harvard Computers ab. Er hatte nichts an dem Artikel verändert oder gar gestrichen.

»Eine rundum großartige Leistung, Mrs. Hay!«, erklärte er. »Ich bin überzeugt, dass der Text veröffentlicht und entsprechend Furore machen wird. Ich bin wirklich sehr, sehr stolz auf Sie!«

Die anderen Frauen und vor allem Molly applaudierten – und Ailis konnte es kaum abwarten, nach Hause zu kommen und Donella davon zu erzählen. Die hatte jedoch Besuch. In Archie Peytons Kanzlei gab es neuerdings Telefon, ebenso im Haus der Brewsters. Archie erfuhr also als Erster, dass die erste kleine Graugans geschlüpft war. Natürlich nutzte er die Gelegenheit, um bei Donna vorbeizuschauen.

»Alles hat genau so funktioniert, wie Emily und Ronald es geplant haben«, berichtete er. »Emily war die Erste, die das Küken gesehen hat, Ronald hat es fotografiert – und schon jetzt sind die Ergebnisse sensationell. Emily hat nach einer Stunde oder so versucht, das Kleine wieder zu Eva ins Nest zu setzen – die Gans wäre bereit gewesen, es zu füttern wie ihre eigenen zwei Küken. Aber Goo-One ließ da nicht mit sich reden. Es kämpfte sich direkt in Richtung Emily und schnatterte herzzerreißend.«

»Goo-One?« Donella lachte.

»Ja, die anderen sollen Goo-Two und Goo-Three heißen«, meinte Archie.

»Äußerst fantasievoll«, bemerkte Ailis. »Ob sie ihre eigenen Kinder dann auch nummerieren?«

»Und ich heiß Copper-One!«, rief ihr Sohn und tanzte durchs Zimmer.

»Er ist aufgeweckt für sein Alter, nicht wahr?«, meinte Archie. Er hatte vorher nie mit Kindern zu tun gehabt, doch der kleine Junge gefiel ihm.

»Er ist ein sehr kluges Kind«, erklärte Ailis und wunderte sich darüber, dass Donna und Archie laut lachten.

Haily Hard erlebte keine so erfolgreiche Zeit. Sie hatte sich mit ihrem langjährigen Liebhaber Cuthbert längst auseinandergelebt. Zwar arbeiteten sie immer noch gut zusammen, aber Haily machte sich nichts vor: Das Engagement der Evangeline Ashton war ein Warnschuss gewesen. Es war nur eine Frage der Zeit, bis Hay eine neue Sängerin entdecken würde, und ob Haily sich diese dann wieder so leicht vom Hals schaffen könnte, war alles andere als sicher.

Natürlich hatte sie weiterhin keinen Mangel an Verehrern. Nach wie vor drängte sich die distinguierte Bostoner Männer-Garde darum, bei Veranstaltungen mit der Schauspielerin zu plaudern und zu tanzen – und vielleicht zu anderen Dingen eingeladen zu werden, wenn sie mit genügend Verve um sie warben. Leider waren die meisten von ihnen ziemlich langweilig. Haily hatte sich neben Cuthbert oft zwei oder drei von ihnen gehalten, doch seit dem Frühjahr verlor sie zunehmend die Lust daran. Überhaupt fühlte sie sich oft müde und ein bisschen krank. Ihre Brüste spannten, und zum ersten Mal in ihrem Leben musste sie aufpassen, nicht zuzunehmen.

Zu denken gab ihr das alles erst, als sie sich nach zwei Monaten Enthaltsamkeit doch wieder verabreden wollte und ihren Kalender konsultierte, um die gefährlichen und weniger gefährlichen Tage zu errechnen. Früher hatte das stets Emily für sie getan, das Rechnen war nie Hailys starke Seite gewesen. Nun stellte sie fest, dass sie schon seit mehreren Monaten keine Blutung mehr eingetragen hatte. Es musste passiert sein, was Haily drei Jahre lang mit äußerster Disziplin verhindert hatte: Sie erwartete ein Kind. Als die Erkenntnis sie traf, wurde ihr übel. Sie lief ins Bad und übergab sich. War das nicht ein sicheres Zeichen für eine Schwangerschaft? Mit zitternden Fingern griff sie nach einer Zigarre. Sie musste unbedingt nachdenken, auch darüber, wer der Vater sein könnte. Haily kam zu dem Ergebnis, dass es drei Männer waren, einer von ihnen Cuthbert, und alle verheiratet. Nun hätte sich Cuthberts Ehe mit Ailis ja vielleicht lösen lassen. Doch war er dazu bereit? Zudem wusste er, dass Haily mit anderen schlief. Er würde sich auf keinen Fall ohne Protest zu einer Vaterschaft bekennen.

Wobei sie das Kind eh nicht haben wollte …

Haily hatte gehört, dass es Möglichkeiten gab, es im Mutterleib abzutöten, und sie hatte Chormädchen und Tänzerinnen darüber raunen hören, dass diese oder jene das erfolgreich getan hatte. Zum ersten Mal bereute Haily, dass sie nie die Freundschaft zu anderen Ensemblemitgliedern gesucht hatte. Jetzt gab es keine Frau, der sie sich anvertrauen konnte und die vielleicht einen Rat wusste. Ailis und Donella? Erstere verwarf sie sofort, sie war viel zu bieder für derlei Geschichten. Und Donella? In Paris mochte sie Adressen gekannt haben oder zumindest die Möglichkeit gehabt haben, etwas herauszufinden. Aber in Boston? Haily glaubte nicht, dass ihre Cousine hier bereits eine neue Beziehung begonnen hatte.

Aber wie wäre es mit Cuthbert? Der mochte Bescheid wissen, womöglich hatte er selbst schon ein Mädchen in Schwierigkeiten gebracht. Haily tat einen tiefen Atemzug und beschloss dann, ihn notgedrungen einzuweihen. Sie griff nach dem Telefon, das sie seit Kurzem besaß. Was für eine praktische Einrichtung!

Cuthbert traf sich auf ihre Bitte noch am selben Abend mit ihr – ob er wirklich nichts vorhatte oder ob sie die Dringlichkeit ausreichend deutlich gemacht hatte, wusste sie nicht.

»Ist das neuerdings dein Stil?«, fragte er ungläubig, als er den billigen Diner betreten hatte, den sie ihm als Treffpunkt genannt hatte. Sie hatte sich in der äußersten Ecke des Lokals versteckt, und er nahm neben ihr Platz, nachdem er sie mit einem Kuss auf die Wange begrüßt hatte. »Du kannst keine finanziellen Probleme haben …«

Haily schüttelte den Kopf. »Nein, und doch existenzielle. Ich bin schwanger, Cuthbert.« Es war besser, gleich damit herauszukommen.

Cuthbert pfiff durch die Zähne. »Du willst jetzt aber nicht behaupten, ich wäre der Vater.«

Haily nahm einen Zug von ihrer Zigarre. Wenn sie nervös war, rauchte sie noch mehr. »Du kämest infrage. Aber nein, keine Angst, ich will nicht versuchen, dich zu einer Heirat zu bewegen. Ich will es nicht haben, Cuthbert. Wie werde ich es los?«

Cuthbert nahm einen Schluck von dem Wein, der vor ihr auf dem Tisch stand. »Du machst jedenfalls keine Umstände«, sagte er anerkennend. »Es ist bloß … ich kann dir niemanden nennen, Haily, der nicht gefährlich ist.«

Haily winkte ab. »Kinder zu kriegen oder sie nicht zu kriegen ist wohl gleichermaßen gefährlich«, kommentierte sie.

»Es gibt zwei Leute, die es in Boston machen«, verriet Cuthbert. »Der eine ist ein ehemaliger Arzt, der ständig betrunken ist. Carry ist letztes Jahr hingegangen …«

»Aber Carry ist gestorben!«, rief Haily. »Du meinst doch das blonde Mädchen aus dem Chor?«

Er nickte. »Aber sie ist nicht an einer Blinddarmentzündung gestorben, wie es hieß. Sie ist … verblutet. Nach der Behandlung durch Dr. Field. Du wirst verstehen, dass ich dich da nicht hinschicken will.«

»Und der andere?« Haily biss sich auf die Lippen.

»Es ist eine Frau. Eine Engelmacherin. Ich kenne zwei Mädchen, die bei ihr waren − beide haben es knapp überlebt. Eine hat sich später umgebracht; sie war nach der Behandlung wohl immer noch schwanger. Und die andere … als sie wieder gesund war, war sie nur noch ein Schatten ihrer selbst. Mach das nicht, Haily! Zumindest nicht hier. In New York mag es bessere Möglichkeiten geben.« Cuthbert sah sie eindringlich an. Er schien sich aufrichtig um sie zu sorgen.

Haily überlegte. Der Gedanke an New York gefiel ihr nicht. Die Stadt war zu groß, und sie hatte dort keinerlei Kontakte. Wen sollte sie also um Hilfe bitten?

»In welchem Monat bist du überhaupt?«, erkundigte sich Cuthbert und ließ den Blick prüfend über ihren immer noch schlanken Körper schweifen. Sie war unbarmherzig fest geschnürt.

»Monat?«, fragte Haily geistesabwesend.

»Himmel, Haily! Das musst du doch wissen! Wann war …?« Er brach ab.

Haily fiel siedendheiß ein, dass es keine Aufzeichnungen über ihre Periode mehr gab, seit Emily endgültig gegangen war. Also seit der Geschichte mit Ron … Es musste um die fünf Monate her sein. Hatte sie etwa seitdem nicht mehr geblutet oder nur vergessen, es zu notieren?

»Ich weiß nicht, im … vierten vielleicht?«, sagte sie unsicher.

Cuthbert griff sich an die Stirn. »Dann ist es sowieso zu spät. Man kann das nur in den ersten drei Monaten wegmachen, sonst wird es erst recht gefährlich. Da traut sich kaum noch einer ran.«

»Du bist ja bemerkenswert gut informiert«, bemerkte Haily und griff nach einer neuen Zigarre.

»Ich habe eben ein exzellentes Verhältnis zu meinen weiblichen Angestellten«, sagte Cuthbert ungerührt und gab ihr Feuer. »Die vertrauen mir eine Menge an.«

»Und was mache ich jetzt?«, fragte Haily.

Cuthbert zuckte mit den Schultern. »Du trägst es aus. Etwas anderes wird dir nicht übrig bleiben. Wir müssen uns da einfach etwas überlegen …«

Eine Woche später gab Cuthbert den größeren Bostoner Zeitungen ein Interview und berichtete, Haily Hard habe sich kurzfristig einer Tourneetheatertruppe angeschlossen, die einige Monate durch die Staaten und Kanada touren würde.

»Sie spielen eins meiner früheren Stücke, das erste, in dem Miss Hard bei der Uraufführung gesungen hat. Da die Hauptdarstellerin plötzlich ausgefallen ist, bat mich der Impresario, ein guter Bekannter von mir, Miss Hard zu überreden einzuspringen. Nun, und da Haily – Miss Hard – bekannterweise kollegial und hilfsbereit ist, hat sie nicht gezögert. Sie ist jetzt schon auf dem Weg nach New Orleans, wird in der kommenden Wintersaison aber wieder zurück sein und Boston weiter mit ihrer Stimme und ihrem Charme beglücken.«

Cuthbert zweifelte nicht daran, dass die Reporter ihm die Geschichte glaubten, wenn auch einige von ihnen in absehbarer Zeit fragen würden, warum keine Tourneeberichte eintrafen. Er musste einfach dafür sorgen, dass die Zeitungen ihr Feuilleton mit anderen Neuigkeiten füllten. Nach kurzer Suche engagierte er eine junge Sängerin und Schauspielerin. Clarisse Derrieux war in der Branche für ihre Neigung zu Skandalen bekannt. Zumindest als Futter für die Presse konnte sie Haily ablösen. Wie es dann in der nächsten Spielzeit weitergehen würde, musste man sehen.

Haily mietete sich in New York in einer Pension ein, die von einer Witwe geführt wurde. Sie gab den Namen Emily Coxwold an und behauptete, ihr Mann sei in Übersee, sie würde ihm bald folgen. So lange würde sie hier auf Nachricht warten. Sie gab es auf, ihre Schwangerschaft zu verschleiern, und kaufte sich Umstandskleider. Wenn sie aus dem Haus ging, trug sie eine Brille und langweilige Kapotthüte, die sie tief ins Gesicht zog. Allerdings verließ sie die Pension nur selten, und wenn, dann meist, um eine öffentliche Bibliothek oder einen Buchladen aufzusuchen. Zum ersten Mal in ihrem Leben las Haily nicht nur Theaterstücke, sondern dicke Bücher mit echtem Interesse. Sie versuchte, sich über Schwangerschaft und Geburt zu informieren, doch dazu gab es im medizinischen Bereich nur schwer verständliche Werke. Eingängigeres fand sie zu Säuglingspflege und Kindererziehung – und schon nach den ersten Lektürestunden wusste Haily, was sie nicht wollte. Sie empfand nichts für das kleine Wesen, das da in ihr heranwuchs, und sie brachte auch den Kindern, die sie auf den Straßen sah, keinerlei Interesse entgegen. Der Gedanke, einen Säugling stillen oder gar trockenlegen zu müssen, verursachte ihr regelrecht Übelkeit. Und ein älteres Kind, das ihr ständig am Rockzipfel hing, konnte sie erst recht nicht brauchen. Schon bald stand ihr Entschluss fest: Sie würde dieses Unglückskind zwar zur Welt bringen, aber gleich danach musste sie es loswerden. Am besten, bevor es sich noch an sie gewöhnte …

Haily begann, sich nach Aufnahmemöglichkeiten für unerwünschte Kinder zu erkundigen, eine Frage, die sie bis in einen Beichtstuhl führte. Der Pfarrer der nächstgelegenen katholischen Kirche redete ihr lange ins Gewissen und wies auf die Schwere der Sünde der Unzucht hin. Erst dann verriet er ihr eine Adresse, bei der sowohl ledige Mütter als auch deren Kinder Hilfe finden konnten.

»Hospital und Heim für Findelkinder« stand über dem Portal des großen und gut bürgerlich wirkenden Hauses in Manhattan. Es gab zwei Eingänge, wobei die Tür des einen geöffnet war und in einen Raum führte, in der eine weiß ausgeschlagene Kinderwiege stand. Ein Schild an der Tür wies darauf hin, dass Mütter in Not hier ihre Kinder anonym abgeben konnten, ohne dafür belangt zu werden. Die Tür stände immer offen, und nach dem Ablegen des Kindes in der Wiege müsste die Mutter nur eine Glocke zum Klingen bringen, bevor sie ging. Das Kind würde dann umgehend abgeholt und angemessen gepflegt und christlich erzogen.

Haily fand das durchaus verlockend. Sie fühlte sich jedoch nicht in Not, und sie war nicht mittellos. Außerdem musste sie das Kind ja erst einmal zur Welt bringen, und das wollte sie auf keinen Fall ohne medizinische Hilfe riskieren. Sie nahm also den anderen

Eingang und betrat ein Foyer, in dem eine Ordensschwester am Empfang saß. Schwangere Frauen und Mütter mit Kindern warteten, manche mit verweinten Augen. Haily hatte nicht vor, sich zu ihnen zu gesellen.

»Ich möchte mit der Oberin sprechen«, erklärte sie der jungen Schwester. Die Sisters of Merci trugen dunkle Kleider und Hauben, kein eigentliches Habit mit Schleier, was Haily sympathisch fand. Die Nonne betrachtete sie ausführlich und missbilligend, als sie ihre Schwangerschaft bemerkte.

»Geht es um die Betreuung einer unehelichen Schwangerschaft?«, fragte sie geschäftsmäßig. »Damit brauchen Sie die Oberin nicht persönlich zu behelligen. Setzen Sie sich, es wird Sie jemand abholen und in die Ambulanz führen. Dort werden Sie untersucht und gegebenenfalls in unser Heim für ledige Mütter aufgenommen.«

Haily erwiderte ihren Blick hoheitsvoll. »Es geht eher um eine Spende«, erklärte sie. »Ich würde mich hier … tatsächlich gern einbringen, benötige jedoch kein Armenspital.«

Das Wort Spende veränderte den Ausdruck im Gesicht der Schwester sofort. Sie bemühte sich um ein freundliches Lächeln und stand auf.

»In dem Fall folgen Sie mir bitte. Ich bin sicher, Mutter Iseult wird Sie gleich empfangen.«

Zwei Räume weiter verwies sie Haily an eine andere Schwester, die sie durch verschiedene Korridore zum Büro der Oberin führte. Im Warteraum befanden sich einladende Sessel. Haily nahm Platz und wurde nach wenigen Augenblicken hereingebeten.

Mutter Iseult, eine streng blickende Frau in den Fünfzigern, deren Tracht sich nicht von denen der anderen Schwestern unterschied, begrüßte sie freundlich. »Was kann ich für Sie tun, Mrs. …«

»Miss«, sagte Haily. »Und bevor wir uns weiter unterhalten – Sie sind doch der Schweigepflicht unterworfen, nicht wahr?«

Die Oberin runzelte die Stirn. »Nicht zwingend«, erklärte sie. »Wir sind ja weder Ärzte noch Priester. Allerdings versichere ich Ihnen, dass wir uns selbst größte Diskretion und Verschwiegenheit auferlegt haben. Sie wissen, dass wir sogar Mütter aufnehmen, die anonym entbinden wollen …« Was sie persönlich davon hielt, stand ihr ins Gesicht geschrieben.

»Haily Hard«, stellte Haily sich vor. »Ich bin Schauspielerin und Sängerin, durchaus erfolgreich. Dies hier …«, sie wies auf ihren Bauch, »… war ein Missgeschick.«

Mutter Iseult verzog das Gesicht. »Im Allgemeinen sind die Betroffenen an dieser Art des Missgeschicks nicht gänzlich unbeteiligt«, gab sie zurück.

Haily nickte. »Das will ich nicht bestreiten. Ich habe einen Fehler gemacht und bereits gebeichtet. Ich bin von schottischem Adel, katholisch erzogen. Allerdings gedenke ich nicht, diesen einen Fehler mein gesamtes weiteres Leben bestimmen zu lassen. Insofern gedenke ich, Sie mit der Aufzucht und Erziehung des Kindes zu betrauen.«

Die Oberin schluckte. »Wir … wir sind kein Dienstleistungsbetrieb«, sagte sie streng.

»Nein?« Haily zog die Stirn kraus. »Was sind Sie denn sonst? Sie erbringen unzweifelhaft Dienstleistungen, wenn auch auf karitativer Basis.«

»Wir dienen hier Gott!«, sagte die Nonne steif.

»Das ist schön«, erwiderte Haily. »Aber Sie nehmen doch Spenden an?«

»Natürlich! Die Kinder müssen ja ernährt und gekleidet werden. Sie …«

»Nun, dann könnten wir uns vielleicht darauf einigen, dass ich künftig im Namen meines Kindes hundert Dollar im Monat spende, so lange, bis Sie eine Familie gefunden haben, die es adoptieren möchte. Sollten Sie es möglich machen, dass ich hier entbinde, ohne dass ich behandelt werde wie ein gefallenes Mädchen oder eine Bordsteinschwalbe, die ihren Bastard sonst hinter irgendeiner Hausecke zur Welt gebracht hätte, dann spende ich dafür weitere fünfhundert Dollar.«

Die Oberin sah sie entgeistert an. »Und dafür verlangen Sie …«

»Dass ich nicht behelligt werde, egal, was mit dem Kind passiert. Es kann den Namen Hard tragen, der ist ja recht häufig, da wird niemand Schlüsse ziehen. Aber Sie sichern mir zu, dass es niemals auf meiner Türschwelle steht und Ansprüche stellt. Können Sie das bewerkstelligen?« Haily sah sie gelassen an.

Mutter Iseult rang erkennbar um Fassung. »Sie können sich das noch anders überlegen«, sagte sie dann. »Die meisten Frauen … also wenn sie das Kind erst in den Armen halten …«

»Ich bin nicht wie die meisten Frauen, und ich gedenke das Kind auch nicht in den Armen zu halten. Nicht, dass es dann auf mich geprägt wird …« Haily dachte an Gooby, Emilys Gans.

Die Oberin hob die Augenbrauen. »Miss Hard, ein neugeborenes Kind kann noch nicht einmal scharf sehen …«

Haily zuckte mit den Schultern. »Na, dann würde es mich ja sowieso nicht erkennen. Also, können wir es so handhaben? Sonst frage ich gern in einem anderen Heim nach.«

Mutter Iseult zögerte nicht lange. »Wenn es das ist, was Sie wünschen …«

Haily nickte. »Genau das ist es. Und bitte denken Sie an die höfliche Behandlung während der Niederkunft. Nach allem, was man hört, soll die ja schon unangenehm genug werden, auch ohne dass ich mich über eine schlechte Betreuung ärgern muss.«

Zwei Monate später brachte Haily Hard im Hospital des Findlingsheims eine Tochter zur Welt. Sie lag in einem Einzelzimmer und wurde von zwei wohlerzogenen jungen Frauen betreut, die zwar Schwesterntracht trugen und offensichtlich eine Ausbildung als Hebamme erfahren hatten, doch anscheinend aus wohlhabendem Hause stammten. Was immer sie tun konnten, um Haily die Entbindung einfacher zu gestalten, taten sie. Lediglich ihr Wunsch, noch während der Wehen zu rauchen, wurde nicht erfüllt.

Eine der beiden, Schwester Katherine, hielt Haily schließlich das in saubere Tücher gewickelte Kind hin. »Schauen Sie, sie ist entzückend!« Haily warf einen Blick in das ziemlich schrumpelige rote Gesicht ihrer Tochter und den hellen Flaum auf ihrem Kopf. Cuthbert war wohl nicht der Vater. Sie erinnerte sich daran, dass Ailis' Sohn sein flammend rotes Haar geerbt hatte.

»Sehr schön. Bitte kümmern Sie sich weiter gut um sie«, sagte Haily und ließ sich in die Kissen sinken. »Ich muss jetzt schlafen.«

»Sie hat ihr nicht mal einen Namen gegeben«, sagte die junge Schwester später verblüfft. »Dabei ist sie das süßeste Baby, das hier je zur Welt gekommen ist! Wenn ihre Mutter sie wirklich nicht haben will, wird sie bestimmt bald Adoptiveltern finden.«

»Nennen Sie sie Mary Ann«, befahl die Oberin. »Und unterstehen Sie sich, sie möglichen Adoptiveltern anzubieten! Dieses Kind bringt uns hundert Dollar im Monat. Das wollen wir eine Weile behalten!«

Emily genoss jede Stunde der Aufzucht ihrer kleinen Gänse. Es war einfach nur entzückend, wie sie anfangs noch tollpatschig auf sie zu- und hinter ihr herwackelten, dabei aber schon mal lauthals schnatterten, um ihre Mama ja nicht zu verlieren. Verlor doch einmal ein Gänschen den Anschluss, änderte sich der Tonfall seines Schnatterns, es klang dann deutlich dringlicher. Emily bedauerte, die Töne nicht aufnehmen zu können. Es gab zwar bereits entsprechende Geräte, aber niemand von ihnen kannte sich damit aus. Immerhin gelang es ihr, die meisten Töne bald nachzumachen. Wie sie das bei der Präsentation der Studie einbauen sollte, ohne dass es peinlich würde, wusste sie noch nicht, immerhin fanden ihre Freunde diese Gespräche mit den Gänsekindern sehr unterhaltsam. Ronald, der sich ebenfalls, wenn auch nicht so erfolgreich wie seine Frau, um die Verständigung bemühte, neckte sie damit, dass sich ihnen damit eine Geheimsprache auftat, die kein Mensch außer ihnen verstand.

»Ich fürchte allerdings, wir könnten darin keine besonders intelligenten Gespräche führen«, sagte Emily und lachte von Herzen. »Über ›Ich bin hier, wo bist du?‹ geht es nicht sehr weit hinaus.«

Natürlich dokumentierte sie gewissenhaft *jede* Facette im Verhalten ihrer Gänschen und verglich sie mit den natürlich aufgezogenen Küken eines in der Nähe brütenden Wildgänsepaars. Ronald begleitete sie mit der Kamera. Dabei stellten beide fest, dass die Kleinen schon sehr bald begannen, eine Rangordnung unter sich auszumachen. Goo-One, ein kleiner Ganter, erwies sich als deutlich stärker als seine Nest-Schwestern und terrorisierte sie manchmal derart, dass sie unter Emilys Röcke flohen. Ronald beobachtete ein ähnliches Verhalten im Wildgänsenest und notierte, dass die Elterntiere das nicht ahndeten. Allenfalls bot die Mutter einem stark derangierten Gänschen Schutz. Emily verzichtete also ebenfalls auf jegliche Erziehung ihrer Küken und ließ sie ihre Streitigkeiten unter sich ausmachen.

»Professor Munsterberg hat sich meine Ergebnisse zur Gänsesprache und Kommunikation zwischen Eltern und Kindern sehr interessiert angehört«, berichtete sie ihrem Mann, nachdem sie den Psychologen in seiner Sprechstunde besucht und über den Stand der Studie informiert hatte. »Er meint, die Bedeutung des Geschnatters für die Entwicklung der Kleinen müsste intensiver untersucht werden. Eigentlich hätten wir eine Vergleichsgruppe gebraucht, die auf einen Fütterungsautomaten geprägt worden wäre. Aber das fände ich herzlos! An wen sollten sich die Kleinen da kuscheln?« Ihre eigenen Gänschen waren ebenso anschmiegsam, wie Gooby es gewesen war. Wenn sie müde wurden, schmiegten sie sich in Emilys Schoß oder legten sich teilweise übereinander auf ihre Füße. Auch hier stritten sie um die besten Plätze.

Ronald und erst recht Donella hätten einen Automaten bauen können – und Archie argumentierte, statt einer Mutter könnte man den Tierchen ja auch ein Kissen zum Kuscheln zur Verfügung stellen. Emily lehnte das jedoch konsequent ab, sie empfand es als ausreichend, Handaufzucht und natürliche Aufzucht zu vergleichen. Schließlich formulierte sie als Ziel ihrer Studie, eindeutig belegen zu können, dass die kleinen Tiere sich zweifelsfrei an ihren jeweiligen Eltern orientierten. Emilys Gänschen stiegen zum Beispiel nicht ins Wasser, bevor sie ihnen nicht vorauswatete. Genau wie die Wildgänsekinder ihrer Mutter folgten.

»Schwimmen können sie von Natur aus«, berichtete Emily Donella, Archie und Ailis. Archie fuhr an jedem Wochenende nach Concord, um nach den Küken zu sehen, und nahm Donella, Ailis und Copper gern mit. Alma freute sich über die freien Tage mit ihrem Freund. Ailis befürchtete, sich bald eine neue Nanny suchen zu müssen. Es sah sehr danach aus, als plante Alma zu heiraten.

»Mit dem Fliegen dürfte das genauso sein. Wenn sie es wagen würden abzuheben, könnten sie es. Aber sie trauen sich nicht. Das gleiche Gefühl hatten wir ja schon bei Gooby. Ich müsste ihnen also vorausfliegen können …« Emily war etwas bekümmert, denn inzwischen begannen die jungen Gänse, ihre Flügel zu strecken und zu schlagen. Ihr goldgelbes Kükenkleid hatten sie bereits abgelegt, inzwischen waren sie grau, und ihre Hälse wurden lang. Manche machten bereits kleine Hopser und unterstützten diese mit ihrem Flügelschlag. Die natürlich aufgewachsenen Tiere würden bald zu ersten Probeflügen aufbrechen, Goo-One, -Two und -Three orientierten sich leider nicht an ihren Artgenossen. Auch beim Schwimmen hatten sie nur teilnahmslos zugesehen, wie ihre Altersgenossen ihren Müttern ins Wasser folgten. Sie selbst hatten darauf gewartet, dass Emily hineinstieg.

»Ich kann dir ja ein Luftschiff bauen«, bemerkte Donella gelassen. »Wenn du dich traust, das zu fliegen.«

Emily und alle anderen blickten sie ungläubig an.

»Du … du meinst eines, das richtig fliegen kann?«, fragte Emily. »Und das … das könntest du ganz allein bauen?«

Donella lachte. »Was meinst du denn, was ich in den letzten Jahren gemacht habe?«

»Aber dabei hatten Sie doch Hilfe, Donella!«, meinte Archie. »Sie können unmöglich allein …«

Donna verdrehte die Augen. »Archie, ich könnte es tatsächlich ganz allein. Sie werden es vielleicht nicht glauben, aber auch eine Frau vermag Werkzeuge einzusetzen. Allerdings hatte ich tatsächlich immer Hilfe, und ich würde auch hier ein paar örtliche Handwerker einbeziehen. Schon weil ich nicht über die notwendigen Werkzeuge verfüge, geschweige denn über eine Werkstatt. Allerdings würde ich die Pläne zeichnen, nach denen sie arbeiten müssten, und ich würde auch ihre Arbeit überwachen. Nicht, dass da jemand eigenmächtig etwas verändert und dann läuft etwas schief!«

»Wäre das sehr teuer?«, fragte Emily. »Die Universität gibt dafür sicher kein Geld aus.«

»Das müsste sie auch nicht!«, meinte Archie. »Ich bin sicher, der Ornithologische Club würde es finanzieren, oder Mr. Brewster aktiviert die Ornithologische Vereinigung. Gänse, denen ein Mensch in einem Luftschiff das Fliegen beibringt! Das wäre eine Sensation! Auch wenn ich es immer noch nicht glauben kann, Donella. Ich fürchte, da überschätzen Sie sich. Und Emily … also mit der Überlegung, die Tiere in die Luft zu begleiten, wäre es schon besser gewesen, sie auf Ronald zu prägen.«

Donella seufzte und bereute zum hundertsten Mal, den Flug über Paris nicht selbst angetreten zu haben. »Ich werd's Ihnen beweisen, Archie«, sagte sie dann. »Sofern Emily mitmacht. Denn *sie* muss das Luftschiff fliegen. Wenn ich eines für zwei Personen konstruiere, würde es zu groß und der Motor zu teuer. Es muss ja noch handhabbar bleiben.« Sie lächelte. »Hernando hatte seins vor dem Moulin Rouge an einem Baum festgebunden …«

Emily strahlte. »Natürlich mache ich mit! Das findest du doch auch, Ronald, oder? Du musst es fotografieren – das wird dich berühmt machen!«

Ronald lächelte. »Erst einmal wird es dich berühmt machen! Und selbstverständlich sagst du da nicht Nein! Archie hat recht: Es wäre eine Sensation!«

Donella machte sich gleich auf die Suche nach geeigneten Handwerkern und schwänzte dafür sogar eine ihrer geliebten Vorlesungen an der Universität. Es war relativ leicht, Leute zu finden, die ihr beim Bau der Gondel helfen konnten, und nachdem Archie die Finanzierung durch den Club gesichert hatte, konnte auch der neueste und leichteste Motor bestellt werden. Eine Fabrik, die Ballonseide herstellte, gab es in Chicago, allerdings fand Donna niemanden, der nach ihren Plänen eine Hülle für ihr Luftschiff nähen wollte. Sie musste das also selbst tun und sich an all das erinnern, was sie in Vaugirard gelernt hatte. Als das Schwierigste erwies sich dabei, eine geeignete Nähmaschine zu finden – für eine Hausnähmaschine war der Stoff zu sperrig, für die eines Sattlers zu zart. Schließlich fand sich eine Manufaktur, die Planen für Wagen herstellte. Der Besitzer ließ sich darauf ein, Donna eine der Nähmaschinen ein paar Tage lang benutzen zu lassen. Als Gegenleistung wünschte er sich seinen Werbeschriftzug auf dem Luftschiff. Donna versprach es, und Ronald hielt auch den Bau des Fluggeräts fotografisch fest. Archie fand die Sache mit dem Werbebanner eine gute Idee und handelte bei allen Mitwirkenden Sonderpreise aus, wenn auch ihr Name im Zusammenhang mit dem Luftschiff erwähnt wurde.

Während die Gänschen wuchsen und gediehen, steigerte sich auch Emilys Spannung. Würden die Kleinen dem Luftschiff folgen? Sie übte wie besessen den Lockruf, mit dem die Gänsemütter ihre Kleinen dazu anhielten, ihnen auch in brenzligen Situationen zu folgen. Außerdem studierte sie den Bau und die Funktionsweise von Motoren und Luftschiffen. Auf keinen Fall wollte sie sich als Aeronautin blamieren! Ronald lernte mit und sprach ihr Mut zu, während Mr. Brewster und die Professoren das Ganze mit Skepsis betrachteten. Eine Frau baute ein Luftschiff, und eine andere sollte es fliegen?

»Das klingt ja fast so, als wollten Ihre Computers demnächst ins Weltall reisen«, spottete William Brewster gegenüber Professor Pickering, mit dem er sich wieder einmal im Observatorium traf; die beiden hatten Gefallen an der gegenseitigen Gesellschaft gefunden.

Pickering warf einen Blick auf Ailis, die an einem zweiten Schreibtisch in seinem Büro saß und arbeitete.

»Gewissen schottischen Haushälterinnen«, bemerkte er dann, »würde ich noch ganz anderes zutrauen!«

Die Harvard Computers waren in heller Aufregung, als Ailis im frühen Herbst 1891 ihre Arbeitsräume im Observatorium betrat. Sie war ein wenig spät dran, Copper hatte sie aufgehalten. Seit Donella ihm von Luftschiffen und Ballons erzählt hatte, zeichnete er jeden Tag bunte Fesselballons. Ailis überlegte schon, ihm aus einer leichten Papiertüte einen zu basteln und über einer Kerzenflamme fliegen zu lassen. Jetzt wunderte sie sich aber erst einmal darüber, dass all ihre Mitarbeiterinnen über Mollys Arbeitsplatz gebeugt standen und versuchten, einen Blick auf irgendetwas zu erhaschen.

»Was ist denn los?«, fragte Ailis. »Habt ihr den Mann im Mond entdeckt?«

Molly hob den Kopf, ohne zu lächeln. »Den würde ich heute totschweigen!«, rief sie. »Allenfalls die Frau im Mond fände bei mir Erwähnung. Ich bin so was von wütend, Ailis! Das ist schlicht eine Frechheit!« Tatsächlich zeigten sich Zornesfalten auf ihrer Stirn.

Und jetzt sah auch Ailis, was die Frauen so gefesselt hatte. Vor Molly lag die aktuelle Ausgabe von *Scientific America*. Sie titelte mit einer der Fotografien des von Ailis entdeckten Nebels.

Triumph der Astrofotografie!
Edward Pickering entdeckt Gasnebel im Sternbild Orion.

Ailis' Augen weiteten sich. Sie griff nach der Zeitschrift und blätterte nach dem Artikel. Es war der ihre, er war wortwörtlich abgedruckt. Als Autor zeichnete jedoch Professor Edward Pickering, Harvard.

»Das … das ist unglaublich«, stieß sie schließlich hervor. Einen solchen Vertrauensbruch hätte sie Pickering nie zugetraut.

Molly lachte bitter. »Du weißt, das ist gar nicht so selten, wir sprachen schon einmal darüber. Aber dies hier ist schon besonders dreist! Meistens verändern unsere sogenannten Mentoren ja wenigstens drei Wörter, bevor sie eine Studie als ihre eigene ausgeben … Jedenfalls ist es immer dasselbe. Wir Frauen machen die Arbeit, und die Männer heimsen den Ruhm ein.«

»Du musst Einspruch erheben!«, wandte sich eine der anderen Frauen an Ailis. »Das ist dein Nebel, den kann er nicht einfach vereinnahmen!«

Ailis versuchte ein Lächeln, was ihr nicht wirklich gelang. Sie war ungeheuer enttäuscht und verletzt. »Na ja, ich kann daran leider keine Besitzansprüche anmelden.«

»An dem Nebel nicht, aber an deinem geistigen Eigentum! Du hast diesen Nebel entdeckt und untersucht. Du ganz allein! Da solltest du auch als Autorin des Artikels genannt werden! Lass dir das nicht gefallen. Geh zu Pickering und stelle ihn zur Rede!« Molly sah sie auffordernd an. Die anderen Frauen stimmten ihr zu.

Ailis schüttelte den Kopf. »Das kann ich nicht. Pickering hat mich immer gefördert, ohne ihn wäre ich nicht das, was ich bin. Wenn ich das nun ein wenig gutmachen kann, indem ich ihm meinen Ruhm abtrete …«

»… ist das trotzdem himmelschreiend!«, rief Molly. »Wie sollen wir jemals als genauso klug und leistungsfähig anerkannt werden, wenn wir immer klein beigeben? Ich lasse das jedenfalls nicht auf dir sitzen! Ich gehe da jetzt hin!«

»Molly …« Einerseits wärmte es Ailis' Herz, dass die Jüngere bereit war, sich für sie einzusetzen und damit zweifellos ihren Job zu riskieren. Andererseits befürchtete sie, auch ihre Tätigkeit könnte dadurch in Gefahr geraten. Nervös wartete sie – und ihr Herz schlug heftig, als sie in Pickerings Büro gebeten wurde.

Molly war noch dort, in diesem in warmen Brauntönen gehaltenen Raum mit großen Fenstern. Vor dem einen stand ein Teleskop, auf dem Tischchen daneben lagen Neuerscheinungen zur Astronomie. Natürlich durften an den Wänden weder Bücherregale fehlen noch genügend Platz für einige spektakuläre Beispiele der Astrofotografie. Ailis hatte diesen Raum von Anfang an gemocht, erwartete nun aber eine angespannte Stimmung. Als sie eintrat wurde sie vom Gegenteil überrascht. Pickering und Molly waren in eine offensichtlich angeregte Unterhaltung vertieft.

»Mrs. Hay!« Pickering lächelte Ailis zu. Er hatte nie auf die förmliche Anrede für seine frühere Hausdame verzichtet. »Bitte nehmen Sie doch Platz! Ich wollte Sie schon den ganzen Morgen zu mir rufen wegen dieses Desasters mit Ihrem Artikel. Und jetzt ist mir Miss Peak Justin zuvorgekommen. Sie haben da eine eifrige junge Fürsprecherin – wobei ich nicht weiß, ob es Miss Peak hier um Sie oder die Damenwelt als Ganzes geht …«

Ailis errötete. »Mir ginge es um Letzere«, erklärte sie. »Persönliche Eitelkeiten spielen für mich keine Rolle, doch die Arbeit als Astronomin …«

Pickering winkte ab. »Ich kenne Ihre Verdienste und habe Sie schon mehrmals lobend erwähnt. Aber Lobeshymnen scheinen Sie ja gar nicht zu hören. Sind Sie eigentlich jemals stolz auf sich, Mrs. Hay? Ganz persönlich, meine ich, was ich im Übrigen auch nie als eitel bezeichnen würde.«

Ailis streckte sich ein wenig. »Nun …«

Ihr Förderer schüttelte den Kopf. »Sie sind eine bemerkenswerte Frau – ungemein intelligent, erfolgreich –, aber immer bereit, Ihr Licht unter den Scheffel zu stellen. Wieso, ist mir schleierhaft. Aber damit ist jetzt Schluss! Sie haben selbst gelesen, dass die *Scientific America* fälschlicherweise mich als Entdecker Ihres Gasnebels angegeben hat. Das konnte ich so nicht stehen lassen. Ich habe da also sofort angerufen und sehr energisch eine Richtigstellung gefordert.«

»Sie haben was?«, fragte Ailis verwirrt.

»Ja, ich habe mich sofort beschwert, und der Chefredakteur tat angemessen zerknirscht. Er möchte Sie jetzt unbedingt interviewen, dazu soll ein großer Artikel über die Arbeit der Frauen in unserem Institut erscheinen. Ich hoffe, es wird nicht erneut von Pickerings Harem gesprochen … Außerdem will er ein Bild von Ihnen auf dem Titelbild seiner Zeitschrift bringen!« Der Professor musterte Ailis ein wenig und fuhr dann ungeniert fort: »Und dazu kleiden Sie sich bitte nicht wie eine graue Maus und gucken auch nicht wie eine verschreckte Gouvernante, es tut mir leid, dass ich so offen mit Ihnen spreche, liebe Mrs. Hay. Aber machen Sie sich ein bisschen schön! Miss Peak Justin ist von mir persönlich beauftragt und freigestellt worden, Sie dabei zu unterstützen. Sie repräsentieren unser Institut, Mrs. Hay! Sie sind die Frau, die nach den Sternen greift! Das wäre überhaupt ein guter Titel … Also, enttäuschen Sie mich nicht – Ailis …«

Molly nahm ihren Sonderauftrag ernst! Sie ging mit Ailis einkaufen – in Geschäfte, die zuvor nur mondäne Frauen wie Haily Hard als Kundin geführt hatten. Ailis fand das alles zu teuer und zu extravagant, doch Molly winkte ab.

»Du hast den Professor gehört. Ich soll das Beste aus dir machen. Und das werde ich, er wird dich nicht wiedererkennen! Dazu brauchen wir natürlich noch deine Freundin – die mit den Enten in Concord. Du sagst, sie hat auch als Zofe und Maskenbildnerin gearbeitet?«

Ailis nickte, erklärte jedoch, dass Emily im Augenblick wirklich anderes zu tun habe. Rasch erzählte sie von ihren Studien.

»Ach was, ein paar Stunden kann sie die Viecher allein lassen!«, bestimmte Molly. »Oder sie soll ihre Enten oder was immer sie da züchtet einfach mitbringen. Hauptsache sie zeigt dir, wie man sich ein bisschen anmalt. Mensch, Ailis, es muss ja kein Bühnen-Make-up sein, das würde unnatürlich wirken. Aber so ein bisschen Farbe …«

Ailis verbrachte also gehorsam einen ganzen Nachmittag im ersten Modehaus am Platz, um die verschiedensten Kreationen anzuprobieren. Schließlich entschied sie sich für ein grünes Nachmittagskleid, hochgeschlossen, das Oberteil in zwei verschiedenen Grüntönen gehalten und Taille und Rock mit Borten betont und umsäumt. Sie prangten in einem satten Goldbraun und betonten Ailis' Augenfarbe.

»Es wird ein Schwarz-Weiß-Bild«, stellte Ailis klar, als sich Molly und die Verkäuferin darüber begeisterten.

»Schade«, sagte Molly, »aber die Farbabstufungen sieht man auch da. Und vielleicht kolorieren sie es noch. Jedenfalls steht dir das Kleid ganz hervorragend. Nehmen wir es?«

Ailis stimmte zu und war entsetzt, als sie den Preis sah. »Ich habe noch nie so viel für ein Kleid ausgegeben!«, erklärte sie.

Molly zweifelte daran. »Ich denke, du bist von Adel? Musstest du da nicht repräsentieren? Außerdem werden die Mädchen doch reihenweise der Königin vorgestellt ... Auf jeden Fall nimmst du es jetzt, wer weiß, welchen Preis du als Astronomin noch einheimsen wirst. Da kannst du es dann noch mal bei der Verleihung tragen.«

Und auch Emily sträubte sich nicht, für Ailis ihr Können als Zofe zu zeigen. »Ich fand immer, dass du dich kleidest wie eine graue Maus«, meinte sie, als die drei Frauen sich rechtzeitig vor dem Eintreffen der Reporter und Fotografen in Ailis' Wohnung trafen. Emily hatte Ailis bereits in ihr neues Kleid geholfen und begann nun, ihr Haar zu bürsten, um sie zu frisieren. »In diesem Kleid hast du eine ganz andere Ausstrahlung. Weißt du eigentlich, wie schön du bist, Ailis Hard? Keine der Schauspielerinnen, die ich geschminkt habe, kann da mithalten.«

»Cuthbert habe ich nicht gefallen«, sagte Ailis leise.

»Und, wolltest du das denn?«, fragte Molly und begutachtete Emilys professionell bestückten Schminkkoffer. »War dir das wichtig? Oder hat es allenfalls deinen Stolz verletzt, dass der Kerl dich sitzenließ?«

»Ich muss etwas falsch gemacht haben«, meinte Ailis. »Das schrieb jedenfalls meine Mutter. Meinem Vater war es im Prinzip egal, solange ich nur eine Hay blieb und ihm nicht in seine neue Familie funkte.« Ailis hatte nie über diese Dinge gesprochen, doch nach wie vor fühlte sie sich Molly nahe – und Emily vertraute sie eh blind.

»Was willst du denn falsch gemacht haben? Nach dem, was du mir erzählt hast, hat dich Mr. Hay allein wegen deiner Mitgift geheiratet. Die ermöglichte es ihm auszuwandern. Und danach ließ er dich fallen wie eine heiße Kartoffel!« Molly liebte farbige Vergleiche.

»Das ist bei allen Mädchen meines Standes so«, beharrte Ailis. »Wir werden so verheiratet, wie es passt. Ich hatte noch Glück, nicht die Ehefrau meines fürchterlichen Cousins George zu werden. Der war damals die erste Wahl gewesen, aber er wollte mich nicht …« Natürlich hatte auch sie George nicht gewollt. Trotzdem war da das Gefühl, verschmäht worden zu sein – ein ums andere Mal. »Meine Mutter meint, es sei die Pflicht einer Frau, ihren Mann dennoch zu lieben«, sprach sie weiter. »Und dafür zu sorgen, dass er die Liebe schließlich erwidert.«

Molly sah sie ungläubig an. »Und deshalb meinst du, versagt zu haben? Ailis, hast du überhaupt jemals einen Mann geliebt? Oder ihn auch nur begehrenswert gefunden?«

Ailis errötete, während sie verneinte. Molly wusste es also, sie hatte sich nicht in ihr getäuscht, trotzdem lehnte die Jüngere sie ab. Sie hatte kein Interesse daran, mit ihr zusammen zu sein …

»Wenn der Richtige kommt, wirst du dich schon verlieben«, meinte Emily, die nichts von Ailis' Vorliebe für Frauen wusste. Sie lächelte. »Auch wenn alle anderen meinen, dass er nicht der Richtige ist.«

»Eine Pflicht zu lieben gibt es jedenfalls nicht!«, erklärte Molly. Für Ailis fühlte es sich an wie eine Zurechtweisung. Molly musste ihre Verliebtheit bemerkt haben und machte ihr nun klar, dass sie ihre Gefühle nicht erwidern konnte. Entschlossen drängte sie die aufsteigenden Tränen zurück. Gleich kamen die Leute von *Scientific America*. Denen musste sie ein lachendes, triumphierendes Gesicht zeigen. Schließlich war sie die Frau, die für eine Sensation auf dem Gebiet der Astronomie gesorgt hatte!

Dieser Gedanke machte ihr Herz ein bisschen leichter ... Und dann vergaß sie sowieso alles, während sie – ebenso fasziniert wie Molly – Emilys Arbeit verfolgte. Die junge Frau steckte ihr rotblondes Haar locker auf, die Frisur wirkte federleicht, als trüge Ailis eine Art Aura aus weichen Locken. Sie grundierte ihr Gesicht, um ihren hellen Teint herauszustreichen, und ein paar Punkte Rouge modellierten ihr edles aristokratisches Gesicht. Sehr wenige Pinselstriche auf ihren Lidern und Augenbrauen ließen die braun-grün gesprenkelten Augen größer und ausdrucksvoller wirken. Ailis sah trotzdem keine Fremde im Spiegel – eigentlich sah sie die junge Frau, die damals in St Andrews in den Zug gestiegen war, um nach Hause zu fahren und mit ihrem Vater zu sprechen. Sie hatte etwas Leuchtendes gehabt, Hoffnung auf eine selbstbestimmte Zukunft ausgestrahlt – ein Mädchen, das bereit war, nach den Sternen zu greifen. Ihr Vater hatte diese Träume mit wenigen Worten zerstört. Und Cuthbert hatte seine Frau verlacht und ausgenutzt, als sie versuchte, die Trümmer wieder zusammenzusetzen. Maureen hatte etwas in ihr angestoßen, doch war sie weitergezogen, um ihrem eigenen Weg zu folgen. Über alldem war Ailis, geborene Hard, eine andere geworden ...

Und jetzt war die junge Frau von damals wieder da! Emily hatte sie in Ailis gesehen und zumindest ihr Äußeres zurück ans Licht gebracht. Jetzt war es an ihr, mit ihrem Intellekt und mit ihrem Charme zu glänzen. Ailis lächelte.

»Es ist unglaublich!«, rief Molly. »Du bist derart schön ...«

Molly spürte es also auch. Ailis empfand wieder so etwas wie Hoffnung. Würde sie sich in diese neue Ailis vielleicht doch noch verlieben?

Emily packte gelassen ihre Sachen zusammen, während Donella das Zimmer betrat, wie immer in Eile. Beiläufig grüßte sie in die Runde.

»Was macht ihr denn alle hier? Ach ja, Ailis hat ja heute ihren großen Auftritt. Ich drücke die Daumen! Sei vor allem nicht zu bescheiden. Du musst sie beeindrucken – siehe Hernando …«

Molly strahlte sie beifallheischend an. »Das wird sie! Sieh sie dir doch an!«

Donna schenkte Ailis einen zweiten Blick. »Du siehst gut aus, Ailis, ganz wunderbar! Leider muss ich los. Grüß deine Gänschen, Emily. Sie sollen sich noch ein bisschen gedulden, aber bald wird geflogen. Und ach, natürlich auch Grüße an Ronald …« Damit war sie schon wieder draußen, auf dem Weg zu ihren Handwerkern, deren Arbeit sie regelmäßig begutachtete. Emily folgte ihr. Wahrscheinlich hatte sie noch tausend Fragen zum Fortgang der Arbeiten …

Molly wandte sich ziemlich verwundert an Ailis. »Also dafür, dass Donella deine Freundin ist, zeigt sie sich ganz schön gleichgültig«, bemerkte sie mit deutlichem Vorwurf in der Stimme. »Mit ein bisschen mehr Begeisterung hätte ich schon gerechnet. Und vielleicht Unterstützung …«

»Cousine«, berichtigte Ailis, die immer noch ungläubig in den Spiegel sah. Donnas kurzen Auftritt hatte sie kaum registriert. »Donna und ich sind Cousinen – und haben schon im Internat ein Zimmer geteilt. Sie hat außerdem zigmal dabei zugesehen, wie Emily unsere Cousine Haily verschönert hat. Weshalb sollte sie da in Begeisterungsstürme ausbrechen, nur weil ich ein neues Kleid anhabe und besser frisiert bin?«

Molly blickte völlig verwirrt, bis sich ein eher hoffnungsvoller Ausdruck in ihr Gesicht stahl. »Das heißt … ihr seid gar nicht zusammen? Also zusammen im Sinne von … ach, du weißt schon …«

Ailis schüttelte den Kopf. »Natürlich nicht. Wir sind zwar sehr eng befreundet, aber ...« Erst jetzt begriff sie. »Du hast geglaubt, Donna und ich seien ein Paar? Hast du dich deshalb plötzlich so zurückgehalten?«

Molly nickte und nahm ihre Hand. »Sie kam ins Observatorium, und wir unterhielten uns ein bisschen. Ich spürte, wie nah ihr euch standet. Und dann ... mit deinem kleinen Jungen auf dem Jahrmarkt ... Ihr wirktet so vertraut, wie eine Familie. Ich habe natürlich gemerkt, dass du dich für mich interessiert hast. Aber ich würde nie in eine Beziehung einbrechen.« Sie biss sich auf die Lippen. »Ich war allerdings sehr enttäuscht. Von dir, weil ich dachte, du wolltest Donella betrügen. Und auch sonst, weil ich ... weil ich schon ziemlich verliebt war.«

Ailis schaute sie an. »Könnte das Verliebtsein vielleicht wieder aufflackern?«

Molly lächelte. »Das ist nie ganz erloschen. Oder wäre ich sonst hier?« Sie griff nun auch nach Ailis' anderer Hand. »Ich wäre sehr gern mit dir zusammen, Ailis Hay!«, gestand sie zärtlich.

Ailis stand auf und wollte sie an sich ziehen, doch Molly entzog sich der Umarmung.

»Jetzt bloß nicht küssen!«, mahnte sie. »Sonst verschmiert der Lippenstift!«

Ailis schwebte förmlich durch den Fototermin und das Interview mit Mr. Smith, dem Reporter der *Scientific America*. Sie hatte alle Nervosität vergessen und sprach mit großer Begeisterung von ihrer Arbeit, von Professor Pickering und den anderen Computer-Frauen. Auf eine Frage des Reporters hin erzählte sie lebhaft von ihrer seit Kindertagen bestehenden Faszination für den Nachthimmel. Der Reporter lachte, als er von Nanny Petersons Erklärung hörte, jeder Stern sei die Seele eines artigen Mädchens, und war erstaunt, von Ailis' Anfängen als Haushälterin des Professors zu hören.

Ailis berichtete auch von ihrem wunderbaren kleinen Sohn

und wies die Behauptung zurück, dass Mutterschaft eine Frau ans Haus binden sollte.

»Mutterschaft und Berufsausübung sind nur dann nicht vereinbar, wenn die Frau zu schlecht bezahlt wird, um sich eine Nanny zu leisten«, erklärte sie. »Das ist leider fast immer der Fall, auch viele unserer weiblichen Rechengenies verlassen uns, wenn sie heiraten. Das ist ein Verlust für die Wissenschaft und damit für uns alle!«

»Wollen Sie damit sagen, dass wir mit mehr Frauen in der Forschung früher zu den Sternen reisen würden?«, fragte der Reporter lächelnd.

Ailis gab das Lächeln charmant zurück. »Auf die Dauer, Mr. Smith, kommen wir Frauen überallhin, wohin wir nur wollen.«

Der mitgereiste Fotograf machte schließlich noch ein paar Bilder von ihr, und obwohl sie nicht lächeln sollte, fing er doch ihre Hoffnung, ihre Freude und ihren Optimismus ein.

Erst als die beiden gegangen waren, fielen sich Ailis und Molly in die Arme und reisten in dieser Nacht gemeinsam zu den Sternen.

Emily hatte den Tag kaum erwarten können, an dem das Luftschiff endlich in Concord anlangte. Ronald hatte es, natürlich in Begleitung von Donella, mit dem Kaltblutgespann aus Boston abgeholt. Mehrmals mussten sie hin- und herfahren, um Hülle, Gondel und Motor zu den Feuchtwiesen im Reservat zu transportieren, aber einen schwereren Wagen wollten sie nicht mieten, um die Gänse nicht zu verängstigen. Brewsters Gespann kannten die Tiere.

»Es wird sowieso schon brenzlig, wenn wir das Riesending mit Gas füllen und den Motor anlassen«, meinte Emily jetzt besorgt, wobei sie weniger an ihre kleinen Gänse dachte als an die Wildgänse. Der Plan bestand ja darin, einen Teil des Aufbruchs in den Süden zu begleiten, bis sich ihre Jungtiere in den Schwarm eingefügt hatten und sich dann hoffentlich von ihrer Pflegemutter trennten. »Nicht, dass sie vorzeitig abfliegen.«

»Ach was, die Jungvögel sind doch alle noch nicht so weit.« Donella und Archie saßen mit Ferngläsern auf der Terrasse von Emilys und Ronalds Häuschen und beobachteten die Wildgänse und ihre Jungen, die jetzt zwar schon kleine Strecken flogen, doch sicher noch keine fünfhundert Meilen weit. Ronald servierte Eistee. Emily ihrerseits konnte sich nicht erheben, weil die Jungvögel auf ihren Füßen ein Schläfchen hielten.

»Sobald das Luftschiff zusammengebaut ist, füllen wir es und geben den Vögeln etwas Zeit, sich daran zu gewöhnen«, meinte Archie. Donella registrierte etwas missbilligend, dass er das Projekt immer mehr zu dem seinen machte. »Und schließlich müsst ihr den Motor jeden Tag ein paar Minuten anlassen.«

»Ich werde euch eine Winde installieren, mit der ihr das Luftschiff ein bisschen rauf und runter lassen könnt. Die kann ich sogar vom Motor antreiben lassen!« Donna begeisterte sich für ihre Idee. »Dann schwebst du ein wenig über dem Boden, und die Goo-Threes können ein paar Meter abheben.«

»Sie können üben, zu mir hinaufzufliegen!«, rief Emily begeistert. »Das ist großartig, und so erledigt sich das Problem mit dem Anlauf wie von selbst.«

Dieses Hindernis hatten sie bereits ausführlich diskutiert. Im Gegensatz zu den Vögeln stieg das Luftschiff senkrecht auf, die Gänse ihrerseits brauchten eine gewisse Zeit, um eine annehmbare Flughöhe zu erreichen.

»Du könntest doch jetzt schon mal auf einen Tisch steigen«, schlug Ronald vor, »und sie zu dir heraufrufen.«

»Du willst nur alberne Aufnahmen von mir machen!«, warf Emily ihm scherzhaft vor. »Vielleicht soll ich dazu noch Engelsflügel anlegen?«

»Gute Idee! Am besten machst du beides.« Donellas Augen blitzten. »Das sollten wir gleich mal probieren. Los, Emily, weck die Gänschen, und dann hoch auf den Tisch!«

Als hätte er sie verstanden, hob Goo-One den Kopf und schnatterte Emily etwas zu.

»Er muss erst mal«, übersetzte sie. »Ich geh schnell mit ihnen ums Haus. Aufstehen, One, Two und Three, Donella will euch fliegen sehen.« Tatsächlich hatte sie ähnliche Vorübungen schon gemacht und die Gänse angelockt, ihr zum Beispiel auf einen umgefallenen Baumstamm zu folgen. Manchmal flatterten sie und manchmal kletterten sie, sofern die Schwimmhäute an ihren Füßen das zuließen. Jetzt ließ sie ein paar lockende Töne hören, und die Vögel folgten ihr schnatternd.

»Sie ist selbst schon eine halbe Gans«, scherzte Donna. »Ob sie das noch einmal ablegt, wenn die Kleinen wirklich in den Süden fliegen? Oder schnattert sie dann sehnsüchtig im Schlaf?«

Ronald schmunzelte. Über Emilys nächtliche Aktivitäten würde er hier keine Auskünfte geben. Er ließ ihr jedenfalls nach wie vor keine Zeit, an Gänse zu denken.

Die Übung mit dem Tisch funktionierte hervorragend. Als Emily auf der Tischplatte stand und sich Ronald und Archie mit ihren Kameras bereit machten, ermahnte sie beide ausdrücklich, diese nicht unter ihren Rock zu richten. Derweil blickten die Gänschen besorgt schnatternd zu ihr auf. Emily bewegte ihre Jacke ein bisschen wie Flügel – und schließlich schlug Goo-One mit den seinen und flatterte zu ihr hoch. Die anderen taten es ihm nach.

»Ich würde das noch nicht fliegen nennen, aber der Anfang ist gemacht!«, sagte Emily glücklich. »Und, Donella, bläst du jetzt dein Luftschiff auf?«

Auch die Gaskanister waren nicht leicht ins Reservat zu bringen, doch im Laufe mehrerer Tage hatte Ronald mit seinem Gespann selbst das geschafft. Nun stand die Gondel auf einem Wiesenstück hinter dem Haus, und Donna baute alles auf, was sie brauchte, um anschließend die Hülle des Luftschiffes zu füllen. Die anderen halfen ihr, sie neben der Gondel auszubreiten und die Seile zu installieren, die das Ganze am Boden halten sollten. Die Füllung mit Wasserstoffgas übernahm Donna allein – das Gas war brennbar, und der Umgang damit verlangte verschiedene Vorsichtsmaßnahmen. Emily, Ronald und Archie beobachteten aus sicherer Entfernung atemlos, wie sich die Hülle entfaltete und aufblähte. Die Gänschen schnatterten aufgeregt, ein paar Wildgänse flogen auf. Im Wesentlichen reagierten die Tiere jedoch kaum. Ronald hielt ihr Verhalten mit der Kamera fest, Archie fotografierte das aufstrebende Luftschiff. Als es stolz über der Gondel schwebte, sahen die Brewsters es sogar von ihrem Haus aus – und gesellten sich bald darauf hinzu, um das Experiment aus nächster Nähe zu bewundern.

»Und das soll so eine zarte Frau wie Emily handhaben?«, fragte Mrs. Brewster skeptisch.

Donna nickte. »Aber ja, es ist ganz leicht. Vergessen Sie nicht, der Ballon, also der Tragkörper des Luftschiffs, ist leichter als Luft. Ich will die Vögel nicht erschrecken, sonst könnte ich es Ihnen gerade vorführen.« Sie hatte den Jungfernflug mit der *Gooby 1*, wie sie ihr Schiff getauft hatte, bereits in Boston vor den Augen der staunenden Handwerker, die beim Bau geholfen hatten, absolviert. Die Presse hatte natürlich gleich Interesse angemeldet, Donna hatte sie jedoch auf später vertröstet.

»Wir werden Sie zu gegebener Zeit zu einem Flug mit den Wildgänsen einladen«, versprach sie. »Aber vergessen Sie nicht, es handelt sich um ein Forschungsprojekt. Die Vögel dürfen nicht irritiert werden. Die ersten Flüge unternimmt Mrs. Gardener allein.«

Emily wurde immer tatendurstiger – und verhielt sich trotzdem so geduldig wie abgesprochen. Zunächst zeigte sie ihren Vogelkindern die Gondel, ließ sie vom Boden aus einsteigen und fütterte sie dort. Dann erst warf Ronald den Motor an, um die Gänsekinder an die ungewohnten Geräusche zu gewöhnen. Das von Emily aufgezogene Trio interessierte sich kaum dafür, die Wildgänse in der Nähe zeigten zunächst eine gewisse Unruhe. Sie erschraken erst recht, als das Ungetüm auch noch begann, sich zu bewegen. Ronald ließ das Luftschiff ein wenig steigen und wieder sinken – mithilfe des Motors war das ganz leicht, er hätte es wahrscheinlich auch von Hand gekonnt. Als sie ein paar Meter über dem Boden schwebte, rief Emily die Gänse – und tatsächlich: Goo-One erhob sich noch etwas ungelenk in die Luft. Alle schafften den kurzen Aufstieg und wurden in der Gondel belohnt.

»Das sollten wir bloß nicht zu oft machen«, sorgte sich Emily. »Wenn wir richtig fliegen, machen wir die Tür schließlich zu. Wir wollen ja nicht riskieren, dass sie dann bei dem Versuch, zu mir hineinzufliegen, gegen die Gondel prallen.«

»Wir passen auf«, meinte Ronald. »Und viel mehr Übung brauchen sie auch nicht. Ich würde sagen, am nächsten Wochenende, wenn Donna und Archie wieder hier sind, fliegst du!«

Ailis, Molly und natürlich Copper begleiteten Donna und Archie zur Farm, um dem ersten Flug beizuwohnen – und Archie brummte, bei so vielen Passagieren bräuchte er bald eine größere Kutsche. Schon jetzt musste er sich für den Ausflug einen Landauer leihen, obwohl er viel lieber allein mit Donna in seiner zweisitzigen Chaise gefahren wäre. Inzwischen zeigte er ihr deutlich, dass er mehr von ihr wollte als eine unverbindliche Freundschaft. Donna war sich allerdings nach wie vor unschlüssig. Sie fand ihn interessant und attraktiv, doch von einer Seelenverwandtschaft waren sie weit entfernt. Immerhin erlaubte sie ihm jetzt einen Gutenachtkuss, wenn er sie ausgeführt hatte, und hoffte, dabei die Aufregung und das Prickeln zu verspüren, das sie mit Hernando verbunden hatte. Tatsächlich fand sie Archies Küsse durchaus angenehm, von der Ekstase, in die Hernando sie hatte versetzen können, spürte sie jedoch nichts.

Vielleicht entwickelst du zu diesem jungen Mann ja eine gesündere Beziehung.

Das hatte ihr Großvater geschrieben. Zu Donnas großer Erleichterung hatte er freundlich auf ihren ersten Brief aus Paris geantwortet, und seitdem unterhielten sie wieder eine rege Konversation. Sie hatte ihm von Emily und Ailis erzählt, aber auch von dem neuen Bewerber um ihre Gunst, Archie Peyton.

Zumindest wie es bislang aussieht, scheint er nicht die Absicht zu haben, dich zu verführen. Vielleicht findest du in ihm einen angenehmen, verlässlichen Lebenspartner.

Letzteres wäre Archie sicher, dachte Donella. Nichtsdestotrotz sehnte sie sich mitunter danach, nach allen Regeln der Kunst verführt zu werden.

Emily hatte geplant, auf ihrem ersten Flug mit den Gänsen einmal die Feuchtwiesen zu überqueren, und das Luftschiff dann wieder auf der Wiese hinter dem Haus zu landen. Sie war aufgeregt, doch Donna hatte ihr den Umgang mit dem Steuerruder ausgiebig erklärt und sie vor dem Einbau des Motors auch damit üben lassen.

»Es ist ja nicht schwer, und es stehen auch keine Gebäude im Weg«, meinte sie gelassen. »Du schaffst das schon!«

Emily hoffte vor allem, dass ihr Gänse-Trio das schaffte. Ihr selbst machte das ziemlich große Publikum etwas Angst; immerhin hatten sie Professor Roberts und Professor Munsterberg vertrösten können. Wenn heute alles gut ging, würde sie die beiden am nächsten Tag zusehen lassen. Donna und Archie, die Brewsters, Ailis mit Copper und Molly hatte sie jedoch nicht ausladen können, und zu ihrem Ärger hatte Archie auch nicht den Mund halten können – so waren drei weitere Mitglieder des Ornithologischen Clubs anwesend.

»Lass mal, Emily, ich halte die schon auf Abstand!«, meinte Donella aufmunternd. Die Leinen, die das Luftschiff am Boden hielten, sollte Ronald lösen, den die Gänse schließlich gut kannten.

»Die Goo-Threes sind von allen am wenigsten aufgeregt«, meinte Ailis. Neben ihr hüpfte Copper aufgeregt von einem Bein aufs andere und beobachtete mit großen Augen, wie die Gänschen Emily schnatternd zum Luftschiff folgten. Sie gab ihnen ihre Belohnungsbrennnesseln heute am Boden, schloss die Tür der Gondel schnell hinter sich und bat Ronald, das Luftschiff zu starten. Sofort erhob sich die *Gooby 1* in die Lüfte, während Emily die Gänschen rief. Goo-One startete sofort – und schoss über das Ziel hinaus, da das Luftschiff schnell stieg und nirgendwo mehr anhielt. Der kleine Ganter schaffte allerdings eine elegante Kurve, und die anderen beiden folgten! Als Emily mit den ersten Lenkmanövern begann und das Luftschiff um ihr Haus herum über die Feuchtwiesen steuerte, formierte sich das Trio hinter ihr. Emily lockte sie weiterhin, obwohl sie viel lieber vor Freude gejubelt hätte. Es war so weit, sie hatte es geschafft! Sie flog mit ihren Vögeln und genoss es aus vollen Zügen. Gefolgt von ihren triumphierend schnatternden Vogelkindern drehte sie eine kleine Runde, ließ das Luftschiff dann wieder in den Sinkflug übergehen und hielt wohlbehalten auf der Wiese. Die Gänse landeten hinter ihr – und stürzten voller Begeisterung auf sie zu, als sie ausstieg.

Ronald lief zu ihr und zog sie in die Arme, woraufhin Goo-One nach ihm beißen wollte. Lachend wehrte er den jungen Ganter ab.

»Hast du's?«, fragte Emily glücklich. »Hast du's fotografiert?«

Ronald nickte. »Und ich werde es noch oft fotografieren. Es ist ein wunderbarer Anblick.«

»Ein wahr gewordener Traum!«, flüsterte Emily. »Ich kann es noch gar nicht glauben!«

»Das wirst du schon noch«, sagte Donna und strahlte, als sie ihrerseits Emily und ihr Gänse-Trio beglückwünschte. »Wir wiederholen es morgen noch einmal exklusiv für deine Professoren – und danach können wir die Presse nicht länger hinhalten. Wenn der Trubel erst richtig losgeht, wird dich das blitzschnell in die Wirklichkeit zurückkatapultieren.«

»Du meinst, es wird womöglich gefährlich?«, fragte Ronald besorgt. »Weil dann jeder wissen wird, dass Emily und ich …«

Donna lachte immer noch. »Nein, gefährlich wird es nicht, eher im Gegenteil. Es wird eine Lanze brechen für Paare wie euch! Aber es wird … na ja, lasst euch überraschen! Ich habe das ja ein paarmal bei Hernando miterlebt, ob Erfolg oder Misserfolg. Und du kennst die Presse, Emily, durch Haily. Die hatte schließlich auch ihre Schlagzeilen. Heute sind wir die neue Sensation!«

Tatsächlich hätte Emily sich niemals vorstellen können, wie viele Menschen Interesse an ihren Flügen mit den jungen Gänsen entwickeln würden. Zuerst schrieben die Lokalzeitungen über sie, dann kam die überregionale Presse, und schließlich berichteten die größten Zeitungen des Landes. Zeitschriften wollten Reportagen über sie drucken, Interviews machen und vor allem sollten ihre Text- und Bildreporter selbst dabei sein, wenn Emily mit den Gänsen aufstieg. Mr. Brewster hatte alle Hände voll zu tun, den Andrang zu kanalisieren – praktisch jeden Tag gab es Zuschauer. Nun wurden Emilys Ausflüge mit den Vögeln immer länger, bald konnte man sie auch von etwas weiter entfernten Plätzen fliegen sehen. Die Menschen aus Concord nutzten jede Gelegenheit, um sie zu beobachten – und am Wochenende strömten Interessenten aus Boston und Umgebung in die kleine Stadt. Mr. Brewster, der sonst gern Besucher durch sein Reservat führte, musste es tagelang schließen und aufpassen, dass die Leute nicht die Zäune zerschnitten, um so nah wie möglich an den Start- und Landeplatz heranzukommen.

Donella erlangte nicht ganz so große Berühmtheit, aber auch die Tatsache, dass eine Frau Emilys Luftschiff konstruiert hatte, war eine Nachricht wert. Erwähnt wurde sie in den Artikeln praktisch immer, und hätte sie wirklich eine Manufaktur gegründet, hätte sie sich vor Aufträgen für Gas- oder Heißluftballons kaum retten können. Inzwischen hatte sie den Luftraum über Massachusetts und seine atmosphärischen Bedingungen allerdings erforscht und riet von Ballonflügen zu Werbezwecken und zum Vergnügen eher ab. Die Gefahr, mit einem allein vom Wind getriebenen Luftfahrzeug im Meer zu landen, war einfach zu groß.

»Luftschiffe könnte ich bauen«, erklärte sie einem Reporter. »Aber die sind den meisten Leuten zu teuer, und vor den Motoren haben sie oft etwas Angst. Sich vom Wind tragen zu lassen ist romantischer, aber eben auch riskanter.«

Emily steuerte ihr Fahrzeug inzwischen sehr sicher und freute sich nicht mehr nur an den mitfliegenden Gänsen – zu ihren Jungtieren gesellten sich viele andere neugierige Graugänse –, sondern ebenso an der Aussicht über Brewsters Vogelparadies, den Fluss und die kleinen Orte, die sie überflog. Sie fing an, Donnas Leidenschaft fürs Fliegen zu verstehen, das Gefühl der Freiheit, das man verspürte, wenn man über allem schwebte, und die unglaublichen Bilder, die sich einem boten. Der Indian Summer setzte inzwischen ein, und vom Luftschiff aus wirkte die Farbenpracht noch faszinierender. So begann Emily, die Fotografien, die sie vom Luftschiff aus machte, selbst zu kolorieren. Und sie fotografierte nun auch die Gänse selbst! Die Perspektive vom Luftschiff aus war großartig, noch nie war jemand dem Motiv eines fliegenden Vogels so nahe gekommen wie sie. Wenn sie davon erzählte, strahlte sie, und die Reporter überschlugen sich geradezu damit, ihr Aussehen und ihren Esprit zu rühmen. Emily trat endlich aus Hailys Schatten! Stolz schickte sie Zeitungsausschnitte nach Schottland, wo ihre Eltern dabei waren, sich mit der Hautfarbe ihres Ehemannes zu arrangieren. Beide hatten nie einen Schwarzen gesehen und stellten Emily in ihren Briefen Fragen, wie sie sonst eher Copper einfielen. Niemals jedoch stellten sie Ronalds Intelligenz oder gesellschaftliche Stellung infrage. Ihre Emily hatte den Assistenten eines berühmten Ornithologen geheiratet. Das genügte, um sie stolz und glücklich zu machen.

Brewster stoppte den Ansturm der Presse auf sein Vogelschutzgebiet rigoros, als die ersten Wildgänse aus anderen Gegenden eintrafen, um sich zum gemeinsamen Aufbruch in den Süden zu versammeln. Auf keinen Fall sollten die Vögel gestört werden, nur ausgesuchte Beobachter durften dabei sein. Für Emily sollte das

Ereignis hoffentlich den krönenden Abschluss ihrer Studie und ihres Zusammenlebens mit den Gänsekindern bilden. Sie hatte vor, möglichst mitten im Schwarm mitzufliegen und sich dann zurückfallen zu lassen, um allein nach Hause zu fliegen – und ihre Gänse auf diese Weise auszuwildern.

»Sie sind jetzt groß genug, um ohne mich zurechtzukommen«, erklärte sie Professor Roberts. »Die Frage ist nur, ob sie das einsehen, ob der Drang, mit dem Schwarm zu fliegen, und der Instinkt der Zugvögel überwiegen – oder doch die Anhänglichkeit an den Menschen. Dann hätten wir aus den Wildgänsen Haustiere gemacht – wie damals meine Gooby. Das empfände ich als falsch.«

Emily dachte immer noch daran, dass Gooby den Hunden hätte entkommen können, hätte sie jemals fliegen gelernt.

Als der Tag da war und sich die ersten Gänsegruppen zum Abflug formierten, stand das Luftschiff bereit. Sehr nah an den Gänsen des Schutzgebietes, die sich inzwischen vollständig an den seltsamen Mitflieger gewöhnt hatten. Ronald machte Emily das Siegeszeichen, als er die Seile löste, und sie stieg auf, wie immer gefolgt von ihren drei Jungvögeln. Und dann befand sie sich plötzlich mitten im Schwarm, umgeben von Hunderten und Aberhunderten Gänsen, die neben, unter und über ihr flogen. Sie konnte ihre eigenen Gänse kaum noch von den anderen unterscheiden und musste aufpassen, nicht mit den Tieren zusammenzustoßen. Trotzdem gelangen ihr ein paar grandiose, nie gesehene Aufnahmen, bevor sie sich dem Rausch dieses Erlebnisses überließ. Sie hörte das Schreien der Vögel, ihren Flügelschlag, meinte zu spüren, wie die Luft vibrierte … Emily und ihr Luftschiff wurden eins mit dem Schwarm, und sie träumte davon, mit ihm nach Süden zu fliegen, das dortige Winterquartier mit den Gänsen zu teilen und noch mehr über ihr Leben zu lernen. Doch der Treibstoff ihres Luftschiffes war begrenzt, sie musste in ihr wirkliches Leben zurückkehren. Bedauernd, aber sehr konzentriert drosselte sie die

Kraft des Motors, ließ sich von immer mehr Gänsen überholen und machte noch ein paar Fotos, als sie schließlich das Schlusslicht bildete. Sie wartete, ob ihre Gänsekinder umkehrten, doch der Abstand zwischen ihr und dem Schwarm wurde immer größer, das Schnattern der Tiere leiser und leiser. Endlich gab sie es auf, den Tieren folgen zu wollen. In einem großen Bogen kehrte sie zurück nach Concord, überflog das Schutzgebiet und landete auf der Wiese hinter ihrem Haus.

Gleichzeitig lachend und weinend fiel sie Ronald in die Arme. »Wir haben es geschafft!«, schluchzte sie. »Ob sie uns wohl wiedererkennen, wenn sie im nächsten Jahr wieder da sind?«

Ein paar Tage lang fühlte Emily sich ziemlich leer ohne die Gänse. Kein Geschnatter mehr auf den Feuchtwiesen und im Haus, keine Gans, für die sie Löwenzahn pflücken und deren Ausscheidungen sie wegputzen musste. Bald würde das neue Semester starten, und sie musste zusammen mit Ronald und den Professoren entscheiden, ob sie an die Universität zurückkehren sollte. Jetzt, da sie praktisch eine Berühmtheit war, würde sicher niemand mehr wagen, sie anzugreifen – und ihre Beziehung zu Ronald war inzwischen mehr oder weniger anerkannt. Manche Zeitungen und praktisch alle Zeitschriften erwähnten sie und bezeichneten sie oft sogar als mutig. Die meisten Bilder, die abgedruckt wurden, stammten von ihm, sein Name war damit ebenfalls präsent. Emily war ein bisschen hin- und hergerissen. Einerseits hatte sie sich an der Universität sehr wohlgefühlt, bevor sie zum Hassobjekt geworden war. Andererseits liebte sie das naturnahe Leben mit Ronald inmitten des Vogelschutzgebietes. Brewster war zudem ein leidenschaftlicher Lehrer, und seine Bibliothek stand Harvard in Bezug auf die Ornithologie kaum nach. Sie dachte noch darüber nach, während sie ihre Notizen nun endlich als Studie niederschrieb, die demnächst veröffentlicht werden sollte. Und dann kam Ronald eine Woche nach Abflug der Gänse mit außergewöhnlicher Post nach Hause.

»Gleich Briefe von zwei Verlagen«, wunderte er sich. »Einer an uns beide, einer an dich gerichtet. Kannst du dir vorstellen, was die wollen?«

Emily öffnete ihren Brief. »Sie fragen, ob wir nicht ein Buch schreiben wollen. Über die Aufzucht der Gänse. Einen Bildband. Die Idee stammt von Archie, der hat sich damit an sie gewandt. Du, womöglich machen uns die Goo-Threes noch reich!«

Ronald hatte den anderen Brief aufgerissen. »Und noch ein Angebot«, erklärte er. »Diesmal der Verlag, bei dem Mr. Brewster veröffentlicht. Sie würden sich sehr gern mit uns über ein Buchprojekt unterhalten.«

Emily lachte. »Na, da bin ich ja mal gespannt, wer mehr bietet!«, sagte sie. »Kannst du schreiben?«

Ronald runzelte die Stirn. »Das ist jetzt nicht dein Ernst!«

»Ich meine, kannst du Geschichten schreiben?«, präzisierte Emily. »Also ich war immer gut im Aufsatz.«

»In Alabama war die Konkurrenz nicht sehr groß«, meinte Ronald. »Und die Brewsters haben mich selbst unterrichtet. Aber ich steuere ja sowieso schon die Fotos bei. Und du schreibst gerade an deiner Studie. Warum sollte daraus nicht einfach ein Buch werden?«

»Das ist ziemlich trocken«, überlegte Emily. »Wissenschaftliche Studien sollen sich eher langweilig lesen. Dagegen ein Buch …«

»Lass uns hinfahren«, schlug Ronald vor, »und mit ihnen reden. Dann hören wir ja, was sie wollen. Am besten schreiben wir ihnen und machen Termine für den selben Tag aus. Beide Verlage sitzen in New York.«

Ronald trug seinen besten Anzug und Emily das elegante Kostüm, in dem sie auch ihre Anhörung an der Universität bestritten hatte.

William Brewster hatte ihnen angeboten, sie zu begleiten, und Archie Peyton wäre sicher ebenfalls gern dabei gewesen. Ronald lehnte das jedoch ab. »Sie wollen mit uns zusammenarbeiten, also müssen sie auch mit uns verhandeln. Wir werden versuchen, uns nicht übers Ohr hauen zu lassen.«

Brewster lachte über ihre entschlossene Haltung. »Da bin ich ja mal gespannt!«

Ronald verzog das Gesicht, als sie sich ohne ihn auf den Weg zum Bahnhof machten. »Als ob er der bessere Geschäftsmann wäre! Eigentlich war er immer froh, wenn er überhaupt einen Verlag für einen seiner Wälzer fand. Und verkauft wurden eher wenige Exemplare. Von solchen Dingen wie Vorschuss konnte er immer nur träumen.«

»Sieht ja aus, als hättest du dich kundig gemacht!«, staunte Emily. »Was weißt du denn über das Verlagswesen?«

Ronald gestand, dass er gleich nach Erhalt der Briefe Kontakt zu einem der Reporter aufgenommen hatte, der sie interviewt hatte. Richard Terrence schrieb für die *New York Times* und hatte sich mit Ronald lange über seine Arbeit unterhalten. Das hatte ihm Mut gemacht, sich auch in Sachen Vertragdetails an ihn zu wenden.

»Im Allgemeinen ist es so, dass ein Schriftsteller einem Verlag ein Buch anbietet. Das bringt ihn natürlich in die schlechtere Verhandlungsposition. Wenn sich allerdings der Verlag an jemanden wendet und ein Buch von ihm will, dann sollte er auch bereit sein, gut dafür zu zahlen. Und man soll unbedingt einen Vorschuss verlangen. Damit man von etwas leben kann, während man schreibt.« Ronald gab stolz sein frisch erworbenes Wissen weiter.

Das Verlagshaus Harper & Brothers lag in der Cliffstreet und war ein imponierender Bau. Ein uniformierter Portier betrachtete das gut gekleidete, ungewöhnliche Paar eher misstrauisch, doch der junge Mann am Empfang wusste sofort, um wen es sich handelte.

»Mr. Chandler erwartet Sie schon«, sagte er freundlich und wies gleich jemanden an, sie in den ersten Stock zu bringen. Hier hatte die Verlagsleitung ihre Büros, und Mr. Chandler musste wichtig sein, da das seine fast so groß war wie Emilys und Ronalds ganzes Haus.

»Mr. und Mrs. Gardener!« Chandler begrüßte sie herzlich und bot Tee, Kaffee und Gebäck an. »Aber wo haben Sie Mr. Peyton gelassen?«

»Wozu brauchen wir Mr. Peyton?«, fragte Emily. »Wir wissen, er hat sich freundlicherweise an Sie gewandt und uns empfohlen, aber sonst …«

Chandler schaute sie verwundert an. »Ich dachte, das sei ein gemeinsames Projekt. Mr. Peyton hat uns einige faszinierende, von ihm selbst angefertigte Fotografien geschickt und dazu eine Textprobe …«

Emily runzelte die Stirn. »Das verwundert mich ein wenig. Das Gänse-Experiment haben mein Mann und ich angestoßen, es ist unser Projekt. Natürlich hat auch Mr. Peyton ein paar gute Bilder gemacht, und vielleicht könnte man ja welche abdrucken …«

»Nein«, sagte Ronald entschlossen, »das kommt nicht infrage. Den Text für unser Buch schreibst du, die Bilddokumentation stammt von uns beiden. Mr. Peyton will doch sicher auch als Co-Autor genannt werden, oder?«

Mr. Chandler nickte. »Natürlich, warum auch nicht? Er ist in Boston ein angesehener Mann …«

Ronald schüttelte den Kopf, seine Augen blitzten verärgert. »Das ist er zweifellos – und ich hoffe, Sie wollen damit nicht andeuten, dass wir weniger angesehene Leute sind. Allerdings ist er auch ein gewiefter Anwalt …«

»Aber Mr. Gardener!« Mr. Chandler spielte mit seinem Füllfederhalter. Das Gespräch lief sicher nicht so, wie er es sich gedacht hatte.

»Sir, ich bitte Sie, überlegen Sie doch mal«, sprach Ronald weiter. »Ein weißer Mann, ein schwarzer Mann und eine Frau – wer wird da wohl den Ruhm ernten? Nein, Mr. Chandler, unter diesen Voraussetzungen brauchen wir gar nicht weiterzureden. Die Autorin des Buches – falls es ein solches gibt – wird Emily Gardener sein. Fotografie: Ronald und Emily Gardener.«

Chandler biss sich auf die Lippen. »So gesehen muss ich noch einmal mit unserem Vorstand reden. Wir waren davon ausgegangen, dass Mr. Peyton maßgeblich daran mitarbeitet, um es dann auch zu bewerben. Er ist eine eindrucksvolle Persönlichkeit, und …«

Ronald und Emily standen gleichzeitig auf.

»Ich hoffe«, sagte Emily, »es macht keinen allzu schlechten Eindruck, wenn wir jetzt gehen. Bitte richten Sie Mr. Peyton unser Bedauern aus. Es hätte allen Beteiligten Zeit gespart, hätte er uns über seine Pläne informiert, bevor Sie uns kontaktiert haben. Wir wünschen Ihnen noch einen angenehmen Tag.«

Damit rauschte sie hinaus, ganz wie vormals Haily Hard, was Ronald ihr Tage später, als sie über die Sache gemeinsam lachen konnten, prompt vorhielt. »Emily, du bist auf dem Weg, eine Diva zu werden!«

Nun allerdings folgte ihr Ronald erst einmal auf die Straße und machte seiner Enttäuschung Luft: »Das ging ja rasant schnell«, meinte er. »Es gibt doch immer wieder unliebsame Überraschungen. Jetzt haben wir noch Zeit, etwas essen zu gehen, bevor wir es dann bei den anderen versuchen. Ich hoffe nur, Mr. Brewster möchte nicht auch als Co-Autor genannt werden.«

»Wenn doch, dann lehnen wir das aus den gleichen Gründen ab!«, erklärte Emily. »Er reicht schon, dass der Name von Professor Roberts ebenfalls auf meiner Studie stehen wird, wenn sie veröffentlicht wird. Und womöglich will Professor Munsterberg auch mit drauf. In der akademischen Welt ist das üblich. Im Verlagswesen hoffe ich nicht.«

Mr. Putnam von Wiley & Putnam hatte sich mit ihnen in einem guten Hotel verabredet – sein Verlagshaus lag außerhalb der Stadt in New Rochelle, Westchester County. Was Größe und Bekanntheitsgrad anging, stand es Harper & Brothers jedoch in nichts nach. Und das Fifth Avenue Hotel, in dem er das Ehepaar Gardener in New York empfangen wollte, war deutlich vornehmer als das Verlagsgebäude von Harper & Brothers. Emily war äußerst befangen, als sie eintraten und sich diversen Gepäckträgern und Pagen gegenüber fanden. Sie war froh, keinen Koffer dabeizuhaben, sie wollten im Anschluss gleich mit dem Nachtzug zurückzufahren. Jetzt klammerte sie sich an Ronald, an dessen Arm sie ging, und grüßte freundlich. Er tat das ebenfalls, die sonstigen Gäste rangen sich kaum ein Wort ab. Der Mann an der Rezeption schaute etwas indigniert, fand ihre Namen aber immerhin auf einer Liste.

»Mr. Putnam ist noch nicht da«, erklärte er. »Man wird Sie in einen Raum führen, in dem Sie ihn erwarten können.«

Emily und Ronald sahen einander an. Sie hatten eigentlich damit gerechnet, sich im Restaurant oder im Tearoom mit dem Verleger unterhalten zu können. Aber der Rezeptionist hatte ganz offenbar die Absicht, sie außer Sicht der anderen Gäste zu schaffen. Der Konferenzraum, in den man sie führte, war entsprechend ungemütlich.

»Das fängt ja gut an«, murmelte Emily. »Ich schätze, hier wird kein Tee serviert ...«

Mr. Putnam ließ sie zum Glück nicht allzu lange warten. Er erwies sich als kleiner, agiler Mann mit blitzenden Augen und zeigte seinerseits keinerlei Vorbehalte, als er Ronald herzlich die Hand schüttelte.

»Ich habe von Mr. Brewster schon viel von Ihnen gehört«, erklärte er. »Er spricht in den höchsten Tönen von Ihrem Können als Fotograf. Und die entzückende Mrs. Gardener konnte ich bereits mehrmals auf Fotos bewundern. Es freut mich außerordentlich, dass Sie sich eine Zusammenarbeit mit unserem Verlag vorstellen können! Mr. Brewster hat sich übrigens bereit erklärt, ein Vorwort zu schreiben. Das wird uns helfen, das Buch zu bewerben.«

Emilys freundliche Miene wurde eisig. »Das heißt, er will mit auf den Umschlag?«

Mr. Putnam sah sie erstaunt an. »Wäre Ihnen das nicht recht? Wir dachten an Ihre Namen als Autoren und darunter ein kleines Banner ›Mit einem Vorwort von William Brewster‹. Wir halten das bei bislang weniger bekannten Autoren für verkaufsfördernd.«

Emily und Ronald sahen sich an. »Sie meinen, das ist hilfreich und nett von ihm gemeint?«, fragte Ronald unsicher.

Putnam lachte. »Natürlich, das ist eine Ehre für Sie. Er ist doch ein anerkannter Ornithologe. Wenn er Ihr Buch nun geradezu empfiehlt …«

Emily überlegte. »Aber es wird *unser* Buch?«

»Selbstverständlich«, meinte Putnam. »Wie haben Sie es sich denn gedacht, Mrs. Gardener? Eher wissenschaftlich orientiert wie die Bücher von Mr. Brewster? Oder mehr in Form einer Erzählung? Die Fotos werden natürlich einen breiten Raum einnehmen …«

»Es sollte ein Buch werden, das die Menschen träumen lässt«, sagte Emily. »Eines, das jeder versteht … das jeder liebt.«

Putnam strahlte. »Das wäre ein großartiges Projekt! Haben Sie ein paar Fotos bei sich? Und vielleicht so etwas wie eine Leseprobe?«

Ronald öffnete eine Fotomappe, und Emily kramte errötend in ihrer Tasche.

»Ich … ich habe tatsächlich ein paar Seiten geschrieben, aber ich weiß nicht …«

»Nun seien Sie mal nicht so schüchtern!«, meinte Putnam. »Hätten Sie denn bereits eine Titelidee?«

Emily nickte. »Der Sommer der Graugänse«, sagte sie und schob ihm eine säuberlich geschriebene Leseprobe über den Tisch, an dem die drei Platz genommen hatten.

Im Sommer des Jahres 1891 bestand unsere Familie aus einer weißen Frau, einem schwarzen Mann und drei grauen Gänsen. Aber er war so bunt, so sonnig und glücklich, wie ein Sommer in Massachusetts nur sein kann ...

Nach ein paar weiteren Verhandlungsstunden unterschrieben alle einen Vertrag. *Der Sommer der Graugänse* von Emily und Ronald Gardener sollte ein Jahr später bei Wiley & Putnam erscheinen – und die Welt zum Träumen bringen.

Die Rückkehr nach Boston verlief alles andere als zufriedenstellend für Haily Hard. Sie hatte nach der Geburt des Kindes noch zwei Wochen in New York verbracht, um sich die Taille mit eiserner Disziplin wieder schlank zu hungern. Allzu viel hatte sie während der Schwangerschaft nicht zugenommen – sie hatte allen Verlockungen und Heißhungerattacken tapfer widerstanden. Nun konnte sie sich wieder auf ihre alte Taillenweite schnüren, doch es forderte ihre gesamte Leidensfähigkeit, den Tag im Korsett zu überstehen.

Schließlich nahm sie den Zug nach Boston – und schon auf dem Bahnhof, als sie sich mit ein paar Zeitungen und Magazinen für die Fahrt eindecken wollte, erfuhr sie von dem neuen Ruhm ihrer Cousinen und ihrer ehemaligen Zofe. Sie sah Ailis auf dem Cover von *Scientific America* und Emily auf fast allen anderen Zeitschriften – teilweise zusammen mit Donna und einmal sogar mit Donna und Ronald, Emilys unsäglichem Ehemann. Haily erstand sämtliche Druckerzeugnisse, die über die Frauen berichteten – sowie eine der wichtigsten Zeitungen Bostons, mittels derer sie sich über Cuthberts Spielplan zu informieren gedachte. Die Theatersaison hatte gerade begonnen, sie war ein paar Tage zu spät, aber ein neues Stück hätte er ohne sie ja eh nicht inszenieren können.

Die Zeitung kündete für die nächsten Tage denn auch eine Revue an – und zum ersten Mal las Haily den Namen Clarisse Derrieux im Zusammenhang mit ihrem Theater! Angekündigt wurde sie als einer der Stars der Revue, sie würde Chansons und Blues zum Vortrag bringen. Haily schäumte. Wie hatte Cuthbert einen Ersatz für sie engagieren können? Jetzt würde sie wieder ihre ganze

Energie daran setzen müssen, sich die Neue vom Halse zu schaffen. Zudem war ihr Clarisses Name nicht unbekannt. Sie wusste, dass die junge Frau in der Theaterwelt als Enfant terrible galt. Sie würde sicher nicht so leicht weichen wie Evangeline Ashton.

Haily versuchte, sich mit der Lektüre der diversen Artikel über ihre Cousinen und Emily abzulenken. Die Berichte über Letztere trugen allerdings nicht gerade dazu bei, ihre Stimmung zu heben.

Gut, Ailis hatte mal wieder irgendetwas mit Sternen entdeckt, doch dafür würde sich in ein paar Tagen niemand mehr interessieren. Dagegen war Emilys Nummer mit den Gänsen und dem Luftschiff eine großartige Story. Und dazu die fantastischen Fotografien! Haily hätte vor Ärger und Neid mit den Zähnen knirschen können. Ausgerechnet Emily, dieses farblose kleine Ding, das bei jeder Gelegenheit heulte, schien zum Liebling der Nation aufzusteigen. Und sie selbst hatte es nie zu einer über Boston hinausgehenden Berühmtheit gebracht.

Gleich morgen würde sie sich Cuthbert vornehmen und dieser Clarisse Derrieux auf den Zahn fühlen, heute fühlte sich Haily zu müde. Dieses vermaledeite Kind ... aber immerhin war sie es losgeworden! Irgendein Bedauern verspürte sie nicht.

Sie verbrachte die Nacht in ihrer Wohnung. Nachdem sie ihr Dienstmädchen, das ihr Apartment während ihrer Abwesenheit in Ordnung halten sollte, zusammengestaucht hatte – auf einer Ablage hatte sich Staub angesammelt –, fühlte sie sich besser. Am nächsten Morgen schlief sie aus. Dann zog sie sich sorgfältig an, nachdem das Mädchen sie geschnürt hatte – es fiel ihm offensichtlich leichter, Haily zu kasteien, wenn es wütend auf seine Arbeitgeberin war –, und machte sich auf den Weg zum Theater. Die morgendlichen Proben mussten eben zu Ende gegangen sein, sie sollte Cuthbert also in seinem Büro antreffen.

Haily durchquerte das Foyer, grüßte dabei beiläufig eine Reinigungskraft und merkte auf, als aus der anderen Richtung, dem

Zuschauerraum, eine elegant gekleidete, bildschöne Frau trat. Sie trug ein auffällig rot und dunkelblau gemustertes Kleid unter einem offenen blauen Mantel, ihr schmales Gesicht war dezent geschminkt, und auf ihrem dunklen Haar thronte ein Hut, für dessen Schmuck jemand einen Obstkorb geplündert haben musste – die neue Herbstmode, Haily hatte in einer der Zeitschriften davon gelesen. Beim Anblick der Putzfrau zog ein freundliches Lächeln über das Gesicht der Dunkelhaarigen, das allerdings nicht bis zu ihren azurblauen Augen reichte.

»Jean! Schon wieder bei der Arbeit? Es glänzt und glitzert aber auch schon alles! Hat Ihrer Schwester das Stück gefallen, für das ich Ihnen letzte Woche Freikarten gegeben habe?« Die Frau hatte eine liebliche Stimme und flötete die Worte mit einer Herzlichkeit, als spräche sie zu ihrer besten Freundin. Über das Gesicht der Putzfrau zog denn auch ein Strahlen.

»Oh ja, Miss Clarisse! Nochmals herzlichen Dank! Wir können es noch immer nicht fassen, dass wir hier in der Loge sitzen durften wie ganz feine Leute!«

Clarisse Derrieux behielt ihr Lächeln bei. »Aber das war doch selbstverständlich! Wissen Sie, wir sind hier ja alle mehr oder weniger eine große Familie! Da muss man sich gegenseitig auch mal etwas Gutes tun!«

Haily staunte. Ihr wäre es nie eingefallen, einer Bediensteten Freikarten für eines ihrer Stücke zu schenken. Aber die Neue schien es darauf anzulegen, sich überall beliebt zu machen, während Haily es bevorzugte, wenn der Rest der Welt sie fürchtete. In diesem Moment trat sie aus dem Schatten einer Säule und lächelte genauso gewinnend wie Clarisse.

»Und ich freue mich, Sie hier als unser neuestes Mitglied willkommen heißen zu dürfen!«, behauptete sie. »Wie ich hörte, sind Sie erfolgreich für mich eingesprungen.«

Das Lächeln von Clarisse Derrieux entgleiste für einen Sekundenbruchteil, um dann erneut aufzuleuchten.

»Dann müssen Sie Haily Hard sein! Wie schön, dass Sie zurück sind! Wir waren alle ganz aus dem Häuschen, als wir von Ihrer baldigen Rückkehr hörten. War denn Ihre Tournee erfolgreich? Ich habe gar nichts darüber gelesen.«

»Sehr erfolgreich, meine Liebe!«, erklärte Haily. »Und die Zeitungen … nun ja, sie hatten wohl genug damit zu tun, in den höchsten Tönen von Ihnen zu schwärmen.«

Clarisse nickte geschmeichelt, bemühte sich jedoch um Bescheidenheit. »Das war doch nichts im Vergleich zu Ihren früheren begeisterten Kritiken. Nun, ich freue mich jedenfalls sehr, in Zukunft mit Ihnen zusammenzuarbeiten.«

Haily wusste die Bemerkung zu deuten. Clarisse machte ihr klar, dass sie keineswegs einen befristeten Vertrag hatte, sondern mindestens eine Spielzeit am Theater bleiben würde.

»Cuthbert … Mr. Hay … schreibt bereits an einem neuen Stück!«, verriet Clarisse und legte damit auch gleich in Bezug auf ihre Beziehung zu Cuthbert die Karten auf den Tisch. »Ich bin schon sehr gespannt. Aber nun muss ich leider gehen. Es war reizend, Sie kennengelernt zu haben, Haily – ich darf doch Haily sagen, nicht wahr?«

Mit einem kurzen Gruß in Richtung der Putzfrau schwebte Clarisse zum Ausgang. Haily blieb zurück und hatte das starke Empfinden, sich zwar recht gut geschlagen zu haben, in Clarisse aber zweifellos einer Gegnerin von Format begegnet zu sein. Sie strich sich über die schlanke Taille und machte sich auf den Weg zu Cuthberts Räumen. Das neue Stück interessierte sie mindestens so brennend wie Clarisse.

»Du hast ja nicht lange gebraucht, um mir eine neue Flamme vor die Nase zu setzen!«, begrüßte sie den Theaterdirektor. »Clarisse Derrieux ist mir eben im Foyer begegnet. Alle Achtung! Und nun schreibst du ein Stück für sie?«

»Haily!« Cuthbert setzte ein glückliches Willkommenslächeln

auf. »Du siehst wunderbar aus! Ich freue mich sehr, dass du zurück bist.« Dann wurde er ernst. »Ich hoffe, du konntest deine Pläne in New York erfolgreich umsetzen?«

Haily nickte. Sie hätte lieber über das Stück gesprochen.

»Wo ist das Kind?«, fragte er. »Lebt es?«

»Es ist in bester Obhut«, behauptete Haily. »Und jetzt lass uns das vergessen. Was ist mit Clarisse Derrieux – du willst sie behalten?«

Cuthbert biss sich auf die Lippen. »Natürlich, warum nicht? In einem Ensemble ist Platz für zwei Naive.«

»Wobei man hier von der Ersten und der Zweiten Naiven spricht«, präzisierte Haily, setzte sich und nahm eine ihrer Zigarren aus einem silbernen Etui. »Als welche werde denn ich geführt werden und welchen Platz siehst du für Miss Derrieux vor?«

Cuthbert wehrte ab und gab ihr Feuer. »Ach, Haily, das muss man doch nicht so streng einteilen. Ich denke, für eine Rolle wirst du dich besser eignen und für die andere sie … Eure Stimmen unterscheiden sich ein wenig im Timbre, es könnte also durchaus Duette geben.«

»Dann wird das neue Stück also zwei große Frauenrollen aufweisen?«, hakte Haily nach. »Und ich habe die erste Wahl?«

Cuthbert hob die Schultern. »Haily, *ich* besetze die Stücke. Ihr könnt natürlich Wünsche äußern, aber …«

»Wie weit bist du mit dem Stück?«, unterbrach sie ihn.

Cuthbert reichte ihr einen Ordner mit Notenblättern. »Hier, schau es dir an. Es muss noch orchestriert werden, bisher ein Rohbau … aber einen Eindruck solltest du schon bekommen können.«

Haily nahm den Ordner, rauchte und überflog die Texte.

Mit *Die Frau mit dem Ballon* hatte Cuthbert ein Thema aufgegriffen, das dem Zeitgeist entsprach. Seit all den Berichten über Emily und Donella waren Ballonfahrten in den Blickpunkt der Öffentlichkeit gerückt, gerade in Boston. Cuthbert hatte sich davon inspirieren lassen. Insgesamt war das Stück banal wie alle seine

Kompositionen. Es ging um den Fabrikantensohn Michael, glücklich verliebt und verlobt mit einer jungen Frau namens Constance. Doch dann, während ihrer Verlobungsfeier im Garten, fliegt ein Ballon über der Stadt, darin eine wunderschöne Frau, die mit betörender Stimme singt. Michael verfällt ihr sofort, sucht nach ihr und lässt sich von Lady Loon, der Ballonfahrerin, nach allen Regeln der Kunst verführen. Er will sich von Constance trennen, doch die kämpft um ihre Liebe. Sie hat schließlich ein ergreifendes Duett mit der geheimnisvollen Lady, die Michael anschließend freigibt. Am Ende umarmen sich die beiden und erneuern ihre Liebesversprechen, während Lady Loon davon singt, dass es für sie eigentlich nur eine wahre Liebe gibt … den Mond, dem sie einst versprochen wurde. Zu ihm schwebt sie hinauf und entschwindet in seinem Licht.

Haily enthielt sich eines Kommentars in Bezug auf den Inhalt und analysierte stattdessen die Frauenrollen. Constance hatte ein bisschen mehr Text. Aber die anspruchsvollste Rolle, die Starrolle, war natürlich die der Lady Loon.

»Großartig! Wie kommst du auf die Geschichte?«, fragte sie. Es war sicher hilfreich, Cuthbert zu schmeicheln, bevor sie zur Sache kam.

Lächelnd nahm er ein Bild vom Tisch, eine Zeichnung, vielleicht ein alter Zeitungsausschnitt. Sie zeigte eine ätherisch schöne junge Frau, die in einem weißen Kleid mit wehendem Haar und Hutbändern in einer Gondel steht, die von einem Fesselballon getragen wird.

»Das war Sophie Blanchard«, erklärte er. »Eine Sängerin und Schaustellerin. Sie erfreute Paris mit ihren Darbietungen von der Gondel eines Heißluftballons aus. Vor siebzig, achtzig Jahren etwa. Das fand ich faszinierend.«

Haily konnte seine Faszination nachvollziehen. Auf der Zeichnung wirkte die junge Frau einfach hinreißend. Aber nun war es an der Zeit, ihre Ansprüche anzumelden.

»Ich singe die Lady Loon«, sagte sie bestimmt. »Deine Clarisse kann die Constance singen – die größere Rolle, wie du weißt. Ich finde, damit zeige ich mich sehr entgegenkommend …«

Cuthbert rieb sich die Stirn. »Ich hatte gedacht, wir studieren zunächst mal die Lieder ein – mit euch beiden. Und entscheiden dann, welche Rolle besser zu welcher Sängerin passt.«

»Und letztlich bestimmst du, ja?«, fragte Haily spöttisch. »Komm mir jetzt bloß nicht mit objektiven Kriterien. Im Augenblick bist du doch Wachs in den Händen der reizenden Clarisse. Und es sei dir gegönnt. Ich habe allerdings die älteren Rechte. Ich singe die Lady Loon!«

Cuthbert seufzte. »Lass uns das nicht hier und jetzt entscheiden, Haily. Ich bin erst mal glücklich, dass du wieder da bist. Belassen wir es vorerst dabei. Und morgen beginnen wir mit den ersten Proben. Clarisse bestelle ich um elf, du kommst um zehn. Ich begleite euch selbst am Klavier … wir erlauben noch keine Zuhörer. Bevor es entschieden ist, wird niemand wissen, wer welche Rolle bekommt. Kannst du dich darauf einlassen?«

Haily wusste, dass ihr zunächst nichts anderes übrig blieb. Sie verabschiedete sich kühl. Am nächsten Tag würde sie Clarisse in Grund und Boden singen!

Die Frau mit dem Ballon

Boston, November 1891
bis Frühjahr 1892

Wie erwartet fiel es Haily nicht schwer, die Lieder zu lernen, die Cuthbert komponiert hatte. Ihre Rollen waren nie übertrieben schwierig gewesen, Cuthbert schrieb leichte Weisen für ein wenig anspruchsvolles Publikum. Kaum jemand in Boston verstand viel von Musik, der Theaterbesuch diente dazu, sich zu amüsieren, gepflegt zu unterhalten und sich gegenseitig die neuesten Abendroben der Damen vorzustellen. Cuthberts Kompositionen und Hailys Interpretationen wurden den Wünschen der Besucher vollständig gerecht.

Aber nun war da auch noch Clarisse … Nachdem Haily ihrerseits vorgesungen hatte, blieb sie länger und lauschte. Die Probenräume waren zwar recht gut schallisoliert, Haily vernahm dennoch genug, um zu wissen, dass ihre Konkurrentin es nicht schlechter machte als sie. Vielleicht war Clarisses Darbietung sogar lieblicher. Haily wusste, dass ihr ständiger Zigarrenkonsum ihrer Stimme schadete, konnte und wollte damit jedoch nicht aufhören.

Gedankenverloren ging sie nach Hause. Sie musste eine Möglichkeit finden, sich so in Szene zu setzen, dass Cuthbert gar nicht anders konnte, als ihr die Hauptrolle zu geben. An die Hoffnung, Clarisse würde sich ganz von selbst eher für die Rolle der braven Constance entscheiden, statt die strahlende Lady Loon zu verkörpern, klammerte sie sich keine Sekunde. *Die Frau mit dem Ballon*, die Titelrolle, machte den Star!

Dabei ging Haily das Bild der Französin nicht aus dem Kopf, die über Paris geflogen war. So schwierig konnte das nicht sein, wenn es schon vor vielen Jahrzehnten möglich gewesen war. Und dann stand ihr auch noch das Bild von Emily in ihrem Luftschiff vor Augen. Ihr war gestern schon klar geworden, dass es sich in die Blicke des Publikums eingebrannt hatte. In Haily erwachte ein tollkühner Plan, mit dessen Verwirklichung sie Clarisse in den Schatten stellen konnte – und Emily gleich mit! Sie brauchte nur ein Bild dieser Französin … Sophie irgendwas …

Haily machte sich auf den Weg zur Stadtbibliothek. Mit etwas Glück würde sich dort etwas finden lassen. Und dann musste sie Donella aufsuchen. Vielleicht war sie ja aufgeschlossen für weitere Aufträge.

»So einen will ich!« Haily hatte Donella in Ailis' Wohnung angetroffen. Das Wintersemester hatte begonnen, und Donna setzte das Studium mit Feuereifer fort. Auf Hailys Besuch hatte sie mit verhaltener Freundlichkeit reagiert, ihr aber immerhin Tee angeboten und höflich nachgefragt, wo sie sich in den letzten Monaten aufgehalten habe. Haily machte knapp Konversation, bevor sie Donella die Kopie der Zeichnung hinhielt, die sie gerade kurzerhand aus einer Enzyklopädie ausgerissen hatte: eine schöne, in weiße Schleier gekleidete Frau, die in einem gondelähnlichen Korb unter einem in Silber und Gold gehaltenen Ballon schwebte.

»Das war Sophie Blanchard«, erkannte Donella sofort. »Eine Art Künstlerin in Frankreich, um 1812 herum. Sie entwarf das Ding selbst, stieg damit über sechzigmal auf, zeigte Akrobatik und ein Feuerwerk, was sehr gewagt war …«

»Kannst du so was bauen?« Die Geschichte der Sophie Blanchard war Haily völlig egal.

»Klar«, sagte Donna, »die Gondel zu bauen wird etwas aufwendig sein, dafür brauchen wir einen Kunsttischler. Aber der Ballon ist kein Problem. Dir ist allerdings schon klar, dass Sophie Blanchard sich am Ende damit zu Tode stürzte?«

»Lag das am Ballon?«, fragte Haily argwöhnisch und sog an ihrer Zigarre.

Donna schüttelte den Kopf. »Nein, eher an den Feuerwerkskörpern. Das Ding geriet in Brand. Die genaue Ursache wurde nicht geklärt, aber sie ist ja naheliegend.«

»Also ist das irrelevant, da ich nicht vorhabe, Feuerwerkskörper zu zünden«, meinte Haily. »Ich will nur aufsteigen, ätherisch schön aussehen und singen. Schaffst du das?«

Donna lachte. »Also für die ätherische Schönheit bist du selbst zuständig, den Ballon baue ich mit links. Hättest du gern Heißluft oder Gas? Und soll er steuerbar sein oder nicht?«

Haily runzelte die Stirn. »Wo ist denn der Unterschied?«

»Mit Gas bleibst du länger in der Luft und kannst die Landung und die Höhe des Flugs eher beeinflussen. Mit Heißluft kommst du rauf und wieder runter, aber wo genau kann ich nicht garantieren«, gab Donna Auskunft. »Gas ist etwas teurer.«

Haily überlegte kurz. »Es reicht, wenn ich über dem Theater schwebe und den Titelsong von Hays Musical singe. Das sollte mich erst mal in alle Zeitungen bringen und dann weiter dazu beitragen, für die Aufführung zu werben. Ich kann ja mehrmals aufsteigen, oder?«

Donella nickte. »So oft du willst. Und später kann man den Ballon auch anders anmalen, dann könnt ihr ihn für weitere Werbung nutzen.«

Haily atmete auf und nickte selbstgefällig. Ihre beste Idee seit Langem! »Dann mach dich ans Werk!«, rief sie. »Und zwar so schnell, wie's geht!«

Donna orderte silberne und goldene Ballonseide und zeichnete den Bauplan für eine Gondel, die der auf dem Bild der Sophie Blanchard möglichst ähnlich sah. Ein Tischler, der sie aus leichtem Holz bauen sollte, fand sich schnell. Blieb nur noch der Fabrikant mit der Nähmaschine, den sie diesmal nicht mit dem Versprechen ködern konnte, seinen Namen auf den Ballon zu schreiben. Wie sich herausstellte, war er über den Erfolg der Werbung auf dem Luftschiff nach wie vor überglücklich und außerdem ein glühender Bewunderer von Haily Hard. Er stellte die Maschine also gern zur Verfügung, und Donna wartete nur noch auf die Seide, um die Ballonhülle zu nähen. Sie hatte großen Spaß an diesem Projekt, obwohl es ihre ohnehin knappe Freizeit natürlich noch mehr reduzierte. Archie Peyton beschwerte sich, dass sie keinerlei Zeit mehr für ihn hatte, und schien es ihr persönlich übel zu nehmen, den Auftrag angenommen zu haben.

»Wenn du den heiratest«, prophezeite Ailis, »ist es aus mit deiner Freiheit. Er sagt ja immer, er sei so stolz auf dich, aber im Grunde würde er dich am liebsten in eine Vitrine stellen und nur herauslassen, wenn er mit dir glänzen kann.«

Donella lachte darüber. Aktuell dachte sie ohnehin nicht ans Heiraten, und über Archies Nörgeleien hörte sie einfach hinweg.

Haily bestellte ein Kleid und einen passenden Hut mit Schleier bei einer in Boston bekannten Schneiderin, die gleichzeitig als Hutmacherin arbeitete. Haily war sich sicher: Sie würde fantastisch aussehen! Was ihr allerdings Sorgen bereitete, war das perfekte Make-up. Sie würde weiter von ihrem Publikum entfernt sein als sonst auf der Bühne, wenn ihre Gesichtszüge trotzdem erkennbar sein sollten, musste sie sehr geschickt geschminkt werden.

Sie hatte noch keine Lösung für dieses Problem gefunden, als sie binnen Kurzem bei Donna vorbeischauen wollte, um sich über den Fortgang der Arbeiten zu erkundigen. In Ailis' Wohnung traf sie auf Emily. Die beiden Frauen starrten einander gleichermaßen bestürzt an – seit der Sache mit Ronald waren sie sich nicht mehr begegnet.

»Was machst du hier?«, fragte Haily verblüfft. Sie fand, dass Emily sehr gut aussah. Zum ersten Mal seit Jahren trug die junge Frau ein Kleidungsstück, das nicht von Haily stammte. Emily schien ihre Kleider neuerdings selbst auszusuchen, und sie bewies einen gänzlich anderen Geschmack. Das mit Blumen bedruckte, einfache Kleid wirkte mädchenhaft und ließ sie jünger wirken.

»Studieren«, antwortete Emily. Für ihr Dilemma, einerseits

weiter studieren, andererseits mit Ronald an ihrem gemeinsamen Buch arbeiten zu wollen, hatte sie einen Kompromiss gefunden. Sie fuhr am Montagmorgen mit der Bahn nach Boston und besuchte am Nachmittag Seminare und Vorlesungen, desgleichen am Dienstag und am Mittwochvormittag. Am Nachmittag ging es dann zurück nach Concord. Die Nächte verbrachte sie bei Ailis, wo ein Bett frei war, seit Alma ausgezogen war, um zu heiraten. Copper besuchte neuerdings eine Vorschule, ansonsten kümmerten sich Ailis und Molly abwechselnd um ihn. Mitunter verbrachte er den Nachmittag im Observatorium und zeichnete Himmelskörper.

Den Schwerpunkt ihres Studiums hatte Emily inzwischen auf die Psychologie gelegt. Über Vögel konnte sie sich auch bei Brewster kundig machen, und andere Tiere würden sowieso nie ihre bevorzugten Studienobjekte werden.

»Und was ist mit dir?«, fragte sie Haily. »Du willst hoch hinaus, hörte ich?«

Haily, froh, ein unverfängliches Gesprächsthema zu finden, berichtete von Hays neuem Singspiel und ihrer bevorstehenden Ballonfahrt. Die Konkurrenz zu Clarisse ließ sie dabei aus. Emily sollte ruhig glauben, dass ihr die Hauptrolle bereits sicher war.

»Ich werde ein traumhaftes Kleid tragen!«, schwärmte sie und erwähnte dann ihr Problem mit dem Make-up. »Die neue Maskenbildnerin am Theater tut natürlich ihr Bestes. Aber ehrlich gesagt: So gut wie du ist sie nicht.«

Emily lächelte, zeigte sich von Hailys Schmeichelei jedoch nicht halb so beeindruckt wie etwa Cuthbert und Clarisse.

»Ich koloriere jetzt Ronalds Bilder«, erzählte sie. »Der Verlag, der unser Buch herausbringen wird, hat angeregt, Ron möge eine thematisch passende Wanderausstellung zusammenstellen. Im Rahmen der Ausstellung können wir dann später auch das Buch vorstellen und verkaufen. Ein paar der Fotografien sollen koloriert sein.«

»Die Fotografien, die ich in Zeitschriften gesehen habe, sind sehr beeindruckend«, schmeichelte Haily weiter und hatte endlich Erfolg.

»Von mir aus kann ich dich schminken«, meinte Emily beiläufig. »An deinem großen Tag. Ron und ich wollten sowieso in die Stadt kommen und uns das Spektakel ansehen.«

»Das würdest du machen?« Haily strahlte sie an. »Du bist … du bist mir nicht mehr böse wegen … wegen …«

»Wegen der unverzeihlichen Dinge, die du getan hast?«, fragte Emily. »Böse ist hier das falsche Wort. Ich war niemals böse. Ich war traurig, verletzt, zornig – manchmal habe ich geglaubt, ich hasste dich. Aber darüber bin ich hinweg. Ich bin sehr glücklich, Haily. Und irgendwie hast auch du deinen Anteil daran gehabt, dass ich es geworden bin. Wenn ich dir also mit ein bisschen Schminke helfen kann, auch deine Träume wahr zu machen, warum nicht?«

Emily lauschte auf Hailys Dankesworte und stellte fasziniert fest, dass es ihr sogar gelang, ein paar Tränen der Rührung zu produzieren. Dabei dachte sie daran, dass Haily, noch bevor sie hoffentlich ihren Erfolg mit dem Ballon feiern konnte, eine weitere Kränkung bevorstand. Der *Boston Herald* plante zu Weihnachten ein Extrablatt zum Thema »Menschen des Jahres«. Darin sollten Männer und Frauen vorgestellt werden, die 1891 in Boston etwas Besonderes geleistet und damit von sich reden gemacht hatten.

Ailis war ausgewählt worden, Emily und Donella ebenfalls – und Clarisse Derrieux. Inwiefern es eine besondere Leistung war, durch ein paar Gesangsauftritte das nicht sehr anspruchsvolle Publikum der Boston Music Hall zu beeindrucken, erschloss sich Emily zwar nicht, doch wahrscheinlich war der Verleger der Zeitung ein Bewunderer der Sängerin. Haily war zum gemeinsamen Foto nicht geladen – auch wenn sie das Blatt mit ihrer Ballonfahrt natürlich noch würde wenden können. Sicher konnte man sie im letzten Moment noch hinzufügen, ihre Ballonfahrt war für Anfang Dezember geplant. Die kleine Gala mit der Vorstellung der Auserwählten würde Ende November jedoch ohne sie stattfinden.

Wie erwartet schäumte Haily, als sie von der Auszeichnung für ihre Rivalin hörte – und schlug gleich zurück, indem sie ihre Ballonfahrt für den ersten Vollmond im Dezember ankündigte.

Cuthbert Hay war hell begeistert. Er hatte die Hauptrolle zwar eigentlich an Clarisse geben wollen – ihr Einfluss auf ihn war zurzeit größer als Hailys, zudem fand er sie stimmlich besser. In Anbetracht dieser Werbeaktion für sein Theater und sein Stück konnte er jedoch nicht anders. Nachdem Haily ihm davon erzählt hatte, kündigte er ihre Ballonfahrt in allen Zeitungen an und verkündete damit auch die Rollenverteilung.

> Eine geheimnisvolle Erscheinung wird nicht nur über unsere Bühne schweben, sondern am 15. Dezember auch über Boston. Miss Haily Hard, die Lady Loon in unserem neuen Singspiel *Die Frau mit dem Ballon*, wird mit einem Fesselballon aufsteigen und Ihnen allen einen ersten Eindruck davon geben, was Sie in der zweiten Hälfte dieser Saison in der Boston Music Hall erwartet.

Haily war sehr zufrieden, während Clarisse Derrieux zunächst Cuthbert eine Szene machte und sich dann auch während der Gala zu Ehren der »Menschen des Jahres« über ihre verpasste Chance ausließ. Sie wandte sich damit an Emily, die allein gekommen war – nach wie vor wurde Ronald zu wichtigen gesellschaftlichen Ereignissen nicht eingeladen. Die junge Frau stand gelangweilt herum, während Reden gehalten und Champagner ausgeschenkt wurden. Vor dem geplanten Gemeinschaftsfoto konnte sie nicht weg, und so ließ sie sich von Clarisse in ein Gespräch über Ballonflüge und Luftschiffe verwickeln. Natürlich kam die Rede dabei sehr schnell auf Haily Hard und ihre Pläne.

»Dieses Biest torpediert meine Karriere!«, wütete Clarisse in einer Lautstärke, die sicher mehr Aufmerksamkeit erregte, als ihrem Ruf in Boston recht sein konnte. »Und Cuthbert bestärkt sie noch in ihren Intrigen, statt standhaft zu bleiben. Er ärgert sich nur, dass ihm das nicht selbst eingefallen ist! Womit er recht hat. Wenn er sich mal Gedanken gemacht hätte, hätte er den Ballon bauen lassen, und ich säße darin und schwebte über der Stadt. Heißt es nicht, Sie kennen sie von früher? Hätten Sie ihr so etwas zugetraut?«

Emily zuckte mit den Schultern. Sie hatte keineswegs vor, Clarisse Einzelheiten aus ihrer und Hailys Vergangenheit zu erzählen. »Haily war schon immer einfallsreich«, sagte sie, statt auf ihre Bekanntschaft näher einzugehen. »Und furchtlos! Dieser winzige Ballon und diese kleine Gondel, in der sie auch noch stehen will! Dabei wackelt es ganz schön in diesen Luftschiffen, das kann ich Ihnen versichern. Aber sie ist natürlich Tänzerin, ihr Gleichgewichtssinn ist bestimmt besser ausgeprägt als meiner. Ich war jedenfalls froh, dass ich eine sichere geschlossene Gondel zur Verfügung hatte, in der ich mich gut festhalten konnte. Und eine Möglichkeit, selbst zu steuern! Haily will sich dagegen ganz auf den Wind und ihr Glück verlassen. Na ja, bei Sophie Blanchard ist das ja auch sehr lange gut gegangen.«

»Es geht nicht immer gut?«, fragte Clarisse interessiert.

»Sophie Blanchard ist schließlich abgestürzt«, informierte sie Emily. »Sie hat den Ballon aus Versehen in Brand gesetzt. Aber das wird Haily nicht passieren. Sie wird ja nichts Entzündliches dabeihaben. Und für die Beleuchtung sorgt allein das Mondlicht.«

»Bewahrt sie nicht einen Zeitungsausschnitt auf, der besagt, dass von ihr ein natürliches Leuchten ausgehen würde und ihre Augen in ihren Liebesszenen Funken schlügen?«, fragte Clarisse sardonisch.

Emily lachte. »Der Reporter war in sie verliebt, wie viele andere auch. Man könnte sagen, sie spielt schon ihr Leben lang mit dem Feuer. Aber der Ballon wird nicht explodieren. Zur Konstrukteurin, Donella Hard, habe ich volles Vertrauen.«

Donella war mehrmals probeweise mit Hailys Ballon aufgestiegen und bereitete sich nun auf einen letzten Test vor. Es war beinahe Vollmond, am nächsten Tag wollte sie Haily ihre Konstruktion anvertrauen. Der Ballon richtete sich programmgemäß auf, als sie vorsichtig Heißluft einleitete, und das Gefährt zeigte sich dem jungen Mann, der eben den Hof betrat, in voller Schönheit.

»Was ist das?«

Donella fuhr herum, als sie die bekannte Stimme hörte – und erkannte Armand Machure in der Einfahrt des Fabrikhofes, in dem sie die Konstruktion hatte aufbauen dürfen! Ihr alter Freund hatte sich kaum verändert. Donna wunderte sich fast selbst darüber, welche Glücksgefühle sie beim Anblick seines etwas zu runden Gesichts, seiner arglosen grün-braunen Augen, den Lachfältchen und den vollen Lippen durchströmten. Seinen bauschigen Bart hatte er inzwischen abrasiert.

»Was machst du denn hier?«, fragte sie zurück.

Er strahlte sie an. »Ich überrasche dich! Und du mich, weil du weiter Ballons baust. Lässt du dich denn immer noch vom Wind treiben? Und so was wie die Gondel hier hätte ich in deiner Werkstatt erst recht nicht vermutet. Willst du zurück zu deinen Wurzeln? Ein Heißluftballon? Um Sophie Blanchard wiederzubeleben?« Staunend trat er näher und ersparte Donna damit die Entscheidung, ob sie ihn zur Begrüßung umarmen oder ihm einfach die Hand reichen sollte. »Ich ging davon aus, du baust inzwischen raffinierte Luftschiffe.«

Donella schüttelte den Kopf. »Nicht für meine Cousine Haily«, erläuterte sie. »Da muss die Bedienung narrensicher sein. Insofern ist Heißluft nicht schlecht. Der Ballon steigt auf und kommt wieder runter. Und da er klein ist, geht das alles relativ schnell. Genau das, was sie braucht.«

»Was hat sie denn vor? Akrobatik in der Luft, wie damals die Blanchard? Ein Feuerwerk abzubrennen hat sich ja nicht gerade bewährt ...« Wie jeder Ballonfahrer kannte Armand die Geschichte der französischen Artistin.

»Singen!«, erklärte Donna mit leichtem Lächeln. Sie musste die Gondel jetzt langsam besteigen, sonst kühlte die Luft im Ballon womöglich wieder ab. Allerdings konnte und wollte sie Armand hier nicht einfach stehen lassen.

»Jetzt lass dich erst mal richtig begrüßen!«, sagte sie, und als er noch näher an sie herantrat, erschien es ihr plötzlich ganz natürlich, die Arme um ihn zu legen und ihn nach französischer Art auf die Wangen zu küssen. »Wie schön, dass du da bist! Ich muss jetzt kurz diesen Ballon ein letztes Mal testen, dann können wir reden. Hilfst du mir beim Start?«

Armand machte sich an den Seilen zu schaffen, die das Gefährt am Boden hielten, während Donna sicheren Halt in der Gondel suchte.

»Du musst dann aber auch singen«, verlangte er spitzbübisch. »Sonst weißt du nicht, ob die Ballonhülle den Schallwellen standhält.«

Donna kicherte. »Das wäre bei mir auf jeden Fall ein Härtetest, ich kann keinen Ton halten!«

Als sich der Ballon in die Luft erhob, schmetterte sie dann trotzdem ein Kinderlied, das vom Fliegen wie ein Vogel handelte.

»Gut so?«, fragte sie, als sie wieder unten war. Der Ballon war auch diesmal nur wenige Minuten in der Luft geblieben und war dabei, da es ziemlich windstill war, kaum abgetrieben. Donna landete auf dem Vorplatz der Fabrik. Von hier aus konnte sie das Gefährt leicht abtransportieren lassen. Haily würde morgen Abend am Hamilton Place vor der Boston Music Hall starten.

Armand runzelte die Stirn. »Na ja, ich hatte natürlich eher an so etwas wie ein Liebeslied gedacht«, meinte er, mutig geworden durch die herzliche Begrüßung. »Einen Gruß an den lang verschollenen Freund, der …«

Donna verdrehte die Augen. »Warst du verschollen?«, fragte sie und lachte ihn an. »Armand, ich kann dir einen Ballon bauen oder ein Luftschiff, und im Studium versuche ich mich gerade an Gleitflugzeugen. Aber mit Liebesliedern kann ich nicht aufwarten. Weder für dich noch für irgendjemanden sonst.«

»Na gut, dann nehme ich das Luftschiff. Das hat bei dir ja schon die Tradition eines Liebesbeweises …« Er blinzelte ihr zu.

Donna antwortete nicht. Ihr wurde in diesem Augenblick bewusst, dass Archie Peyton niemals Interesse daran gezeigt hatte, ein Luftschiff zu besitzen.

Eine Stunde später saßen Donna und Armand in einem kleinen Restaurant in Boston, und es war fast, als wären sie wieder in Paris und erzählten von ihren Träumen und Projekten. Donna schilderte ihm den Bau des Luftschiffes für Emily und stellte fest, dass er davon bereits gehört hatte. Auch die Feuilletons der französischen Zeitschriften hatten sich mit der jungen Vogelforscherin befasst, die ihren Gänsen per Luftschiff gen Süden vorausflog. Die Fotografien hatten Armand auch auf die richtige Spur geführt, als er Donna dann in Boston suchte. Er selbst, so erklärte er, sei auf Einladung von Major General Adolphus Greely, Chief Signal Officer der US Army, in den USA. Der General hatte einen Aufklärungsballon für Kriegszwecke in Frankreich bestellt. Monsieur Lachambre und Armand hatten ihn gebaut. Nun plante man, ihn in Amerika nachzubauen und in eine eigene Produktion einzusteigen. Armand hatte sich dafür anwerben lassen. »Die zuständige Einheit sitzt in Fort Logan, Colorado«, sagte er. »Dahin geht es bald für mich weiter. Aber vorher wollte ich nachsehen, wie es dir hier in Boston ergangen ist.«

Donella berichtete von ihrem Studium und schließlich von Hailys ungewöhnlichem Auftrag.

»Hättest du ihr den Ballon nicht gebaut?«, fragte sie, nachdem sie noch einmal auf Sophie Blanchard und ihre Abenteuer zurückgekommen waren. »Du hast vorhin so merkwürdig reagiert.«

Armand schüttelte den Kopf. »Ich hätte ihn ihr auch gebaut«, meinte er. »Ich war nur so verblüfft … In Paris erfährt Sophie Blanchard nach wie vor Verehrung. Es wäre beim Publikum nicht gut angekommen, sie sozusagen wieder zum Leben zu erwecken.«

Donella hob die Schultern. »Hier hat nie jemand etwas von ihr gehört«, sagte sie. »Keine Ahnung, wo Cuthbert – das ist der Komponist des Stückes – die Geschichte herhat. Haily wird jedenfalls sensationell aussehen, und alle hiesigen Zeitungen werden über sie berichten. Das ist alles, was sie will.«

»Das wollen sie alle«, sagte Armand, fast ein wenig bitter. »Hast du noch mal von Hernando gehört?«

Donella verneinte. »In Brasilien verschwunden. Wenn er sich wirklich an der Flugzeugkonstruktion versucht, ist er bis jetzt nicht sehr erfolgreich, vermute ich.«

»Bist du noch traurig?«, fragte Armand unsicher. »Also … ich will dir nicht zu nahe treten …«

Donna schüttelte den Kopf. »Tust du nicht. Ich bin darüber hinweg. Und sogar dankbar. Ohne Hernando wäre ich nicht, wo ich bin und was ich bin. Studentin … Konstrukteurin von Luftschiffen … Ich hätte mir all das niemals träumen lassen.«

»Und, gibt es einen Mann?« Armand wurde etwas mutiger. »Bist du … wirst du …?«

»Ich gehe mit einem Mann aus, ja«, antwortete Donna. Sie fand, dass seine Fragen zwar sehr persönlich wurden, aber irgendwie hatte sie das Gefühl, die Antworten stünden ihm zu. »Einem guten Mann. Einem zuverlässigen. Einem, der immer da sein wird.« Sie strich sich über die Stirn.

Armand sah sie forschend an. »Wirst du denn selbst immer

hier sein, Donella?«, fragte er leise. »Willst du nicht weiterkommen?«

Donna hatte nicht darauf geantwortet, doch sie dachte noch darüber nach, als er sie nach Hause gebracht hatte und sie die Tür zu Ailis' Wohnung aufschloss. Ailis und Molly saßen bei einem Glas Wein im Wohnzimmer, Copper war längst im Bett.

Ailis winkte ihr, sich zu ihnen zu setzen. »Wo warst du so lange? Wir dachten schon, es sei etwas schiefgegangen mit dem Ballon.«

Donna schüttelte den Kopf und erzählte von Armand und seinen Zukunftsplänen. »Morgen bleibt er aber noch und schaut sich Hailys Flug an«, sagte sie und lächelte. »Unser Ballon hat ihn sehr beeindruckt.«

Ailis und Molly schauten zunächst sie und dann einander an und lachten.

»Ich denke, *du* hast ihn sehr beeindruckt«, meinte Molly. »Und wahrscheinlich nicht erst heute.«

»Wir sind Freunde«, erklärte Donna. »Und er wird in Colorado arbeiten …«

»Ein schöner Staat«, sagte Ailis. »Ich war mal da … für einen Vortrag. Ist ja nicht aus der Welt …«

Willst du immer hier sein? Willst du nicht weiterkommen?

Die Fragen verfolgten Donella bis in den Schlaf.

Am nächsten Tag ließ Donella den Ballon und die Gondel zum Theater bringen, hielt alles aber noch unter Planen verborgen, um die Spannung zu wahren. Wie Haily erhofft hatte, entwickelte sich das Ganze zu einem gesellschaftlichen Großereignis. Die ersten Besucher versammelten sich bereits am Nachmittag, um sich die besten Plätze zu sichern. In den Häusern rund um den Platz feierte man »Ballon-Partys«, Bewohner und Gäste spähten von den Balkonen aus zum Startplatz herunter.

Cuthbert war völlig aus dem Häuschen und hätte Armand, der schon früh am Abend da war, um Donella zu helfen, beinahe den Zutritt verwehrt. Er hatte ein Viereck um den Ballon herum abgesperrt, damit niemand die Sängerin vielleicht noch kurz vor dem Start mit Autogrammwünschen behelligen konnte. Ronald und Emily kamen ebenfalls früh, und Emily verschwand im Theater, wo sie Haily treffen und schminken würde. Ronald wollte beim Aufblasen des Ballons helfen, obwohl bei diesem kleinen Gefährt nicht allzu viele Männer gebraucht würden. Donna machte ihn mit Armand bekannt und fand es sehr beruhigend, dass ihr Freund keinerlei Ressentiments zeigte.

»Wirst du fotografieren?«, fragte sie Ronald. »Nachtaufnahmen sind schwierig, oder?«

Er lächelte. »Nicht so schwierig wie die Aufnahmen, die Ailis analysiert«, meinte er. »Mit der Belichtung muss man ein bisschen herumspielen, und ich baue auch noch ein Stativ auf. Aber ich denke, es wird mir gelingen, Miss Hards Auftritt würdevoll für die Nachwelt zu dokumentieren. Sofern sie sich nicht wieder auszieht … obwohl … gelungen waren die Aufnahmen damals auch.«

Archie Peyton, der sich inzwischen zu ihnen gesellt und auch Armand Machure kennengelernt hatte, lachte. »Ich denke, unser Mr. Hay wird sich heute noch gelegentlich an dem Anblick erfreuen.«

Armand hatte den Ballon inzwischen mithilfe eines Ventilators aufgeblasen, die Luft darin musste nur noch erhitzt werden.

»Du gibst ihr keinen Brenner mit nach oben?«, fragte er etwas besorgt.

Donna verneinte. »Nein. Haily und ein offenes Feuer, das sie kontrollieren müsste, das wäre mir zu brenzlig. Wir erhitzen die Luft, sie steigt auf, und wenn die Luft abkühlt, kommt sie langsam wieder herunter. Das Lied zu singen dauert höchstens fünf Minuten. So lange soll die Luft warm bleiben – wir haben es ja gestern noch getestet.«

Sie machte den Gasbrenner klar und erhitzte die Luft ausreichend, um den Ballon aufzurichten. Die Zuschauer reagierten schon jetzt mit Rufen der Bewunderung und des Staunens. Und dann erschien Haily und schritt, begleitet vom tosenden Applaus der Menge, zu ihrem Ballon. Cuthbert hatte den Weg vom Theater bis zum Startplatz mit roten Teppichen auslegen lassen, und die junge Frau schritt lächelnd darüber. Ihr Anblick war atemberaubend. Haily trug ein silberweißes Kleid, dessen Ärmel mit Schleiern am Gürtel befestigt waren. Wenn sie die Arme hob, würden sie sich bauschen wie Engelsflügel. Der passende Hut, ebenfalls mit Schleiern versehen, die jetzt allerdings noch locker aufgesteckt waren, saß keck auf ihrem blonden Haar. Wenn ein leichter Wind aufkam, sollte Haily die Schleier lösen, und der zarte Stoff würde sie umtanzen. Über eine kleine Leiter erstieg sie die Gondel. Emily, die ihr gefolgt war, begann, das Kleid so zu drapieren, dass es optimal fiel.

Haily nahm rasch ein paar Züge von ihrer langen hellbraunen Zigarre, die Emily für sie entzündet hatte. Donna, die noch in der Gondel stand, um die Luft mit dem Bunsenbrenner weiter zu erhitzen, verzog das Gesicht.

»Hör endlich auf zu rauchen!«, befahl sie streng. »Du kannst es doch mal ein paar Minuten ohne die Dinger aushalten. Das hat ja selbst Hernando geschafft. An Bord wird nicht geraucht, Haily!«

Bevor sie die Gondel verließ, nahm sie ihrer Cousine entschlossen die Zigarre aus der Hand und trat sie am Boden aus. Die Seile, die Gondel und Ballon verbanden, hatten sich jetzt gestrafft. Haily würde beim Aufstieg beide Hände brauchen, um sich daran festzuhalten.

Hay hielt derweil eine Rede, ungeduldig verfolgt von Donna, die den Ballon gern sofort aufgelassen hätte. Und während Donna nervös von einem Bein aufs andere trat, näherte sich Clarisse Derrieux der Gondel mit einem bezaubernden Lächeln.

»Viel Glück, Haily, meine Liebe!«, wünschte sie und richtete noch etwas an Hailys Schleier. »Dein Licht wird mich heute endgültig überstrahlen, aber du hast es verdient!« Sie küsste ihre Rivalin, die auf dem Rand der Gondel saß, auf die Wange und stützte sich dabei an der Bande des Luftschiffes ab. Als der Ballon sich etwas bewegte, stolperte sie und suchte Halt an der Gondel.

»Wie dumm von mir! Ich sehe schon, ich bin für die Luftfahrt nicht geboren!« Dabei warf sie Haily eine letzte Kusshand zu, um sich schließlich schnell zu entfernen.

Donna und Armand lösten die Fesseln des Ballons, und die Menge applaudierte, als er sich mit Haily in die Luft erhob. Die junge Frau stand jetzt aufrecht in der Gondel und wirkte überirdisch schön, als sie gen Himmel schwebte. Als sie dann auch noch zu singen begann, kannte die Begeisterung der Zuschauer keine Grenzen mehr.

Selbst Ailis, Donna und Emily waren wie verzaubert. Ronald und Archie sowie etliche von den verschiedenen Zeitungen beauftragte Bildreporter hörten gar nicht mehr auf zu fotografieren.

»Falls du doch noch eine Ballon-Manufaktur aufmachen willst, wirst du dich spätestens nach diesem Flug vor Aufträgen nicht retten können«, meinte Ailis zu Donna. »Und Haily kann sich die

Engagements ab heute aussuchen. Jedes Theater wird die fliegende Sängerin haben wollen.«

Donna antwortete nicht. Sie blickte angestrengt gen Himmel. Natürlich hatte sie ihre Konstruktion oft genug getestet, trotzdem war sie besorgt. Dabei konnte eigentlich gar nichts mehr passieren … Haily hatte ihr Lied beendet und musste nun nur noch abwarten und lächeln, bis der Ballon sie sanft zurück tragen würde. Sie lehnte sich leicht an den Rand der Gondel und löste den Schleier an ihrem Hut. Inzwischen war etwas Wind aufgekommen. Die sie umwehende Gaze verstärkte den traumhaften Effekt.

Wieder erging sich das Publikum in Ohs und Ahs, als plötzlich etwas geschah. Wie aus dem Nichts tauchte eine Flamme auf, die Hailys Schleier in Brand setzte. Sie riss sich den Hut vom Kopf, wollte ihn fortwerfen, doch er verfing sich in den Schnüren des Ballons.

Die Menschenmenge schrie auf, als die Flammen an den Schnüren entlangzüngelten und schließlich den Ballon erfassten. Die leichte Seide entzündete sich sofort, und Haily schwebte plötzlich unter einem Feuerball. Ein Windstoß gab dem brennenden Ballon noch einmal Auftrieb, dann war die Seide völlig verbrannt.

Die Gondel stürzte zu Boden.

»Haily! Haily! Mein Gott, kann sie das überleben?«, rief Ailis entsetzt. Gemeinsam mit Donna und Emily bahnte sie sich einen Weg durch die schreiende, aufgeregte Menge und rannte in Richtung Absturzstelle. Ronald fuhr wie in Trance fort, das Undenkbare zu fotografieren.

»Höchstens, wenn sie in einem Baum gelandet ist«, antwortete Donella atemlos. »Der Ballon war schon im Sinkflug, haushoch war er trotzdem noch. Und die Gondel ist aus Holz. Sie wird zerschellen …«

Schon der erste Blick auf die zerschlagene Gondel und die leblose, wie zerbrochen wirkende Frau machte deutlich, dass diesen Absturz wohl niemand hätte überleben können. Zudem hatte auch die Gondel Feuer gefangen. Ein paar Männer versuchten bereits, zu löschen und Haily herauszuziehen.

Die Frauen sahen, wie sich ein Arzt über sie beugte und den Kopf schüttelte, ihr weißes Kleid war blut- und ascheverschmiert. Emily begann zu weinen, und Ailis legte den Arm um sie, während die entsetzte Donna am liebsten sofort daran gegangen wäre, die Barke zu untersuchen, hätte die eben eintreffende Polizei sie nicht daran gehindert.

»Sind Sie nicht die Frau, die das Ding gebaut hat?«, fragte ein Officer. »Ich denke, Sie werden da einiges zu erklären haben.«

»Und Sie habe ich eben auch noch mit Miss Hard gesehen!«, wandte sich ein anderer an Emily.

Ein Krankenwagen schob sich durch die gewaltige Menge der Schaulustigen, die inzwischen zur Absturzstelle strömte.

Donella sah sich nach Armand und Archie um, die jedoch beide kein Durchkommen fanden. Sie selbst wurde von einem Polizisten am Arm gepackt.

»Wir werden Sie jetzt mit aufs Revier nehmen, wo Sie uns einige Fragen zu beantworten haben«, erklärte er. »Miss … Sie sind auch eine Miss Hard, nicht wahr? Familie? Gab es zwischen ihnen vielleicht irgendwelche Fehden?«

Donna sah den Officer verständnislos an. »Bin ich … bin ich verhaftet?«

Der Mann schüttelte den Kopf. »Nein, Sie werden uns freiwillig begleiten. Genau wie die andere in den Vorfall verwickelte Lady. Oder wollen Sie sich hier dem Mob aussetzen?«

Zuschauer hatten Donella inzwischen erkannt und riefen ihr Anfeindungen zu.

Wie in Trance ließ sie sich zu dem Wagen führen, mit dem die beiden Polizisten gekommen waren; weitere Einheiten trafen ein und sperrten die Unglücksstelle ab. Die Sanitäter trugen Haily zum Krankenwagen, jemand hatte ihr eine Jacke über das Gesicht gelegt.

Emily schluchzte während der ganzen Fahrt zum Polizeirevier, wo sie zunächst ihre Personalien angeben mussten.

»Ich hab ihr so oft eine Strafe gewünscht«, weinte sie leise an Donnas Schulter. »Und jetzt …«

»Blödsinn!«, flüsterte Donna. »Das hast du ihr niemals gewünscht. Und falls doch, dann würde ich jetzt darüber schweigen, Emily! Du hast nichts getan, und ich auch nicht. Wenn ich nur eine Idee hätte, was da passiert sein kann!«

Schließlich nahm sich ein Detective Sommerland ihrer an. Nachdem er sich vorgestellt hatte, bat er sie, ihm in ein Verhörzimmer zu folgen.

»Bitte schildern Sie mir zunächst Ihr Verhältnis zu der verstorbenen Miss Hard, und dann erzählen Sie mir, was sich da Ihrer Ansicht nach heute ereignet hat.«

Donna erklärte ihr verwandtschaftliches Verhältnis und stritt energisch ab, dass es irgendwie belastet gewesen sei. »Sie konnte schwierig sein, aber ich war weder mit ihr befreundet noch verfeindet. Sie bat mich, ihr den Ballon zu bauen, und das tat ich – sie hat dafür etwas bezahlt. Ansonsten bin ich gestern selbst noch mit dem Ballon aufgestiegen sowie etliche Male vorher. Es ist mir völlig unbegreiflich, was da geschehen sein kann. Dafür müsste ich das Ganze genauer untersuchen.«

Emily gab – immer noch schluchzend – an, dass sie Haily als Zofe gedient hatte, bevor sie geheiratet hatte.

Der Detective beobachtete sie aus Argusaugen. »Waren Sie das nicht mit dieser … äh … unkonventionellen Ehe? Da war doch was mit unserem Friedensrichter … und … Moment mal, Sie sind das mit den Gänsen! Miss Donella Hard hat auch Ihnen ein Luftschiff gebaut. Wie genau sahen die Verbindungen da aus? Zwischen der Zofe und den Cousinen?«

Donella gab einen kurzen Abriss der Geschichte von Haily, Emily, Ailis und sich selbst. »Wir haben im Internat ein Zimmer geteilt. Und sind immer noch befreundet. Ich nehme an, Haily kam durch Emilys Luftschiff auf die Idee mit dem Ballon.«

»Und war Miss Hard eine gute Dienstherrin?«, wandte Sommerland sich jetzt an Emily. »Oder hegten Sie einen Groll gegen sie?«

Emily weinte, während Donella die Ruhe bewahrte. »Wenn das so wäre, hätte sie sich bestimmt nicht bereit erklärt, sie heute Abend zu schminken.«

»Eine Tätigkeit, die ihr Gelegenheit gab, die Ballonfahrt zu sabotieren«, überlegte der Detective. »Die Kenntnisse dazu dürfte sie gehabt haben – nach ihrer Erfahrung mit dem Luftschiff.«

Donella wollte gerade erklären, dass zwischen einem Luftschiff und einem Heißluftballon erhebliche Unterschiede bestünden, als es an der Tür klopfte. Archie Peyton trat ein, bevor er hereingerufen wurde.

»Ich möchte Sie doch dringend bitten, meine Klientinnen nicht weiter ohne meine Anwesenheit zu befragen!«, erklärte er streng. »Es ist lachhaft anzunehmen, dass sie irgendetwas getan hätten, um Miss Hard zu schaden. Das Ganze war ein Unfall. Es muss ein Unfall gewesen sein …«

Donella unterbrach ihn. »Archie, irgendein Unfall war das nicht! Ein Ballon entzündet sich nicht einfach so. Zumal nichts Brennbares an Bord war. Es muss eingehend untersucht werden, was da passiert ist!«

»Das habe ich bereits veranlasst!« Archie ließ den Detective weiterhin nicht zu Wort kommen. »Durch Zufall haben wir gerade einen erfahrenen Ballonbauer aus Paris in der Stadt. Armand Machure. Er ist auf dem Weg nach Fort Logan, um unsere Armeeführung bei der künftigen Konstruktion von Ballons zu beraten, die im Kampf einsetzbar sind. Seine Objektivität ist ebenso wie seine überragende Qualifikation über jeden Zweifel erhaben – und er hat sich bereit erklärt, die Überreste des Ballons und der Gondel morgen früh einer gründlichen Untersuchung zu unterziehen.«

»Ich will dabei sein!«, rief Donella.

Der Detective gebot Ruhe. »Ein sehr guter Einfall, Mr. Peyton«, lobte er den Anwalt. »Obwohl ich es im Allgemeinen vorziehe, meine Sachverständigen selbst zu beauftragen. Es ist nicht immer im Sinne der Wahrheitsfindung, sie von der Verteidigung engagieren zu lassen …«

»Ach, Armand macht das umsonst für mich«, meinte Donella. »Er …«

Archie warf ihr einen vernichtenden Blick zu. Eben noch hatte er den Experten als objektiv dargestellt.

Der Detective grinste wissend, während Donna zu erklären versuchte, dass Armand den Ballon am Vortag gemeinsam mit ihr getestet hatte. Er könne zweifellos beschwören, dass nichts an der Konstruktion falsch oder gefährlich gewesen sei.

»Und ich … ich hätte Haily nie etwas getan!«, wagte Emily nun endlich einen Anflug von Verteidigung. »Oh, sie hat so wunderschön ausgesehen in diesem Kleid, und wie sie dann gesungen hat …«

»Selbstverständlich hat Mrs. Gardener ihrer früheren Arbeitgeberin nichts getan. Wie hätte sie das auch bewerkstelligen sollen? Durch Hexerei?« Archie Peyton schüttelte theatralisch den Kopf.

»Ich möchte nach Hause«, sagte Emily, während ein anderer Officer eintrat und Sommerland etwas zuflüsterte.

»Ich verlange eine sofortige Freisetzung meiner Klientinnen!«, unterstützte sie Peyton.

Detective Sommerland seufzte. »Ich würde Ihrer Bitte ja nachkommen, Herr Anwalt, zumal vor morgen früh sicher keine neuen Erkenntnisse vorliegen werden. Und meines Erachtens besteht bei den Damen weder Flucht- noch Verdunkelungsgefahr. Wenn ich Sie trotzdem hierbehalte, dann würde ich fast von Schutzhaft sprechen. Mir wurde eben berichtet, auf den Straßen sei der Teufel los. Die Leute sind aufgewühlt von dem Ereignis – Miss Hard war schließlich bekannt und beliebt. Jetzt sucht die Menge einen Schuldigen für ihren Tod oder besser eine Schuldige. Dabei ist auch Ihre ... äh ... Ehe zur Sprache gekommen, Mrs. Gardener. Miss Hard soll diese in den Zeitungen sehr unfreundlich kommentiert haben ... Und plötzlich finden viele Leute, dass Frauen keine Luftschiffe bauen sollten. Schauen Sie mal aus dem Fenster. Und dann überlegen Sie, ob Sie nicht lieber hierbleiben.«

Emily, Donna und Archie folgten seiner Aufforderung. Vor dem Revier stand eine schimpfende Menschenmenge, die ihre Namen rief.

»Mord! Mord! Gebt die Mörderweiber raus! Todesstrafe für Donella Hard und Emily Gardener!«

»Die sind alle betrunken«, begütigte der Detective. »Morgen wird das den meisten peinlich sein. Wenn ich Sie aber jetzt da rausschicke ... Mit Polizeischutz hätten Sie vielleicht eine Chance, doch ein großer Teil unserer Leute sichert die Absturzstelle und bemüht sich, die generelle Ruhe wiederherzustellen.«

Archie wollte etwas sagen, doch Donella resignierte.

»Es geht auf keinen Fall, dass der Mob uns nach Hause folgt und Ailis' Haus umlagert. Copper würde sich zu Tode erschrecken. Es ist in Ordnung, Detective, wir bleiben hier. Vielleicht haben Sie ja eine einigermaßen gemütliche Zelle für uns – und eine Tasse Tee ...«

Donna und Emily erhielten schließlich beides – eine Zelle mit zwei Betten, reichlich ausgestattet mit Decken und sauberem Bettzeug, sowie eine Kanne Tee.

»Das ist unsere Ausnüchterungszelle«, verriet ein freundlicher, etwas älterer Officer. »Die Insassen schlafen hier gewöhnlich gut.«

Die Frauen taten dagegen kein Auge zu. Donna grübelte über einen möglichen Unfallhergang, und Emily sorgte sich um Ronald. Womöglich war die Menge über ihn hergefallen, nachdem sie sich ihrer Wut entzogen hatte.

»Ein einziger Albtraum ist das«, meinte Donna, als die Sonne aufging. Die Menschenmenge vor dem Revier hatte sich aufgelöst, die Stadt schien zu schlafen. Armand würde sich bestimmt in aller Frühe um die Trümmer der Barke kümmern. Eigentlich müsste Hailys Leiche auch noch von einem Gerichtsmediziner untersucht werden. Donna hatte zwar keine Vorstellung, was der finden könnte. Da es jedoch nicht die geringsten Anhaltspunkte gab, war sie bereit, nach jedem Strohhalm zu greifen.

»Ich muss Ronald finden«, drängte Emily. Ihr Mann war ihr deutlich wichtiger als die Ursache für Hailys Tod. An den Tatsachen änderte das ohnehin nichts. Archie Peyton hatte ihr am Abend noch versichert, sie könnte niemals angeklagt werden, sollten sich keine belastenden Beweise finden.

»Wenn Ronald was passiert wäre, hätte man uns informiert«, versuchte Donella, sie zu beruhigen. »Der ist mit Sicherheit längst wieder in Concord. Er wird die Brewsters gesucht und nach Hause gebracht haben – raus aus der unkontrollierten Menge. Und jetzt macht er sich um dich genauso viel Sorgen wie du dir um ihn.

Es sei denn, Archie hätte die Geistesgegenwart besessen, ihn anzurufen und über den Stand der Dinge zu informieren.«

Emily kriegte trotzdem nichts von dem kargen Frühstück herunter, das man ihnen um sieben Uhr in die Zelle brachte. Danach hieß es wieder warten. Donella wollte ihre Wärter gerade daran erinnern, dass sie freiwillig hier waren und jetzt auch ungefährdet nach Hause gehen konnten, als Sommerland sie rufen ließ.

In dem Verhörraum von gestern warteten Armand und Archie Peyton – Letzterer gleich wieder bereit, sich aufzuregen.

»Miss Hard und Mrs. Gardener sehen übernächtigt aus! Hätte es nicht andere Möglichkeiten zur Unterbringung meiner Braut gegeben als eine Ausnüchterungszelle?«, fragte er den eben eintretenden Detective aufgebracht, während Donna ihn fassungslos und wütend ansah, und Armand ihr einen enttäuschten Blick schenkte. Hatte sie ihm doch offensichtlich verheimlicht, wie ernst die Beziehung zu dem neuen Mann in ihrem Leben war. Eine Verlobung? Donna hätte Archie ohrfeigen können.

Der Detective schenkte dem Anwalt keine Beachtung. Ihn interessierte eher das Leintuch, in das Armand Beweise eingeschlagen hatte, und das er jetzt auf den Tisch legte.

»Haben Sie etwas gefunden?«, fragte Sommerland angespannt, nachdem er den Sachverständigen kurz begrüßt und ihm für seine Bemühungen gedankt hatte. »Irgendeine Idee, wie sich der Ballon entzünden konnte?«

Armand nickte. »Ursprünglich hat sich nicht der Ballon entzündet, das passierte erst später«, präzisierte er. »Das Feuer ging ursprünglich von der Barke aus, wie Mr. Gardeners Fotografien beweisen. Er war so freundlich, sie heute Nacht gleich für mich zu entwickeln. Die Trümmer habe ich dann heute Morgen gründlich untersucht. Von der Ballonhülle ist nichts mehr übrig, da konnte aber auch keine Fehlkonstruktion vorliegen. Wäre eine Naht aufgeplatzt oder so, wäre die heiße Luft zwar schnell entwichen und es hätte bei einem genügend großen Leck zu einem Absturz kommen können. Ein Seidenballon kann sich aber nicht von selbst entzünden, dazu braucht es zumindest einen Funken – und hier lag mehr als ein Funken vor. Schauen Sie, was ich gefunden habe!« Er entnahm dem Leintuch eine Zigarre – angekokelt, aber nicht geraucht.

»Miss Hard muss versucht haben, sie zu entzünden …«

»In der Luft? Bei dem Wind?«, fragte Emily. Sie hatte Hailys Zigarren oft genug angezündet und wusste, dass der Tabak so leicht nicht brannte. »Das ging doch gar nicht!«

»Sie hat es ja auch nicht geschafft«, meinte Armand. »Stattdessen muss sie ihren Schleier in Brand gesetzt haben … und das passierte ganz leicht, denn … Schauen Sie, was ich noch gefunden habe. Auf dem Boden der Gondel. Es muss herausgerieselt sein, während Miss Hard aufstand und sang …«

Alle musterten die winzigen gelblichen Kristalle.

»Das ist … Schwefel!«, rief der Detective, nachdem er einen Finger mit seinem Speichel angefeuchtet und etwas von dem Pulver aufgenommen hatte, um es näher betrachten zu können.

»Richtig!«, sagte Armand. »Anorganischer Schwefel, ein Brandbeschleuniger. Er muss in den Schleiern gewesen sein … Da brauchte es wirklich nur einen Funken, um den ganzen Ballon in Flammen aufgehen zu lassen.«

Emily war schneeweiß geworden. »Ich war das nicht! Ich habe nichts getan. Als ich ihr die Schleier gerichtet habe, waren sie sauber. Und sie hatte auch keine Zigarre bei sich, das hätte ich gemerkt, ich habe doch ihr Kleid glatt gestrichen …«

»Das unterstellt Ihnen auch niemand«, begütigte sie Archie Peyton, der sich inzwischen wieder beruhigt hatte.

Armand sprach weiter. »Wo sich die Zigarre und die Zündhölzer an Bord befunden haben, habe ich auch herausgefunden«, erklärte er und nahm ein Stück der zerstörten Barke vom Leintuch. »Sehen Sie, das hier sind Leimreste, und daran klebt ein bisschen vom Tabakblatt und von der Schachtel mit den Schwefelhölzern. Das Stück Holz ist geschwungen …«

»Das bildete die Bande, also den Rand der Barke«, erkannte Donella mit einem Blick. »Darunter wurde sie angeklebt, auf den ersten Blick nicht erkennbar. Ich hätte es allerdings sehen müssen – ich habe das Gefährt doch mindestens zehnmal kontrolliert. Gerade in Anbetracht von Hailys ... na ja, Vorliebe für Tabakwaren ...«

»Die Zigarre hätte Miss Hard also selbst hineinschmuggeln können«, überlegte der Detective. »Um sie nach dem Gesang im Sinkflug zu rauchen.«

»Sie hätte aber nicht ihren Schleier präpariert«, warf Donna ein.

»Und sie hätte ein Feuerzeug mitgenommen«, fügte Emily hinzu. »Mit Streichhölzern eine Zigarre anzuzünden ist mühsam. Sie besaß zudem ein sehr schönes, modernes Feuerzeug. Da hätte sie sich gewiss nicht auf ein paar Zündhölzer verlassen.«

»Das muss jemand gemacht haben, der keine Erfahrung mit Zigarren hatte«, befand Armand. »Da war doch noch jemand bei ihr ... kurz vor dem Aufstieg ... eine andere Frau ...«

»Miss Clarisse!«, erinnerte sich Emily. »Natürlich, Miss Clarisse! Um ihr Glück zu wünschen. Sie hat Haily auf die Wange geküsst, dabei ist ihr Hut verrutscht ...«

»Und dieses Miststück hat Schwefelpulver in den aufgesteckten Schleier getan, als sie ihn ihr richtete!« Auch Donna erinnerte sich jetzt an die Szene. »Sie müssen sie verhaften, Detective! Diese Schauspielerin hat Haily Hard ermordet!«

»Moment!« In Peyton erwachte der Anwalt. »Denk erst darüber nach, was man Miss Derrieux konkret vorwerfen und dann auch beweisen kann. Sie hat vielleicht Schwefelpulver auf dem Hut ihrer Rivalin verteilt – das fällt bestenfalls unter Sachbeschädigung durch Verunreinigung. Und sie hat eventuell eine Zigarre und ein paar Streichhölzer in der Barke deponiert. Ich wüsste nicht, unter welchen Paragrafen das fiele, zumal es ihr nicht mal ausdrücklich verboten wurde ...«

»Aber sie wusste, dass ...« Emily hob zu einem Einspruch an, den Donna auf den Punkt brachte.

»Clarisse Derrieux hat Haily wissentlich in Versuchung geführt!«, empörte sie sich. »Ihr war klar, dass sie der Zigarre nicht würde widerstehen können.«

»Angezündet hat sie ihr das Ding jedoch nicht«, erklärte Peyton. »Ich halte es für völlig unmöglich, sie wegen Mordes zu belangen.«

Der Detective verzog das Gesicht. »Ich werde die Dame auf jeden Fall vorladen. Mal sehen, was sie zu sagen hat.«

»Ich würde in den Apotheken nachfragen, ob sie Schwefel gekauft hat«, regte Armand an. »Das wäre zumindest ein Indiz. Vielleicht auch in ein paar Zigarrenläden nachfragen ... Ist das irgendeine besondere Marke?« Er zeigte auf die Spuren der Zigarre.

»Hailys Lieblingsmarke«, gab Emily Auskunft. »Die kannte jeder.«

»Ich nicht«, sagte Donna. »Was hoffentlich als Indiz dafür gilt, dass ich die Barke nicht präpariert habe. Dürfen wir denn jetzt gehen, Detective?«

Sommerland nickte. »Natürlich. Und ich danke Ihnen allen für Ihr Entgegenkommen. Mein Beileid im Übrigen zu Ihrem Verlust, Miss Hard. Auch wenn Sie Ihrer Cousine nicht sehr nahegestanden haben ...«

Donna bedankte sich. »Es ist trotzdem ... ein Einschnitt«, sagte sie. »Irgendwie war unser Leben immer miteinander verknüpft. Haily wird uns allen fehlen, auch wenn sie manchmal schwierig war.«

Vor dem Polizeirevier wartete Ronald, der Emily sofort in seine Arme nahm. Donna hatte eigentlich auf Archie und Armand warten wollen – Armand hatte seine Aussage noch zu unterschreiben –, entschied sich dann aber, Ronald zu bitten, sie bei Ailis abzusetzen. Er war mit dem Wagen da und wollte Emily gleich nach

Hause mitnehmen. Sie war immer noch verwirrt und brauchte dringend Ruhe.

Donella fühlte keinerlei Erschöpfung. Natürlich hatte sie das dringende Bedürfnis, sich zu waschen und umzuziehen, und Ailis und Molly würden wissen wollen, was auf dem Revier geschehen war. Dann plante sie jedoch, sich so schnell wie möglich in den Raum auf dem Theatergelände zu begeben, in den man die Reste von Hailys Barke gebracht hatte. In dem Schuppen lagerten größere Requisiten, und es gab Platz genug, um alles vor der Dezemberwitterung und eventuellen Reliquienjägern zu schützen. Donna wollte alles selbst noch einmal gründlich untersuchen, obwohl sie nicht glaubte, dass Armand etwas Wichtiges übersehen hatte. Seine Schlussfolgerungen über den Ablauf des Unglücks hatten sich vernünftig angehört.

Als sie den Schuppen schließlich betrat, war sie nicht allein. Armand musste ebenfalls zu dem Schluss gekommen sein, dass nach seiner ersten Untersuchung am Morgen noch einmal eine gründliche Kartografierung der Einzelstücke erfolgen sollte. Er hatte bereits begonnen, sie zu ordnen. Als er Donna erkannte, schwieg er, und als sie ihn spontan umarmen wollte, wehrte er sie ab.

»Es ist nicht wahr.« Donna meinte, seine Gedanken zu lesen. »Archie Peyton und ich sind keineswegs verlobt.«

Armands resignierte Miene veränderte sich kaum. »Sein Verhalten zeigte, dass er dich sehr bald um deine Hand bitten wird. Und er scheint auch nicht am Erfolg seines Antrags zu zweifeln. Wirst du ihn annehmen?«

Donna seufzte und hätte ihn immer noch gern umarmt. »Ich weiß es nicht, Armand. Ich weiß gar nicht, ob ich überhaupt je heiraten möchte. Jedenfalls jetzt noch nicht … Mein Leben gefällt mir, so wie es ist. Das Studium ist herausfordernd und aufregend. Es ist das, was ich immer wollte. Und was danach kommt … Ich bin mir nicht sicher.«

»Wenn du einen von uns lieben würdest, solltest du dir sicher sein«, sagte Armand leise.

»Einen von euch? Du ... du willst mir auch einen Antrag machen? Du willst, dass ich ...« Donna hätte sich gern hingesetzt, sie fühlte sich plötzlich schwach.

»Ich habe dich immer geliebt, Donna, schon als du das erste Mal mit Hernando bei uns aufgetaucht bist – so klug, so mutig, so verrückt danach zu fliegen. Aber du hast es nie bemerkt. Du hattest immer nur ihn im Kopf ...«

»... und die Luftschiffe«, ergänzte Donna.

Er lächelte schwach. »Und die Luftschiffe. Aber jetzt hast du dich von Hernando befreit. Vielleicht ist also neben den Luftschiffen noch ein Platz für mich ...«

Donna ging auf ihn zu und küsste ihn auf die Wange, bevor er sie abwehren konnte. »Ich werde darüber nachdenken, Armand. Versprochen. Gibst du mir Zeit?«

Armand nickte. »So viel du brauchst, Donna. Und jetzt lass uns hier weitermachen. Ab morgen bin ich in Colorado.«

»Ein schöner Staat«, murmelte sie.

Nachdem die beiden zwei Stunden gearbeitet und jedes kleinste Trümmerteil der Barke markiert und akribisch untersucht hatten, hatten sie noch ein paar weitere Spuren von Schwefel gefunden, darüber hinaus jedoch nichts Auffälliges. Als sie gerade Schluss machen wollten, betrat Cuthbert Hay den Schuppen.

»Miss Hard ... Donella ...« Er schien sich nicht sicher zu sein, wie er sie ansprechen sollte. Die beiden hatten sich bei Ailis' Hochzeit zum letzten Mal von Nahem gesehen. »Ich ... der Wachmann draußen sagte mir, ich würde Sie ... dich ... hier finden ...«

»Sag ruhig Donella«, meinte sie. »Wir sind ja wohl immer noch irgendwie verwandt.«

Er lächelte schief. »Ich hätte das besser regeln müssen, mit Ailis ...«, sagte er, ohne genauer darauf einzugehen, was er hätte anders machen sollen. »Aber jetzt … Herzliches Beileid zu eurem Verlust.«

»Dir auch, Cuthbert«, sagte Donna. »Du hattest, glaube ich, ein innigeres Verhältnis zu Haily als Ailis und ich.«

Über Cuthberts Gesicht zog eine leichte Röte. »Das … äh … ist wohl so. Aber trotzdem … jetzt, wo sie tot ist … es gibt so viel zu regeln. Ich werde mich um die Beerdigung kümmern. Oder glaubst du, sie hätte gewollt, dass man sie nach Schottland überführt?«

Donna schüttelte den Kopf. »Lass sie hier begraben. Hier hatte sie ihre Anhänger. Die halbe Stadt wird zur Beerdigung kommen, und genau das hätte sie gewollt.«

»Lassen Sie ihr einen Stein setzen!«, fügte Armand hinzu. »In Paris pilgert man heute noch zur Grabstätte von Sophie Blanchard.«

Cuthbert nickte und schien tatsächlich Tränen in den Augen zu haben. »Das stimmt, das hätte sie sich gewünscht. Aber darüber hinaus … Ihre Familie muss benachrichtigt und ihr Nachlass muss geordnet werden. Die Wohnung … all ihre Kleider und persönlichen Besitztümer … Vielleicht möchtet ihr ja etwas davon haben. Oder Emily. Jedenfalls wollte ich fragen, ob ihr nicht die Wohnungsauflösung übernehmen könntet. Nicht gleich, erst nach der Beerdigung. Aber es sollte doch jemand aus der Familie tun …«

Donella legte ihm tröstend die Hand auf den Arm. »Natürlich machen wir das. Und Ailis wollte sowieso heute noch an Hailys Familie schreiben. Die Wohnung wird dann verkauft?«

»Das werde ich veranlassen«, meinte Cuthbert. »Sie hinterlässt sicher auch sonst einiges an Geld. Die Erben …«

»Damit müssen sich ihre Eltern und Geschwister auseinandersetzen«, sagte Donella. »Hast du etwas gehört von Clarisse Derrieux?«

Cuthbert rieb sich die Stirn. »Wenn die Vorwürfe wahr sein sollten … ich bin fassungslos! Ich weiß, dass um Rollen mit harten

Bandagen gekämpft wird – Haily war da auch keine Heilige. Aber deswegen jemanden umbringen … Ich werde mich wohl jetzt um Ersatz bemühen müssen. Für beide.«

»The show must go on!«, sagte Ailis, als Donella ihr später von dem Gespräch berichtete. »Und was die Tränen angeht – ich würde mich nicht wundern, wenn der gute Cuthbert vorher eine Zwiebel geschält hätte. Und dann dieses plötzliche Feingefühl mit der Wohnungsauflösung. Ich bin sicher, er hat sie jetzt schon auf Wertsachen hin durchwühlt … oder eher auf verräterische Geheimnisse. Wir finden garantiert keine Liebesbriefe mehr von ihm an sie oder umgekehrt. Eigentlich schade, das könnte mir helfen bei der Scheidung.«

»Willst du die denn jetzt endlich angehen?«, fragte Molly. Sie drängte Ailis seit Langem dazu, sie schien wohl doch etwas eifersüchtig zu sein.

Ailis hob die Schultern. »Solange er sich nicht für Copper interessiert, sehe ich da keine Dringlichkeit. Besser keine schlafenden Hunde wecken. Nicht, dass ihm doch noch einfällt, dass er einen Sohn hat, dem er das fabelhafte Leben im Showgeschäft nahebringen sollte.«

»Archie Peyton würde allerdings anführen, dass er mehr Geld verdient als du. Man könnte ihn zwingen, für Copper Unterhalt zu zahlen«, meinte Donella. »Andererseits, ohne Scheidung wärst du seine Haupterbin, falls er früher stirbt als du … Das könnte attraktiver sein.«

»Und ich stünde gleich an der Spitze der Liste der Verdächtigen, sollte ihm mal einer das Theater abbrennen«, sagte Ailis. »Von mir aus kann alles so bleiben, wie es ist. Die Wohnungsauflösung machen wir natürlich. Wenn sich alles ein bisschen beruhigt hat.«

»Und Emily nicht mehr alle fünf Minuten in Tränen ausbricht«, stimmte Donna zu. »Ich frage mich, ob sie Haily so geliebt oder eher so gehasst hat …«

Donellas und Armands Vorhersagen bewahrheiteten sich. Haily Hards Begräbnis wurde zu einem Großereignis – halb Boston versammelte sich auf dem Friedhof. Der Chor und die Solisten des Ensembles sangen Mozarts *Requiem* in etwas vereinfachter Form – Cuthbert Hays Handschrift war deutlich erkennbar. Clarisse Derrieux erschien tief verschleiert in Gesellschaft ihres Anwalts – zur allseitigen Überraschung hatte Archie Peyton das Mandat übernommen. Donella fragte sich, ob es ihm dabei um Ruhm ging oder – wie Emily annahm – um seine Grundüberzeugung, dass jedem eine gute Verteidigung zustand, ohne Rücksicht auf die mögliche Schändlichkeit seiner Tat. Jetzt nahm sie an, er habe Clarisse zum Besuch der Beerdigung geraten, nachdem sie beim Verhör durch die Polizei jede Beteiligung an Hailys Tod geleugnet hatte. Die Gerüchte um eine Anklage hatten sich jedoch bereits verbreitet. Niemand sprach mit ihr oder hielt sich auch nur in ihrer Nähe auf.

Emily hatte Ronalds Kamera mitgebracht und fotografierte die Menge. Lady Mairead, so meinte sie, würde es sicher trösten, so viele Freunde und Anhänger am Grab ihrer Tochter zu sehen. Einen pompösen Gedenkstein hatte Cuthbert schon in Auftrag gegeben – und eine sehr junge und sehr hübsche Sängerin, befördert aus dem Chor, sang ein Solo.

The Show must go on titelte eine Tageszeitung.

»Wie gesagt«, bemerkte Ailis.

Wenig später trafen sich Ailis und Molly, Donella und Emily in Hailys verwaister Wohnung, um den Nachlass zu ordnen. Das Hausmädchen hatte Cuthbert gleich entlassen, weshalb auch niemand mehr Staub gewischt hatte. Die Wohnung wirkte deprimierend leer.

»Dann wollen wir mal«, sagte Ailis seufzend und verteilte die Aufgaben.

Donna und Molly leerten die Schränke und verpackten Hailys Kleidung, um sie ins Armenhaus zu geben. Zum größten Teil waren die Sachen gut genug, um sie noch zu verkaufen. Die Wohltätigkeitsorganisationen würden entzückt sein. Ailis und Emily durchforsteten derweil Hailys Papiere.

»Das sind alles Zeitungsausschnitte«, erklärte Emily, als sie auf einen dicken Ordner stießen. »Sie hat alles gesammelt, was über sie geschrieben wurde.«

Ailis warf nur einen kurzen Blick hinein, um sich dann Hailys Kontoauszüge vorzunehmen.

»Das hier ist seltsam.« Sie stutzte. »Wusstet ihr, dass sie ein Waisenhaus in New York unterstützt hat?«

Die anderen schüttelten den Kopf.

»Hundert Dollar im Monat – das ist eine beträchtliche Summe. Dabei hat sie sonst nie für irgendetwas gespendet.« Ailis sah die anderen Auszüge durch.

Emily warf einen Blick auf das Datum der ersten Überweisung. »Das war im November, als sie noch auf Tournee war«, sagte sie. »Vielleicht ist sie auf einer Wohltätigkeitsveranstaltung aufgetreten und wurde ein bisschen genötigt, etwas zu spenden.« Emily erinnerte sich an ähnliche Abende bei früheren Tourneen, auf die sie Haily ab und an begleitet hatte.

»Das wäre dann aber eine einmalige Spende, hier dagegen besteht ein Dauerauftrag«, wandte Ailis ein.

»Schau doch mal in den Zeitungsausschnitten nach«, regte Donella an. »Vielleicht findet sich da ein Hinweis. Das ist übrigens ihr gesamter Schmuck.« Sie zeigte den beiden eine mit rotem Samt ausgeschlagene Schatulle aus Ebenholz. »Ich denke, wir sollten ihn ihrer Mutter schicken. Als Erinnerung.«

Ailis warf einen Blick in die Schatulle. »Aber besser nur die weniger … hm … extravaganten Stücke. Lady Mairead hat einen exzellenten Geschmack, wenn ich mich richtig erinnere. Diese Klunker wirken geradezu protzig – und manches ist sicher nicht echt.«

»Das ist merkwürdig!« Emily hatte inzwischen den Ordner mit den Zeitungsausschnitten aufgeschlagen und gezielt nach den Daten von Hailys Tournee in den Süden gesucht. »Aus der Zeit gibt es überhaupt keine Artikel. Und New York … also ich hätte bei Süden eher an Alabama und Louisiana gedacht.« Verwirrt schaute sie auf.

Ailis zog bereits ihre Schlüsse. »Ist es möglich, dass Haily schwanger war? Und das Kind in New York bekommen hat, um es dort in einem Heim zu lassen?«

»Das würde doch niemand tun!«, rief Donna entsetzt. »Sein eigenes Kind, verlassen in einem Waisenhaus. Man weiß doch, wie es da zugeht!«

»Ein katholisches, wahrscheinlich von Nonnen geleitetes Waisenhaus.« Ailis zückte einen Kontoauszug. »Hier steht es, dahin ging das Geld. Vielleicht hat sie es sich angesehen und sich davon überzeugt, dass es dem Kind dort gut geht.«

»Oder sie wollte es einfach irgendwie loswerden, und das bot sich gerade an«, sagte Emily hart. »In welchem Heim geht es Kindern schon gut?«

»In den meisten Heimen ist es schrecklich!« Mollys Mutter war in verschiedenen Wohltätigkeitsvereinen aktiv gewesen. Als Mädchen hatte Molly die Frauen mitunter begleitet und einiges gesehen. »Ihr müsst das Heim kontaktieren, und wenn sie wirklich ein Kind zurückgelassen hat, dann müssen wir uns kümmern!«

»Müssen wir?« Donna richtete sich auf. »Was genau hat Haily denn jemals für uns getan? Emily hat sie behandelt wie eine Leibeigene, mit Ailis und mir hatte sie nie etwas zu tun ... Ich finde nicht, dass wir ihr was schulden!«

»Dafür kann das Kind doch nichts«, wandte Molly ein.

Ailis gab ihr recht.

»Und wer genau sollte sich kümmern?«, gab Emily zu bedenken. »Ron und ich würden es ja nehmen, aber die Behörden lassen uns niemals ein weißes Kind adoptieren!«

»Und zu zwei Frauen, die sich eine Wohnung teilen, wird man es auch nicht geben.« Ailis hörte sich nicht so an, als ob sie das sehr bedauerte. Sie war ihrem Copper eine liebevolle Mutter und sparte fast ihr ganzes Geld dafür, ihn bald auf die besten Schulen zu schicken. Besonders berufen fühlte sie sich jedoch nicht zur Mutterschaft – sehr viel lieber, als Kinder zu wickeln, beschäftigte sie sich mit Astronomie.

»Und ich ...« Donella spielte mit einem der geschmackvolleren Schmuckstücke.

»Archie würde es sicher nicht haben wollen«, bemerkte Emily, die den Anwalt am besten kannte. Peyton hatte nicht viel von Haily gehalten, bestimmt hatte er keine Lust, eine eventuelle Ehe mit Donna gleich mit einem Adoptivkind zu belasten.

»Nun, ich weiß auch noch gar nicht, ob ich das will, mit Archie, Kindern und ... und alldem ...«, murmelte Donna.

Ailis straffte sich. »Ich weiß, was wir tun«, sagte sie. »Wir senden all das – die Kontoauszüge, die Zeitungsausschnitte und einen Brief, in dem wir erklären, was wir vermuten – an ihre Mutter in Schottland. Die Hards auf Old Lane Manor sind ihre nächsten

Verwandten, zwei ihrer Brüder sind bereits verheiratet, mindestens einer hat Kinder. Da sollte sich ein Platz in der Familie finden. Falls wir uns nicht überhaupt in irgendeinen Unsinn hineinsteigern. Jedenfalls kann Lady Mairead genauso leicht Nachforschungen anstellen wie wir, es wird höchstens etwas länger dauern.«

»Ihr könnt dem Waisenhaus ja Hailys restliches Geld schicken – oder den Dauerauftrag erst einmal bestehen lassen«, schlug Molly vor. »Dann bekämen die Nonnen weiter ihr Geld und würden das Kind gut versorgen, bis die Großeltern sich melden.«

Die anderen nickten erleichtert. Sie wollten das Kind – sollte es eines geben – nicht im Stich lassen, doch ein Adoptivkind passte zurzeit in keines ihrer Leben.

Ailis versprach, auch dem Waisenhaus zu schreiben. In ihrem Brief berichtete sie von Hailys tragischem Tod und legte eines der letzten Fotos von ihr bei. Es zeigte sie beim Aufstieg ihres Ballons, traumhaft schön und triumphierend. Neben der Zusicherung weiterer Spenden stellte sie dabei vorsichtig die Frage, ob vielleicht ein Kind von ihrer Cousine existierte.

Kapitel 6

Sehr geehrte Mrs. Hay,

wir alle waren sehr betroffen, als wir von dem Tod einer der Gönnerinnen unseres Hauses, Miss Haily Hard, hörten. Gottes Wege sind unergründlich. Ich versichere Ihnen unser allerherzlichstes Beileid.

Miss Hard hat unsere Arbeit für die Waisen nach einem Besuch unseres Heims regelmäßig mit Geld unterstützt. Wir sind Ihnen sehr dankbar dafür, dass Sie das in ihrem Sinne weiterführen wollen. Wir haben Miss Hard stets in unsere Gebete eingeschlossen und werden das weiterhin tun. Auch für Sie, liebe Mrs. Hay, und ihre Familie werden wir beten. Gott möge Ihnen helfen, Ihre Trauer und Ihren Schmerz zu ertragen.

Es segnet Sie

Mutter Iseult Latisse

Oberin der Sisters of Merci, Konvent New York

Mutter Iseult diktierte das Antwortschreiben auf Ailis' Brief. Die junge Schwester Katherine, die mitstenographierte, sah auf.

»Sie sagen nichts über die Kleine?«, fragte sie verwundert.

Die Oberin schüttelte den Kopf. »Ich habe mein Wort gegeben«, erklärte sie hoheitsvoll. »Miss Hard hat sich deutlich ausgedrückt: Niemand solle je von ihrer Tochter erfahren.«

»Aber sie konnte doch nicht wissen, dass sie bald ums Leben kommt!«, wandte die Schwester ein. »Vielleicht würde sich jemand aus ihrer Familie gern um Mary Ann kümmern?«

Die Oberin winkte ab. »Das macht mein Versprechen nicht ungeschehen«, behauptete sie. »Und was den Tod angeht. Er kann uns immer und überall ereilen, wir sollten stets darauf vorbereitet sein, unserem Herrn mit reinem Herzen gegenüberzutreten. Miss Hard war das zweifellos nicht im ausreichenden Maße. Umso besser für das Heil ihrer Seele, wenn in ihrem Namen weiter Spenden an unser Haus fließen …«

»Das könnte doch trotzdem so weitergehen«, beharrte Schwester Katherine. »Die Familie ist schließlich nicht arm. Sie könnte uns weiter unterstützen!«

Mutter Iseult blickte sie fast mitleidig an. »Schwester, in welcher Welt leben Sie? In dem Moment, in dem Mary Ann uns Richtung Schottland, Boston oder sonst wohin verließe, würde der Spendenstrom verebben!«

»Aber Mary Ann … sie hätte eine Familie … sie müsste nicht als Waise aufwachsen …« Schwester Katherine wollte immer noch nicht aufgeben.

»Mary Ann wird das Los mit Würde tragen, das Gott ihr zugeteilt hat«, meinte die Oberin. »Sie wird eine gute, christliche Erziehung erhalten und damit hoffentlich zu einem besseren Menschen heranwachsen als ihre liederliche Mutter. Und jetzt schreiben Sie den Brief, Schwester Katherine. Er soll heute noch raus.«

Nachdem die junge Schwester mit all den Büroarbeiten fertig war, mit denen Mutter Iseult sie regelmäßig betraute, begab sie sich wie fast jeden Tag zu den Schlafräumen der Kinder. Sie hing an Mary Ann, dem bildhübschen Baby, dem sie mit auf die Welt geholfen hatte. Schwester Katherine wurde selten bei Entbindungen eingesetzt. Sie war Haily vor allem aufgrund ihrer Herkunft aus sehr gutem Hause, ihrer nie versiegenden Höflichkeit und ihrer Duldsamkeit auch schwierigen Menschen gegenüber zugewiesen worden.

Nun betrachtete sie das schlafende kleine Mädchen, den blonden Flaum auf seinem Kopf und sein süßes Gesichtchen.

»Du sollst wenigstens eine Mutter haben«, flüsterte sie und befestigte die Fotografie von Haily über dem Bett. Morgen würde sie das Bild rahmen lassen, damit es nicht zu rasch vergilbte. »Deine Mutter wird vom Himmel aus über dich wachen!«, versprach Schwester Katherine und bemühte sich, das auch selbst zu glauben.

Lady Mairead Hard wies die Überlegung ihrer Nichten, ihre vergötterte Tochter hätte womöglich ein uneheliches Kind zur Welt gebracht und es irgendeinem Waisenhaus überlassen, erbost von sich.

Ailis, wie kannst Du meiner verstorbenen Tochter so etwas unterstellen? Meine Tochter hatte ein von Grund auf liebendes Wesen! Wenn ich noch daran denke, wie zärtlich sie sich schon als Kind der kleinen Emily angenommen hat. Mit ihrem späteren Lebensweg als Sängerin waren wir zwar nicht vollständig einverstanden, konnten den Fotografien von der Beerdigung und den Zeitungsausschnitten jedoch entnehmen, wie vielen Menschen sie mit ihrer Kunst Freude gemacht hat. Vielleicht hat sie also doch das Richtige getan, und meine erste Regung, sie in ihren Wünschen nach einer künstlerischen Laufbahn zu unterstützen, wäre segensreicher gewesen, als sie allein in ein fremdes Land gehen zu lassen, um ihr gottgegebenes Talent zu nutzen. Und nun wird ihre großmütige Geste, ein Waisenhaus mit regelmäßigen Zuwendungen zu unterstützen, derart bösartig gedeutet. Ich muss Dich bitten, solche Unterstellungen in Zukunft zu unterlassen. Hailys Andenken darf nicht beschmutzt werden! Mit einer Fortführung der Unterstützung des Waisenhauses in ihrem Namen sind wir mehr als einverstanden. Vielleicht ließe sich mit ihrem Nachlass auch eine Stiftung gründen, die mit weiteren guten Werken die Erinnerung an Haily aufrecht hält.

Kopfschüttelnd legte Ailis den Brief beiseite.

Cuthbert Hay, der Einzige, der von Hailys Kind wusste, dachte flüchtig darüber nach, Ailis und Donella in Kenntnis zu setzen. Er wusste allerdings nicht, wo das Kind zu finden sein würde – Haily hatte ihm nicht einmal gesagt, ob es sich um ein Mädchen oder einen Jungen handelte. Er war sich lediglich sicher, dass es nicht sein Kind sein konnte. Hätte Haily ein Baby mit roten Locken zur Welt gebracht, das ihm so ähnelte wie Copper schon bei seiner Geburt, hätte sie dieses Wissen genutzt, um ihn zu erpressen. Vielleicht wäre sie dann gar nicht auf die idiotische Idee mit diesem Ballon gekommen …

Cuthbert schob den Gedanken beiseite. Er würde sich gleich mit Shirley Anderson treffen, die er zum neuen Star seiner Show aufbauen wollte. Wahrscheinlich würde sie sich dafür erkenntlich zeigen … Hailys Kind war schnell wieder vergessen.

Ein paar Wochen später kam es zum Verfahren gegen Clarisse Derrieux, und Archie Peyton erwies sich erneut als brillanter Anwalt.

Clarisse präsentierte sich dem Gericht gegenüber als verfolgte Unschuld. Sie kleidete sich schlicht, berichtete tränenreich von ihrer Freude über das Engagement an Hays Theater und darüber, wie bereichernd sie die gemeinsame Arbeit mit Haily Hard empfunden habe.

»Wie hätte ich ihr die Rolle der Ballonfahrerin neiden können? Meine eigene war deutlich größer, ich war es, für die sich der Held des Stückes letztlich entscheiden sollte ... Es kam mir allerdings so vor, als hegte Haily gewisse Ressentiments gegen mich. Dabei habe ich ihr keinerlei Grund dafür gegeben!«

Archie ließ diverse Schauspieler aufmarschieren und aussagen, dass sie nie einen Streit zwischen den beiden Frauen beobachtet hätten.

»Miss Derrieux hat dazu einfach eine zu ausgeglichene Persönlichkeit!«, behauptete einer der Darsteller. »Sie war immer zu allen freundlich und höflich, ob Schauspieler oder Garderobiere. Clarisse wurde vergöttert! Während Miss Hard ... Nun, man soll nicht schlecht über Tote sprechen, und sie war unzweifelhaft eine große Schauspielerin, die dem Theater noch lange fehlen wird. Aber sie neigte ein wenig zu Ungeduld, war mitunter auffahrend, manchmal ungerecht. Wir haben ihr das natürlich nicht übel genommen, trotzdem konnte der Eindruck entstehen, es hätte eine Konkurrenzsituation zwischen ihr und Miss Derrieux gegeben.«

Ailis und Molly, die den Prozess verfolgten – Emily und Donella sollten aussagen und mussten im Zeugenzimmer warten –, konnten einander nur fassungslos ansehen.

Jeder Zeuge berichtete wahrheitsgemäß von Hailys ausgeprägtem Zigarrenkonsum.

»Sie rauchte einfach ständig«, berichtete die Maskenbildnerin. »Es schien, als vermochte sie gar nicht, damit aufzuhören. Wenn sie von der Bühne kam, musste ich immer schon eine Zigarre für sie bereithalten.«

»Sie meinen also, Miss Hard hätte auch den Auftritt mit dem Ballon nicht ohne Zigarre überstanden?«, fragte Peyton nach.

»Sie hätte ihn bestimmt mit einer Zigarre gefeiert«, fuhr die Frau fort. »Wie jeden Auftritt …«

Emily bestätigte Hailys Abhängigkeit von ihren Zigarren: »Sie wurde nervös, wenn sie nicht immer eine greifbar hatte. Bei ihrer Ballonfahrt hatte sie jedoch keine bei sich. Das Kleid hatte keine Taschen …«

Donella sagte aus, sie habe Haily die Zigarren in der Gondel streng verboten, sie mehrmals auf die Gefahren hingewiesen und ihr die letzte Zigarre eigenhändig aus der Hand genommen. »Zudem habe ich die Gondel inspiziert!«, erklärte sie. »Bevor Haily einstieg. Darin war nichts versteckt.«

»Aber Miss Hard hätte die Zigarre am Körper getragen haben können«, gab Peyton zu bedenken.

»Und woher stammten dann die Klebstoffspuren?«, fragte Donella.

Peyton winkte ab. »Aber Miss Hard, die können doch noch vom Tischler stammen oder von was auch immer … Das ist kein zwingender Beweis.«

Als der Staatsanwalt dem Gericht das Beweisstück mit den Spuren zeigte, argumentierte Peyton, die Zigarre könnte auch von jemand anderem deponiert worden sein. »Mit höchster Wahrscheinlichkeit von Miss Hard selbst. Vielleicht erst kurz vor dem Abflug. Oder Miss Donella Hard hat sie einfach übersehen.«

Donella schnaubte vor Wut, aber das Gericht schien dem Anwalt zu glauben. Lediglich für die Schwefelkristalle fand er keine plausible Erklärung, doch Clarisse konnte auch nicht nachgewiesen werden, dass gerade sie das Pulver auf Hailys Schleiern verteilt hatte.

»Vielleicht trug Miss Hard auch den Schwefel bei sich«, mutmaßte Peyton in seinem Abschlussplädoyer. »Anorganischer Schwefel gilt als probates Mittel zur Darmreinigung, viele Menschen nehmen ihn regelmäßig ein – Schauspielerinnen auch gern, um schlank zu bleiben, wie ich mir habe sagen lassen … Vielleicht war es im Straßenstaub und haftete an Miss Hards Schuhen. Es ist ja am Boden der zerstörten Gondel gefunden worden. Überdies haben sich auch noch andere Personen in der Nähe von Miss Hard aufgehalten, bevor der Ballon aufstieg. Auch sie könnten den Schwefel, selbstverständlich ohne jede böse Absicht, in die Gondel verbracht haben …«

»Wie sollte denn jemand Schwefel in die Gondel *verbracht haben*?«, erregte sich Donna und betonte die letzten Worte des gewieften Anwalts. Sie verließ zusammen mit Emily, Ailis und Molly das Justizgebäude.

Das Gericht hatte Clarisse Derrieux in allen Punkten freigesprochen.

Peyton, der sich gerade gemeinsam mit seiner Mandantin einem Zeitungsinterview stellte, winkte Donna zu, doch sie würdigte ihn keines Blickes. Es hatte sie hart getroffen, dass er Clarisse nicht nur verteidigte, sondern obendrein die Möglichkeit einräumte, sie selbst oder Emily wären für den Brandbeschleuniger verantwortlich. »Trägst du Schwefelpulver mit dir herum, Emily? Also ich nicht. Und selbst wenn, dann würde es uns doch nicht aus den Händen rieseln! Das Zeug kann nicht durch Zufall in der Gondel gelandet sein. Und die Zigarre hätte ich entdeckt, da besteht überhaupt kein Zweifel.«

»Mit dem Hauptargument hatte er trotzdem recht«, wandte

Ailis ein. »Es war Haily selbst, die das Streichholz entzündete – oder sogar drei oder vier, weil man die Zigarre mit einem Streichholz allein nicht so leicht entzünden kann. Allen Warnungen zum Trotz. Es war Fahrlässigkeit und damit letztlich ein selbst verschuldeter Tod.«

»Sie hat immer gemacht, was sie wollte«, unterstrich Emily.

»Und meistens ist sie damit durchgekommen«, fügte Ailis hinzu. »Bis sie auf jemanden stieß, der noch skrupelloser war als sie.«

»Glaubt ihr, sie wäre umgekehrt genauso dazu fähig gewesen?«, fragte Donna.

Emily zuckte mit den Schultern. »Sie hat ein grausames Spiel mit Ron gespielt. Und sehr hässliche Dinge über mich in Umlauf gebracht. Und sie hat damals meine Gans umgebracht …«

»Aber für so hinterhältige Taten wie diese Derrieux war sie nicht raffiniert genug«, meinte Ailis. »Sie wollte immer mit dem Kopf durch die Wand. Ein verwöhntes Kind … Eigentlich schade.«

»Und für die Derrieux gibt es nun nicht den Hauch einer Strafe!«, schäumte Donna weiter.

»Mr. Hay wird sie feuern«, mutmaßte Emily. »Hier in Boston weiß doch inzwischen jeder, dass sie es war. Er kann sie nicht mehr auf die Bühne lassen.«

Ailis hob die Schultern. »Da wäre ich mir gar nicht so sicher. Cuthbert weiß um die Wirkung eines guten Skandals. Ich würde nicht einmal ausschließen, dass er einen neuen Ballon bauen lässt und die Show mit Clarisse in der Gondel wiederholt. Aber selbst wenn er sie wirklich rausschmeißt: In Theaterkreisen wird ihr der Ruf einer *femme fatale* vorauseilen. Die Varietés werden sich um sie reißen …«

Donella seufzte.

»Was ist denn jetzt mit dir?«, fragte Emily und lenkte die Aufmerksamkeit aller auf ein ganz anderes Thema. »Wirst du Archie nun heiraten? Oder hast du eure Verlobung gelöst?«

»Wir waren nie verlobt«, erklärte Donna zum wiederholten Mal. »Das hat er nur so dahergesagt, und ich habe ihm dafür kräftig den Kopf gewaschen.« Donna reckte das Kinn. »Inzwischen hat er mir tatsächlich angeboten, ihn zu heiraten, und von nun an nur noch Mrs. Peyton zu sein. Seine Kanzlei würde genug abwerfen, um ein Stadthaus zu führen, eventuell auch noch ein Landhaus … Er würde nach wie vor gern die Vögel beobachten, und ich sei dem fliegenden Getier doch auch zugetan. Ich könnte einem völlig sorgenfreien Leben entgegensehen.«

»Wenn es da nur nicht noch diesen Mr. Machure gäbe …« Ailis schenkte Donna ein leises Lächeln. »Auch wenn der inzwischen abgereist ist. Könnte es sein, dass du ihn lieber magst?«

Donna biss sich auf die Lippen. »Archie ist attraktiv und nett, ein Gentleman. Ganz ähnlich wie Hernando, meine erste Liebe. Er strahlt, er trägt mich auf Händen, er wird bewundert – und er tut eine Menge, um bewundert zu werden. Dieser Prozess zum Beispiel … Ich verstehe ja seine Argumentation, und natürlich traf Haily eine Mitschuld, aber ich hätte ihre Mörderin nie verteidigt. Das hätte ich ihm gern gesagt, aber er hat mich nicht ein einziges Mal nach meiner Meinung gefragt. Sie hat ihn schlichtweg nicht interessiert.« Donna schüttelte heftig den Kopf. »Ich … ich fürchte, wenn Archie Peyton einen Ballon in Auftrag geben würde, dann wäre es keiner für zwei …«

Die anderen sahen sie fragend an.

»Was ich sagen will … Hernando, der wollte eine Frau, mit der er sein wildes Leben teilen konnte, die ihn unterstützte, in allem, was er tat. Aber was er tat – besonders dann, wenn es um Ruhm und Ehre ging –, das tat er allein! Und Archie möchte nun eine Frau haben, die sein ruhiges Leben teilt – ebenfalls, indem sie ihn in allem unterstützt, was er sich davon erhofft. Und mit genau so wenig Mitspracherecht. Solange sich unsere Träume ergänzen, ist alles gut. Aber was passiert, wenn ich andere Träume und Wünsche habe? Ich frage mich inzwischen, ob Hernando mich wirklich kannte – Archie kennt mich ganz sicher nicht. Der ist ja noch nicht einmal selbst geflogen ...«

»Und wie lautet nun das Angebot von Mr. Machure?«, fragte Ailis, bevor Donella sich gänzlich in ihren Erinnerungen und Überlegungen verzettelte.

Über Donnas Gesicht flog ein Leuchten. »Armand kennt mich gut. Er weiß, was ich kann und was ich will. Und er war furchtbar verletzt, als Archie sich als mein Verlobter vorstellte! Wahrscheinlich muss ich ihm ein Luftschiff bauen, damit er mir glaubt, dass er es ist, den ich liebe. Dass er mich liebt, hat er bereits gesagt. Und ich bin sicher, er wünscht sich, dass ich ihm nach Colorado folge. Jetzt gleich oder später, nach meinem Studium. Wir haben immer gut zusammengearbeitet, warum sollen wir nicht gemeinsam Ballons für die Airforce bauen? Und Luftschiffe und Flugzeuge und was immer noch kommen mag! Uns verbindet viel mehr als Liebe! Mit Armand werde ich Teil des Abenteuers bleiben! Des Menschheitsabenteuers, das Fliegen heißt!«

»Und das uns vielleicht einmal über den Ozean bringen wird, wie die Zugvögel!«, rief Emily mit strahlenden Augen.

Ailis lächelte. »Oder zu den Sternen.«

Die Geschichte meiner *Himmelstürmerinnen* ist vollständig fiktiv, doch ich habe mich von einigen historischen Geschehnissen und Personen inspirieren lassen. Insofern vermittelt sie durchaus einen Eindruck von der Entwicklung der Astronomie, Ornithologie und Fliegerei gegen Ende des neunzehnten Jahrhunderts.

Zum eventuellen Nachlesen hier ein paar Infos zu Fakten und Fiktion:

Die *Montgolfière*, der erste Heißluftballon, dessen Abbildung meine Donella derart begeistert, hob am 4.Juni 1783 zum ersten Mal ab. Er wurde nach seinen Erfindern, den Brüdern Joseph und Jacques Montgolfier benannt, und seine Hülle bestand aus Leinen, innen ausgekleidet mit einer dünnen Papierschicht. Wenig später startete auch der erste mit Gas gefüllte Ballon.

Himmelslaternen – kleine Papierlampions, wie Donna sie beim Gartenfest auf Thorgale House »erfindet« – gibt es schon seit zweitausend Jahren. Ein chinesischer Heerführer setzte sie als Kommunikationsmittel ein. Sie sind sehr hübsch, aber natürlich brandgefährlich im wahrsten Sinne des Wortes. In vielen Ländern ist es deshalb generell verboten, sie aufsteigen zu lassen.

Die Landsitze, auf denen meine Protagonistinnen aufwachsen, sind durchweg fiktiv, doch die Schule St Leonards gibt es seit 1877, und ihre couragierte Direktorin Dame Louisa Lumsden ist eine historische Persönlichkeit.

Meine Protagonisten Ailis, Donella, Haily, Emily, Cuthbert, Hernando, Armand und Ronald habe ich mir durchweg ausgedacht. Für einige von ihnen standen jedoch historische Persönlichkeiten Patin und Pate.

Zunächst wäre hier Williamina Fleming (1857–1911) zu nennen, das Vorbild für meine Ailis Hay. Williamina war Schottin wie Ailis, kam 1878 mit ihrem Mann nach Boston und wurde schwanger von ihm verlassen. Er tauchte nie wieder auf, und sie pflegte zu behaupten, er sei verstorben. Williamina erhielt tatsächlich den Posten der Haushälterin bei Edward Pickering (1846–1919), dem Leiter des Harvard-Observatoriums – bis der ihr Interesse an der Astronomie und ihre ausgeprägte mathematische Begabung erkannte. Sie war die erste Frau, die er mit der Auswertung von Astrofotografien betraute, und auf ihre Anregung hin folgten viele weitere Frauen, die als die *Harvard Computers* (scherzhaft *Pickering's Harem*) weltweit Aufsehen erregten. (*Computer* bedeutete damals einfach Rechner oder Rechnerin; die Maschinen, die wir heute so bezeichnen, waren noch nicht erfunden). Fleming selbst entdeckte neunundfünfzig Gasnebel, dreihundertzehn veränderliche Sterne und zehn Novae. Williamina entwickelte zusammen mit Pickering ein System der Katalogisierung von Sternen, das dann von Annie Jump Cannon (1863–1941) – im Buch das Vorbild für meine Molly – erweitert wurde. Annie Jump Cannon arbeitete gut mit Pickering und seinem Team zusammen, während es mit der ersten studierten Astronomin Antonia Maury (1866–1952) – dem Vorbild für meine Maureen – Differenzen gab. Sie verließ deshalb das Harvard-Observatorium, kehrte aber 1908 zurück und erwarb weitere Verdienste auf dem Gebiet der Astronomie. Mit Annie verband Williamina zwar eine Freundschaft, doch nicht mehr. Williaminas Ehe war auch offensichtlich nicht arrangiert gewesen, sondern beruhte auf einer freiwilligen Entscheidung. Ailis' Liebesbeziehungen zu Maureen und Molly sind meiner Fantasie entsprungen.

Vorbild für Donellas Geliebten Hernando war Alberto Santos Dumont, Sohn eines schwerreichen Kaffeeplantagenbesitzers und Konstrukteur von Luftschiffen. Sein erstes Auto war ein Peugeot Typ 2, der 1890 auf den Markt kam. Da Hernando Donella in meinem Roman jedoch schon 1889 trifft, musste er einen Benz importieren. Nun waren sich die Fahrzeuge sehr ähnlich, der Peugeot lief mit einem V2-Viertaktmotor nach der Lizenz von Daimler, und auch er wurde teilweise als Dreirad geliefert.

Wie Hernando studierte Alberto Chemie, Physik und Astronomie in Paris, doch für Ballonfahrten interessierte er sich erst seit 1898. Angeregt durch ein Buch besuchte er die Ballonhersteller Henry Lachambre und seinen Neffen Alexis Machuron – Letzterer das Vorbild für meinen Armand Machure – und bestellte seinen ersten Ballon. Später baute er Luftschiffe und bewarb sich damit um den *Deutsch-Preis*, an den ich den Rekordversuch im Buch angelehnt habe. Um ihn zu gewinnen, unternahm Alberto drei Anläufe, und beim zweiten streifte er tatsächlich das Dach des Trocadero-Hotels. Das Schiff geriet in Brand, und Alberto rettete sich durch einen Sprung auf eine Fensterbank. Im Oktober 1901, also deutlich später als in meiner Geschichte, gelang ihm dann endlich besagter Rundflug. Das Preisgeld von hunderttausend Franc stiftete er den Arbeitern und Bettlern von Paris.

Ab 1906 flog er erfolgreich Motorflugzeuge. 1932 beging er Suizid. Er war nicht verheiratet, und über sein Liebesleben ist nichts bekannt.

William Brewster (1851–1919) und seine Frau Caroline waren historische Persönlichkeiten. Brewster gründete auf ihrer Farm bei Concord sein Vogelparadies, wie im Buch beschrieben, und dort traf sich auch regelmäßig der Nuttal Ornithological Club, dem sich jeder Interessierte anschließen konnte. Bei Emilys Ronald stand Brewsters afro-amerikanischer Freund und Assistent Robert Alexander Gilbert (1870–1942) Pate, ein zu Unrecht weitgehend vergessener Pionier der Tierfotografie. Gilbert stand Brewster bis zu dessen Tod zur Seite. Er war verheiratet. Beziehungen mit weiblichen Mitgliedern des Ornithologieclubs sind nicht belegt.

Während ich Ailis' und Donellas Geschichten zeitlich sehr nah an den Ereignissen angesiedelt habe, durch die sie inspiriert wurden, muss ich in Bezug auf Emilys Forschungen größere Zeitsprünge zugeben. Zwar stellte auch schon Otto Lilienthal (1848–1896) als Schüler ähnliche Forschungen zum Vogelflug an wie Emily und Donella im Internat. Durch Untersuchungen der Fehlprägung von Gänseküken wurde allerdings erst Konrad Lorenz in den Fünfzigerjahren des zwanzigsten Jahrhunderts bekannt. Er konzentrierte sich vor allem auf die Kommunikation der Tiere, seine Gänse blieben am Boden. Spätere Forscher, denen daran gelegen war, die handaufgezogenen Tiere wieder auszuwildern, verwandten und verwenden Leichtbauflugzeuge, um sie in die Luft zu locken. Mit einem Luftschiff wurde das nie gemacht, Emilys Experiment entspricht ganz allein meiner Fantasie. Wobei ich allerdings davon überzeugt bin, dass es auch schon vor Konrad Lorenz (1903–1989) zu Fehlprägungen von Gänseküken auf Menschen gekommen ist. Nur wurden dazu früher keine systematischen Forschungen betrieben. Bekannt wurden die Gänseforschung und das Phänomen der Prägung übrigens auch durch den sehr sehenswerten Film *Amy und die Wildgänse*, Kanada 1995/1996.

Hailys Geschichte ist völlig fiktiv, ihr Ballonflug ist allerdings inspiriert vom Leben und Tod der Sophie Blanchard (1778–1819), deren artistische Auftritte im traumhaften Ambiente einer unter einem Heißluftballon schwebenden Barke bis heute erinnert werden. Ihr Grab wird in Paris nach wie vor in Ehren gehalten.

Meine Leserinnen werden vielleicht irritiert von Hailys Zigarrenkonsum sein, doch die Zigarette (oder die Zigarillos), die Damen später bevorzugten, waren zu ihrer Zeit noch unbekannt. Die mondäne Pariserin griff insofern wirklich zur Zigarre – auch wenn das für heutige Leserinnen seltsam klingt.

Historisch belegt ist ansonsten auch das Krankenhaus der Sisters of Mercy in New York, in dem die kleine Mary Ann strandet. Es gab hier tatsächlich die Möglichkeit, anonym zu entbinden und das Kind im Waisenhaus zur Adoption zu belassen, oder ein bereits geborenes Kind unerkannt abzugeben, wie im Roman geschildert.

Vielen Dank!

»Warum schreibst Du nicht mal über eine Luftfahrtpionierin oder eine Astronomin?«, fragte meine Lektorin Melanie Blank-Schröder und gab damit den Anstoß für dieses Buch. Es ist also ihr zu verdanken, dass ich danach recherchemäßig ›in die Luft ging‹, und sehr viel Neues über die Sterne lernte, die ich bis dahin eher im Gefolge von Captain Kirk und Mr. Spock besucht hatte ☺. Ähnliches gilt für das Ballonfahren – ich liebe es, den Dingern nachzusehen, doch wie genau man sie in die Luft brachte und bringt, musste ich erst herausfinden. Melanie hat es damit geschafft, bahnbrechend an der Weiterbildung ihrer Autorin mitzuwirken. Dafür, wie schon für frühere, spannende Themenvorschläge, vielen Dank!

Dankeschön auch meiner neuen Textredakteurin Heike Brillmann-Ede, die eifrig mit mir auf der Zeitleiste balancierte, bis auch das letzte Ereignis stimmig eingearbeitet war. Ich freue mich schon auf unser nächstes Buch. In dem Zusammenhang möchte ich auch noch einmal meine bisherige Textredakteurin Margit von Cossart erwähnen. Vielen Dank für viele Jahre konstruktiver Zusammenarbeit!

Wie immer haben sich auch meine fleißigen Testleserinnen um das Buch verdient gemacht, und natürlich haben mir Nelu und Anna Puscas weiterhin den Rücken frei gehalten, indem sie für meine Pferde sorgten, meine Post abholten, einkauften, das Haus putzten, das Auto betankten und mir alle nur möglichen anderen Arbeiten abnahmen, damit ich unbeschwert schreiben konnte. Ich wage zu behaupten, dass ich ohne die beiden höchstens die Hälfte an Büchern schreiben könnte. Insofern: Tausend Dank!

Außerdem möchte ich mich bei all jenen bedanken, die ›hinter den Kulissen‹ daran arbeiten, meine Bücher ansprechend zu gestalten und zu ihrem Absatz beitragen, indem sie meine Arbeit in Prospekten und im Internet in ein besonderes und interessantes Licht setzen. Nicht zu vergessen all die Buchhändler:innen, die meine Bücher empfehlen, und die fleißigen Schreiber:innen von Rezensionen im Internet. Ich freue mich über all Eure Unterstützung.

Und vor allem danke ich allen Leser:innen. Ich hoffe, Euch auch mit diesem Buch wieder gut unterhalten zu haben!

Sarah Lark

Fortsetzung folgt